D0807505

Le dilemme d'un patron

———

Le miracle d'une étreinte

———

Une rencontre inoubliable

RACHEL BAILEY

Le dilemme d'un patron

Passions

◆ **HARLEQUIN**

Collection : PASSIONS

Titre original : BIDDING ON HER BOSS

Traduction française de AURE BOUCHARD

HARLEQUIN®
est une marque déposée par le Groupe Harlequin
PASSIONS®
est une marque déposée par Harlequin

Le visuel de couverture est reproduit avec l'autorisation de :
Homme : © MASTERFILE/ROYALTY FREE
Réalisation graphique couverture : L. SLAWIG (Harlequin)

Tous droits réservés.

HARLEQUIN

83-85, boulevard Vincent-Auriol, 75646 PARIS CEDEX 13.
Service Lectrices — Tél. : 01 45 82 47 47
www.harlequin.fr
ISBN 978-2-2803-4808-9 — ISSN 1950-2761

- 1 -

Dylan Hawke n'était pas du genre à avoir des regrets, mais cette fois, il avait le sentiment d'avoir surestimé sa capacité de résistance au stress. Malgré les projecteurs qui l'aveuglaient, il affiche le sourire que l'on attendait de lui, puis salua le public d'une révérence avant de se diriger vers le podium. Le tout sous une salve d'applaudissements, et quelques cris d'encouragement qui provenaient sans doute de ses frères.

— La mise à prix est de deux cents dollars ! annonça la maîtresse de cérémonie sur le devant de la scène.

Dylan retint son souffle. *Ce n'était qu'un début.* Il ne s'agissait là que de la première étape visant à la réhabilitation de son image : donner de son temps à une œuvre de charité. A présent que son frère s'apprêtait à épouser une princesse, les médias s'intéressaient de très près à Dylan, qui avait rapidement compris que sa réputation de play-boy risquait de nuire à sa future belle-sœur et à l'action qu'elle menait en faveur des enfants des rues de Los Angeles.

— Alors, qui est donc notre nouveau candidat ? reprit l'animatrice, une comédienne de sitcom. Dylan Hawke dirige la chaîne de magasins de fleurs Hawke's Blooms — autant dire que le romantisme, c'est son rayon !

Un murmure parcourut l'auditoire, alors que des panneaux ornés de chiffres noirs se levaient déjà. Face aux projecteurs, il n'arrivait pas à distinguer les montants affichés, mais la salle, dans laquelle officiaient de nombreux

7

serveurs apportant des plateaux de boissons aux convives, lui parut comble.

— Deux cent cinquante… Trois cents ! s'exclama la maîtresse de cérémonie.

Dylan aperçut alors son frère, Liam, assis au côté de sa fiancée, la princesse Jensine du Larsland. Jenna, qui s'était fait engager incognito chez Dylan en tant que domestique avant de rencontrer Liam, lui adressa même un petit signe de la main. Le gala de ce soir était le premier d'une longue série pour le Hawke Brothers Trust, la fondation créée par Jenna pour lever des fonds en faveur des enfants des rues. Maintenant que Jenna et Liam prévoyaient de se marier, ils comptaient partager leur temps entre le pays de Jenna et L.A. Et la fondation bénéficierait de toutes les compétences qu'elle avait pu acquérir en grandissant au sein d'une famille royale. Jenna était enthousiaste à l'idée de ce projet, pour lequel elle se disait prête à « mouiller la chemise. »

Dylan croyait en cette cause, tout comme il croyait en Jenna. Bref, sa mission de ce soir se résumait à aider à récolter le plus d'argent possible. Si seulement il avait pu contribuer à la bonne cause de façon un peu moins humiliante… En se contentant, par exemple, de rédiger un simple chèque.

Cependant, cette méthode ne lui aurait pas permis de redorer le blason de sa respectabilité. Et voilà comment il s'était retrouvé sur cette scène. Devant des centaines de personnes. A se mettre en vente, littéralement.

— Cinq cent cinquante ! poursuivit l'animatrice avant de désigner du doigt une rouquine dans un coin de la salle, qui levait à son tour son panneau.

Dylan lui adressa un clin d'œil, avant d'apercevoir une blonde qui brandissait à son tour sa pancarte.

— Six cents ! s'écria alors l'animatrice avec exaltation.

Ebloui par les projecteurs, Dylan cilla. Cette blonde lui rappelait vaguement quelqu'un… Quand il la reconnut, il sentit sa gorge se nouer. Il s'agissait de Brittany Oliver, présentatrice météo d'une chaîne de télévision locale. Ils étaient vaguement sortis ensemble quelques années plus tôt. Mais, en définitive, cette fille s'était révélée assez insignifiante. Quand il avait compris qu'elle envisageait déjà les prénoms de leurs futurs enfants, il avait mis un terme à leur relation.

Alors, déglutissant avec peine, il pria pour que quelqu'un, n'importe qui, renchérisse. Pourquoi pas la jolie rousse avec son panneau « 63 » ?

Plongeant une main dans son pantalon, il adressa au public son sourire le plus enjôleur, celui dont il usait et abusait depuis l'âge de quatorze ans. Et il en fut récompensé lorsqu'une magnifique jeune femme au teint mat et à la longue crinière brune leva son panneau. Finalement, il commençait à prendre goût à ce petit jeu.

— Six cent cinquante ! s'écria la maîtresse de cérémonie. Sept cents !… Sept cent cinquante !

Dylan savait que Jenna comptait sur cette vente aux enchères pour démarrer son activité caritative en fanfare… Alors, il détacha le bouton de rose accroché à son veston pour le lancer dans le public. Certes, le geste était un peu facile, mais à partir de ce moment-là, les enchères s'emballèrent et, en un rien de temps, atteignirent deux mille dollars.

Crispé, il regarda en direction de Brittany… qui était toujours dans la course. Il n'avait pas la moindre idée de ses intentions : se venger de leur rupture ou le convaincre de se remettre en couple avec elle ? Quoi qu'il en soit, la soirée risquait de devenir encore plus embarrassante. Il aurait dû prévoir un plan B… Etablir une sorte de code secret avec Jenna pour mettre un terme aux enchères si jamais les choses devaient dégénérer. Quitte à la rembourser plus tard.

— Trois mille quatre cents !

Encore la rouquine. Il l'observa attentivement. Sa chevelure cuivrée, soyeuse, était rassemblée en une queue-de-cheval qui retombait sur son pull dos-nu couleur bleu cobalt. De grands yeux sombres qui cherchaient du regard les autres acquéreurs. Elle se mordillait la lèvre inférieure d'un air très concentré. Autrement dit, elle était irrésistible. La main dans la poche de son pantalon, il croisa les doigts, à l'abri des regards, en espérant qu'elle remporterait la mise. Auprès d'une femme comme elle, il passerait une bonne soirée, devant un bon dîner, ou encore au clair de lune, voire devant un bon film.

— Quatre mille six cents !

Un flash crépita devant lui, et il sourit. Mais il devait faire encore monter les enchères. Au bénéfice de la fondation. Il se dirigea alors d'un pas tranquille vers l'animatrice, puis lui indiqua d'un signe de tête qu'il souhaitait s'exprimer. Elle couvrit le micro de sa main.

— Dites que je suis prêt à offrir jusqu'à trois soirées en tête à tête.

Elle arqua les sourcils, puis hocha la tête, avant de reprendre le micro.

— On me précise que l'acquéreur de M. Hawke aura droit à non pas une, mais trois soirées en tête à tête !

Aussitôt, une nuée de panneaux s'élevèrent partout dans la salle. Finalement, l'animatrice déclara :

— Huit mille deux cents une fois, huit mille deux cents deux fois… Qui dit mieux ?… Adjugé !

Il s'aperçut qu'il avait perdu le fil des enchères. Et qu'il n'avait aucune idée de qui avait gagné.

— Mademoiselle ? Oui, vous, là, avec le numéro 63… Venez donc au pied de la scène où M. Hawke vous attendra pour organiser votre premier rendez-vous. Et à présent, mesdames, messieurs, cher public, nous accueillons une légende du sport qu'il n'est plus besoin de présenter et qui…

La voix de l'animatrice s'évanouit. Dylan comprit que la jolie rousse venait de le remporter aux enchères. Il sourit.

Finalement, ce ne serait peut-être pas si difficile de redorer sa réputation, et de contribuer, à sa façon, à cette œuvre de charité…

Faith Crawford se leva, ajusta son pull dans son pantalon noir et se faufila entre les tables pour rejoindre Dylan Hawke sur le côté de la scène. Elle avait des papillons dans le ventre, mais parvint à se ressaisir et à lui tendre la main pour le saluer.

— Bonsoir, je m'appelle Faith.

Dylan lui prit la main, mais au lieu de la serrer, il la porta à ses lèvres et lui embrassa la paume.

— Moi, c'est Dylan. Et au nom de toute ma famille, je vous remercie pour votre donation au Hawke Brother Trust.

Il ponctua ses paroles d'un sourire suave qui la fit chavirer. Mais elle s'efforça d'ignorer le trouble qui l'envahissait. Car elle ne pouvait ignorer que Dylan Hawke était un tombeur notoire qui avait très probablement usé et abusé de ce sourire sur un nombre incalculable de femmes. Voilà pourquoi elle se devait de garder les idées claires. Ou du moins, pensa-t-elle en se perdant un instant dans son regard vert pétillant, elle se devait *d'essayer*.

Il relâcha sa main et se redressa.

— J'ai déjà quelques idées quant à l'endroit où je pourrais vous emmener pour notre premier rendez-vous, et…

— Je sais où je veux aller, l'interrompit-elle en secouant la tête.

Il haussa un sourcil.

— Bon, comme vous voudrez… J'aime les femmes qui savent ce qu'elles veulent.

Oh ! elle savait exactement ce qu'elle voulait ! Et ce n'était pas Dylan Hawke — aussi beau soit-il dans son smoking. Ce qu'elle voulait, c'était un coup de pouce dans sa carrière. Car elle venait d'effectuer un investissement majeur dans son avenir, en dépensant la quasi-totalité de ses économies. Et elle comptait bien le rentabiliser.

Dylan sortit un stylo de la poche intérieure de son veston, puis s'empara d'une serviette en papier sur une table près d'eux.

— Notez-moi votre adresse, et je viendrai vous chercher. Demain soir, ça vous convient ?

Le plus tôt serait le mieux.

— D'accord pour demain. Mais inutile de venir me chercher. Retrouvons-nous, disons, devant votre boutique de fleurs de Santa Monica à 19 heures ?

Il sourit mais, cette fois, il ne cherchait pas à séduire. Il semblait sincère. Et cela plut à Faith. Car pour une raison qui lui échappait, elle s'imaginait soudain faire toutes sortes de bêtises avec cet homme au sourire envoûtant.

— Vous êtes une femme pleine de mystères, déclara-t-il en se balançant sur ses talons. Comme vous voudrez, Faith « 63 » : rendez-vous à 19 heures devant la boutique de Santa Monica.

— J'y serai, dit-elle avant de tourner les talons et de sentir des regards curieux se poser sur elle alors qu'elle quittait la salle.

Y compris celui de Dylan Hawke.

Mission accomplie : elle avait désormais toute son attention. A présent, il ne lui restait plus qu'à garder bien en tête ses objectifs et ne pas se laisser distraire par cet homme au sourire ravageur.

Dylan gara sa Porsche devant le petit parking de sa boutique de Santa Monica. Il faisait en sorte de rendre régulièrement visite à ses employés des vingt-deux boutiques qu'il possédait, mais vu que celles-ci étaient localisées entre San Francisco et San Diego, ses visites n'étaient pas aussi fréquentes qu'il l'aurait aimé. D'ailleurs, il ne se souvenait pas s'être rendu dans celle-ci récemment. En tout cas, la devanture était avenante, et il savait que son chiffre d'affaires était un des meilleurs de la chaîne Hawke's Blooms.

Une silhouette près de l'entrée attira son attention. C'était Faith. Ses cheveux roux brillaient sous les éclairages de la vitrine et tombaient en cascade sur ses épaules. Elle portait une robe d'été cintrée à la taille, et qui s'évasait ensuite jusqu'aux genoux, mettant en valeur ses jambes galbées par des escarpins à talons hauts stylés. Il sentit son cœur s'accélérer alors qu'il descendait de voiture.

Tout ce qu'il savait de cette femme, c'était qu'elle aimait avoir les épaules découvertes, que sa chevelure aurait pu déclencher un carambolage, et qu'elle était assez riche pour dépenser plusieurs milliers de dollars lors d'un gala de charité… Sans parler de ses lèvres charnues qui faisaient bouillonner son sang dans ses veines.

Autrement dit, il mourait d'envie d'en savoir plus sur elle.

— Bonsoir, Faith, dit-il en lui ouvrant la portière passager.

Elle demeura immobile, puis répondit :

— Ce soir, nous n'aurons pas besoin de votre voiture.

Il regarda autour de lui. Le parking était désert.

— Vous avez un tapis magique garé quelque part ?

— Inutile, répondit-elle d'une voix légère. Car nous sommes déjà à destination.

Elle farfouilla dans son sac dont elle sortit un trousseau de clés. Estomaqué, il la regarda déverrouiller tranquillement la porte d'entrée de la boutique. Sans un mot, elle entra, désactiva l'alarme, puis se tourna vers lui.

— Entrez donc !

Plissant les yeux, il s'attendait presque à voir surgir d'un recoin un de ses frères s'écriant : « On t'a eu ! ». Faith avait posé son sac sur le comptoir et commençait à allumer une à une les lumières de la boutique. Secouant la tête, il la rejoignit à l'intérieur. Il n'avait pas la moindre idée de ce que cette femme lui préparait… Et, pour être honnête, cela lui était égal. Car Faith avait réussi à piquer sa curiosité comme aucune autre femme ne l'avait fait depuis longtemps. Et cela lui plaisait beaucoup.

— Mais qui êtes-vous donc, Faith « 63 » ? demanda-t-il en s'appuyant contre le comptoir tout en observant ses courbes féminines moulées dans sa robe.

Elle leva les yeux vers lui, les joues rosies, et ses grands yeux bruns se mirent à pétiller.

— Je suis fleuriste. Je m'appelle Faith Crawford, et je travaille pour vous, dans cette boutique.

Faith Crawford ? Ce nom lui disait vaguement quelque chose, mais rien de plus.

— Mary O'Donnell est votre responsable de boutique, c'est bien ça ? demanda-t-il.

— En effet, c'est ma responsable, confirma Faith en lui tournant le dos pour allumer dans l'arrière-boutique.

Il se passa une main dans la nuque. A force de mystères, la situation devenait ridicule. Pourquoi une de ses employées dépenserait-elle une telle fortune pour passer une, ou même plusieurs, soirées avec son patron ? Avait-elle une faveur à revendiquer ? Espérait-elle coucher avec lui en vue d'une promotion ?

— Depuis combien de temps travaillez-vous pour moi ? demanda-t-il en soupirant.

Elle se retourna vers lui.

— Six mois, monsieur Hawke.

— Vous savez donc que Hawke's Blooms interdit par son règlement toutes relations entre employés ? Les responsables n'ont pas le droit d'entretenir des relations autres que professionnelles avec leurs employés, déclara-t-il avec fermeté.

Elle ne sembla guère intimidée.

— J'en suis bien consciente, en effet.

— Et pourtant, insista-t-il en s'avançant vers elle suffisamment pour saisir les effluves de son parfum exotique, vous avez déboursé une somme non négligeable pour obtenir non pas un, mais trois rendez-vous en tête à tête avec moi.

Elle fronça légèrement les sourcils.

— Il n'était spécifié nulle part que ces rendez-vous devaient avoir une tournure romantique.

Il s'apprêtait à répliquer, mais il se rendit compte qu'il était en train de perdre le fil de cette conversation.

— Dans ce cas, qu'attendez-vous de moi ? demanda-t-il, une pointe de méfiance dans la voix.

Elle sortit une pince de son sac à main, puis remonta ses cheveux en queue-de-cheval.

— Je vous demande de passer la soirée ici, avec moi.

— Et pour faire quoi, exactement ? s'enquit-il, captivé par ses boucles cuivrées que son accessoire de coiffure peinait à dompter.

— Pour me regarder.

Il haussa un sourcil dubitatif.

— Je me dois de vous prévenir que ce type de proposition reste sous le coup de notre politique antifraternisation.

Elle leva les yeux au ciel, mais esquissa un demi-sourire.

— Je vais composer quelques bouquets.

Soit. Comme s'il ne passait pas déjà ses journées à évaluer les compositions qu'on lui présentait… Pourtant, s'attardant sur les longs doigts fins de Faith, il se dit que la regarder travailler serait loin d'être désagréable. Au contraire, même. Ses mains paraissaient à la fois douces et fermes. Il les imaginait très bien explorer ses joues, ses épaules… A cette idée, il sentit un léger frisson le parcourir. Il divaguait. Pas question pour lui de se laisser troubler par une employée — comme il venait justement de le lui expliquer.

Et puis, cette étrange attirance qu'il éprouvait n'était sans doute due qu'au fait de se trouver seul avec elle de nuit, dans la boutique illuminée… Rien de plus.

Il se passa une main sur le visage.

— Permettez-moi de clarifier les choses. Je connais votre salaire. Alors, à moins que vous ne soyez par ailleurs une riche héritière, vous avez dépensé une fortune lors de la vente aux enchères de célibataires. Et vous avez déboursé tout cet argent afin que je vienne vous regarder faire un travail pour lequel nous vous payons chaque mois ?

— C'est tout à fait cela, répondit-elle avec un grand sourire.

— J'ai dû rater un épisode, lâcha-t-il en inclinant la tête, de plus en plus intrigué.

Elle ouvrit la porte de la chambre froide pour en sortir des pivoines, des lilas et des magnolias.

— Avez-vous déjà eu un rêve, monsieur Hawke ? Quelque chose qui n'appartient qu'à vous et qui vous fait sourire dès que vous y pensez ?

Il fronça les sourcils. Ses rêves de carrière avaient toujours été liés à Hawke's Blooms, mais il les partageait avec sa famille. Avait-il déjà eu un seul rêve rien qu'à lui ?

— Bien sûr, répondit-il avec nonchalance, malgré une désagréable impression de mentir.

Sans le quitter du regard, elle commença à effeuiller les tiges de fleurs.

— Dans ce cas, vous comprenez ce que je veux dire.

Il vit son visage s'illuminer et, sans savoir pourquoi, il sentit son cœur s'accélérer.

— Et vous, Faith, quel est votre rêve ?

Elle lui sourit d'un air mystérieux.

— Oh ! j'en ai un certain nombre ! Mais il y en a un qui me tient particulièrement à cœur en ce moment.

Il croisa son regard et, soudain, tout ce qu'il y avait autour d'eux s'effaça. Il aurait pu passer la nuit entière à la regarder faire. Puis il vit son regard s'assombrir. Elle se mit à respirer de façon irrégulière. Il en éprouva un trouble grandissant. Elle aussi ressentait cette étonnante alchimie entre eux. Malgré lui, il sentit son corps se contracter, s'échauffer... Mais non, il devait résister. Tout cela devenait dangereux. Fronçant les sourcils, il pivota sur ses talons.

— Parlez-moi de votre rêve, reprit-il en se tournant de nouveau vers elle après une grande inspiration.

Après un bref silence, elle hocha doucement la tête.

— Je rêve d'ouvrir le catalogue de Hawke's Blooms et d'y voir figurer une de mes compositions.

Elle s'était donné tout ce mal rien que pour le catalogue ? Il s'adossa au plan de travail face à celui sur lequel Faith travaillait.

— Vous savez que nous avons une procédure pour cela.

— Je la connais par cœur, répliqua-t-elle en attrapant

de la mousse et un plateau blanc sur une étagère. « Tout fleuriste employé par Hawke's Blooms est en mesure de soumettre à son responsable des propositions de compositions originales, accompagnées d'un formulaire de candidature dûment complété. Si le responsable de boutique présélectionne la composition, il la soumettra à son tour aux services de la direction, qui décideront alors de la pertinence de l'inclure parmi les nouveautés proposées au catalogue général. »

Il sourit. Elle connaissait en effet la procédure mot pour mot.

— Et cette démarche, nota-t-il, est entièrement gratuite. Alors, pourquoi n'avoir pas suivi la procédure habituelle ?

Elle sourit, et il remarqua les fossettes qui se creusaient autour de ses lèvres.

— Je l'ai fait, dit-elle en accrochant ensemble les tiges des pivoines. Une vingtaine de fois, même. Après le seizième refus de ma responsable, je me suis dit que cette procédure n'était pas faite pour moi.

Il repensa alors à Mary O'Donnell, la supérieure de Faith. Son management était parfois un peu rigide, mais il avait conscience de la difficulté de son poste. Mais serait-elle du genre à bloquer l'avancement de ses employés ?

— Vous dénoncez les méthodes de management de votre responsable ? demanda-t-il très sérieusement.

Elle secoua la tête et s'arrêta un instant pour le regarder dans les yeux.

— Je suis une fleuriste de talent, monsieur Hawke. Je suis fière de mon travail, et je me plie aux exigences de ma hiérarchie. Je m'efforce de satisfaire mes clients, et certains de nos habitués exigent d'être servis par moi, et moi seule. Alors, je ne crois pas en faire trop quand je demande que mon travail soit jugé à sa juste valeur. Juste pour me permettre de progresser dans ma carrière.

Il était conscient de la chance qu'il avait : il avait pu s'épanouir dans l'entreprise familiale, au sein de laquelle ses contributions étaient non seulement entendues, mais encouragées. Mais s'il s'était retrouvé à la place de Faith ? Employé par une grosse entreprise où il fallait faire ses preuves ? Il la regarda planter soigneusement ses fleurs dans la mousse.

— Vous avez donc décidé de faire preuve d'inventivité, déclara-t-il en décelant une pointe d'admiration dans sa propre voix.

— Et quand j'ai appris que vous participiez à la mise aux enchères de célibataires, j'y ai vu un signe du destin, dit-elle en levant les yeux vers lui d'un air sincère. Vous croyez au destin, monsieur Hawke ?

— J'avoue ne jamais m'être vraiment posé la question.

En revanche, il était captivé par la façon gracieuse dont sa nuque s'étirait, ainsi que par les taches de rousseur qui parsemaient son nez.

— Eh bien, moi, j'y crois, figurez-vous. Et juste au moment où je me disais que je rêvais de pouvoir parler aux véritables décisionnaires de Hawke's Blooms, je tombe sur une affiche pour la vente aux enchères, ajouta-t-elle avant de faire une petite pause et de s'humecter les lèvres. Je suis sûre que vous comprenez que j'aie sauté sur l'occasion...

Oh ! comme il avait envie d'embrasser ces lèvres charnues sur lesquelles sa langue venait de passer... Mais il se contenta de murmurer :

— Je suppose, oui.

— Donc, je suis venue au gala de charité, j'y ai laissé une bonne partie de mes économies, et nous voilà ! asséna-t-elle en s'emparant d'un ruban pour se remettre au travail.

Devant une telle assurance, Dylan se sentait de moins en moins à l'aise. Après avoir dépensé tout cet argent — qu'il ne manquerait pas de lui rembourser, à présent qu'il savait qu'elle était une employée cherchant seulement à obtenir un entretien avec lui —, après s'être donné tout ce mal, comment réagirait-elle s'il était du même avis que sa responsable ?

— Dites-moi, Faith, reprit-il prudemment, que se passera-t-il si, malgré tous vos efforts, je ne suis pas convaincu par votre composition, et que je refuse de la placer au catalogue ?

De nouveau, elle le regarda droit dans les yeux. Ses grands yeux bruns étaient francs, elle ne cherchait pas à le piéger.

— Dans ce cas, je me dirais que j'ai fait de mon mieux, et je me remettrai au travail pour progresser encore.

Il hocha la tête. Elle avait confiance en elle, mais pas au point de se montrer arrogante. Elle était prête à se retrousser les manches pour progresser. Ce genre d'attitude lui plaisait beaucoup. A vrai dire, un certain nombre de choses lui plaisaient chez Faith Crawford. Y compris des choses auxquelles il n'aurait même pas dû penser, à présent qu'il savait qu'elle travaillait pour lui. A commencer par cette chevelure indomptable que ses doigts brûlaient d'envie de parcourir, ou encore la façon dont ses lèvres remuaient quand elle parlait.

Il y avait en elle comme une vibration qui l'attirait vers elle chaque fois qu'il s'efforçait de détourner les yeux. Que ressentirait-il s'il la prenait dans ses bras ? Sans doute embrassait-elle avec fougue, il n'en doutait pas un instant. Et au lit… Non, il devait avant tout se concentrer sur les compétences de fleuriste de Faith.

Ses gestes étaient rapides, précis, mais fluides. C'était un peu comme si ses mains dansaient. Lui-même s'était essayé par le passé à la composition florale, mais n'avait jamais été plus loin que quelques rudimentaires bouquets. Il s'était plutôt consacré à la gestion de l'entreprise fondée par ses parents, sans avoir le niveau, le flair et la créativité d'un fleuriste. Cela dit, ayant été entouré toute sa vie de professionnels de la composition florale, il avait l'œil suffisamment exercé pour détecter les fleuristes de talent.

Et déjà, il pouvait constater que Faith n'avait pas seulement toutes les compétences requises pour travailler chez Hawke's Blooms : elle possédait ce petit plus, ce quelque chose d'indéfinissable qui distinguait les meilleurs employés. Cela dit, il lui restait encore à voir si elle savait mettre à profit ce talent pour créer des compositions susceptibles d'apparaître au catalogue général.

En tout état de cause, Faith Crawford avait déjà atteint son premier objectif : elle avait désormais toute son attention.

En fait, il était même littéralement captivé.

Tout en ajoutant une pivoine à son bouquet, Faith s'efforça d'ignorer les frissons qui lui parcouraient la nuque en sentant sur elle le regard de Dylan. Bien sûr, c'était précisément ce pour quoi elle l'avait fait venir ici, mais il ne suivait que partiellement le travail de ses mains. Car le reste du temps...

Elle sentit une onde de chaleur se diffuser dans son ventre en repensant à la façon dont il avait fixé sa bouche, tout à l'heure. Voilà bien longtemps qu'un homme avait posé sur elle un tel regard. A fortiori, un homme qu'elle mourait d'envie d'embrasser depuis l'instant où il lui avait proposé de monter dans sa voiture, véritable invitation au plaisir sur roues.

Il avait donc fallu que cela tombe sur Dylan Hawke, son PDG ? A croire que le destin lui jouait un sacré tour. Elle s'efforça de se persuader que l'homme en face d'elle ne l'attirait pas follement. Et d'ignorer le trouble qu'elle suscitait manifestement aussi chez lui. Pour cela, elle se concentra sur les fleurs. Mais impossible de réprimer les délicieux frissons qui continuaient de la parcourir.

Allons, pas question de se laisser distraire... Car l'enjeu de cette soirée était énorme : si elle se montrait à la hauteur, sa carrière pourrait enfin décoller. Elle ajusta méticuleusement les fleurs au sein du bouquet, cherchant la symétrie parfaite. Encore quelques feuilles à tailler... Voilà. Elle les mit de côté et admira le résultat : un bouquet élégant, équilibré en couleur et en formes... Mais était-il assez original pour figurer au catalogue ? Car afin de faire bonne impression, elle avait tempéré ses élans artistiques, privilégiant un style plus classique. Pour la première fois, elle s'aperçut que le regard critique de Mary avait abîmé sa confiance en soi, sa créativité.

Elle effleura une des feuilles vertes… Ce bouquet était achevé. Et pourtant, elle hésitait encore.

— Vous avez terminé ?

Elle sursauta, la voix de Dylan lui paraissant très proche. Tout absorbée par son travail, elle n'avait pas remarqué qu'il s'était approché. Voulant s'écarter de lui, elle trébucha. Il la retint par le bras pour l'empêcher de tomber, la fixant sans ciller. Le portrait posté sur le site web de Hawke's Blooms ne rendait pas justice au visage ouvert et franc de l'homme qui se tenait devant elle.

Ils étaient si proches que son parfum, puissant et mystérieux, lui parvint. Plutôt qu'un après-rasage hors de prix et convenu, elle perçut de discrètes notes boisées, qui lui évoquèrent la terre fraîche d'une forêt un soir de clair de lune.

Elle frémit, et il s'immobilisa.

Sentant la chaleur de son corps athlétique l'envelopper tout entière, elle retint son souffle. Saisie d'un étrange vertige, elle ne vit soudain plus rien autour d'elle. Juste lui. Elle aurait dû reculer d'un pas, rompre le charme.

Mais cet homme était la tentation incarnée !

Elle sentit son pouls s'accélérer et battre dans la veine au creux de son cou ; ce que Dylan parut remarquer à son tour.

— Faith, murmura-t-il, le souffle court.

Elle ferma les yeux pour lutter contre l'effet qu'avait sur elle le fait d'entendre Dylan prononcer ainsi son nom du bout des lèvres. Mais quand elle les rouvrit, il s'était encore rapproché d'elle, et elle sentait à présent son souffle contre son visage.

Elle posa alors ses mains sur son torse, tellement solide et chaud… Et Dylan frémit à son contact.

— S'il vous plaît, je…, dit-elle dans un murmure.

Mais avant qu'elle puisse terminer sa phrase, il s'empara de ses lèvres. Sans doute aurait-elle dû s'écarter de lui…

Or, elle s'agrippa à sa chemise, comme si le sort du monde en dépendait.

Il eut un gémissement satisfait quand elle entrouvrit les lèvres, puis l'enlaça avant de la plaquer contre le plan de travail.

Sa langue chercha la sienne avec une telle ferveur qu'elle comprit que ce seul baiser ne suffirait pas. Car le désir qui la submergeait était irrépressible.

Elle avait envie de lui.

2

Quand Dylan s'écarta doucement, haletant, Faith essaya de reprendre son souffle. Car ce baiser ne ressemblait à rien de ce qu'elle avait pu connaître jusque-là. D'ailleurs, il lui aurait suffi de se pencher de quelques centimètres pour renouveler l'expérience.

C'est alors qu'elle prit conscience de l'énormité de ce qui venait de se produire. Le sol sembla se dérober sous elle.

Elle venait d'embrasser son patron.

Enfin, pas seulement son patron. Le grand patron. Elle venait d'embrasser l'homme qui possédait chacune des boutiques de la chaîne Hawke's Blooms.

A moins que ce ne soit lui qui l'ait embrassée ? Elle ne savait plus très bien. La seule chose dont elle était sûre, c'était que jamais personne ne l'avait embrassée avec une telle fougue. Une telle passion. Il y avait de quoi en perdre la raison. Et le fait que cet homme soit son employeur, un homme dont elle n'avait pas le droit de se rapprocher, constituait une cruelle ironie : si jamais ce baiser avait compromis son plan pourtant savamment orchestré, si à cause de lui Dylan devait ne pas la prendre au sérieux, alors, elle ne se le pardonnerait jamais.

— Faith, dit-il d'une voix rauque, excusez-moi. J'ai complètement perdu les pédales.

Mais elle se devait d'être honnête.

— Nous sommes deux, Dylan…

— Certes, mais le patron, c'est moi, répliqua-t-il. Il est de ma responsabilité de ne pas franchir la ligne rouge. Vous ne devriez pas vous sentir mal à l'aise, ou sous pression sur votre lieu de travail. Et je vous prie de m'en excuser.

— Je ne me sens pas mal à l'aise, bafouilla-t-elle en baissant les yeux vers ses mains. Du moins, pas au début. En tout cas, sachez que ce baiser, j'en avais envie, moi aussi. *Au début.*

A ces mots, elle chercha son regard. Il semblait méfiant.

— Plus maintenant ? demanda-t-il en inclinant la tête.

— Non, mentit-elle malgré sa brûlante envie de recommencer.

Elle devait penser à sa carrière. Qui devait primer sur son désir d'embrasser Dylan Hawke.

— Me voilà soulagé, soupira-t-il. Mais cela ne suffit pas. Je me comporte de façon égoïste, alors que vous m'avez fait venir ici pour tout autre chose. Je vous donne ma parole que cela ne se reproduira pas.

— Je vous en remercie, murmura-t-elle en s'efforçant de paraître professionnelle.

Il garda le silence un moment, tout en la dévisageant.

— Vous me paraissez bien sûre de vous, alors que vous admettez avoir eu envie que je vous embrasse tout à l'heure.

A quoi jouait-il, au juste ? Peut-être cherchait-il à la tester, pour s'assurer qu'elle n'allait pas changer d'avis et déclencher un scandale dans l'entreprise. Quoi qu'il en soit, elle se devait d'être tout à fait claire avec lui, afin de dissiper toute ambiguïté.

Inspirant profondément, elle releva le menton.

— Je ne cherche ni petit ami ni amant, monsieur Hawke. Ce qu'il me faut, c'est quelqu'un capable d'apprécier mon talent à sa juste valeur. J'espère ne pas vous offenser, mais j'ai besoin de vous professionnellement. Et non personnellement.

Il eut un petit sourire ironique.

— J'ai bien compris. Autrement dit, je ferais bien de jeter un coup d'œil à ce bouquet…

Elle se redressa pour lui permettre d'observer de plus près sa création. Toutes ses actions — sa participation aux enchères, son choix de dilapider ses économies — les avaient menés à cet instant crucial. Le moment de vérité. Elle n'avait plus qu'à faire un pas de côté en croisant les doigts. En espérant que l'opinion de Dylan ne serait pas altérée par ce baiser.

Les mains dans les poches, il étudia sa création, l'observant sous tous les angles, avant de se redresser en grimaçant.

— C'est mauvais à ce point ? articula-t-elle, l'estomac noué. Vous faites la grimace.

— Non, ce n'est pas mal, murmura-t-il en reculant de quelques pas. Si je ne souris pas, c'est parce que j'aurais vraiment aimé placer votre composition au catalogue.

Ses propos lui firent l'effet d'une gifle. Les larmes lui montèrent aux yeux, mais elle s'efforça de les refouler.

— Mais vous n'allez pas l'y faire figurer…

— Je regrette, Faith, dit-il à voix basse. Surtout après…

Il désigna le plan de travail, là où ils avaient échangé ce fameux baiser.

Elle se mordit la lèvre. Elle avait beau se sentir mal, elle ne voulait pas pour autant le mettre dans l'embarras. Il ne faisait que son travail.

— Ne vous excusez pas. Si ce bouquet n'est pas à la hauteur, c'est mon problème, pas le vôtre.

— Le truc, c'est que ce bouquet est réussi. Vraiment. Mais il ne se démarque pas des compositions que nous proposons déjà au catalogue. Si nous devons ajouter une référence, celle-ci doit être originale. Elle doit offrir à nos clients une alternative à nos options existantes. Et votre composition, aussi belle soit-elle…

— … ressemble trop à l'offre déjà disponible, compléta Faith qui comprenait son point de vue, malgré sa déception.

Il posa la main sur son épaule.

— Mais je vais vous rembourser l'argent que vous avez versé à la vente aux enchères. Vous n'auriez jamais dû payer pour obtenir un rendez-vous avec la direction.

Elle se raidit. Il n'allait pas s'en sortir aussi facilement.

— Je ne reprendrai pas cet argent. Il me reste deux rendez-vous en tête à tête, et je compte bien les honorer.

Car elle n'avait aucune intention de se priver de cette « ligne directe » auprès du PDG des magasins Hawke's Blooms. Son plan d'origine était bon… Et elle espérait ne pas avoir tout compromis à cause d'un baiser.

Certes, cette soirée ne s'achevait pas sur le succès qu'elle avait espéré, mais il lui en restait encore deux. Et quand elle avait une idée en tête, elle s'y tenait jusqu'à parvenir à ses fins. Autrement dit, elle finirait par en mettre plein la vue à Dylan, et à voir figurer ses compositions au catalogue.

Il poussa un soupir.

— Ecoutez, Faith, je ne peux pas vous obliger à reprendre cet argent, mais ce serait plus simple pour moi si vous acceptiez.

— Peut-être, répondit-elle avec un franc sourire. Mais ça ne me rendrait pas les choses plus faciles, à moi.

— Faith, je peux vous parler franchement ?

Il se passa les mains dans les cheveux, puis les garda croisées derrière sa nuque. Soudain, elle n'avait plus face à elle l'homme qui lui avait volé un baiser quelques minutes plus tôt. Ni le président d'une grande chaîne de magasins de fleurs. Ni même l'homme qui avait arpenté la scène lors de la vente aux enchères de célibataires. Non, cet homme-là debout devant elle était bien réel, sans faux-semblants.

— Je vous en prie, dit-elle en hochant la tête.

— Je suis en train d'essayer de travailler sur mon image, expliqua-t-il avec un demi-sourire absolument craquant.

— Vous voulez dire que vous cherchez à effacer le play-boy pour devenir le futur beau-frère d'une princesse ?

Il s'assit sur un banc qui se trouvait devant le plan de travail.

— Oui, c'est un peu ça…

— Donc, pour que les gens cessent de vous considérer comme un play-boy, vous vous êtes offert aux enchères ? ajouta-t-elle en venant s'asseoir sur le banc près de lui.

Le voir ainsi embarrassé lui procura une certaine satis-faction. Et elle était sensible au fait qu'il s'ouvre ainsi à elle.

— Oui, c'est vrai que présenté comme ça, ça a l'air assez dingue, admit-il.

Soudain, elle fut plus intriguée encore. Cet homme n'était pas à une contradiction près. Et elle voulait en savoir plus à son sujet. Histoire de mieux le comprendre.

— Dans ce cas, comment présenteriez-vous la situation ?

— Je me suis beaucoup investi dans notre nouvelle œuvre de charité. La vente aux enchères n'était qu'une première étape. Je compte m'y impliquer au quotidien.

— Vous passerez ainsi de play-boy à membre respecté de la communauté.

— Vous comprenez donc que la dernière chose dont j'aie besoin, c'est d'un scandale avec une de mes subor-données…

Un scandale ? Elle fronça les sourcils. Que s'imaginait-il donc qu'elle attendait de ces deux prochains rendez-vous ?

— Dylan, je n'attends rien de romantique quant aux deux autres soirées qu'il nous reste à passer ensemble. Je n'attendais d'ailleurs rien de particulier pour ce soir.

— Mais je dois surveiller mon image publique, précisa-t-il avec un haussement d'épaules.

Il n'avait pas tort. Elle réfléchit à une solution satisfai-sante pour eux deux, sachant qu'elle n'était pas près de renoncer à ces deux soirées auxquelles elle avait droit.

— Rien ne nous oblige à nous voir en public. Nous pouvons nous retrouver en secret.

— Impossible : je vous rappelle que la vente aux enchères a été couverte par la plupart des médias, dit-il en riant. Mais ce n'est pas seulement une question d'image.

Peu à peu, elle comprit où il voulait en venir.

— C'est à cause du baiser, articula-t-elle à voix basse comme pour atténuer leur embarras à tous les deux.

Accrochant son regard au sien, il hocha la tête.

— Et il est très important que je vous considère comme

une simple employée, et que vous me considériez comme votre simple patron.

— Ça ne me dérangera pas. Etes-vous en train de me dire que cela vous gêne ? demanda-t-elle en arquant un sourcil.

Car elle sentait bien que Dylan Hawke n'était pas du genre à se défiler.

— Si vous pouvez y arriver, j'y arriverai, affirma-t-il avec un petit sourire en coin.

— Dans ce cas, j'ai l'impression que le problème est réglé, dit-elle en se levant du banc, certaine que Dylan ne pourrait plus faire marche arrière désormais.

Elle sentait son regard dans son dos. Sans doute réfléchissait-il à ses différentes options. Quand elle s'empara de la corbeille pour vider les restes de feuillage, il vint l'aider et finit par prendre la poubelle.

— Et moi j'ai l'impression que vous avez gagné ce premier round, Faith « 63 », murmura-t-il tout près d'elle.

Elle lui adressa un sourire ironique.

— Dylan, si j'avais remporté ce round, ma composition serait sur le point de figurer au catalogue. Tout ce que j'ai réussi, c'est à laisser la porte ouverte pour le prochain round.

— Vous savez quoi ? dit-il d'une voix amusée. Quand bien même je ne devrais pas, je suis impatient d'y assister, à ce deuxième round…

Elle se tourna vers lui et croisa son regard, où elle perçut une pointe d'humour mêlée à une certaine fougue. Très vite, elle pivota sur ses talons. Les choses seraient bien trop compliquées si elle voyait en lui autre chose que le PDG des magasins Hawke's Blooms. Même si elle avait la nette impression qu'il était peut-être déjà trop tard pour cela.

Deux jours plus tard, Dylan revint se garer sur le parking de sa boutique de Santa Monica. Voilà quelque temps qu'il n'y avait pas effectué une inspection d'une journée. A une époque, cela faisait partie de sa marque managériale :

débarquer sans prévenir au petit matin, et rester sur place pour offrir son aide si celle-ci était sollicitée. Rien de tel pour se faire une idée de la façon dont une boutique était gérée, et évaluer les éventuelles améliorations à y apporter.

Il espérait arriver à inspecter deux boutiques par mois de cette façon, raison pour laquelle ses assistants ne s'étonnèrent guère quand il leur demanda d'annuler tous ses rendez-vous de la journée. Naturellement, ses collaborateurs ne pouvaient pas deviner ce qu'il s'efforçait d'ignorer : il n'avait pas cessé de penser à une certaine employée de la boutique de Santa Monica depuis leur premier rendez-vous.

En d'autres circonstances, il l'aurait évidemment invitée à dîner. Car ce baiser époustouflant ne cessait de le hanter. Il avait passé un excellent moment en compagnie de Faith. Cette femme était tout à fait imprévisible, et c'était précisément ce qui la rendait attirante.

Il descendit de voiture en soupirant. Inutile de perdre son temps à désirer ce qu'il ne pouvait pas avoir. Cette femme travaillait pour lui. Rien de plus, rien de moins.

Ce qui ne l'empêchait pas de s'interroger sur la gestion de cette boutique. Car même s'il avait rejeté lui-même la composition florale de Faith, il se demandait à présent si la responsable de magasin faisait bien le nécessaire quant à l'avancement de ses employés. D'autant plus que Faith avait déjà proposé une vingtaine de compositions, et qu'aucune d'elles n'était arrivée jusqu'aux bureaux de la direction.

En tout cas, au vu des compétences et de l'enthousiasme de la jeune femme, tout bon supérieur hiérarchique aurait dû lui offrir le soutien nécessaire pour progresser dans sa carrière. Peut-être Mary aurait-elle même pu soumettre à la direction une ou deux de ses compositions, ne serait-ce qu'à titre d'encouragement ? Oui, il était décidément temps pour lui d'aller voir de plus près ce qui se passait dans cette boutique. Dans toutes les boutiques, d'ailleurs.

A peine eut-il franchi le seuil du magasin et ôté ses

lunettes d'aviateur que Mary O'Donnell leva les yeux vers lui et le salua d'un signe enjoué de la main.

— Monsieur Hawke ! s'exclama-t-elle sur un ton obséquieux. Quel plaisir de vous voir ici ! Tenez, Faith, finissez donc ce bouquet pour moi, je dois m'entretenir avec M. Hawke.

Quand elle entendit ce nom, Faith s'immobilisa, avec sur le visage une expression de biche effarée devant les phares d'une voiture. Elle s'humecta les lèvres, et Dylan fut aussitôt assailli par le souvenir de leur baiser. De la douceur incroyable de ses lèvres. De sa langue, fougueuse… Mais il s'efforça de se ressaisir et concentra son regard sur Mary O'Donnell.

— Ce ne sera pas nécessaire, déclara-t-il alors. Je compte passer la journée avec vous. Faites comme si je n'étais pas là. Je suis simplement venu voir comment se passent les choses dans cette boutique.

— Voilà quelque temps que vous ne faisiez plus d'inspections, reprit Mary en balayant la boutique d'un regard nerveux. Y aurait-il un problème ?

— Je continue seulement de mettre en œuvre une procédure qui a fait ses preuves au fil des années.

— Et nous sommes les premières sur votre liste ? demanda Mary avec une lueur fière dans le regard.

— En effet, répondit-il en lui laissant penser qu'il s'agissait d'un compliment.

De toute façon, il n'allait pas lui avouer que la véritable raison de sa présence était qu'il n'arrêtait pas de penser à l'une de ses employées.

— Eh bien, dans ce cas, permettez-moi de vous présenter mon équipe, reprit Mary en allant chercher par le bras une femme blonde d'âge moyen. Voici Courtney, notre fleuriste senior. Si vous désirez rapporter un bouquet chez vous ce soir, alors Courtney saura répondre à vos attentes.

— Enchanté, Courtney, dit-il en lui serrant la main.

— Enchantée, monsieur Hawke, dit Courney avec un large sourire. Mais si vous le permettez, je vais me dépêcher de terminer ce bouquet avant que le coursier passe le prendre.

— Naturellement, fit-il en la regardant rejoindre un des plans de travail.

Elle travaillait de façon efficace, et sa composition lui parut correcte.

— Et voici notre autre fleuriste, Faith Crawford, dit le manager en la désignant.

Dylan guetta du coin de l'œil Mary et Courtney, afin de voir si elles savaient que Faith était la personne qui l'avait remporté aux enchères. Manifestement, elles ignoraient qu'ils se connaissaient. Intéressant. Faith ne leur avait rien dit, et le téléphone arabe au sein de l'entreprise n'avait pas encore fonctionné. La plupart des cadres de l'entreprise étaient présents lors du gala de charité, mais personne ne semblait l'avoir reconnue dans la cohue.

Il posa son regard sur Faith. Elle portait un tablier jaune à l'effigie de Hawke's Blooms par-dessus un débardeur dos-nu. Sa crinière rousse et frisée était rassemblée dans une barrette. Elle leva les yeux vers lui, et il attendit sa réaction. Son regard alla de Mary à lui. La perspective de mentir de façon éhontée à ses employés ne l'enchantait guère, d'autant que, tôt ou tard, les choses finiraient par se savoir. Ce qui ne signifiait pas pour autant qu'il était disposé à partager tous les détails de sa récente histoire avec Faith.

— Mlle Crawford et moi, nous nous sommes déjà rencontrés, se contenta-t-il de dire.

La responsable de boutique écarquilla les yeux, visiblement intriguée, mais il choisit de couper court à toute remarque :

— Avez-vous un apprenti dans cette boutique ?

— Oh ! bien sûr ! Sharon. Mais le lundi, elle n'arrive qu'après le déjeuner.

Hochant la tête, il ôta sa doudoune. Plutôt que son sempiternel costume, il avait opté pour un pantalon et un polo décontractés pour l'inspection d'aujourd'hui. Afin d'être proche de ses employés.

— En attendant qu'elle arrive, je me charge du balayage et de répondre au téléphone. Et de donner des coups de main là où vous en aurez besoin.

Sans réfléchir, il laissa son regard errer du côté du plan de travail de Faith… Leurs yeux se croisèrent, et il ne put s'empêcher de repenser à la façon dont il avait plongé ses mains dans sa chevelure rousse, dont il les avait laissées courir le long de ses joues, sous son menton…

Et quand il vit ses joues s'empourprer, il sut qu'elle pensait à la même chose. S'éclaircissant la voix, il détourna le regard.

S'il voulait arriver au bout de cette journée sans que personne ne devine qu'il avait embrassé son employée, il devrait faire en sorte de se maîtriser.

Deux heures que Dylan était arrivé dans la boutique. Et deux heures que Faith s'efforçait de faire comme s'il n'était pas là, afin de poursuivre normalement son travail.

Sauf qu'à chaque fois qu'il venait balayer les restes de ses compositions ou qu'il lui tendait le carnet de commandes, elle perdait ses moyens et repensait à leur tête à tête, ici même.

De temps à autre, si leurs regards se croisaient, elle voyait bien qu'il y pensait lui aussi.

Or, pas question de se laisser distraire. Elle se devait d'impressionner l'homme d'affaires, M. Hawke, et non l'irrésistible et fougueux Dylan qui l'avait embrassée à en perdre haleine. Si, pour ce qui était des hommes, l'adage « un de perdu, dix de retrouvés » était peut-être valable, pour autant, lui seul était susceptible de faire décoller sa carrière.

Les commandes continuaient d'affluer en provenance de leur site web, par téléphone, ou encore sur place, dans la boutique, ce qui lui donnait une excuse pour ne pas avoir à faire la conversation à Dylan — enfin, à M. Hawke. Plus tôt, il s'était assis pour prendre un café avec Courtney en lui demandant de lui parler de son travail et de ses idées concernant la boutique. Il avait alors annoncé qu'il ferait de même avec chaque membre de l'équipe.

La sonnette tinta, et Faith leva les yeux, apercevant l'un de ses clients préférés.

— Bonjour, Tom, dit-elle. Vous avez passé un bon week-end ?

— Oui, mais trop court, répondit-il. Et vous ?

Son regard glissa du côté de Dylan qui parcourait d'une main hésitante le carnet de commandes. Ses cheveux brun auburn étaient en désordre, son col ouvert… Il donnait l'impression d'être en apnée depuis un certain temps.

— Je dirais qu'il fut *intéressant*, finit-elle par déclarer en se retournant vers son client.

— J'ai l'impression que vous ne me dites pas tout ! s'esclaffa Tom.

— Oh ! vous savez, la vie me réserve de nombreuses surprises ! expliqua-t-elle en sortant du réfrigérateur le bouquet qu'elle avait mis de côté pour lui. Je vous ai trouvé de la menthe fraîche et ces jolies branches de pommier sauvage ce matin au marché. Qu'en dites-vous ?

— C'est superbe ! Emmie a adoré les marguerites et le romarin de la semaine dernière.

Du coin de l'œil, elle vit Dylan qui écoutait la conversation avant de se rapprocher.

— Bonjour, je suis Dylan Hawke, PDG de Hawke's Blooms, déclara-t-il en tendant la main à Tom.

— Ça alors, le grand patron ! fit Tom avec un clin d'œil à Faith.

Dylan se tourna vers elle.

— Vous avez vous-même acheté de la menthe et du pommier sauvage pour agrémenter ce bouquet ? s'enquit-il d'un ton léger qui contrastait avec son regard acéré. Ça m'intéresse. Pouvez-vous m'expliquer votre démarche ?

Elle sentit son estomac se nouer. Elle avait voulu attirer

l'attention de l'homme d'affaires... Mais à présent qu'elle l'avait, elle craignait qu'il la trouve trop excentrique. Et elle aurait du mal à se remettre d'une deuxième déconvenue.

Cependant, tout ce qu'elle pouvait faire, c'était afficher un sourire et faire son travail.

— Tom vient nous voir tous les lundis pour offrir un bouquet à sa femme, dit-elle sans quitter du regard la composition qu'elle parachevait. Emmie étant aveugle, je m'efforce de réfléchir à des compositions qu'elle pourra malgré tout apprécier pleinement.

— Vous avez acheté la menthe sur votre trajet ? demanda Dylan d'un ton le plus neutre possible.

— Oui. Tous les lundis, je pars un peu plus tôt pour faire un crochet par le marché aux fleurs, afin d'y glaner un peu d'inspiration. Souvent, je sors des sentiers battus pour satisfaire les besoins d'Emmie. J'accorde une attention toute particulière aux fragrances, expliqua-t-elle en levant un brin de menthe, puis une tige de pommier, ainsi qu'aux textures.

A ces mots, elle jeta un œil du côté des grands seaux... *Et si elle y ajoutait un peu de blanc ?*

Voyant Dylan arquer un sourcil, elle hésita. Peut-être n'appréciait-il pas cette façon un peu originale de travailler... Mary, sa responsable, n'avait jamais fait preuve d'un grand enthousiasme, rechignant systématiquement à lui rembourser ces petits extra qu'elle ramenait chaque semaine. Mais tant pis ! Tout ce que Tom faisait pour sa femme lui allait droit au cœur. Les hommes comme lui, qui se mettaient en quatre pour voir leur compagne sourire, étaient rares. A son humble niveau, elle était fière d'y contribuer.

Mais Dylan Hawke verrait peut-être les choses autrement. Le souffle court, elle lui tendit un brin de menthe.

— Si vous le permettez, monsieur Hawke...

— Plutôt deux fois qu'une, répondit-il en portant la menthe à ses narines. Vous me donnez là un très bel exemple de service personnalisé aux clients.

Il soutint son regard, et elle se détendit, soulagée. Même

si l'approbation de Dylan lui faisait bien plus d'effet qu'elle ne l'aurait dû.

Il s'éloigna tandis qu'elle finissait le bouquet, mais elle continua de sentir son regard sur elle.

Une fois que Tom fut reparti avec son bouquet, satisfait, Dylan l'interpella près de la caisse enregistreuse.

— J'espère que vous vous faites bien rembourser pour vos petits extra du lundi matin, dit-il à voix basse.

Elle s'efforça de masquer son embarras. Si elle désavouait sa responsable, Mary ne manquerait pas de le lui faire payer. Pourtant, elle se voyait mal mentir à Dylan. Car il lui suffirait de consulter les comptes de la boutique pour constater qu'après ses deux ou trois premières tentatives, elle n'avait plus demandé à être défrayée : Mary lui avait clairement ordonné d'utiliser les ressources disponibles à la boutique pour ses bouquets. Et même si Faith n'était guère encline à dénoncer sa responsable de boutique, elle préféra être franche avec le PDG.

— Bien sûr… Mais il m'arrive parfois d'égarer mes factures, répondit-elle d'un ton le plus décontracté possible.

— Je vois, marmonna-t-il, ne semblant pas dupe un seul instant.

— Vous savez, ça m'est égal de ne pas me faire rembourser ces petits extra, reprit-elle un peu hâtivement. Je sais que je ne devrais me servir que du stock dont nous disposons en boutique, mais rien ne vaut pour moi le sourire de Tom quand je le vois repartir avec son bouquet élaboré uniquement pour Emmie. Pour moi, c'est un peu comme un cadeau que je leur fais…

— Nous parlons là de votre travail, Faith. Vous ne devriez pas dépenser de l'argent pour l'exercer, déclara-t-il en croisant les bras. Avez-vous votre reçu de ce matin ?

Elle récupéra son sac à main sous le comptoir, et farfouilla à l'intérieur jusqu'à en extirper un petit papier froissé.

— Tenez, murmura-t-elle en le lui tendant.

Leurs paumes s'effleurèrent, et elle ne put réprimer un petit soupir à son contact. Elle sentit sa peau picoter, et elle ne put soudain réprimer le désir irrépressible de sentir encore sa main contre la sienne, contre son bras… contre son visage qu'elle avait vaguement caressé lorsqu'ils avaient échangé ce baiser…

Elle vit le regard de Dylan s'assombrir.

— Faith, lâcha-t-il d'une voix rauque… On ne peut pas…

— Je sais, murmura-t-elle.

— Dans ce cas, ne me…

— Il vous faudra un coup de main, monsieur Hawke ? demanda soudain Mary dans leur dos.

Instantanément, Dylan se composa un sourire de façade, à des lieues de l'expression emplie de désir que Faith avait vue quelques secondes plus tôt.

— J'étais seulement en train de sermonner votre fleuriste pour ne pas s'être fait rembourser la matière première pour la commande hebdomadaire du client qui vient de repartir, répondit-il en lui tendant la facture. Mlle Crawford m'a promis de toutes vous les transmettre dorénavant. N'est-ce pas, mademoiselle Crawford ?

— Euh, oui, bredouilla Faith en fuyant le regard de sa responsable. Si vous voulez m'excuser… Je dois m'occuper d'une autre commande.

Elle s'éclipsa à l'autre bout de la pièce et ne reprit son souffle qu'au bout d'un moment, quand elle put enfin se concentrer sur un nouveau bouquet. Décidément, cette journée n'en finissait pas ! Cet homme était là, tout près… Envahissant son espace. Attisant son désir.

De toute façon, même s'il n'avait pas été son patron, elle ne pouvait offrir son cœur à un homme ayant une vie sentimentale aussi chaotique. Car les rumeurs sur lui allaient bon train : il changeait régulièrement de petites amies, manifestement peu enclin à s'engager pour de bon. Dès lors, pas question pour elle de craquer pour ce genre d'homme : elle passerait sa vie à essayer de le changer. Non, elle préférait chérir son indépendance, et s'assurer une certaine stabilité en ne comptant que sur elle-même.

Tout en travaillant à sa composition, elle se répéta

cela tel un mantra. Même si son corps ne semblait pas l'entendre de cette oreille. Et qu'elle résistait péniblement à l'envie de franchir les quelques pas qui les séparaient pour se jeter à son cou.

3

De retour à son bureau en fin d'après-midi, Dylan contemplait la ville de Los Angeles à travers la baie vitrée. Il avait désormais une bonne vision d'ensemble de la façon dont sa boutique de Santa Monica fonctionnait. Toute la journée, il avait pris le temps de discuter avec ses quatre employées, d'écouter leurs impressions et suggestions, et avait pu mesurer lui-même la satisfaction des clients.

Par la même occasion, il avait découvert que cette attirance irrationnelle qui le poussait vers Faith Crawford ne semblait pas vouloir disparaître. Dès l'instant où il était entré dans la boutique, il avait dû lutter pour ne pas poser son regard sur elle. Partout dans le magasin, il avait pu sentir sa présence. Et, à plusieurs reprises, il l'avait surprise en train de le regarder. Rien qu'en y repensant, il sentait son cœur s'accélérer.

Pourquoi le destin avait-il mis cette femme sur son chemin ?

Il avait pu constater qu'elle n'avait rien d'une employée lambda. Tout au long de la journée, il avait répondu par téléphone à des clients qui exigeaient que leur commande soit traitée par Faith en personne. Lorsqu'il leur avait suggéré de confier leur demande à un autre fleuriste, ils avaient invariablement répondu qu'ils étaient disposés à attendre. Et il avait compris pourquoi : ses compositions étaient époustouflantes. Pourquoi lui avait-elle montré un bouquet aussi classique, le soir de leur premier tête à tête ? Car quand elle se trouvait dans son élément, ses créations étaient non seulement belles, mais originales. Certaines méritaient amplement de figurer au catalogue général de la chaîne, et d'inspirer ainsi tous les autres fleuristes.

Quant au bouquet composé de menthe et de branches de pommier destiné à l'épouse aveugle d'un client fidèle, il n'en avait tout simplement pas vu d'aussi beau depuis longtemps. Il appréciait énormément de voir ses employés se mettre en quatre pour leurs clients. De toute façon, tout chez cette femme le fascinait. Que ce soient ses compétences professionnelles, sa personnalité, son physique…

Il sentit son sang s'échauffer dans ses veines.

Secouant la tête, il s'efforça de réfléchir en professionnel. Faith Crawford avait un grand potentiel. Et il se devait de l'aider à l'exprimer, pour le plus grand bénéfice de Hawke's Blooms. Parce qu'elle méritait de voir ses talents reconnus à leur juste valeur. Or, sa responsable de boutique ne semblait guère disposée à ouvrir les yeux, malgré les prodiges que Faith réalisait au quotidien.

Il prit alors le téléphone sur son bureau et composa le numéro de la direction des ressources humaines.

— Anne, auriez-vous une minute ? demanda-t-il en entendant la voix de la directrice du service au bout du fil.

— Bien sûr. De quoi s'agit-il, Dylan ?

— J'ai procédé aujourd'hui à une inspection surprise dans la boutique de Santa Monica.

— Très bien, approuva-t-elle. Vous revenez toujours après avec des remarques pertinentes : qu'avez-vous à me suggérer ?

Sa main libre dans sa poche, il contempla les toits des gratte-ciel qui s'offraient à sa vue.

— Il y a là-bas une fleuriste de très haut niveau, et j'aimerais que vous fassiez quelque chose pour elle.

— Comment s'appelle-t-elle ?

— Faith Crawford, articula-t-il de la façon la plus neutre possible en espérant ne rien laisser paraître de son trouble.

Il y eut un silence au bout de la ligne, et il entendit Anne pianoter sur son ordinateur, sans doute pour chercher le dossier de Faith.

— Qu'avez-vous en tête ?

— Son travail est excellent. Original et créatif. Mais pour être tout à fait franc avec vous, je dois vous avouer que Faith est la jeune femme qui m'a remporté aux enchères lors du gala de charité de l'autre soir.

— Comme je regrette de n'avoir pu y assister… J'en ai eu de très bons échos, commenta Anne avec un petit rire. Bref, comment souhaitez-vous procéder ?

Il se passa une main dans les cheveux.

— Cette jeune femme possède un fort potentiel, et Hawke's Blooms devrait pouvoir en tirer bénéfice. Mais n'allez surtout pas vous imaginer qu'elle a de quelque façon que ce soit acheté sa promotion. Que diriez-vous d'envoyer quelqu'un sur place pour juger son travail en toute impartialité, sans le moindre préjugé ? Sans préciser que l'idée vient de moi, cela va sans dire.

— Je vais tâcher d'organiser ça, et vous tiendrai au courant.

— Merci, Anne.

En raccrochant, il se dit qu'il était satisfait de sa journée de travail. Si seulement il pouvait être celui qui annoncerait à Faith sa promotion… Histoire de voir la tête qu'elle ferait à ce moment-là. Sauf qu'il ne voulait surtout pas qu'elle s'imagine que cela avait quoi que ce soit à voir avec leur baiser… C'est pourquoi il valait mieux pour tout le monde qu'une personne totalement neutre aille évaluer son travail. Car il ne doutait pas que cette personne la recommanderait illico pour de plus grandes responsabilités.

Faith allait sans nul doute être aux anges.

Tandis que Faith prenait une longue tige de rose couleur abricot dans le grand seau à ses pieds, elle vit Mary venir vers elle, brandissant un bout de papier plié en quatre.

40

— Je viens d'avoir un appel de la direction de Hawke's Blooms à ton sujet, annonça-t-elle d'une voix accusatrice.

Faith posa la fleur et leva les yeux vers sa responsable.

— A mon sujet ?

En dehors des formalités administratives au moment de son embauche, et des bulletins de salaire mensuels, elle n'avait jamais eu affaire à la direction. Elle s'essuya les mains sur son tablier, et elle attendit la suite.

Mary planta ses mains sur ses hanches.

— Tu as contacté la direction dans mon dos ?

— Bien sûr que non ! se défendit Faith.

Puis elle se rappela avoir été en contact avec Dylan ce week-end. Et qu'elle devait le revoir pour deux tête-à-tête supplémentaires. Il avait son numéro de téléphone personnel, et ne chercherait sans doute pas à la contacter *via* sa responsable.

— Je viens d'avoir Anne, des Ressources Humaines, reprit Mary, le menton relevé. Ils t'offrent une promotion.

A ces mots, Faith sentit son souffle se bloquer dans sa poitrine.

— Une promotion ? répéta-t-elle incrédule.

— Ils t'offrent un poste à la direction, lâcha Mary en lui lançant le papier à la figure. Ils t'ont envoyé les détails par courriel.

Faith prit la feuille, mais ne se sentit pas de le lire devant tout le magasin.

— Je reviens dans un instant, bafouilla-t-elle avant d'aller s'isoler dans l'arrière-boutique.

Enfin seule, elle déplia la feuille. Il s'agissait d'une notification officielle de promotion dans les bureaux de la direction de Hawke's Blooms. Un travail de bureau. Faith parcourut la description de poste, et constata qu'il n'était pas question de clients… Et encore moins de fleurs.

Elle sentit la frustration la gagner. Elle avait passé la majeure partie de sa vie à se faire dicter ses choix. Comme à l'époque où on lui annonçait, du jour au lendemain, qu'elle allait déménager pour vivre chez un autre membre de sa famille. Ou changer d'école. Ou recevoir une visite de son père qui l'emmènerait au parc d'attractions. Ou encore être recueillie par un parent plus ou moins proche… L'avantage, une fois devenu adulte, était de pouvoir décider soi-même de sa vie.

En apprenant ainsi qu'on la transférait vers un emploi de bureau pour lequel elle n'avait pas postulé, et pour lequel elle n'avait probablement pas les compétences requises, elle se sentit extrêmement offensée.

Certes, elle avait de l'ambition, mais ce à quoi elle aspirait, ce n'était pas une simple promotion. Elle avait une vision précise de ce qu'elle attendait de sa carrière, et le poste qu'on lui offrait — enfermée dans un bureau sans âme, loin de ses clients et du bonheur qu'elle éprouvait à travailler les fleurs — en était aux antipodes.

En outre, comment ne pas s'interroger sur le lien entre sa soudaine promotion et Dylan ?

Elle avait embrassé son patron et, en moins d'une semaine, il était venu dans sa boutique pour une inspection en bonne et due forme — ses collègues lui avaient affirmé qu'il le faisait de temps en temps, sans toutefois que cela se soit produit depuis qu'elle avait été embauchée chez Hawke's Blooms. Et maintenant, elle se voyait offrir cette promotion…

Mais que manigançait donc Dylan Hawke ?

De plus en plus mal à l'aise, elle revint dans la boutique et annonça à Mary qu'elle déclinait la proposition.

Pour la troisième fois en une semaine, Dylan se gara sur le parking de la boutique de Santa Monica. Il ne savait toujours que penser de l'appel d'Anne, qui venait de lui annoncer que Faith avait refusé sa promotion. Ambitieuse comme elle l'était, comment avait-elle pu refuser une telle opportunité ? Aussi surpris qu'intrigué, il avait alors sauté dans sa voiture pour aller s'expliquer avec elle en tête à tête.

A peine eut-il franchi la porte que Mary lâcha le bouquet

qu'elle était en train de préparer pour se précipiter vers lui, un sourire obséquieux aux lèvres. Faith n'était pas dans la pièce, et il en éprouva une déception qui n'avait pas lieu d'être face à une employée.

Mais soudain elle apparut, sortant de la chambre froide, tenant un seau rempli de fleurs. Elle portait de hautes bottes de motard noires et une robe violette dont les teintes vives ressortaient particulièrement contre le tablier jaune arborant le logo de Hawke's Blooms. Elle avait relevé ses mèches rebelles sur le dessus de sa tête, et il put à peine retenir un sourire : cette femme était une force de la nature.

Elle ralentit le pas en l'apercevant.

— Monsieur Hawke ! s'exclama Mary tout en lançant des regards suspicieux vers Faith. Deux visites en une semaine ! Que nous vaut cet honneur ?

Il ne répondit pas tout de suite. A vrai dire, il n'avait pas vraiment réfléchi à ce qu'il comptait dire… Et décida de ne pas mentionner, pour l'instant, le fait que Faith ait décliné la promotion que la direction du groupe lui avait offerte. Du moins, pas tant qu'il ne se serait pas entretenu avec elle à ce sujet.

— Je souhaitais approfondir certains points suite à ma visite de l'autre jour, dit-il à Mary en souriant.

— Eh bien, je suis à votre service, reprit la responsable tout en dénouant son tablier. Désirez-vous en discuter ici, ou pourquoi pas devant un café dans le bar d'à côté ?

— En fait, j'aimerais m'entretenir avec Faith, si elle peut m'accorder quelques minutes.

Faith suspendit son geste, et devint livide. Il était partagé entre son désir de la rassurer et celui d'exiger d'elle une explication. Il se tourna vers Mary d'un air impatient.

— Naturellement, monsieur Hawke, si tel est votre souhait, articula la responsable d'une voix pincée.

Manifestement, elle n'appréciait guère de se faire voler la vedette par Faith.

— Parfait ! dit-il avec entrain. Vous parliez d'un café à proximité de la boutique ?

— Euh… Oui, marmonna Mary. Courtney, s'il vous plaît, voulez-vous prendre le relais sur cette commande ? Faith, pouvez-vous venir voir M. Hawke, s'il vous plaît ?

— Tout à fait, répondit Faith en s'essuyant les mains sur son tablier avant de l'enlever.

Elle évita soigneusement de croiser le regard de Dylan.

— Je vous remercie, Mary, reprit-il avant d'ouvrir la porte de la boutique et d'inviter Faith à sortir.

— J'espère que je ne vous place pas dans une position délicate avec Mary ? demanda-t-il.

Elle releva enfin la tête.

— Rien que je ne puisse gérer, assura-t-elle.

Peu à peu, il mesurait la force de caractère de cette femme : Faith Crawford était non seulement capable de dépenser ses économies pour remporter son PDG aux enchères lors d'un gala de charité, afin d'attirer son attention, mais aussi de refuser une promotion à faire pâlir de jalousie la plupart des employés du groupe… Autant dire que contrarier sa responsable de boutique devait être le cadet de ses soucis. Plus il apprenait à la connaître, plus elle lui plaisait.

Ils s'installèrent à une table à l'écart, puis commandèrent leur café.

— J'ai appris que l'on vous avait proposé une promotion, murmura-t-il en se penchant au-dessus de la table. Et que vous l'aviez déclinée.

Elle esquissa un demi-sourire.

— Vous avez *appris* la nouvelle ? Vous ne croyez pas plutôt que vous vous êtes *arrangé* pour qu'on me propose ce poste ?

Il sourit. La voir ainsi passer à l'offensive ne la rendait que plus attirante encore.

— Bon, d'accord, je n'y suis peut-être pas complètement étranger. Après vous avoir observée à l'œuvre toute une journée, j'ai compris que nous n'exploitions pas pleinement toutes vos compétences. Et j'ai voulu rectifier cette erreur.

— C'est tout ? demanda-t-elle en haussant un sourcil.

— Vous pensez qu'il y a autre chose ? demanda-t-il, les yeux fixés sur sa bouche, alors que son cœur battait plus fort. Vous pensez que cette promotion est liée au baiser que nous avons échangé ?

— Disons que la chronologie des événements est troublante : nous nous embrassons et, comme par magie, vous venez inspecter la boutique… A la suite de quoi on me propose cette promotion. Vous maintenez qu'il ne s'agit là que d'un hasard ? demanda-t-elle en soutenant son regard.

— Pas tout à fait… Même si je reconnais un lien entre chaque événement. Quand vous m'avez expliqué que, en dépit de vos nombreuses demandes, aucune de vos compositions n'avait été soumise au groupe par votre responsable, j'ai eu envie d'en savoir plus sur la façon dont votre boutique était gérée. Je suis donc venu m'en rendre compte sur place. Et c'est là que j'ai pu mesurer votre talent.

Elle pianota sur la table, l'expression imperturbable.

— Donc, ce n'était pas une sorte de traitement de faveur ? Ni une compensation pour soulager votre sentiment de culpabilité après avoir embrassé une employée ?

— Je ne fonctionne pas comme ça, assura-t-il un peu vexé malgré son soulagement d'apprendre enfin ce qu'elle avait en tête. J'ai transmis votre nom aux RH en leur suggérant de mettre à jour vos compétences. La directrice a dépêché deux agents en boutique qui se sont fait passer pour des clients, ce qui leur a permis d'évaluer vos compétences et la façon dont vous receviez les clients. Puis une associée est passée voir Mary et vous a observée en plein travail. Une certaine Alison — apparemment, vous avez bavardé ensemble pendant une de vos pauses. Cette promotion, vous l'avez obtenue par votre seul mérite.

Elle continua de l'observer sans ciller, puis hocha la tête.

— Je vous crois.

On leur apporta leurs cafés, et elle sucra son cappuccino. Ses mains étaient aussi adroites avec un sachet de sucre qu'avec des tiges de fleurs à assembler en bouquet. Que ressentirait-il si elle les promenait le long de sa nuque, de son cou ? Si elle descendait le long de son torse, de son ventre…

Il détourna les yeux, puis versa de la crème dans son café.

— Avez-vous refusé ce poste parce que vous estimiez ne pas le mériter ?

Contre toute attente, elle secoua la tête.

— Je ne veux pas devenir employée de bureau.

— Mais vous voulez voir votre carrière évoluer, nota-t-il.

— Ce que je veux, c'est être entourée de fleurs et de clients.

Il but une gorgée de café et reposa la tasse sur sa soucoupe, en réfléchissant un instant.

— Je croyais sincèrement que vous accepteriez cette offre.

Elle fronça les sourcils, amusée.

— Si vous teniez tant à me faire plaisir, il vous aurait suffi d'accéder à ce que je vous demande depuis le début.

— C'est-à-dire faire figurer une de vos compositions au catalogue général…

Avec le recul, cela lui paraissait évident.

— Bingo ! dit-elle en lui faisant une œillade avant de porter sa tasse de café à ses lèvres.

Il la contempla en train de boire, puis se passer la langue sur les lèvres pour essuyer un peu de mousse. Avec sa robe violette et les taches de rousseur qui parsemaient son visage, elle était rayonnante. Il avait même l'impression qu'on ne voyait qu'elle dans tout le café. Il repensa alors à la première composition, sage et classique, qu'elle lui avait présentée. Celle-ci était si éloignée de ce qu'elle savait faire réellement… Il se devait de comprendre.

Adossé à la banquette, il croisa les mains sur la table.

— Pourquoi m'avoir montré un bouquet aussi convenu, l'autre soir ? Il vous ressemblait si peu…

Elle écarquilla les yeux.

— J'ignorais que mes bouquets devaient me ressembler.

Il repensa à leur première rencontre, devant la scène, lors du gala de charité… A ce baiser qu'il lui avait volé…

Et à la journée qu'il avait passée à la regarder travailler, dans sa boutique.

— Les branches de pommier, les œillets, la menthe… Ça, c'est vraiment vous, Faith ! Votre façon d'allier des couleurs vives à des senteurs subtiles, ça, c'est original ! Ça, c'est de l'audace, de la fraîcheur… Pourquoi ne pas m'avoir plutôt montré tout cela ?

Et même plus encore…

Il vit son regard s'éclairer.

— Je n'imaginais pas que cela vous plairait. Je pensais que vous appréciiez des compositions plus classiques, proches de celles qui figurent déjà au catalogue.

— Mais c'est là tout l'intérêt ! insista-t-il en se penchant vers elle pour être sûr qu'elle comprenne. Ces compositions-là, nous les avons déjà ! En revanche, ce que nous n'avons pas, c'est votre créativité. Ce qu'il faut à Hawke's Blooms, c'est votre vision !

Elle se mit à rougir de la plus adorable des façons.

— Alors… Vous ne m'en voulez pas d'avoir décliné la promotion ?

— Vous en vouloir ? Non, assura-t-il en se frottant les tempes. C'était ma faute : j'aurais dû vous consulter en premier lieu. C'est d'ailleurs ce que j'aurais fait avec n'importe quel autre employé.

— Alors, pourquoi avoir agi ainsi ? dit-elle à voix basse.

Bonne question. Lui-même n'avait pas encore la réponse. Or, Faith méritait une explication sérieuse.

— Pour être tout à fait franc avec vous… Vous me déstabilisez depuis le début.

— Je connais ce sentiment, dit-elle avec un sourire triste.

Leurs regards se croisèrent… Une seconde, deux secondes… D'une certaine façon, il était soulagé d'apprendre que ce trouble était partagé. Mais d'un autre côté, il aurait préféré que ce soit à sens unique. Cela aurait simplifié beaucoup de choses.

Ce dont ils avaient besoin tous les deux, c'était d'un

nouveau départ. Alors, il inspira profondément et repoussa sa tasse.

— Et si on oubliait cette histoire de promotion ? Continuez à bien faire votre travail à la boutique ; je sais que vos clients seront ravis de vous garder pour eux.

— Ça me va, dit-elle en hochant la tête.

Elle regarda vers la boutique, et il comprit alors quelque chose : pour elle, ce ne serait pas un nouveau départ. Car sa responsable de boutique éprouvait déjà un certain ressentiment envers elle, et le fait qu'elle ait décliné la promotion risquait de lui valoir des représailles. Oh ! et toute cette pagaille, c'était lui et lui seul qui en était responsable…

— Vous savez, dit-il en se levant de table, nous pouvons aussi vous muter dans une autre boutique. Je connais plus d'un responsable de magasin qui serait ravi d'accueillir une fleuriste aussi douée que vous.

— Je vous remercie, mais je suis bien ici, affirma-t-elle avant de consulter sa montre. En parlant de ça, je ferais bien d'aller me remettre au travail.

Il ne put réprimer un petit rire. La plupart des employés à sa place auraient tout fait pour prolonger cette entrevue, mais pas Faith. D'autant qu'à l'origine, elle avait *payé* pour entrer en contact avec lui…

— Vous avez bien conscience de vous trouver là en tête à tête avec le patron qui vous emploie, n'est-ce pas ?

Imperturbable, elle secoua la tête.

— Nous avons beaucoup de commandes à honorer aujourd'hui.

— A quelle heure finissez-vous ? demanda-t-il alors qu'une idée se formait à son esprit.

— 15 heures.

— Soit dans deux heures, environ. Et si je venais vous chercher pour honorer notre deuxième tête à tête ? proposa-t-il, puisqu'il était désormais évident qu'elle refuserait tout remboursement relatif à la vente aux enchères.

— Avec plaisir, dit-elle en se levant. Mais, s'il vous

plaît, ne revenez pas au magasin. Cela ne va pas arranger ma popularité…

Elle n'avait pas tort, et faisait preuve d'une grande lucidité. Car elle aurait tout aussi bien pu se servir de cette opportunité pour casser du sucre sur le dos de sa responsable. Or, Faith n'était pas ce genre de femme.

Il sortit un stylo de la poche de son veston.

— Donnez-moi votre adresse personnelle, et je passe vous y chercher à 15 h 30.

Faith la griffonna sur une serviette en papier, qu'elle lui tendit avant de tourner les talons. Juste en dessous de son adresse, elle avait écrit :

« J'adore la plage. »

Il sourit. Il avait déjà hâte d'y être. Bien trop hâte, sans doute.

4

A 15 h 20 précises, Faith se tenait devant la porte de chez elle. Elle avait décidé d'attendre sur les marches du perron, car il était hors de question pour elle de voir Dylan frapper à sa porte. Car si elle le faisait entrer chez elle, si elle se retrouvait seule à seul avec lui, elle l'aurait sans aucun doute de nouveau embrassé. Et le fait d'être à deux pas de sa chambre n'aurait rien arrangé à l'affaire…

Voilà pourquoi elle avait suggéré une balade au bord de la mer : un lieu public. Et puis, le fait de se trouver dans un lieu décontracté lui permettrait sans doute de l'interroger plus librement pour cerner ses attentes vis-à-vis du catalogue. Et ainsi mettre toutes les chances de son côté en vue du prochain essai. Bref, elle espérait de tout son cœur en savoir plus en s'asseyant sur le sable, et sans avoir à le regarder dans les yeux.

A 15 h 27, sa Porsche décapotable apparut au coin de la rue. Faith verrouilla sa porte d'entrée, passa son sac de plage sur son épaule et descendit précipitamment les marches du perron. Elle se serait bien vue au volant d'un tel bijou, cheveux au vent, mais la voiture hors de prix de Dylan ne faisait qu'illustrer à quel point tous les deux ne vivaient pas dans le même monde.

— Vous avez pris votre maillot de bain ? demanda-t-il alors qu'elle prenait place sur le siège passager.

Il était sérieux ? Se retrouver à demi dénudée en sa compagnie, ce serait courir au désastre. Et puis, elle l'imaginait déjà, en bermuda de bain, l'eau dégoulinant le long de son torse… Catastrophe assurée. Lieu public ou non, elle restait un être de chair et de sang…

Cela dit, pensa-t-elle en observant du coin de l'œil le T-shirt à rayures rouges et blanches qui lui moulait les biceps, ce n'était pas parce que son torse musclé était couvert que la tentation était moindre.

Fixant le pare-brise devant elle, elle répondit :

— Je pensais juste m'asseoir sur une serviette et plonger mes pieds dans le sable.

— Ça me paraît moins dangereux, commenta-t-il en redémarrant.

Ainsi donc, il éprouvait lui aussi un certain trouble… Intéressant. Ils parlèrent de choses et d'autres, échangèrent quelques banalités jusqu'à ce qu'il se gare sur un parking. Le soleil était radieux.

Il jeta un regard sur son sac à motifs hawaïens.

— Vous avez apporté une serviette ? Ou voulez-vous que je sorte ma couverture de pique-nique ?

— Vous gardez une couverture de pique-nique dans votre voiture ? demanda-t-elle avec un sourire amusé.

Cela lui semblait assez éloigné de l'image de play-boy qui lui collait à la peau. A moins qu'il s'en serve pour séduire les femmes au clair de lune ? A cette idée, elle sentit son sourire s'effacer.

— Mon frère Liam et moi avons emmené ses filles, Bonnie et Meg, pique-niquer il y a deux semaines. Et la couverture est restée dans le coffre.

Elle sourit de nouveau. Comme tout le monde, elle avait entendu parler dans la presse des fiançailles de Liam Hawke avec la princesse Jensine du Larsland. Elle avait notamment vu les photos de Bonnie, le bébé de Liam, et Meg, la fille de Jenna qui avait quelques mois de plus que Bonnie. Mais à vrai dire, jusqu'alors, elle n'avait pas imaginé que Dylan puisse s'intéresser à ses nièces. Ce qui était probablement injuste, car tout le monde savait aussi combien les trois frères étaient proches.

— Non, j'ai ma serviette, répondit-elle en passant son sac en bandoulière.

Il hocha la tête, puis verrouilla sa voiture. Ils trouvèrent un endroit sur le sable blanc pour étaler la serviette de Faith. A cette heure, il y avait peu de monde : quelques baigneurs qui nageaient dans les eaux du Pacifique d'un bleu éblouissant, des joueurs de frisbee, quelques couples allongés sur des serviettes, ainsi que quelques joggeurs. En tout cas, ils pouvaient parler sans être entendus.

Il ôta ses chaussures puis remonta son pantalon avant de s'asseoir à l'autre bout de la serviette, laissant beaucoup d'espace entre eux. Elle fuyait son regard, mais ne pouvait s'empêcher de lorgner du coin de l'œil sur ses chevilles dénudées. Comment ne s'était-elle jamais aperçue à quel point une cheville d'homme pouvait être sensuelle ? A moins qu'il s'agisse uniquement *des siennes* ?

Elle déglutit, s'efforçant de se concentrer sur sa carrière.

— Monsieur Hawke, est-ce que vous...

— Dylan, l'interrompit-il. Appelez-moi Dylan quand nous sommes seuls.

— Vous êtes sûr ? demanda-t-elle, alors qu'une légère brise soufflait dans les quelques cheveux qui s'étaient échappés de sa barrette. Vous ne craignez pas que ce genre de familiarité risque de...

En fait, elle ne sut comment terminer sa phrase, qui resta un instant suspendue entre eux.

Il plia les genoux, puis cala son menton entre eux.

— Ce n'est pas parce que vous m'appelez par mon prénom que je vais me jeter sur vous, là, sur votre serviette. Et puis, « monsieur Hawke », c'est vraiment trop formel pour la plage...

Elle sentit sa respiration se bloquer. Pendant de longues secondes, elle ne put chasser cette image de son esprit : Dylan, allongé de tout son poids sur elle, contre le sable chaud... Elle se mordit la lèvre. Fort. Manifestement, il avait raison : l'appeler par son prénom n'était pas le problème, puisqu'elle ne l'avait de toute façon pas même encore prononcé.

— Comme vous voudrez, Dylan, articula-t-elle en agrippant sa serviette. Vous me disiez que le catalogue de la chaîne ne présentait rien de similaire aux compositions que vous m'avez vue réaliser au magasin.

— En effet, dit-il d'une voix profonde et suave. Nous ne proposons rien de tel à notre clientèle pour l'instant.

Retenant son souffle, elle se tourna doucement vers lui et chercha son regard. Il devait comprendre à quel point elle prenait tout cela à cœur.

— M'accorderiez-vous un deuxième essai ? J'aimerais vous soumettre un autre bouquet. Une composition qui… qui me ressemblerait un peu plus…

Le visage de Dylan s'éclaira d'un sourire.

— J'espérais que vous me le proposeriez, répondit-il en hochant la tête. Hawke's Blooms a besoin de voir figurer au moins une des œuvres signées Faith Crawford à son catalogue.

— Merci, dit-elle, un peu excitée à cette perspective.

Elle se doutait bien qu'il accepterait d'évaluer un nouveau bouquet, mais désormais, il n'y avait plus d'ambiguïté. Et, cette fois, elle comptait bien l'éblouir.

— Mais, reprit-il, voulez-vous m'expliquer, car je ne comprends toujours pas. Vous êtes ambitieuse au point de dépenser vos économies pour vous entretenir avec moi, mais vous refusez la promotion que je vous offre, dit-il d'un air curieux.

Son ton était sincère, quasi amical.

Elle contempla les flots azurés de l'océan Pacifique, écoutant les vagues s'écraser sur le rivage, qui lui procuraient une sensation d'apaisement.

— J'aime manipuler les fleurs. Les fleurs rendent les gens heureux. Elles me rendent heureuse, moi.

— Dans ce cas, comment voyez-vous évoluer votre carrière, Faith ? demanda-t-il à voix basse.

Elle garda les yeux rivés sur l'écume des vagues, bercée par leur rythme lancinant.

— Je souhaite continuer à progresser en tant que fleuriste, connaître de nouvelles expériences, renouveler constamment mes compétences pour offrir des bouquets toujours plus beaux à mes clients, expliqua-t-elle en risquant un regard de son côté, hésitant à lui révéler l'étendue de son rêve.

Jamais elle n'avait osé se confier à quelqu'un à ce sujet, de peur d'être moquée.

— Il y a autre chose, n'est-ce pas ? demanda-t-il avec un regard encourageant.

Avec un tel regard, il aurait pu obtenir d'elle n'importe quoi... Elle hocha doucement la tête.

— Un jour, mes compositions orneront des lieux importants et agrémenteront des soirées mondaines : mes fleurs toucheront des centaines, peut-être des milliers de personnes, et leur apporteront un peu de bonheur.

Il esquissa un demi-sourire. De nouveau, elle se tourna vers les vagues, observant les enfants qui bâtissaient des châteaux de sable.

— Vous devez trouver ça idiot.

Du coin de l'œil, elle le vit bouger un bras comme pour le poser sur le sien, mais il se ravisa au dernier moment. Pourtant, elle sentit son regard s'attarder sur elle.

— Je trouve cette idée magnifique.

— Vous vous moquez de moi, n'est-ce pas ? demanda-t-elle, le souffle court, avant de se tourner de nouveau vers lui.

Oh ! comme elle espérait qu'il lui dise la vérité...

— J'ai déjà entendu de très bonnes raisons pour lesquelles certaines personnes se tournent vers l'art floral. Mais je crois que la vôtre est de loin ma préférée, reprit-il sur le ton de la confidence.

En dépit des quelques promeneurs sur la plage, c'était comme s'il n'y avait qu'eux deux. De loin, ils devaient même ressembler à un couple banal... Une idée tout à fait grisante.

— Merci, chuchota-t-elle.

Il y eut un long silence. Puis il se redressa un peu.

— Vous avez un objectif précis ? Vous vous voyez quelque part en particulier ?

Elle laissa filer une poignée de sable entre ses doigts.

— Pas vraiment… Je crois que je préfère aller là où le vent me mènera.

A vrai dire, l'idée même d'arriver à destination la mettait quelque peu mal à l'aise.

— Hmm… J'ai l'impression que vous ne me dites pas tout. Je me trompe ?

Elle leva les yeux, troublée par le fait qu'il semblait avoir lu dans ses pensées. Une fois encore.

— J'ai tellement été amenée à bouger au cours de ma vie, à devoir tout reprendre de zéro, que j'en ai gardé un tempérament résolument nomade.

— Vous m'intriguez, Faith 63, dit-il en haussant un sourcil. Vous bougez tout le temps par instinct, ou plutôt parce que vous redoutez qu'en vous arrêtant un jour, vous finiriez par sombrer ?

Elle eut un petit rire.

— C'est ridicule. Si je bouge, c'est par envie. Ma vie me plaît telle qu'elle est.

Mais disait-elle vraiment la vérité ? Une partie d'elle se tendit à cette idée. Peut-être préférait-elle *choisir* de bouger, avant d'être éconduite. Car cette petite fille qui attendait toujours le moment où le couperet allait tomber était toujours en elle. Un frisson la parcourut. Honnêtement, elle préférait prendre les devants. Garder le contrôle de sa vie. Voilà pourquoi, depuis qu'elle était adulte, elle continuait à déménager régulièrement.

Bien sûr, elle n'allait pas l'admettre devant Dylan Hawke. Pourtant, jamais encore elle ne s'était confiée à quelqu'un comme elle venait de le faire avec lui. Et, curieusement, elle n'en éprouvait aucune angoisse particulière. Comment était-ce possible ?

Elle observa le profil affirmé de Dylan. Ses mèches

brunes qui volaient au vent. La barbe naissante qui ombrait ses joues. Auprès de lui, elle se sentait en confiance.

— Vous savez, reprit-elle en toute franchise, je n'avais encore jamais raconté tout cela à personne.

— Merci de me l'avoir confié, dit-il en plissant le front. Et je me sens à présent obligé de répondre à votre honnêteté.

— Comment ça ? demanda-t-elle en retenant sa respiration.

— Le premier soir où nous nous sommes rencontrés, vous m'avez demandé si j'avais un rêve, expliqua-t-il d'une voix saccadée, presque hésitante. Je ne vous avais pas répondu, mais la réponse est non. Les seuls rêves qui me viennent à l'esprit sont ceux que j'ai toujours partagés avec ma famille, au sujet de notre entreprise… Est-ce que cela vous choque ?

Son regard se fit pénétrant.

Elle s'éclaircit la voix.

— Je suis flattée que vous me confiiez une chose pareille.

— Et quitte à être tout à fait honnête, dit-il en respirant soudain plus vite et plus fort, je dois avouer que je n'ai jamais désiré embrasser une femme plus que je ne le désire à cet instant même… C'est plus fort que moi, Faith.

Elle ferma les yeux. Pourtant, il méritait de savoir qu'elle ressentait la même chose… Alors elle rouvrit les paupières et chercha son regard.

— Et moi, je n'ai jamais eu autant envie d'embrasser un homme… Depuis l'instant où nos lèvres se sont effleurées pour la première fois, je ne pense qu'à une chose : recommencer.

Il soupira et se prit la tête entre les mains.

— Je ne suis pas sûr d'être heureux de l'apprendre… Il était plus facile pour moi de me dire que ce n'était pas réciproque.

Oh ! comme elle connaissait ce sentiment…

— Moi aussi, je la ressens, cette espèce d'alchimie, soupira-t-elle à son tour. Mais je ne compte pas y céder.

Sans lever les yeux, il lui tendit la main et mêla ses

doigts aux siens au-dessus de la serviette. Au seul contact de sa peau, elle sentit son souffle se bloquer. Elle désirait tellement plus que simplement lui tenir la main… Pourtant, elle allait devoir se contenter de cela.

Dylan refusait de baisser les yeux vers leurs mains enlacées. Car s'il les regardait, il allait devoir retirer la sienne.

D'ailleurs, que faisaient-ils sur cette plage ? Faith avait été claire dès le départ : elle avait acheté le droit de passer du temps avec lui, afin de relancer sa carrière. Et comme ils en étaient à leur deuxième tête-à-tête, il était temps pour lui de lui offrir ce à quoi elle aspirait.

— Suis-moi, dit-il en lui lâchant la main pour se lever. Il y a un endroit où j'aimerais t'emmener.

Circonspecte, elle leva les yeux vers lui.

— Où est-ce ?

Difficile de lui reprocher sa méfiance : il venait de lui avouer qu'il avait envie de l'embrasser, puis lui avait pris la main et s'était mis à la tutoyer. Il était naturel qu'elle le soupçonne de vouloir aller plus loin.

— C'est à propos du travail, je te promets.

De nouveau, il lui tendit la main, mais seulement pour l'aider à se lever. Quand elle se retrouva debout face à lui, ils étaient si proches qu'il pouvait percevoir la chaleur de son corps. Faith sentait un parfum fleuri — rien d'étonnant, vu qu'elle avait passé la journée à confectionner des bouquets. Mais il décela aussi une pointe de fraise. Alors, son regard tomba sur ses lèvres, rehaussées d'un gloss couleur rouge fraise. Aussitôt, il sentit son cœur s'accélérer à l'idée d'y goûter.

Soudain, elle lâcha sa main et recula d'un pas.

— Tu disais que cet endroit est en rapport avec le travail ?

Il ramassa sa serviette, puis la secoua avec plus de force que nécessaire avant de répondre :

— Je vais te faire visiter la pépinière de Hawke's Blooms.

A ces mots, le regard de Faith s'illumina, comme au moment où elle avait évoqué son avenir.

— Ce serait super !

Ils retournèrent à la voiture, puis quittèrent L.A. pour San Juan Capistrano. Tout au long du trajet, Faith l'assomma de questions relatives à l'implantation et la capacité de stockage de la pépinière.

— La pépinière est installée là depuis les débuts de Hawke's Blooms ?

— Nous sommes arrivés ici quand j'étais petit, expliqua-t-il. Mes parents étaient agriculteurs, et en déménageant pour la Californie, ils ont voulu s'essayer à la culture de fleurs fraîches. Ils tenaient à monter une affaire que leurs fils pourraient un jour reprendre.

— Au vu de votre succès, je dirais qu'ils ont eu du flair, déclara-t-elle.

Sa sincérité le toucha.

— On peut dire ça, en effet, confirma-t-il en s'autorisant à ressentir la fierté d'avoir su faire fructifier le travail de ses parents.

D'ailleurs, il comptait bien, un jour ou l'autre, trouver un moyen de les remercier pour tout ce qu'ils avaient fait pour lui. Même s'ils n'attendaient rien de tel, il leur devait bien cela.

— Alors, qui a eu l'idée de commercialiser les fleurs, plutôt que seulement les cultiver ? demanda Faith.

— Quand nous avons commencé, nous n'avions qu'un petit stand de marchand ambulant, précisa-t-il en souriant à ce souvenir. Mon père se chargeait de la vente sur les marchés aux fleurs, mais tous les week-ends, Adam et moi partions avec notre mère pour écouler nos derniers stocks.

— Et ton autre frère ?

Il eut un petit rire.

— Liam a toujours préféré les plantes aux humains, alors il restait à la maison avec notre père. Et il a bien fait : ce sont ses innovations florales qui nous ont fait connaître.

— J'ai vraiment été impressionnée par sa « Belle-de-nuit ». Les clients se l'arrachent.

— C'est une très belle fleur, approuva Dylan avec fierté. Son nouveau lys bleu, lancé il y a deux mois, se vend aussi très bien.

Elle s'installa en tailleur sur le siège de la voiture.

— Alors, avec ton frère, vous vous êtes retrouvés à faire les marchands ambulants ?

— Disons que les ventes, c'était surtout ma mère et moi… Adam, lui, a toujours préféré cultiver sa fibre managériale.

A l'époque, Adam se plaçait toujours en retrait derrière le stand, dans ce que Dylan et sa mère avaient fini par appeler « le bureau ».

Du coin de l'œil, il vit Faith pencher la tête, l'air perplexe.

— Un stand de vente ambulante a donc besoin d'un bureau et d'un manager ?

— J'avais beau le taquiner en lui reprochant de chercher à se soustraire à son travail, il trimait aussi dur que nous. Il fabriquait des affiches qu'il mettait en vente avec les fleurs, expérimentait sans cesse de nouvelles gammes de prix, et tenait rigoureusement un cahier des ventes qui nous permettait ensuite d'optimiser la gestion de nos stocks. En semaine, il s'occupait de repeindre le stand, par exemple, ou de peaufiner les devantures de présentation de nos seaux de fleurs en vrac avec des planches de bois qu'il travaillait de ses mains.

— Un entrepreneur-né ! nota Faith d'une voix amusée.

— En effet ! confirma-t-il, non sans affection. C'est pourquoi Liam et moi laissons Adam gérer l'entreprise. Liam est de toute façon plus heureux auprès de ses plantes.

— Et toi ? demanda-t-elle à voix basse. Quel est ton domaine de prédilection ?

Il haussa les épaules.

— J'aime bien être en contact avec les gens. Je suis un commercial dans l'âme. J'aime bavarder avec nos responsables de secteur, de boutiques, nos clients… Je suis à l'écoute de toute nouvelle suggestion.

— Ça, j'ai pu le constater, dit-elle, pensive.

— Quand nous avons ouvert notre première boutique, il n'y avait que ma mère et moi, reprit-il en repensant à cette merveilleuse époque pleine de défis. Liam et mon père étaient à la maison, s'occupant de faire pousser les fleurs, s'aidant de toutes sortes de tableaux scientifiques relatifs à leur culture, et Adam restait dans sa chambre, à élaborer des business plans. Mon travail à moi était moins austère.

— A tes yeux. Mais je suis sûre qu'aux yeux de tes frères, tu avais le job le plus ennuyeux !

— A vrai dire, tu as raison, confirma-t-il en souriant. Le contact avec la clientèle leur donnait toujours envie de retourner illico dans les champs ou derrière un bureau.

Il engagea la voiture dans l'allée qui menait chez Liam, puis passa la sécurité — laquelle avait été renforcée depuis que son frère était fiancé à une princesse.

— On se croirait plutôt chez quelqu'un, remarqua Faith intriguée.

— Liam continue d'habiter ici. C'est la maison où nous avons grandi, même s'il l'a en grande partie rénovée. Bref, de toute façon, s'il apprenait que je suis venu jusqu'ici sans prendre la peine de le saluer, il me tuerait… Tout comme sa fiancée, d'ailleurs.

— Attends, fit Faith en posant les mains sur le tableau de bord comme si cela pouvait ralentir la voiture. Tu veux dire que tu vas me présenter sa fiancée ?

— Si tu es d'accord, répondit Dylan en l'interrogeant du regard.

Il n'avait pas imaginé que cela puisse la mettre mal à l'aise. Après tout, Faith semblait toujours prête à faire des choses nouvelles.

Elle demeura bouche bée un instant, puis articula :

— Mais… c'est une princesse !

— En effet, dit-il en retenant un sourire devant la panique qu'il décelait dans sa voix.

Comme il avait connu Jenna avant de découvrir qu'elle était princesse, il n'avait donc jamais vraiment été impressionné par son statut royal. Cela dit, il comprenait que Faith puisse être intimidée à l'idée de ces présentations impromptues. Mais il avait toute confiance en elle : elle allait assurer, même si son visage trahissait encore une certaine anxiété quand il se gara devant la maison. Comment imaginer ne pas saluer ses petites Bonnie et Meg adorées ?

Il sortit de voiture pour lui ouvrir sa portière.

— Eh bien, tu descends ?

— Y a-t-il un protocole particulier, des formules que je dois utiliser ou non ? demanda-t-elle en descendant enfin.

Il haussa une épaule d'un air désinvolte.

— Je te conseille juste de la complimenter au sujet des filles, et d'être particulièrement gentille avec moi.

— Avec toi ?

— Qu'est-ce que j'y peux ? Cette princesse m'adore !

Elle plissa les yeux et comprit qu'il la taquinait. Au moins, elle semblait plus décontractée à présent.

Jenna vint les accueillir à la porte, la petite Meg, qui venait d'avoir un an, calée sur sa hanche.

— Dylan ! Quelle bonne surprise ! s'exclama-t-elle avec son accent scandinave.

Il déposa un baiser sur sa joue, lui prit Meg des bras et la fit virevolter en l'air. Le bébé se mit à rire aux éclats, et il l'embrassa à son tour sur la joue.

— Je ne reste pas longtemps, nous sommes juste passés voir Liam. Mais je tenais à vous faire un petit coucou avant !

— Liam est dans son bureau, il travaille sur son dernier projet, expliqua Jenna avant de reprendre sa fille. Tu ne me présentes pas à ton amie ?

— Jenna, voici Faith. Faith est fleuriste dans notre boutique de Santa Monica, déclara-t-il comme pour se dédouaner — « politique antirelations au travail » oblige. Faith, je te présente ma future belle-sœur, Jenna.

Jenna sourit, et il comprit tout de suite qu'elle était déjà en train de se demander s'il y avait quelque chose entre eux. Cette femme était décidément trop perspicace.

— Je vous offre quelque chose à boire, en vitesse ?

Faith secoua la tête, et Dylan eut soudain très envie d'insister sur le caractère professionnel de leur visite, avant que Jenna le piège avec des questions délicates.

— Non, merci.

— Ça vous ennuie si on vient avec vous ? Bonnie fait la sieste, et notre gouvernante peut la surveiller. Je ne suis pas sortie de la maison de la journée, et j'aimerais que Meg prenne l'air. Et voie autre chose que mon visage !

— Très bonne idée ! s'exclama-t-il.

Surtout, cela l'empêcherait de commettre une bêtise, comme il avait failli le faire tout à l'heure, sur la plage.

Quelques minutes plus tard, ils arrivaient au jardin.

— Mais c'est immense ! lança Faith d'une voix émerveillée en découvrant les champs de fleurs à perte de vue. Vous arrivez à les utiliser toutes ?

— L'objectif, c'est de fournir nous-mêmes nos propres boutiques, expliqua Dylan en poussant le petit portail qui délimitait le jardin expérimental de Liam. Mais nous vendons nos surplus à d'autres chaînes ou aux marchés aux fleurs.

Ils suivirent un sentier pavé menant à un bâtiment à l'écart : l'antre de Liam. Le centre de recherches de Hawke's Blooms.

Quand ils arrivèrent devant les portes coulissantes, Jenna souleva Meg de la poussette et la prit dans ses bras. Dylan s'avança vers une femme dans le hall d'accueil.

— Pouvez-vous annoncer à Liam que je suis venu le voir, s'il vous plaît ?

La réceptionniste parla dans l'Interphone, puis lui adressa un signe de tête :

— Il arrive.

Les mains dans les poches, Dylan regarda Faith qui s'amusait à babiller avec Meg. Désormais, il savait comment il allait l'aider à prendre son envol professionnel. Mais cette fois, pas question de brûler les étapes, il s'assurerait d'abord que c'était bien ce qu'elle voulait.

Oui, cette fois, il était persuadé d'avoir vu juste. Et cela le remplissait d'un enthousiasme qui aurait peut-être dû l'alerter.

5

Faith se rendait bien compte que la princesse Jensine du Larsland était en train de la dévisager, et elle ne savait plus où se mettre. Car, pour elle, tout ceci était surréaliste : elle, la petite fille originaire d'un trou paumé, ballottée de parent en parent pendant toute son enfance, se retrouvait soudain face à face avec une héritière royale !

— Votre visage ne m'est pas inconnu, finit par déclarer Jenna. Ne nous sommes-nous pas déjà rencontrées ?

Dylan s'éclaircit la voix.

— Tu as dû apercevoir Faith au gala de charité, avoua-t-il. C'est elle qui m'a remporté aux enchères !

Jenna écarquilla les yeux.

— Oh ! il s'agit d'un de vos rendez-vous ? Tu l'emmènes visiter un labo de recherche en guise de rencard ?

— Ce n'est pas ce que vous croyez, se hâta de préciser Faith. De toute façon, même si nous le souhaitions, nous ne pourrions pas nous voir de cette façon, car l'entreprise interdit toute relation extraprofessionnelle.

A peine eut-elle prononcé ces paroles qu'elle s'en mordit les doigts. Ne venait-elle pas d'admettre qu'elle aurait aimé sortir avec Dylan, si la situation le lui avait permis ? Personne ne semblait avoir relevé la chose... mais elle devait rester sur ses gardes, car elle n'était pas dupe : elle mourait d'envie d'embrasser à nouveau Dylan. Et de cela, personne ne devait se douter.

— Ah, c'est vrai ! fit Jenna avec un sourire en coin. Cette fameuse politique. J'en sais quelque chose !

Liam poussa la porte de la salle d'attente, et son visage s'éclaira dès qu'il aperçut sa fiancée. Il prit Meg dans ses bras, la fit voleter en l'air, puis embrassa Jenna tendrement.

— Salut, toi, murmura-t-il.

— Salut, toi, répondit-elle avant de l'embrasser à son tour.

Dylan se mit à toussoter ostensiblement.

— Bonjour à toi, cher frère. Tu as de la visite.

Liam leva les yeux vers lui, tout en passant un bras autour de Jenna. A cet instant seulement, il sembla remarquer la présence d'une inconnue dans la pièce. Il s'écarta alors doucement de Jenna pour tendre la main à Faith.

— Je me présente : Liam Hawke, vu que mon frère ne semble pas avoir l'intention de faire les présentations.

— Je suis Faith Crawford, répondit-elle en se redressant avant de lui serrer la main. Je suis une de vos employées.

— Vraiment ? fit Liam d'un air étonné.

Dylan s'approcha d'elle, et elle sentit la chaleur de son corps.

— Faith est fleuriste à la boutique de Santa Monica.

— Ravi de vous rencontrer, déclara Liam.

— Faith a remporté Dylan aux enchères, expliqua Jenna.

Dylan leva la main.

— Elle ne m'a pas remporté, précisa-t-il en regardant tour à tour Faith et son frère. Elle a remporté le droit de *passer du temps* avec moi.

— Trois rendez-vous en tête à tête, précisa Jenna.

— Ce ne sont pas des rendez-vous, mais disons plutôt du temps que je lui accorde, insista Dylan. D'ailleurs, c'est ce à quoi je m'emploie en ce moment même. Faith fait preuve d'une grande créativité dans ses compositions, et nous avons repéré chez elle un grand potentiel. Je tenais donc à lui faire découvrir la face cachée de Hawke's Blooms.

— Je comprends, dit Liam d'un air détaché tout en soutenant le regard de Dylan. Tu veux parler des jardins ouverts au public ?

— C'est à toi de voir, répliqua Dylan sur un ton tout aussi détaché.

Faith les dévisagea tour à tour, en essayant de déchiffrer les évidents sous-entendus entre les deux frères.

— Tu t'engages sur sa discrétion ? demanda Liam.

Dylan hocha la tête.

— Sans la moindre réserve.

— Dans ce cas, Faith, bienvenue dans mon monde ! lança Liam avec un sourire. Laissez-moi vous faire visiter tout ça !

Elle avait l'impression d'avoir passé une sorte de test, sans toutefois pouvoir déterminer de quoi il s'agissait. Durant les vingt minutes qui suivirent, ils visitèrent toutes les salles de recherche, et Faith ne put que s'émerveiller devant les nombreuses expérimentations en cours : croisements génétiques en vue d'obtenir des fragrances plus fortes, ou des fleurs plus vigoureuses… Tout s'étalait à perte de vue le long de vastes plans de travail sur lesquels s'alignaient d'innombrables plantes en pots. Au fur et à mesure, elle sentit l'excitation la gagner : quel privilège que de découvrir ainsi les coulisses à l'origine du succès de la grande chaîne pour laquelle elle travaillait !

Ils arrivèrent devant une porte verrouillée, et Liam la regarda droit dans les yeux avant de déclarer :

— Derrière cette porte se trouve mon projet personnel. Très peu de gens sont au courant de ce qui se passe à l'intérieur. Ils sont encore moins nombreux à avoir pu voir ce qui s'y passe. Si je vous emmène, je dois avoir votre parole que vous ne révélerez aucune information à ce sujet.

— Vous avez ma parole, affirma-t-elle sans hésiter.

Liam se tourna vers Dylan, qui confirma d'un signe de tête.

La pièce ressemblait à celles qu'ils venaient de traverser : des plans de travail sur lesquels étaient disposées des rangées entières de pots de fleurs, à divers stades de maturation. En revanche, dans certains pots, les variétés de fleurs ne ressemblaient à rien de ce qu'elle avait jamais vu. Pourtant, elle s'y connaissait en fleurs. Elle connaissait leurs besoins et leur durée de conservation. Elle connaissait les saisons propices à leur épanouissement, de même que les régions dans lesquelles elles se développaient le mieux. Ou encore les différents tons qu'une même variété pouvait offrir. Pourtant, elle n'avait encore jamais vu de fleur comme celle qui s'épanouissait dans ces pots.

Elle s'approcha. Il s'agissait d'un iris. Mais d'un rouge écarlate. Elle mourait d'envie de toucher la fleur, mais se tourna d'abord vers Liam.

— Je peux ?

Il lui donna son approbation d'un hochement de tête. Du bout des doigts, elle effleura alors le pétale d'une des fleurs les plus épanouies.

— Ils sont magnifiques, dit-elle dans un souffle.

— Merci, murmura Liam.

Dylan s'approcha d'elle.

— Penses-tu que cette fleur plaira à tes clients ?

— Je pense qu'ils vont se ruer dessus, répondit-elle, sincère.

Jamais fleur aussi extraordinaire n'avait été mise sur le marché. Elle l'imaginait déjà au centre d'un bouquet de mariée, ou d'une composition de table. Cette couleur rouge vif attirait l'œil comme rien d'autre. On ne pouvait qu'être captivé.

— Dis-moi, Faith, reprit Dylan en croisant les bras. Avec quelles variétés de fleurs la travaillerais-tu ?

— Une composition très épurée. Cette fleur est si belle qu'elle ne nécessitera que très peu d'apprêt. J'opterais peut-être pour des fleurs aux pétales blancs, comme des variétés anciennes de roses, par exemple. Avec peut-être une touche de feuillage argenté.

Dylan sourit.

— Tu aurais envie d'essayer ?

— Essayer de composer un bouquet avec l'une de ces merveilles ? demanda-t-elle, le cœur battant soudain la chamade. Là, tout de suite ?

Dylan haussa un sourcil tout en dévisageant Liam, qui hocha la tête.

— Tout de suite ! Nous t'attendrons ici le temps que tu ailles au jardin choisir ce qui te plaît.

En croyant à peine ses oreilles, elle acquiesça d'un signe de tête, puis sortit.

A peine Faith se fut-elle éclipsée que Dylan chercha le regard de son frère.

— Je te remercie.

— Si tu crois en cette femme, alors je te fais confiance. Mais, ajouta-t-il d'une voix soudain grave, est-ce que tu es bien sûr de ce que tu fais ? Il s'agit d'une employée…

Dylan haussa un sourcil.

— Ça ne vous a pas empêchés, Jenna et toi…

— Si, un peu, au début, précisa Jenna en adressant un sourire à Dylan.

— C'était différent, nuança Liam en souriant à son tour. Jenna travaillait pour moi à titre personnel, pas pour l'entreprise.

Dylan s'appuya contre le plan de travail. Cette conversation commençait à l'agacer. Surtout, son frère et Jenna n'avaient nul besoin de découvrir qu'il avait déjà franchi la ligne rouge, en embrassant Faith dès leur premier rendez-vous.

— Rassurez-vous, déclara-t-il en secouant la tête. J'essaie juste, en tant que patron attentif, d'offrir une opportunité à une employée extrêmement talentueuse.

— Naturellement, fit Jenna avec un clin d'œil.

— Comment vont Bonnie et Meg ? demanda-t-il pour changer de sujet.

— Oh ! elles sont tout simplement merveilleuses ! affirma Jenna d'une voix rêveuse.

Dylan s'intéressa longuement aux progrès des deux jeunes enfants, puis suggéra à Liam de mettre à disposition de Faith les outils dont elle aurait besoin pour sa composition. Au bout d'un moment, la réceptionniste les prévint que Faith était de retour.

Elle arriva les bras chargés de fleurs fraîches. Quelques-unes de ses mèches rousses s'étaient échappées de sa barrette. Dylan se précipita pour l'aider et étala une partie des fleurs sur un plan de travail libre.

— Tiens, voici quelques outils, dit-il en sentant une véritable décharge électrique parcourir ses doigts qui effleurèrent la main de Faith.

Mais il fit de son mieux pour l'ignorer. Il se devait de rester le plus professionnel possible. Car, comme Liam venait très justement de le lui faire remarquer, Faith demeurait son employée.

Après avoir rattaché ses cheveux, elle se mit à travailler les fleurs devant elle : elle ôta les épines et les feuilles des roses blanches, noua les gerberas avec du fil transparent et commença à assembler son bouquet. Liam coupa trois de ses iris rouges pour les lui confier.

Les yeux de Faith brillaient, et Dylan sentit l'émotion le gagner. La passion qui animait Faith devenait contagieuse : plus que jamais, il se sentait vivant, et il avait l'impression que chaque cellule de son corps se réveillait.

— Je vous remercie, dit-elle avec émotion en acceptant les prototypes de Liam.

En quelques gestes aussi experts que maîtrisés, elle composa un bouquet aussi sobre et élégant qu'éblouissant. Dès qu'elle eut terminé, elle le tendit à Dylan.

Il sourit, puis le fit passer à Jenna et Liam.

— Qu'en dites-vous ? demanda-t-il à son frère et à sa future belle-sœur.

Ensemble, ils avaient déjà évoqué la possibilité de créer un véritable événement lors du lancement de cet iris unique au monde, sur le modèle de ce qu'ils avaient déjà organisé pour le « Lys de minuit » quelques mois plus tôt. Le tout sur une brillante idée de Jenna. Concernant ce deuxième grand lancement, Jenna avait suggéré à Dylan d'y affecter un fleuriste expérimenté, à mi-temps.

Jenna se tourna vers Liam et haussa un sourcil. Sans un mot, il hocha la tête, puis Jenna s'adressa à Faith.

— Dites-moi, Faith, commença-t-elle d'une voix

mélodieuse, que diriez-vous de travailler à mes côtés, et à temps partiel, au lancement de ce nouvel iris ? J'ai besoin d'un fleuriste capable d'innover et de me seconder dans la mise en valeur de notre nouveauté. Et nous estimons que vous nous seriez d'une aide précieuse !

Ecarquillant les yeux, Faith dévisagea Jenna, puis Dylan. Soucieux de ne pas la pousser de nouveau vers un travail qui ne lui conviendrait pas, il précisa :

— Si cela t'intéresse, nous aménagerons tes horaires de travail en boutique pour te permettre de mener à bien la mission. Tu pourrais te partager entre la boutique et le labo jusqu'au lancement, puis reprendre tes horaires normaux à la boutique quand tout sera fini.

— Dans ce cas, ce sera avec plaisir, affirma-t-elle, les yeux étincelant de joie.

Lui se réjouissait à l'avance.

— Parfait ! dit Jenna en souriant. Je dois ramener Meg à la maison, mais nous nous recontacterons pour organiser tout cela.

Un peu plus tard, sur le trajet du retour, Dylan se tourna vers Faith. Il voulait s'assurer qu'elle était sûre de vouloir tenter l'expérience avec Jenna et Liam.

— Faith, je veux que tu saches que tu es entièrement libre d'accepter ou de refuser. Si tu penses que ces nouvelles fonctions te plairont, alors nous serons heureux de tenter l'aventure avec toi. Mais si tu changes d'avis, cela n'affectera pas ton travail à la boutique de Santa Monica.

Elle lui répondit avec un sourire radieux.

— En toute honnêteté, je ne sais comment te remercier. Confectionner de grandes compositions qui seront vues par des centaines de personnes, c'est pour moi un rêve devenu réalité. En plus, Jenna semble très sympathique, je crois que je vais adorer travailler avec elle.

Arrêté à un feu rouge, il la dévisagea plus longuement. Elle le regardait comme s'il venait de lui décrocher la lune. De nouveau, son cœur chavira. Car il avait la nette impression qu'il serait désormais prêt à soulever des montagnes rien que pour qu'elle conserve ce sourire. Quand le feu passa au vert, il se concentra sur la route devant lui, en espérant de tout son cœur, de toute son âme, qu'il trouverait en lui la force de faire les choses comme il se devait.

Une semaine après avoir embrassé ses nouvelles fonctions, Faith leva les yeux du bouquet sur lequel elle travaillait et aperçut Dylan qui passait la porte du laboratoire sécurisé où la nouvelle fleur était développée dans le plus grand secret.

Il s'avança vers elle, et elle réprima un sourire. Dylan arrivait en avance, et elle en éprouvait, bien malgré elle, une certaine joie. En réalité, le voir — ou ne serait-ce que penser à lui — la plongeait dans une sorte de béatitude. Pourtant, s'il y avait un homme, un seul, qu'elle aurait dû rayer de ses pensées, de ses rêveries, c'était bien lui. Mais il lui faisait trop d'effet, et ce même si elle se rappelait constamment qu'il était avant tout son patron. D'une façon ou d'une autre, elle devrait maîtriser son attirance pour lui.

Pendant toute la semaine, elle avait conçu des compositions intégrant le nouvel iris, afin de fournir à l'équipe marketing de Hawke's Blooms les premières affiches qui seraient distribuées aux médias dès le lancement officiel. Afin de leur laisser le temps de réfléchir à l'élaboration de leur campagne, elle s'était engagée à faire ce travail en priorité. Elle n'avait eu aucun mal à travailler dans l'urgence : son esprit fourmillait d'idées. Elle avait même suggéré un nom pour la nouvelle fleur : l'Iris Ruby. Tout le monde avait accueilli l'idée avec enthousiasme. Elle éprouvait une grande fierté à s'investir autant dans un si beau projet.

Dans l'après-midi, un panel composé des trois frères Hawke et de Jenna devait sélectionner les deux compositions qui seraient adressées à l'équipe de publicitaires. En tout, elle avait élaboré six bouquets. Rongée par le trac, elle avait eu l'estomac noué toute la journée.

— Bonjour, Dylan, dit-elle quand il arriva à son niveau.

Je ne t'attendais pas avant une heure : c'est-à-dire à l'heure que l'on avait fixée avec Jenna et tes frères.

— J'avais un peu de temps libre, et je me suis dit que je passerais voir si tu avais besoin d'un coup de main de dernière minute.

— Mais tu m'as déjà beaucoup aidée…

Il était venu la voir à deux reprises cette semaine. Elle en avait profité pour lui poser des questions sur le lancement du Lys de Minuit, afin d'en savoir plus sur ce qu'ils recherchaient cette fois. Dylan avait répondu en détail à ses interrogations. Cependant, elle s'était demandé s'il ne cherchait pas à la surveiller : c'était lui qui l'avait proposée pour ce travail ; si jamais elle échouait, il paierait les pots cassés.

Il commença à nettoyer le plan de travail qu'elle avait utilisé.

— Ce n'est pas nécessaire, dit-elle en serrant l'iris blanc qu'elle tenait entre ses mains. Je m'étais gardé un peu de temps pour faire le ménage avant l'arrivée de tout le monde.

— Puisque je suis là, répondit-il en souriant, autant me rendre utile…

Elle l'observa longuement en train de ranger les outils, puis de passer l'éponge avec des mouvements appliqués. Dylan Hawke demeurait pour elle un mystère. Depuis le début de sa carrière de fleuriste, elle avait travaillé pour plusieurs patrons, mais jamais elle n'avait vu l'un d'eux se retrousser ainsi les manches et mettre la main à la pâte, pour soulager ses employés. Généralement, ils préféraient laisser les tâches ingrates à leurs subalternes.

Elle reposa la fleur dans son seau d'eau, puis se retourna vers Dylan.

— Comment se fait-il que je n'avais jamais vu auparavant un patron s'impliquer autant ?

Il haussa ses larges épaules.

— Il faut bien que quelqu'un le fasse. Pourquoi pas moi ?

— Parce que tu as mieux à faire de ton temps ?

Il voulut protester, mais elle ne lui en laissa pas le temps.

— Soyons sérieux, Dylan, ton taux horaire doit exploser le mien !

— Je suis sans doute mieux payé, mais je suis incapable de créer comme tu le fais, affirma-t-il en désignant le bouquet qu'elle avait presque terminé.

Pourtant, elle décela au fond de ses yeux une lueur qui trahissait quelque chose d'autre.

— Et si tu me disais tout ? suggéra-t-elle.

— Tu n'as pas du travail à terminer ? murmura-t-il en plissant le front tout en esquissant un faible sourire.

— Vu qu'une bonne âme vient de se dévouer pour faire le ménage à ma place, j'ai moi aussi un peu de temps libre. Et j'aimerais en profiter pour écouter la suite de ce que tu sembles me cacher.

— Moi ? Te cacher quelque chose ? s'indigna-t-il en portant une main à son cœur.

— Je vois, dit-elle en s'adossant au plan de travail, tu n'as aucune envie d'en parler, c'est ça ?

Il haussa un sourcil, puis se pencha au-dessus de la table jusqu'à se retrouver à quelques centimètres d'elle.

— Tu veux vraiment connaître la vérité ?

— Oui, vraiment.

A cet instant, son expression changea. Et elle sut alors qu'il s'apprêtait à s'ouvrir à elle. Qu'il lui faisait confiance. Elle sentit alors son cœur chavirer.

— La vérité, déclara-t-il d'une voix profonde, c'est que j'ai repensé ces derniers temps à ce que j'avais ressenti à l'ouverture de mes premières boutiques. Ce qui me donnait envie de me lever chaque matin, c'était de servir mes clients et de relever de nouveaux défis pour eux.

— En tant que PDG, tu dois aussi relever des défis tous les jours, remarqua-t-elle alors.

— C'est vrai. Mais, à l'époque, j'éprouvais une excitation que je n'éprouve plus nécessairement maintenant, précisa-t-il en passant une main dans ses cheveux en désordre. C'est difficile à expliquer, mais à nos débuts, nous ne savions pas ce que nous réservait l'avenir. Aujourd'hui, je vois cette lueur d'excitation dans tes yeux, quand je te regarde travailler.

Dylan se perdit un instant dans le regard brun et confiant de Faith. Il y avait encore une chose qu'il n'osait pas lui révéler : cette excitation qu'il ressentait n'était pas seulement due au talent dont elle faisait preuve. Mais au simple fait de la savoir près de lui. Avec elle, il ne savait jamais comment les choses pouvaient tourner, et cela faisait longtemps qu'il n'avait pas vécu quelque chose d'aussi rafraîchissant.

Il fut tiré de ses pensées par quelques coups frappés à la porte. Il vit Adam, son frère aîné, qui passait une tête dans l'embrasure. A cet instant, il s'aperçut qu'il se tenait très, très près de Faith. Il fit un pas de côté.

Adam s'avança vers eux sans un mot.

— Liam et Jenna ne sont pas encore arrivés, expliqua Dylan sans prendre la peine de le saluer, car ils s'étaient déjà parlé deux fois aujourd'hui.

— Pas de souci, répondit Adam. Cela me donne l'occasion de faire connaissance avec notre fleuriste vedette.

Mais derrière la politesse de son frère, Dylan comprit qu'Adam pressentait qu'il y avait plus qu'une simple relation de travail entre Faith et lui. Et qu'il avait l'intention d'en avoir le cœur net. Dylan se redressa.

— Adam, je te présente Faith Crawford. Faith, voici Adam, PDG de Hawke's Blooms Enterprises, l'entreprise qui englobe les magasins, la ferme horticole et les marchés.

Intimidée, Faith lui serra la main, mais le frère de Dylan ne parut pas remarquer sa nervosité.

— Ravie de vous rencontrer, monsieur Hawke.

— Appelez-moi donc Adam : si vous nous appelez tous les trois « monsieur Hawke » lors de notre réunion, il va y avoir confusion.

— Oh ! bien sûr, bredouilla-t-elle en cherchant Dylan du regard. Merci, Adam.

Dylan regarda de nouveau le plan de travail et s'aperçut que Faith n'avait pas tout à fait terminé son dernier bouquet. Il lui avait fait perdre un temps précieux. Il ravala alors un juron, puis se tourna vers son frère.

— Et si nous laissions à Faith quelques minutes pour apporter la touche finale à ses bouquets avant que notre réunion débute ?

— Bien sûr. Je voulais d'ailleurs m'entretenir avec toi.

Tous deux se dirigèrent vers la porte, et Dylan adressa à Faith un sourire par-dessus son épaule. Elle articula un « merci » silencieux. La connaissant, même une fois qu'elle aurait fignolé ses bouquets, il savait qu'elle aurait besoin de rester seule quelques minutes.

— Café ? suggéra Adam en fermant la porte derrière eux.

— Excellente idée.

La salle de repos était déserte, et Dylan se dirigea vers la machine à café, où il prépara deux expressos.

— Alors, qu'est ce qui se passe exactement entre toi et Faith ? demanda Adam sans détour en s'emparant du sucre.

Dylan tendit une tasse de café à son frère.

— Je ne fais que donner un coup de pouce à une employée talentueuse qui mérite d'être reconnue à sa juste valeur.

Adam soupira, sans cesser de regarder son frère, une lueur espiègle dans les yeux.

— Dylan, je te connais depuis toujours. Je t'ai vu quand tu as eu ton premier coup de cœur, et c'est moi qui t'ai emmené au cinéma pour ton premier rencard. Ne me raconte pas d'histoires. Cette femme ne t'intéresse pas seulement en tant qu'employeur.

Dylan s'adossa au comptoir.

— Ça se voit à ce point ?

— Je ne sais pas si tout le monde le voit, mais moi, oui ! répondit Adam en se rapprochant pour lui tapoter l'épaule. Qu'est-ce que tu comptes faire ?

— Garder la situation sous contrôle.

— Tu appelles ça contrôler la situation ? s'esclaffa

Adam en levant les yeux au ciel. Comment c'était, quand tu l'as embrassée ?

Pris de court, Dylan se sentit soudain tout penaud.

— Comment sais-tu que je l'ai embrassée ?

Adam arqua un sourcil amusé.

— Je ne le savais pas… Jusqu'à ce que tu me le confirmes !

Dylan s'en voulut de s'être laissé aussi facilement berner.

— Ce que tu dois comprendre, c'est que…

— Oh ! génial ! Les histoires qui commencent comme ça sont les plus croustillantes…

Dylan ignora la remarque de son frère.

— Ce que tu dois comprendre, reprit-il, c'est que nous ne nous sommes pas rencontrés au travail. Enfin, pas tout à fait.

Adam sirotait son café.

— Vous vous êtes croisés en dehors ?

— Tu te souviens de cette vente aux enchères de célibataires que Jenna a organisée pour le gala de charité ? Celui auquel tu as réussi à échapper ?

Chose inhabituelle, Adam baissa les yeux.

— J'étais, euh… occupé ce soir-là.

— Bien sûr, fit Dylan qui n'en croyait pas un mot. Bref, en ce qui me concerne, c'est Faith qui m'a remporté aux enchères.

— Tu as été acheté aux enchères par une de nos fleuristes ? répéta Adam, mécontent.

— Elle a acheté le droit de passer du temps avec moi, précisa Dylan.

— Tu as eu un rencard avec une employée ? reprit Adam, toujours estomaqué.

— Non, ce n'était pas un rendez-vous.

— Alors, qu'est-ce que c'était ? demanda Adam intrigué.

— Elle m'a demandé de la rejoindre à la boutique de Santa Monica pour me montrer une de ses compositions qu'elle souhaitait voir figurer au catalogue général de Hawke's Blooms.

— Tu as accepté ?

— Non.

— Donc, sa composition n'était pas au niveau pour figurer au catalogue, mais tu la fais venir ici pour travailler en secret au lancement le plus important de notre histoire ?

— Elle est au niveau, cela ne fait pas l'ombre d'un doute. La composition qu'elle m'a présentée ce soir-là correspondait à ce qu'elle croyait que j'attendais. Mais quand elle laisse s'exprimer sa créativité, elle est époustouflante.

— Toi qui disais vouloir redorer ton image… Cela ne va pas t'aider.

— Je ne risque rien, puisqu'il ne se passera rien…

— Naturellement. Mais reparlons plutôt de ce baiser que tu as échangé avec une employée…

— Je ne préfère pas. J'essaie de ne plus y penser.

— Et… tu y parviens ?

— Pas aussi bien que je le voudrais.

— Dylan, reprit Adam en secouant la tête, tu te trouves là sur une pente très glissante.

— Je sais.

— Tu es sûr ? Cette fille semble très chouette, mais si les choses tournent mal, elle pourrait te traîner en justice. Et nous tous avec, puisque nous menons une politique très claire au sujet des relations entre employés : tu as violé ces clauses. Cela te rend très vulnérable.

— Faith n'est pas comme ça. Elle ne ferait pas ça.

— Tu ne la connais pas depuis assez longtemps pour en être certain. Tu es le patron de la chaîne de magasins qui l'emploie, donc elle se montre sous son meilleur jour.

— On voit bien que tu ne la connais pas.

— Tout ce que tu me dis m'inquiète. Cette femme mérite-t-elle vraiment que tu risques ta carrière pour elle ? Et que tu exposes notre entreprise à un scandale potentiel ?

A cet instant, Liam passa une tête dans l'embrasure.

— Je me doutais bien que je vous trouverais ici, en train de voler mon café.

Dylan leva sa tasse.

— Tu ferais bien de stocker aussi des cookies.

Liam pouffa.

— Faith est prête. Si tu l'es aussi, Jenna est déjà sur place.

Adam ne broncha pas.

— Entre une minute, et ferme la porte.

Liam obtempéra.

— Que se passe-t-il ?

Adam fit un geste en direction de Dylan.

— Tu étais au courant ? Il a embrassé sa fleuriste !

— Oui. Enfin, non ! se reprit-il en se tournant vers Dylan. Tu as embrassé cette jeune femme ?

— Il l'a embrassée, confirma Adam. Je vais en parler à nos avocats dès cet après-midi, au cas où nous aurions besoin de prendre les devants.

— Je vous remercie de réagir avec autant de sang-froid, maugréa Dylan.

Liam soupira.

— Ecoute, je sais que les choses étaient différentes entre Jenna et moi, mais je l'ai embrassée — et même, je suis devenu son amant — alors qu'elle travaillait pour moi. Et la Terre ne s'est pas arrêtée de tourner.

— Tu as pourtant mis ta vie entre parenthèses quelque temps, remarqua Dylan en riant. Tu te souviens du jour où on était venu te rendre visite, alors que...

Liam le fit taire d'une petite tape sur la tête.

— J'essaie de t'aider, là, imbécile !

— Ah bon ? Je dois te dire merci ? fit Dylan en se frottant la tête.

Adam les dévisagea tous les deux en plissant les yeux.

— Tu as eu de la chance avec Jenna. Dans ce genre de situation, la plupart des femmes n'auraient pas réagi comme elle. Elles auraient tenté de tirer profit de la situation.

Regardant Liam, Dylan fronça les sourcils.

— Depuis quand notre frère est-il devenu aussi blasé vis-à-vis des femmes ?

Liam haussa une épaule.

— Trop longtemps. Je me suis toujours dit que quelqu'un avait dû lui briser le cœur.

Adam leva les mains.

— Je vous rappelle que je suis, là, devant vous !

— C'est vrai, concéda Liam. Mais dis-nous, qui t'a donc brisé le cœur ? Est-ce que c'était Liz, à la fac ?

— Non, répondit Dylan, c'est lui qui l'a quittée. Je me souviens avoir parlé avec elle un jour où elle avait téléphoné à la maison, le cœur brisé. Peut-être était-ce plutôt…

— Tais-toi ! ordonna Adam d'une voix autoritaire. Je refuse de discuter de ma vie sentimentale avec vous. Aujourd'hui, le sujet, c'est Dylan.

— En fait, reprit Liam, le sujet du jour, ce sont les décisions de communication et de marketing que nous devons prendre. Et nous avons deux personnes qui nous attendent, si vous le voulez bien.

Il rouvrit la porte et leur fit signe de sortir.

Adam rajusta sa cravate, adressa un dernier regard insistant à Dylan, puis sortit dans le couloir.

— Merci, dit Dylan à Liam.

Celui-ci hocha la tête.

— Fais en sorte de ne pas faire de bêtises. Inutile de nous attirer des problèmes avec la justice.

— Je serai prudent, promit Dylan en emboîtant le pas à ses frères.

Pourtant, s'agissant de Faith Crawford, il savait bien qu'il ne pouvait qu'*espérer* être prudent.

- 6 -

Retirée dans un coin du laboratoire de recherche de Liam, Faith regardait les trois frères Hawke et Jenna examiner sous tous les angles les bouquets sur lesquels elle avait travaillé pendant toute la semaine. Si elle avait eu le trac, le soir où elle avait présenté à Dylan sa première composition, ce n'était rien à côté de l'appréhension qu'elle éprouvait aujourd'hui. Car leur verdict aurait une tout autre importance.

Adam finit par relever la tête.

— Est-ce que tout le monde est prêt à donner son avis ?

Chacun acquiesça, et il reprit :

— J'aime beaucoup le numéro 3. Il est suffisamment sobre pour être assez percutant en termes de communication, tout en mettant bien en valeur l'iris. En plus, il est élégant, ce qui plaira aussi à un public large.

— Entièrement d'accord, approuva Liam. C'est aussi un de mes préférés.

Rapidement, cette composition recueillit l'unanimité. Puis un débat animé eut lieu à propos du second choix. Ils avaient en effet décidé de sélectionner deux compositions.

En écoutant leurs arguments, Faith sentit une certaine excitation monter en elle : tous les quatre exprimaient un tel enthousiasme à propos de son travail… Le bouquet qu'elle pensait avoir le mieux réussi ne fut pas mentionné une seule fois dans la discussion. Mais à écouter leurs arguments, elle comprit que celui-ci était trop chargé pour les affiches du lancement. Comme il était fascinant d'entendre les avis de gens plus expérimentés qu'elle dans la commercialisation de fleurs d'exception… En très peu de temps, elle avait déjà appris énormément.

Une fois les décisions arrêtées, tous la félicitèrent pour son travail. Mais ce furent les compliments de Dylan qui la touchèrent le plus. Elle essayait bien de ne pas croiser son regard en se concentrant sur les commentaires des autres ; elle s'efforçait de dissimuler l'effet qu'il avait sur elle, mais cet homme avait quelque chose de magnétique qui attirait littéralement son regard vers lui. Bien malgré elle.

Assez vite, Adam s'excusa, car il était attendu ailleurs pour une autre réunion, et Liam se tourna vers Dylan.

— Tu es toujours d'accord pour emporter les bouquets au studio de la photographe ?

— Bien sûr, confirma Dylan. Je suis venu ici avec un de nos fourgons réfrigérés. Faith, tu comptais assister aux séances photo ?

Elle sursauta. Elle avait été tellement absorbée par la confection de ses bouquets pour la séance qu'à aucun moment, elle ne s'était posé la question de la suite des événements. A présent, pourtant, elle peinait à contenir son enthousiasme à l'idée de voir ses deux magnifiques bouquets immortalisés.

— Avec plaisir, répondit-elle en réprimant son envie de sauter de joie. Si ça ne dérange personne.

Jenna sourit.

— C'est la moindre des choses : vous avez créé ces magnifiques compositions, il est normal que vous suiviez le processus jusqu'à son terme.

— Dans ce cas, je viens. Je récupère juste mon sac.

Pendant qu'elle rassemblait ses affaires, Liam et Dylan empaquetèrent délicatement les deux bouquets avec quelques fleurs de rechange, et les chargèrent dans le fourgon.

— Qu'est-ce que je fais de ma voiture ? demanda alors Faith.

— Puisque tu habites près du studio, répondit Dylan,

je pourrais te déposer chez toi après la séance, puis te ramener ici demain matin à l'heure où tu prends ton service.

Jenna approuva d'un signe de tête.

— Le parking ici est sécurisé, vingt-quatre heures sur vingt-quatre.

— Bon, eh bien, d'accord. Merci.

— Je t'en prie, répondit Dylan en lui ouvrant la portière.

Quand elle effleura le bras de Dylan en montant dans le fourgon, elle sentit une onde de chaleur lui traverser le corps. Dylan soutint son regard un instant, comme pour lui signifier que, lui aussi, il avait ressenti cette décharge électrique. Mais elle préféra feindre l'indifférence en bouclant sa ceinture.

Une fois en route, il se tourna vers elle en souriant.

— Alors, tu n'es pas trop à cran ? Ça n'a pas dû être facile pour toi…

Elle replia ses genoux contre sa poitrine.

— J'avoue avoir eu le trac au moment où vous avez jugé mon travail, mais j'en ai aussi éprouvé une forme d'excitation. Encore merci de m'avoir offert une telle opportunité.

— C'est moi qui te remercie, dit-il en dépassant un break familial. Même Adam a su apprécier ton travail, et pourtant, il est très exigeant.

Elle pensa alors à ces trois frères, qui se ressemblaient tant. Tous étaient grands, aux épaules larges et aux cheveux d'un noir d'ébène. Et pourtant, chacun avait son caractère. Quant à Dylan, il se dégageait de lui… quelque chose en plus. Il avait cette sorte d'énergie, une soif de vivre qui s'exprimait dans chacune de ses paroles, dans chacun de ses gestes.

— J'ai trouvé Adam difficile à cerner.

— C'est tout lui, ça : notre mère appelle cela de la « retenue ». Il n'est pas du genre extraverti…

La curiosité piquée, elle se tourna vers Dylan.

— Même auprès de toi et Liam ?

— Au fil du temps, Liam et moi avons fini par apprendre

à lui tirer les vers du nez, expliqua Dylan avec un sourire de conspirateur. Avec des moyens pas forcément orthodoxes…

— Comme quoi ? insista-t-elle, intriguée.

— Oh ! disons que nous savons appuyer sur les boutons sensibles ! dit-il en souriant. Mais nous n'utilisons nos pouvoirs que pour la bonne cause. Et, la plupart du temps, nous arrivons à nos fins !

Elle eut un petit rire.

— Tu vas finir par me faire peur ! Je devrais me méfier quand je suis avec toi…

Il y eut un long silence et l'atmosphère dans l'habitacle se fit plus chargée.

— Ce n'est pas parce que je sais appuyer sur les bons boutons que tu devrais avoir peur de moi, Faith, dit-il enfin.

Elle sentit sa peau s'embraser. Malgré elle, elle s'entendit demander :

— Pourquoi ?

— Parce que quand je suis avec toi, je ne sais plus ce que je fais, répondit-il sans la regarder.

Il fixait la route devant lui, mais elle eut l'impression qu'il lui murmurait ces mots à l'oreille.

— Parfois, j'ai l'impression qu'il te suffirait de claquer des doigts pour que j'enfreigne les règles de mon entreprise…

Elle sentit sa gorge se nouer. Elle était au bord du précipice, mourant d'envie de franchir le pas, de lâcher prise ; mais non, ce n'était que pure folie. Elle déglutit péniblement et s'efforça de prendre ce dernier commentaire à la légère.

— Ne t'en fais pas, je suis nulle en percussions…

Il rit, mais sa voix paraissait tendue, peu naturelle.

— Dans ce cas, je ne risque rien.

Le trajet vers L.A. se poursuivit, et la conversation se fit plus légère. Une fois que Dylan fut garé devant le studio, ils déchargèrent les bouquets empaquetés, puis les quelques fleurs de rechange. La photographe les attendait.

— Entrez, dit-elle en les accueillant. Tout le monde est là.

Dylan se pencha pour chuchoter à l'oreille de Faith :

— Deux collaboratrices du bureau d'Adam, chargées de la communication, doivent nous rejoindre ici.

Une fois à l'intérieur, la séance photo put démarrer. Tout était parfaitement organisé. Dylan présenta Faith aux communicantes de Hawke's Blooms. Puis elle s'installa sur une chaise derrière l'objectif, en s'efforçant de rester discrète.

Contrairement à Dylan, dont les qualités de meneur d'hommes étaient à l'œuvre : de façon à la fois séduisante et décontractée, il maîtrisa parfaitement toute la prise de vue. Faith était captivée. Cet homme avait une telle confiance en lui, un tel charisme... Un tel pouvoir. Il agitait un bras, et tout le monde se suspendait à son regard. Il demandait un coup de main, et plusieurs assistants se précipitaient pour l'aider. Et quand il lui adressa un regard brûlant, elle sentit tout son corps s'embraser.

Une des communicantes, Amanda, vint s'asseoir près d'elle.

— J'ai hâte de voir les photos ! Vous avez fait de l'excellent travail avec vos bouquets.

Faith se sentit rougir, mais Amanda, qui observait le plateau de prise de vue, ne s'en aperçut pas.

— Merci. Moi aussi, j'ai hâte de voir le résultat.

— Vous avez beaucoup de chance de travailler avec Dylan. Toutes les filles du bureau en pincent pour lui...

Faith se crispa.

Amanda savait-elle quelque chose ? Ou prêchait-elle le faux pour savoir le vrai ? La jeune femme ne se montrait pourtant guère pressante. Si elle avait vraiment été à la pêche aux informations, elle aurait sans doute scruté sa réaction.

— Votre service travaille pour Adam, c'est bien cela ? demanda-t-elle d'une voix hésitante.

— Oui, mais ne vous y trompez pas : nous adorons travailler avec Adam. C'est un chouette patron. Mais Dylan... Ce type n'a qu'à lever le petit doigt pour mettre toutes les femmes qu'il veut dans son lit !

De nouveau, Faith sentit ses joues s'empourprer. Oh ! elle n'avait aucun doute quant aux capacités de séduction de Dylan ! Heureusement, Amanda ne semblait pas attendre d'elle une quelconque réponse.

— Je ne sais pas, ça doit être dans sa façon de bouger, reprit la nouvelle amie de Faith. On devine tout de suite que ce doit être un amant hors pair.

Cette fois, Faith crut que son cœur s'arrêtait. Au même instant, Dylan regarda dans leur direction. Il dut percevoir le trouble qui l'envahissait, car il demanda :

— Est-ce que ça va, les filles ?

Les paroles d'Amanda ne quittaient plus son esprit, et elle s'imagina allongée, nue, tout contre Dylan Hawke. Sa gorge s'assécha. Fronçant les sourcils, il s'avança vers elle, et elle comprit alors qu'elle ne lui avait toujours pas répondu.

Prenant sur elle, elle afficha un sourire, puis hocha la tête, avant de se tourner de nouveau vers le plateau de prise de vue. Amanda rejoignit alors sa collègue, et Faith fit de son mieux pour penser à tout, à n'importe quoi, sauf à Dylan. Par chance, plusieurs personnes vinrent la complimenter sur ses bouquets, ce qui l'aida à se changer les idées.

Quand la photographe déclara qu'elle disposait de suffisamment de clichés, ils s'arrêtèrent. Faith avait réussi à ne pas regarder Dylan. Et quand il fut de nouveau devant elle, si grand, si brun, si souriant, elle retint son souffle.

— Tu es prête ? On rentre ?

— Oui, bredouilla-t-elle. Tu es sûr que ça ne te dérange pas de me déposer chez moi ? Je peux appeler un taxi.

— A vrai dire, je me disais que l'on pourrait d'abord fêter le succès de tes compositions.

— C'est-à-dire ? demanda-t-elle d'une voix de plus en plus hésitante.

Car le verbe « fêter » associé à « Dylan » dans une même phrase ne pouvait présager qu'un danger imminent.

— Une bonne bouteille de champagne devrait faire l'affaire.

Elle jeta un regard autour d'eux.

— Ici ?

Après tout, s'ils trinquaient avec toute l'équipe, elle ne risquerait rien.

— Je dois aller déposer les bouquets chez moi, avant qu'un chauffeur vienne récupérer le fourgon : le lancement est encore secret, et je ne peux pas laisser les fleurs n'importe où. Mais il y a un bar en bas de chez moi. On pourrait y commander une bouteille de leur meilleur champagne avant que je te ramène chez toi ?

La proposition semblait tout à fait innocente — il ne lui suggérait pas de monter chez lui, et ils resteraient dans un lieu public. Aucun risque, donc, de se laisser emporter comme ils l'avaient fait lors de leur première soirée à la boutique. Quelle meilleure façon que de terminer cette journée en célébrant l'événement ? Dylan était la personne qui savait le mieux au monde combien le fait d'avoir pu composer ces bouquets et de les avoir vus immortalisés pour une vaste campagne de pub comptait pour elle.

— Avec plaisir, s'entendit-elle répondre.

Ils replacèrent les fleurs dans les cartons, qu'ils rapportèrent dans le fourgon, après avoir salué toute l'équipe. Dylan conduisit jusqu'à chez lui. A peine garé devant l'immeuble, il descendit pour ouvrir le coffre.

— Et si tu allais nous réserver une table pendant que je monte les cartons chez moi ? suggéra-t-il tout en déchargeant. Je n'en ai que pour quelques minutes.

— Bien sûr…

En réalité, elle aurait aimé le suivre pour découvrir à quoi ressemblait son appartement, mais elle savait à quel point ce serait se mettre en danger. Mieux valait se cantonner aux lieux publics.

Il était encore assez tôt, et le bar accueillait principalement des gens qui sortaient du bureau. Les noctambules n'étaient pas encore arrivés. Elle n'eut donc aucune peine à trouver une table. Elle était en train d'étudier la carte des cocktails quand Dylan vint s'asseoir sur la banquette face à elle. Ses pommettes sculpturales et son regard vert pétillant le rendaient plus beau que jamais.

— Tu préférerais un cocktail ? demanda-t-il.

Opter pour un alcool fort alors qu'elle se trouvait seule en tête à tête avec cet homme n'était guère prudent.

— Non, notre succès mérite bien du champagne…

— Tant mieux, parce que je viens d'en commander une bouteille, annonça-t-il avec un sourire radieux.

Et bien entendu, après deux flûtes de champagne, l'effet qu'avait Dylan sur elle ne fit que s'amplifier.

Son téléphone se mit à bipper, et il le sortit de sa poche.

— Eh bien, ça a été rapide ! dit-il en pianotant sur son écran. La photographe vient de m'envoyer les premiers clichés non retouchés.

Faith sentit son cœur s'emballer.

— Je peux voir ?

Il tourna son téléphone vers elle, mais les images étaient de petite taille, et elle n'arrivait pas à discerner l'iris au milieu des autres fleurs.

— Difficile de se faire une idée, reprit-elle.

Il retourna le combiné et tenta de zoomer sur les images, sans grand résultat.

— On pourrait monter chez moi pour les regarder sur mon ordinateur.

Il avait émis cette suggestion d'un ton léger, sans même lever les yeux de son écran. Et Faith se demanda s'il mesurait les conséquences de son invitation.

— Est-ce bien raisonnable ? demanda-t-elle en croisant les mains sur ses genoux. On s'était mis d'accord sur le fait de rester dans des lieux publics…

Il se raidit, puis leva lentement les yeux vers elle. Elle avait raison. Il n'avait pas réfléchi. Il soupira en haussant les épaules.

— Ne t'en fais pas. Ce n'est que pour quelques minutes. Et puis, nous ne parlerons que de fleurs. Dès qu'on aura terminé, on redescend, et je te raccompagnerai chez toi.

Elle se mordit la lèvre. Elle avait très envie de voir ces

photos, et comme le lancement de cette nouvelle fleur se faisait dans le plus grand secret, Dylan ne pourrait les lui transmettre par mail. Autrement dit, elle n'aurait pas d'autre occasion de voir ses bouquets avant la parution des affiches. Après tout, elle arriverait bien à contrôler son attirance pour cet homme quelques minutes. Evidemment qu'elle saurait se tenir !

— Ce serait gentil, merci, finit-elle par répondre.

Elle le suivit à l'extérieur du bar, puis dans son immeuble, jusqu'à une série d'ascenseurs. Ils s'engouffrèrent dans la cabine, et Dylan appuya sur le bouton du dernier étage.

Confinés dans cet espace clos, ils restèrent côte à côte, en silence, regardant droit devant eux. Elle se demanda si elle n'avait pas commis une erreur. La tension entre eux était palpable.

Elle s'apprêtait à expliquer à Dylan qu'elle avait changé d'avis et qu'elle voulait rentrer chez elle quand les portes se rouvrirent. Il lui fit signe de s'avancer dans le couloir, mais elle hésita.

— Quelque chose ne va pas ? demanda-t-il.

La bouche sèche, elle déglutit.

— Je crois que je ne suis plus si sûre.

— Tu sais, dit-il en empêchant les portes automatiques de se refermer, on a assez souvent été seuls, si on y réfléchit bien. Dans la voiture, dans le fourgon, dans ta salle de travail chez Liam. Et je ne t'ai pas sauté dessus une seule fois…

Sauf qu'à chaque fois, ils se trouvaient en des lieux où quelqu'un pouvait surgir à tout moment. Ils pouvaient être vus de n'importe qui dans les véhicules. Or, là, ils allaient vraiment se retrouver seuls. Le cœur battant la chamade, elle s'humecta les lèvres.

— Si ça peut t'aider, dit-il avec un demi-sourire, je peux te promettre de ne pas te toucher…

Elle lui faisait confiance. Depuis qu'elle l'avait rencontré, il avait toujours tenu parole. Elle finit par hocher la tête. Même si, alors qu'il déverrouillait la porte de son

appartement, elle comprit que ce n'était pas de lui qu'elle
avait peur... Mais bien d'elle-même.

En poussant la porte de son appartement, Dylan espéra
de tout son cœur qu'il réussirait à tenir sa promesse.

— Tu veux quelque chose ? Une boisson ? De l'eau ?

Elle secoua la tête, et il referma la porte derrière elle,
avant de traverser le salon jusqu'au bureau. Il alluma
l'ordinateur, puis tira une deuxième chaise devant le
bureau. Mais elle resta dans l'entrée, immobile, à observer
le salon devant elle. Il suivit son regard et tomba sur les
compositions florales.

— Tu as vraiment fait du beau travail, déclara-t-il à voix
basse en revenant vers elle. Ces bouquets sont magnifiques.

Elle ne broncha pas.

— C'est principalement grâce au travail de Liam, c'est
lui qui a créé l'Iris Ruby.

— Non, c'est surtout grâce à toi. Tu oublies quel est
mon métier, murmura-t-il en prenant son menton entre ses
doigts pour tourner son visage vers lui. J'ai vu des fleurs
magnifiques perdre de leur superbe à cause de compositions
mal réalisées. Toi, au contraire, tu as su mettre en valeur
la beauté incomparable de l'Iris Ruby.

Le regard de Faith s'assombrit, et il s'aperçut qu'il était
assez proche d'elle pour pouvoir l'embrasser. De nouveau.
Comme il en avait envie... Mais il lui avait fait une promesse. Alors, il serra les poings et recula d'un pas. Avant
de s'éclaircir la voix.

— Puisqu'on parle de ton talent, regardons donc ces
photos !

Il lui tendit une des deux chaises, puis s'assit à côté
d'elle en ouvrant ses mails.

Aussitôt, elle poussa un soupir d'admiration.

— Qu'est-ce que tu en penses ? demanda-t-il.

— J'ai déjà pris mes bouquets en photo, mais là, c'est
du vrai travail de pro, répondit-elle d'une voix rêveuse.

— La photographe a bien travaillé aussi, en effet, dit-il en lui passant la souris pour qu'elle puisse faire défiler les clichés à son rythme.

— La lumière est incroyable, dit-elle en parcourant la série. Quant aux angles de vue…

Mais Dylan était bien incapable de se concentrer sur les images. Il était subjugué par Faith. Ses yeux brillaient de larmes qu'elle semblait retenir — de fierté ? de joie ? Quand l'une d'elles roula enfin sur sa joue, il l'essuya doucement d'un revers de main.

Elle chercha son regard, les lèvres entrouvertes.

— Dylan…

Il s'empressa de retirer sa main.

— Désolé. J'avais promis de ne pas te toucher. Et je tiendrai parole.

Elle se mit à respirer plus fort.

— Promis ?

— Oui, promis…

Elle se mordit la lèvre, et sembla réfléchir. Avant de croiser de nouveau son regard.

— Dans ce cas, tu me permets de faire une chose ?

— Tout ce que tu voudras, souffla-t-il.

Elle prit son visage entre ses mains et effleura ses joues rugueuses.

— Je rêve de faire ça depuis le début, mais je savais que si je le faisais, cela provoquerait quelque chose que ni toi ni moi ne voudrions. Mais comme tu as promis… Je voulais juste essayer.

A son contact, il sentit son cœur s'accélérer.

— Faith, articula-t-il à l'agonie. S'il te plaît…

— Juste un petit moment…

Il s'efforça de rester immobile et de se maîtriser. Puis, du bout de son index, elle effleura ses lèvres, et il ne put s'empêcher d'aller à sa rencontre avec sa langue… Elle pressa doucement sa lèvre inférieure, et il referma ses dents sur son doigt. Sans un mot, elle s'humecta la bouche, regardant la sienne, comme pour l'implorer de l'embrasser. Comme il en avait envie, lui aussi…

— Faith, bredouilla-t-il, alors qu'elle descendait ses mains le long de sa gorge. On joue à un jeu dangereux.

— Encore un instant, dit-elle alors que ses mains remontaient maintenant vers sa nuque, pour plonger dans ses cheveux. Depuis le temps que j'en rêve…

Il ne put réprimer un petit gémissement. Elle rêvait de lui ? De le caresser ainsi ?

Le sang bouillonnait au creux de ses veines alors qu'il était gagné par un désir puissant.

— J'ai l'impression qu'il s'est écoulé une éternité depuis notre baiser, poursuivit Faith en ramenant ses paumes le long de son cou, avant de descendre le long de son torse. Et même si je sais que cela ne mènera à rien, je me dis que je mourrais si je ne pouvais pas poser mes mains sur toi… Je veux juste emporter ce souvenir avec moi.

— Faith, tu vas me tuer, articula-t-il péniblement en rejetant la tête en arrière pour ne pas céder à son regard. Mais… raconte-moi plutôt à quoi tu as encore rêvé.

Elle hésita un instant, puis répondit à voix basse :

— J'ai rêvé aussi que tu me touchais.

— J'y ai pensé…

Beaucoup pensé, même. D'ailleurs, il y pensait en cet instant précis. Il y avait quelque chose chez cette femme qui le faisait se sentir plus vivant que jamais.

— Dylan ? chuchota-t-elle.

Sentant son souffle chaud contre son oreille, il crut perdre la tête.

— Oui ? fit-il.

— Comment pourrais-je te faire revenir sur ta promesse ?

Il sentit un frisson le traverser.

— Faith…

— Est-ce que tu poserais tes mains sur moi, si je t'en implorais ? demanda-t-elle en effleurant ses bras.

Il tremblait, mais ne put ni bouger ni répondre. Puis

elle prit son visage entre ses mains et chercha son regard.
Il sentit de nouveau son souffle chaud contre ses joues.

— S'il te plaît, susurra-t-elle contre ses lèvres, avant
de l'embrasser.

Alors, il perdit tout contrôle.

Faith avait beau se dire qu'elle commettait une impru-
dence, dès l'instant où les lèvres de Dylan trouvèrent les
siennes, elle se laissa aller. Elle avait attendu ce moment
depuis la première fois où ils s'étaient embrassés. Elle
l'avait attendu, *lui*.

Dylan la prit sur ses genoux, et il glissa sa langue entre
ses lèvres. Impossible de retenir le soupir que ce nouveau
baiser lui arrachait. Il aurait été illusoire d'essayer... Oh !
elle aurait pu passer une heure entière à énumérer les raisons
pour lesquelles ils n'auraient pas dû franchir de nouveau la
ligne rouge, mais comme il était bon de se laisser aller...

Elle enfouit ses mains dans les cheveux de Dylan et
s'émerveilla de leur douceur. Il l'enlaça, mais cela ne
lui suffisait pas... Elle glissa une main fébrile sous sa
chemise, puis caressa la fine toison de son torse. Elle le
sentit frissonner sous ses doigts.

— Faith, lâcha-t-il en rejetant la tête en arrière.

Elle sentit son excitation monter, et se serra plus étroitement contre lui. Il poussa un râle guttural, puis se redressa
un peu pour chercher son regard.

— Je savais que tu causerais ma perte...

Elle sourit et l'embrassa. Ses lèvres brûlantes avaient
un goût de champagne. Jamais elle n'avait goûté quoi
que ce soit d'aussi délicieux. Au bout d'un moment, elle
manqua d'air et s'écarta doucement. Il lui mordilla le lobe
de l'oreille. Elle fut parcourue d'une exquise onde de désir.
Jamais son corps n'avait désiré un homme aussi fort. Il

y avait quelque chose chez Dylan Hawke qui lui faisait pratiquement perdre la tête.

— Si jamais on recommence… ! articula-t-il d'une voix saccadée.

— Oh ! mais on recommence, l'interrompit-elle.

Il sourit contre ses lèvres.

— Dans ce cas, allons nous installer plus confortablement.

Il se leva et l'attira avec lui dans le salon. Puis, sans lâcher ses lèvres, il la guida dans la chambre jusqu'à son lit. Il alluma une petite lampe dont la lueur tamisée se mêla aux derniers rayons du soleil qui filtraient à travers de vastes fenêtres qui surplombaient L.A. Le coucher de soleil était époustouflant, mais l'homme près d'elle l'était plus encore. Impatiente, elle glissa de nouveau ses mains sous sa chemise en coton, se délectant de la douceur ferme de sa peau. Gênée par le vêtement, elle déboutonna sa chemise.

Etouffant un gémissement, il l'étreignit de nouveau, lui empoignant les fesses. Elle sentit son excitation à travers son pantalon, tandis qu'il se pressait contre elle.

Elle s'écarta pour lui retirer sa ceinture, qu'elle laissa tomber sur le parquet.

— On dirait que tu sais te servir de tes mains, et pas seulement pour fabriquer des bouquets, « Faith 63 »…

— Et toi, on dirait que tu es un beau parleur, murmura-t-elle en s'attaquant à sa braguette.

L'instant d'après, le pantalon et le boxer de Dylan étaient à terre. Il continua à la pousser vers le lit, mais elle l'arrêta.

— Laisse-moi te regarder une seconde.

Il hocha doucement la tête, mais ne tarda pas à prendre son visage entre ses mains pour l'embrasser de nouveau à pleine bouche. Elle se pressa contre lui, savourant la chaleur de son corps à travers ses vêtements.

Puis il l'entraîna sur le lit. A califourchon sur lui, elle continua de l'embrasser avec ferveur. Elle sentait son cœur battre si fort qu'elle en avait le vertige.

— Dylan, murmura-t-elle entre deux baisers.

Jamais auparavant elle n'avait désiré un homme à ce point. Jamais elle n'aurait imaginé pouvoir ressentir un désir aussi puissant.

Un par un, il défit les boutons de sa tunique, qu'il fit glisser le long de ses bras, révélant son soutien-gorge rose vif. Du bout des doigts, il suivit le contour des bretelles en dentelle, puis de l'arrondi de ses seins jusqu'à l'endroit où ils disparaissaient sous le tissu.

— Tu es si belle, dit-il dans un souffle. Chaque parcelle de ton corps, Faith, est une œuvre d'art.

Il glissa les doigts sous le fin tissu, les refermant autour de son téton. Elle frémit. Puis il écarta le tissu, tandis qu'elle se cambrait sous cette caresse exquise.

Quand il referma sa bouche autour de son téton, elle frissonna. Ivre de désir, elle remarqua à peine qu'il venait de dégrafer son soutien-gorge.

Cette fois, ils ne s'arrêteraient pas. Ils iraient jusqu'au bout. Après tout ce temps passé à se désirer, à lutter contre la tentation, le fait de se découvrir enfin, peau contre peau, était exaltant.

Ecartant la chemise de Dylan, elle posa sa bouche sur sa peau dénudée. Elle sentit ses muscles se contracter au contact de ses lèvres et de sa langue. L'odeur de sa peau était enivrante.

Il s'allongea, l'entraînant avec lui. Toujours à califourchon, elle s'appuya contre son torse, savourant les caresses de Dylan sur tout son corps.

Partout où il la touchait, sa peau s'embrasait. Et tant pis si elle se brûlait les ailes.

Puis il la fit rouler sur le côté et la plaqua de tout son poids contre le matelas. Il fit alors courir ses lèvres sur ses hanches, retroussant sa jupe pour descendre le long de ses cuisses.

Il glissa les doigts sous sa culotte rose qu'il fit descendre le long de ses jambes, avant de poser doucement une main sur son sexe.

Maintenant cette exquise pression, il chercha son regard, et déposa un délicat baiser sur ses lèvres.

— J'ai l'impression de t'avoir attendue depuis toujours. Je n'arrive pas à croire que tu es enfin là…

— Moi non plus, je n'arrive pas à y croire, murmura-t-elle alors que les battements de son cœur s'accéléraient encore. J'ai l'impression de rêver.

— Tu ne rêves pas, affirma-t-il avec un sourire espiègle. Laisse-moi te montrer combien tout cela est bien réel.

Il disparut brièvement avant de revenir avec un préservatif dont il s'empressa de déchirer l'étui. Retenant son souffle, elle le lui prit des mains et le déroula le long de son sexe dur. Puis elle referma sa main autour de lui, prenant le temps de le découvrir.

Il étouffa un soupir et, bloquant les poignets de Faith, se libéra de son emprise, avant de s'agenouiller entre ses cuisses. Le souffle court, elle l'invita en elle. Doucement. Délicatement. Jusqu'à ce qu'il la comble entièrement.

— Ça va ? demanda-t-il dans un murmure.

Elle sourit.

— Ça va plus que bien.

Il sourit à son tour, avant de commencer un va-et-vient. Elle accompagna chaque coup de reins, sentant le plaisir monter en elle. Il n'y avait plus que Dylan. Qui l'emportait dans un rythme qui lui faisait perdre la raison. Agrippée à lui, elle laissa le monde s'effacer autour d'eux, pour ne plus voir que lui, Dylan, sur elle. En elle.

L'entendre haleter contre son oreille la conduisit au bord de la jouissance. Et quand il lui murmura qu'elle était la plus belle, elle crut défaillir.

Il glissa une main entre ses cuisses, caressant du bout des doigts son clitoris, et elle cria son nom en s'abandonnant à la jouissance. Elle ferma les yeux, éblouie par la puissance du plaisir qui la submergeait. Il poussa un râle et, l'instant d'après, il la rejoignait dans l'extase, avant de se laisser retomber sur elle. Son corps lourd et athlétique la plaquait sur le matelas, comme pour lui rappeler qu'elle était bien sur Terre, malgré son impression d'avoir été transportée sur une autre planète.

Il roula sur le côté et, chuchotant son nom, la prit dans ses bras et la serra tout contre lui. Elle se lova contre lui, en éprouvant un sentiment de douceur et de sécurité inédit.

Faith s'éveilla petit à petit et, en s'étirant, elle ressentit le contentement qui irradiait encore chaque cellule de son corps. Très vite, les images de la nuit lui revinrent à l'esprit. La sensation de la main de Dylan qui lui caressait le visage. Son goût dans sa bouche. Son rugissement quand il avait joui à son tour.

Elle avait fait l'amour avec Dylan.

Et cela avait été magnifique. Et dangereux.

Car avec l'expérience, elle avait appris qu'à chaque moment de bonheur succédait généralement une désillusion. Or, ce qui s'était passé la nuit précédente frôlait le sublime. Et elle redoutait de revenir sur Terre.

Elle ouvrit les yeux, éblouie par la lumière du matin, et aperçut Dylan, allongé tout près d'elle entre les draps blancs. Il était en train de la regarder. Pas moyen de lui échapper. Ni de réfléchir seule à ce qu'ils avaient fait cette nuit.

— Bonjour, dit-il d'une voix encore endormie.

Ses cheveux étaient en désordre, mais son expression paraissait tout à fait lucide. Indéchiffrable, même ?

— Bonjour, répondit-elle en remontant le drap, saisie d'un soudain élan de pudeur.

Cette fois, ils avaient franchi la ligne rouge. Elle avait couché avec son patron.

Haussant un sourcil, il désigna d'un air étonné le drap auquel elle s'agrippait.

— Tu n'as pas oublié que j'ai déjà vu tout ce qu'il y a en dessous ?

Elle fut alors assaillie de souvenirs : elle l'avait séduit, imploré de poser ses mains sur elle. De nouveau, elle sentit sa peau s'embraser : tout ce qui était arrivé était sa faute, et elle devait trouver un moyen de sauver la face.

— Dylan, commença-t-elle en s'agrippant un peu plus à son drap.

Mais il ne la laissa pas continuer.

— Je vais préparer du café, dit-il avec un sourire forcé.

Il se leva. Elle en eut le souffle coupé. Dans la lumière du matin, il se révélait tout aussi impressionnant que dans les lueurs tamisées de la nuit. De nouveau, elle eut une envie irrépressible de poser les mains sur lui. Mais c'était exactement ce qui l'avait plongée dans cette situation. Alors elle prit sur elle et résista.

Il trouva un jean dans son placard, puis l'enfila avec un T-shirt couleur charbon, avant de revenir vers elle.

— La salle de bains est là, si tu veux, ajouta-t-il en lui indiquant une porte à gauche.

— Merci, fit-elle sans desserrer ses doigts crispés sur le drap.

Une douche lui ferait le plus grand bien. Mais, plus que tout, elle avait besoin de rentrer chez elle. De se retrouver en sécurité. Loin de la tentation. Loin de ces sentiments troublants que Dylan déclenchait en elle.

A peine eut-il quitté la chambre qu'elle se leva d'un bond, ramassa ses vêtements qui jonchaient le sol. Peut-être retrouverait-elle la maîtrise d'elle-même une fois rhabillée ? Elle en doutait...

Car plus le temps passait, plus elle se sentait liée à Dylan. Pourtant, d'expérience, elle savait que ce genre d'attachement ne pouvait durer. Dans sa famille, elle avait appris que peu importait si les gens paraissaient sincères ou non, ils vous laissaient de toute façon tomber dès qu'ils rencontraient quelqu'un d'autre. D'ailleurs, la réputation de séducteur de Dylan n'était plus à faire.

Sa tante lui avait promis de l'aimer et de s'occuper d'elle, mais dès qu'elle s'était retrouvée enceinte, elle l'avait renvoyée, alors âgée de onze ans, chez ses grands-parents, prétendant qu'elle ne se sentait pas capable de s'occuper d'un bébé en même temps que d'une adolescente. Faith ne lui en avait pas voulu. D'ailleurs, elle s'en était même plutôt voulu d'avoir cru que, cette fois, les choses seraient différentes. Elle s'en était voulu d'avoir eu un peu d'espoir.

Or, il n'y avait rien de plus dangereux que l'espoir.

Après ce qu'elle avait ressenti la nuit précédente dans les bras de Dylan, il était clair que si elle se laissait aller à espérer quoi que ce soit avec cet homme, elle s'exposerait à un chagrin d'amour. Car elle s'était autorisée à ressentir trop de choses auprès de lui.

Avec sa réputation, Dylan Hawke était le dernier homme à qui elle pouvait accorder sa confiance. Aussi adorable soit-il avec elle en ce moment, jamais elle ne saurait retenir durablement son attention. Alors, mieux valait s'éloigner de lui dès à présent, avant d'avoir à souffrir de son désintérêt. Car, tôt ou tard, il finirait par se lasser.

Elle gagna la cuisine, d'où émanait une délicieuse odeur de café. Une fois qu'elle aurait sa dose de caféine, elle saurait quoi faire.

Dylan était accoudé au comptoir, et pianotait sur le plan de travail. Il semblait au moins aussi confus qu'elle, et c'est ce qui lui donna le courage dont elle avait besoin.

— Je crois qu'il faut que l'on parle, déclara-t-elle d'une voix qu'elle espérait ferme.

Dylan hocha la tête et lui tendit un mug de café.

— Je suis désolé pour cette nuit.

— Si quelqu'un doit s'excuser, c'est plutôt moi, répondit-elle en égarant son regard au fond de sa tasse fumante. Tu as tenu parole plus longtemps que moi.

— Mais j'ai quand même cédé, dit-il en se passant une main sur le visage, très ennuyé.

— Dylan, je n'ai pas envie de distribuer des bons points et des punitions. Allons plutôt de l'avant, dit-elle en venant s'accouder au comptoir face à lui. Pour commencer, je crois que nous avons franchi la ligne rouge.

Il manqua s'étrangler avec son café.

— C'est peu dire…

Au moins, sur ce point, ils étaient d'accord. Mais hormis cela, quelle attitude adopter ? Pourvu qu'ils trouvent une solution… Car déjà, elle avait de nouveau envie de se retrouver entre les draps avec lui.

Nouant les mains autour de son mug, elle fixa le placard au-dessus des épaules de Dylan, puis reprit la parole :

— Transgresser les règles, pour nous, ça devient une habitude.

— Une habitude ? répéta-t-il en toussotant. Tu veux dire une addiction.

— Et comme toute addiction, ce n'est pas sain, nota-t-elle malgré elle. Mais clairement, je ne sais pas quoi faire.

Il lui décocha un sourire espiègle.

— Je crois que c'est le principe même des addictions. Il est difficile de s'en sortir.

Inspirant profondément, elle soutint son regard sans ciller.

— Alors, qu'est-ce que tu penses que l'on devrait faire ?

— Il n'y a qu'une solution : sevrage brutal.

— Ça semble radical.

Et sévère. Rien qu'à y penser, elle sentait son ventre se nouer. Elle imaginait déjà sa réaction la prochaine fois qu'ils se verraient et qu'elle devrait faire abstraction de tout ce qui venait de se passer entre eux.

— Concrètement, ça va se passer comment ?

Il posa son mug vide dans l'évier et garda le silence un long moment. Tourné vers la fenêtre, il regarda dehors. Quand il reprit la parole, il ne se retourna pas.

— Tu travailles encore sur le projet de lancement, donc nous serons amenés à nous croiser lors des réunions de travail ou au labo de Liam. Mais le reste du temps, évitons de nous retrouver seuls tous les deux.

— On a pourtant essayé, jusqu'à présent… Et puis, c'est arrivé quand même.

De toute façon, depuis le premier soir, elle avait compris qu'ils avaient un souci. Et chacun avait tenté de faire attention. Ce qui n'avait pas empêché qu'ils se retrouvent dans le même lit.

Il lui fit face, bras croisés.

— Nouvelles règles du jeu, nouvelles mesures de précaution. Je ne viendrai plus à la boutique de Santa Monica. Si jamais une opportunité se présente, par exemple d'assister ensemble à une séance photo, l'un de nous deux refusera.

— On devient super vigilants, approuva-t-elle d'un hochement de tête.

— Exactement, dit-il en fuyant son regard.

Cette conversation devenait surréaliste. Jamais elle n'avait éprouvé une telle attirance pour un homme, et pourtant, ils réfléchissaient ensemble à une façon de lutter contre. Car le cœur du problème était bien la tentation.

Et l'espoir était dangereux.

— Donc, reprit-elle dans une tentative désespérée de détendre l'atmosphère, je suppose que discuter en tête à tête dans ta cuisine au petit jour fait partie des situations à éviter ?

— Tu as raison, admit-il avec un petit sourire crispé. Surtout vu la tournure que prennent mes pensées, en te voyant appuyée comme tu l'es à mon comptoir.

Elle s'éloigna aussitôt du comptoir… Ce qui ne fit que la rapprocher de lui. Encore deux petits pas, et elle pourrait à nouveau se retrouver dans ses bras.

Elle se mordit la lèvre. Il avait raison : il n'y avait aucun moyen de rester en tête à tête avec lui sans prendre de risque.

— D'accord, fit-elle en ayant l'impression de signer son arrêt de mort.

Car il était hors de question pour elle de renoncer à son travail chez Hawke's Blooms, ni aux portes qu'il était susceptible de lui ouvrir. Elle ne devrait plus coucher avec son patron.

— Je suis d'accord avec toi.

Elle lui rendit son mug, mais il referma sa main sur la sienne durant un moment qui lui parut une éternité.

— Même si on essaie tous les deux de ne pas recommencer, je tiens à te dire que j'ai apprécié chaque seconde que j'ai pu passer avec toi, « Faith 63 ».

La gorge nouée, elle déglutit péniblement et chercha ses mots.

— Moi aussi, j'ai apprécié tous ces moments...

— Allez, reprit-il d'une voix rauque, je vais te reconduire jusqu'à ta voiture.

Il prit ses clés au bout du comptoir, et elle lui emboîta le pas. En prenant son sac à main, elle se retourna pour jeter un dernier regard sur l'appartement où elle avait entrevu le paradis.

- 8 -

Dylan frappa à la porte de l'appartement de Faith, situé au rez-de-chaussée. Près d'un mois s'était écoulé depuis la nuit qu'elle avait passée chez lui. La nuit où sa vie avait basculé. Depuis, ils s'étaient bien croisés au labo de Liam, ou lors de réunions de préparation du lancement, mais comme ils en étaient convenus, ils n'avaient plus passé une seule seconde en tête à tête. Pourtant, il avait de plus en plus de mal à tenir son engagement.

Car il n'avait pas oublié qu'il lui devait encore un troisième rendez-vous. En tout cas, il était temps pour eux de mettre les choses au clair, et c'est ce qu'il avait décidé de faire aujourd'hui. Car il avait besoin d'aller de l'avant. Or, jusqu'à présent, rien n'avait pu l'aider à oublier Faith et à reprendre le cours normal de sa vie.

La porte de l'appartement s'ouvrit, et il découvrit Faith, vêtue d'un short et d'un T-shirt, sans maquillage, ses boucles folles tombant librement sur ses épaules. Elle était belle à couper le souffle.

— Dylan ? dit-elle d'une voix trahissant sa surprise.

— Désolé de passer à l'improviste. Ça te dérange si j'entre deux minutes ?

Elle hésita, puis ouvrit la porte en grand.

— Pas de souci.

Il entra, découvrant les lieux. La décoration était minimaliste : il n'y avait quasiment pas de meubles. Juste un vieux canapé, une table basse et une télévision. Une pile de magazines professionnels sur les fleurs et un mug vide.

Pas de coussins aux couleurs vives pour égayer le canapé, encore moins de tableaux aux murs. Ni bibelots ni collection d'aucune sorte… Bref, cet appartement lui apparut comme l'antithèse même de son occupante.

La cuisine était attenante au séjour, séparée par un simple comptoir. Hormis un grille-pain chromé et un support à couteaux de cuisine, le plan de travail était à l'image du reste du logement : vide, alors qu'il s'était attendu à trouver dans la décoration des traces de la personnalité de Faith.

— Tu veux boire quelque chose ? proposa-t-elle, impassible.

Il secoua la tête en se rappelant la raison de sa visite.

— Non, je ne reste pas longtemps.

— D'ailleurs, on ferait peut-être mieux d'avoir cette conversation dehors, dit-elle en revenant vers la porte d'entrée pour l'attendre devant le petit immeuble.

Les quelques arbustes censés égayer les lieux semblaient aussi dénudés que l'appartement de Faith.

— Il y a un souci avec le lancement ? demanda-t-elle en croisant les bras.

A une semaine du grand jour, les choses s'accéléraient mais, jusque-là, tout se déroulait comme prévu. Cependant, la raison pour laquelle Dylan s'était déplacé ce matin n'était pas tout à fait étrangère au lancement.

Il s'éclaircit la voix.

— Il faut que l'on parle de la vente aux enchères. Et de notre dernier rendez-vous.

Voilà quelque temps que cela lui trottait à l'esprit, mais comme ils ne se voyaient plus qu'au travail, le moment était toujours mal choisi, puisqu'ils n'étaient plus désormais que simples patron et employée.

Faith arracha une feuille d'un buisson et la froissa entre ses mains.

— Je t'ai dit que l'on pouvait oublier ce troisième rendez-vous. J'ai déjà obtenu de cette vente aux enchères plus que je n'espérais, puisque j'ai pu travailler sur le lancement de l'Iris Ruby.

Cela faisait sens, mais lui avait besoin de marquer leur histoire d'un véritable point final.

— Et moi, je t'ai dit que j'honorerai mon engagement. Tu as dépensé une fortune pour que j'examine ton travail, ce que j'ai fait. Mais je veux m'assurer que tu aies l'opportunité d'exprimer la façon dont tu souhaites évoluer au sein de l'entreprise, ajouta-t-il avec un sourire. Et comme nous devons tous les deux assister à la journée de lancement, je me suis dit que nous pourrions y aller ensemble, et que cela serait notre dernier rendez-vous.

Elle prit quelques instants pour répondre.

— Je crois me souvenir que nous devions garder nos distances. D'ailleurs, d'après les règles que nous avons établies tous les deux, tu ne devrais même pas être ici.

— Cela fait presque un mois que nous fonctionnons ainsi, sans incident. Je trouve que l'on s'en sort bien.

Enfin, *elle* s'en sortait bien. Car lui enchaînait les nuits blanches, à rejouer le film de la nuit qu'ils avaient passée ensemble. A se souvenir de la douceur de sa peau, de ses baisers enfiévrés…

Elle, en revanche, paraissait peu affectée. Ce qui l'agaçait au plus haut point.

— Comment imagines-tu les choses, au juste ? demanda-t-elle, perplexe.

— Je viendrai te chercher, comme pour un rendez-vous. Jusqu'à présent, toi et moi avons su partager une même voiture sans souci. Puis nous assisterons au lancement ensemble. On pourra peut-être même danser, mais vu que nous serons entourés d'une multitude de cadres et de collaborateurs de Hawke's Blooms, on ne pourra pas faire de bêtises. Ensuite, je te raccompagnerai chez toi.

— Sur le dernier point, c'est risqué, dit-elle en faisant courir sa main sur une branche près d'elle.

— Bonne remarque, répondit-il en se disant que pour la soirée de lancement, en plus de s'être faits beaux et d'être grisés par l'ambiance, ils allaient probablement boire quelques verres d'alcool. Je réserverai une limousine qui te ramènera chez toi. Ainsi, tu pourras rentrer à l'heure qui te plaira. Seule.

Elle fronça le nez en réfléchissant.

— Bon. Cela me paraît relativement raisonnable. Et après cela, nous serons quittes ?

— On sera quittes, confirma-t-il.

Même si, bien entendu, il allait lui rembourser la somme qu'elle avait dépensée pour les enchères dès la fin de leur troisième soirée. Qu'elle soit ou non d'accord. Car huit mille deux cents dollars, cela représentait une fortune pour une employée avec son salaire.

D'ailleurs, il se devait d'apporter une précision à son invitation pour le lancement :

— J'aimerais aussi que tu me laisses t'offrir une robe pour la soirée de lancement.

— Tu n'as pas à m'acheter mes tenues, Dylan, dit-elle en secouant vigoureusement la tête.

Il s'était attendu à cette réponse ; il se redressa, prêt à lui exposer ses arguments.

— Tu m'as avoué avoir dépensé toutes tes économies pour les enchères, alors si, j'y tiens. Est-ce que cela peut te convaincre, si je promets de ne pas t'acheter un corsage ?

— Dylan, je…

Il l'interrompit.

— Fais-moi plaisir, laisse-moi t'offrir cette robe, honorer mon troisième rendez-vous, et ensuite, nous redeviendrons simples patron et employée. Pour de bon.

— Tu veux m'emmener faire du shopping ? reprit-elle en haussant un sourcil. Tous les deux, en tête à tête ?

Ce serait une folie. Mais il avait déjà trouvé la parade.

— J'ai réservé une assistante de shopping, qui nous emmènera dans un grand magasin après les horaires d'ouverture. Non seulement, celui-ci sera privatisé rien que pour nous, mais cela nous permettra aussi d'avoir un chaperon.

Elle ne répondit rien, mais il ne comptait pas lâcher prise.

— Allez, Faith, dis oui, s'il te plaît.

— Bon. C'est d'accord, soupira-t-elle.

Tant mieux. D'une certaine façon, il était soulagé d'avoir pu la convaincre. Après cela, il pourrait enfin tourner la page. Pourtant, il se demandait s'il ne se donnait pas simplement l'illusion de reculer… pour mieux sauter.

En se garant sur le parking du grand magasin très chic, Faith poussa un soupir. Elle avait hâte de retrouver Dylan. Plus que de raison. Et cela l'inquiétait.

Elle avait eu tellement de mal à dissimuler son trouble lorsqu'il était venu lui rendre visite chez elle ! S'il ne lui avait pas promis une assistante de shopping pour ce soir, elle n'aurait jamais donné son accord. Cela dit, il lui avait fait cette proposition d'un air relativement détaché… Ce qui ne faisait qu'accroître son trouble.

Peut-être avait-il déjà tourné la page, de son côté ? A cette seule idée, elle sentit son estomac se nouer. Mais les choses seraient sans doute mieux ainsi. Pour lui comme pour elle. Et pourtant… Cela lui donnait une impression de fin du monde.

Soudain, la Porsche de Dylan vint se garer à côté de sa voiture. Il descendit. Il portait un jean et une chemise blanche — c'était seulement la deuxième fois qu'elle le voyait en jean, la première remontant au lendemain de leur nuit d'amour. Elle s'agrippa à son volant. S'efforça de chasser ce souvenir troublant et de se concentrer sur l'instant présent.

Sauf que l'instant présent se résumait à une vue imprenable sur les fesses de Dylan, moulées dans le denim… Autant dire qu'il y avait mieux pour retrouver la maîtrise de soi.

— Bonsoir, Faith, dit-il en lui ouvrant la portière.

Au son de sa voix, un délicieux frisson la parcourut. Elle descendit du véhicule, et il referma la portière après elle.

— Bonsoir, Dylan, répondit-elle en verrouillant sa voiture. L'assistante est-elle déjà là, ou faut-il l'attendre ?

— Elle doit déjà être à l'intérieur.

— Dans ce cas, ne la laissons pas attendre, reprit Faith en se hâtant vers l'entrée.

Il lui emboîta le pas.

— Tu sais, je te trouve bien plus enthousiaste que je l'avais imaginé.

A vrai dire, elle avait surtout hâte de ne plus être seule avec lui, a fortiori sur un parking mal éclairé. Et puis, s'il avait décidé d'aller de l'avant, inutile de lui laisser entrevoir qu'elle, elle n'arrivait pas à oublier la nuit d'amour qu'ils avaient partagée.

— Plus vite on commencera, plus vite on aura terminé, assura-t-elle en se redressant.

Une femme d'âge moyen, portant un pantalon griffé et affichant un carré droit poivre et sel, leur ouvrit la porte.

— Dylan et Faith ?

— C'est nous, annonça Dylan en lui serrant la main.

— Je suis Julie, reprit-elle en tendant sa main à Faith. Si j'ai bien compris, nous allons nous mettre en quête d'une robe de soirée pour vous, Faith ?

— C'est cela, confirma-t-elle. Il me faut quelque chose d'élégant.

— Parfait, le rayon se trouve par ici ! répondit l'assistante en pivotant sur ses talons.

Faith se tourna alors vers Dylan.

— Tu n'es pas obligé de nous suivre, déclara-t-elle d'un ton léger. Tu vas t'ennuyer à regarder des vêtements féminins.

En fait, la dernière chose dont elle avait envie, c'était d'avoir à essayer des vêtements devant lui.

Il sourit.

— Pas question : je reste pour m'assurer que tu ne t'échappes pas.

— Mais si je te promets de…

— Je reste, Faith… Et tu ferais bien de rattraper Julie.

— Bien sûr, soupira-t-elle.

Elle commençait à le connaître. Et elle savait qu'elle ne gagnerait pas cette bataille. Elle suivit donc Julie jusqu'au rayon robes de soirée, sentant le regard de Dylan posé sur elle.

Quand elle rejoignit Julie, celle-ci agita les bras en direction du rayon.

— Vous aviez déjà quelque chose en tête ? Une idée, une envie, qui pourrait m'aider pour commencer ?

Faith se mordit la lèvre et réfléchit. A vrai dire, elle avait tellement stressé à l'idée de venir ici avec Dylan qu'elle n'avait guère eu le temps de songer à sa tenue.

— Il lui faut quelque chose de lumineux.

— Bien, approuva Julie. Mais encore ?

Dylan se balança sur ses talons.

— Peut-être quelque chose d'un peu original ? Faith est très à son avantage avec des dos nus, mais de toute façon, tout lui va à merveille : vous ne devriez avoir aucun mal à lui trouver la perle rare.

Abasourdie, Faith assista à cet échange sans rien dire. Dylan croisa alors son regard.

— Quoi ? Je t'ai bien observée, moi !

C'était le moins que l'on puisse dire... Soudain, la situation lui parut bien moins innocente qu'il y paraissait.

— Et toi, que prévois-tu de porter pour la soirée de lancement ? demanda-elle en relevant le menton.

— Un costume, sans doute, dit-il en haussant les épaules.

— Avec une chemise blanche et une cravate choisie au hasard dans ton dressing ?

— Probablement.

Elle secoua la tête d'un air faussement déçu.

— C'est un choix convenu.

Il esquissa un demi-sourire.

— Tu trouves ?

— J'ai une idée, lança-t-elle en plantant ses mains sur ses hanches. Tu peux rester et avoir ton mot à dire sur ma tenue, à condition que moi, je puisse aussi choisir tes vêtements pour la soirée.

— Tu changes les règles du jeu ? dit-il en plissant les paupières.

— Exact, fit-elle en se redressant encore. Ça te pose un problème ?

— Pas du tout. Ton avis compte à mes yeux. Marché conclu, répliqua-t-il en se tournant vers Julie. Nous allons aussi prendre le temps de passer au rayon hommes.

Ils passèrent alors une vingtaine de minutes à arpenter les allées du magasin, chacun tendant des tenues à Julie pour les essayer par la suite en cabine. Quand ils eurent terminé, ils avaient dévalisé tous les rayons.

— Voilà, fit Dylan.

Julie hocha la tête.

— Suivez-moi ! dit-elle en les entraînant vers une salle grande comme une petite boutique.

La pièce était circulaire, avec de nombreux miroirs et, au centre, un canapé arrondi. Sur un côté se trouvait un long stand chromé sur lequel étaient posées les robes que Faith avait accepté d'essayer. En face, un stand identique avec les tenues de Dylan. Sur une autre table, un seau à champagne.

Julie alla prendre la bouteille :

— Et si vous commenciez par quelques bulles ?

Faith chercha Dylan du regard. Il haussa un sourcil pour lui laisser le choix. La nuit où ils avaient perdu tout contrôle avait, elle aussi, débuté par un verre de champagne. Or, ce soir, ils avaient un chaperon. Et Faith passait un agréable moment. Elle ne risquait rien à accepter un peu de champagne.

— Avec plaisir, répondit Faith en souriant à Julie.

Julie remplit deux coupes, qu'elle leur tendit.

Dylan s'empressa de trinquer avec elle.

— A cette soirée !

— Santé ! dit-elle avant de tremper ses lèvres dans le vin délicat.

Puis elle tendit son verre à Julie avant de s'engouffrer dans une cabine d'essayage. Il y avait tellement de robes qu'elle ne savait par où commencer.

Elle prit la première sur la pile, en velours bleu électrique et qui descendait jusqu'aux chevilles. Tandis qu'elle remontait la fermeture Eclair, Julie lui demanda :

— Alors ? Comment ça se passe ? Besoin d'un coup de main ?

— Ça ira, merci. La fermeture est sur le côté.

Elle ajusta la robe, puis se regarda dans le miroir. La couleur lui allait à merveille, et la robe en soie la rendait plus élégante qu'elle l'avait imaginé. Quand elle ouvrit la porte, Dylan se figea, sa main suspendue sur son bouton de chemise.

— Splendide ! dit-il au bout d'un instant. Mais ce ne sera pas celle-là…

Faith baissa les yeux sur sa robe.

— Moi, elle me plaît.

— Elle me plaît aussi. Mais ce ne sera pas celle-là…

Elle s'apprêtait à protester quand elle aperçut la pile de robes qui attendaient encore pour essayage. Inutile de se focaliser ainsi sur la première d'une longue série.

— Tourne sur toi-même, et montre-moi ce que tu portes.

Il obtempéra pour qu'elle puisse le regarder. Il avait choisi l'option la plus convenue : une chemise couleur crème, avec un costume noir sur une cravate charbon. Les couleurs lui allaient au teint, mais Faith sourit et déclara :

— Il me plaît, mais ce ne sera pas le bon costume.

Julie se leva d'un bond du canapé.

— Bien, vos choix se précisent ! Tenue suivante… Je replacerai au fur et à mesure en rayon celles que vous éliminez.

Faith prit une autre robe, puis retourna en cabine. Pour les cinq robes suivantes, Dylan la contempla les yeux brillants mais, chaque fois, il déclara qu'il n'était pas convaincu. Si bien qu'à force, Faith se demanda ce qu'il attendait vraiment.

Du coup, elle rejeta à son tour chacun des cinq costumes qu'il essaya. Même si elle le trouvait très beau dans une chemise blanche qui moulait la courbe de ses épaules, elle s'attendait à quelque chose de plus original.

Elle passa la sixième robe, légère comme l'air, d'un

vert tendre et nacré qui semblait étinceler à chacun de ses mouvements.

Dylan la contempla, admiratif.

— Voilà qui devient intéressant, murmura-t-il en posant une main sur la manche de la robe. Cette robe te ressemble mieux.

Aussitôt, la chaleur de sa paume à travers le tissu se répandit dans tout son corps.

— Que veux-tu dire ? demanda-t-elle en baissant les yeux sur la robe.

— Laisse-moi plutôt te poser une question qui n'a rien à voir, chuchota-t-il en lui relevant le menton du bout des doigts. Quand tu travailles tes bouquets de fleurs, tu ouvres ton cœur, Faith. Tu associes des branches de pommier à la menthe, et l'Iris Ruby à de jeunes boutons rose pâle… Tu es unique, créative, effervescente… Mais comment se fait-il que ton appartement soit aussi dépouillé, et qu'il ressemble presque à une caserne militaire ?

Elle s'écarta de lui, et réfléchit un instant. Ils s'étaient mis d'accord pour ne pas passer de temps seul à seule… Mais qu'avaient-ils décidé pour ce genre de conversation ? Il serait sans doute plus sage de ne pas trop en dire, pour les mêmes raisons.

— Je n'ai pas vraiment eu le temps de décorer, se contenta-t-elle de répondre avec un haussement d'épaules. Je pense que je n'habite pas là depuis assez longtemps…

— Il y a autre chose, affirma-t-il. Ce ne serait pas plutôt lié à une réticence à prendre racine ? A vouloir demeurer un électron libre ?

Cet homme lisait en elle bien trop facilement. Elle poussa un lourd soupir, et se confia alors à lui comme jamais elle ne s'était confiée à personne.

— Je me souviens d'une chose, quand j'avais neuf ans. Je vivais chez mes grands-parents, et je me sentais enfin chez moi. J'imaginais que je finirais de grandir chez eux, expliqua-t-elle en se remémorant ce sentiment d'espoir qui l'habitait alors. Je découpais dans les magazines des posters de groupes et d'acteurs, comme toutes les gamines de mon âge. C'était une façon de m'approprier les lieux. C'était ma chambre, quoi.

— Je vois, dit-il à voix basse, sans la lâcher de son regard vert profond.

— Je passais un temps dingue à organiser qui serait à côté de qui. J'étais très fière de mon mur, et je pouvais rester des heures allongée sur mon lit, rien qu'à le contempler.

Il laissa courir sa main le long de son dos. Elle était comme hypnotisée.

— Et qu'est devenu ce mur, Faith ?

— Oh ! le mur, il ne lui est rien arrivé, expliqua-t-elle la gorge nouée. Mais mon père a téléphoné un soir, nous annonçant qu'il viendrait me chercher le lendemain matin pour m'emmener au parc d'attractions. Quand on s'est retrouvés dans la voiture, il m'a annoncé qu'il allait ensuite me déposer chez ma mère. Qu'elle voulait avoir une deuxième chance.

Elle sentit Dylan se crisper, mais sa voix demeura calme.

— Et tes affaires ?

— Mes grands-parents avaient rassemblé mes vêtements dans une valise — je n'avais pas grand-chose — pendant mon petit déjeuner, précisa-t-elle en se remémorant la sensation de trahison qu'elle avait éprouvée. D'un côté, j'étais heureuse de savoir que ma mère me voulait auprès d'elle… Mais je pensais aussi à mon mur, et à ce « chez moi » que j'avais réussi à me construire.

— Oh ! ma chérie ! soupira-t-il. Et on t'a arrachée à cela…

— Après cela, je n'ai plus jamais décoré un seul mur. Et quand je suis retournée vivre chez mes grands-parents — quand ma tante m'a laissée tomber à l'époque où j'avais onze ans —, j'ai arraché tous les anciens posters de ma chambre et je les ai mis à la poubelle.

Même après toutes ces années, le souvenir était encore douloureux.

— Viens là, murmura Dylan en la prenant dans ses bras.

Elle se laissa enlacer, immobile.

— Ne t'en fais pas, je vais bien.

— Je sais, dit-il à voix basse. Mais tu mérites quand même un câlin.

Ses mots la réconfortèrent malgré tout, et elle s'appuya un instant contre son torse large et puissant. Puis elle eut un petit rire : évidemment qu'il la réconfortait, puisqu'il était un séducteur patenté.

— Qu'est-ce qui te fait rire ? demanda-t-il en inclinant son visage vers le sien.

— On m'avait bien prévenue de la facilité avec laquelle tu savais dire aux gens ce qu'ils avaient envie d'entendre, dit-elle en ravalant son sourire pour faire un pas en arrière.

— Qui t'a raconté une chose pareille ? demanda-t-il en haussant un sourcil.

Ravie d'avoir su le surprendre, elle haussa une épaule d'un air innocent.

— Une employée d'Adam, pendant la séance photo. Elle m'a aussi expliqué que toutes les femmes du bureau d'Adam en pinçaient pour toi.

— C'est vrai ? s'étonna-t-il avec un sourire.

Elle lui donna une petite tape sur l'épaule.

— C'est vrai. Elle m'a aussi dit que tu n'avais qu'à claquer des doigts pour mettre une femme dans ton lit !

Il la déshabilla du regard.

— Tu as de la chance, je n'ai jamais été un grand percussionniste.

— Je ne pense pas que cela soit un frein à tes capacités de séduction, rétorqua-t-elle un peu vite.

Son regard vert s'assombrit, et une lueur prometteuse se mit à briller au fond de ses yeux.

— Il n'y a qu'une chose qui m'empêche d'essayer, là, maintenant.

Elle déglutit.

— Notre assistante shopping ?

— Oh ! non, rien de plus facile que de s'en accommoder ! dit-il en jouant du bout des doigts avec l'encolure de sa robe.

Aussitôt, elle sentit son sang s'échauffer.

Et dire qu'elle s'était crue protégée par ce chaperon…

— Alors, de quoi s'agit-il ?

Il se rapprocha, et elle sentit sa chaleur l'envahir.

— Nous avions pris une décision. Dans ma cuisine.

— Oui, balbutia-t-elle en s'humectant les lèvres.

— Et rien n'a changé dans ce qui nous a obligés à prendre cette décision, poursuivit-il sans la quitter du regard.

Il l'embrassa alors juste en dessous de son lobe d'oreille.

Il fallut à Faith plusieurs battements de cœur pour se souvenir du sujet de leur conversation, car les lèvres expertes de Dylan s'appliquaient à irradier sa peau de leur magie.

— En effet, murmura-t-elle en nouant ses mains autour de son cou.

Il déposa un baiser sur le coin de sa bouche, effleurant ensuite délicatement ses lèvres avec les siennes.

— Donc, je ne vais pas essayer de claquer des doigts pour toi… Je ne vais rien essayer du tout.

Ivre de désir, elle entrouvrit les lèvres pour capturer les siennes. Et il ne se fit pas prier pour l'embrasser. Une fois. Deux fois…

— Dans ce cas, pourquoi ce nouveau baiser ? bredouilla-t-elle, s'accrochant au peu de lucidité qu'il lui restait.

Il s'écarta doucement d'elle, pour la dévisager, le regard embué de désir. Déjà, le contact de sa peau brûlante lui manquait, alors qu'il n'était qu'à quelques centimètres d'elle.

— Tu as une réponse illogique à cela ?

— Plusieurs, affirma-t-il avec un sourire radieux. A commencer par cette robe que tu portes.

— Tu n'es pas mal, toi non plus, dit-elle en désignant sa chemise couleur lavande et la cravate argentée que Julie avait trouvées. En parlant de vêtements, où est passée Julie ?

— Elle s'est éclipsée de la pièce dès l'instant où j'ai commencé à frôler les manches de ta robe.

Faith cilla.

— Elle est partie depuis tout ce temps ? Elle a dû s'ennuyer.

— Je lui offrirai une prime en remerciement de sa discrétion. Elle la mérite, dit-il avant de déposer un nouveau baiser sur sa joue. Ce dernier mois a été long et difficile, ajouta-t-il.

Ah, pour lui aussi ?

— Je croyais être la seule à l'avoir trouvé si long…

— Et pourquoi ? demanda-t-il à voix basse.

Jusqu'à quel point était-elle prête à lui ouvrir son cœur ? Elle se mordit la lèvre. De toute façon, à quoi bon continuer à jouer la comédie ?

— Tu avais l'air tellement distant quand tu es passé me voir chez moi, alors que moi, j'étais au bord de la crise de nerfs, tellement j'avais envie de toi.

Il haussa un sourcil.

— Je me suis dit exactement la même chose. Tu semblais impassible, alors que j'avais du mal à ne pas me jeter sur toi. En fait, ça m'a agacé de te voir aussi calme.

— Tu n'as rien compris, murmura-t-elle en promenant ses mains sur le revers de son veston. En fait, je me suis même dit que tu avais tourné la page.

Il éclata de rire.

— Je n'ai même pas été capable de poser les yeux sur une autre femme depuis notre première soirée à la boutique de Santa Monica.

L'espace d'un long moment, elle se dit qu'avec Dylan, les choses étaient vraiment agréables. Or, comme chaque fois au cours de sa vie, cela ne pouvait pas durer. Car la vie finissait toujours par lui arracher les quelques espoirs de bonheur qu'elle pouvait avoir. Et si jamais elle s'habituait à la présence de Dylan, elle allait souffrir d'autant plus une fois que tout serait fini.

— Pareil pour moi, admit-elle, mais nous en avons déjà parlé. Et le fait de se retrouver en tête à tête comme maintenant ne nous aide pas.

Il soupira, puis recula d'un pas.

— Tu as raison, lâcha-t-il en baissant les yeux avant de se passer une main dans les cheveux. Je vais chercher Julie.

- 9 -

Le soir du lancement, en proie à une impatience mêlée d'appréhension, Faith prit place dans la limousine au côté de Dylan. Le seul fait de sortir au bras de cet homme lui donnait l'impression d'être au bord d'un précipice… luttant à chaque instant pour ne pas basculer dans le vide.

Dylan se tourna vers elle et serra sa main dans la sienne.

— Je t'ai dit que tu étais magnifique ?

— Deux fois, répondit-elle en souriant. Mais tu peux le répéter.

Le chauffeur se gara à quelques mètres de l'hôtel.

— Apparemment, je dois vous déposer ici pour vous permettre de remonter le tapis rouge, expliqua l'homme.

— Le tapis rouge ? répéta Faith en cherchant le regard de Dylan.

— Après le succès du lancement du Lys de Minuit, et depuis que Jenna a révélé qu'elle était la princesse du Larsland, de nombreuses célébrités ont tenu à assister à cette nouvelle soirée.

Soudain, une question traversa l'esprit de Faith.

— N'est-il pas gênant pour toi d'être vu au bras d'une employée sur le tapis rouge ?

— Pas du tout, assura-t-il en lui caressant le poignet. Il est tout à fait naturel que j'accompagne la fleuriste qui a créé les compositions florales présentées ce soir.

Vues ainsi, les choses paraissaient crédibles. Soulagée, elle sourit.

Le chauffeur ouvrit la portière, et elle descendit du véhicule, balayant les lieux du regard. Des paparazzi étaient postés dans les rues, aux côtés de nombreux badauds espérant sans doute apercevoir des visages célèbres. Jamais elle n'avait connu une telle ambiance. Tout cela était intimidant.

Dylan passa alors un bras sous le sien, et lui tapota gentiment la main. Son vertige disparut, et elle se ressaisit.

— Je ne sais pas comment Jenna a pu s'habituer à cette vie, lui chuchota-t-elle à l'oreille.

— Oh ! on ne s'habitue pas ! expliqua-t-il. Jenna passe le plus clair de son temps auprès de Meg, Bonnie et Liam.

Faith imagina la petite famille au complet : cette stabilité, cet amour… Sauf que, soudain, il ne s'agissait plus de la famille de Jenna… Mais de Dylan, entouré d'enfants qui avaient les mêmes cheveux roux qu'elle, les mêmes yeux bleus. L'image était si parfaite, si inaccessible, qu'elle sentit son cœur se serrer.

— Dylan, une déclaration ? demanda une voix quand ils atteignirent le tapis rouge.

Avec un sourire radieux, Dylan salua d'un signe de main, puis se pencha vers l'oreille de Faith.

— Ebony travaille pour une émission matinale sur une chaîne locale. Ils ont parfois une rubrique jardinage, et j'avais évoqué avec eux la possibilité d'une collaboration. Je dois aller lui parler. Est-ce que tu… Ah ! Adam, te voilà ! Je dois faire un peu de relations publiques, tu veux bien accompagner Faith à l'intérieur ? Tu n'as pas de cavalière, je crois ?

Adam adressa un sourire à Faith avant de hocher la tête en direction de son frère.

— Bien sûr.

Adam glissa alors son bras sous le sien et la conduisit à l'intérieur de l'hôtel. Ils échangèrent quelques banalités, mais une fois entrés, il lui lâcha le bras, lui demandant :

— Je peux vous parler d'une chose, en privé ?

Elle faillit prendre ses jambes à son cou en découvrant son visage soudain très solennel. Manifestement, il avait quelque chose en tête. Or, Adam était le PDG de la firme

Hawke's Blooms Enterprises, qui englobait la ferme horticole, les boutiques, les marchés aux fleurs et la section recherche et développement. Hiérarchiquement, il se situait au-dessus de Dylan.

— Bien entendu, répondit-elle en acquiesçant poliment.

Il regarda autour d'eux, puis l'entraîna vers une porte sur laquelle il était affiché « Réservé au personnel », et qui semblait être celle d'un bureau.

Quand il se retourna vers elle, son regard était glacial.

— Je me dois de vous poser cette question : qu'attendez-vous de votre relation avec mon frère ?

Elle sentit son sang se figer à l'idée de voir sa morale ainsi mise en question. Mais, croisant les bras, elle soutint son regard.

— Généralement, qu'attend une femme quand elle se lance dans une histoire avec un homme ? répliqua-t-elle d'un ton sarcastique.

Nullement déstabilisé, il répondit :

— De l'argent, une promotion, le prestige, l'accès à des opportunités, ou un prétexte pour faire un procès… Ou encore toutes sortes de chantages… Que sais-je, la liste est infinie.

Elle toussota en riant, plus abasourdie qu'insultée par le cynisme dont il faisait preuve.

— Inutile de poursuivre…

— Si vous espérez vous servir de cette relation entre vous et mon frère pour votre avancement personnel, les choses vont mal se terminer pour vous.

Longuement, elle dévisagea Adam. Physiquement, il ressemblait énormément à Dylan. Et pourtant, tous deux étaient très différents. Jamais elle n'avait vu Dylan avec une expression aussi froide, aussi dure. Le vert des yeux d'Adam était aussi glacial que l'Arctique, alors que celui des yeux de Dylan pétillait de vie, d'énergie. A n'en pas douter, Dylan était un chic type, et elle ne comptait pas se laisser intimider par son frère.

Plissant les yeux, elle pointa l'index vers son torse.

— Vous êtes toujours aussi méfiant à l'égard des gens ?
Soudain, il parut moins sûr de lui.

— J'ai pu constater que cela était parfois nécessaire.

— Dans ce cas, laissez-moi vous rassurer, dit-elle en reculant d'un pas avant de croiser les bras de nouveau. Hawke's Blooms a fait preuve d'une grande bienveillance à mon égard. Je ne ferai jamais rien susceptible de nuire à l'entreprise. Quant à Dylan ? C'est un homme bien. Je ne ferais jamais rien qui puisse le blesser, et si quelqu'un lui voulait du mal, il aurait d'abord affaire à moi.

Pris de court, Adam fronça les sourcils.

— Vous envisagez donc un avenir avec lui ?

— A vrai dire, non. Mais j'ai une question pour vous... Est-ce que vous vous inquiétez vraiment pour votre société ? Ne cherchez-vous pas plutôt à protéger votre petit frère ?

Adam s'apprêtait à répondre, mais il hésita, se rembrunit, et garda le silence. Avant qu'il ait trouvé un argument, Dylan entra en trombe dans la pièce.

— Mais qu'est-ce qui se passe ici ? demanda-t-il d'une voix maîtrisée, malgré le regard assassin qu'il lança à son frère.

— J'essayais juste de...

Mais Faith s'interposa entre les deux frères.

— Ton frère tenait seulement à connaître mes intentions. Il se trouve qu'il s'inquiète de me voir traîner votre entreprise en justice. A moins que vous ne craigniez surtout un chantage ? demanda-t-elle en allant rejoindre Dylan avant d'offrir son sourire le plus radieux à Adam.

Le visage de Dylan vira au rouge.

— Qu'est-ce que tu es allé lui raconter ?

Adam leva les mains en signe de reddition.

— J'étais inquiet.

— Adam, sors de cette pièce ! ordonna Dylan. Tout de suite !

— D'accord, si tu y tiens, dit Adam le regard sombre, avant de se diriger vers la porte. Ecoute, je suis désolé si...

— Ce n'est pas le moment, le coupa Dylan d'une voix tendue en serrant les poings.

— Comme tu voudras, maugréa Adam avant de disparaître pour de bon.

Dylan claqua la porte derrière lui, puis se tourna vers Faith en soupirant.

— Je n'arrive pas à croire qu'il t'ait fait ça ! Je m'excuse pour lui, même si cela ne suffit pas.

Il paraissait si tendu qu'elle posa la main sur son bras pour le réconforter.

— Il n'y a pas de mal. Je sais me défendre.

Il esquissa un demi-sourire.

— A vrai dire, quand j'ai ouvert la porte, il avait l'air un peu décontenancé.

— Tant mieux, dit-elle, satisfaite d'avoir pu se défendre seule. Tu sais, je crois qu'il s'inquiète au sujet de nous en tant que grand frère, et non en tant que PDG.

Dylan plissa le front.

— Comment ça ?

— Il veut te protéger, expliqua-t-elle en sentant la chaleur du bras de Dylan à travers la manche de son costume.

Et comme chaque fois qu'elle se trouvait auprès de lui, elle sentit un désir puissant la gagner.

Il soupira, exaspéré.

— Il ferait mieux de s'inquiéter de lui-même.

— Pourquoi ? demanda-t-elle, intéressée par les relations complexes entre les trois frères.

— Je ne me souviens plus de la dernière fois où je l'ai vu au bras d'une femme. Ou avec une femme qui le faisait sourire. Je ne sais pas pourquoi il se croit en position de régenter la vie amoureuse de tout le monde.

Elle sentit sa gorge s'assécher, et déglutit péniblement, avant de retrouver sa voix.

— Toi et moi n'avons pas de vie amoureuse. Nous avons même déployé de nombreux efforts pour l'éviter.

— C'est vrai, dit-il d'un air chagriné. Ce qui ne m'empêche pas de continuer à trouver que cette robe te va à ravir.

Elle baissa les yeux sur sa robe d'un vert chatoyant.

— Encore merci. C'est un très beau cadeau… Et moi, je trouve que ce costume te va à merveille, ajouta-t-elle bien malgré elle.

Une lueur passa dans le regard de Dylan.

— Quelqu'un qui a beaucoup de goût l'a choisi pour moi.

Elle promena une main sur le devant de sa chemise en se rappelant la toison sur son torse, juste en dessous.

— Si on doit quitter cette pièce, reprit-il d'une voix saccadée, autant le faire tout de suite.

Elle laissa retomber sa main et recula.

— Je crois que tu as raison.

Il ouvrit la porte et lui fit signe de passer devant lui, puis ils gagnèrent la salle de réception.

Dylan balaya du regard la foule des invités qui s'étaient pressés à la soirée de lancement organisée par Hawke's Blooms. Il était toujours en colère contre Adam, mais s'efforçait de ne pas trop se laisser affecter. Ce qu'il voulait, c'était que Faith passe une soirée mémorable. Pas question de laisser son frère lui gâcher ce plaisir.

Faith avait acheté trois rendez-vous avec lui lors de la vente aux enchères. Elle avait passé leur première soirée à confectionner un bouquet à la boutique de Santa Monica, et leur deuxième rendez-vous à travailler à des compositions florales dans le laboratoire de recherche de Liam. Etait-ce trop demander que de lui offrir un troisième rendez-vous où elle passerait un peu de bon temps, sans que son idiot de frère s'en mêle ?

Il se tourna vers Faith et l'attira un peu plus contre lui alors qu'ils se faufilaient parmi les convives. Ils furent arrêtés par plusieurs collaborateurs de Dylan, et ce dernier ne manquait pas chaque fois de la présenter comme la fleuriste qui avait composé tous les bouquets ornant la salle de réception pour la soirée. Les invités ne tarissaient alors pas d'éloges sur son travail, et même si elle ne répondait rien, il éprouvait une certaine fierté à présenter son travail. En son for intérieur, il souriait. Il savait qu'en cet instant, ils ressentaient la même chose.

— Merci, murmura-t-elle à son oreille alors qu'ils s'éloignaient d'une énième personne la complimentant sur son travail.

Il se délecta un instant de la chaleur de son souffle contre sa nuque, avant de lui demander :

— Merci ? Mais de quoi ?

— Je t'avais expliqué que mon rêve, c'était de créer des compositions qui pourraient être appréciées du plus grand nombre. Pour donner de la joie à une grande échelle, ajouta-t-elle en s'humectant les lèvres. Et tu m'as permis de réaliser ce rêve.

Il sentit son cœur s'emballer en découvrant la lueur qui pétillait au fond de ses yeux. Mais il devait mettre les choses au clair.

— Non. C'est toi qui as tout fait. Moi, je me suis contenté de te permettre de présenter tes idées pour l'Iris Ruby à Jenna et à mes frères, mais c'est toi, et toi seule qui les a impressionnés.

— Comme tu viens de le dire, c'est toi qui as fait en sorte que je puisse leur présenter mon travail, insista-t-elle.

— Ah ! mais tu as été suffisamment inventive dans ton approche pour participer à la vente aux enchères et attirer mon attention ! dit-il en lui souriant. Tu es vraiment unique en ton genre, Faith.

La mère de Dylan s'avança vers lui, un verre de vin à la main.

— Dylan, te voilà ! Je te cherchais partout…

Il se pencha vers elle pour lui embrasser la joue.

— Tu avais besoin de quelque chose ?

— Juste te faire un petit coucou. Adam m'a suggéré d'un air mystérieux de m'assurer que tu allais bien. Que s'est-il passé ?

Dylan eut un sourire forcé. Il n'avait pas envie d'en discuter avec sa mère.

— C'est juste mon grand frère qui fait le malin.

— Ne sois pas dur avec lui, reprit sa mère avec indulgence. Il n'a jamais agi autrement qu'avec bon cœur.

Dylan ne dit rien, laissant son silence parler pour lui.

— Bon d'accord, reprit sa mère en riant. Parfois, il peut aller un peu trop loin. Et maintenant, présente-moi donc à Faith. Jenna m'a déjà dit tellement du bien de votre travail !

Il se tourna vers sa cavalière d'un soir.

— Faith, je te présente ma mère. Maman, voici Faith Crawford.

En souriant, Faith lui tendit la main.

— Ravie de vous rencontrer, madame Hawke.

— Tout le plaisir est pour moi. Mais appelez-moi donc Andrea, insista-t-elle en lui serrant la main. Vos bouquets sont splendides. Vous avez fait de vrais petits miracles.

Les deux femmes se tournèrent vers une composition toute proche, et Faith sourit.

— Je vous remercie. J'ai terminé ces versions définitives ce matin, au labo de Liam : c'est la première fois que je peux les contempler sous les lumières de la salle de réception.

Les petits cristaux qu'elle avait insérés entre les fleurs réfléchissaient la lumière de la salle, créant une multitude de rayons lumineux au plafond. Tous les convives commentaient, admiratifs, cet effet d'optique.

— Oh ! j'allais oublier ! reprit la mère de Dylan en se retournant vers lui. Jenna te cherche. Elle voudrait te présenter un journaliste avant que tu montes sur scène. Va la retrouver ; pendant ce temps, je tiendrai compagnie à Faith.

Sans vraiment savoir pourquoi, Dylan n'était pas à l'aise à l'idée de laisser les deux femmes en tête à tête. Il chercha le regard de Faith, qui lui tapota le bras.

— Vas-y. Ne t'en fais pas pour moi.

Alors, il lui lâcha le bras et se fraya un chemin à travers la foule d'invités. Et ne s'autorisa à regarder qu'une seule fois derrière lui.

Avec un pincement au cœur, Faith regarda Dylan s'éloigner. Le même qu'elle éprouvait chaque fois qu'il partait.

Il se faisait régulièrement interpeller par des femmes : certaines le prenaient par le bras, d'autres se plaçaient sur son chemin. Même de loin, elle voyait comment il usait de son charme pour se débarrasser des importunes et continuer d'avancer.

— Dylan a toujours été très sociable, déclara Andrea à côté d'elle. Les gens l'aiment beaucoup.

— En effet, admit Faith en se tournant vers elle avec un sourire poli. Il est très apprécié.

— Ce qui est intéressant, c'est que ses frères sont plus faciles à cerner. Dylan a beau se montrer plus ouvert qu'eux, il ne se livre pas facilement. Car derrière cette façade avenante, il cache beaucoup de choses.

Faith repensa aux conversations qu'elle avait pu avoir avec lui, et à la part d'ombre qu'il lui avait révélée.

— Vous avez raison.

— Pourtant, avec vous, je le trouve différent, ajouta Andrea d'un ton nonchalant entre deux gorgées de vin.

A cet instant, Faith eut des papillons dans le ventre. Cela avait commencé par Adam… Et voilà que sa mère s'y mettait aussi : la famille de Dylan avait donc le chic pour venir à la pêche aux informations ?

— Vous ne l'avez vu à mes côtés qu'une dizaine de secondes, nota Faith d'une voix aussi détachée que celle de son interlocutrice.

Andrea balaya son objection d'un revers de la main.

— Une mère sait lire entre les lignes. Et puis, je connais mon fils : il n'a pas le même visage quand il parle de vous.

— Il vous a parlé de moi ? lança Faith, étonnée, sans réfléchir.

Andrea sourit.

— Il a mentionné votre nom à plusieurs reprises quand il m'a parlé du lancement, et de votre travail sur l'Iris Ruby.

Dans le regard d'Andrea, Faith percevait clairement une forme d'impatience, d'excitation à l'idée que son fils avait peut-être trouvé la bonne personne. Mais Faith n'était pas cette bonne personne. Et cela lui faisait du mal de l'admettre.

Inspirant profondément, elle pesa ses mots avec soin afin d'éviter tout malentendu.

— Je me sens obligée de vous préciser qu'il ne se passera rien entre Dylan et moi...

— Hum... C'est amusant, je me souviens clairement avoir entendu la même chose au sujet de Liam et Jenna il y a quelque temps, remarqua Andrea d'un air peu convaincu. Est-ce parce que vous travaillez pour lui ?

— Oui, en partie. Mais pas seulement.

Une femme ayant fondé une famille unie et aimante pourrait-elle seulement comprendre ses réserves concernant sa vie sentimentale ? De toute façon, il s'agissait là de la mère de Dylan, et c'était plutôt à lui de partager avec elle s'il le souhaitait les développements de sa vie amoureuse.

— Bon, je n'insisterai pas, reprit Andrea en regardant la scène sur laquelle les techniciens opéraient les derniers réglages de micros. Je crois que les discours vont commencer.

Faith se tourna vers la scène, et trouva facilement Dylan parmi les intervenants. Il croisa son regard et esquissa un sourire. Mais il se retourna vers Jenna qui lui tapotait l'épaule.

— Evidemment, il n'y a rien entre vous, lui murmura alors Andrea à l'oreille.

Faith se mordit la lèvre pour effacer son sourire et regarda droit devant elle. Jenna commença par souhaiter la bienvenue à tous les convives, puis retraça les différentes étapes ayant mené à la création de la nouvelle fleur. Puis Liam prit le micro, pour expliquer le processus d'innovation ayant permis la création de l'Iris Ruby. Il tendit ensuite le micro à Dylan.

Il se tenait bien droit, sûr de lui, au centre de la scène. Faith était subjuguée. Très naturel, il souriait au public avec un air de conspirateur, comme s'il s'apprêtait à livrer un important secret.

— Bonsoir à tous, commença-t-il en souriant plus largement encore. Je suis Dylan Hawke, et j'aimerais vous dire quelques mots au nom des magasins Hawke's Blooms. Nous sommes impatients de pouvoir travailler avec cette nouvelle fleur, et nous pensons que nos clients seront ravis de la découvrir dans leurs bouquets. Je sais que nos fleuristes sauront créer des compositions florales à votre goût !

Il fit quelques pas sur la scène, comme pour s'assurer que le regard de chaque convive était rivé sur lui.

— Je tiens à remercier tous ceux qui ont joué un rôle, de près ou de loin, dans le lancement de l'Iris Ruby, et plus particulièrement une de nos fleuristes, Faith Crawford, pour tout le travail qu'elle a accompli, dans l'ombre. C'est elle qui a élaboré ces magnifiques bouquets qui ornent notre salle de réception ce soir. Faith, veux-tu nous rejoindre ici un instant ?

Il lui fit signe d'approcher sous une salve d'applaudissements.

Le cœur de Faith se mit à tambouriner dans sa poitrine. Elle ne s'attendait pas à cela, même si le fait qu'il ait pensé à la mentionner la touchait beaucoup. Andrea lui donna un petit coup de coude, et elle se fraya alors un passage à travers la foule jusqu'aux marches qui menaient à la petite scène. Dylan lui tendit la main pour l'aider à monter, avant de l'applaudir à son tour devant tous.

Faith balaya la foule du regard. La majorité des visages lui étaient inconnus, mais tous ces gens lui souriaient avec bienveillance. Ils appréciaient son travail. Elle avait franchi une nouvelle étape dans sa carrière : elle avait réussi à toucher un vaste public avec ses créations. Elle avait fait naître des sourires sur des visages…

Croisant le regard de Dylan, elle murmura du bout des lèvres un « merci », auquel il répondit par un sourire espiègle. Au même moment, Jenna reprit le micro pour remercier à nouveau tous les convives de leur présence, et clore le discours. Au passage, elle tapota le bras de Faith alors que la musique retentissait de nouveau. Tout le monde quitta la scène pour rejoindre la salle de réception. Faith avait l'impression d'être dans un rêve, et quand Dylan lui chuchota à l'oreille : « On danse ? », elle n'hésita pas.

Il lui prit la main, et l'entraîna vers la petite piste de danse, où quelques couples se déhanchaient déjà. Puis Dylan la prit dans ses bras. Son parfum frais l'enveloppa tout entière : elle n'aspirait à rien d'autre qu'à se lover contre lui, se perdre dans sa chaleur. Arriverait-elle à le considérer un jour comme un homme comme les autres ? Ou bien lui ferait-il toujours cet effet ?

Elle devait se ressaisir. Trouver un sujet de conversation.

— Ça s'est bien passé avec le journaliste ?

— Il travaille pour la même émission que sa collègue que nous avons vue dehors. J'ai rendez-vous avec eux demain, alors tu n'auras qu'à croiser les doigts pour moi !

— Je le ferai, assura-t-elle, persuadée qu'il n'avait pas besoin qu'on lui souhaite bonne chance.

Cet homme transformait en or tout ce qu'il touchait… Sauf elle, qui se sentait toujours fondre à son contact.

Il laissa courir sa main dans son dos.

— Est-ce qu'on a vraiment le droit de faire ça ?

— Il s'agit de notre rendez-vous, Faith. Du dernier. On a bien le droit de danser, non ? demanda-t-il en la serrant un peu plus contre lui. Et puis, il y a des centaines de gens ici, ce soir. On ne risque rien.

— Moi, je me sens en danger…

Et c'était peu dire.

— J'avoue que tu as de la chance d'avoir une limousine qui attend dehors pour te ramener chez toi, dit-il d'une voix suave. Car je ne pense pas être capable de te raccompagner devant ta porte en te souhaitant sagement bonne nuit.

Elle-même s'imaginait mal le laisser sur son perron. D'ailleurs, elle voyait mal comment elle arriverait à le laisser ici pour rejoindre, seule, la limousine.

— En parlant de limousine, reprit-elle en s'humectant les lèvres. Je pense qu'il est temps pour moi de rentrer.

— Tout de suite ? demanda-t-il en s'immobilisant au milieu de la piste de danse. Mais la soirée ne fait que commencer !

A présent qu'ils étaient l'un contre l'autre, le temps pressait. Elle inspira profondément.

— J'ai assisté aux discours de présentation ; j'ai vu mes bouquets exposés devant des centaines de personnes, et j'ai dansé avec le célibataire le plus convoité de la soirée. Que pourrais-je espérer de plus ?

Il afficha un sourire plein de promesses.

— Danser un peu plus avec ce célibataire très en vue.

— C'est précisément ce qui m'inquiète.

— J'apprécie ton honnêteté, reprit-il en riant.

La musique s'interrompit, et elle en profita pour reculer d'un pas et se dégager de son étreinte.

— Merci pour cette soirée, Dylan. Tu as su la rendre magique.

— C'est toi qui l'as rendue magique, dit-il à voix basse.

C'en était trop... Rester tout contre lui alors qu'elle savait qu'elle ne posséderait jamais cet homme... C'en était vraiment trop. Le souffle court, elle tourna les talons et se faufila parmi la foule. Ce n'est qu'en arrivant à la porte qu'elle put respirer de nouveau. Mais Dylan lui emboîta le pas et échangea quelques mots avec le portier. L'instant d'après, la limousine vint se garer devant l'entrée.

Faith déposa un chaste baiser sur la joue de Dylan, puis s'engouffra sur la banquette arrière. Adieu, soirée mondaine... adieu, Dylan.

- 10 -

Assise sur le canapé du studio d'enregistrement, Faith attendait la reprise de l'émission du Morning Show après la pause publicitaire. Elle avait les mains moites — à cause, en partie, des éclairages, mais surtout du trac. D'un geste discret, elle tenta de s'essuyer les mains sur sa jupe.

— Alors, tout va bien ? lança Dylan en prenant place à côté d'elle.

— Eh bien, je ne sais plus trop comment je m'appelle. Est-ce que ça pose un problème ?

Il pouffa et lui caressa le dos.

— Aucun problème : ton nom défilera sur le prompteur de la présentatrice. Mais rassure-moi : tu sais toujours aussi bien composer des bouquets ?

— Ça, je peux le faire même en dormant, répondit-elle. Enfin, à condition que je ne lâche pas les fleurs à cause de mes mains moites…

Un assistant de plateau agita un bras et parla dans son casque.

— Reprise d'antenne dans trois secondes… deux… une…

La présentatrice, Lee Cassidy, la trentaine, cheveux noirs attachés en arrière, vint se rasseoir à la dernière seconde, puis sourit à la caméra.

— Et maintenant, chers téléspectateurs, le moment que vous attendez tous… Ou toutes. Nous accueillons Dylan Hawke, un des frères à la tête de la chaîne de magasins de fleurs du même nom, et dont le succès ne se dément pas. Il

130

est venu nous parler d'une nouvelle variété de fleur lancée il y a deux jours, l'Iris Ruby. Pour cela, il est accompagné d'une de ses fleuristes, Faith Crawford, expliqua l'animatrice en se tournant vers eux avec son sourire radieux. Bienvenue à vous deux. Comment allez-vous ce matin ?

Dylan interrogea Faith du regard, lui donnant l'occasion de prendre la parole en premier. Mais les mots ne franchissaient pas ses lèvres. Elle déglutit péniblement. Toujours rien. Si ce n'est un frisson qui lui parcourut le dos.

— Nous allons très bien, merci, Lee, répondit habilement Dylan. En fait, nous sommes encore sous le coup de l'excitation du lancement de notre Iris Ruby, qui a eu lieu ce week-end. Ce fut une soirée mémorable.

— A vous entendre, cette soirée fera date, reprit la présentatrice en se tournant de nouveau vers la caméra pour adresser son sourire lumineux aux téléspectateurs. A vrai dire, nous nous en sommes procuré quelques photos.

Le grand écran derrière elle diffusa alors des images de la soirée, y compris un cliché montrant Faith et Dylan main dans la main, alors que celui-ci l'aidait à descendre de la scène. Faith le couvait alors du regard. Mais est-ce que tout cela se voyait ? Dylan s'en était-il rendu compte ?

— Dites-moi, Faith, ce qui vous plaît le plus dans l'Iris Ruby ? poursuivit Lee. Qu'y a-t-il de particulier dans cette fleur ?

Cette fois, Faith devait répondre. Elle se redressa. Mais les mots se bousculaient dans son esprit.

— Eh bien, Lee, pour commencer, cet iris est rouge.

Lee haussa un sourcil dubitatif. Elle ne semblait guère convaincue.

A cet instant, Dylan se pencha vers Faith.

— Il existe bien sûr de nombreuses variétés de fleurs rouges, mais pour un iris c'est une première, précisa-t-il en hochant la tête en direction de Faith, comme pour l'encourager à saisir la balle au bond.

— C'est vrai, articula-t-elle un peu vite, trop heureuse d'avoir retrouvé sa voix. La couleur la plus courante pour

131

les iris est le violet, même si beaucoup de clients plébiscitent les variétés blanches ou roses, qui…

— Je vois, l'interrompit Lee. Mais si vous nous présentiez un peu plus en détail cette fameuse fleur ? Nous vous avons installé un petit atelier, là-bas…

— Avec plaisir, répondit Faith, soulagée de pouvoir enfin faire quelque chose de ses mains, au lieu d'égrener maladroitement des listes de couleurs.

L'assistant de plateau lui fit signe de se lever, puis lui désigna le plan de travail qu'il lui avait montré un peu plus tôt. Suivie des caméras, Faith se retrouva bientôt devant un comptoir blanc immaculé sur lequel s'alignaient les fleurs et les outils que Dylan et elle avaient apportés. A présent, elle n'avait plus droit à l'erreur. Hawke's Blooms comptait sur elle. *Dylan* comptait sur elle.

Lee vint se poster près d'elle.

— Alors, qu'allez-vous donc nous proposer aujourd'hui ?

Faith sentit le trac la gagner — elle allait perdre ses moyens —, et s'efforça de respirer. En vain. Puis Dylan apparut à côté d'elle, et lui fit passer un œillet blanc. Dès qu'elle sentit la tige entre ses mains, elle se détendit. Oui, elle allait y arriver.

Tout en taillant la tige, elle adressa un sourire à Lee.

— Je vais confectionner un bouquet simple, que tout le monde peut reproduire chez soi. Pour cela, je vais me servir de l'Iris Ruby, mais vous pouvez le remplacer par votre variété de fleurs préférées — jonquilles ou tulipes par exemple.

Pendant plusieurs minutes, elle s'attela à sa tâche, donnant corps à la vision qu'elle avait décrite à l'antenne, et mettant parfois Lee à contribution. Quand elle eut terminé, Lee rappela Dylan devant la caméra, puis les remercia d'être venus sur le plateau.

L'assistant de plateau annonça alors une nouvelle pause publicitaire. Lee retourna au pas de course sur le canapé pour se tenir prête pour la prochaine séquence. Pendant ce temps, une jeune femme coiffée d'une queue-de-cheval

132

raccompagna Dylan et Faith vers les loges. Quelques minutes plus tard, ils se retrouvèrent dans la voiture de Dylan.

Faith se remettait peu à peu de ses émotions. Voilà, c'était terminé. Elle venait de faire sa première apparition télévisée, et elle s'était ridiculisée. Elle en avait encore le tournis.

— Je suis désolée, Dylan, dit-elle en bouclant sa ceinture.

Il démarra la voiture, puis se tourna vers elle.

— Pourquoi donc ?

— Tu as travaillé dur pour obtenir ce passage à l'antenne... Et j'ai tout gâché.

— Tu as été super ! assura-t-il avec enthousiasme en posant une main sur son genou.

Jamais elle n'avait rencontré un homme capable de s'accommoder à ce point avec la vérité. S'il n'avait pas été présent sur le plateau de Lee, elle l'aurait sans doute cru.

Elle haussa un sourcil et il sourit.

— Bon, certes, tu as peut-être bafouillé une fois ou deux, mais ta démonstration était géniale. Tu as été très pro, tout en expliquant ce que tu faisais de façon pédagogique. Tu as su transmettre ton amour pour ton travail au plus grand nombre.

— Je n'ai pas été à la hauteur de Hawke's Blooms, répliqua-t-elle d'un ton dépité. Je n'ai pas été à ta hauteur, Dylan.

Elle tenait simplement à s'excuser.

— Mais non, nous sommes fiers de toi ! affirma-t-il juste avant que son téléphone se mette à sonner.

En voyant l'identité de son interlocuteur, il décrocha et brancha le haut-parleur.

— Dylan, ici Ben Matthews, du Morning Show. Encore merci pour votre participation à l'émission d'aujourd'hui.

— Merci à vous de nous avoir invités, répondit Dylan en doublant une voiture. Ce fut un plaisir !

— Justement, je viens de parler à un producteur de notre chaîne, à San Diego. Je leur avais suggéré de visionner votre prestation d'aujourd'hui, et ils ont été impressionnés.

— Nous en sommes ravis, fit Dylan en souriant à Faith.

— Ils réfléchissent à une émission de jardinage hebdomadaire, mais à présent, ils envisagent une séquence exclusivement dédiée aux fleurs : à la façon de les assembler en bouquets, aux astuces pour les faire tenir plus longtemps, ce genre de choses… Est-ce que Hawke's Blooms serait intéressé pour animer cette rubrique ? Si cela se passe bien, on pourrait envisager le même genre de collaboration pour notre antenne de L.A.

Dylan resserra ses doigts autour du volant, mais sa voix demeura très calme :

— Nous en serions flattés, Ben.

— Ils ne demandent qu'une condition : que la fleuriste qui vous accompagnait aujourd'hui soit présente : elle a fait un carton sur les réseaux sociaux !

Faith manqua de s'étouffer et porta une main à sa bouche. Elle avait séduit les producteurs au point qu'ils exigent sa présence dans une émission hebdomadaire ? Cela était surréaliste. Et les téléspectateurs avaient apprécié sa prestation au point de la commenter sur les réseaux sociaux ?

— Je lui en parle et vous tiens au courant, conclut Dylan.

— Bien. Mais ne traînez pas. Nous aimerions vous avoir pour l'émission de demain. Il faudrait arriver au studio pour 5 heures du matin.

— Je vous rappelle dans l'heure, promit Dylan avant de raccrocher, tout sourire. On dirait que tu n'as rien gâché…

— Ils ont aimé ma prestation, articula-t-elle dans un état second.

Il éclata de rire.

— Evidemment ! Alors, tu serais intéressée ?

— Bien sûr !

C'était la meilleure chose qui lui était arrivée de sa carrière — de sa vie —, et pour rien au monde elle ne refuserait une telle opportunité.

— Alors, on va devoir s'organiser, reprit Dylan en tournant à l'angle de la rue de Faith. Je vais rappeler Ben Matthews et m'organiser avec lui. Je vais aussi demander à mon assistant personnel de nous réserver des vols et des chambres pour San Diego ce soir. Nous prendrons le dernier vol, et reviendrons juste après l'émission demain.

Il parlait d'une voix si calme qu'elle mit du temps à mesurer pleinement ce qui les attendait.

— Des chambres d'hôtel ? Nous deux ? balbutia-t-elle en croisant les bras.

Le regard rivé à la route, il hocha la tête.

— On doit être sur le plateau à 5 heures du matin, et je ne prendrai pas le risque d'arriver en retard. Le mieux pour nous, c'est d'être déjà sur place, en ville.

— Mais on s'était mis d'accord…

Elle se tut. A quoi bon en faire toute une histoire, alors que Dylan, lui, semblait très détendu ?

— Ne t'en fais pas, poursuivit-il à voix basse. Je réserverai deux chambres à des étages différents. On ne risque rien.

Cela lui parut raisonnable. Il ne leur resterait qu'à bien se tenir, l'un comme l'autre.

Il la déposa devant chez elle.

— Prépare tes valises, et je te rappelle pour te donner l'heure de notre vol.

— Ça marche, dit-elle en descendant de voiture.

Alors qu'il s'éloignait dans la rue, elle soupira : était-elle vraiment capable de garder son sang-froid en sachant Dylan dans une chambre d'hôtel, même séparée de la sienne de plusieurs étages ?

Le vol vers San Diego se déroula sans encombre, et dès qu'ils arrivèrent à l'hôtel, Faith se retira dans sa chambre, prétextant avoir besoin de calme pour être en forme le lendemain dès l'aube pour l'émission. Elle comptait se faire livrer un repas dans sa chambre et lire un peu.

La vérité, c'était qu'elle n'en pouvait plus de cette tension entre Dylan et elle. Plus précisément, le fait de se trouver auprès de lui sans pouvoir le toucher la rendait folle.

Or, perdre la tête juste avant d'animer une émission en

direct pour le compte de Hawke's Blooms ne serait bénéfique à personne. Elle s'efforça d'inspirer profondément, mais non, rien à faire. Demain, elle ne pourrait se permettre les mêmes errements que sur le plateau de Lee. Demain, l'émission pourrait devenir régulière. L'équipe, les téléspectateurs attendaient d'elle un grand professionnalisme. Mais en serait-elle capable ?

Son téléphone se mit à sonner, et elle sursauta. Le nom de Dylan s'afficha, et elle prit l'appel.

— Salut, quoi de neuf ?

— Je voulais juste m'assurer que tu allais bien.

Même au téléphone, sa voix avait le don de la faire frissonner.

— Ça va. J'ai déjà séjourné dans un hôtel avant.

— Je parlais de demain, reprit-il d'une voix joviale. Tu avais un trac fou la dernière fois.

Elle s'assit sur le bord de son lit.

— Je suis plus vieille, maintenant j'ai de l'expérience.

Il reprit une voix sérieuse.

— Je ne plaisante pas, Faith.

— D'accord, dit-elle en soupirant. Je n'ai qu'une expérience du direct à mon actif, mais ça va, je ne flippe pas.

— Promis ?

Elle s'allongea sur son lit et mit son bras devant ses yeux.

— Bon, j'ai peut-être un peu le trac. Mais rien de méchant. Ça va vite passer.

— Il suffit de ne pas dramatiser, assura-t-il d'une voix suave. Ce n'est pas grave.

— Ce n'est sans doute pas grave pour toi, souffla-t-elle, tu es habitué à prendre la parole en public. Mais pour moi, c'est encore nouveau. Et intimidant.

— Si tu passes la nuit à t'en inquiéter, tu vas te retrouver dans tous tes états demain matin.

— Est-ce trop tard pour annuler ? demanda-t-elle en plaisantant à moitié. Ou pour me faire remplacer par un autre fleuriste ?

— C'est toi qu'ils veulent…

La façon dont il prononça ces mots lui donna l'impression qu'il ne parlait pas seulement de l'émission de télé, ni de Hawke's Blooms. Sa voix était sensuelle, lui rappelant les mots que l'on se murmure sur l'oreiller... Aussitôt, elle sentit son cœur s'accélérer. Oh ! comme elle avait envie de lui répondre en murmurant, elle aussi... De sortir dans le couloir pour rejoindre la chambre de Dylan et lui chuchoter sa réponse en personne. Sauf qu'ils avaient pris une décision. Elle se devait de rester forte.

Elle s'adossa contre la tête de lit, au milieu des coussins, et s'efforça de se souvenir de la raison première de cette conversation. Mais garder les yeux fermés en ayant Dylan Hawke au bout du fil n'était pas forcément la meilleure façon de rester concentrée sur son travail.

— Mais si je me plante en direct, c'est l'image de Hawke's Blooms qui en pâtira, dit-elle en cherchant une position confortable sur son lit.

— Tu ne te planteras pas. Tu as toute ma confiance.

Il était sincère, elle le sentait bien. Et elle aurait été prête à tout pour l'avoir là, à ses côtés, à lui communiquer sa force, sa confiance. Elle se sentait toujours plus sûre d'elle quand il se trouvait auprès d'elle. Mais le désir qui la submergeait alors la troublait toujours considérablement.

— Tu as dit toi-même que j'allais être dans tous mes états demain matin. Peut-être ne suis-je pas faite pour ça. Je serai sans doute mieux à mon avantage derrière le comptoir de la boutique de Santa Monica.

— Pense à autre chose, dit-il d'une voix suggestive. Pense à ton jardin secret.

— Mon jardin secret ? répéta-t-elle, méfiante.

— Un souvenir, une idée, quelque chose qui te donne le sourire... Tu as bien quelque chose qui te rend heureuse ?

Soudain, elle sentit sa gorge se nouer.

Lui.

— Oui, il y a quelque chose.

— Et qu'est-ce donc ?

— Peu importe, répondit-elle d'une voix faussement désinvolte. L'essentiel, c'est que j'aie bien quelque chose.

— Si tu me dis ce que c'est, je pourrai en parler avec toi... Allez, Faith, j'essaie juste de t'aider...

— Bon d'accord. Il s'agit de... J'adore les marchés aux fleurs.

— Les marchés aux fleurs ? répéta-t-il d'un ton sceptique.

Soit, elle n'était sans doute pas aussi bonne menteuse que lui. Sans doute devait-elle étoffer sa version de quelques détails.

— Très tôt le matin, entre 2 et 3 heures, au moment où les stands ouvrent.

— Faith, je ne doute pas de ta passion pour les marchés aux fleurs. Mais ce n'est pas cela, ton jardin secret.

— Bien sûr que si !

— Faith, insista-t-il d'une voix grave. Dis-moi, quel est vraiment ton jardin secret ?

— Je ne peux pas te répondre, lâcha-t-elle en espérant qu'il finirait par se décourager.

En vain.

— Pourquoi ?

Sa voix était douce, compréhensive. Comment résister ?

— Parce que ce qui me rend heureuse en ce moment, c'est toi, avoua-t-elle en soupirant.

A l'autre bout du fil, il lâcha un juron.

On frappa à la porte de la chambre. Impossible pour elle de décider si cette interruption était bienvenue ou non.

— Ne quitte pas, on frappe.

— Je sais, dit-il alors qu'elle ouvrait.

Elle le découvrit dans l'embrasure, son portable toujours collé à l'oreille, le regard brillant de désir.

— C'est toi, balbutia-t-elle.

Jamais elle ne l'avait désiré plus qu'en cet instant précis. Elle coupa la communication, puis jeta son téléphone vers une table, mais le combiné tomba par terre. Tant pis.

Pour toute réponse, Dylan l'attira contre lui et captura ses lèvres. Elle crut entendre le bruit de son téléphone à lui, qui tombait à son tour à terre. Avec une fougue inouïe, il la repoussa à l'intérieur de la chambre, prenant soin de refermer la porte derrière eux d'un coup de pied.

Le souffle court, elle enfouit une main sous le pull de Dylan, tout en l'attirant vers le lit, sur lequel elle l'allongea, entre les coussins. Elle avait tellement besoin de le toucher, de se blottir contre lui ! Tant pis pour les convenances.

Leurs jambes se mêlèrent. Elle se sentit fondre contre lui, ce qui ne l'empêcha pas de continuer à explorer son corps de ses mains brûlantes. Le désir embrasait tout son être, incendie que seul Dylan pouvait éteindre. Du bout des doigts, elle caressa son visage, son cou, ses joues, se délectant du contact rugueux de sa barbe naissante.

Il commença à déboutonner son chemisier et le lui retira. Puis il prit ses seins dans ses mains, et elle retint son souffle. Cette sensation, cette chaleur... Tout était sublime.

— Dylan, s'entendit-elle souffler.

Il lui retira son soutien-gorge, puis vint poser ses lèvres sur la pointe de son sein... Avant de se servir de sa langue, de ses dents, pour la faire se tortiller de plaisir.

Et quand il défit la braguette du pantalon de Faith, elle ondula des hanches pour accompagner son geste. Une fois en sous-vêtements, elle se plaqua tout contre lui.

— J'ai tellement rêvé de te sentir à nouveau contre moi, murmura-t-il d'une voix pressante.

Du bout des doigts, il se faufila sous l'élastique de sa culotte. Elle sentit sa paume brûlante contre sa peau, et une violente décharge parcourut tout son corps.

— Moi aussi, j'en ai rêvé.

Fantasmé, même, pour être tout à fait honnête.

Il l'aida à se débarrasser pour de bon de son sous-vêtement, puis il posa sa tête sur sa hanche, tout en continuant inlassablement de se jouer d'elle du bout des doigts. Son souffle chaud traçait des lignes de feu sur sa peau, et ce fut comme si la Terre s'arrêtait de tourner. Alors, quand il posa sa bouche sur son clitoris, elle cria son nom, haletante.

Elle n'offrit aucune résistance — elle en aurait été bien incapable, même si elle l'avait voulu. C'était comme si chaque cellule de son corps se dissolvait entre les lèvres de Dylan. Sa langue experte la transportait sur les cimes du plaisir. Et quand elle se laissa submerger par la jouissance, il la serra fort contre lui, le visage contre son ventre.

Puis il disparut, et elle entendit des vêtements et une boucle de ceinture tomber sur la moquette. Bientôt, il réapparut sur le lit, après avoir enfilé un préservatif, le corps tendu comme un arc. Elle noua ses bras autour de son cou pour l'attirer à elle, s'émerveillant de sentir son corps puissant et athlétique contre elle, jambes contre jambes, hanches contre hanches, poitrine contre poitrine.

Elle planta ses ongles dans son dos et il frissonna, avant de se redresser un peu pour la regarder.

— Je crois que je ne pourrai jamais me lasser de toi…

Elle sentit son cœur se serrer : elle aussi avait l'impression que jamais elle ne pourrait se rassasier d'un homme aussi viril, aussi désirable. Mais inutile de tirer des plans sur la comète. Elle prendrait simplement ce que Dylan serait en mesure de lui offrir.

Il se glissa entre ses cuisses, et elle se cambra pour mieux l'accueillir en elle. Sans la quitter une seconde du regard, il la pénétra avec vigueur. Ses yeux étaient si sombres que le vert en avait presque disparu. Hypnotisée, elle se mit au diapason de son voluptueux va-et-vient. Laissant peu à peu monter en elle une nouvelle onde de plaisir.

Il bougea un peu, puis se mit à aller et venir plus vite. Il était là, sur elle, autour d'elle, en elle… Il n'y avait plus que lui. Et quand la fièvre atteignit son paroxysme, Faith s'abandonna à un puissant orgasme, qui se répercuta dans tout son corps. Dylan cria son nom, saisi à son tour des soubresauts de l'orgasme, la serrant plus fort.

De longues minutes s'écoulèrent. Elle resta dans ses bras, s'efforçant de retrouver son souffle. Décidément, comme lors de leurs premiers ébats, il se révélait un amant hors pair.

— On a encore craqué, dit-elle en ouvrant un œil.

Il lui prit la main et mêla ses doigts aux siens.

— Peut-être était-ce irréaliste de loger dans le même hôtel en espérant qu'on ne se jetterait pas l'un sur l'autre.

Elle repensa au déroulé de la soirée, à toute l'énergie qu'elle avait déployée pour lui résister.

— On y était presque arrivés...

Il rit.

— Presque... Mais l'essentiel, c'est que tu sois détendue, à présent.

— Tu as raison, dit-elle en s'étirant. Et si jamais j'ai peur sur le plateau, demain, mon jardin secret sera un refuge plus que jamais.

— Tu penses que tu auras peur ? C'est que tu n'es pas encore assez détendue. Et si j'essayais plutôt quelque chose comme ça...

Il l'attira contre lui et, en souriant, elle se laissa faire.

- 11 -

Dylan s'était endormi, mais Faith avait les yeux grands ouverts. Pas question de s'endormir à côté de lui. Ce soir, elle avait entrevu le paradis dans ses bras, et elle avait compris quelque chose.

Cet homme n'était pas seulement son jardin secret. Il était bien plus que cela.

Elle était amoureuse de lui.

Or, s'endormir dans ses bras, ce serait commettre une grossière erreur. Comment arriverait-elle à se protéger d'un chagrin d'amour assuré si elle se laissait aller à dormir contre le corps de Dylan ? Pas question de baisser sa garde, et de risquer son indépendance à cause de ce qui se passait entre eux.

Car vu les expériences qu'elle avait eues enfant, elle savait qu'elle avait tendance à s'attacher trop facilement aux gens... Ce qu'elle venait de faire en tombant amoureuse de Dylan. Sauf qu'il finirait par tourner la page à un moment ou à un autre — les gens finissaient toujours par tourner la page —, et elle n'avait aucune envie de s'habituer à sa présence, et surtout pas dans son lit. Dans son passé, chaque fois qu'elle avait cru se sentir enfin chez elle quelque part, la vie s'était chargée de la détromper. Inutile de se bercer d'illusions : elle courait droit vers une déception amoureuse.

Elle se dégagea doucement des bras de Dylan et ramassa ses vêtements. Une fois rhabillée, elle prit son sac à main et, jetant un dernier regard sur sa silhouette endormie entre les draps, elle s'éclipsa en silence de la chambre d'hôtel.

Elle consulta sa montre. 2 h 10 du matin. Le marché aux fleurs ne devrait pas tarder à ouvrir. Elle descendit à l'accueil, puis trouva un taxi. De toute façon, elle avait prévu de faire un tour au grand marché aux fleurs de San Diego pendant son séjour — pas forcément aussi tôt, mais au moins, cela lui donnerait l'occasion de penser à autre chose qu'à l'homme qui dormait dans sa chambre d'hôtel. L'homme qu'elle aimait.

Une heure plus tard, son téléphone sonna... Dylan.

— Où es-tu ? demanda-t-il d'une voix endormie mais inquiète.

Elle mit la main sur son autre oreille pour couvrir le brouhaha ambiant.

— Je suis passée au marché aux fleurs.

— Toute seule ? s'alarma-t-il d'un ton soudain tout à fait réveillé.

— Je tenais à y jeter un coup d'œil.

A l'autre bout de la ligne, des bruits de frottements laissaient deviner qu'il était en train de s'habiller.

— Pourquoi ne m'as-tu pas réveillé ? Je serais venu avec toi.

Parce que ça m'aurait empêchée de reprendre mes esprits !

— Tu avais besoin de dormir.

— Je te rejoins, annonça-t-il d'une voix autoritaire.

— Inutile, dit-elle à la hâte. J'allais justement rentrer.

Ce qui était vrai, puisqu'elle espérait se reposer un peu à l'hôtel avant de se rendre au studio.

— Ne bouge pas, je te fais envoyer un taxi.

— Je suis capable de m'en trouver un !

— Le chauffeur sera là dans quelques minutes : je te rappelle dès que j'ai commandé la course, et nous resterons en ligne jusqu'à ton retour.

— Tu sais, reprit-elle malicieusement, ce n'est pas ma première visite en pleine nuit à un marché aux fleurs.

— S'il te plaît, laisse-moi faire…

Elle soupira. Il n'avait pas l'intention de lâcher. Et en toute honnêteté, elle était touchée de le voir s'inquiéter ainsi pour elle.

— Bon, d'accord.

Quand elle arriva à l'hôtel, Dylan l'attendait dans le hall d'accueil. Il la prit dans ses bras et la serra si fort qu'elle arrivait à peine à respirer.

— Hé là, protesta-t-elle, laisse-moi un peu d'air !

Il desserra son étreinte, puis l'entraîna vers les ascenseurs.

— Désolé. Mais quand je me suis réveillé et que tu avais disparu… et que j'ai compris que tu étais en ville, seule, en plein milieu de la nuit…

Il appuya sur un bouton, et la porte d'un ascenseur s'ouvrit. Une fois dans la cabine, il sélectionna le bon étage, puis la prit de nouveau dans ses bras.

— Je ne me souviens pas avoir déjà eu aussi peur.

Elle n'avait pas imaginé qu'il puisse s'inquiéter. Qu'il puisse tenir à elle. Alors, elle se blottit contre son épaule, et le laissa l'enlacer.

— Excuse-moi. Je ne voulais pas te faire peur.

— Dis-moi, honnêtement, murmura-t-il en lui levant le menton pour chercher son regard, pourquoi être allée si tôt sur le marché ?

C'était comme si l'univers tout entier se reflétait dans les grands yeux verts de Dylan et, à cet instant, elle était incapable de mentir. Pas même pour se protéger.

— J'avais besoin d'un peu d'espace.

La sonnerie retentit, et la porte de la cabine s'ouvrit. En silence, ils regagnèrent la chambre de Faith. Dylan se précipita vers le minibar et en sortit deux jus d'orange. Il lui en tendit un, avant de boire une longue gorgée de sa bouteille.

— De l'espace, loin de moi ? demanda-t-il alors.

— De nous, répondit-elle après avoir bien pesé ses mots. Parfois, quand je suis avec toi, c'est tellement… intense.

Il réfléchit un instant, posa sa boisson, puis lui prit sa bouteille pour pouvoir de nouveau lui prendre la main.

— Et si on décidait de se laisser une chance ? Qu'en penses-tu ?

Son cœur se mit à battre la chamade. Il tenait assez à elle pour avoir envie de tenter l'aventure ? Même si leur histoire était impossible, cela lui faisait du bien de savoir qu'il en avait envie.

— On ne peut pas, affirma-t-elle en haussant une épaule, à cause de la clause qui interdit les relations entre employés.

— On s'en fiche ! lança-t-il sans hésitation.

— Il s'agit de ton entreprise, répliqua-t-elle. Tu ne peux pas renier son règlement de façon aussi cavalière.

— A quoi ça servirait d'être le patron, si je ne le pouvais pas ?

— Tu comptes remettre en cause une règle qui a contribué à créer une bonne ambiance de travail et à protéger tes employés de harcèlement sexuel, juste parce que toi, tu as envie de fréquenter une employée ?

— Soit, présenté sous cet angle, ça n'a pas l'air très sérieux. Mais j'ai envie de passer du temps avec toi. J'ai envie que l'on soit ensemble, déclara-t-il d'un air solennel tout en prenant son visage entre ses mains. Et toi, en as-tu envie aussi ?

Pensait-elle que ce serait raisonnable ? Non. Que cela pourrait mener à une relation durable ? Non. Mais il lui demandait là ce dont elle avait envie. Et elle ne voulait rien plus qu'être auprès de l'homme qu'elle aimait. Alors, avant de trop réfléchir, elle souffla un faible « oui » du bout des lèvres.

Il fit un pas vers elle, puis déposa un baiser sur son front.

— Dans ce cas, nous trouverons une solution.

Elle sentit son cœur se serrer. Il semblait si déterminé qu'elle n'eut pas le courage de lui révéler le fond de sa pensée. Car, tôt ou tard, l'un ou l'autre passerait à autre chose. Parce que c'était toujours ainsi que les choses se terminaient.

Mais au moins, elle profiterait de cette parenthèse que la vie lui offrait auprès de lui. Ce n'était pas parce qu'elle ne pourrait jamais obtenir son amour éternel qu'elle ne pouvait pas profiter de son amour, là, maintenant.

Alors, choisissant d'ignorer les conséquences, elle hocha la tête en souriant.

— D'accord, trouvons une solution.

Cinq semaines plus tard, la vie de Faith s'écoulait paisiblement. Presque trop paisiblement. Car quand tout allait bien, cela préfigurait généralement une catastrophe. Ainsi, dans un certain sens, restait-elle sur ses gardes. Son nouveau travail à San Diego était fascinant — elle avait appris à se détendre devant la caméra, et recevait des réactions très positives du public suite aux séquences qu'elle animait. Surtout, elle passait chaque jour plus de temps auprès de Dylan.

Elle venait juste de mettre un plat de lasagnes végétariennes au four quand son téléphone sonna. Dylan devait rentrer dîner dans une demi-heure, et il l'appelait sûrement pour lui annoncer qu'il quittait le bureau. Depuis leur premier séjour à San Diego, ils avaient pris l'habitude de se retrouver chaque soir, généralement chez lui. Ils se faisaient livrer le repas par un traiteur, regardaient un film, faisaient l'amour… Après quoi, elle s'éclipsait pour rentrer chez elle, bien décidée à ne pas prendre l'habitude de s'endormir à côté de son corps d'Apollon.

Ce soir, pour la première fois, elle avait accepté de lui ouvrir son appartement. Mais elle appréhendait la fin de soirée, au moment où elle aurait envie de fuir… Ce qui était sans doute la raison même pour laquelle Dylan avait suggéré de passer chez elle. Dans un moment d'égarement, elle avait accepté.

Elle posa les maniques et prit le téléphone. Mais le numéro qui s'affichait lui était inconnu.

— Allô ?

— Bonsoir, vous êtes Faith Crawford ?

Sept minutes plus tard, Faith coupa la communication et se laissa tomber sur son canapé.

On venait de lui proposer un travail. Un poste de rêve. Une émission de jardinage diffusée sur une chaîne nationale et basée à New York recherchait un fleuriste pour renforcer son équipe de jardiniers et paysagistes. Son rôle consisterait à initier les téléspectateurs à la composition florale au cours d'une rubrique régulière, mais aussi de voyager avec un producteur pour élaborer des reportages sur les fleuristes des grands de ce monde — Maison Blanche, palaces et organisateurs de grands événements. Bref, elle serait payée pour examiner de près des compositions telles qu'elle rêvait d'en créer un jour, rencontrer des gens partageant sa passion, et communiquer son amour des fleurs à un large public...

Et pourtant, elle hésitait. Le producteur lui avait accordé vingt-quatre heures de réflexion : si elle déclinait l'offre, ils devaient le savoir vite pour trouver un autre candidat.

Il s'agissait d'un poste à temps plein, et à New York. Elle allait devoir s'installer à l'autre bout du pays. Quitter Dylan. La perspective la rendait malade. Etait-elle capable de franchir le pas ? Cela lui semblait impensable. Mais que se passerait-il si elle refusait ce travail et qu'elle restait là ? Une fois que son idylle avec Dylan aurait pris fin, elle se retrouverait sans lui. Et sans ce travail de rêve. Entre-temps, elle continuerait de travailler pour lui, ce qui les obligerait à continuer de se cacher pour éviter que les gens découvrent qu'ils enfreignaient les règles édictées par Hawke's Blooms.

A l'extérieur, elle entendit la voiture de Dylan. Elle se leva, ramena ses cheveux derrière ses oreilles, et s'efforça de reprendre ses esprits. Qu'allait-elle lui dire ? Jamais elle ne s'était sentie à ce point tiraillée. Elle avait beau être amoureuse de lui, sa carrière avait toujours été une constante pour elle, un véritable appui. Elle se devait d'accepter cette incroyable proposition de travail à New

York. Le contraire reviendrait à se renier. Pour un rêve qui de toute façon était destiné à ne jamais se réaliser.

Elle ouvrit la porte d'entrée au seul homme qui ait jamais su trouver les clés de son cœur. Il se pencha vers elle pour l'embrasser, et elle se laissa aller contre lui, s'efforçant d'imprimer cette sensation dans sa mémoire. Car elle n'avait pas la moindre idée de la façon dont il allait réagir une fois qu'elle lui aurait annoncé la nouvelle.

Dès la fin du dîner, elle débarrassa et retourna à la cuisine, comme pour s'échapper. Dylan lui emboîta le pas, bien décidé à savoir ce qu'elle avait en tête.

— Je t'ai trouvée bien distraite, pendant tout le repas, déclara-t-il en se plantant derrière elle pour lui masser les épaules. Ce qui est dommage, vu que je n'avais jamais mangé d'aussi bonnes lasagnes. Je ne suis même pas sûr que tu aies vraiment pu apprécier leur goût.

Elle se retourna vers lui et chercha son regard.

— Je dois te parler de quelque chose.

— Je t'écoute, dit-il avec un sourire encourageant tout en replaçant une de ses mèches rousses derrière son oreille.

— J'ai reçu une proposition d'embauche aujourd'hui, lâcha-t-elle sans le quitter des yeux.

Il lui caressa les bras pour la rassurer. Elle ne lui appartenait pas. Son côté hommes d'affaires espérait qu'elle resterait chez Hawke's Blooms, mais en tant qu'amant, il ne souhaitait que son bonheur.

— Ça ne m'étonne pas. Tu fais un travail remarquable. Il fallait bien que la concurrence cherche à te débaucher à un moment ou à un autre.

— Il ne s'agit pas d'un concurrent, dit-elle en se mordillant la lèvre inférieure.

Elle avait éveillé sa curiosité. Il haussa un sourcil.

— De qui s'agit-il alors ?

Elle lui expliqua tout le projet, et il eut un sifflement admiratif.

— Cette émission n'est-elle pas enregistrée à New York ?

— En effet. Il faudrait que je déménage.

Il sentit sa gorge se nouer.

— Et que leur as-tu dit ?

— Que j'allais y réfléchir, dit-elle en gardant les yeux rivés sur le comptoir.

Agacé par la tournure que prenaient les choses, il mit les mains dans ses poches pour se donner une contenance.

— Et… Tu as pris une décision ?

Elle hésita avant de répondre :

— Il y a tant de facteurs à prendre en compte. Je ne sais pas quoi faire.

Il poussa un soupir soulagé, avant de l'enlacer.

— Si tu hésites, alors décline l'offre.

— Pourquoi ? demanda-t-elle en enfouissant son visage contre sa chemise.

— Je crois qu'il se passe quelque chose de précieux entre nous. Si tu restes, on pourra voir où cela nous mène…

A vrai dire, cette conversation le forçait à affronter la réalité. Car si jusqu'à présent il s'était contenté d'apprécier de passer du temps auprès d'elle, de lui faire l'amour chaque fois qu'il le pouvait, à présent que l'éventualité de leur séparation prenait forme, il se rendait compte à quel point il tenait à elle. Il n'avait aucune envie de la laisser partir.

— Dylan…

Mais il ne lui laissa pas le temps de poursuivre.

— Ne décide rien pour l'instant, murmura-t-il avant de déposer une pluie de baisers sur son visage. Laisse-nous une chance.

Il lui mordilla doucement le lobe d'oreille, lui arrachant un voluptueux soupir. Il sourit tout contre sa peau. Ce qu'ils partageaient était trop fort ; elle ne pouvait pas le quitter ainsi. Tout comme lui ne la quitterait jamais.

Glissant ses doigts dans ses boucles folles, il prit ses lèvres. Il avait l'impression de l'embrasser pour la première fois. Il avait beau la retrouver chaque soir dans son lit, son désir pour elle était intact, comme au premier jour. Et même plus vif encore. Chaque fois que son esprit s'égarait, durant sa journée de travail, c'était pour penser à elle. A son rire, ses petites fossettes, la chaleur de sa bouche sur la sienne, son déhanché...

Elle noua ses bras autour de lui, tirant sur sa chemise... Il adorait sentir son désir répondre au sien.

Il l'éloigna de l'évier pour la plaquer contre le mur, la couvrir de baisers, et se délecter de ses courbes féminines tout contre lui. Ivre de désir, il lui remonta une jambe qu'il enroula autour de sa taille, pour mieux plaquer son sexe contre le sien. Jamais une femme ne l'avait à ce point troublé. Jamais il n'avait éprouvé de désir aussi intense.

Et quand elle s'attaqua aux boutons de sa chemise d'une main fébrile, son cœur se mit à tambouriner si fort qu'elle pouvait sans doute le sentir. Elle lui ôta sa chemise et posa les mains sur son torse. Son contact avait quelque chose de magique : partout où elle le touchait, sa peau le brûlait, renforçant son impression d'être envoûté.

Quand elle dénoua son dos-nu, il découvrit qu'elle ne portait pas de soutien-gorge. Il prit ses seins dans ses mains avec une profonde révérence, avant de les porter à sa bouche. Elle se tortilla de plaisir contre lui en murmurant son nom. Son sang bouillonnait dans ses veines, son cœur battait à tout rompre...

Elle défit sa braguette, plongea la main dans son pantalon avant de refermer ses doigts autour de son sexe. Il étouffa un cri, alors qu'elle commençait à le caresser. Il cala son visage contre son épaule. Il était à sa merci. Cette femme faisait de lui ce qu'elle voulait. Et après cette soirée, il ferait en sorte qu'ils ne se quittent plus.

Soudain incapable d'attendre une seconde de plus, il prit le préservatif dans sa poche, et baissa son pantalon et son boxer, avant de débarrasser Faith de sa culotte, sans même prendre la peine de lui ôter sa jupe. Elle déroula elle-même le préservatif, avant de repasser une jambe autour de sa taille. Ils haletaient tous les deux, et il s'arrêta quelques instants pour savourer la beauté du moment, et les sensations que cette femme faisait naître dans son cœur, dans son corps.

Il la pénétra lentement, murmurant, haletant :

— Je… t'aime…

Pour toute réponse, elle accentua son va-et-vient. Alors, il accéléra ses coups de reins, se fondant un peu plus en elle. Pour qu'elle comprenne comme elle était belle.

Peu à peu, il sentit monter en lui les prémices du plaisir ultime.

Il aurait pu sombrer, là, tout de suite, mais il tint bon, car il ne voulait pas jouir sans elle. En transe, il glissa une main entre eux et trouva sans difficulté son point sensible, et elle se laissa aller au plaisir entre ses bras, criant son nom. Elle se contracta si fort autour de lui qu'il ne put se retenir un instant de plus. Submergé par le plus beau des orgasmes, il cria à son tour le nom de la femme qu'il aimait.

Quand Faith se réveilla le lendemain matin, elle était seule. Elle tendit le bras de l'autre côté du lit, mais le drap, froissé, était froid. Elle se leva d'un bond, enfila une robe de chambre, et arpenta l'appartement à pas feutrés… Mais Dylan n'était nulle part.

D'un certain côté, elle en éprouva du soulagement. Car au cours de la nuit, elle avait pris la décision d'accepter l'offre d'emploi. Et elle ne se sentait pas capable de le lui dire pour le moment. Certes, cela s'apparentait à de la lâcheté, mais comment annonçait-on à l'homme que l'on aime que l'on s'en va ? Au lieu de cela, ils avaient fait l'amour. Un peu comme un adieu. De la façon la plus douce possible.

Demain peut-être, une fois qu'elle aurait bouclé ses valises et réservé son vol, elle passerait le voir, pour essayer de lui expliquer. D'ici là, elle finirait peut-être par trouver les mots.

Elle s'habilla à la hâte, puis sortit les cartons qu'elle avait stockés dans le placard de l'entrée. Cela ne lui prendrait guère de temps : n'ayant jamais eu de véritables racines, elle avait si souvent fait ses valises en catastrophe…

Elle était au beau milieu du salon, entourée de cartons déjà scellés et d'autres à moitié remplis quand Dylan réapparut. D'une main, il tenait un plateau avec deux cafés à emporter et un sac de pâtisseries et, de l'autre, un bouquet de fleurs. Quant à son visage… Ce visage-là allait sans doute hanter les rêves de Faith pendant longtemps.

Sur le seuil de l'appartement, Dylan se figea. Il eut soudain l'impression d'être sur un ring, KO debout.

En s'éveillant ce matin, il s'était senti rempli d'amour et d'optimisme… Et avait espéré pouvoir se réveiller de la sorte tous les matins qui lui restaient à vivre. Il s'était éclipsé de la chambre sans réveiller Faith pour aller acheter la plus belle bague de fiançailles. Car il ne pouvait se contenter d'offrir à Faith un diamant banal… Aussi, quand il avait aperçu en vitrine le diamant violet serti de platine, il avait convaincu le propriétaire de la boutique d'ouvrir son magasin plus tôt, rien que pour lui.

Il avait eu l'impression d'être sur un nuage, à rêver à l'avenir radieux qui s'annonçait pour Faith et lui. Car cette femme représentait tout ce à quoi il avait toujours rêvé. Et quand il lui avait avoué son amour, la nuit précédente, il avait parlé avec son cœur, avec ses tripes. Elle ne lui avait peut-être pas répondu, mais il savait qu'elle l'aimait aussi. Après la façon dont elle lui avait fait l'amour, il n'avait plus l'ombre d'un doute.

Il avait espéré qu'elle serait encore au lit à son retour, mais l'achat de la bague et du petit déjeuner avait pris plus de temps que prévu. En tout cas, il ne s'était pas attendu un seul instant à la retrouver au milieu de cartons, prête à prendre la fuite.

Encore une fois.

Et, qui plus est, après une nuit époustouflante. A cet instant, il se sentit comme poignardé en plein cœur.

152

— Tu vas quelque part ? dit-il d'une voix maîtrisée.

— Euh… Oui.

Il fit un pas en avant, mais fut incapable de s'asseoir, ou même de traverser la pièce encombrée de cartons.

— Tu as accepté ce travail, n'est-ce pas ?

— C'est une opportunité unique, répondit-elle d'une voix coupable, tout en fuyant son regard.

Manifestement, ils n'étaient pas du tout sur la même longueur d'onde en ce qui concernait leur idylle.

— Quand as-tu pris ta décision ? demanda-t-il sans être certain de vouloir connaître la réponse. Ce matin ? Ou déjà hier soir ?

Elle garda le silence. Ce qui, en soi, *était* une réponse.

Il en était malade.

— Alors, comme ça, tu avais déjà tout décidé, et tu espérais disparaître ce matin, ni vu ni connu ? Tu comptais sans doute m'annoncer la nouvelle en me téléphonant depuis New York, à la descente de l'avion ?

— Je comptais te le dire, lâcha-t-elle en levant enfin les yeux vers lui.

Elle semblait sincère.

— Donc, reprit-il en inspirant profondément, ma déclaration d'amour cette nuit n'y a rien changé ?

— Bien sûr que ça me fait quelque chose, mais l'amour ne suffit pas, Dylan. L'amour n'est pas concret, répondit-elle, alors qu'une lueur triste traversait ses beaux yeux marron. Tu dois comprendre que mon métier, c'est la seule chose stable que j'aie jamais eue dans ma vie.

Soudain, il éprouva une profonde colère. Renonçait-elle à leur histoire parce qu'elle considérait que ni leur relation ni lui, ne pouvaient lui apporter la moindre stabilité ? Il jeta le bouquet sur la table basse, puis posa le plateau à côté. Puis, sans perdre une seconde, il chercha le petit écrin en velours au fond de sa poche, le brandit devant elle, et l'ouvrit.

— Et ça, est-ce un gage de stabilité suffisant ? articula-t-il en desserrant à peine les dents. J'étais prêt à m'engager toute ma vie à tes côtés…

Elle recula d'un pas.

— Je suis navrée, Dylan. Mais tu ne me le dis que maintenant que…

— Je te l'ai dit hier soir aussi, la coupa-t-il.

Elle essuya une larme sur sa joue.

— Je te crois, Dylan. Je te promets que je te crois. Mais une fois que l'attrait de la nouveauté se dissipera, tu te détourneras de moi. Toi et moi, ce n'est pas fait pour durer.

— Comment ça ? insista-t-il d'un ton qui trahissait désormais son exaspération. Comment peux-tu prédire ce que je vais faire ?

Elle tripota nerveusement ses cheveux.

— S'il y a bien une chose que j'ai apprise au cours de ma vie, c'est que l'amour n'est qu'un feu de paille. Toute ma vie, j'ai vu les gens changer l'objet de leur désir à la moindre occasion. Tout le monde se détourne de moi, tôt ou tard. Ma tante qui m'a choyée pendant un an, avant de m'abandonner parce qu'elle était enceinte. Ma mère qui m'aimait, mais préférait partir à l'aventure à la moindre occasion. Mes grands-parents, qui m'adoraient, mais éprouvaient du soulagement chaque fois que quelqu'un venait me récupérer. Mon père, qui m'aimait, mais pas suffisamment pour trouver un boulot stable qui m'aurait permis de vivre avec lui. Peut-être bien que tu m'aimes, Dylan, conclut-elle d'une voix brisée, mais un jour tu finiras par t'intéresser à autre chose, par t'éloigner de moi. Et je refuse de me retrouver une fois encore en position de me dire que je n'étais pas assez bien pour quelqu'un.

Il savait qu'elle avait eu une enfance difficile, qui l'empêchait encore d'accorder sa confiance aux autres, mais il n'arrivait pas à croire qu'elle n'essayait même pas de se battre pour lui, pour *eux*… Elle ne leur donnait pas la moindre chance ! Aux yeux de Faith, *il* ne méritait pas qu'elle prenne le risque.

Peu à peu, il se laissa envahir par une profonde lassitude.

— Tu sais, tu dis que les gens finissent toujours par partir… mais là, c'est toi qui pars. C'est toujours toi, d'ailleurs : tu t'éclipses de chez moi après avoir fait l'amour, tu pars avant la fin de la soirée de lancement, tu t'enfuis au marché aux fleurs à 2 heures du matin…

Il posa la bague sur la console de l'entrée et jeta un dernier regard par-dessus son épaule.

— Tu connais l'expression : « Il ne faut jamais dire « fontaine » » ? Tu étais persuadée depuis le premier jour que je partirai le premier. Eh bien, voilà, je pars.

Et il passa la porte, traversant la petite cour pour rejoindre sa voiture sans même se retourner.

Assise sur une chaise en plastique à la fenêtre de son minuscule appartement new-yorkais, Faith contemplait la rue en contrebas. Voilà seulement deux semaines qu'elle était arrivée, et pourtant, elle ne se sentait toujours pas chez elle… Mais s'était-elle déjà sentie chez elle quelque part ?

Elle adorait son nouveau travail, mais en son for intérieur, elle se sentait comme anesthésiée. Elle avait toujours vécu seule mais, cette fois, la solitude lui pesait. Cette fois, quelqu'un lui manquait. Un grand brun ténébreux, enjôleur, au regard vert incroyable.

Depuis qu'elle avait, enfant, appris à son détriment les dures leçons de la vie, elle avait toujours su se débrouiller seule. Et pourtant, rien n'était comme avant. Car jamais elle n'avait laissé quiconque lire en elle comme elle avait laissé Dylan le faire. Jamais elle n'avait à ce point baissé sa garde. Et puis, elle s'était aussi liée d'amitié avec Jenna.

Cette dernière lui avait téléphoné pour la féliciter pour son nouvel emploi, et elles étaient restées en contact depuis son déménagement. Toutes deux avaient passé beaucoup de temps ensemble lors des préparatifs de la soirée de lancement de l'Iris Ruby — même si à l'époque, aux yeux de Faith, Jenna n'était qu'une simple relation de travail. Or, aujourd'hui, elle s'apercevait que Jenna la considérait comme une véritable amie.

D'une certaine façon, cela obligeait Faith à faire de nouveau confiance aux autres.

Poussée par son besoin d'entendre une voix amie, elle

prit son téléphone et composa le numéro de Jenna. Celle-ci décrocha très vite, et sa voix mélodieuse semblait un peu essoufflée.

— Allô, Faith ?

— Je te dérange ? demanda-t-elle, consciente qu'avec deux bébés à charge, Jenna était souvent débordée.

— Pas du tout ! Nous nous promenons avec la double poussette au milieu des massifs. Je pousse le carrosse des filles d'une main, et je peux parler avec toi de l'autre main, jusqu'à l'heure de leur repas !

Faith repensa alors à la période où elle avait travaillé à la ferme horticole, lorsqu'elle déambulait parmi ces mêmes massifs à l'heure du déjeuner. Parfois, elle y retrouvait Jenna pour bavarder ou faire quelques câlins à ses filles.

— Tu leur feras un bisou à chacune de ma part, quand tu pourras.

— Compte sur moi. Comment vas-tu ?

— Tout va bien ici, répondit-elle avec un sourire en espérant paraître crédible. Je rentre du travail, et j'avais envie de bavarder un peu.

Il y eut un silence au bout de la ligne.

— Tu as parlé avec Dylan, récemment ?

Par une sorte d'accord tacite, elles n'évoquaient jamais Dylan… Faith ne savait pas exactement ce qu'il avait pu raconter de leur histoire à sa belle-sœur.

— Euh, non. On n'a pas pris le temps de se rappeler depuis mon arrivée ici.

— Tu n'as pas pris le temps ? On dirait que tu parles là d'une vieille connaissance…

— Dylan et moi avons travaillé ensemble, commença-t-elle avec prudence.

Mais Jenna éclata de rire.

— Tu n'essaies quand même pas de me faire croire qu'il ne s'est rien passé entre vous ? Je n'ai pas voulu te harceler avec ça, car je me rendais compte que c'était peut-être compliqué, mais je n'ai jamais vu deux personnes se couver du regard comme vous deux… C'était quand même intense !

Les yeux de Faith s'emplirent de larmes, mais pas question de pleurer. Elle déglutit avant de répondre :

— Alors, Dylan ne t'a rien dit ?

— Non, et ça ne lui ressemble pas. D'habitude, je sais lui tirer les vers du nez, mais dès qu'il s'agit de toi, il se referme comme une huître, expliqua-t-elle d'une voix douce. Allez, raconte à tante Jenna ce qui se passe. Tu sais que ça ira mieux après.

Jenna avait raison. Le fait de garder toute cette histoire pour elle ne faisait que lui alourdir le cœur.

— Mais Dylan fait partie de ta famille…

— Ne t'en fais pas. S'il n'a pas été correct avec toi, il aura affaire à moi. Quoi qu'il en soit, il restera toujours l'oncle de Bonnie, et bientôt celui de Meg… Il n'y a rien que tu puisses dire à son sujet qui pourrait entacher ma relation avec lui. Raconte-moi ce qu'il t'a fait.

— Il ne m'a rien fait, admit Faith. Tout est ma faute.

Croisant les jambes, elle raconta toute l'histoire à Jenna.

— Donc, reprit Jenna à la toute fin, Dylan te dit qu'il t'aime, mais tu penses qu'il finira par se lasser de toi.

Le fait d'entendre ces paroles lui fit plus mal encore.

— Ce n'est pas que je ne lui fasse pas confiance… Mais c'est plutôt ma façon d'être en général. J'ai du mal à accorder ma confiance.

— Faith, Dylan est l'homme le plus sérieux que tu puisses rêver de rencontrer. Il s'est dévoué à la réussite de l'entreprise familiale depuis le plus jeune âge. Il a toujours été là pour ses parents, pour ses frères… Pour moi. Tu as peut-être du mal à croire au prince charmant, mais si Dylan propose de s'engager avec toi, ce n'est pas à la légère.

Faith crut que le sol se dérobait sous elle. Elle ferma les yeux. Dylan était prêt à s'engager avec elle, mais elle avait tout gâché… N'aurait-elle pas commis là la plus grosse erreur de toute sa vie ?

Un homme qui se dévouait corps et âme à son entourage,

n'était-ce pas précisément le contraire même de tous les gens qui avaient composé sa famille ? Pourquoi s'était-elle convaincue qu'il ne pouvait que se comporter comme eux ? N'avait-elle pas tout simplement projeté sur lui tous les manquements des membres de sa propre famille ?

Elle avait été injuste avec Dylan. Et envers elle-même.

Elle sentit son estomac se nouer.

De toute façon, même si elle comprenait à présent avoir commis une erreur, il était trop tard pour faire marche arrière. Après ce qu'ils s'étaient dit lors de leur dernière matinée ensemble, il ne voudrait sans doute plus la revoir. Car la lueur blessée qu'elle avait vue au fond de ses yeux alors qu'elle faisait ses cartons lui avait fait l'effet d'une grande gifle.

Dylan ne lui ferait plus jamais confiance. Et elle ne pouvait que le comprendre.

Installé dans le rocking-chair de son séjour aux murs d'un blanc immaculé, Dylan lâcha un juron. Puis il avala une autre gorgée de bière. Cette pièce lui paraissait d'un vide sidéral. Comment ne s'en était-il jamais aperçu jusque-là ? La décoratrice d'intérieur qui s'était occupée de l'aménager lui avait promis une ambiance moderne, fraîche et épurée. Mais à ses yeux, il n'y avait que du vide.

A l'image de sa propre vie.

Quand Faith était partie, elle avait emporté avec elle toute la lumière. Et il n'avait pas trouvé l'énergie de s'intéresser à quoi que ce soit, d'éprouver la moindre joie depuis des semaines. Peut-être même n'y arriverait-il plus jamais.

De nouveau, il avala un peu de bière.

De toute façon, il ferait mieux d'oublier cette femme. Elle l'avait rayé de sa vie, de son avenir. Elle était partie à l'autre bout du pays sans l'ombre d'un regret… La meilleure chose à faire était de la rayer de sa vie à son tour. Ce qui, bien sûr, était plus facile à dire qu'à faire.

Il entendit alors des voix devant sa porte. Seuls ses

parents, ses frères et sa femme de ménage avaient les clés de son appartement. Ses parents avaient assez de savoir-vivre pour ne jamais avoir à s'en servir, et sa femme de ménage était en congés. Ce qui laissait ses frères… Il soupira. Il n'avait aucune envie de recevoir quiconque aujourd'hui.

— Je ne suis pas là ! cria-t-il.

Ne prêtant aucune attention à ses paroles, Adam et Liam apparurent dans le hall d'entrée, et se dirigèrent droit sur lui.

— C'est donc comme ça que tu réagis ! lança Adam en secouant la tête. Tu te noies dans la bière dès le samedi matin.

— Je ne me *noie* pas dans la bière ! J'en bois une en regardant un match de football.

Liam balaya ostensiblement la pièce du regard.

— Tu regardes le match par télépathie ? As-tu seulement remarqué que ta télé est éteinte ?

— Je ne l'ai pas encore allumée, gros malin. Je m'apprêtais à le faire au moment où vous avez débarqué sans crier gare. D'ailleurs, vous allez me rendre mes clés.

Adam croisa les bras.

— On est inquiets. Tu ne te ressembles plus. Dis-nous ce que tu comptes faire à propos de cette fille.

— Il n'y a aucune fille, assura Dylan en détournant les yeux.

— Je parlais de Faith, précisa Adam dont la patience semblait atteindre sa limite.

Dylan pointa son frère du doigt.

— Je crois me souvenir que c'est toi qui passais ton temps à me déconseiller de me lancer dans une aventure avec elle.

— C'est vrai, admit Adam. Et mon avis d'aîné devrait faire office de parole d'évangile. Pourtant, tu n'en as fait qu'à ta tête. Quelles conclusions peux-tu en tirer ?

— Que tu te fais des illusions quant à ton influence sur tes deux frères ? rétorqua Dylan en baissant les yeux sur sa bière à demi vide.

Sans doute aurait-il besoin de bien plus d'alcool pour supporter cette conversation jusqu'au bout.

Liam se laissa tomber sur le canapé face à lui.

— Bonne remarque, mais nous y reviendrons plus tard. En tout cas, Adam a raison. Tu as enfreint les règles de l'entreprise pour cette femme. Je ne l'aurais jamais cru si je n'avais pas vu les événements se dérouler sous mes propres yeux.

— J'ai commis une erreur, admit Dylan entre deux nouvelles gorgées de bière.

Mais si c'était à refaire, il ne changerait rien.

Adam soupira.

— J'ai vu la façon dont Faith et toi, vous vous souteniez lors de la soirée de lancement. Vous êtes amoureux l'un de l'autre. Alors comment se fait-il que tu sois là, tout seul, à engloutir des bières ?

Dylan tressaillit. La question était pertinente. Mais il n'avait aucune envie d'en discuter avec ses frères.

— Elle est partie. Vous pouvez essayer de la retrouver si vous voulez, mais n'oubliez pas de refermer la porte en sortant.

Adam s'assit à son tailleur sur le canapé.

— Tu lui as demandé de rester ?

Est-ce qu'il lui avait demandé de rester ? Mais pour quel genre d'idiot le prenaient-ils ? Il inspira profondément avant de répondre.

— Evidemment ! Je lui ai même acheté une bague !

Liam se frotta la joue.

— J'ai peu à peu appris à connaître Faith. Et je crois que je la comprends.

Adam et Dylan le dévisagèrent avec incrédulité.

— Bon, disons plutôt que Jenna la comprend, précisa Liam. Elle m'a raconté une ou deux choses.

— Si Jenna a des idées, dis-les-nous une fois pour toutes ! soupira Adam.

— Faith n'avait pas besoin d'une bague, expliqua Liam en se penchant vers l'avant. Elle avait besoin de toi, imbécile ! Tu as toujours été un beau parleur, et elle le sait bien : comment pouvait-elle te croire sur parole ?

— Jenna m'a traité d'imbécile ? reprit Dylan vexé.

— Non, ça, ça vient de moi ! Mais écoute bien. Ce que tu dois faire, c'est *prouver* à Faith que tu comptes t'engager pour de bon avec elle. Et rester à ses côtés coûte que coûte, insista Dylan en plissant les yeux. Car c'est bien ce que tu veux, n'est-ce pas ?

— Est-ce que je lui aurais offert une bague, si ça n'avait pas été le cas ?

Adam approuva d'un signe de tête.

— Donc, si tu veux la récupérer, tu ne pourras pas te contenter de lui offrir un bijou… Ni de simples promesses. Tu devras lui montrer concrètement ce que tu comptes faire.

Cette fois, Dylan demeura bouche bée. Ils avaient raison. Il savait que l'enfance de Faith avait été émaillée de promesses non tenues : comment diable n'avait-il pas compris plus tôt qu'il devait la rassurer pour de bon ?

Par le passé, les gens ne l'avaient aimée qu'à condition qu'elle ne prenne pas trop de place dans leur vie. Et il n'avait rien trouvé de mieux que lui demander de renoncer à un emploi pour lui. Il se frotta le visage. Dire qu'il lui avait demandé de renoncer à une excellente opportunité juste parce que lui vivait à L.A. ! Et qu'il n'envisageait pas sa vie ailleurs.

— Dernière question, dit Adam, ensuite nous te laissons : est-ce que ce que tu as partagé avec Faith mérite que tu te battes pour elle ?

Dylan retint son souffle. Etait-il trop tard pour lui montrer que son amour pour elle était inconditionnel ? Qu'il l'acceptait telle qu'elle était ? Surtout, comment le lui faire comprendre ? Il allait devoir procéder à certains changements dans sa vie pour elle. S'adapter à elle, et non l'inverse.

Il prit son téléphone.

— Je ne vous raccompagne pas, dit-il sans même regarder ses frères. Et laissez vos clés ici. Je ne plaisantais pas.

Pas besoin de lever les yeux : il savait que ses frères souriaient. Mais il les ignora pour se concentrer sur son appel. Il était impatient. Plus vite il mettrait à exécution le plan qui se formait dans son esprit, plus vite il reverrait Faith.

Faith vérifia de nouveau l'adresse, et leva les yeux vers le bâtiment, avec des papillons dans le ventre. Oui, elle était bien au bon endroit devant ce magnifique immeuble d'habitation en lisière de Central Park.

Jenna l'avait appelée deux jours plus tôt, lui expliquant qu'elle venait passer quelques jours à New York pour rendre visite à une amie, et qu'elle souhaitait en profiter pour la voir. Faith avait sauté sur l'occasion.

Un portier lui demanda si elle avait besoin d'aide, et Faith répondit qu'elle avait rendez-vous avec une amie dans l'appartement 813. Le portier sourit, dit qu'il était au courant, puis l'accompagna jusqu'à l'ascenseur.

Arrivée au bon étage, elle pressa la sonnette au numéro 813 et attendit. Quand la porte s'ouvrit, Dylan apparut sur le seuil. Il était si grand, si massif, si beau... Tellement Dylan qu'elle sentit sa gorge se nouer. Incapable de prononcer le moindre mot, elle resta plantée là, à le regarder.

Après ce qui lui parut comme une éternité, il s'éclaircit la voix.

— Entre donc...

Abasourdie, elle entra dans l'appartement, et Dylan referma la porte derrière elle. Un geste anodin, mais chargé de sens. Et d'espoir.

Le logement n'était pas meublé, mais avait beaucoup de cachet : les pièces étaient spacieuses, baignées de lumière grâce à la baie vitrée qui offrait une vue plongeante sur le parc. Mais dès que Dylan vint se planter devant elle, elle ne vit de nouveau que lui.

— Bonjour, dit-il enfin d'une voix rauque.

— Bonjour, articula-t-elle en un souffle.

Se retrouver si près de lui lui parut si naturel… Nécessaire même. Elle mourait d'envie de lui tendre la main, de le prendre dans ses bras, mais elle n'avait plus ce privilège. Il le lui avait offert, mais elle avait décliné. Elle lui avait tourné le dos ; elle était partie.

— Je… J'étais venue voir Jenna, bredouilla-t-elle en regardant ses pieds.

— Je sais.

Pourtant, son amie ne semblait pas être là. La tension dans la pièce était palpable, et elle eut soudain envie de prendre ses jambes à son cou. Pourtant, cette fois, elle ne se défilerait pas. Elle ne gâcherait pas cette occasion d'être près de Dylan, ne serait-ce que quelques minutes.

Inspirant profondément, elle se redressa et soutint son regard.

— Comment vas-tu ?

— Aussi bien que possible, répondit-il avec un haussement d'épaules. Et toi ?

— Bien, dit-elle d'une voix chevrotante. Je vais bien.

Ses mains tremblaient de se trouver si près de lui sans pouvoir le toucher, sans pouvoir lui parler librement.

— Est-ce que Jenna est là ?

— Non, répondit-il simplement.

Ce n'est qu'à cet instant qu'elle comprit que quelque chose lui échappait. Mais elle était trop troublée pour comprendre quoi que ce soit.

— Mais… A qui est cet appartement ?

— A toi, dit-il en gardant un visage impassible.

Elle recula d'un pas.

— Comment ça ?

— J'ai fait établir l'acte d'achat à ton nom, précisa-t-il en désignant une petite pile papiers posés sur le comptoir de la cuisine. Mais si tu préfères un autre endroit, nous n'avons qu'à déchirer ce contrat et reprendre les recherches.

— Mais j'ai déjà un logement, reprit-elle avec circonspection.

— Il s'agit d'un cadeau, expliqua-t-il en balayant

l'appartement du regard. Mais si tu le souhaites, il y a assez de place ici pour nous deux.

— Nous deux ? répéta-t-elle sans trop y croire.

Il hocha la tête, mais son regard vert demeurait sombre.

— Si tu veux de moi. Sinon, si tu décides de ne pas m'inviter de nouveau dans ta vie, tu pourras vivre ici seule. Ce sera alors mon cadeau de rupture. C'est à toi de voir. Rien qu'à toi.

— A moi de voir ? balbutia-t-elle en portant une main à sa gorge.

— Si tu n'aimes pas la ville, reprit-il d'un ton désinvolte qui contrastait avec sa posture contractée, on pourrait déménager dans un endroit plus verdoyant, en banlieue. Tout ce que tu voudras, Faith. Et je m'adapterai.

Peu à peu, elle comprit qu'elle ne rêvait pas.

— Attends… Tu comptes venir t'installer à New York ?

— Dès maintenant, si c'est ce qu'il faut pour te récupérer, dit-il sans hésiter.

Elle s'y attendait si peu, qu'elle ne sut que penser.

— Mais que ferais-tu ici ? Ton entreprise, ton travail sont sur la côte Ouest.

Il se passa la main dans les cheveux.

— Je me dis que je pourrais ouvrir des boutiques Hawke's Blooms sur la côte Est. Economiquement parlant, c'est pertinent.

Elle le dévisagea attentivement et comprit qu'il était sincère.

— C'est un sacré changement… Tu abandonnerais la supervision des boutiques existantes pour repartir de zéro ici ?

— Nous engagerons quelqu'un pour me remplacer et me libérer de mes obligations pour me permettre de lancer de nouvelles boutiques. Je me suis rendu compte que c'est ce que je préfère dans mon travail : l'excitation, l'effervescence de la nouveauté. Et c'est grâce à toi : tu m'as poussé à réfléchir à mes propres rêves, murmura-t-il avant de poser une main sur sa joue. T'ai-je au moins remerciée pour cela ?

Elle se laissa aller à sa douce caresse.

— Tu viens de m'offrir un appartement, Dylan. Je ne pense pas que tu puisses faire plus…

Il fit un pas de plus vers elle. A présent, il était tellement proche qu'elle pouvait sentir la chaleur de son corps. Soudain, elle manqua d'air. Alors, elle prit la main de Dylan et l'éloigna doucement de sa joue.

— Je t'aime. Et ça veut dire que j'ai envie de faire des choses pour toi.

— Tu sais, dit-elle en le couvant du regard, tout ça est très risqué pour toi. Sachant que tu ne sais même pas si tes sentiments sont réciproques.

Il esquissa un demi-sourire.

— Parce que tu comptes le nier ?

Elle regretta aussitôt de l'avoir nargué ainsi. Elle se mordit la lèvre, ne sachant trop quoi répondre. Impossible de mentir. Et pourtant, elle avait l'impression que le lieu était mal choisi pour lui avouer son amour. Elle aurait préféré une ambiance plus adaptée…

Le sourire de Dylan s'élargit.

— Tu n'as pas besoin de le dire. Je sais que tu m'aimes, même si tu rechignes à l'admettre.

— Tu as toujours fait preuve d'une grande confiance, dit-elle en réprimant un rire.

Mais une boule s'était formée au creux de sa gorge, et elle avait l'impression que si elle riait, son rire se transformerait aussitôt en pleurs.

Il lui prit les mains et l'attira contre lui.

— Tu peux toujours te défiler, Faith, mais tant que tu m'aimeras, je te suivrai. Même si je dois ouvrir des boutiques aux quatre coins du monde.

Alors, elle éclata en sanglots, et Dylan l'enlaça pour de bon. Jusqu'à présent, tous les gens qu'elle avait aimés avaient trouvé une bonne raison pour se débarrasser d'elle. En partant pour New York, elle avait pourtant offert à

Dylan l'excuse idéale pour rompre définitivement… Malgré tout, il l'avait suivie. Jenna avait raison : cet homme était le plus loyal qu'elle pouvait espérer rencontrer. Dylan était un homme de parole.

Elle s'écarta doucement pour chercher son regard entre deux hoquets. Les larmes roulaient sur ses joues. Dans les yeux de Dylan, elle lisait tout son amour, tout son engagement, et elle savait qu'il voulait sincèrement être avec elle… Et construire quelque chose de durable, tous les deux.

— Je t'aime, Dylan Hawke, finit-elle par avouer, le cœur plein d'amour.

Il la souleva et la fit virevolter.

— Tu n'imagines pas le bien que ça me fait de l'entendre de tes lèvres !

— Hé là ! dit-elle en riant. Je croyais que tu le savais déjà !

La reposant doucement à terre, il replaça quelques mèches rebelles derrière son oreille.

— C'est le cas. Mais ça fait quand même plaisir de l'entendre !

— Je tâcherai de te le dire plus souvent, alors, affirmat-elle d'une voix à peine audible.

Il l'embrassa, et elle noua les bras autour de son cou. Après toutes ces semaines loin de lui, de son corps vibrant, de ses baisers brûlants, elle sentait monter le désir en elle… Et cette fois, plus question de lutter !

Haletant, Dylan chercha son regard en souriant.

— Tu as toujours la bague que j'avais laissée dans ton couloir d'entrée à L.A ?

Elle prit son sac à main où elle avait laissé le petit écrin en velours précieux.

— Je l'ai gardée près de moi tous les jours, dit-elle en le lui donnant d'une main tremblante.

Elle n'avait pas rouvert l'écrin depuis que Dylan avait quitté son appartement, et n'avait donc entraperçu le bijou que très brièvement, quand il le lui avait brandi sous le coup de la colère. Techniquement, la bague appartenait toujours à Dylan. Mais elle n'avait jusqu'alors pas trouvé la force de la lui renvoyer.

Il lui prit l'écrin des mains, l'ouvrit, puis en sortit le solitaire au diamant violet.

— Plus que tout au monde, déclara-t-il à voix basse, je veux devenir ton mari, et que tu sois ma femme, Faith Crawford. Acceptes-tu de m'épouser ?

— Je n'y croyais plus, chuchota-t-elle en essuyant les larmes qui roulaient encore sur ses joues. Oui, je veux t'épouser, Dylan !

Il lui glissa la bague au doigt, puis l'embrassa longuement, langoureusement.

Reprenant son souffle, il murmura contre ses lèvres :

— Je crois que la grande aventure ne fait que commencer !

HELEN LACEY

Le miracle
d'une étreinte

Passions

❖ HARLEQUIN

Titre original : THE CEO'S BABY SURPRISE

Traduction française de TANIA CAPRON

Prologue

Mary-Jayne Preston ouvrit les paupières en bâillant, puis cligna des yeux plusieurs fois. Le plafond chavira un peu au-dessus de sa tête, et elle laissa échapper un soupir.

Je ne suis pas soûle.

Elle referma les yeux. Ce n'étaient pas les deux verres de champagne qu'elle avait bus la veille qui avaient pu la mettre dans cet état ! Il y avait autre chose. Elle se sentait somnolente, les membres tout engourdis. Elle battit à nouveau des paupières et perçut un rai de lumière qui filtrait entre les lourds doubles-rideaux.

Ce n'est pas ma chambre.

La mémoire lui revint d'un coup. Le Sandwhisper Resort. Port Douglas.

Mais ce n'est pas ma chambre.

Elle se trouvait dans une des villas de la station balnéaire, *le nec plus ultra*, à en juger par la taille du lit et l'extravagance des tentures damassées. Un luxe futile, à son avis. Rouvrant les yeux, elle se redressa péniblement, et son cœur fit un bond quand elle découvrit qu'elle n'était pas seule dans le lit gigantesque.

Un homme dormait à côté d'elle. Elle tourna la tête pour mieux voir. Un dos aux proportions idéales, une peau lisse comme du satin tendue sur des omoplates bien dessinées, des épaules larges, des bras puissants, des cheveux presque noirs… Il était allongé sur le ventre, un bras par-dessus la tête, l'autre replié contre lui. Et il dormait. Le mouvement lent et régulier de sa respiration était hypnotique, et elle resta un moment à le contempler, subjuguée par le long corps doré aux muscles fins.

Et tout lui revint d'un coup, dans un flash-back aveuglant.

La fête.

Le baiser.

Cette nuit.

C'était la première fois qu'elle couchait ainsi avec un inconnu. Et la dernière.

Elle devait se lever et réfléchir. Elle commença à se glisser vers le bord du lit, mais s'arrêta net en voyant l'homme bouger. Elle n'était pas d'attaque pour un tête-à-tête matinal. Pas avec lui, en tout cas. Inspirant profondément, elle reprit sa manœuvre, déplaçant ses hanches sur le drap frais, centimètre par centimètre, avec une lenteur torturante. Sa jambe atteignit enfin le bord du matelas. Elle repoussa les couvertures, et se figea en le voyant bouger à nouveau. Avec un grognement sourd, il se retourna vers elle, en s'enveloppant dans le drap.

Toujours endormi, heureusement.

Mary-Jayne frissonna en voyant son visage. Il était d'une beauté insolente, pas étonnant qu'elle ait perdu la tête. Le nez droit, les pommettes ciselées et la mâchoire ferme, l'association était irrésistible. Elle revit en pensée ses yeux gris d'acier poli… Sexy au-delà de toute description. Son regard descendit sur son corps, et des picotements lui vinrent dans le bout des doigts. Il était beau comme un dieu, et elle dut se retenir pour ne pas le toucher, juste une dernière fois. Il avait une marque sombre sur l'épaule. Un suçon.

C'est moi qui ai fait ça ?

Une bouffée de chaleur lui vint avec le souvenir de ce qu'ils avaient fait jusqu'aux petites heures du matin. Inutile de chercher pourquoi sa peau était si sensible et ses muscles douloureux. Jamais auparavant elle n'avait vécu une telle nuit, ressenti un désir si dévorant et un plaisir aussi fulgurant.

C'était comme vivre un rêve. Ou un fantasme.

Et elle devait se réveiller au plus vite.

Elle se faufila hors du lit et, du regard, chercha ses vêtements. Ses sous-vêtements étaient par terre à côté du lit. Le rouge aux joues, elle remit son soutien-gorge et son string. Elle repéra aisément ses chaussures, l'une près de la fenêtre, l'autre sous un fauteuil dans un coin de la chambre, mais ne vit nulle part sa robe. Une robe de soirée noire dont la fine étoffe soulignait ses courbes ; l'homme qui dormait en ce moment lui avait dit combien elle était belle et désirable vêtue ainsi. Personne ne lui avait parlé de la sorte avant lui. Elle aperçut sa pochette dans le fauteuil et continua à chercher sa robe, en le surveillant du coin de l'œil.

Par pitié, ne te réveille pas…

Elle aperçut enfin sa robe, roulée en boule sous le couvre-lit qui avait glissé à terre. Elle l'enfila en hâte et tâcha de la lisser sur ses hanches, prenant des postures de yogi pour remonter la fermeture Eclair dans son dos. Le souffle court, elle glissa un dernier regard à l'homme toujours endormi.

Quelle imbécile je fais…

Pendant des semaines, elle avait tenu bon, résolue à ne pas finir dans son lit. Mais dès l'instant où il était venu vers elle, où il avait posé la main sur elle, toutes ses résolutions avaient fondu comme un glaçon dans les feux de l'enfer.

Elle chaussa ses escarpins vernis, attrapa sa pochette, et prit la fuite.

1

Enceinte.

Ce n'était pas une intoxication alimentaire, comme elle avait voulu s'en convaincre.

Mary-Jayne quitta le cabinet médical et regagna sa voiture. Elle avait mal à la tête. Elle avait mal aux pieds. Elle avait mal partout, en fait. Soudain, la ceinture de son jean paraissait trop serrée à la taille. Maintenant qu'elle savait.

Enceinte de trois mois et trois semaines.

Elle ouvrit la portière de sa Honda Civic de location et s'assit au volant. Puis, posant la main sur son ventre, elle soupira lourdement. Vingt-sept ans. Célibataire. Enceinte. *Génial.*

Bon, ce n'était pas la fin du monde. Mais pas vraiment non plus ce qu'elle avait espéré.

Certes, elle avait toujours imaginé avoir un bébé. Un jour. Quand elle serait mariée, établie. Pas pour le moment, alors qu'elle s'efforçait de développer son activité de créatrice de bijoux, et n'était pas à proprement parler à l'abri financièrement.

Elle fut tentée d'appeler ses sœurs aînées, Evie et Grace, mais se ravisa. Il lui fallait un peu de temps. Pour réfléchir, digérer la nouvelle, penser à la suite. Savoir ce qu'elle allait faire avant de parler à quiconque, et surtout à ses sœurs, qui voudraient tout savoir.

Elle serait bien obligée de leur raconter cette fameuse nuit.

Posant les mains sur le volant, elle soupira à nouveau.

Un long soupir très las. Elle n'avait eu de cesse d'oublier cette nuit. Sans succès. Chaque fois qu'elle traversait l'enceinte du Sandwhisper Resort, les souvenirs affluaient à sa mémoire. Et chaque fois qu'elle regardait son téléphone sonner sans répondre, quand il l'appelait.

Franchissant l'entrée de la station balnéaire, elle tourna à gauche vers les quartiers des employés. Son petit bungalow, très bien équipé, donnait sur la terrasse de l'immense piscine chauffée attenante au spa. Le Sandwhisper Resort était l'un des plus grands, et indubitablement le plus luxueux, de Port Douglas, une ville située à une soixantaine de kilomètres de Cairns, sur la côte Est de l'Australie. Sa population passait de trois à six mille habitants en période estivale. Vivre et travailler ici, comme elle le faisait depuis quatre mois et demi, était loin d'être une épreuve. Et tenir la boutique de son amie Audrey était plaisant, et lui avait donné l'occasion de présenter les bijoux qu'elle créait. La belle vie.

Rectification. La belle vie, jusqu'à aujourd'hui. Jusqu'à ce qu'elle couche avec Daniel Anderson.

Le P.-D.G. de la Holding Anderson, héritier en titre de la fortune colossale amassée par son grand-père grâce à l'exploitation de mines de cuivre, avait fondé et gérait avec ses deux frères le Sandwhisper Resort, et quatre autres stations dans différentes parties du monde, l'une à Phuket, une autre sur la côte amalfitaine, la troisième aux Maldives et le vaisseau amiral, la première, dans la baie de San Francisco.

Un homme arrivé, nanti, collet monté et d'une arrogance insupportable. Tout ce qu'elle avait en horreur.

Certains disaient aussi qu'il était bon, généreux et droit.

Certains, c'est-à-dire sa grand-mère.

Solana Anderson adorait son petit-fils. A quatre-vingts ans, elle partageait son temps entre la côte Est de l'Australie et la côte Ouest des Etats-Unis, suivant le printemps et l'été dans chaque hémisphère. Mary-Jayne aimait beaucoup la vieille dame, qu'elle avait rencontrée dès son arrivée à

Port Douglas, où l'avait conduite en urgence un appel au secours d'Audrey, son amie d'enfance. Audrey était partie s'installer dans la petite maison de Mary-Jayne à Crystal Point, au chevet de sa mère malade, tandis que son amie emménageait dans son bungalow à Port Douglas, avec pour tout bagage une valise bouclée en hâte. Obéissant aux maigres instructions qu'Audrey avait griffonnées précipitamment à son intention avant de partir, elle s'était débrouillée pour ouvrir la boutique à l'heure peu réglementaire de 11 heures du matin. L'arrangement était censé être provisoire, mais Audrey lui avait assuré que sa mère avait besoin de sa présence, aussi, les trois semaines prévues à l'origine s'étaient-elles muées en six mois.

Ce jour-là, Solana, petite dame droite et pleine de vie, avait passé le seuil de la boutique, en quête d'une tenue pour la fête organisée pour ses quatre-vingts ans. Une heure et quelques essayages plus tard, les deux femmes discutaient et plaisantaient autour d'une tisane. Solana lui avait raconté que son époux, un Américain, était mort dix ans plus tôt, et qu'elle avait eu de lui un fils et une fille. Les heures avaient filé tandis qu'elle écoutait l'heureuse grand-mère faire les louanges de ses trois petits-fils, Daniel, Blake et Caleb, et de sa petite-fille, Renee. Il était déjà 15 heures quand elle avait fini par faire son choix et convaincu Mary-Jayne de lui montrer ses bijoux. Depuis, elle lui en avait déjà acheté trois, et avait recommandé ses créations à plusieurs amies.

Donc, Mary-Jayne aimait beaucoup Solana. Mais pas au point de lui annoncer qu'elle portait l'enfant de son petit-fils ! Avant tout chose, elle devait décider de ce qu'elle allait faire. Elle approchait du quatrième mois, et sa grossesse serait bientôt visible. Elle ne pouvait espérer cacher éternellement son ventre sous des vêtements amples.

Et Daniel avait le droit de savoir...

Une pensée tournait dans sa tête, en boucle. Elle pouvait avoir cet enfant seule. Comme des milliers de femmes. Ce n'était pas comme si elle avait avec Daniel une relation quelconque. Si elle le décidait, elle pouvait rentrer chez elle et ne plus jamais le revoir. Il passait le plus clair de son temps à San Francisco, elle vivait à Crystal Point, une petite ville côtière à l'extrême Sud de la Grande Barrière de corail. Ils avaient des vies différentes, évoluaient dans des mondes différents.

Et surtout, elle ne l'aimait pas.

Elle l'avait rencontré à trois reprises avant l'anniversaire de Solana. La première fois, elle était à quatre pattes dans la vitrine de la boutique et bataillait pour ôter un vêtement d'un mannequin. En se redressant, elle s'était retrouvée nez à nez avec lui, debout de l'autre côté de la vitre. Depuis quand était-il planté là, à la regarder, bras croisés ?

Elle l'avait reconnu immédiatement. Il y avait plusieurs photos de lui et de ses frères et sœur chez Solana, à qui elle avait souvent rendu visite. Il ressemblait beaucoup à son jeune frère, Caleb, en charge des sites de Port Douglas et de Phuket. Le jumeau de Caleb, Blake, était responsable des trois autres, en Italie, aux Maldives, et aux Etats-Unis. A ce qu'elle avait compris, Daniel régnait sur le groupe et sur ses frères, depuis son jet privé.

Mais il avait été difficile de rester insensible à son charme. Même s'il n'était pas le genre d'homme qu'elle appréciait, il avait une allure folle avec son costume à la coupe parfaite, sa chemise immaculée et sa cravate noire, qui soulignaient sa silhouette athlétique. Elle était restée pétrifiée, le regardant sans pouvoir esquisser le moindre geste, captive de ses yeux posés sur elle. Juste un instant. Il avait haussé un sourcil amusé, tandis qu'un petit sourire se dessinait sur ses lèvres et qu'il la déshabillait des pieds à la tête, avec une sorte d'approbation désinvolte qui l'avait mise en alerte.

Son intérêt était visible, et devant n'importe quel autre homme, elle aurait sans doute répondu d'un petit signe de la tête ou d'un sourire. Mais c'était Daniel Anderson. Ils ne jouaient pas dans la même catégorie. Un requin de la finance richissime, qui avait la réputation de ne tolérer aucune fantaisie en affaires et de refuser tout engagement dans sa vie privée. Le genre d'homme dont elle avait toujours veillé à rester éloignée, et qui ne l'intéressait aucunement. Jusqu'à ce jour.

Car à cet instant, elle avait senti passer quelque chose entre eux. Un sentiment de reconnaissance.

Une intimité.

Une chaleur.

Un élan.

Elle s'était ressaisie et avait quitté la vitrine pour retourner à la cliente qui patientait dans la cabine d'essayage. Le temps qu'elle fasse volte-face, il avait disparu.

Elle l'avait revu le lendemain, traversant à grands pas l'accueil du complexe hôtelier avec son frère. Elle-même sortait du spa, les bras chargés de présentoirs à bijoux, quand Caleb l'avait hélée. Elle avait croisé plusieurs fois déjà le benjamin des Anderson. Il était riche, aimable, séduisant… mais ne lui faisait pas le moindre effet. Elle ne pouvait en dire autant de son aîné. Bataillant avec ses présentoirs, elle s'était immobilisée, tandis qu'ils venaient vers elle et les avait salués d'un signe de tête pendant que Caleb faisait les présentations. Daniel n'avait pas souri, mais l'avait fixée avec intensité. A cet instant, Caleb avait été appelé par le concierge, et il l'avait laissée seule avec son frère, muette et mal à l'aise, sous son regard imperturbable.

Puis il avait parlé, et sa voix, un mélange suave d'accents américain et australien qui trahissait ses doubles origines, avait couru dans son dos comme de la soie…

— Ma grand-mère m'a dit que vous deviez rester quelques semaines, mais que cela fait six mois que vous êtes ici ?

Il avait parlé d'elle avec Solana ?

— Euh… oui, c'est exact, croassa-t-elle.

— Est-ce que vous vous plaisez parmi nous ?

Elle avait opiné, soudain timide et empruntée, elle qui était habituellement plutôt sûre d'elle et pleine d'aisance. La présence de Daniel Anderson suffisait à la changer en bécasse mutique. Pourtant, les beaux gosses ne l'avaient jamais attirée. Mais il lui chavirait les sens.

— Oui, beaucoup.

— J'espère que la mère de votre amie va mieux ?

Il était au courant de ça aussi ? Manifestement, Solana avait à cœur de faire circuler les informations.

— Un peu mieux… oui.

Un fin sourire apparut au coin des lèvres de Daniel, et le regard de Mary-Jayne fut instantanément attiré par elles. Il s'en aperçut, et son sourire s'élargit imperceptiblement. Il y avait chez lui quelque chose qui la fascinait, elle ne savait quoi. En revanche, ce qu'elle savait, c'est qu'elle devait se dégager de cette emprise, et vite. Elle prit congé rapidement et s'en alla en toute hâte.

Elle le revit deux jours plus tard.

Elle s'était éloignée du complexe pour faire un footing sur la plage et l'avait vu arriver dans l'autre direction, courant à sa rencontre. Il avait ralenti sa foulée à son approche et s'était arrêté devant elle. Le regard qu'ils avaient échangé était chargé d'électricité. Détaché du reste du monde, et presque vorace. Elle n'avait jamais éprouvé pour quiconque un désir physique si vif et si abrupt, et cela la perturbait profondément. Il n'était pas son genre ; et bien plus, il était tout ce qu'elle détestait chez un homme. Argent, pouvoir, présomption… Des éléments qu'elle rejetait de toute la force de son être, elle, une fille simple attachée à sa petite ville. Elle aimait les musiciens et les artistes, pas les financiers impitoyables.

Il la regardait sans ciller, une lueur fiévreuse dans les yeux. Il la désirait, c'était manifeste. Et ne doutait pas un instant de parvenir à la mettre dans son lit.

— Vous savez, déclara-t-il avec une assurance qui la fit frissonner, ma villa n'est qu'à quelques minutes d'ici.

Elle ne l'ignorait pas. Les résidences de la famille Anderson étaient regroupées à l'écart, dans un quartier sécurisé au luxe inouï, avec une vue fantastique sur l'océan.

— Et alors ? parvint-elle à rétorquer, en dépit de son

cœur qui tambourinait contre ses côtes et de ses genoux tremblants.

Il avait eu un petit sourire.

— Et alors, nous savons parfaitement que c'est là que nous finirons par nous retrouver, à un moment ou à un autre.

Elle était repartie en flèche, mortifiée. Son corps semblait pris de folie, elle avait tous les sens en alerte, comme face à un danger. Il fallut plusieurs heures avant que cette sensation disparaisse. Jusqu'à ce qu'elle le revoie à la fête organisée par Solana pour son anniversaire. Celle-ci avait insisté pour qu'elle soit présente, et Mary-Jayne avait trop d'estime pour elle pour décliner. Elle avait troqué ses habituelles jupes de gitane multicolores et ses tuniques amples contre une robe de soirée dégotée en fouillant dans la garde-robe d'Audrey. Un chiffon de jersey de soie noire qui la moulait comme une seconde peau. Elle n'aurait pas de mal à passer inaperçue dans l'immense salon de réception. Du moins le croyait-elle. Il ne s'écoula pas plus de dix minutes avant qu'elle sente le regard de Daniel posé sur elle, depuis l'autre extrémité de la pièce. Il était venu vers elle et lui avait proposé un verre. Au bout d'une demi-heure, ils étaient parvenus à s'échapper sur le balcon, à l'écart des convives. Quelques secondes après, ils s'embrassaient avec fougue. Et quelques minutes plus tard, ils étaient chez lui, se déshabillant en hâte l'un l'autre.

Elle ne se faisait aucune illusion. Elle en avait assez entendu à son sujet pour savoir qu'elle n'était qu'un numéro de plus sur la liste de ses conquêtes. Il était beau, prodigieusement riche, et habitué à la réussite. Et n'avait aucun état d'âme, depuis la mort de sa femme et de son enfant à naître, quatre ans plus tôt. Il ne cherchait rien de plus qu'une aventure d'une nuit, et elle n'avait rien pour le séduire. Elle avait piqué sa curiosité, voilà tout. Il était pourtant venu frapper à sa porte le lendemain de la fête, pour lui proposer de sortir en sa compagnie. Mais elle lui avait refermé la porte au nez et, fort heureusement, il avait quitté le complexe le jour suivant et pour rentrer à San Francisco, comme elle l'avait prévu et espéré. En revanche, elle ne s'était pas attendue à ce qu'il l'appelle à la boutique, deux semaines plus tard, pour lui dire qu'il souhaitait la revoir à son retour.

La revoir ? Hmm… Tout ce qu'il souhaitait revoir, c'était son corps nu entre ses draps. C'était la chasse qui excitait les hommes tels que lui, rien de plus. Elle l'avait repoussé, et cela lui avait fait l'effet d'un aiguillon.

Quand il avait à nouveau téléphoné, quinze jours après, elle se trouvait dans le Dakota du Sud pour le mariage d'une amie. Agacée qu'il ne comprenne pas le message, elle s'était emportée et lui avait dit d'aller au diable. Puis elle était repartie pour Port Douglas, et avait attendu. Attendu un nouvel appel. Attendu qu'il se présente devant elle, avec son regard d'acier brûlant qui lui ferait à nouveau perdre la tête. Mais il n'avait pas appelé, et n'était pas revenu. Les semaines s'étaient écoulées, et elle s'était détendue, convaincue qu'il était passé à autre chose. Ce qui était précisément ce qu'elle souhaitait.

Mais à présent, la situation avait totalement changé. Elle attendait un enfant de lui. Et il n'y avait qu'une seule chose à faire : aller le trouver et le lui annoncer. Dès que possible.

Depuis deux jours, Daniel luttait contre les restes d'une migraine. La présence des trois hommes dans la grande salle de réunion l'indisposait. Des jours comme celui-ci, il n'avait qu'une envie : se libérer du joug que lui valaient son nom et son héritage, se débarrasser de tout cela, et vivre la vie simple de monsieur tout le monde.

Il avait trente-quatre ans ce jour-là. Il avait de la fortune, du pouvoir, était aux commandes d'un empire fructueux. Il possédait un appartement à San Francisco, un autre à Londres, une part du fabuleux château de famille en France, où il n'avait pas mis les pieds depuis plus de quatre ans.

Il était entouré d'une foule de courtisanes prêtes à venir réchauffer son lit sans se faire prier, tout en sachant qu'il ne voulait s'engager dans rien qui puisse ressembler à une relation sérieuse. Il sillonnait le monde, mais n'en voyait guère autre chose que les salles des conseils d'administration des somptueux complexes balnéaires qu'il avait créés dans les plus beaux endroits du globe. Rien ni personne ne pouvait l'émouvoir.

Sauf Mary-Jayne Preston. Cette fille était un caillou dans sa chaussure. Un nœud dans les cervicales. Une épine dans son flanc. Cette folle nuit à Port Douglas remontait à plusieurs semaines, et il ne pouvait chasser son souvenir. Elle était d'une beauté époustouflante. Des yeux verts lumineux, des lèvres pleines qu'il aurait voulu embrasser des heures durant. Et cette chevelure, qui l'avait hypnotisé la première fois qu'il l'avait vue, dans cette vitrine. Une masse de boucles brunes qui coulait en cascade sur ses épaules. Couronnant ses courbes douces et pleines, parfaites.

Il s'était renseigné sur son compte. Elle venait d'une famille de la classe moyenne de Crystal Point, avait fait des études dans un collège technique des environs et monté un site pour vendre en ligne les bijoux qu'elle créait. Elle louait une petite maison, était membre d'une association qui gérait un refuge pour les animaux, avait des opinions arrêtées en matière de politique et de défense de l'environnement et aimait les jupes colorées et les jeans troués aux genoux. Elle avait des piercings aux oreilles et au nombril et un papillon tatoué sur l'épaule. Pas du tout son type, loin s'en fallait.

Ce qui ne changeait rien à l'effet qu'elle produisait sur lui dès qu'elle se trouvait à moins de cent mètres ! Le soir de la fête de sa grand-mère, il avait manqué de trébucher en la découvrant à l'autre bout de la salle. Elle était renversante, dans une robe qui soulignait chaque creux et courbe de sa silhouette et la crinière de cheveux sombres qui flottaient dans son dos. Elle était somptueuse, et terriblement sexy.

Il voulait la mettre dans son lit.

Il ne lui avait fallu qu'une demi-heure pour parvenir à s'isoler avec elle. Là, il l'avait embrassée. Elle avait répondu à son baiser et, avant qu'ils aient pu reprendre leur souffle, ils étaient chez lui, s'arrachant leurs vêtements avec une impatience et une excitation qu'il n'avait pas ressentie depuis des années. La nuit avait été fiévreuse et passionnée, rendue plus ardente encore par des mois d'abstinence et le fait que l'image de Mary-Jayne Preston ne l'avait guère quitté depuis le premier moment où il l'avait vue.

— Est-ce que tu m'écoutes ?

Daniel se secoua pour revenir au présent et jeta un regard à sa gauche. Blake le dévisageait, un sourcil levé d'un air interrogateur.

— Bien entendu.

Son frère ne parut pas convaincu et se retourna vers les deux autres, puis leur donna congé après quelques minutes. Quand ils furent seuls, il se dirigea vers le bar et sortit du réfrigérateur deux canettes de bière. Daniel fronça les sourcils.

— Un peu tôt pour l'apéritif, tu ne crois pas ?

Blake décapsula les canettes en haussant les épaules.

— Il est 15 heures passées, et tu sembles avoir besoin de boire un coup.

Daniel ne protesta pas, et s'étira dans le fauteuil de cuir.

— Tu as peut-être raison.

Blake lui tendit une bière et s'assit à côté de lui.

— Joyeux anniversaire, fit-il en trinquant avec sa bouteille.

— Merci, répondit Daniel sans boire.

La dernière chose qu'il voulait était de raviver sa migraine avec de l'alcool. Son frère, l'une des personnes les plus perspicaces qu'il connaissait, le regarda comme s'il pouvait lire ses pensées.

— Tu sais quoi ? Tu devrais rentrer.

— J'habite ici, je te rappelle.

Blake secoua la tête.

— Je veux dire chez toi. Pas ici, à Port Douglas.

Si ce n'est qu'il ne se sentait pas plus chez lui à Port Douglas qu'à San Francisco, à Phuket ou à Amalfi. Il ne se sentait chez lui nulle part depuis la mort de Simone. La grande résidence qu'ils avaient acquise dans la baie de San Francisco restait vide, et là-bas comme ailleurs, il préférait loger dans une villa du complexe balnéaire. Il était né en Australie, mais avait seulement deux ans quand ses parents étaient partis s'installer en Californie. Le complexe balnéaire de San Francisco avait été le premier ouvert, et représentait pour lui un point d'ancrage, même s'il avait passé l'essentiel de sa vie d'adulte en aller et retour entre les deux pays.

— Impossible pour le moment, affirma-t-il, l'air renfrogné.

— Et pourquoi ? rétorqua Blake. Caleb s'occupe de la rénovation de Phuket, et ici, tout est sur des rails.

Il grimaça.

— Nous n'avons pas besoin de toi à San Francisco, frangin. Les P.-D.G. ne servent plus qu'à faire de la figuration, dans les holdings modernes. C'était déjà le cas quand grand-père était aux commandes.

— De la figuration ?

Blake sourit de plus belle.

— Mais oui. La cerise sur le gâteau, le nuage de lait sur le frappuccino, tu sais bien… Joli, mais superflu.

— Tu es vraiment le roi des crétins.

Blake gloussa.

— Tout ce que je veux dire, Daniel, c'est que tu n'as pas fait de break véritable depuis des années. Depuis…

Depuis la mort de Simone.

Il y avait quatre ans, quatre mois, et trois semaines. A un ou deux jours près. Elle revenait d'une visite chez le médecin et s'était arrêtée en route pour faire quelques courses au centre commercial. Les freins d'une voiture qui arrivait en sens inverse avaient lâché. Simone avait été grièvement blessée et était morte à l'hôpital une heure après l'accident. De même que le bébé qu'elle portait. Il avait perdu sa femme et sa fille à naître à cause d'une conduite de frein défectueuse.

— Je vais parfaitement bien, dit-il, sentant sur sa langue le goût de son mensonge.

— Et moi, je suis parfaitement sûr qu'il n'en est rien, répliqua Blake avec gravité. Il y a un truc qui te perturbe, depuis quelque temps.

Quelque chose. Quelqu'un. *Des yeux verts… Des boucles brunes… Des lèvres rouges…* Il prit une gorgée de bière.

— Tu te fais des idées. Et arrête de t'inquiéter, on dirait ta mère.

Blake eut un rire sonore. A la vérité, des trois frères, il était celui qui tenait le plus de leur père, Miles. La mère de Daniel était morte quelques heures après sa naissance, d'une hémorragie cérébrale foudroyante. Deux ans plus tard, Miles s'était remarié avec Bernadette, et les jumeaux Blake et Caleb étaient nés six mois après les noces. Bernie était une femme adorable qui l'avait toujours traité comme son propre fils, et avait beaucoup plus les pieds sur terre que son époux. Et apparemment, le sens des affaires et l'ambition avaient sauté une génération, car Miles se consacrait à la peinture et à la sculpture, vivant presque en autarcie des récoltes de sa petite ferme, située à une heure à l'ouest de Port Douglas.

Daniel vida sa bière et posa la bouteille sur la table.

— Je n'ai pas besoin de vacances.

— Oh que si ! rétorqua Blake. Si l'Australie ne te tente pas, pourquoi ne pas t'offrir une petite pause ailleurs ? Dans les Fidji ? Ou profiter de ce fichu mausolée planté sur sa colline à deux pas de Paris ? Prends un peu de repos, détends-toi, envoie-toi en l'air. Recharge les accus, comme nous le faisons tous, nous autres, faibles mortels.

— Arrête, tu es aussi accro à ce boulot que moi.

— Exact, admit son frère. Mais je sais m'arrêter quand il faut. J'ai ma petite cabane au Canada, tu te rappelles ?

De fait, une imposante bâtisse de cèdre rouge nichée au cœur de quarante hectares de forêts au fin fond du Colorado, que Blake avait achetée quelques années auparavant. Daniel s'y était rendu une fois, s'était retrouvé bloqué par la neige plusieurs jours durant, avait détesté le froid, et décidé de ne plus s'éloigner des plages ensoleillées.

— Je n'ai pas besoin de…

— OK, alors disons les choses autrement, le coupa Blake avec fermeté. Peux-tu te demander ce qui ferait du bien aux autres ? Moi et Caleb, par exemple ? Ne pas t'avoir constamment sur le dos, à surveiller si l'on fait les choses comme il faut, juste parce que tu es frustré et n'as rien d'autre à faire ! En tout cas, j'aurais besoin que tu prennes des vacances. Donc rentre chez toi, change-toi les idées, passe un peu de temps avec Solana… Tu as toujours été son chouchou, tu le sais bien.

Daniel dévisagea son frère. Est-ce vraiment ce qu'il était devenu ? Un casse-pieds qui faisait du zèle et cherchait la petite bête en critiquant tout ce que faisaient les autres ? Un frustré qui ne savait à quoi occuper ses journées ? Solana lui manquait, c'est vrai. Il ne l'avait pas vue depuis son anniversaire. Son frère lui offrait un excellent prétexte pour revoir Mary-Jayne… et se la sortir de la tête une fois pour toutes.

— Entendu, dit-il, souriant presque.

2

— Tout va bien ?

Mary-Jayne hocha la tête et releva le nez de l'assiette dans laquelle elle s'était obstinément plongée.

— Très bien.

— Est-ce que tu te sens mieux ? s'enquit Solana. Tu ne m'as pas dit ce qu'avait donné ta visite chez le médecin ?

— Un virus, fit-elle vaguement. Je me sens très bien.

Solana fit une moue sceptique.

— Tu es encore toute pâlotte. Est-ce ton ex-petit ami qui te rend malheureuse ?

L'ex-petit ami. Inventé de toutes pièces pour couper court aux questions concernant son ventre, qui croissait à vue d'œil. L'ex supposé être le père de l'enfant, le temps qu'elle trouve le courage d'avouer à Solana la vérité. Mary-Jayne avait été élevée dans la confiance et la droiture, et sa morale était tiraillée entre la conviction que le père de son enfant avait le droit d'être informé, et la peur des bouleversements qu'apporterait cette révélation. Solana allait devenir arrière-grand-mère. Elle portait l'héritier des Anderson. Rien ne pourrait rester identique.

Elle savait que Daniel Anderson ne voulait pas de nouvelle famille, ni même de relation sérieuse. Solana lui avait suffisamment raconté comme son cœur s'était fermé, et les rumeurs sur ses liaisons. Il avait perdu l'amour de sa vie et son enfant à naître, et rien ne pourrait les remplacer.

Non qu'elle espère quoi que ce soit. Elle n'aimait pas cet homme. Il était arrogant, intransigeant et froid comme la banquise. Peut-être qu'il lui avait fait perdre la tête cette nuit-là, mais une nuit de plaisir était loin de suffire. Pourtant, un enfant allait naître de cette nuit. Elle avait beau être prête à l'élever seule, l'honnêteté lui imposait de parler à Daniel. Très vite. Avant que Solana ou quiconque se rende compte qu'elle était enceinte. Elle avait encore deux semaines à passer ici avant le retour d'Audrey. Elle envisageait de rentrer aussitôt à Crystal Point, et de prendre le temps de réfléchir à la façon dont elle allait lui annoncer qu'il allait être père.

— Tu vas me manquer quand tu repartiras, déclara Solana en lui souriant. Je me suis habituée à nos conversations.

Tout comme elle. Elle s'était énormément attachée à la vieille dame, avec qui elle déjeunait au moins deux fois par semaine. Solana la soutenait avec ferveur dans ses créations, et avait été jusqu'à lui proposer de financer son entreprise et d'aider à la faire connaître par l'intermédiaire de plusieurs boutiques de renom en Australie. Proposition qu'elle avait déclinée, bien entendu, Solana était une femme très généreuse, mais il était hors de question pour Mary-Jayne de tirer parti d'une manière ou d'une autre de leur amitié, et tant pis pour le business.

— Nous resterons en contact, lui assura-t-elle, s'efforçant d'ignorer la nausée qui lui soulevait l'estomac.

Les nausées ne s'étaient pas calmées, bien qu'elle entamât son second trimestre, et elle avait perdu l'appétit. Le médecin lui avait dit de ne pas s'en inquiéter et lui avait prescrit des vitamines en attendant que l'appétit lui revienne. Mais à de rares journées près, l'idée d'avaler quelque chose avant 3 heures de l'après-midi lui était insupportable.

— J'y compte bien, dit Solana avec chaleur. Depuis que je te connais, je supporte mieux l'absence de Renee.

Elle parlait de sa petite-fille, qui résidait à Londres.

— Bien sûr, il y Caleb ici, et Blake à San Francisco. Et Daniel, quand il cesse un instant d'aller et venir d'un point à un autre. Mais je regrette parfois l'époque où ils étaient enfants et n'étaient pas dispersés à travers le globe.

Elle reposa ses couverts avec un soupir.

— Je devrais avoir honte, à me plaindre. Ta famille doit beaucoup te manquer ?

— C'est vrai, reconnut Mary-Jayne. Je suis très proche de mes frère et sœurs, et mes parents me manquent.

— C'est bien normal, approuva Solana avec chaleur. La famille, c'est ce qu'il y a de plus important.

Mary-Jayne sentit sa gorge se serrer. Cela lui arrivait constamment, ces derniers temps… Les hormones s'agitaient en tous sens, son corps se comportait de manière imprévisible, et elle avait parfois du mal à maîtriser ses émotions. Mais elle était sûre d'une chose : elle désirait cet enfant. Malgré l'inconnue, et le défi à relever pour être une mère célibataire, elle aimait déjà de toutes ses forces et de toute son âme l'enfant qui se développait en elle.

La famille, c'est ce qu'il y a de plus important.

Rien de plus vrai. Elle avait grandi sous l'aile de parents merveilleux, entourée de l'amour de ses frère et sœurs. Et son enfant jouirait lui aussi de leur amour. Elle n'avait qu'à rentrer chez elle, et Daniel ne saurait jamais rien de sa grossesse. Si seulement les choses pouvaient se passer ainsi !

Mais ce serait malhonnête. Profondément injuste et lâche.

— J'aimerais beaucoup te rendre visite dans votre petite ville, un jour, reprit Solana avec entrain.

Crystal Point. Une petite commune de huit cents habitants, au bord de l'océan. Entre ses plages immaculées et les riches terres agricoles avoisinantes, son cœur resterait à jamais ancré, où que la vie puisse l'entraîner.

— Cela me ferait très plaisir, répondit-elle en repoussant son assiette.

— Tu n'as pas faim ?

Les yeux vert clair de Solana étaient rivés sur elle. Elle eut un petit haussement d'épaules.

— Pas trop. Pourtant c'est délicieux, vraiment, dit-elle en regardant sa salade de mangue. Je ne suis pas douée côté fourneaux, cela me fait toujours un bien fou de manger avec vous autre chose que des paninis au fromage !

— Ta mère ne t'a pas appris à cuisiner ? demanda Solana avec un petit rire.

— Elle a bien essayé, mais j'ai toujours été un peu garçon manqué, je préférais de loin aider mon père à l'atelier.

— Ma foi, c'est aussi un talent précieux.

— C'est certain, approuva Mary-Jayne. Je n'ai aucune difficulté à réparer un robinet ou monter une bibliothèque… mais en cuisine, griller des toasts est à peu près ma limite.

— Eh bien, tu n'auras qu'à te trouver un mari qui aime cuisiner, voilà tout, suggéra Solana avec un grand sourire.

— Je ne suis pas vraiment à la recherche d'un mari.

Et surtout pas maintenant que j'ai perdu la tête à cause de votre petit-fils…

— Taratata. Tout le monde a besoin d'une âme sœur… même une jeune femme indépendante et libre telle que toi.

Mary-Jayne hocha la tête, l'air dubitatif. Indépendante et libre ? Oui, c'était ainsi qu'elle apparaissait aux yeux des autres. Et qu'elle voulait apparaître. Mais c'était un masque, une façade qu'elle se donnait pour laisser croire qu'elle était forte, autonome et insouciante. A dix-sept ans, elle avait quitté la maison de ses parents, déterminée à prouver qu'elle n'avait besoin de personne, et depuis dix ans, elle tirait le diable par la queue, espérant que personne ne verrait qu'elle s'en sortait tout juste, tant financièrement qu'affectivement. Sa famille l'aimait, assurément. Elle était la petite dernière, à qui l'on pardonnait et autorisait tout. Dans la famille Preston, elle avait endossé le rôle de la gentille fofolle, un peu incontrôlable, depuis son plus jeune âge. Noah, l'aîné, avait repris le commerce des parents, Evie, la mère personnifiée, s'était mariée très jeune, et Grace, la surdouée, faisait carrière à New York en attendant de rentrer en Australie épouser l'homme qu'elle aimait.

Mary-Jayne n'avait aucun projet, et ne poursuivait pas ce qu'on pouvait appeler une carrière. Elle s'était fait faire son premier piercing à quatorze ans, un tatouage à quinze.

190

A la sortie du lycée, elle avait trouvé un job de caissière dans un supermarché et, un mois plus tard, elle s'installait à trois rues de chez ses parents, dans une maisonnette à peine meublée. Elle avait emporté ce qu'elle avait pu dans sa Volkswagen antédiluvienne, pour commencer sa vie d'adulte loin des regards désabusés de sa famille. Elle ne doutait pas de leur amour, mais aurait voulu parfois sentir qu'ils avaient de plus grandes attentes à son sujet. Peut-être aurait-elle fait preuve de plus d'ambition, de plus d'opiniâtreté.

Elle repoussa sa chaise et se leva.

— Allez, je débarrasse.

— Merci. Tu es une jeune femme adorable, Mary-Jayne, dit Solana en lui tendant les couverts. Je le disais à Caleb hier encore.

Les tentatives de Solana de jouer les entremetteuses n'étaient guère subtiles. Ironie du sort, elle s'était mis en tête que le benjamin de ses petits-enfants s'accorderait parfaitement avec Mary-Jayne. Elle aimait bien Caleb. Amical et courtois, il venait régulièrement au magasin voir si tout allait bien et prendre des nouvelles d'Audrey. Tout le personnel le respectait, et il dirigeait l'affaire avec probité.

Mais il n'éveillait pas le moindre sentiment chez elle. A la différence de Daniel, qui mettait au rouge toutes ses alarmes.

Sans répondre, Mary-Jayne gagna la cuisine avec la vaisselle. Elle s'appuya un instant contre le comptoir en soupirant. Elle se sentait toujours aussi barbouillée. Elle inspira longuement et entreprit de rincer la vaisselle. Elle avait les mains dans l'eau chaude quand des *toc-toc* décidés retentirent à la porte. Quelques secondes plus tard, des voix se firent entendre. Solana avait de la visite. Mary-Jayne referma le lave-vaisselle, s'essuya les mains, et retourna au salon. Elle se figea sur le seuil de la pièce.

Elle n'avait beau voir que son dos, elle avait immédiatement reconnu Daniel. Le pantalon de toile sombre et la chemise blanche semblaient avoir été cousus sur lui.

Elle reconnaissait ses épaules larges et chaque détail de sa silhouette. Le souvenir de la nuit passée avec lui était gravé dans son esprit. Et il y avait cet enfant qui grandissait en elle.

Venait-il l'interroger ? Savait-il quelque chose ? Non, c'était impossible, personne n'était au courant. Sa présence était une pure coïncidence. Il n'avait pas rappelé depuis la fois où elle lui avait raccroché au nez et avait oublié jusqu'à son existence. Il était venu voir sa grand-mère, c'était tout. Mary-Jayne porta la main à son ventre, remettant en place sa robe ample. En veillant à ne pas tendre le tissu sur son abdomen, il ne devrait rien remarquer. Elle resta là, hésitante, réfléchissant à cent à l'heure.

Solana, aux anges, le serrait dans ses bras en l'embrassant.

— Quelle bonne surprise ! s'exclama-t-elle. Pourquoi ne m'as-tu pas prévenue de ta visite ?

— Parce que ça n'aurait pas été une surprise, justement !

Mary-Jayne recula dans le couloir, se demandant quoi faire. Entrer comme si de rien n'était ? S'enfuir à toutes jambes ? Cette dernière option était préférable, ce n'était ni le moment ni le lieu pour faire son annonce, en présence de Solana qui plus est. Elle avait besoin de s'y préparer.

Je dois sortir d'ici.

Il y avait dans la cuisine une porte qui donnait sur l'arrière de la maison, mais si elle filait sans prévenir, Solana se poserait des questions. Et Daniel également.

— Allez, du cran, murmura-t-elle pour elle-même.

Elle avait toujours fait front, ce n'était pas maintenant qu'elle allait se départir de sa détermination habituelle et se comporter en petite fille effrayée. Elle se redressa, fit un pas en avant... et fut prise d'un accès de nausée irrépressible.

Oubliant le reste, elle porta la main à sa poitrine et ravala sa salive avec peine, luttant contre le malaise qui l'envahissait. Mais en vain. Sans autre forme de procès, elle se rua vers la porte la plus proche, passant en trombe devant Solana et Daniel, et courut au jardin, où elle parvint juste à temps pour vomir de la façon la plus spectaculaire et la plus humiliante qui soit.

Sans faire un geste, Daniel regarda sa grand-mère se précipiter pour rejoindre la jeune femme pliée en deux dehors. Il en aurait fait autant s'il avait pensé pouvoir être utile en quoi que ce soit, mais était convaincu que Mary-Jayne préférerait de loin qu'il laisse Solana gérer la situation.

Les deux femmes rentrèrent peu après. Mary-Jayne ne lui accorda pas un regard, semblant ignorer sa présence tandis qu'elle passait devant lui, tête baissée, pour aller récupérer son sac. Il était ébranlé de la trouver là, et se tança muettement d'être si faible devant elle.

— La pauvre petite, lui glissa Solana une minute plus tard, après avoir refermé la porte d'entrée derrière Mary-Jayne, cela fait des semaines qu'elle n'est pas bien. Je crois qu'il y a une peine de cœur là-dessous, elle ne m'a pas dit grand-chose, mais je crois bien qu'il y a un petit ami quelque part…

Un petit ami ? Il se crispa à cette idée.

— Faut-il lui envoyer un médecin ? demanda-t-il d'un ton égal.

— Je ne pense pas que ce soit nécessaire, répondit Solana. Ce n'est sans doute qu'un virus passager.

Daniel était soucieux, et cela l'agaça. Mary-Jayne avait vraiment le chic pour lui inspirer des sentiments dont il n'avait ni envie ni besoin ! Elle ne cessait de surgir dans son esprit aux moments les plus inattendus. Elle restait là, tapie quelque part dans son inconscient. Comme cette soirée, quinze jours plus tôt, où il était sorti avec cette grande blonde aux jambes interminables rencontrée à un dîner d'affaires. Il avait espéré se changer les idées, mais avait passé le dîner à se maudire de ne pas avoir préféré quelqu'un qui ne boirait pas béatement la moindre de ses paroles. Quelqu'un comme Mary-Jayne Preston. Il avait écourté la soirée et raccompagné son invitée devant chez elle à 21 heures, la gratifiant d'un vague baisemain en lui souhaitant bonne nuit. Soit, il ne voulait pas de liaison, mais cela ne l'obligeait pas à supporter une conversation assommante et la perspective d'une nuit semblable à dix autres…

Il n'y avait rien eu d'assommant ou d'ordinaire durant chaque seconde passée avec cette sorcière aux boucles brunes. Et il continuait de la désirer et de vouloir coucher avec elle, en dépit de tout bon sens.

— Alors, dit Solana, qu'est-ce qui t'amène ici ?

— Toi, bien entendu ! Quoi d'autre ?

— Tttt, objecta la vieille dame. Toujours cette façon de répondre à une question par une autre… Déjà tout petit, tu n'avais que ce mot à la bouche : et pourquoi, et pourquoi ? Tu as toujours été le plus curieux de la bande. Te rappelles-tu la fois où tu as voulu absolument monter ce poney borgne et tout fou que ton grand-père venait de ramener du refuge ? Tu n'avais pas huit ans… Personne ne comprenait pourquoi tu étais attiré par un animal aussi incontrôlable. Et tout ce que tu savais répondre, c'était : pourquoi pas ?

Daniel haussa les épaules.

— Si ma mémoire est bonne, j'ai fini avec une clavicule déboîtée…

— Et tu nous as fait la peur de notre vie, à Bernie et moi, se remémora Solana avec un petit rire. Tu étais intenable, tu sais ? Toujours à chercher les ennuis, à repousser les limites. C'est étonnant de voir combien tu es devenu raisonnable.

— Qui dit que je suis raisonnable ? fit-il d'un ton détaché.

— Moi ! dit Solana, souriant malicieusement. Tes frères. Ton grand-père le dirait aussi, s'il était toujours de ce monde.

— Et Miles ?

Elle leva un sourcil d'un air espiègle.

194

— J'imagine que ton père souhaiterait que tu sois un peu moins raisonnable.

— Oui, et que je mange du tofu et roule dans une voiture qui marche à l'huile de colza…

— Mon fils est comme il est, repartit Solana avec tendresse. Ton grand-père ne l'a jamais compris et n'a jamais accepté sa différence. Miles sait qui il est et ce qu'il veut. Et il sait prendre du bon temps et profiter de la vie.

La pique n'échappa pas à Daniel. Cette semaine, c'était la deuxième fois qu'il se faisait traiter de rabat-joie.

— Je sais parfaitement prendre du bon temps.

Solana le scruta d'un air sceptique.

— Peut-être pourrais-tu en profiter tant que tu es ici ?

Daniel croisa les bas, soudain suspicieux.

— Tu savais que je venais ?

Solana acquiesça de la tête, sans avoir l'air coupable le moins du monde.

— Blake m'a téléphoné. C'était mon idée, bien entendu.

Elle s'assit à la table du salon.

— Sais-tu que ton grand-père a eu sa première attaque à trente-neuf ans ?

Daniel soupira. Il connaissait la chanson. Mike Anderson était mort à soixante-neuf ans d'un infarctus foudroyant. Son quatrième. Après deux pontages, la dernière attaque avait été fatale, le fauchant avant qu'il ait pu se lever de son bureau.

— Grand-mère, je…

— N'essaie pas de t'en tirer avec des boniments, cela ne t'arrivera pas, etc., coupa-t-elle. Tu travailles trop, tu ne prends pas une minute pour toi, tu es devenu comme ton grand-père, une excroissance de la holding Anderson. Tout ce que ça lui a apporté, c'est une mort prématurée. Il y a autre chose dans la vie que le travail.

Venant de n'importe qui d'autre, la critique aurait glissé sur lui. Mais il aimait profondément et respectait sa grand-mère, et son opinion comptait vraiment pour lui.

— Je le sais. Mais je ne me sens pas prêt…

— Daniel, cela fait plus de quatre ans, rappela Solana avec douceur. Il est temps que tu reviennes dans le monde des vivants. Simone n'aurait pas voulu…

— Grand-mère, dit Daniel en contenant son impatience. Je sais que tu veux m'aider. Je te promets que je vais me détendre et penser à autre chose pendant mon séjour ici. Je suis là pour une semaine, cela…

— Il te faudrait beaucoup plus d'une semaine pour décompresser, coupa-t-elle à nouveau. Mais si c'est le maximum que tu puisses faire, eh bien soit. Et n'oublie pas que tes parents attendent ta visite, au cas où tu aurais imaginé passer en douce.

Solana n'avait pas son pareil pour le faire se sentir coupable. Il n'avait pas véritablement escompté éviter son père et sa belle-mère. Mais il avait si peu en commun avec Miles et Bernadette ! Malgré tout, ils restaient ses parents, et il savait qu'ils seraient heureux, sincèrement, de le voir.

Très tôt, il avait choisi son camp. Il était celui que son grand-père avait désigné comme son successeur. A dix-huit ans, il s'était enrôlé chez Anderson, et avait intégré une école de sciences économiques afin de pouvoir prendre les rênes de la compagnie. Depuis, il vivait par et pour Anderson. Blake et Caleb l'avaient rejoint quelques années plus tard, mais il était toujours resté à la tête.

Il ne faisait guère que travailler, et avait peu de temps à consacrer à quoi que ce soit d'autre. Simone l'avait parfaitement compris, étant elle-même avocate d'affaires et travaillant soixante-dix heures par semaine. Leur mariage était très rationnel. Ils s'accordaient sur l'essentiel, se ressemblaient, et ils avaient été heureux ensemble. Et le seraient encore, si le destin et des freins défectueux n'en avaient décidé autrement. Elle serait toujours avocate, lui continuerait à vivre au rythme de l'entreprise. Et ils auraient une fille. Exactement comme ils l'avaient planifié.

Il bâilla et fit rouler ses épaules tendues. Il était fatigué par le décalage horaire, mais s'il dormait maintenant, ce serait pire. Le meilleur moyen d'échapper au jet-lag était de se contraindre à prendre un rythme de sommeil normal. Et il avait deux choses à faire d'urgence : prendre une douche, et rendre visite à Mary-Jayne Preston.

Mary-Jayne savait que Daniel viendrait frapper à sa porte. Elle l'avait attendu toute l'heure qui venait de s'écouler, pourtant, les petits coups secs la firent sursauter. Elle se leva du canapé où elle était assise, se tordant les mains avec nervosité, le ventre noué, puis traversa le salon pour gagner la porte, s'efforçant de refouler les émotions qui montaient en elle. Elle froissa sa chemise, espérant qu'elle dissimulait suffisamment son ventre naissant ; le temps qu'elle trouve les mots pour annoncer à l'homme qui attendait sur le seuil qu'il allait être père. Oppressée, elle prit une longue inspiration et ouvrit grande la porte. Il riva sur elle ses yeux gris, sans chercher à masquer sa curiosité.

— Comment te sens-tu ?

Cet adorable accent lui donnait des frissons dans le dos…

— Parfaitement bien.

— Ma grand-mère se fait du souci pour toi.

— Je vais très bien, je te dis.

Il pencha légèrement la tête.

— Tu en es sûre ?

Elle releva le menton et le toisa.

— Certaine. Et de toute façon, ça ne te regarde pas…

— Non, fit-il avec amusement, je suppose que non.

— Tu voulais quelque chose ?

Il esquissa un sourire.

— Est-ce que je peux entrer ?

— J'aimerais dire non, dit-elle en reculant, se cachant à demi derrière la porte. Mais étant donné que tout ici t'appartient, je suppose que tu peux faire ce que tu veux.

Les yeux de Daniel pétillèrent de malice, et elle se rendit compte que plus elle se montrait désagréable, plus il semblait amusé. Avec un reniflement indigné, elle tourna les talons et alla au salon. Réfugiée derrière le fauteuil à bascule qui trônait dans la pièce, elle le regarda refermer la porte et la rejoindre d'un pas nonchalant.

— J'ai cru comprendre que tu as emmené ma grand-mère voir des diseurs de bonne aventure ?

Solana lui avait parlé de cela ? Elle avait promis de se taire, affirmant que ses petits-enfants la jugeraient folle s'ils apprenaient qu'elle était allée voir une voyante.

— C'était une voyante, et une seule, rectifia-t-elle. Très réputée, qui plus est.

Il eut l'air surpris.

— Tu crois vraiment à ces sornettes ?

— Figure-toi, dit-elle en lui lançant un regard assassin, qu'elle m'avait prédit que je rencontrerais un type imbuvable. Elle ne s'était pas trompée, si ?

— Si c'est une question, je ne suis pas le mieux placé pour en juger. Pour ce qui est des autres, en tout cas, je suis plutôt clairvoyant, en général.

— N'essaye pas de…

— Pourquoi m'as-tu raccroché au nez quand je t'ai appelée ?

La question la prit au dépourvu. Elle ne répondit pas.

— Quand tu étais dans le Dakota, au mariage de ton amie, tu te rappelles ? J'étais à San Francisco. Tu aurais pu venir me rejoindre d'un coup d'avion.

Le rejoindre dans son lit, c'est ça ? Mary-Jayne avait compris la leçon. Elle avait fait une bêtise monumentale le soir de cette fête, mais ne s'y laisserait pas prendre une deuxième fois.

— Je ne recherche pas des passades sans lendemain.

Il eut un petit tressaillement au coin de la lèvre.

— Ah non ? Ce n'est pas plutôt que ton petit ami est mécontent ?

— Mon petit ami ? répéta-t-elle, fronçant les sourcils.

— Ma grand-mère peut parfois être indiscrète, dit-il en la regardant droit dans les yeux. Sans penser à mal, bien entendu. Elle n'a aucune idée que nous avons eu une passade sans lendemain, comme tu dis…

Mary-Jayne s'empourpra et sentit soudain à nouveau cette connexion, si puissante, entre eux. C'était absurde et n'avait aucune raison d'être, mais elle ne pouvait l'ignorer, ni oublier la nuit qu'ils avaient passée ensemble. La façon dont ils avaient fait l'amour. Le silence s'installa. Elle avait l'impression de fondre sous son regard gris de cendre.

— Je n'ai ni petit ami ni amant, dit-elle posément. J'en ai inventé un pour que Solana cesse de me questionner…

Elle laissa mourir sa phrase, et recula pour mettre de la distance entre eux.

— Te questionner à quel propos ?

— Rien, dit-elle en secouant la tête. Je n'y arrive pas… Je ne peux pas.

— Tu ne peux pas quoi ?

— Je ne peux pas faire ça, là, avec toi.

— Nous ne faisons rien, nous discutons, c'est tout.

— Justement, murmura-t-elle d'une voix étranglée. Je ne suis pas prête. Pas ici. Pas aujourd'hui. Je ne me sens pas très bien…

— Tu m'as dit que tu te sentais mieux !

— Eh bien, non, je ne me sens pas mieux, ça te va ? Et de te voir, je me sens encore plus mal.

— Charmante franchise. Je ne sais pas si je dois me sentir flatté ou offensé…

Elle laissa échapper un gémissement désespéré.

— Eh bien, c'est comme ça. Je dis toujours la vérité. Et te voir en ce moment… je ne peux pas me taire, mais je ne suis pas prête pour parler, pas aujourd'hui…

— Mais de quoi parles-tu, à la fin ? fit-il avec impatience.

— De… C'est-à-dire que… Je dois…

— Mary-Jayne, dit-il — et sa voix s'adoucit alors comme cette nuit-là, quand il répétait son prénom, encore et encore, contre sa peau, contre ses lèvres. Je ne sais pas ce qui se passe, mais je ne comprends rien à ce que tu dis.

La vérité lui brûlait les lèvres. Elle devait parler, il n'y avait pas d'alternative. Elle ne pouvait se contraindre plus longtemps. Elle était ainsi, transparente et sans détour, incapable de cacher quoi que ce soit. Elle fit un pas de côté pour s'écarter du fauteuil et posa les mains sur son estomac, tendant le tissu souple de sa chemise, révélant la petite bosse qui n'existait pas trois mois auparavant.

— Je parle de ça.

Daniel posa le regard sur son ventre et fronça les sourcils.

— Tu es enceinte ?

Elle hocha la tête pour acquiescer.

— Oui.

— Et ?

Elle eut un mouvement d'épaules qui fit voler ses cheveux de part et d'autre de son cou. Maintenant ou jamais.

— N'est-ce pas évident ? Tu es le père.

3

Il ne cilla pas. Mary-Jayne le regarda et soupira.

— J'espérais te l'apprendre autrement. Je voulais te téléphoner pour te le dire, et...

— Tu ne parles pas sérieusement ? coupa-t-il, glacial.

— Si, très sérieusement. Jc suis enceinte.

Il prit un air soupçonneux.

— Nous nous sommes protégés, objecta-t-il d'un ton neutre. Trois fois, trois préservatifs, compta-t-il en levant trois doigts. Tes calculs ne tiennent pas la route.

— Mes calculs ? répéta-t-elle, interloquée. Qu'est-ce que tu veux dire ?

— Rien, dit-il calmement. Je ne fais qu'énoncer un fait.

Un fait ? C'était donc bien ça, elle ne pouvait se méprendre sur le sens de ses paroles.

— Je ne te mens pas. Ce bébé est...

— Ton bébé, coupa-t-il. Et probablement celui de cet ex-petit ami qui te rend si malheureuse, d'après Solana.

Elle dut se retenir de s'élancer pour le gifler.

— Je n'ai pas de petit ami, ni ex ni actuel.

— D'après ma grand-mère, si, rétorqua-t-il. Et j'ai une totale confiance en elle.

Il n'y allait pas par quatre chemins pour dire qu'il ne la croyait pas. Tant pis, elle s'en remettrait, peu lui importait ce qu'il pensait.

— Comme je te l'ai dit, j'ai inventé un petit ami pour que Solana cesse de me demander pourquoi je n'étais pas en forme.

Il croisa les bras, marmoréen, faisant ressortir ses épaules bien découplées. C'était vraiment un homme superbe. Qu'elle haïssait de toutes les fibres de son corps. Ses yeux gris étaient devenus anthracite, ses cheveux noirs très courts luisaient dans la lumière. Elle se souvenait de leur douceur sous ses doigts. Il avait un beau visage aux traits réguliers, et cette fossette si sexy au menton. Oui, Daniel Anderson était beau comme le diable. Et prétentieux, condescendant, péremptoire. S'il n'y avait eu cet enfant dans son ventre, elle aurait voulu ne plus jamais avoir affaire à lui.

— Me crois-tu si crédule ?

— Crédule ? Je ne sais pas ce que tu…

— Si tu comptes sur cette histoire de paternité pour redresser ton compte en banque, il va falloir trouver autre chose. Mes avocats ne feront qu'une bouchée de toi.

Quelle outrecuidance ! C'était révoltant !

— Je n'en ai pas après ton argent.

— Ah non ? Quoi donc, alors ? Le mariage ?

Mary-Jayne vit rouge.

— Je ne voudrais pas de toi pour mari même si tu étais le dernier homme vivant sur cette planète !

Il la regarda avec un air hautain et amusé, et elle dut à nouveau se retenir de le gifler. Mille fois, elle s'était joué cette scène dans sa tête, mais pas un instant elle n'avait imaginé qu'il puisse ne pas la croire. Elle était peut-être naïve, mais n'avait jamais menti de sa vie.

— C'est une bonne nouvelle, car je ne suis pas près de demander ta main.

— Va au diable, dit-elle posément, réprimant sa fureur.

Il avait vraiment le don de la mettre hors d'elle, c'était insupportable.

— Pas avant d'en avoir terminé avec ce malentendu.

— Ce malentendu ? répéta-t-elle, stupéfaite. Je suis enceinte, de toi. Il n'y a aucun malentendu, c'est un fait, un point c'est tout.

— En ce cas, j'exige un test de paternité.

Il n'avait pas voulu lui parler si durement. Il s'était vraiment conduit comme un mufle. Mais il n'était pas prêt à se laisser mener par le bout du nez. Il connaissait la question, son frère Caleb avait été pris dans une affaire de ce type et il s'était finalement avéré que l'enfant n'était pas de lui. Daniel ne se laisserait pas embarquer dans pareil feuilleton.

Il ne pouvait être responsable. Il n'avait jamais joué avec ces choses, et à présent qu'il voyait son ventre, elle semblait enceinte de bien plus de quatre mois. La grossesse de Simone n'avait commencé à être visible qu'au cinquième mois.

— Sors d'ici.

Il ne bougea pas.

— Ma demande contrarie tes plans ?

Elle jura, et il ne put s'empêcher de penser qu'elle était magnifique, avec cet éclair de rage dans les yeux.

— Je t'ai dit ce que j'avais à te dire, libre à toi de faire ce que tu veux de cette information.

— Jusqu'à ce que je reçoive une demande de dommages et intérêts, tu veux dire ?

Elle mit les poings sur ses hanches, et cela fit ressortir son ventre. Elle était plus ronde que dans son souvenir, voluptueuse, pour être exact, et il sentit une pointe de désir le chatouiller. Il l'avait trouvée incroyablement voluptueuse dès le premier moment où il l'avait vue, et cela ne faisait que croître, alors même qu'elle tentait de l'abuser. C'était très contrariant.

— Je ne veux pas de ton argent, siffla-t-elle. Et pas de mariage non plus. Le jour où je me marierai, ce sera avec un homme que j'aime. J'ai bien l'intention d'élever cet enfant seule. Crois-moi ou pas, je m'en contrefiche.

Il y avait un tel mépris dans sa voix qu'il eut envie de rire. Il ne pouvait lui dénier sa franchise, elle parlait sans détour. C'était ridicule, mais il trouvait cela rafraîchissant, en comparaison des femmes qu'il fréquentait habituellement, prêtes à approuver tout ce qu'il disait pour lui complaire.

— Nous avons couché ensemble il y a quatre mois, rappela-t-il. Tu sembles enceinte de plus longtemps que ça.

Sa fureur s'accrut encore.

— Oui, en effet, il semblerait que c'est un gros bébé. Tout ce que je sais, moi, c'est que tu es la seule personne dont j'ai pu tomber enceinte, car à part cette nuit, je n'ai fréquenté personne depuis très longtemps. Malgré ce que tu as l'air de croire, je ne couche pas à droite et à gauche. Et je ne suis pas une menteuse non plus. Je n'ai aucune raison de vouloir un enfant de toi. Je ne t'aime pas, je ne suis intéressée ni par ton argent ni par quoi que ce soit d'autre te concernant. Je te dis juste la vérité.

— Et cet ex-petit ami ? insista-t-il d'un ton peu convaincu.

— Pure invention, faut-il encore te le répéter ? Solana me posait des questions, j'ai dit la première chose qui me passait par la tête pour gagner du temps.

— Admettons, dit-il sans s'émouvoir. Il n'y a pas de petit ami et c'est un bébé géant... Mais nous nous sommes protégés. Ça ne tient pas debout.

— Les préservatifs sont efficaces à quatre-vingt-dix-huit pour cent, tu le sais ? Apparemment, nous nous sommes débrouillés pour nous glisser dans les deux pour cent.

Quatre-vingt-dix-huit pour cent ? D'où sortait cette statistique ? Il se tortilla un peu, mal à l'aise.

— Tu n'espères sans doute pas que je vais prendre ce que tu me dis pour argent comptant.

Elle haussa les épaules avec indifférence.

— Comme tu voudras. Si tu veux un test de paternité pour confirmation, pas de problème, nous le ferons.

Il se détendit légèrement. Enfin des propos raisonnables.

— Je te remercie.

— Mais il faudra attendre la naissance, dit-elle posément. Ce genre de test est risqué après la quinzième semaine, et il est hors de question que je fasse courir le moindre risque à mon bébé. Ni pour toi ni pour quiconque.

Sa détermination le surprit. Décidément, elle était vraiment imprévisible. Tout l'opposé de Simone.

— Très bien, se résigna-t-il.

Courbaturé et fourbu sous l'effet du manque de sommeil et du décalage horaire, il luttait contre la douleur qu'il sentait monter dans sa tête,.

— Je ne souhaite pas non plus mettre cet enfant en danger.

Son enfant, à elle. Il ne s'était vraiment pas attendu à une telle nouvelle en venant la voir. Et si elle disait vrai ? Qu'allait-il se passer ? Avoir un enfant avec une femme qu'il connaissait à peine. Il allait être forcé d'attendre, cette épée de Damoclès suspendue au-dessus de la tête. Il détestait attendre, tant dans ses affaires que dans sa vie personnelle.

Il avait dû attendre, à l'hôpital où Simone avait été emmenée dans un état critique. Attendre, tandis que les médecins s'efforçaient de les sauver, elle et leur fille. Attendre, et apprendre la nouvelle inconcevable. Puis endurer le désespoir. Après cette nuit, il était devenu un fantôme. Il les avait aimées, toutes deux, et ne pouvait surmonter cette perte. Il ne voulait plus jamais avoir à revivre une angoisse aussi destructrice.

Mais si Mary-Jayne était réellement enceinte de lui, il ne pouvait se détourner. Impossible. Il était piégé, aux prises avec des émotions qu'il n'aurait jamais voulu revivre.

— Et donc, qu'attends-tu de moi d'ici là ?

— Qu'est-ce que j'attends ? Rien du tout. Je te préviendrai quand l'enfant sera né et que le test ADN aura été fait. Au revoir.

Il soupira.

— C'est ainsi que tu fais face aux problèmes ? En les oubliant ?

Elle s'empourpra.

— Je ne considère absolument pas ce bébé comme un problème, répliqua-t-elle d'un ton cinglant. Et la seule personne que je souhaite oublier, c'est toi.

Il la regarda sans répondre, puis éclata de rire. Mary-Jayne se dit qu'elle aimait énormément l'entendre rire. Mais elle ne voulait rien aimer de lui. Il était devenu son ennemi numéro un, et elle ne voulait penser qu'à ce petit être qui grandissait en elle. Elle n'avait pas de temps à perdre avec ce Daniel, son rire et ses yeux gris.

— Tu ne crois pas vraiment que cela peut se passer de cette façon, Mary-Jayne, si ?

Il la regardait une telle intensité qu'elle ne pouvait détourner le regard.

— Tu lances une bombe, comme ça, et tu t'imagines que je vais simplement m'évanouir dans la nature pour cinq mois ? Tu me connais assez pour te douter que ce n'est pas possible.

— L'espoir fait vivre.

— Dans un monde imaginaire, alors, Mary-Jayne.

Il avait repris ce ton intime, et cette façon de prononcer son prénom qui lui faisait venir la chair de poule. Personne ne l'appelait Mary-Jayne, à l'exception de ses parents et de son frère, Noah. Ses sœurs, ses amis même les plus proches la surnommaient M.J. Pour le monde entier, elle était M.J., la petite fille chérie de la famille Preston. Mais Daniel l'appelait obstinément Mary-Jayne.

— Un monde imaginaire ? répéta-t-elle.

— Quoi d'autre ? Quel âge as-tu ? Vingt-sept ans ? Tu n'as jamais été mariée ni fiancée, tu n'as pas de profession réelle, un petit commerce sur Internet qui te permet tout juste de joindre les deux bouts. Tu loues la même petite maison depuis bientôt dix ans et roules dans une voiture bonne pour la casse. Tu n'as jamais plus de mille dollars sur ton compte bancaire et plus un sou d'économies, par la faute d'un amant douteux qui a contracté un emprunt en ton nom il y a cinq ans. Selon toutes les apparences, tu...

— Comment sais-tu tout ça ? s'insurgea-t-elle. Comment sais-tu toutes ces choses ? Je n'ai jamais raconté ça à Solana, je...

Elle s'interrompit, frappée par ce qu'elle venait de comprendre.

— Tu as fait une enquête sur moi ? fit-elle d'une voix tremblante de rage.

— Bien sûr, dit-il sur le ton de l'évidence.

— De quel droit ? éructa-t-elle. Tu n'as aucun droit de faire une chose pareille, c'est une atteinte à ma vie privée.

— Tu travailles dans mon entreprise, et tu t'es liée avec ma grand-mère. Il est parfaitement normal que je prenne des renseignements à ton sujet. M'assurer que tu n'es pas une coureuse de dot, ou quelque chose comme ça.

— Une coureuse de dot ? répéta-t-elle, les yeux exorbités.

— Ma foi, dit-il en inclinant la tête, le jury a répondu par la négative à cette question, pour le moment.

— Le jury ? s'étrangla-t-elle. Et toi, tu es le juge ? Non mais, est-ce que tu t'entends ? Suffisant, sûr de ton bon droit, plein de morgue ! Je n'ai jamais vu une arrogance pareille ! Tu te prends vraiment très au sérieux, hein ?

Cette fois, elle l'avait piqué au vif. Elle observa non sans une certaine fascination ses yeux s'assombrir encore et un petit muscle se mettre à tressaillir près de sa tempe. Il avait serré les poings et se tenait si raide qu'il semblait pétrifié. Malgré son indignation, elle sentit un élan de désir vers lui, et l'électricité vibrer dans l'air entre eux.

Les images de la nuit passée avec lui revinrent en force. Comme ils s'étaient embrassés, touchés, caressés, avec une avidité et une fièvre qu'elle n'avait jamais connues auparavant. Une fièvre, mais aussi un sentiment de plénitude et de paix, comme si elle était transportée dans un autre monde, où n'existaient que le plaisir et l'intimité qui les liait. Cette nuit-là, il n'avait rien eu de l'homme froid et inflexible qui se trouvait en ce moment dans son salon. Il avait été tendre et passionné, avait chuchoté son nom à son oreille, l'avait enlacée et lui avait fait l'amour avec ferveur et délicatesse. Son corps et son âme s'étaient éveillés sous ses baisers, et elle lui avait répondu avec la même fougue.

Jamais elle n'avait connu un tel plaisir et eu le sentiment d'en donner autant.

Mais l'heure n'était pas à l'attendrissement.

— Je voudrais me changer et sortir prendre un peu l'air. Je pense qu'il est inutile que je te raccompagne à la porte.

Il ne fit pas un mouvement. Il avait pâli. Peut-être était-il en train de réaliser ce qui lui arrivait ? C'était peu probable, puisqu'il ne la croyait pas.

— Nous devons discuter d'un certain nombre de choses.

— Nous avons tout le temps...

Elle compta sur ses doigts.

— Cinq mois. D'ici là, tu n'as qu'à me traiter avec le même mépris que tu m'as témoigné jusqu'à présent, et je n'aurai qu'à faire comme si tu n'existais pas. C'est ce que nous pouvons faire de mieux, tu ne crois pas ?

Elle savait bien que ses provocations étaient comme une muleta agitée sous le nez d'un taureau. Mais c'était plus fort qu'elle. Il méritait son ironie, et elle ne disait rien d'autre que la vérité. Elle ne voulait plus le voir.

— Je ne traite pas avec mépris.

Toujours cette assurance sans réplique dans ses paroles.

— Ah non ?

Elle se mordit la lèvre.

— Tu as enquêté à mon sujet, tu m'as accusée d'être une coureuse de dot, rien de méprisant, en effet. Et rappelle-moi ce que tu m'avais dit au téléphone, quand j'étais dans le Dakota ? Que j'étais une écervelée qui jouait les hippies ?

Un éclair passa dans les yeux de Daniel.

— Quant à toi, tu m'as traité de snob coincé et d'arriviste hautain, si je me souviens bien.

Décroisant les bras, il fit un pas pour se rapprocher d'elle.

— En effet, et c'est d'ailleurs ce que tu es, un snob coincé.

— Et toi, tu as vraiment l'air d'une hippie.

— J'aime être à l'aise dans mes vêtements, et je n'y peux rien, dit-elle en portant la main à sa tête, si mes cheveux bouclent dès qu'il fait humide.

Elle vit son regard se porter sur sa chevelure et sa bouche se pincer.

— Je ne parlais pas de tes cheveux. Ils sont… ils sont…

— Ils sont quoi ?

— Rien. Peux-tu me dire quels sont tes projets ?

Elle lui lança un regard surpris.

— Je n'ai pas d'autre projet que de mettre au monde un bébé en pleine forme dans cinq mois.

Il parcourut la pièce du regard.

— Quand repars-tu ?

— Audrey revient dans deux semaines. Je partirai aussitôt.

— As-tu averti ta famille ?

Elle secoua la tête.

— Pas encore.

— En as-tu parlé à quelqu'un ?

— A toi, dit-elle en plantant ses yeux dans les siens.

— Et pas non plus à ma grand-mère, je suppose, lança-t-il d'un air de défi, puisqu'elle ne m'a rien dit pendant que tu vomissais dans son jardin ?

— Je n'en ai parlé qu'à toi, point, répliqua-t-elle en s'exhortant à la patience. Et permets-moi de te dire, Daniel, que si tu es décidé à mettre en doute chaque mot qui sort de ma bouche, les cinq mois à venir vont nous paraître très longs.

Curieusement, cette phrase le fit sourire.

— Oh ! tu te rappelles mon prénom ? Je ne t'avais plus entendue le prononcer depuis cette fameuse nuit.

Elle rougit à nouveau. Elle se souvenait parfaitement bien avoir répété son prénom, encore et encore, comme s'il s'agissait du seul mot au monde qu'elle connaissait.

— Comme je disais, je ne te raccompagne pas.

Mais il ne bougea pas.

— Nous avons encore des choses à nous dire.

— Nous en avons assez dit, répliqua-t-elle d'un ton cinglant. Tu ne me crois pas, tu veux un test de paternité, et tu penses que j'en ai après ton argent. J'ai parfaitement compris le message.

— Tu es en colère parce que je veux un test ?

Il semblait sincèrement surpris. Elle faillit éclater de rire.

— Je suis en colère parce que tu me traites de menteuse. Je ne sais pas dans quel monde tu vis pour mettre ainsi en doute la parole des gens, mais ce n'est pas le mien, Daniel. Ce ne sera jamais le mien.

Sur ces mots, elle tourna les talons et quitta la pièce pour aller trouver refuge dans sa chambre. Elle s'adossa derrière la porte fermée, et souffla.

Voilà, c'est fait. Il est au courant. Je peux passer à autre chose.

Elle se redressa et alla enfiler un sweat et un legging, puis s'attarda encore une dizaine de minutes pour être sûre qu'il était reparti. Elle regagna le salon, s'arrêtant sur le seuil. La pièce était vide, il était reparti. Comme s'il n'avait jamais été là, laissant un vide étrange. Elle se sentit soulagée. Bon débarras ! Quel mufle Avec un peu de chance, elle ne le reverrait pas avant longtemps. Ne lui parlerait plus. Ne verrait plus ces yeux gris sombre.

Elle n'avait qu'à rentrer chez elle et mettre au monde son bébé. C'était aussi simple que cela.

Mais au fond d'elle-même, elle savait qu'elle ne devait pas se faire d'illusions. Il ne pouvait disparaître de sa vie si facilement. Elle attendait un enfant de lui, et rien ne serait simple.

Daniel s'éveilla avec la nuque raide et la jambe gauche tout engourdie. Dehors, il faisait nuit. Il consulta sa montre. 18 h 40. Il se redressa dans le fauteuil et s'étira. Après être sorti du bungalow de Mary-Jayne, il était allé marcher un peu avant de regagner sa villa, mais dès qu'il s'était assis, le jet-lag l'avait frappé de plein fouet. Il lui fallait un bon café pour s'éclaircir les idées.

Il se leva et fit rouler ses épaules contractées. Le silence régnait dans les pièces qu'il traversa pour gagner la cuisine. Il devait reprendre ses esprits et réfléchir à ce qu'il allait faire jusqu'à la naissance du bébé.

Un bébé. Son bébé.

Je vais être père.

Vraiment ?

Il continuait à douter. Mary-Jayne avait beaucoup à gagner à affirmer que l'enfant était de lui. Il n'était pas naïf, il existait sur cette Terre quantité de gens prêts à tout. Il se rappelait la détresse de Caleb quand il avait découvert que le garçon qu'il croyait être son fils était en fait celui de l'ex-mari de sa petite amie. Il ne voulait pas s'attacher à un enfant pour se le voir ensuite arracher. Pas une deuxième fois. La perte dévastatrice qu'il avait subie quatre ans plus tôt l'avait immunisé : il ferait en sorte de ne jamais plus risquer de vivre pareille douleur.

Il but un café, avec l'impression que sa tête allait éclater. Il avait pourtant tout planifié ! Revenir à Port Douglas, revoir Mary-Jayne durant cette semaine, puis se la sortir de la tête, une fois pour toutes ! Mais manifestement, les choses n'allaient pas se passer ainsi.

Il s'étira. Il devait agir. Rapidement. Il vida le reste de son café dans l'évier, attrapa ses clés et quitta la villa.

Quand il arriva devant chez elle, il avait les mains moites. Il ne s'était jamais senti si troublé devant quelqu'un et ne savait comment l'interpréter. Mais ce qu'il savait, c'est qu'il était incapable de penser à autre chose. Et que cela ne pourrait qu'empirer. Ils devaient discuter, il n'y avait pas d'alternative. Il frappa. Elle ne marqua aucune surprise en lui ouvrant, comme si elle s'était attendue à sa visite. Il fut agacé à l'idée d'être si prévisible.

— Je suis occupée, dit-elle sans l'inviter à entrer. Si tu tiens absolument à passer au deuxième round dès maintenant, tu vas devoir patienter bien sagement pendant une dizaine de minutes, le temps que je termine.

Sa façon si désinvolte de l'éconduire aurait dû l'exaspérer, mais il n'en fut rien. Il aimait sa force de caractère.

C'était même une des choses qu'il trouvait les plus séduisantes chez elle. Le temps qu'il la rejoigne, elle s'était déjà réinstallée devant un petit établi dans un angle du salon. Penchée sur l'étroit plateau, s'appuyant sur un coude, elle faisait une soudure avec un outil minuscule. La lumière de la lampe posée à côté éclairait son profil et, malgré le masque de protection, il percevait sa concentration. Sur des petits chevalets étaient posés des bijoux qu'elle avait terminés, et même s'il ne connaissait pas grand-chose en la matière, ils lui parurent originaux et raffinés. Elle dut sentir son regard posé sur elle, car elle se retourna et éteignit le fer à souder.

— Te revoilà donc ?

— Me revoilà, dit-il en hochant la tête.

— Tu as appelé ton avocat ?

— Pardon ?

Elle eut un haussement d'épaules.

— Je pensais que ce serait la première chose que tu ferais.

— Non, Mary-Jayne, répliqua-t-il, contenant son irritation. Je n'ai pas appelé mon avocat. Pour tout te dire, j'ai dormi.

Elle parut interloquée, puis son visage s'éclaira.

— Ah oui, le décalage horaire ?

— Ça m'est tombé dessus dès que je me suis assis.

— Il m'est arrivé la même chose quand je suis revenue de Thaïlande, l'an dernier. Du coup, il m'a fallu trois jours pour me recaler. Le truc, c'est de ne pas dormir jusqu'au soir.

Il y avait quelque chose de terriblement sexy dans sa voix suave, un peu rauque. Elle l'avait évité après cette nuit, et quand il l'avait eue finalement au téléphone, bien que séparé d'elle par un océan, sa réponse lui avait fait l'effet d'une douche glacée. Son désir pour elle restait intact, aussi ridicule que cela soit, et malgré tout ce qui les séparait.

Elle le savait pourtant, ils ne vivaient pas dans le même monde. Selon elle, il la considérait comme une proie facile, raison pour laquelle il la poursuivait de ses assiduités. Mais ce n'était pas cela du tout. S'il se sentait poussé vers elle, c'est qu'elle l'émouvait comme aucune autre femme avant elle. Ses cheveux fous, ses courbes souples, sa bouche provocante... Il n'avait jamais connu de femme qui lui ressemble. Peut-être ne l'aimait-il pas, mais il la désirait, et c'était un problème ingérable.

— Bon, alors, que veux-tu ?

Il se raidit. Elle ne se radoucissait pas, et jugeait qu'elle n'avait rien à gagner à se montrer amicale, ou tout au moins polie. Il n'était pas accoutumé à ce genre d'attitude. Elle le considérait comme un enfant gâté et imbu de lui-même, et le traitait comme tel.

— Je veux simplement discuter, déclara-t-il. Il y a beaucoup de choses dont nous devons parler.

— Ah bon ? répliqua-t-elle d'un ton dur. Dès lors que tu ne crois pas que cet enfant est le tien, je ne vois pas ce qu'il y a de si urgent à discuter.

Il soupira.

— Bon, je suppose que j'ai mérité cette réponse.

— Oui, je crois, fit-elle en ôtant ses lunettes de protection.

Il eut un sourire contraint.

— Est-ce qu'un café serait trop demander ?

Elle reposa son outil sur le plan de travail.

— Je dois pouvoir faire ça.

Quand elle passa devant lui, il remarqua la façon dont elle ondulait en marchant. La cuisine était exiguë, aussi resta-t-il en retrait sur le seuil.

— Ton amie a une sacrée batterie de cuisine, fit-il en montrant les casseroles suspendues à une ancienne persienne fixée au plafond.

— Audrey adore les casseroles, dit-elle sans se retourner. Je ne sais pas pour quelle raison.

— Pas besoin d'avoir une raison, dit-il en tirant un tabouret vers lui. Pour ma part, je collectionne les livres anciens.

Elle leva les yeux vers lui.

— Les livres anciens ?

— Des éditions originales. Des ouvrages de littérature classique et de poésie.

— Je n'aurais pas pensé que tu puisses lire autre chose que le *Financial Times*.

— Je n'ai pas dit que je les lisais, rétorqua-t-il avec un sourire narquois.

— Alors pourquoi les collectionner ?

— Parce qu'ils sont rares, fit-il avec détachement. Uniques, parfois.

— Ah, et précieux, je suppose ? dit-elle comme si le mot était une insulte. Est-ce que tout ce qui t'entoure doit toujours avoir une valeur marchande ?

A nouveau ce fossé entre eux. Ce constat l'irrita.

— Non, pas tout.

— C'est bon à savoir, dit-elle en lui tendant le sucre, qu'il refusa d'un signe de tête. Parce que je n'ai pas l'intention de laisser mon enfant grandir dans l'idée que tout lui est dû, juste parce que ta famille a de l'argent.

— C'est-à-dire ? questionna-t-il sans ciller.

— C'est-à-dire que les gens comme toi ont une fâcheuse tendance à penser que l'argent est tout et permet tout.

— Les gens comme moi ? répéta-t-il en essayant de ne pas laisser paraître son agacement. Comme quoi, au juste ?

— Tu es riche, tu as du pouvoir, il suffit que tu claques des doigts pour que des dizaines de Minions se précipitent pour faire ce que tu exiges.

Il eut un rire sans joie.

— Vraiment ? Il faudra que j'essaie, la prochaine fois que je chercherai mes pantoufles.

Les yeux verts lancèrent des étincelles.

— Oh ! mais monsieur fait de l'humour ! Je ne t'en croyais pas capable.

— Eh bien, je ne suis peut-être pas seulement le poseur maniaque et hautain que tu t'imagines.

— L'un n'empêche pas l'autre, fit-elle en posant un mug à son intention sur la petite table. Il y a du lait dans le frigo.

— C'est parfait comme ça, dit-il en prenant le mug et en s'appuyant contre la table. Merci.

— Pas de quoi. Désolée, Daniel, mais tu es maniaque. Tout en toi respire l'ordre et la discipline.

— Juste parce que je ne me complais pas dans le bazar ? dit-il avec un geste de la main qui désignait la pièce. Cela ne signifie pas nécessairement qu'on est maniaque et anormal.

— Le bazar ? dit-elle en croisant les bras. Voilà que je suis une souillon, maintenant.

Il but quelques gorgées avant de reposer sa tasse.

— Ce que je pense, c'est que c'est extraordinaire, cette façon que tu as de dire tout ce que tu penses sans jamais te demander ce que cela peut provoquer.

— Oh ! Est-ce que je t'aurais blessé, par hasard ?

— Et moi, t'ai-je blessée ?

Elle haussa les épaules avec indifférence.

— Tu voudrais que je ménage ta susceptibilité, Daniel ?

Jamais il n'avait eu affaire à quelqu'un de si acharné à le pousser dans ses retranchements. Elle avait un don pour l'exaspérer qui le déroutait. Il leur était impossible de trouver un terrain d'entente, et tous deux en étaient conscients. Et un enfant allait naître.

Son enfant à lui.

Il regarda son ventre, puis planta ses yeux dans les siens.

— Mary-Jayne, dit-il calmement, et l'atmosphère de la pièce changea instantanément. Est-ce… Tu es sûre ?

Elle hocha lentement la tête.

— Si je suis sûre que le bébé est de toi ? Oui. Absolument certaine.

— Mais nous…

— Ecoute, Daniel, dit-elle en soupirant. J'ai sans doute beaucoup de défauts, mais je ne mens jamais. De toute évidence, les préservatifs n'ont pas fait leur office. Quoi que tu puisses penser de moi, je suis célibataire depuis un an, et je n'ai couché avec personne depuis, à part toi.

En entendant son affirmation, quelque chose dans son orgueil fut stupidement flatté. Il avait envie de la croire.

Mais pas de penser qu'à ce que cela impliquait pour eux deux, si c'était vrai.

— J'ai besoin d'en avoir la certitude, reconnut-il.

— Je comprends. Tu l'auras dès que le bébé sera né.

Il se sentit coupable.

— J'apprécie que tu sois d'accord pour faire ce test.

— Je ne vois pas pourquoi je ne le serais pas. Mais il faut que tu me croies quand je te dis que je n'attends rien de toi. Quand tu auras ta réponse, ce sera à toi de décider dans quelle mesure tu veux t'impliquer et le temps que tu veux consacrer à ton enfant.

A cet instant, il n'y avait plus rien d'écervelé ou de désinvolte en elle. Juste une femme résolue et sûre de ce qu'elle voulait. S'occuper de son enfant, sans interférences.

Et cela était impossible. Si cet enfant était le sien, il y aurait des interférences. L'enfant serait un Anderson, et aurait des droits sur la fortune attachée à son nom. Il n'y avait pas d'alternative, et elle devrait le comprendre.

— Si cet enfant est de moi, j'assumerai mes responsabilités.

Elle ne parut pas le moins du monde impressionnée.

— Si tu parles d'argent, il me semble avoir été claire sur le sujet.

— Tu ne peux pas élever un enfant qu'avec de bonnes intentions, Mary-Jayne. Regarde les choses en face.

Se pinçant les lèvres, elle s'apprêta à répliquer. Mais elle se ravisa. Il y avait des batailles que l'on gagnait en se taisant, et elle le savait aussi bien que lui.

— Nous verrons bien, dit-elle nonchalamment, en allant ouvrir la porte du réfrigérateur. Je vais me réchauffer des lasagnes, est-ce que tu restes déjeuner ?

— Suis-je invité ? demanda-t-il avec surprise.

Elle haussa les épaules sans répondre, comme si cela lui était parfaitement indifférent. Elle se retenait probablement de l'envoyer promener.

— Ma foi, avec plaisir, dit-il en reprenant sa tasse.

Son petit sourire ne lui échappa pas, et il l'observa

tandis qu'elle fourrageait dans le réfrigérateur et posait divers ustensiles sur la table. Elle mit un plat au four à micro-ondes et entreprit de laver une salade. Il ne la quittait pas des yeux, comme s'il regardait un spectacle captivant, avec sa chevelure d'ébène qui brillait sous l'éclairage, et sa façon de mordiller sa lèvre inférieure en s'activant. La vue de ses lèvres lui remit en mémoire la nuit qu'il avait passée avec elle. La façon dont ils s'étaient embrassés. Dont ils avaient fait l'amour. Elle avait un tel effet sur lui qu'il finissait par se demander si c'était parce qu'ils étaient si différents, et si incompatibles. Tout en elle lui résistait et semblait un défi, comme il n'en avait plus connu depuis longtemps. Il comprit que c'était sa détermination à l'éviter qui avait sur lui cet effet magnétique.

Et il se demanda comment il allait faire pour que cela cesse. Et s'il y parviendrait.

4

Mary-Jayne s'affairait, mal à l'aise. La présence de cet homme dans sa cuisine et l'intensité de son regard posé sur elle l'empêchaient de se concentrer. Elle détestait l'effet qu'il avait sur elle. L'idéal aurait été de ne plus jamais le revoir, tout bonnement. Mais ce bébé qu'elle portait les liait, et il ne disparaîtrait pas de sa vie comme elle l'aurait voulu.

Il restait cinq mois d'ici à l'accouchement. Comment allait-elle supporter de l'avoir dans les pattes ? Il ne semblait pas prêt à s'éclipser en attendant la naissance.

— Tu comptes rester longtemps ici ? fit-elle d'un ton dégagé.

— J'avais prévu une semaine, le temps de voir un peu ma grand-mère, répondit-il. Mais maintenant, je ne sais pas trop.

— Tu n'as pas une entreprise à diriger, ou quelque chose comme ça ?

— Si.

— Tu ne peux pas faire ça d'ici, n'est-ce pas ? Tu vis à San Francisco, c'est bien ça ?

— La plupart du temps, oui. Le siège d'Anderson est à San Francisco, et le Bay Area est notre complexe le plus important.

— Donc, il faut que tu repartes.

— Tu as hâte de me voir partir, Mary-Jayne ?

— Je mentirais si je répondais non, dit-elle en disposant assiettes et couverts sur la table. Et comme je te l'ai dit, je ne mens jamais. Si tu envisages de prolonger ton séjour à cause de moi, ce n'est vraiment pas nécessaire. La naissance est dans cinq mois, et tu ne peux pas faire grand-chose d'ici là.

Elle posa les plats sur la table, lui fit signe de prendre place, et remplit son assiette de lasagnes et de salade, sans lui demander ce qu'il voulait. Elle se servit à son tour, et piqua une rondelle de concombre de la pointe de sa fourchette.

— Heu… Qu'est-ce que c'est ?

Elle leva les yeux et faillit rire devant son air méfiant.

— Des lasagnes. Aux épinards, champignons, fleurs de courgettes et fromage de chèvre.

Il la regarda comme si elle lui offrait du verre pilé.

— Tu es végétarienne ?

— Bien sûr.

Les parents de Daniel étaient strictement vegan, elle le savait. Et aussi que lui et ses frères avaient toujours mis un point d'honneur à se démarquer de leur exemple.

— Bien sûr, répéta-t-il ironiquement. Ça a l'air… délicieux.

— Je ne suis pas douée en cuisine, dit-elle avec simplicité. Ne t'attends pas à quoi que ce soit d'extraordinaire.

— C'est gentil de me prévenir.

Elle baissa la tête pour dissimuler un sourire. Il plaisantait malgré les efforts qu'elle déployait pour être désagréable, et cela la surprenait. Peut-être n'était-il pas si collet monté qu'elle se le figurait. Ce qui ne voulait rien dire, d'ailleurs. Il pouvait être l'homme le plus aimable et charmant de la planète, ils seraient toujours inaccordables comme l'eau et le feu. La seule chose qu'ils avaient en commun était ce bébé, et elle ne devait pas l'oublier, même quand elle était troublée par sa voix enjôleuse et la vue de son corps athlétique.

— J'ai rendez-vous pour une échographie jeudi prochain à 10 h 30, dit-elle. Dans un centre médical, à Cairns.

La ville de Cairn se trouvait une soixantaine de kilomètres au sud de Port Douglas.

— Et ?

— Et si tu veux venir, tu peux, dit-elle d'un ton neutre.

Il ne parut pas emballé par la perspective, mais opina.

— Je passerai te prendre en voiture.

— Je peux très bien y aller par mes propres moyens.

— Je passerai te prendre, répéta-t-il, sourcils froncés.

Elle faillit répliquer, mais se ravisa. Inutile de faire des histoires pour des détails.

— D'accord, dit-elle, non sans remarquer son air surpris devant cette capitulation.

Pendant quelques minutes, on n'entendit plus dans la pièce que le bruit des couverts. Il semblait soulagé de pouvoir se taire, et elle s'efforçait de manger sans réfléchir à l'intimité absurde de la situation. Quand ils eurent terminé, il proposa de débarrasser et, sans attendre sa réponse, se leva pour rincer les couverts et les ranger dans le lave-vaisselle.

— Tu sembles savoir te débrouiller dans une cuisine.

— Bernie s'est bien assuré que mes frères et moi apprenions à cuisiner et à faire le ménage.

— C'est ta mère ?

— Ma belle-mère. J'avais deux ans quand mon père s'est remarié.

Elle sentit son estomac se contracter.

— Solana m'a dit que ta mère est morte juste après ta naissance.

— En effet.

— Tu es né en Australie, n'est-ce pas ?

— Exact. Mon père est parti pour la Californie quand il a épousé Bernie, les jumeaux sont nés là-bas. Ils sont revenus ici il y a une dizaine d'années.

— J'aime bien ton père.

Il lui jeta un regard du coin de l'œil.

— Je ne savais pas que vous vous connaissiez.

— J'étais chez Solana un jour où il est venu les voir, elle et ton frère, il y a quelques semaines. Il semble cool, et a beaucoup de charisme. Il a été très gentil, précisa-t-elle avec un sourire.

— Contrairement à moi, tu veux dire ?

Elle prit un torchon.

— Je suis sûre que tu pourrais l'être aussi, si tu voulais.

Il se retourna pour lui faire face.

— Et ruiner mon image de snob hautain et barbant ?

Elle eut un petit rire.

— S'il y a une chose que tu n'es pas, Daniel, c'est barbant.

— Juste hautain, alors ?

— Je suppose que ça va de pair avec ta fonction. Solana m'a dit que tu avais tout juste vingt ans quand tu t'es retrouvé à la tête de l'entreprise. C'était beaucoup de responsabilités à assumer, j'imagine. Le devoir avant tout ?

— Mon grand-père venait de mourir, dit-il froidement. Mon père a tenté de lui succéder, mais il a jeté l'éponge en réalisant qu'il était plus heureux à faire pousser ses légumes bio et à se consacrer à la sculpture. Devoir diriger le groupe aussi jeune a été difficile, en effet, mais je ne pouvais pas laisser tomber ma famille et tous les gens qui dépendaient d'Anderson. J'ai fait ce que j'avais à faire. Si cela a fait de moi un type coincé et rasoir, ma foi, je n'y peux rien.

Elle se tut, tout au plaisir qu'elle ressentait à écouter sa voix grave. Elle n'aurait eu qu'un pas à faire pour le toucher. Elle sentait la chaleur entre eux, vibrante et irrépressible. *C'est une simple réaction hormonale.* La libido était décuplée par l'afflux d'hormones dans son organisme, c'était bien connu. Il fallait juste qu'elle pense à autre chose.

— Bien. Nous nous voyons jeudi, donc. Vers 9 heures.

Le regard de Daniel se durcit.

— Tu me mets à la porte ?

— Eh bien… oui, fit-elle en reculant d'un pas.

Il éclata de rire.

— Tu sais, je n'ai vraiment jamais vu quelqu'un comme toi. On ne peut pas dire que tu prennes des gants…

— C'est mon côté fille du peuple…

— Ce n'était pas une critique, dit-il posément. Au contraire, je trouve ça plutôt intéressant. Et très sexy.

Elle recula encore, comme apeurée.

— Si tu cherches à me séduire, arrête tout de suite. Tes talents ont causé suffisamment d'ennuis comme ça.

Il rit encore.

— Alors, bonne nuit, Mary-Jayne.

— Bonne nuit, murmura-t-elle en le reconduisant à l'entrée.

Elle referma la porte derrière lui, et respira enfin.

Daniel passa une nuit peu reposante à regarder le plafond. Ce dimanche matin, il partit faire un long footing sur la plage, et il était près de 11 heures quand il revint. Il se doucha, et s'apprêtait à se rendre chez Solana quand on frappa chez lui.

C'était Caleb. Son frère entra sans attendre son invitation et déposa un trousseau de clés sur un guéridon de l'entrée.

— Les clés de ma jeep, dit-il avec une petite grimace. Au cas où tu aurais l'idée d'aller voir les parents.

Caleb ne manquait jamais de les rappeler, Blake et lui, à leurs devoirs filiaux.

— Merci, dit Daniel en le précédant dans le salon, où ils s'installèrent sur les canapés de cuir disposés face à face.

— As-tu des nouvelles d'Audrey ? s'enquit Daniel conscient de poser à son frère une question à laquelle il n'avait sûrement pas envie de répondre.

Celui-ci secoua la tête.

— J'ai vraiment merdé. Elle n'a pas l'air près de me pardonner.

— Tu as fait ce que tu pensais devoir faire.

— En effet, installer mon ex et son fils chez moi, sans me demander quel effet cela ferait à ma petite amie. Je sais bien qu'Audrey et moi n'étions ensemble que depuis quelques mois, mais quand même…

Le remords de Caleb était manifeste.

— J'aurais dû procéder autrement. Au lieu de croire Nikki sur parole, j'aurais dû commencer par demander un test de paternité. Et j'aurais bien dû me douter qu'Audrey allait partir. J'en aurais sûrement fait autant, à sa place. Du coup, la maladie de sa mère a été le prétexte qui tombait à pic pour s'éloigner d'ici… et de moi.

Et provoquer l'entrée en scène de Mary-Jayne. Daniel était convaincu que son frère était profondément épris d'Audrey. Mais quand son ex s'était présentée chez Caleb, avec ce bébé qu'elle assurait être de lui, il avait réagi sur une impulsion, et leur avait ouvert sa porte.

— Elle revient dans deux semaines.

— Audrey ? s'étonna Caleb. Comment le sais-tu ?

— Ça doit être grand-mère qui me l'a dit.

— Grand-mère ? répéta Caleb, d'un ton soupçonneux. Tu es sûr ?

— Qu'est-ce que tu…

— Cela ne fait pas vingt-quatre heures que tu es arrivé ! Tu l'as revue, alors ? fit Caleb, l'air amusé.

Tu l'as revue.

Il avait bien été obligé d'avouer à son frère qu'il avait couché avec Mary-Jayne. Caleb l'avait aperçue, sortant de chez lui aux petites heures du jour.

— Oui, je l'ai revue.

— Elle te trotte toujours dans la tête, donc ?

Daniel ne chercha pas à esquiver, son frère le connaissait trop pour s'y laisser prendre.

— Il y a eu des petites complications, en fait.

— Des petites complications ?

— Elle est enceinte, confessa-t-il.

Caleb écarquilla les yeux.

— Mince alors ! De toi ?

— C'est ce qu'elle dit.

Caleb soupira, ébranlé.

— Tu la crois ?

— Je ne sais pas, j'ai des doutes, bien sûr. Mais Mary-Jayne n'est pas comme…

— Comme Nikki ? termina Caleb. Non, je ne pense pas non plus. Elle a l'air d'une fille intègre. Je sais qu'Audrey a tout de suite pensé à elle pour s'occuper de sa boutique et lui fait une totale confiance. Tu vas l'épouser ?

Daniel se raidit.

— Ne dis pas de bêtises. Je la connais à peine.

Caleb fit la moue.

— Eh bien, vous aurez tout le temps de faire connaissance, maintenant que vous allez devoir élever un enfant ensemble.

Elever un enfant ensemble.

Les choses n'étaient pas si simples. Elle vivait à Crystal Point, lui à San Francisco. Deux continents séparés par un océan, l'obstacle était de taille. Il serait quoi ? Un père à temps partiel, une fois par an, pour les vacances ?

— On verra bien.

Caleb redevint grave.

— Tu vas demander un test, rassure-moi ?

— Oui, à la naissance.

Daniel expliqua à son frère les risques que présentait ce test pendant la grossesse. Caleb resta songeur.

— Et d'ici là, tu vas faire quoi ?

Daniel haussa les épaules.

— Il n'y a pas grand-chose que je puisse faire.

— A mon avis, tu vas tenir deux jours, dit Caleb d'un ton bourru. Le temps que tu réalises vraiment ce qui t'arrive.

Son frère le connaissait par cœur. Il avait raison, l'idée de ne rien faire jusqu'à la venue de l'enfant restait coincée comme un galet dans son œsophage. Mais avait-il le choix ? Mary-Jayne n'accepterait pas d'être surveillée ou couvée. C'était une femme farouchement indépendante, et elle lui avait clairement dit qu'elle n'avait pas besoin de lui.

Ce qui aurait dû lui convenir parfaitement.

Et pourtant, cette idée le bouleversait. Il était tiraillé entre l'envie de croire que cet enfant était de lui, et la conviction qu'il vaudrait beaucoup mieux pour tous deux qu'il n'en soit rien. Mais il la croyait. Certes, elle semblait inconséquente, mais Solana lui avait assuré qu'elle était honnête et droite, et rien d'autre que ce qu'elle affichait : un esprit libre et indépendant, qui ne voulait ni obéir ni rien devoir à personne. Pas vraiment le genre de femme qui aurait cherché à tirer profit d'un enfant à naître.

— Je m'apprêtais à aller voir grand-mère, annonça-t-il en se levant. Tu viens avec moi ?

— Désolé, je ne suis pas en vacances, moi, j'ai du boulot ! le taquina Caleb. Et n'oublie pas les parents.

— Promis.

Il prit les clés que son frère lui avait laissées et sortit avec lui. Mais au lieu de prendre le chemin de la villa de Solana, il fit un détour vers l'ouest du complexe, où étaient regroupés les logements des employés. Il frappa chez Mary-Jayne, sans se soucier des regards curieux d'un petit groupe de personnes qui passaient dans l'allée, arborant l'uniforme de l'entreprise.

— Oh ! Bonjour, dit-elle en ouvrant la porte.

Elle était essoufflée, et cela l'inquiéta.

— Est-ce que tu vas bien ?

— Très bien, repartit-elle en respirant avec force. Je faisais une séance de Pilates.

Il baissa le regard. Elle avait tiré ses cheveux en une queue-de-cheval brouillonne, et portait un legging noir et un débardeur de Lycra rose fuchsia qui donnait l'impression que son ventre avait surgi en l'espace d'une nuit. Il dut se retenir d'y poser sa main. Avec ses joues roses et ses lèvres pulpeuses, elle était rayonnante de santé et resplendissait.

— De Pilates ? répéta-t-il en serrant les poings pour refréner son envie de la toucher.

— Oui, c'est bon pour le bébé. Et pour moi. Tu voulais quelque chose ?

— Non, je passais juste prendre des nouvelles.

— Tout va bien, dit-elle sans lâcher la porte, comme si elle n'attendait que le moment de la refermer. Et toi ?

— Ça va.

— Bon, eh bien… merci pour ta visite.

— J'avais pensé, commença-t-il avec un geste d'hésitation… Je me demandais si tu voulais venir déjeuner.

— Déjeuner ? Avec toi ? Où ça ?

— Il y a quatre restaurants, dans le village, choisis.

Elle avait l'air surpris.

— Au vu et au su de tout le monde, et des employés ? Est-ce que ce n'est pas un peu gênant ? Les gens pourraient penser que tu te commets avec les sous-fifres…

Daniel serra les dents. Elle ne cesserait donc jamais de lui chercher querelle ?

— Premièrement, je me fiche de ce que pensent les gens. Deuxièmement, tu n'es pas un sous-fifre. Est-ce que je vais devoir essuyer une rebuffade chaque fois que je ferai une proposition ? Tu as besoin de manger, non ? Puisque tu es nulle en cuisine…

— Je ne suis pas nulle, répliqua-t-elle avec un demi-sourire. Juste médiocre. J'apprécie ton invitation, mais je ne suis plutôt en tenue pour avaler un sandwich devant la télé.

Il la contempla à nouveau et, à nouveau, son désir s'embrasa.

— Je reviens dans une demi-heure. Sauf si tu préfères que je t'aide à t'habiller ?

Un instant, il crut qu'elle allait lui claquer la porte au nez. Mais elle eut un rire bref.

— Je devrais m'en sortir. D'accord, à tout à l'heure.

Elle referma la porte, et il s'éloigna, réalisant qu'il souriait jusqu'aux oreilles.

Un déjeuner, c'était une bonne idée.

Une très mauvaise idée, au contraire !

Tout en se glissant dans une robe légère de coton blanc, Mary-Jayne se maudit pour la dixième fois de se laisser amadouer de la sorte. Daniel était si enjôleur qu'elle serait partie sur la lune s'il le lui avait proposé. Il fallait vraiment qu'elle en finisse avec cette faiblesse qu'elle avait pour lui. Elle ne pouvait pas continuer ainsi.

Un coup retentit à sa porte exactement une demi-heure plus tard, et elle pesta en allant ouvrir. Evidemment qu'il était ponctuel. Ordre, mesure, contrôle, tout allait ensemble.

— Je suis prête, dit-elle en ouvrant.

— Je vois ça, fit-il en s'effaçant pour la laisser passer.

Elle verrouilla la porte et laissa tomber ses clés dans le grand sac de toile pendu à son épaule.

— Où allons-nous ?

— C'est toi qui choisis, comme je te l'ai dit.

Elle réfléchit. Il y avait quatre restaurants dans le complexe. Deux brasseries familiales, un restaurant japonais très chic, et un grand restaurant à la française baptisé du nom de Solana. Elle n'y avait jamais mis les pieds, compte tenu des tarifs qu'il affichait, bien que Solana elle-même ait maintes fois voulu l'y inviter. Elle sourit avec candeur.

— Chez Solana, alors ? Tu penses que tu pourras obtenir une table sans avoir réservé ?

Il se pinça les lèvres.

— Je pense que cela pourra se faire.

Elle le regarda fixement.

— Personne ne peut rien te refuser, n'est-ce pas ?

— Oh ! je connais quelqu'un qui fait ça très bien !

Il souriait, et elle lui sourit en retour. *Garde la tête froide*, fit une petite voix dans son esprit. Elle aurait voulu ne pas ressentir ces palpitations chaque fois qu'il était dans les parages. D'ailleurs, elle aurait voulu ne rien ressentir du tout. Il était le géniteur de son bébé, et cela s'arrêtait là. Et qui plus est, il la soupçonnait de lui mentir. Tout ce qu'elle devait ressentir, c'était de la colère.

— Cela ne doit pas avoir beaucoup d'intérêt de vivre toute une vie en étant toujours sûr d'obtenir ce qu'on veut, si ? riposta-t-elle tout en se mettant en marche.

— Ou en pensant qu'on a le droit de dire tout ce qui nous passe par la tête ?

Elle s'arrêta.

— C'est une façon polie de dire que je parle trop ?

— En fait, j'aime beaucoup quand tu ouvres la bouche...

Son ton était si suggestif qu'elle sentit le feu lui monter aux joues. Les sensations affluèrent. Ses mains, ses lèvres, posées sur elle. La façon dont il l'avait prise. Cela lui revenait bien trop aisément, comme l'alchimie qui s'était créée entre eux cette nùit-là.

— Je préférerais que tu…

Elle laissa mourir sa phrase en croisant son regard d'acier gris. Il l'hypnotisait, et le pouvoir qu'il avait sur elle était quelque chose de totalement nouveau. Elle ne l'aimait pas, elle ne voulait pas de lui dans sa vie, et pourtant, il parvenait à s'imposer à ses sens et à son esprit.

— Tu préférerais que je… ?

Elle déglutit et s'écarta.

— Que tu ne te tiennes pas si près, conclut-elle.

Il eut un sourire en la voyant croiser les bras, comme s'il savait à quel point il la troublait. Et s'en délectait.

— Tout n'a pas forcément à être une bataille, Mary-Jayne.

Elle aurait préféré aussi qu'il cesse de prononcer son prénom de cette manière. Avec cette voix soyeuse et caressante, qu'elle aurait voulu ne pas entendre. Il avait tort, il fallait se battre, sans faiblir. C'était le seul moyen de rester soi-même.

— Bien sûr, dit-elle d'un ton bref.

Il s'arrêta pour téléphoner tandis qu'elle avançait, et la rejoignit devant l'entrée du restaurant. Sans un mot, elle traversa le hall à sa suite pour gagner l'ascenseur. Les employés leur lançaient des regards peu discrets. Elle serait bientôt l'objet de conjectures et de rumeurs dans tout le complexe. Elle avait peu fréquenté le personnel depuis son arrivée. Durant la journée, elle tenait la boutique d'Audrey et, le soir, elle se consacrait à ses créations. Après l'anniversaire de Solana, elle avait fait profil bas, espérant que personne ne s'occuperait d'elle, ce qui fut à peu près le cas. Tout le monde était au courant de l'aventure désastreuse entre Audrey et Caleb, et la rumeur prétendait qu'elle s'était éloignée pour se préserver de l'humiliation qu'il lui avait fait subir. Mary-Jayne seule savait ce qu'il en était.

La mère d'Audrey ne se portait pas au mieux, c'était vrai, mais son amie avait surtout trouvé là une excuse idéale pour mettre une distance entre elle et l'homme qui l'avait si cruellement blessée. Mary-Jayne n'avait aucune envie de devenir le nouveau sujet de scandale, et que le bruit circule qu'elle avait une liaison avec le patron !

— Tout va bien ?

Elle eut un regard en coin et serra son sac sur son ventre.

— Génial.

— Tu t'inquiètes de ce que les gens pourront dire ?

Elle grimaça. Il ne manquait pas d'intuition.

— Cela m'est totalement indifférent.

La porte de l'ascenseur s'ouvrit, et ils entrèrent. Il la dévisagea avec attention, puis arqua un sourcil.

— Finalement, tu n'as peut-être pas l'esprit si libre.

— Peut-être pas, en effet, dit-elle en haussant les épaules.

La porte se rouvrit, et Mary-Jayne s'aperçut qu'ils n'étaient pas au niveau du restaurant, mais au dernier étage, celui des salles de réception et de réunion. Daniel posa sa main au creux de ses reins pour l'enjoindre de sortir.

— Viens.

— Où allons-nous ? Je croyais que…

— Par ici, dit-il en la guidant dans un petit couloir.

Une porte s'ouvrit à l'autre bout, et un jeune homme coiffé d'une toque de chef vint à leur rencontre. Mary-Jayne l'avait déjà aperçu, et Daniel le salua chaleureusement par son prénom, tandis qu'il les introduisait dans un salon privé. L'endroit était somptueux. Une demi-douzaine de tables couvertes de lin immaculé, de porcelaine et de cristal. Une baie vitrée occupait tout un mur de la pièce, qui surplombait la piscine. Un maître d'hôtel apparut par une autre porte et les invita à prendre place face à la vue magnifique sur l'océan. Mary-Jayne hésita.

— Jolie vue, dit-elle à Daniel.

— Installons-nous, tu veux bien ?

Ses mots sonnaient plus comme un ordre que comme une question, et elle fut prise de l'envie de s'enfuir en courant. Elle eut un sourire contraint et alla prendre place. Le maître d'hôtel lui proposa de l'eau pétillante, qu'elle accepta d'un gracieux signe de tête. Elle attendit que la pièce fût vide pour poser son sac à ses pieds et admirer la vue en silence. Finalement, posant les coudes sur la table, elle regarda l'homme assis face à elle.

— Apparemment, je ne suis pas la seule à m'inquiéter de ce que les gens pourraient penser.

— Pardon ?

Elle eut un geste vague en direction de la pièce.

— Un ascenseur et un salon secret ?

— Un salon privé, rectifia-t-il. Je me suis dit que tu te sentirais plus à l'aise. Pour ma part, je ne me soucie nullement de ce que disent les gens.

Etait-il sincère ? Peut-être. Il avait cette assurance que procure l'habitude d'être obéi et de décider de tout. C'était lui qui donnait les ordres et faisait la loi. Elle ne l'imaginait pas tolérer les commérages de ses employés.

— Eh bien, ils auront de quoi se mettre sous la dent quand mon ventre commencera à se voir.

— Qu'ils pensent ce qu'ils veulent, dit-il avec détachement. J'aurais dû comprendre tout de suite que tu étais enceinte en te voyant hier. Cela te va très bien.

— Je suis rayonnante, c'est ça ? fit-elle, sarcastique.

— Absolument, dit-il en opinant de la tête.

Le compliment était sincère, et elle s'empourpra.

— Je vais finir grosse comme une baleine, j'en ai peur, poursuivit-elle en riant. Dans la famille, les femmes ont toujours l'air d'avoir avalé un éléphant durant leur grossesse.

Il sourit du coin des lèvres, plus sexy que jamais.

— Parle-moi de ta famille.

— Il n'y a pas grand-chose à raconter. Tout le monde vit à Crystal Point. Mes parents sont à la retraite. Noah, mon frère aîné, est marié à Callie, et ils ont quatre enfants. Il est charpentier de marine, et elle monitrice d'équitation. Vient ensuite ma sœur Evie, qui est artiste et tient un gîte. Son mari, Scott, est le frère de Callie. Il est pompier, et ils ont deux enfants. Ensuite il y a Grace, qui a épousé le meilleur ami de Noah, Cameron. Il est policier et elle courtier en affaires, et ils ont eu un bébé il y a deux mois. Et puis, il y a moi, la petite dernière qui est enceinte.

— Comme tu dis, il n'y a pas grand-chose à raconter.

Elle rit encore et se fit la réflexion qu'elle riait décidément beaucoup avec lui, même s'il l'exaspérait.

— Ce sont des gens bien.

— Je n'en doute pas. Tu sembles avoir eu une enfance heureuse.

— Oui, pour l'essentiel. Bien sûr, il y a eu les petits moments de révolte et d'instabilité de l'adolescence. J'étais la plus jeune de la famille, et du coup, il paraissait acquis que je devais être celle qui cause le plus de problèmes.

— Des problèmes de quel genre ?

— Oh ! les petits copains, les sorties nocturnes, les mauvaises fréquentations... mon tatouage, à quatorze ans.

— Courageuse, fit-il avec une grimace.

— Parce que je me suis fait tatouer ? Courageuse, ou stupide ? Je suis marquée à vie, surtout.

— Je pensais à la douleur.

— La douleur ?

— Les piqûres. Ils vous piquent avec des aiguilles ?

— Ben oui.

— Je n'aime pas les piqûres.

— Pauvre choupette, dit-elle, riant franchement.

— C'est plus fort que toi, il faut que tu te moques de moi.

Le maître d'hôtel leur apporta les boissons qu'ils avaient commandées et les menus. A nouveau, elle attendit qu'il ait quitté la pièce pour reprendre la parole.

— J'imagine que ton ego s'en remettra.

— Je suppose. Donc, fit-il en jouant machinalement avec son verre, il n'y a pas de risque que ton père vienne me trouver avec une carabine ?

— N'aie crainte. En revanche, mon frère Noah peut se montrer assez protecteur avec ses sœurs.

Elle s'interrompit, soudain pensive.

— Non, sérieusement, ma famille respecte ma façon de vivre. Je me sens tout à fait prête à élever ce bébé seule, Daniel. Tu es libre de choisir la façon dont tu veux t'investir, c'est aussi simple que ça.

Il prit un air sombre.

— Depuis San Francisco, avec toi à Crystal Point ? Non, ce n'est pas simple, Mary-Jayne. C'est même très compliqué. Car je ne vais pas me soustraire à mes responsabilités, légales et morales. Même si tu sembles espérer que ce soit le cas.

Fronçant les sourcils, elle porta la main à son ventre.

— Si c'était ce que je souhaite, je ne t'aurais même pas dit que j'étais enceinte. Je suis sincère, tout ce que je veux, c'est que tu ne fasses rien par obligation. Je préférerais que mon enfant ait un vrai père, qui s'investisse dans sa vie, c'est vrai, mais je ne veux pas de batailles autour de notre enfant, avec lui tiraillé au milieu.

— Beau discours. Je suis censé dire amen et c'est tout ?

— Prends-le comme tu voudras. De toute façon, tout ça reste très théorique, puisque tu n'es pas convaincu que c'est ton bébé, non ?

Son regard de métal devint anthracite. Il l'aimantait. La même énergie circulait entre eux, comme une source intarissable qui faisait bouillonner son sang.

— Ce n'est pas ça le problème. C'est…

— Alors quel est le problème ? le pressa Mary-Jayne, les yeux fixés sur les siens, la question suspendue à ses lèvres. C'est à cause de ta femme ?

5

Daniel ne fit pas un mouvement. C'était la première fois qu'ils évoquaient ce sujet depuis que Mary-Jayne lui avait révélé sa grossesse. Avait-il eu une pensée pour Simone au cours de cette journée ? Au cours des dernières vingt-quatre heures ? Son esprit était tout entier tourné vers Mary-Jayne et le bébé qu'elle portait, et il n'avait pu penser à autre chose.

— Je suppose que Solana t'a expliqué ce qui s'est passé ?

— Elle m'a juste dit qu'elle avait été tuée dans un accident de voiture, il y a quelques années.

— Quatre ans, précisa-t-il. Quatre ans, quatre mois et trois semaines.

— Elle était enceinte, n'est-ce pas ? demanda-t-elle, les yeux brillants de larmes.

— Oui, dit-il d'une voix étranglée. De cinq mois.

— Je suis vraiment désolée.

Elle tendit les mains à travers la table pour toucher les siennes, puis les retira précipitamment.

— Cela a dû être horrible.

— Le jour le plus horrible de toute ma vie.

Elle serra ses mains sur ses genoux, et s'apprêtait à dire quelque chose, quand le maître d'hôtel reparut. Daniel l'observait tandis qu'elle parcourait rapidement le menu, et choisissait l'un des trois plats végétariens qu'il avait demandés au chef. Il commanda à son tour de l'espadon, puis but en silence, avant de reposer son verre.

— Si tu veux me poser des questions, vas-y.

Elle le regarda en ouvrant de grands yeux.

— Cela ne te gêne pas ?

Il haussa les épaules.

— Comment est-ce arrivé, exactement ?

Il ferma les yeux un instant. Les souvenirs fusaient dans sa mémoire, de ce jour funeste qu'il s'était repassé un nombre de fois incalculable, sans jamais voir sa douleur s'atténuer.

— Simone rentrait à la maison, après un rendez-vous chez le médecin. Elle s'est arrêtée au centre commercial pour acheter un cadeau d'anniversaire. Au moment où elle ressortait du parking et s'engageait sur la voie rapide, une voiture qui venait en sens inverse lui est rentrée dedans. Ses freins avaient lâché, le conducteur, qui était jeune, a paniqué. Il a appuyé sur l'accélérateur et traversé la route.

— Elle a été tuée sur le coup ?

Il secoua la tête, non sans une certaine admiration pour la façon dont elle lui avait posé cette question, sans apitoiement malvenu, mais avec un intérêt et une sollicitude manifestes.

— Non, elle est morte à l'hôpital. Les médecins ont tout fait pour la sauver, mais elle avait été trop grièvement blessée.

— Et le bébé ?

— Notre fille est morte quelques minutes après Simone.

— C'est tellement cruel. Lui aviez-vous donné un nom ?

Daniel sentit sa gorge le brûler.

— Lana, en l'honneur de ma grand-mère.

Elle resta silencieuse, les yeux baissés, absorbée dans ses réflexions. Quand elle releva la tête, ses yeux brillaient de larmes retenues. Il la regarda se mordiller la lèvre, contenant son émotion. Il avait vu passer tant d'expressions sur son visage depuis qu'il la connaissait, la colère, l'aversion, l'amusement, la passion… Mais il y avait là autre chose. Un chagrin profond et sincère. Cela l'ébranla. Il était plus facile de faire face à la Mary-Jayne combative et querelleuse qu'à celle-ci, bouleversée par la tristesse.

— Je suis désolée, dit-elle en prenant sa serviette pour se tamponner les yeux. Je ne voulais pas…

Elle déglutit avec difficulté.

— Ce sont les hormones, ça me perturbe aux moments les moins opportuns. Mais quoi qu'il en soit, dit-elle en s'éclaircissant la voix, je te remercie de m'avoir raconté.

— Ce n'est pas un secret. Ma grand-mère ou Caleb t'auraient raconté tout ça de la même façon, j'en suis sûr. C'était un accident… Comme tous les accidents, la conséquence d'une succession de coïncidences qui s'est conclue de manière terrible.

Elle le regarda avec une attention extrême.

— Tu veux dire, si elle était restée un peu plus longtemps dans le magasin, si elle était sortie par un autre endroit, si l'autre conducteur s'était levé dix minutes plus tard, rien ne serait arrivé ?

— Précisément.

— Tu as dit qu'elle était allée acheter un cadeau d'anniversaire. A qui était-il destiné ?

Il marqua une hésitation.

— A ma grand-mère.

Il fallut quelques secondes à Mary-Jayne pour comprendre les implications de ces mots. Ses yeux s'agrandirent d'effroi.

— Tu veux dire que… Le soir de l'anniversaire de Solana… C'était…

— C'était l'anniversaire de leur mort, oui.

Avant qu'elle ait pu réagir, un serveur vint déposer devant eux des assiettes fumantes. Daniel ne la quittait pas des yeux. Elle fixa son plat en soufflant profondément, comme pour se calmer. Finalement, elle releva les yeux.

— Est-ce que c'est pour ça que… que tu…

— Que je quoi ?

— La fête. Nous…

Elle se tut.

— Que j'ai couché avec toi, tu veux dire ?

Coucher avec elle. C'était le terme qu'il utilisait depuis le début, et qui signifiait clairement qu'il refusait de dire qu'ils avaient fait l'amour. Il avait fait l'amour naguère, avec sa femme. Il y avait eu de l'amour et de la passion entre eux. Ils se connaissaient depuis le lycée, et avaient commencé à sortir ensemble dès que Simone avait terminé ses études de droit. Ses sentiments présents n'avaient rien en commun avec ce qu'il avait éprouvé pour elle, un lien profond fondé sur une amitié ancienne. Avec Mary-Jayne, il ne s'agissait que qu'une attirance physique et instinctive, et il ne voulait pas aller plus loin. Son désir était peut-être puissant, mais il ne la laisserait pas prendre son cœur.

— Je me demandais s'il y avait un rapport, dit-elle avec une expression perplexe. Si tu voulais… essayer d'oublier…

— Je n'oublierai jamais ma femme, dit-il d'une voix égale.

Elle cilla.

— Ce n'est pas ce que je voulais dire. Je me disais que tu avais peut-être eu besoin de te distraire de tes pensées, et que c'est pour ça que tu t'étais intéressé à moi.

— Je me suis *intéressé* à toi, comme tu dis, dès la première fois où je t'ai vue, dans cette vitrine.

Elle ne fut pas surprise de cet aveu. Il y avait eu de l'électricité entre eux dès ce premier regard. Il n'en tirait aucune vanité, il savait juste que l'attirance qu'il avait pour elle était réciproque.

— Oh ! je vois.

— Que ce soit l'anniversaire de ma grand-mère n'avait rien à voir là-dedans, dit-il, conscient de tordre légèrement le cou à la vérité pour couper court à ses interrogations.

A vrai dire, le sentiment de vide qui le hantait depuis la mort de Simone avait été insoutenable ce soir-là. Et pendant quelques heures magiques, il avait trouvé du réconfort dans les bras de cette femme pourtant inconnue. Mais il n'était pas prêt à le reconnaître.

— Est-ce que les nausées ont disparu ? demanda-t-il, désireux de changer de discussion.

— Plus ou moins. Mes deux sœurs ont souffert de diabète

gestationnel, pendant leurs grossesses, alors mon médecin surveille cela de près. Mais ça va très bien, ces jours-ci.

— Est-ce que cela présente des risques pour toi ? insista-t-il d'un air soucieux. Peut-être qu'il serait bon de voir un autre médecin, pour être sûrs de ce qu'il faut faire. Je peux prendre rendez-vous avec un spécialiste...

— Je vais très bien, le coupa-t-elle sèchement. Les nausées et les problèmes digestifs sont des à-côtés normaux de la grossesse. Et j'ai une totale confiance en mon médecin. Donc merci, mais cesse de vouloir te mêler de tout.

— Ne confonds pas attention et volonté de contrôle, Mary-Jayne, répliqua-t-il avec impatience.

— Je ne confonds pas, dit-elle d'un ton maussade.

— Je crois bien que si. Je crois que tu as tellement peur de perdre le contrôle, toi, que chaque fois que je dis quelque chose, tu réagis comme un taureau devant une muleta.

— Tu aimes vraiment t'écouter parler, hein ? s'exclama-t-elle, les yeux étincelants.

— J'ai touché un point sensible, on dirait, s'esclaffa-t-il.

— Le fait que je tienne à mon indépendance ? Ce n'est pas un point sensible, c'est un fait auquel il va falloir t'habituer. Je ne suis pas prête à me laisser donner des consignes comme un laquais.

— C'est ton insulte favorite, n'est-ce pas ? Contrairement à ce que tu as envie de croire, avec ton imagination d'artiste, je ne vis pas entouré de domestiques. Je me prépare à manger, m'occupe de ma lessive et noue même mes lacets tout seul.

— Et toi, c'est plus fort que toi, tu ne peux pas t'empêcher de me prendre de haut !

Il eut un rire nerveux. Ils se tapaient sur les nerfs, mais son expression furieuse la rendait encore plus séduisante.

— Nous avons cinq mois à passer avant la naissance du bébé, et j'aimerais que ce ne soit pas cinq mois de bagarres permanentes. Qu'en penses-tu ?

Elle haussa les épaules avec ostentation, mais il ne s'y laissa pas prendre. Elle était blessée, tout comme lui.

— De toute façon, tu seras à San Francisco et moi à Crystal Point, donc pourquoi t'en faire ?

Un océan. Des milliers de kilomètres. Des vies différentes. Il y avait tant d'obstacles entre eux. Entre lui et cet enfant à naître, cet enfant qu'elle affirmait être de lui. Le choc de la révélation s'était atténué. Ce test ne pourrait être effectué avant des mois, quoi qu'il décide de penser. Et malgré les difficultés qu'ils avaient à se parler, il se rendait compte qu'il la croyait. Sa grand-mère lui avait accordé sa confiance. Et malgré la méfiance cynique qu'il affichait pour se protéger, il comprit qu'il lui faisait confiance, lui aussi.

— Tu pourrais venir à San Francisco.

Elle releva la tête pour le dévisager.

— Mais oui, bien sûr…, murmura-t-elle.

Bon, ce n'était peut-être pas une bonne idée.

— Ou rester ici ?

Elle le dévisagea.

— Ici ? Au complexe ?

— Mais oui.

— Non plus, dit-elle en reprenant une bouchée.

— Pourquoi pas ? Tu vends tes bijoux essentiellement sur Internet, tu peux faire ça de n'importe où. De San Francisco ou de Port Douglas.

— Parce qu'ici, ce n'est pas chez moi, voilà tout. Chez moi, c'est à Crystal Point. J'y ai vécu toute ma vie, j'y suis née, et c'est là que mon enfant naîtra.

— Notre enfant.

Elle resta bouche bée.

— Tu me crois, maintenant ?

Il resta silencieux, puis acquiesça.

— Oui, je te crois.

— Et d'où vient ce changement d'avis soudain ? s'enquit-elle d'un ton suspicieux.

— Du fait que ne pas te croire m'obligerait à renoncer à tous mes droits dans cette histoire.

Ses droits ? De quoi parlait-il ? Il la croyait, il voulait défendre ses droits… Peut-être aurait-elle dû s'en réjouir, mais elle se crispa, tout son corps en alerte. Qu'est-ce qu'elle avait cru ? Qu'une fois qu'elle lui aurait annoncé la nouvelle, il disparaîtrait gentiment et la laisserait faire les choses à sa guise ? Quelle imbécile !

Elle eut envie de quitter la table et de prendre ses jambes à son cou, et dut se faire violence pour rester assise sans broncher. Elle le considéra longuement.

— Je pars d'ici dans moins de deux semaines, annonça-t-elle. Dès qu'Audrey revient, je rentre chez moi. Là où je vis.

— Alors, je viendrai avec toi, fit-il avec simplicité. Nous devons l'annoncer à ta famille, de toute façon.

— *Je* dois l'annoncer à *ma* famille, et *je* le ferai quand *je* l'aurai décidé, articula-t-elle en se reculant un peu sur sa chaise. Arrête de jouer les propriétaires.

— Arrête de jouer les gamines.

Ils étaient voués à ressasser les mêmes joutes verbales, et à retomber dans les mêmes impasses. Ils ne s'aimaient pas, n'éprouvaient l'un pour l'autre que du désir. La fatigue et une brusque vague de nausée eurent raison de sa patience. Elle repoussa sa chaise.

— Merci pour le déjeuner, dit-elle en se levant. Je sors m'éclaircir les idées.

— Un parfait exemple de ce que je viens de dire, dit-il en se levant également. Tu prends la fuite quand on dit des choses que tu n'as pas envie d'entendre. C'est une attitude infantile, Mary-Jayne.

— Fiche-moi la paix, siffla-t-elle avec rage.

Elle vit sa mâchoire se crisper.

— Je viens te chercher jeudi, pour ton rendez-vous.

— J'aimerais mieux que…

— A 9 heures, termina-t-il d'un ton sans réplique.

Sans répondre, elle ramassa son sac et le jeta sur son

épaule, puis quitta la salle d'un pas vif, sentant son cœur tambouriner dans sa poitrine.

Il lui fallut un peu de temps pour se calmer, une fois rentrée chez elle. Elle prit une douche avant d'appeler Audrey, mais dut se contenter de lui laisser un message. Elle passa le reste de l'après-midi à regarder un vieux film à la télé et à vérifier son téléphone, espérant un appel de son amie. Elle se résolut finalement à aller se coucher, avec un terrible mal de tête et sa colère intacte.

Comment osait-il la traiter ainsi ? Infantile ? Il était tellement convaincu de sa supériorité. Plus vite elle s'éloignerait d'ici, mieux cela vaudrait.

Le lendemain, Mary-Jayne se fit toute petite. Elle se tapit dans le fond du magasin, au cas où il lui viendrait l'idée de passer. Pour la surveiller. Heureusement, il ne se montra pas et ne tenta pas de la joindre. Caleb ne passa pas non plus, comme il avait pourtant coutume de le faire, dans la matinée, et elle en conclut que Daniel avait dû parler à son frère.

Le marionnettiste. Qui tirait les ficelles et contrôlait le monde autour de lui. Cette seule pensée la mettait hors d'elle.

Le jeudi matin, elle mit son réveil de bonne heure, pour se doucher tranquillement et tenter de manger quelque chose. Elle enfila une robe bleue à motif floral qui lui arrivait au genou, et rassembla ses cheveux en queue-de-cheval. Puis elle attendit, assise sur le canapé, les mains pressées l'une contre l'autre. Il se présenta à 9 heures précises, avec son habituelle, et assommante, ponctualité.

Il était si beau, avec un simple jean et un polo noir, qu'elle eut un hoquet de surprise en ouvrant. Elle croassa un bonjour étranglé. Bêtement, elle se surprit à rêver qu'elle était plus grande, plus longiligne, plus élégante… Capable de le regarder dans les yeux sans lever la tête.

— Bonjour.

— Tu es toujours aussi ponctuel ? dit-elle avec un sourire forcé.

— Toujours.

— Tant de fantaisie, c'est étourdissant…

Il lui décocha un grand sourire et s'écarta pour la laisser passer, ferma la porte derrière elle, et posa la main au creux de ses reins pour la guider vers sa voiture.

— Je suppose que c'est l'une de ces choses auxquelles tu vas devoir t'habituer.

Aucune nécessité. Un océan l'en préserverait.

Le temps d'arriver à la voiture, elle était tellement sens dessus dessous que ses dents s'entrechoquaient. Elle lui indiqua poliment l'adresse, puis demeura silencieuse, cependant qu'il réglait son GPS. Il démarra, et elle laissa tomber son sac à ses pieds avant de se tourner vers la vitre latérale. Elle s'efforçait de ne pas penser à leur proximité, si perturbante. Tous les hommes qu'elle avait connus avant lui semblaient bien fades, toutes les attirances qu'elle avait éprouvées bien tièdes, en comparaison. Leurs désaccords n'y changeaient rien, et semblaient au contraire amplifier le magnétisme qu'elle sentait entre eux. La passion et l'extase qui les avaient unis quatre mois plus tôt la taraudaient.

Elle se tourna vers lui.

— Avais-tu déjà fait ça ?

— Fait quoi ?

— Te retrouver dans un lit avec une inconnue ?

Il réprima un sourire, le regard fixé sur la route.

— Dans un lit… Il me semble qu'il n'y a pas eu que le lit…

Elle rougit.

— Tu sais très bien ce que je veux dire. Parce que… C'est-à-dire, que moi, d'habitude, je ne fais pas ça…

— D'habitude ?

Elle soupira avec agacement.

— Je ne couche pas avec n'importe qui, voilà, si tu préfères. J'ai peut-être l'air frivole, mais je ne fonctionne pas de cette façon. J'ai eu trois relations sérieuses, y compris la première, avec mon ami de lycée, mais jamais de… coucheries sans lendemain, avant toi.

— Tu veux savoir combien de relations j'ai eues ? Ou combien de coucheries sans lendemain ? Cela a-t-il vraiment de l'importance ?

Sa réticence à répondre l'irrita.

— C'est un sujet tabou ?

Elle vit sa mâchoire se serrer.

— Ma femme est morte il y a quatre ans. Tu veux savoir si je suis resté abstinent depuis ? Non. Si j'ai eu une relation sérieuse avec quelqu'un ? Non. Ça te va comme ça ?

Message reçu. Elle était un numéro de plus sur une longue liste de passades. Rien dont elle aurait dû être dépitée ou s'offenser.

— Je demandais ça par simple curiosité, je n'ai aucune idée derrière la tête, rassure-toi.

— Eh bien, si ta curiosité te fait imaginer que j'ai une nouvelle femme dans mon lit chaque soir, tu serais déçue.

Elle n'avait nulle envie d'imaginer une telle chose.

— Je ne vois pas pourquoi je serais déçue, peu m'importe.

— C'est bien ce qu'il me semblait, dit-il posément. Mais au cas où ta curiosité t'empêcherait de dormir, je n'ai eu personne dans mon lit depuis cette nuit où tu t'es éclipsée si précipitamment, il y a quatre mois.

Elle encaissa la pique. Elle avait pris la fuite, c'est vrai. Et, manifestement, il n'avait pas apprécié sa façon de l'éviter dès cet instant, et avait même été choqué par ses dérobades. Il lui fallut quelques instants pour comprendre le sens de ce qu'il venait d'affirmer.

— Personne ? Aurais-tu déjà fait le tour de tout le cheptel de San Francisco ? C'est ça qui t'embête ?

Il eut un rire sans joie.

— C'est toi qui m'embêtes.

— Moi ? couina-t-elle. Je ne vois pas très bien en quoi.

— Une seule nuit n'est pas vraiment concluante, si ? Pas quand on éprouve une telle attirance ?

Elle comprenait de quoi il parlait. Leurs regards, devant

la boutique. Quand ils s'étaient croisés à l'accueil du complexe. Puis à la plage. Et pour finir à la fête. Chaque fois qu'ils s'étaient trouvés face à face, la tension entre eux s'était accrue, jusqu'à cette explosion, inéluctable.

— Tu veux dire que tu voudrais… Tu…

Il rit d'un air incrédule.

— Tu sais, tu es vraiment un modèle de contradictions fascinant. Pour une femme si libérée, tu manques singulièrement de hardiesse et d'assurance.

— Parce que je prends la sexualité au sérieux ? Que je considère que passer une nuit avec quelqu'un n'apporte rien ?

Il resta impassible.

— Compte tenu de ce qui a résulté de cette nuit passée ensemble, « n'apporte rien » ne me paraît pas le terme adéquat.

— Tu joues sur les mots. Je ne parlais pas du bébé. Juste des coucheries.

Elle avait utilisé à dessein un terme dégradant, et fut décontenancée de le voir rester sans réaction. Elle comprit qu'il bouillonnait. Peut-être son ego n'était-il finalement pas si invulnérable ?

— Ce n'est pas un reproche, fit-elle avec embarras, se tortillant sur son siège. Ça a été une nuit… très agréable.

— Ça n'a pas été une nuit agréable, Mary-Jayne. Ça a été une nuit extraordinaire. Très sensuelle. Incroyable.

— C'est vrai, admit-elle.

Puisqu'ils étaient au chapitre des confidences, autant continuer.

— Et la raison pour laquelle je suis partie, c'est qu'après ça, je n'avais pas le courage d'affronter le réveil. Il m'a semblé que ce serait plus facile de disparaître et de penser à autre chose. Puisqu'il ne pouvait rien y avoir de plus entre nous, et qu'on le savait parfaitement tous les deux.

— Si je le pensais, je n'aurais pas cherché à te revoir, à plusieurs reprises, qui plus est.

Cela non plus, elle ne pouvait le nier. Il l'avait poursuivie. Et elle l'avait envoyé bouler. Parce que trop de choses les séparaient, qu'ils étaient trop différents. Il avait voulu coucher avec elle, il avait obtenu ce qu'il voulait, et elle n'était pas stupide au point d'espérer quoi que ce soit de plus.

— Oui, et je me serais retrouvée dans ton lit, et on se serait retrouvés au même point. Je pense que les hommes et les femmes voient les choses différemment. Je ne cherche pas à me caser, mais je n'ai pas envie de perdre du temps pour des choses ou des gens avec qui il n'y a rien à attendre.

— Merci, c'est charmant.

— Ecoute, il faut regarder les choses en face. Tout nous oppose, toi et moi. Il y a... une certaine alchimie, c'est certain. Mais c'est tout. Pour tout le reste, nous ne nous supportons pas. Ce n'est pas la combinaison rêvée pour une relation. C'est la combinaison rêvée pour se gâcher la vie.

Elle se détourna en soupirant. Ils ne parlèrent plus jusqu'à l'arrivée à Cairns, grande ville touristique très animée, à une heure et demie de bateau de la Grande barrière de corail.

Quelques minutes plus tard, ils entraient sur le parking du centre de santé.

— Si cela te dit, nous pourrons aller faire un tour en ville ensuite, proposa-t-il quand ils eurent quitté le véhicule. On pourrait déjeuner ici.

— Décidément, tu ne penses qu'à me nourrir, tu penses que j'ai besoin de grossir encore plus ?

— Eh bien, j'ai remarqué que tu ne manges pas beaucoup.

— Je mange plus qu'il ne faut. As-tu remarqué aussi comme j'ai déjà pris du poids ? Je t'ai expliqué que dans ma famille, les femmes deviennent énormes quand elles sont enceintes.

— Tu n'as pratiquement pas touché à ton plat, l'autre jour.

Elle leva les yeux au ciel.

— Tu m'avais trop ulcérée pour que je puisse manger.

— Tu t'es ulcérée toute seule.

— Tu t'es montré désagréable et suffisant, c'est ça qui m'a ulcérée.

— Tout ce que je fais ou dis t'ulcère, conclut-il en la

suivant vers le bâtiment. Tu devrais peut-être te demander pourquoi.

— Je sais très bien pourquoi, et je te l'ai déjà dit. Tu as des attitudes hautaines et tu veux toujours tout régenter.

Il eut un petit rire et prit sa main, l'obligeant à s'arrêter pour le regarder. Une fois de plus, elle se retrouva captive de ses yeux gris sombre. Une petite veine palpitait sur sa tempe, et elle eut envie d'y poser les doigts. Il serra sa main et l'attira un peu plus près de lui.

— Et si tu essayais de lâcher prise, juste un moment ?
Certainement pas.

— Je ne peux pas…

— Bien sûr que tu peux, dit-il en caressant sa paume. Je ne suis pas ton ennemi, Mary-Jayne, sauf dans ton imagination.

— Daniel…

— Allons, viens, dit-il en la poussant doucement vers la porte. Allons voir à quoi ressemble ce bébé.

Il leur fallut près de vingt minutes pour trouver le bon service, puis le secrétariat, avant d'être introduits dans un petit cabinet où on l'invita à s'allonger sur une table d'auscultation. Une infirmière vint installer l'appareil et leur dit que le médecin n'allait pas tarder.

— Comment te sens-tu ? demanda Daniel, assis dans un angle de la pièce.

Elle se tortilla sur la table.

— Super. On ne peut mieux.

— Tu sembles nerveuse.

— C'est la première fois que je fais ça, dit-elle sèchement. Forcément, oui, je suis un peu nerveuse.

Au moment où elle prononçait ces mots, l'idée la frappa que, justement pour lui, ce n'était pas la première fois. Il avait vraisemblablement vécu cette expérience avec Simone. La femme qu'il aimait, et l'enfant qu'il avait perdue. Cela devait être une épreuve de se retrouver ici, pour partager cette expérience avec une femme qu'il connaissait à peine.

Elle sentit la honte l'envahir. Elle était restée centrée

sur elle-même, sans penser un seul instant à ce qu'il pouvait ressentir.

Qu'est-ce qui ne va pas chez moi ? Depuis quand suis-je devenue si égoïste ?

— Excuse-moi.

— T'excuser de quoi ?

— De ne pas avoir réfléchi que ça devait être dur pour toi d'être là.

Il la fixa sans changer d'expression.

— Ce n'est pas dur. C'est juste… différent. Avec Simone, nous avions tout planifié, depuis la conception, jusqu'à la date de l'accouchement. Elle avait souffert d'une endométriose pendant plusieurs années, et n'arrivait pas à tomber enceinte. Nous avons eu recours à des FIV. Ça a marché au troisième essai. Tout ça était assez méthodique et un peu médical, avec des traitements, des procédures… Au début, tout ça a pris un peu le pas sur le bébé lui-même. Donc voilà, c'est différent.

— D'accord, dit-elle, gorge serrée. On va essayer d'être cool.

Il se leva en voyant entrer le médecin. Elle se rallongea et s'efforça de se détendre. Daniel vint se poster près d'elle et lui toucha légèrement l'épaule.

— Bien, fit le Dr Stewart, après s'être présentée et perchée sur un tabouret près de Mary-Jayne. Est-ce que vous voulez connaître le sexe de votre enfant ?

Mary-Jayne se tourna vers Daniel, qui haussa les épaules.

— Comme tu voudras.

— Alors, oui, j'aimerais bien savoir.

Il sembla soulagé. Le Dr Stewart lui demanda de déboutonner sa robe, et Mary-Jayne se força à oublier la présence de Daniel si près de son ventre nu. Elle frissonna au contact du gel froid, et sentit la main de Daniel serrer ses doigts avec douceur. Mais dès que l'image apparut sur le petit écran, elle ne pensa plus à rien d'autre. Tout d'abord, elle ne vit pas grand-chose, mais quand le médecin pointa du bout de son stylo un bras et la tête du bébé, un flot d'émotions la submergea. Elle réprima un sanglot.

Coucou, petit trésor. Je suis ta maman… Et je t'aime comme je n'aurais cru qu'on pouvait aimer quelqu'un.

— Et voilà votre bébé, déclara le docteur. Un adorable petit garçon, parfait en tout point.

Relevant les yeux vers Daniel, elle vit qu'il était rivé à l'écran, perdu dans la contemplation de ce spectacle. Il ne lui avait jamais paru aussi séduisant, et elle sentit un élan brutal vers lui. Un élan de langueur et d'attente, indéfinissable.

— Oh…

L'exclamation du médecin la tira de ses pensées.

— Qu'y a-t-il ?

La voix de Daniel, grave et pressante, la réconforta. Il y avait quelque chose qui clochait, mais il était là, et sa main dans la sienne lui communiquait sa force. Il lui jeta un regard et serra plus fort ses doigts. Le Dr Stewart les regarda tour à tour.

— Eh bien, à ce que je vois…

— Qu'y a-t-il ? répéta-t-il avec fermeté. Y a-t-il quelque chose d'anormal ?

Il posait la question qu'elle n'osait pas poser elle-même.

— Rien d'anormal, dit le médecin avec un grand sourire. C'est juste… ils sont deux !

Elle scruta le moniteur.

— Que voulez-vous dire ?

Le sourire du médecin s'élargit encore.

— Toutes mes félicitations. Ce sont des jumeaux.

6

Si on lui avait annoncé qu'il allait devoir vivre sur la lune pendant les cinquante prochaines années, il n'aurait pas été plus abasourdi. Des jumeaux !

— Vous êtes sûre ? demanda-t-il.

Voyant que Mary-Jayne restait pétrifiée, il lui serra la main pour la rassurer.

— Ils sont en bonne santé ?

Le médecin hocha la tête.

— En parfaite santé. Deux beaux gros bébés bien solides. Voulez-vous écouter leurs cœurs ?

Il n'eut pas conscience de dire oui, mais se retrouva avec de petits écouteurs sur les oreilles, écoutant la musique inouïe du cœur de ses fils. Submergé par l'émotion, il cessa un instant de respirer, ravalant les larmes qui lui montaient aux yeux. Il n'avait jamais rien entendu de pareil aux battements de ces deux cœurs minuscules, presque à l'unisson. Une joie impérieuse, instinctive écrasait sa poitrine, et il se cramponna au dossier de la chaise, comme s'il allait tomber.

Le médecin dit quelque chose qu'il entendit à peine, au sujet d'une radio qu'ils pourraient garder. Il ôta les écouteurs et les plaça sur les oreilles de Mary-Jayne. Le spectacle de son visage, passant du choc à l'émerveillement, le bouleversa. Elle irradiait d'une joie pure, plus belle que jamais.

Le médecin se leva.

— Je vais demander un tirage ; je reviens dans quelques minutes, annonça-t-elle en quittant la pièce.

Daniel n'avait pas lâché la main de Mary-Jayne.

— Est-ce que ça va ?

Elle posa les écouteurs sur le lit.

— Oui, je suppose que oui.

— Tu ne t'attendais pas à ça, n'est-ce pas ?

Elle soupira.

— Non, pas franchement. Mais…

Elle laissa passer un silence.

— Je suis contente.

Elle regarda l'écran vide du moniteur.

— J'ai du mal à le croire.

— Y a-t-il des jumeaux dans ta famille ? demanda-t-il en caressant sa main.

— Non, pas que je sache. Il y en a dans la tienne, je crois ?

Il hocha la tête en souriant.

— En effet. Mes frères, pour commencer. Mon grand-père avait un jumeau, et j'ai aussi quatre cousins qui sont des jumeaux. C'est endémique, dans la famille.

— Donc, c'est ta faute ? demanda-t-elle avec malice.

— Je ne suis pas sûr que ça vienne du côté de mon père, à vrai dire. Mais je suis prêt à endosser la responsabilité, si tu veux. Tu n'es pas trop secouée ?

— Je suis heureuse, comme je t'ai dit. J'ai un peu la trouille, je ne m'attendais pas à ça.

Elle baissa les yeux sur son ventre.

— Est-ce que l'infirmière va venir me retirer ce truc gluant ?

Il lâcha sa main pour aller chercher une boîte de mouchoirs en papier sur le bureau.

— Ça devrait faire l'affaire, fit-il en se rasseyant près d'elle et en commençant à essuyer le gel.

Ils ne s'étaient pas touchés de façon si intime depuis quatre mois, et il avait beau agir de manière méthodique, elle sentit le désir contracter son ventre. Mais elle resta immobile, paisible et, en levant les yeux, il vit qu'elle le regardait intensément. Quand il eut terminé, elle prit sa main et la plaça doucement sur son ventre, tout en la gardant dans la sienne. Il ressentit une connexion puissante. Il se sentait lié à elle, à leurs bébés, dans une sensation saisissante et indescriptible.

Une sensation qu'il avait voulu ne jamais revivre, après ce qui était arrivé à Simone. Et qui était là soudain, imparable. Ces bébés étaient ses enfants. Ses fils. Une part de lui-même. Il ne pouvait refuser l'amour profond et aveugle qui venait de s'éveiller en lui. Il voulait être là pour eux, partager leur vie, être un vrai père, à plein-temps. Un vrai père.

Mary-Jayne avait les yeux brillants, pleins de lumière. Elle se mordillait la lèvre et il regarda sa bouche, comme envoûté. Il posa son autre main sur sa tempe, renforçant encore le lien qui les unissait.

Il ne pensa plus à rien d'autre qu'à l'embrasser, et ses lèvres s'ouvrirent pour les siennes, familières et offertes. Son pouls s'accéléra tandis qu'ils se fondaient dans un baiser intense, leurs souffles brûlants s'accordant, leurs langues se cherchant. Elle eut un gémissement sourd, faisant monter dans ses reins un besoin irrépressible. Tandis qu'il glissait les doigts dans ses boucles, il sentit le bout de ses doigts se poser sur son torse, comme autant de fils tendus entre eux. Il l'embrassa encore et encore, et son désir s'accrut. Et avec lui la certitude qu'il n'y avait qu'une issue possible pour que tout aille bien.

— Mary-Jayne, souffla-t-il.

Ses lèvres effleuraient la peau si tendre près de son oreille, en une caresse qui la rendait tremblante, il le savait.

— Nous devrions nous marier.

Instantanément, elle se raidit. Ses lèvres se refermèrent, et elle écarta sa main.

— Quoi ?

Daniel s'écarta pour la regarder droit dans les yeux.

— Nous marier. Nous devrions nous marier.

Elle mit la main sur son épaule pour le repousser.

— Ne sois pas ridicule.

— C'est la seule solution, déclara-t-il en se redressant.

— La seule solution à quoi ? dit-elle en rabattant sa robe et en commençant à la reboutonner. Il n'y a aucun problème, et donc pas besoin de solution.

Il croisa les bras d'un air sévère.

— Il y a un problème. Nous allons avoir deux enfants ensemble et nous vivons sur deux continents différents.

— Je t'ai dit que tu pourrais voir le bébé, je veux dire les bébés, aussi souvent que tu le souhaiteras. Un mariage de convenance, non merci. Ni avec toi ni avec personne.

Le médecin revint avant qu'il ait pu répondre. Elle leur donna un tirage de l'échographie et recommanda à Mary-Jayne de prendre rendez-vous avec un gynécologue dans les semaines à venir. Daniel l'écouta expliquer qu'elle allait rentrer chez elle à Crystal Point et consulterait là-bas son médecin de famille.

Chez elle. Il enviait presque sa façon de parler de cette ville minuscule où elle avait passé toute sa vie. Lui, il ne se sentait chez lui nulle part. Que ce soit à Port Douglas ou à San Francisco.

Elle ne dit pas un mot jusqu'à ce qu'ils aient regagné sa voiture.

— As-tu faim ? demanda-t-il en lui ouvrant la portière côté passager. Nous pourrions nous arrêter dans les environs.

— Je préfère rentrer directement, dit-elle sans hésiter. Je me sens un peu fatiguée.

Il acquiesça sans discuter, et referma la portière quand elle fut installée. Ils regagnèrent la voie rapide, où il fit halte pour faire le plein et acheter une bouteille d'eau. Elle le remercia d'un signe de tête et posa la bouteille à ses pieds. Au bout d'un quart d'heure de conduite dans un silence de mort, il en eut assez.

— Eviter le sujet ne le fera pas disparaître par magie, Mary-Jayne.

— Quel sujet ?

— Ma proposition.

Elle lui jeta un regard du coin de l'œil.

— Je me disais que tu avais peut-être voulu plaisanter.

— Je suis très sérieux, au contraire. Quand tu seras calmée, tu te rendras compte que c'est la seule chose à faire.

— Je suis parfaitement calme. Et t'épouser serait bien la dernière chose à faire.

— Et pourquoi ça ? demanda-t-il, malgré lui piqué au vif par son dédain ostentatoire.

— Parce que je ne veux pas de quelqu'un comme toi.

— Quelqu'un comme moi ? dit-il ironiquement. Tu veux dire honnête, stable et à l'aise financièrement ?

— Présomptueux, autoritaire et insupportable.

— Tu ne penses pas que nos enfants ont le droit d'avoir deux parents ?

— Nos enfants auront deux parents, répliqua-t-elle, les phalanges blanchies tant elle serrait avec force ses deux mains l'une contre l'autre. Deux parents, vivant dans deux pays différents, avec assez de jugeote pour ne pas se marier juste parce que ça se fait. Sois honnête, Daniel. Tu n'as pas envie de te marier avec moi, mais tu te dis que c'est ce que tu dois faire. Mais ce n'est pas le cas. Tu es libre de faire ce que tu veux. Je te serais reconnaissante de ne plus parler de ça.

Il se maîtrisa. Il se sentait profondément blessé dans son amour-propre.

— Si je comprends bien, ce n'est pas le mariage en soi qui te gêne ? Juste un mariage avec moi ?

— Ce qui me gêne, c'est d'épouser quelqu'un dont je ne suis pas amoureuse, point. Et qui ne m'aime pas non plus. Je crois en l'amour, figure-toi, et j'aspire à le trouver. Je veux vivre avec quelqu'un qui veut vivre avec moi. Moi et personne d'autre. Qui m'aime moi, pour moi-même.

Quel sentimentalisme ridicule !

— Comment peux-tu songer à ça, alors qu'il y a des enfants en jeu ?

— Justement, insista-t-elle. Tu as eu une espèce de

prise de conscience en les voyant sur cet écran, et tu as pensé qu'un mariage allait tout simplifier. Mais c'est faux. Nous sommes trop différents l'un de l'autre pour nous lier pour la vie. Je ne remets pas en cause tes motivations, je veux juste faire ce qui sera le mieux pour nous tous, toi y compris.

Mais il ne voyait pas les choses ainsi. Son père et sa belle-mère s'étaient mariés quand Bernie s'était retrouvée enceinte, et leur mariage avait été très heureux. Ils avaient construit une famille ensemble, malgré leurs différences. Et s'il voulait avoir une chance d'être partie prenante de la vie de ses fils, il savait qu'il devait agir comme eux.

Mais il connaissait Mary-Jayne suffisamment pour savoir qu'il était inutile de poursuivre cette discussion pour le moment. Elle n'était pas prête à l'écouter.

— Nous en reparlerons.

— Non, nous n'en reparlerons pas, rétorqua-t-elle avec détermination. Et c'était quoi, ce baiser ?

— C'était un baiser. Il arrive que les gens s'embrassent, vois-tu ?

— Eh bien, pas nous ! martela-t-elle en pointant le doigt sur lui, puis sur elle-même. Ne recommence jamais ça.

Avait-il perdu la tête ?

L'épouser ? Comment avait-il pu croire une seconde qu'elle accepterait ? Ne voyait-il pas que c'était pure folie ? Il avait été marié, marié par amour, naguère. Comment pouvait-il se résigner à ne pas revivre ça ? Rien ne l'empêcherait d'être là pour ses fils. Ce serait compliqué, c'est certain, surtout avec cette distance. Mais ils se débrouilleraient. Quantité de gens le faisaient. Ce qu'il y avait, c'est qu'il était têtu comme une mule, et ne supportait pas que les choses ne se passent pas comme il l'avait décidé.

Il n'était pas question qu'elle se laisse pousser à une telle extrémité, attirance ou pas. Il n'avait pas intérêt à se risquer à nouveau à l'embrasser.

— J'aurais voulu passer voir mes parents et leur annoncer la nouvelle. Est-ce que tu es d'accord ?

— D'accord. Comme tu voudras.

C'était un petit détour, cela ne la dérangeait pas. Elle appréciait Miles et, de toute façon, ils devraient le leur annoncer tôt ou tard. Il leur fallut une demi-heure pour parvenir à la petite ferme. Elle se raidit sur son siège quand ils s'engagèrent sur un sentier caillouteux. Après un dernier kilomètre, ils parvinrent devant une jolie maison de bois flanquée de vastes vérandas. Elle aperçut une petite dépendance bâtie dans le même style.

— L'atelier de mon père, expliqua Daniel.

Elle se tourna vers lui. Il la regardait avec une telle intensité qu'elle sentit sa gorge se serrer. Une fois de plus, elle sentit le feu lui monter aux joues.

Il arrive que les gens s'embrassent…

Comme elle avait eu envie de lui à ce moment ! Mais leur élan était né de leur émotion. Ils avaient découvert leurs fils, ensemble, il lui avait essuyé le ventre… Il n'y avait rien d'étonnant à ce qu'elle se soit embrasée, elle n'était pas de marbre. Mais lui, il avait un objectif. Il avait pris une décision, et tous les stratagèmes seraient bons pour obtenir ce qu'il voulait.

Elle cilla.

— S'il te plaît, Daniel, ne fait plus ça…

— Faire quoi ? dit-il avec un sourire désabusé. Qu'est-ce que j'ai encore fait ?

— Tu le sais très bien.

Tant pis si elle avait l'air d'une enfant boudeuse.

— Tu m'as embrassée.

— Toi aussi, tu m'as embrassé.

— Je ne vais pas te laisser m'entraîner sur cette pente, si c'est ce que tu t'imagines.

Il éclata de rire, comme s'il trouvait tout cela très drôle.

— L'avenir nous le dira.

Elle sentit la moutarde lui monter au nez.

— Ce n'est pas parce que tu m'as mise dans ton lit

une fois que tu pourras recommencer. Cette nuit a été un incident, rien de plus. Je n'éprouve rien pour toi.

Daniel coupa le contact et se cala dans son siège.

— C'est ton mode de défense, Mary-Jayne ? L'attaque ?

Elle eut un juron étouffé.

— Cela te va bien, de dire ça ! C'est toi, l'homme affaires redoutable, pas moi.

— A quoi crois-tu que je passe mes journées, au juste ? A écrabouiller tous ceux qui se présentent sur ma route ? Je suis désolé de te décevoir, mais je ne suis pas un mercenaire. Je suis le P.-D.G. d'une entreprise qui donne du travail à plusieurs milliers de personnes sur différents continents. Je ne vois pas ce que tu trouves de si répréhensible à cela.

— Tout. A commencer par ton assurance inamovible… Comme en ce moment, où tu me juges cinglée, simplement parce que je ne suis pas en extase devant toi.

— Je pense que tu as peur. Pas que tu es cinglée. Et que ton émotivité est exacerbée parce que tu es enceinte.

Il se voulait raisonnable, mais se montrait blessant. Elle ne pouvait le laisser dire sans répliquer, de toute la force de son esprit rebelle. Elle était convaincue qu'il en était conscient.

— Ce n'est pas la grossesse ou les hormones ! explosa-t-elle. Je suis comme ça. Emotive et cinglée.

Il soupira, à bout de patience.

— Pourrions-nous poursuivre cette conversation plus tard ? Mon père arrive.

Effectivement, Miles Anderson était sorti de son atelier et s'avançait vers eux, une bretelle de sa vieille salopette battant derrière son épaule. A soixante ans, c'était un bel homme en pleine force de l'âge, et elle eut une vision de ce à quoi Daniel ressemblerait dans trente ans. Encore une idée idiote. Elle ne devait se concentrer que sur le présent, rien d'autre, et non sur un avenir inexistant.

Daniel descendit, et elle s'attarda un moment dans la voiture. Les deux hommes se saluèrent d'une poignée de main, sans embrassades ni autre démonstration. C'était triste. Daniel aurait-il cette attitude avec ses fils ? Il parla avec son père pendant quelques instants, puis revint vers la jeep. Elle ouvrit la portière. Miles regarda son fils lui offrir sa main pour l'aider à s'extirper du véhicule.

— Je suis heureux de vous revoir, M.J., dit-il chaleureusement.

— Mary-Jayne, rectifia Daniel d'un air indigné, comme si son père lui avait manqué de respect.

Elle prit son sac, puis le dévisagea.

— Personne ne m'appelle comme ça, en vérité. A l'exception de mes parents… et de toi.

— C'est pourtant ton prénom, dit-il, lèvres pincées.

— Un vieux prénom à coucher dehors.

— Un très joli prénom, je trouve, intervint Miles en prenant son bras. Entrons. Bernie va être enchantée de vous voir.

Elle sentait le regard de Daniel dans son dos, tandis qu'ils traversaient le jardin. Un endroit merveilleux, assura-t-elle, et Miles se mit à deviser aimablement du potager, des poules, et de la chèvre qu'ils avaient acquise récemment pour profiter de son lait, et qui avait dévoré toutes les fleurs de courgettes.

— Ma femme attend un client dans une demi-heure, annonça-t-il quand ils arrivèrent à la véranda, mais cela nous laisse le temps de prendre un café et quelques cookies aux noix de pécan.

Sur une porte, à gauche de l'entrée, une enseigne peinte indiquait : homéopathe, masseuse, acupuncteur. La belle-mère de Daniel apparut dans l'encadrement, vêtue d'une tunique bleu et or sur un pantalon blanc, cheveux blonds mousseux. Elle se précipita avec un petit cri joyeux en les voyant, et serra longuement Daniel sur son cœur.

— Je suis heureuse de te voir, lui dit-elle avec force quand elle le relâcha. Ton frère nous a dit que tu étais revenu. Quatre mois entre deux visites, c'est trop long.

Ses parents l'aiment. Cette pensée traversa l'esprit de Mary-Jayne. Ne serait-il pas formidable pour ses fils d'avoir pour grands-parents des gens aussi adorables ? Dans un geste instinctif, elle posa la main sur son ventre, et vit que Bernie avait perçu son geste. Elle parut sur le point de dire quelque chose, mais Daniel s'avança pour faire les présentations.

— C'est un plaisir de vous rencontrer, dit Bernie avec un grand sourire. Solana m'a parlé de vous, bien sûr. Vous lui avez fait grande impression et, en matière de personnes, ma belle-mère est le meilleur juge que je connaisse.

— Merci, dit Mary-Jayne en lui rendant son sourire.

Bernie tapota l'épaule de son époux.

— Et si tu emmenais Daniel à ton atelier, pour lui montrer la sculpture que tu prépares pour Phuket ? Nous préparerons le café, Mary-Jayne et moi, pendant ce temps, proposa-t-elle.

Elle se tourna à nouveau vers Mary-Jayne.

— Mon artiste de mari est en train de réaliser une sculpture merveilleuse pour le hall d'accueil du complexe de Phuket, expliqua-t-elle avec animation. Un groupe de dauphins qui plongent dans une vague, en bronze. C'est magnifique.

Instantanément, Mary-Jayne fut séduite par son enthousiasme.

— Bonne idée, dit-elle, notant la gêne de Miles sous le compliment.

Daniel resta planté à côté d'elle sans faire un geste. Elle lui tapota l'épaule, ignorant les picotements dans ses doigts à ce simple contact.

— Vas-y, ne t'en fais pas, je suis très bien.

— Bien sûr qu'elle est très bien, appuya Bernie, en lui prenant le bras.

Elles gagnèrent la grande cuisine de cèdre rouge nichée au centre de la maison. Devant chaque fenêtre ou presque était suspendu un attrape-rêves. Une fontaine façonnée en cascade occupait tout un pan de mur, et le doux ruissellement de l'eau sur les pierres créait une ambiance apaisante.

— Votre maison est ravissante, dit-elle en se perchant sur un tabouret devant le vaste comptoir.

— Merci. Cela fait bientôt dix ans que nous sommes ici. Nous voulions un endroit où Miles pourrait travailler sans déranger les voisins, répondit Bernie en mettant en marche la machine à café. Il lui arrive de faire de la soudure ou de marteler du métal des heures durant. Nous aimons beaucoup cet endroit, et nous cherchions un lieu où les enfants puissent se réunir en se sentant chez eux. Quand ils seraient mariés et auraient fondé une famille, vous voyez ?

Le sous-entendu était transparent. Mary-Jayne baissa les yeux sur son ventre, inspira à fond et releva la tête vers Bernie, qui la considérait sans dissimuler sa curiosité.

— Oui, je suis enceinte. Et oui, Daniel est le père. Nous venons d'apprendre que ce sont des jumeaux. Deux garçons.

Bernie eut un sourire radieux et la prit dans ses bras.

— Je suis tellement heureuse ! Il mérite de connaître enfin le bonheur, après ce qu'il a enduré.

Mary-Jayne doutait que Daniel trouve en elle un remède à ses souffrances.

— Il aimait beaucoup sa femme, n'est-ce pas ? demanda-t-elle d'un ton neutre.

— Simone ? Ma foi, tout le monde l'aimait. C'était une femme adorable, très gentille et généreuse. Elle était avocate, vous savez, brillante, à tous points de vue…

Mary-Jayne la regarda préparer thé et café, en jouant pensivement avec l'anneau d'argent qui ornait sa main droite. Elle éprouvait des sentiments ambivalents quand elle pensait à la femme de Daniel. Pas de la jalousie, ç'aurait été totalement idiot. Et aurait signifié qu'elle avait des sentiments pour lui, ce qui n'était pas le cas. Elle se sentait plutôt isolée, comme si elle n'était pas à sa place. Daniel ne la présentait pas à ses parents parce qu'il l'avait choisie. Elle n'était là que parce qu'elle était tombée enceinte et, sans cela, tous deux ne se seraient probablement jamais revus.

— Oui, je suis sûre qu'elle était formidable.

— Daniel parle très peu d'elle, observa Bernie en sortant des tasses. Il a toujours été un peu réservé, mais quand Simone et le bébé sont morts, il s'est vraiment fermé. Solana est la seule personne avec qui il parle véritablement, ils sont très proches. Il n'a jamais connu sa mère, vous savez.

Elle soupira doucement.

— Je l'ai toujours traité comme mon propre fils, bien sûr. Il était tout petit quand les jumeaux sont nés. Mais je pense que la perte de sa mère l'a profondément marqué. Miles a souffert longtemps, lui aussi. Même après notre mariage et la naissance de nos fils, il a continué à la pleurer. Il arrive encore qu'il la mentionne, j'essaie de ne pas en être blessée.

Le message que lui adressait Bernie était clair, mais elle ne pouvait savoir que les conditions étaient tout autres. Miles était tombé amoureux d'elle quand il l'avait connue, même s'il souffrait toujours de la perte de son épouse. Daniel l'avait désirée, la désirait peut-être encore, mais rien de plus.

— Merci de m'avoir parlé ainsi, dit-elle gentiment. J'apprécie votre franchise.

— N'hésitez pas à faire appel à moi.

Au même instant, les deux hommes rentrèrent par la porte arrière. Mary-Jayne se tourna vers Daniel.

— Alors, cette sculpture ?

— Elle est très belle.

Miles posa la main sur l'épaule de son fils.

— Veux-tu emmener Mary-Jayne à l'atelier pour lui montrer ? dit-il avec un clin d'œil à l'intention de la jeune femme. J'aurais dû me douter qu'une artiste comme vous aurait envie de jeter un œil. Ne soyez pas trop critique, je vous prie, je suis un vieux monsieur, et mon ego est fragile.

Mary-Jayne rit de bon cœur. Miles était vraiment délicieux, avec son humour détaché et sa modestie.

— Avec plaisir, dit-elle en glissant de son tabouret.

Elle s'avança vers la porte.

— Tu viens ? lança-t-elle à Daniel, toujours immobile.

Sans l'attendre, elle descendit les quelques marches et se dirigea vers l'atelier. Elle était déjà en contemplation devant la grande pièce de bronze quand il la rejoignit.

— C'est magnifique ! s'exclama-t-elle en tournant lentement autour.

— Il sera ravi que ça te plaise, dit-il en s'approchant.

Elle lui lança un regard interrogateur.

— Je suppose que tu lui as dit ?

— Pour les bébés ? Oui. Il est ravi de ça également. Il m'a dit qu'il était grand temps que je me pose et que je fonde une famille.

— J'espère que tu lui as expliqué clairement la situation ?

— Que tu refuses de m'épouser, tu veux dire ? Non. Je me suis dit que je retenterai ma chance, avant de me résigner.

Elle eut un sourire désenchanté.

— En tout cas, cela suffira pour aujourd'hui, merci.

— Même si je me mets à genoux ? demanda-t-il, les yeux pétillants. Et que je t'offre une bague de diamants ?

— Tu es trop bien habillé pour te salir les genoux, répliqua-t-elle d'un ton suave. Et si jamais je me mariais, je créerais moi-même ma bague.

Il eut à nouveau ce rire qu'elle aimait tant.

— Bien. Comment Bernie a-t-elle pris la nouvelle ?

— Elle est enchantée. Dis-moi, pourquoi l'appelles-tu Bernie ? Elle a été comme ta mère, n'est-ce pas ?

— Il m'arrive parfois de l'appeler maman, dit-il avec réticence. Cesse de m'analyser en permanence.

— Je ne vais pas me priver quand j'en ai l'occasion. Ils sont adorables, poursuivit-elle en se remettant à tourner autour de la sculpture. Ils t'aiment énormément.

— Je sais, fit-il en se rapprochant à nouveau. Simplement, nous n'avons pas le même mode de vie.

— Mais tu as eu une enfance heureuse ?

Il eut un geste vague.

— Je suppose que oui. Quand bien même j'aurais préféré qu'ils cessent de déplacer les meubles à tout bout de champ pour être en phase avec le feng shui, et manger des steaks frites plutôt que du tofu... Et prendre de l'aspirine, au lieu de devoir endurer des piqûres d'aiguilles dans les tempes...

Mary-Jayne s'arrêta pour le regarder, saisie par une pensée soudaine.

— Ils vous faisaient de l'acupuncture ?

— Ils jugeaient que c'était ce qu'il y avait de mieux.

— Du coup, c'est pour ça que tu as peur des aiguilles ?

— C'est possible, dit-il d'un ton détaché. Cela paraît un peu ridicule de lier les deux choses. Tout ça remonte à très longtemps, et ce n'est pas comme s'ils avaient voulu me torturer. Bernie est très compétente dans son métier, et elle pensait bien faire. Ils ont été de bons parents.

— Je sais. Et nous le serons nous aussi, assura-t-elle avec chaleur. Nous n'avons que de bons modèles autour de nous.

— Est-ce possible, en vivant si loin l'un de l'autre ?

Il tendit la main pour attraper une mèche de ses cheveux et la fit rouler entre ses doigts.

— Je veux être leur père, Mary-Jayne, tu dois me laisser cette chance.

Elle sentit les battements de son cœur s'accélérer et repoussa l'émotion qui montait en elle.

— Je ne peux pas faire ce que tu veux, répondit-elle d'un ton implorant. Cela ne marcherait pas. Ecoute, je sais bien que cela ne va pas être très simple, nous le savons tous les deux, et ça va se compliquer de plus en plus quand les enfants grandiront. Mais je ne veux pas, je ne peux pas me marier pour la forme. Je veux faire un mariage d'amour, comme nos parents, et élever comme eux mes enfants dans la ville où j'ai vécu toute ma vie.

Elle s'écarta un peu, et il laissa retomber sa main.

— Je sais bien que pour toi c'est du sentimentalisme, mais je ne peux pas changer ce que je suis et ce à quoi je crois. Pas plus que tu ne le peux, toi. Je n'ai jamais été amoureuse pour de bon, mais j'espère l'être un jour.

— Oui, et tu espères rencontrer un prince charmant qui volera ton cœur, je sais, tu me l'as dit.

— Et pourquoi ne veux-tu pas m'écouter ? L'amour n'est pas une illusion, Daniel. Tu aimais ta femme, non ? Bernie m'a dit qu'elle était belle, intelligente, et que tout le monde l'adorait. Si tu as eu droit à l'amour, pourquoi n'y aurais-je pas droit, moi aussi ?

— Parce que de toute façon, cela ne dure pas.

— Cela peut durer. Tes parents en sont la preuve.

— Bien, disons alors que parfois ça dure, et parfois non. Et quand cela nous est ôté, eh bien… c'est la pire des choses qu'il nous soit donné de vivre.

Il y avait tant de souffrance dans sa voix qu'instinctivement elle posa la main sur son bras. Ses muscles étaient tendus et son regard fixe.

— Cela te fait toujours aussi mal, murmura-t-elle.

Elle aurait voulu le prendre dans ses bras pour le consoler, mais elle s'abstint. Il tourna vers elle des yeux vides. Une veine tressaillait sur sa tempe, et son regard était froid comme de l'acier poli. Il prit sa main, et elle sentit ses genoux faiblir.

— La plupart du temps… je ne ressens plus rien du tout.

— C'était un accident, Daniel. Un accident affreux. Elle ne voudrait pas que tu restes ainsi, tu ne crois pas ?

— Non, dit-il en caressant sa pommette du bout du doigt. Elle voudrait que je t'épouse, et que nous élevions ensemble nos fils. Et c'est ce que nous allons faire, Mary-Jayne. Nous allons nous marier. Pour le bien de nos enfants. Tu as juste à dire oui.

7

Mais Mary-Jayne garda le silence et, s'écartant de lui, sortit de l'atelier. Ils restèrent chez les parents de Daniel encore une vingtaine de minutes et prirent congé quand le client de Bernie arriva. Daniel promit de revenir les voir deux jours plus tard. Les voir ensemble fit sentir à Mary-Jayne combien sa famille lui manquait, et elle resta silencieuse pendant tout le trajet du retour.

« Tu as juste à dire oui. »

Dans un certain sens, elle admirait son obstination. Il était très persévérant ; pas étonnant qu'il réussisse si bien en affaires. Solana lui avait raconté qu'il avait géré et développé Anderson presque seul, pour créer cette chaîne de luxueux complexes balnéaires en plusieurs points du globe. Du temps de son grand-père, le tourisme n'était qu'une branche naissante du groupe, jusqu'alors essentiellement concentré sur l'exploitation minière et le cuivre. Cette dernière activité avait été abandonnée, et le groupe s'était orienté vers le développement de complexes balnéaires. Tandis que d'autres empires s'effondraient, Daniel avait maintenu Anderson à flot par son sens inné des affaires et sa ténacité. Elle se remémora ce qu'il avait dit à propos de toutes ces personnes qui dépendaient du groupe et dont il se sentait responsable.

Il la raccompagna sur le pas de sa porte. Il ne semblait pas vouloir la quitter.

— Pourrai-je te voir ce soir ?

— Je ne crois pas, répondit-elle en secouant la tête.

— Tu ne pourras pas m'éviter éternellement, dit-il, un éclair de contrariété dans les yeux. Je ne vais pas disparaître, et cette situation non plus.

— Je suis fatiguée, voilà tout. La journée a été longue. Et riche en émotions, dit-elle en agitant l'enveloppe qui contenait l'échographie.

— D'accord, fit-il à contrecœur. Je m'en vais. Mais il nous faudra bien trouver une solution.

— Je sais, répondit-elle avec un soupir. Nous trouverons. Mais pas aujourd'hui.

Il s'en alla à contrecœur. Gagnant le salon, elle s'écroula sur le canapé, en pleine confusion. Daniel l'embrouillait et la déconcertait. Il ne semblait pas prêt à renoncer, mais elle non plus ne changerait pas d'avis. Peut-être n'était-il pas l'homme d'affaires implacable qu'elle avait cru, et, sans doute, il y avait des moments où elle appréciait sa compagnie et même leur façon de s'affronter. Et, bien sûr, il y avait une force souterraine qui les poussait l'un vers l'autre et l'affolait. Mais un simple désir ne suffisait pas, et ne suffirait jamais. Les moments où elle parvenait à être elle-même en sa présence étaient trop rares et trop fragiles.

Elle paressa le reste de la journée et s'apprêtait à rappeler Audrey, vers 17 heures, quand on frappa à sa porte. Elle pesta. Tout ce qu'elle voulait, c'était discuter avec son amie puis se mettre au chaud dans son lit. Elle n'avait aucune envie d'un autre débat avec Daniel. Mais ce n'était pas lui.

— Puis-je entrer ? demanda Solana.

Mary-Jayne ouvrit grande la porte.

— Bien sûr.

Solana attendit qu'elles soient assises au salon pour parler.

— Mon petit-fils est venu me rendre visite, dit-elle en souriant. Il m'a dit que tu attends deux petits garçons.

Mary-Jayne ne fut pas surprise, Daniel lui avait dit qu'il allait annoncer la nouvelle à sa grand-mère. Elle acquiesça.

— C'est vrai.

— Est-ce que tu es heureuse ?

— Très. Je suis désolée de ne pas vous en avoir parlé. Tout était un peu compliqué…

— Tu n'as pas à te justifier. Daniel m'a dit ce qui s'est passé.

Elle fut soulagée de ne pas avoir à s'expliquer.

— Merci Solana. Je sais que cela doit vous faire un choc.

— Ma foi, je te voyais plutôt avec Caleb…, dit la vieille dame d'un air malicieux. Mais à présent que j'y réfléchis, tu t'accordes beaucoup mieux avec Daniel. Il lui faut quelqu'un capable de lui tenir tête. Caleb est trop accommodant. Tandis que Daniel est tempétueux et bouillonnant. Tu lui feras beaucoup de bien, je n'en doute pas.

Mary-Jayne s'agita sur le canapé, un peu inquiète.

— Euh, ce n'est pas tout à fait ça, commença-t-elle en rougissant. Nous ne sommes pas ensemble. Enfin, je veux dire, nous avons eu une… relation… juste une fois, mais plus maintenant…

Solana haussa ses sourcils délicats.

— Il m'a dit que tu as refusé sa demande en mariage.

— C'est vrai. Je ne pouvais pas accepter. Je voudrais que vous compreniez…

— Je comprends, assura Solana avec douceur. Tu veux rencontrer quelqu'un dont tu seras follement amoureuse. Tu veux des bouquets de roses et des serments au clair de lune.

— Eh bien, oui, reconnut Mary-Jayne.

— Et mon petit-fils est bien trop raisonnable et pragmatique pour te donner tout ça, n'est-ce pas ?

— C'est juste que nous ne sommes pas amoureux. Nous ne le serons jamais. Nous marier serait une catastrophe.

Solana se leva et vint s'asseoir près d'elle.

— Mon fils Miles a épousé sa première femme après deux années de fréquentation assidue. J'ai rarement vu deux jeunes gens aussi épris. Quand elle est morte, après la naissance de Daniel, Miles a eu le cœur brisé. Et puis est arrivée Bernie, et elle s'est retrouvée enceinte. Cela n'a pas été un coup de foudre, c'est vrai. Mais ils se sont trouvés, et leur union a été très heureuse. Ils ont élevé trois garçons, qui sont devenus trois hommes de valeur.

Mary-Jayne sentait son cœur battre à tout rompre. L'histoire était très belle, mais ce n'était pas la leur, à Daniel et à elle.

— Je sais que vous voulez voir votre petit-fils heureux, Solana. Mais croyez-moi, je ne suis pas la bonne personne pour lui apporter le bonheur. Sans parler de nous aimer, nous n'avons aucun atome crochu…

Tendant la main, Solana effleura le ventre de Mary-Jayne.

— Hum, il me semble pourtant que vous avez quelques atomes crochus.

— Ce n'est pas de l'amour… C'est…

— C'est un début, voilà ce que c'est, trancha Solana. Ne prends pas de décision hâtive en te laissant guider par ta peur. Occupe-toi du présent, et laisse l'avenir s'occuper de ce qui adviendra.

C'était une jolie façon de voir, mais qui restait très théorique. Quand Solana fut repartie, Mary-Jayne se reprit à faire les cent pas. Elle avait du désir pour lui, c'est vrai, et même une certaine affection, mais cela ne suffirait jamais à faire son bonheur, à elle. Elle n'allait pas se laisser emprisonner dans quelque chose qu'elle ne voulait pas.

Le téléphone sonna. C'était Audrey.

— Ah, Audrey ! Merci mon Dieu ! s'exclama Mary-Jayne en décrochant.

Rapidement, elle expliqua à son amie ce qui lui arrivait.

Quatorze heures plus tard, Mary-Jayne était dans un avion qui la ramenait chez elle.

Elle était partie.

Partie, elle aussi.

Daniel oscillait entre la colère et l'inquiétude, à des degrés variables selon les heures.

Comment avait-elle pu s'en aller ainsi, sans un mot ? C'était ses enfants à lui aussi ! Sa chair et son sang ! Il

266

était allé frapper à sa porte mercredi après-midi, alerté par Caleb qui lui avait dit que la boutique était restée fermée. Il avait frappé, attendu, puis avait téléphoné, mais était tombé sur la messagerie. Et le jeudi matin, c'est Audrey Cooper qui ouvrit la porte. Il comprit immédiatement. Elle était partie. Audrey le regarda sans chercher à cacher son mépris. La jolie rousse resta plantée dans l'encadrement de la porte, bras croisés, le toisant avec défiance.

— Est-elle repartie à Crystal Point, dans sa famille ? demanda-t-il, bouillonnant d'une rage contenue.

Audrey ne parut pas le moins du monde impressionnée.

— Je ne dirai rien. Où qu'elle soit, il est inutile de la chercher. Je pense qu'elle a signifié clairement qu'elle ne veut pas vous voir.

— Est-ce que c'est ce qu'elle a dit ?

Audrey hocha lentement la tête.

— Si vous la poursuivez, elle prendra la fuite.

C'était sans doute exagéré. Mary-Jayne ne se mettrait pas dans une telle situation avec les bébés, il la connaissait suffisamment pour en être convaincu.

— Cela n'a aucun sens.

Audrey prit une expression indignée.

— Je connais M.J. Elle déteste se sentir poussée dans ses retranchements. Si vous la harcelez, elle voudra vous échapper. Elle a beaucoup d'amis dans la région, et eux comme sa famille feront ce qu'elle voudra, y compris l'aider à vous éviter. Fichez-lui la paix.

Lui échapper ? La situation devenait surréaliste.

— Comme vous êtes le propriétaire des lieux, sachez que je cherche quelqu'un pour reprendre la boutique, dit Audrey. Si je ne trouve personne d'ici la semaine prochaine, je ferme et je m'en vais. Et si vous voulez me poursuivre pour rupture de contrat, ne vous gênez pas. Et dites à votre minable de frère de ne pas se montrer ici.

Sur ces mots, elle lui claqua la porte au nez.

La colère de Daniel alla croissant le temps d'arriver

au bureau de son frère. Celui-ci était occupé à saisir des chiffres sur son ordinateur.

— Ta rousse est revenue, annonça-t-il après avoir refermé la porte derrière lui.

Caleb bondit de son siège.

— Audrey ?

— Oui.

— Est-elle toujours…

— Fâchée ? Oui, ce n'est rien de le dire. Elle te déteste, et moi aussi, par la même occasion. Elle n'a même pas voulu me dire si Mary-Jayne était bien rentrée chez elle.

Caleb prit la veste posée sur le dossier de sa chaise.

— Je vais la voir. Elle est à la boutique ?

Daniel lui prit sa veste des mains.

— Il vaut mieux que tu t'abstiennes. Elle quitte le complexe. Elle compte fermer la boutique si elle ne trouve personne pour reprendre le bail.

Très agité, Caleb reprit sa veste.

— Elle ne peut pas. Elle a signé un contrat. Nous lui enverrons nos avocats, elle sera obligée de…

— Arrête. Calme-toi, dit Daniel en lui prenant à nouveau sa veste pour la suspendre à une patère près de la porte. Et laisse les avocats hors de ça. Elle est furieuse, blessée, et elle a de bonnes raisons de t'en vouloir. Si elle veut partir et rompre son contrat, laisse-la faire sans t'interposer, tu comprends ?

Caleb le dévisagea.

— Depuis quand es-tu devenu si sentimental ?

— Depuis que j'ai réalisé qu'Audrey a probablement déjà appelé Mary-Jayne pour lui dire que je la cherche.

Caleb retrouva son calme.

— Je vois. Tu as peur que Mary-Jayne fasse quelque chose d'inconsidéré ?

— Pas vraiment. Je sais qu'elle pense en priorité au bien-être des bébés. Et pour elle, le mieux c'est d'être auprès de sa famille.

— Donc tu vas aller là-bas ?

— Il faut dénouer cette situation.

Caleb le regarda avec étonnement.

— Tu es vraiment prêt à t'engager avec une femme que tu n'aimes pas ? Tu n'es même pas sûr d'être le père.

— Si, j'en suis sûr.

Luttant contre son agacement à l'égard de son frère, Daniel frappa du poing contre sa poitrine.

— Je le sens… ici.

Et pour lui, c'était désormais le plus important.

Depuis quatre jours, Mary-Jayne se terrait dans sa maison. Ses proches la savaient rentrée, mais elle avait affirmé qu'elle souffrait d'un mauvais rhume et avait besoin de repos. Sa mère avait insisté en vain pour passer lui apporter de la soupe et un peu de réconfort, ses sœurs l'appelaient tous les jours, ainsi que son amie Lauren. Mais Mary-Jayne n'était pas prête à les voir. La chienne Pricilla et Elvis, la perruche, étaient heureux de son retour, et leur compagnie lui suffisait pour le moment. Pour attendre l'arrivée de Daniel.

Elle savait qu'il viendrait. Il n'était pas homme à renoncer. Elle ne se faisait aucune illusion. Il voulait ses enfants, et était résigné à la prendre elle aussi, si cela lui permettait d'atteindre son but.

Qu'allait-il faire ? Les options possibles la rendaient malade. Aurait-il recours à d'autres méthodes, puisqu'elle avait refusé son offre ? Un procès pour obtenir la garde des enfants ? Serait-il prêt à la traîner en justice ? Il avait de l'argent et du pouvoir, il pouvait se payer les avocats les plus influents, et n'aurait aucun mal à prouver que ses revenus à elle étaient trop précaires pour assurer de bonnes conditions de vie à leurs enfants. Et les jurés pourraient bien être de son avis.

Le dimanche matin, elle était si recrue de fatigue et d'anxiété qu'elle devait se retenir de hurler et de pleurer. Et n'avait envie que de prendre la fuite.

Mais elle ne ferait rien de tout ça. Tout ce à quoi elle devait penser, c'était à ces bébés qui grandissaient dans son ventre. Elle serait forte et se battrait pied à pied quand l'heure serait venue. Pour le moment, tout ce qui importait, c'était ses fils.

Quand Evie et Grace débarquèrent chez elle, en fin d'après-midi, elle en éprouva un certain soulagement. Elle détestait l'idée de mentir à ses sœurs, même par omission.

Il ne fallut qu'un coup d'œil à Evie pour s'écrier :

— Oh ! Mon Dieu, tu es enceinte !

— C'est bon, inutile d'alerter tout le voisinage, répondit Mary-Jayne en les faisant entrer.

Grace, qui était de loin la plus belle femme que Mary-Jayne ait jamais connue et dont le premier enfant était né deux mois plus tôt, resta muette, tandis qu'Evie, qui incarnait la figure maternelle par excellence et avait un grand garçon de dix-sept ans et une petite fille, continua à parler avec agitation, cependant que Mary-Jayne refermait la porte et les suivait jusqu'au salon.

— Alors, dis-nous tout, répétait Evie.

Le trio se serra sur le grand sofa couvert de chintz.

— Comment as-tu pu nous cacher ça tout ce temps ?

— Oublie ça, intervint Grace avec douceur. Raconte, qui est le père de ce bébé ?

— De ces bébés, rectifia Mary-Jayne.

Elle marqua une pause pour laisser à ses sœurs le temps d'assimiler l'information. Les exclamations, les rires et les questions déferlèrent tout à la fois, et il fallut de longues minutes avant que Mary-Jayne ait pu tout expliquer. Grace et Evie lui avaient pris chacune une main et l'écoutaient avec une attention passionnée.

— Il veut t'épouser ? demanda Grace.

— A ce qu'il dit, répondit Mary-Jayne d'un air désabusé.

Evie lui serra la main affectueusement.

— Mais toi, tu ne veux pas ?

Mary-Jayne grimaça.

— Plutôt mourir.

— Il est si moche que ça ?

Mary-Jayne ouvrit la bouche... et la referma. Elle ne pouvait pas raconter que c'était un monstre, ou quoi que ce soit de ce genre. Depuis qu'il s'était rendu à l'idée qu'il allait être père, il s'était même montré d'un grand soutien. Elle ne pouvait oublier son attitude attentionnée au moment de l'échographie. Ni ce baiser.

N'oublie pas le baiser...

Bien sûr, qu'elle allait l'oublier. Ce baiser n'avait fait que la décontenancer un peu plus.

— Il n'est pas moche, ni désagréable ni rien de tout ça, répondit-elle. La plupart du temps, il est plutôt... charmant.

— La plupart du temps ? reprit Grace, intriguée.

— Eh bien, il peut aussi se montrer absolument détestable, hautain, toujours sûr de son bon droit, avec l'arrogance des riches.

— Ne serait-il pas grand, beau et ténébreux, comme il sied à un fils de bonne famille ? la taquina Evie.

— Si, il est exactement tout ça.

— Et malgré tout ça, tu refuses de l'épouser ?

— Je veux épouser l'homme que j'aimerai. Comme vous. Je ne veux pas m'engager au côté d'un homme qui ne voit en moi qu'une sorte de mère porteuse. Nous ressentons de l'attirance l'un pour l'autre, c'est vrai. Pour le moment. Quand ça nous aura passé, que restera-t-il ? Ce mariage ne sera plus qu'une coquille vide. Non merci.

— C'est une façon très pessimiste de voir les choses, fit observer Grace. Cela ne te ressemble pas.

— Eh bien, je suis lasse d'être l'éternelle optimiste, répliqua Mary-Jayne d'un ton résolu. Etre enceinte a changé ma façon de voir les choses. Je veux que mes bébés aient la meilleure vie possible, sans mensonges et sans faux-semblants. Si je me mariais avec Daniel, ce serait malhonnête. Même s'il...

Elle s'interrompit.

— Même s'il te plaît ? compléta Evie.

Mary-Jayne soupira.

— `C'est vrai, il me plaît. Mais il me déplaît tout autant. C'est compliqué.

— Peut-être que tu compliques les choses plus que nécessaire ? suggéra Grace. Ce que je veux dire, c'est que tu ne le connais pas très bien, en fait. Peut-être qu'avec le temps, ton opinion changera.

— J'en doute fort. Je vis ici, lui à San Francisco. Il y a un océan entre nous, littéralement ! Ecoute, je serai heureuse qu'il voie ses fils et ait des liens avec eux. Je veux qu'ils aient un père. Mais si je me marie, je veux que ce soit avec quelqu'un qui m'aime vraiment pour moi-même. Pas parce que je suis la mère de ses enfants.

Alors qu'elle s'apprêtait à se lever, on sonna à la porte.

— Ce doit être les parents, dit Evie. Ils se font du souci pour toi. A cause de cette prétendue grippe que tu as inventée pour nous tenir à distance.

— Très efficace, je dois reconnaître…, dit Mary-Jayne en grimaçant.

— Tu veux que j'y aille ?

— C'est bon, ne te dérange pas.

Elle alla ouvrir la porte, s'attendant à voir sur le seuil sa mère avec une marmite de soupe. Or, sur son perron se trouvait Daniel.

Son aspect lui devenait familier, dans son jean et sa chemise bleue, viril, sexy. Si beau. Elle aurait voulu qu'il ne lui fasse pas un tel effet, mais elle avait des picotements sur tout le corps. Il la déshabilla lentement du regard avant de planter ses yeux dans les siens.

— Bon, finalement, tu ne t'es pas enfuie trop loin.

— Enfuie ?

Il s'était imaginé qu'elle lui claquerait la porte au nez. Mais elle ne paraissait pas surprise de le voir sur le seuil de sa porte.

— Ton amie m'a dit que tu allais t'arranger pour que je ne puisse pas te trouver.

— Elle t'a dit ça ? dit-elle en éclatant de rire. Audrey a toujours eu de l'imagination et le goût du mélodrame.

— En l'occurrence, disparaître sans un mot était un peu théâtral, non ?

Elle eut un mouvement d'épaules qui fit glisser son T-shirt, découvrant sa peau nue.

— J'avais besoin d'avoir la paix.

— Je ne t'ai pas franchement harcelée.

— C'est toi qui le dis.

Il dissimula son trouble derrière un petit sourire. Elle avait vraiment un don pour le déstabiliser et le faire douter. Il était furieux qu'elle soit partie sans prévenir, mais ne le lui montrerait pas. Il se tourna vers les deux voitures garées dans l'allée.

— Tu as de la visite ?

— Mes sœurs sont là.

— Tu leur as dit ? demanda-t-il, les yeux à présent rivés sur son ventre.

— Elles ont vu, fit-elle en tirant son T-shirt pour le remettre en place. Ça devient difficile à cacher.

— Tu n'as rien à cacher, dit-il d'une voix égale. Tu es très belle.

— Hmm. Bon, on se voit un de ces jours, alors ?

— Oh non, Mary-Jayne, tu ne vas pas te débarrasser de moi si facilement !

Elle le fusilla du regard.

— Tu as l'intention de camper devant ma porte ?

— S'il le faut, répliqua-t-il. Mais tu peux aussi m'inviter à entrer.

Elle écarquilla les yeux.

— Tu veux rencontrer mes sœurs, c'est ça ?

— Absolument.

Elle prit une grande inspiration, puis se décida.

— Très bien. Il vaut mieux que tu entres, alors.

Il la suivit jusqu'au salon. Le petit cottage était comme il se l'était figuré, encombré de vieux meubles et de bric-à-brac. Les sœurs Preston le regardèrent avec curiosité, tandis que Mary-Jayne faisait les présentations. Toutes trois se ressemblaient : mêmes chevelures sombres et bouclées, mêmes grands yeux verts. Evie, l'aînée, semblait une bonne vivante, très chaleureuse. Grace était quant à elle une beauté éthérée qui donnait l'impression de revenir tout juste d'un plateau de cinéma à Hollywood.

Evie lui demanda s'il avait fait bon voyage, et ils se mirent à parler de vacances et de lignes aériennes. Elle s'efforçait de rompre la glace, se dit-il. Grace se montra plus distante, se contentant de les observer. Peu lui importait, tout ce qui comptait, c'était Mary-Jayne.

Tout ce qui comptait...

Holà ! Il s'efforçait de chasser cette vision qui lui revenait sans cesse, elle dans l'atelier de son père, levant ses grands yeux sur lui tout en caressant son ventre avec douceur. A cet instant, il avait perçu sa tendresse et sa sensibilité, par-delà les éclats et les bravades.

Ses sœurs étaient charmantes et brûlaient de curiosité à son égard, mais elles étaient suffisamment polies pour ne pas le laisser paraître. Elles restèrent encore quelques minutes, au cours desquelles ils parlèrent des peintures d'Evie, qui connaissait le travail de son père Miles. Elles vantèrent leur petite ville de Crystal Point, dont Daniel n'avait fait qu'apercevoir le front de mer en arrivant. Toutes ses pensées étaient fixées sur Mary-Jayne, et il se souciait de la plage comme d'une guigne. Quand Evie lui proposa de passer voir son gîte, le regard noir que Mary-Jayne lui lança ne lui échappa pas. Peut-être trouverait-il en elles des alliées ? Peut-être approuveraient-elles l'idée de ce mariage ? Il était prêt à utiliser toutes les armes qu'il pourrait trouver pour jouir de ses pleins droits de père.

Quand elles furent parties, Mary-Jayne le dévisagea, mains sur les hanches.

— Je suppose que tu veux un café ?

— Si ce n'est pas trop de dérangement, répondit-il en souriant.

Elle rejeta en arrière sa somptueuse crinière brune.

— Si, c'est du dérangement, mais je sais que tu t'en contrefiches. Et au fait, dit-elle en repartant dans le couloir, n'espère pas m'avoir en faisant du charme à ma famille. J'ai déjà expliqué très précisément qui tu es à mes sœurs.

— Je ne suis pas sûr qu'elles t'aient crue, Mary-Jayne.

Il s'arrêta sur le seuil de la cuisine, parcourant des yeux la pièce aux étagères encombrées, avec ses rideaux colorés et l'assortiment de casseroles pendues à des clous au-dessus de la gazinière. Malgré le désordre et l'accumulation, il se dégageait de l'ensemble une atmosphère incroyablement chaleureuse. Des chaises et une table dépareillées, un portemanteau de fer forgé suspendu dans un coin, un déploiement de pots émaillés contenant des herbes montées en graine… On était très loin de la vaste cuisine intégrée ultra moderne de son appartement de San Francisco. Qu'il n'utilisait jamais. Même quand il était marié, Simone et lui travaillaient jusqu'à des heures avancées et préféraient la plupart du temps dîner dehors. La cuisine de Mary-Jayne était à son image, et il se la représentait sans peine, assise à la table ronde pour boire un thé, dans une de ces jolies tasses de porcelaine peinte alignées dans le vaisselier.

— C'est vrai, je suis une menteuse, j'oubliais.

— Ai-je dit ça ?

— Tu l'as laissé entendre. Parmi d'autres défauts.

Elle sortit deux mugs d'un placard. Elle était si jolie, avec sa mine boudeuse, les joues enflammées, prête à en découdre. Une chose était sûre, la vie avec Mary-Jayne ne risquait pas d'être morose.

Il s'approcha, et elle fit volte-face, s'appuyant contre le plan de travail, bras croisés.

— Oui ?

— Rien, dit-il en tendant la main pour effleurer sa nuque.

— Ne fais pas ça.

Pourtant, elle ne bougea pas.

— De quoi as-tu si peur ? demanda-t-il en se rapprochant. Que je t'embrasse ? Ou d'aimer ça ?

— Ni l'un ni l'autre, fit-elle, le souffle court. Les deux.

— Tu ne dois pas avoir peur de moi, Mary-Jayne, murmura-t-il en l'attirant contre lui.

Le contact de ses seins et de son ventre éveilla instantanément ses sens.

— Je ne te ferai jamais de mal, et je ne te ferai jamais faire quelque chose que tu ne veux pas.

— Alors, arrête de me demander de t'épouser.

— C'est impossible. Quand je veux une chose, je suis…

— Tenace, coupa-t-elle. Je sais. Je n'ai pas l'habitude de ça, dit-elle, pensive. Mon dernier petit ami était…

— Un artiste sans emploi, coupa-t-il à son tour, peu désireux de l'entendre parler de son ex. Eh oui, j'ai mené mon enquête, tu te rappelles ?

Elle sembla contrariée.

— Minable ! s'insurgea-t-elle.

— Moi ou lui ? fit-il en passant le bras autour de sa taille pour l'enlacer.

— Toi.

— Je ne crois pas que ce soit vraiment ce que tu penses.

— Et pourtant si, répliqua-t-elle, en se tortillant, mal à l'aise. Et m'embrasser ne m'empêchera pas de le penser.

— Peut-être, lança-t-il en se penchant vers elle. Mais cela t'empêchera de me dire non.

Ses lèvres étaient douces, tendres, et, à leur contact, l'intimité se recréa aussitôt entre eux. Elle fit glisser ses mains sur son torse, jusqu'à ses épaules, et se serra contre lui. Il retrouva son délicat parfum de vanille et prit son menton pour incliner sa tête vers lui. Leurs langues se cherchèrent, se nouèrent et se caressèrent. Elle ne pouvait ignorer l'excitation qu'elle faisait naître en lui. Il plaça les mains sur ses hanches, l'attirant contre lui. Leurs corps s'embrasaient, et le baiser ne suffit plus. Elle enfonça ses ongles dans ses épaules en s'arc-boutant contre son corps.

— Mary-Jayne, souffla-t-il contre sa bouche, je voudrais passer la nuit avec toi.

Ses lèvres descendirent pour frôler son menton, sa gorge. Elle frissonna.

— Demain…

— Il n'y a pas de demain, l'interrompit-il en écartant son T-shirt pour embrasser son épaule.

Il se tendit à la vue de sa peau crémeuse.

— Il n'y a rien d'autre que maintenant…

Tout ce qu'il voulait était là. Sa peau, sa bouche, ses mains si douces sur lui. Il en avait besoin. Il s'était fermé à ses sentiments depuis bien longtemps, et pourtant elle avait le pouvoir de les réveiller, un pouvoir étrange et incompréhensible. Ils se dressaient l'un contre l'autre, opposaient leurs visions et leurs idéaux, et pourtant, ils étaient poussés l'un vers l'autre.

Et ce pouvoir pouvait le réduire à néant.

8

Mary-Jayne ne lui permit pas de rester. C'était trop dangereux. S'ils faisaient l'amour une nouvelle fois, elle n'était pas certaine de garder la force de refuser ce qu'il lui demandait. Il cherchait à la séduire pour la manipuler. Et même si ce n'était conscient de sa part, elle perdait toute volonté entre ses bras. Au premier contact, au premier baiser, elle ne pensait plus qu'à être avec lui. Quelle sotte !

Elle s'était fait violence pour le mettre à la porte, et se convaincre que son sort lui était indifférent. Il y avait quantité de bons hôtels dans la ville voisine, Bellandale, à vingt minutes de route à peine. Il avait un GPS, il s'en sortirait très bien. Elle n'avait aucune raison de se soucier de lui.

Elle prit une douche, se fit chauffer une soupe et se lova sur le canapé, Pricilla sur les genoux, pour regarder la télévision et faire semblant de ne penser à rien.

Mais elle ne put écarter Daniel de ses songes. Il les envahit, sans qu'elle puisse l'empêcher. Ses mains étaient comme des braises sur sa peau, et plusieurs heures après son départ, elle sentait encore la chaleur de ses baisers et de son corps contre le sien. Ses baisers ne ressemblaient à rien de ce qu'elle avait vécu auparavant. Comment avait-il qualifié son ex-petit ami ? Un artiste sans emploi ? Oui, c'était exactement ce qu'était Toby. D'ailleurs, était-il vraiment un artiste ? Ils s'étaient fréquentés pendant deux ans, avec des hauts et des bas, et elle s'était souvent demandé si elle avait ramené chez elle ce garçon, avec ses tatouages, ses piercings et ses dreadlocks, uniquement parce que c'était ce que tout le monde attendait de sa part. Son esprit d'éternelle adolescente la poussait à se rebeller contre tout ce qui lui semblait conventionnel ou banal. Après avoir quitté le foyer familial, elle avait mis de l'argent de côté et, très vite, était partie voyager. Elle était rentrée plus déterminée que jamais à rester indépendante et à vivre la vie qu'elle avait choisie.

Toby avait marqué la conclusion de cette époque. Elle avait finalement compris qu'il n'était qu'un bon à rien. Il avait profité de sa générosité et l'avait dépouillée de ses économies, et de sa fierté. Elle s'était retrouvée avec des dettes, pour une voiture qu'il avait démolie et une guitare qu'il avait emportée. Il n'avait ni but, ni ambition, ni intégrité. Elle avait eu ensuite une liaison avec un homme qui se plaignait sans cesse qu'elle consacrait trop de temps à sa carrière. Lui-même occupait le plus clair de son temps à jouer à des jeux vidéo. Elle croyait choisir des hommes différents, artistes et libres, mais se rendait compte qu'ils étaient surtout paresseux et immatures.

Elle se tourna et se retourna toute la nuit, et s'éveilla nauséeuse, incapable d'avaler ne serait-ce que le thé vert et les crackers qui lui permettaient en principe de surmonter les nausées matinales.

Elle enfila une de ses salopettes préférées, et fit la grimace en constatant qu'elle était obligée de laisser trois boutons ouverts sur le côté. Son ventre grossissait à vue d'œil. Elle devait faire un peu de ménage dans son atelier avant de pouvoir se mettre au travail. Elle entreprit donc de remettre un peu d'ordre sur ses établis. La matinée était déjà bien avancée quand elle fit une pause et put enfin avaler quelques quartiers de pomme et un thé.

Daniel vint la voir à 11 heures.

Jean bleu foncé, polo bleu marine, la simplicité le mettait à son avantage, et elle sentit une fois de plus le pincement au cœur qui devenait habituel. Il la regarda des pieds à la tête et sourit.

— C'est mignon, cette tenue.

Sa salopette était couverte de peinture et trouée aux genoux. Mais elle était confortable et pratique, et elle n'avait cure de ce qu'il pensait de sa tenue.

— Merci. Tu voulais quelque chose ?

— Nous sortons.

Toujours cette même façon de donner des ordres.

— Vraiment ? Et m'est-il permis de demander où je suis supposée aller ?

— Voir tes parents, répondit-il d'un ton bref. Il est grand temps qu'ils sachent qu'ils vont être grands-parents.

— Je le leur dirai moi-même.

— Nous le leur dirons, reprit-il fermement. Ne sois pas têtue.

— Je préfère m'en charger à un autre moment, dit-elle en se détournant. Tu dois comprendre.

— Eh bien non, justement, je ne comprends pas, répliqua-t-il en la suivant à l'intérieur. Nous sommes tous les deux dans le même bateau. Nous l'avons dit ensemble à mes parents… Maintenant, nous le disons ensemble aux tiens. C'est comme ça que les choses doivent se passer, Mary-Jayne. Ils ont le droit de savoir, tu ne crois pas ?

Arrivée au salon, elle se retourna pour lui faire face.

— Bien sûr que si. Mais je n'ai pas envie que tu les rencontres pour le moment.

— Et pourquoi pas ? demanda-t-il avec agacement.

— Parce que… Tu ne les connais pas. Dès qu'ils t'auront vu, ils seront tout… agités.

— Agités ?

— Excités, d'accord ? s'exclama-t-elle, perdant patience. Enchantés, fous de joie ! Comme s'ils avaient gagné le gros lot des gendres parfaits.

Il éclata de rire.

— Ils voudraient que tu dégotes un riche parti ?

— Non, ce n'est pas ça. C'est juste que… tu es différent des autres hommes que j'ai… fréquentés. Tu n'es pas un artiste sans emploi, toi !

280

Elle haussa le ton.

— Ni un marginal ni un fainéant de bon à rien, comme dirait mon père ! Tu es… normal ! Tu as de l'argent, tu travailles dur, tu viens d'une bonne famille. Quand ils verront ça, ils seront tout contents et commenceront à me mettre la pression…

— Pour que tu m'épouses ?

— Sans doute, oui, reconnut-elle.

— Je croyais qu'ils te laissaient libre de vivre ta vie ?

— Bien sûr. Mais ils restent des parents. Ils veulent ce qu'il y a de mieux pour moi. Quand ils t'auront vu, je serai fichue.

Il esquissa un petit sourire.

— Tu ferais mieux de te changer pour qu'on y aille.

— Tu n'as pas entendu ce que je t'ai dit ?

— J'ai parfaitement entendu, dit-il en se laissant tomber sur le canapé. Allez, fais vite, chérie !

Elle se sentit bouillir.

— Tu es vraiment le type le plus insupportable que…

— Tu veux que je t'embrasse à nouveau ? Va te changer, ou je recommence.

Il prit un magazine et s'installa avec nonchalance. Elle se rua dans sa chambre, outrée. Il ne tenait aucun compte de ce qu'elle disait ou ressentait. Le temps de s'habiller, sa fureur était telle qu'elle aurait pu le gifler.

Ils sortirent de la maison, et elle alla vers sa voiture.

— Je conduis, annonça-t-elle en sortant ses clés. Je connais la route.

Daniel considéra la Volkswagen hors d'âge garée dans l'allée.

— Dans ce tas de tôle ? Certainement pas.

Il montra du doigt la Ford haut de gamme garée dans le virage.

— Nous prenons la voiture que j'ai louée.

— Snob jusqu'au bout.

— Allez, viens, fit-il en riant.

— Parfois, je te déteste vraiment.

— Et les autres fois ?

Elle pressa le pas sans répondre et attendit du côté du passager. Difficile de rester fâchée quand il se montrait si charmant.

— Sans commentaire.

Ils prirent place, et elle lui indiqua la direction. Le trajet ne prit que quelques minutes, mais quand ils arrivèrent devant la maison, sa colère était retombée.

— Tu es quand même soupe au lait, tu ne trouves pas ? demanda-t-il en détachant sa ceinture.

— Il n'y a que toi qui me fasses déborder, rétorqua-t-elle d'un ton moqueur.

La réponse parut lui plaire, et il avait un large sourire en venant lui ouvrir la portière.

— C'est une chose fascinante, chez toi, Mary-Jayne.

Fascinante ? Quel aveu ! Elle ne l'avait guère vu jusque-là se mettre à nu, ou seulement exprimer ses émotions. Il voulait coucher avec elle, soit. Pour le reste, il avait dit ne plus rien ressentir. Cette idée la remplissait de tristesse. Il avait perdu la femme qu'il aimait et ne souhaitait plus connaître l'amour. Il l'avait clairement dit.

— A quoi penses-tu ? s'enquit-il en lui prenant la main.

Je me demande quel effet ça fait, d'être aimée de toi...

Elle se crispa à son contact. Elle détestait se sentir si vulnérable, mais son attirance pour lui semblait avoir une vie propre, qui la dépassait. Ainsi, le soir de l'anniversaire de Solana, elle n'avait pu résister à l'élan passionné qui les poussait l'un vers l'autre, comme un enchantement qui l'empêchait de réfléchir de manière cohérente. Elle n'avait jamais vécu quoi que ce soit de comparable jusqu'alors.

C'était terrifiant.

Comme elle l'avait prévu, ses parents, bien qu'abasourdis par la nouvelle, furent ravis. Une fois la stupéfaction passée, sa mère posa mille questions à Daniel, qui répondit sans jamais une hésitation. Il se montra étonnamment serein face à cet interrogatoire en règle, et quand Barbara Preston fit allusion à un possible mariage, il ne mentionna pas le refus de Mary-Jayne, au grand soulagement de celle-ci. Chaque chose en son temps. Bill Preston affichait sa satisfaction, réjoui comme elle l'avait rarement vu. Ses parents étaient conquis, malgré cette grossesse hors des liens du mariage. Quand Mary-Jayne avait expliqué qu'ils attendaient des jumeaux, Barbara s'était mise à les embrasser sans retenue, en sanglotant. Tout en leur offrant un thé glacé, Bill l'interrogea d'un ton cordial.

— Alors fiston, que penses-tu de notre petite ville ?

Fiston ?

Son père avait appelé Daniel : fiston ?

De mieux en mieux !

— Je n'ai pas encore eu le temps de voir grand-chose, répondit Daniel, mais j'espère que Mary-Jayne pourra me faire visiter cet après-midi.

L'intéressée acquiesça avec un sourire gracieux, non sans noter l'air extatique de sa mère en l'entendant utiliser son nom véritable. Décidément, tout ce qu'il faisait était parfait.

Je suis fichue !

Ils passèrent deux heures chez eux, et Daniel continua à répondre inlassablement aux moindres questions sur sa carrière, sa famille, et même sa première femme et l'enfant qu'il avait perdu. Pour finir, son père l'entraîna dans son garage, afin de lui montrer la Chevrolet Impala qu'il était en train de restaurer. Mary-Jayne resta seule avec sa mère.

— Bon, dit Barbara après avoir longuement serré sa fille contre son cœur. Qu'as-tu à me dire que je ne sais pas ?

— Rien, assura Mary-Jayne en débarrassant les tasses. Les bébés sont en pleine forme, et moi aussi, hormis quelques nausées matinales.

— Je veux dire, en ce qui vous concerne tous les deux ? insista sa mère en la scrutant. Il est incroyablement beau, n'est-ce pas ? Et si courtois.

Mary-Jayne eut un sourire.

— Oui, ce n'est pas ce que vous êtes habitués à me voir ramener à la maison.

— Disons que jusque-là, la liste de tes soupirants ne nous avait pas inspiré vraiment confiance.

— Je sais. C'est vrai, il est très beau, très agréable, et a des manières parfaites.

— Es-tu amoureuse ?

Amoureuse...

Elle n'avait pas envisagé les choses ainsi. Tomber amoureuse de Daniel était hors de question. Il ne la paierait jamais de retour, il n'avait plus rien dans le cœur à offrir à une femme. Il aimerait ses fils, et voilà tout.

— Non, répondit-elle.

Consciente de l'hésitation dans sa voix, elle se reprit.

— Non, je ne l'aime pas.

Barbara eut un petit sourire.

— Ce ne serait pas un drame, tu sais... Je veux dire, tomber amoureuse d'un homme comme Daniel ne serait pas la fin du monde.

— Si, repartit-elle, sentant poindre une douleur sourde dans sa poitrine. Il aime toujours sa femme, et elle était différente de moi en tout point. Intelligente, brillante sur le plan professionnel, tout ce que je ne suis pas, en bref.

Voilà. Je l'ai dit.

Sa mère la regarda avec tendresse.

— Intelligente, tu l'es, Mary-Jayne, et ton père et moi sommes convaincus que tu connaîtras un jour le succès avec tes créations. Et parfois, être différente est une très bonne chose, conclut-elle avec bienveillance.

— Pas dans ce cas.

Elle se sentait soudain le cœur lourd.

— Je sais bien que vous voulez que je sois heureuse, et rien d'autre. Et je suis vraiment heureuse d'avoir ces bébés, je t'assure. Ça a été un choc, c'est vrai, mais je ferai tout pour être une bonne mère.

Barbara lui caressa le bras dans un geste de réconfort.

— Et tu seras une excellente mère, je le sais.

— Je l'espère. Certains diront peut-être que mettre au monde des jumeaux est ma façon de me racheter, pour avoir été une enfant difficile.

— Tu n'étais pas difficile, rectifia Barbara en souriant, tu avais du caractère.

— Tu es gentille de dire les choses comme ça, mais je sais bien que je vous ai occasionné des beaux maux de tête, à toi et à papa, un bon bout de temps. Tu te souviens de la fois où j'ai séché l'école pendant trois jours pour aller voir ce cirque ambulant ?

Barbara éclata de rire.

— Beaucoup de gamins rêvent un jour de s'enfuir pour aller vivre dans un cirque. Rien d'étonnant de la part d'une petite demoiselle de onze ans si volontaire.

— Je me voyais trapéziste, pouffa Mary-Jayne.

Elles continuèrent à évoquer ses escapades de jeunesse, et quand les hommes revinrent, son humeur s'était allégée. Daniel semblait content de lui, comme à l'accoutumée, et son père était aux anges. Quoi qu'ils se soient dit dans ce garage, il était évident que Bill avait donné sa bénédiction au père de ses futurs petits-fils.

Tellement prévisible…

Quand ils montèrent en voiture, elle se força à faire bonne figure et lui montra une rue devant eux.

— Tu prendras à gauche au bout de la rue.

— Pour aller où ?

— Tu n'as pas dit que tu voulais visiter la ville ?

— Si, en effet.

— Alors, nous allons à la plage.

Il fronça les sourcils.

— Nous ne sommes pas habillés pour aller à la plage.

— Il faut toujours que tout soit fait selon des règles, pour toi ? demanda-t-elle d'un ton railleur. Il va falloir que tu apprennes à vivre dangereusement, Daniel. Tu pourrais avoir des surprises agréables.

Il soupira.

— Je ne suis pas si rabat-joie que tu as l'air de le croire.

— Eh bien, prouve-le. Voyons si tu supportes de faire quelques plis à ton costume si précieux ?

— Précieux ? répéta-t-il en démarrant.

— Allez, tu ne vas pas nier que tu es affreusement maniaque ! Même la nuit que nous avons passée ensemble, tu as plié tes vêtements ! J'ai retrouvé ma robe toute tire-bouchonnée au pied du lit, mais ton costume était bien posé sur la chaise.

L'affirmation était légèrement exagérée, mais elle avait envie de lui rabattre le caquet.

— Ce n'est pas le souvenir que j'en ai…

— Eh bien, tu as une mémoire sélective.

— Je me rappelle chaque instant de cette nuit, dit-il tout en remontant la rue. A gauche, tu as dit ?

— A gauche. Nous allons passer devant la maison d'hôtes de ma sœur.

— Je sais où elle se trouve.

— Ah bon ? fit-elle d'un ton surpris.

— Bien sûr, c'est là que j'ai passé la nuit.

Il se doutait que cela la rendrait furieuse, mais il avait trouvé l'idée bonne, et Evie Jones avait paru du même avis. Après avoir été chassé de chez Mary-Jayne, il avait fait le tour de la ville au petit bonheur, et avait fini par tomber sur le Dunn Inn. La grande demeure au toit pentu se profilait au-dessus d'un bosquet d'araucarias, surplombée d'une enseigne qui l'avait renseigné. Il avait été accueilli par le mari d'Evie, Scott, visiblement plus jeune qu'elle, et Evie avait insisté pour qu'il reste chez eux le temps de son séjour à Crystal Point.

— Tu es descendu à l'auberge de ma sœur ? s'exclama-t-elle avec indignation.

— Ma foi, oui. Cela pose un problème ? demanda-t-il d'un ton un peu narquois.

— Si ça pose un problème ? De tous les stratagèmes et les manœuvres que tu pouvais imaginer…

— J'avais juste besoin d'un endroit où dormir, coupa-t-il précipitamment. Tu m'as mis dehors, tu te rappelles ?

— Les hôtels, tu connais ? siffla-t-elle. Il y en a des dizaines à Bellandale.

— Je voulais rester à Crystal Point.

— Pourquoi ?

Il jeta un coup d'œil à son ventre.

— Tu veux vraiment une réponse ?

— N'utilise pas les enfants pour me manipuler ! Combien de temps as-tu prévu de rester ?

— Aussi longtemps qu'il faudra.

— Tu peux rester éternellement, ça ne changera rien à l'affaire. Je ne me marierai pas avec toi. Jamais.

— Nous verrons bien, dit-il avec une assurance qu'il était loin d'éprouver.

A la vérité, il était las d'argumenter. Elle était têtue comme une bourrique. Il aurait voulu rester avec elle la nuit d'avant, il l'aurait vraiment souhaité. Il en ressentait même le besoin. Il aurait voulu passer la nuit à lui faire l'amour, et son rejet avait été comme un seau d'eau glacé qu'elle lui aurait lancé en pleine figure.

— Et ton boulot ? repartit-elle. Tu ne peux pas dispa-raître comme ça pour une durée indéterminée, si ?

— Bien sûr que si, assura-t-il avec détachement, en tournant vers la plage. Je suis le patron, tu te rappelles ? Je fais ce que je veux.

Elle fulminait.

— Solana m'a dit que tu ne prenais jamais de vacances.

— Ce ne sont pas des vacances, dit-il en s'arrêtant sur le parking.

— C'est exact, railla-t-elle en ouvrant sa portière. C'est une partie de chasse. Et la proie, c'est moi.

Il sortit du véhicule, tout en essayant de repousser la douleur qui commençait à lui vriller les tempes.

— Que de grands mots ! Pourrions-nous oublier cette histoire de mariage un petit moment ?

— Rien ne pourrait me faire plus plaisir, grogna-t-elle.

— Bon, c'est toujours ça. Alors, cette plage ? s'enquit-il en verrouillant la voiture.

Elle s'engagea d'un pas raide sur le sentier qui descendait à la plage. La vue était spectaculaire. Le sable blanc s'étendait sur des centaines de mètres jusqu'à l'embouchure du fleuve aux eaux claires. Il comprenait qu'elle aime tant cet endroit. C'était le début de l'hiver, un jour de semaine, aussi n'y avait-il personne, hormis un homme qui jouait avec son chien. Il regarda Mary-Jayne ôter ses sandales et traverser l'étendue de sable jusqu'à la mer, et baissa les yeux sur ses pieds. Il portait des chaussures italiennes de cuir fin, pour le moins inadaptées à une marche sur la plage. Il s'assit sur un rocher pour les enlever, ainsi que ses chaussettes qu'il roula dans les mocassins. Ce n'était pas la première fois qu'elle le traitait de maniaque. Peut-être n'avait-elle pas totalement tort. Jadis, il était impulsif et aventureux, mais désormais, il ne faisait plus jamais rien sans en avoir soigneusement pesé les conséquences. Diriger Anderson l'avait changé ; il sentait à chaque heure du jour et à chaque jour de la semaine ses responsabilités peser lourdement sur ses épaules. Séduire Mary-Jayne était la seule chose qu'il ait faite depuis longtemps sans réfléchir et, même là, il s'était contenu. Ce qu'il désirait vraiment, c'était l'enlever dans ses bras et l'embrasser à perdre haleine.

Quand il posa enfin le pied sur le sable, elle était à vingt mètres devant lui. Il pressa le pas, subjugué par sa démarche et le balancement souple de ses hanches. Elle avait une sensualité qui éveillait en lui autre chose qu'un simple désir, quelque chose qu'il ne parvenait pas à définir et qui le troublait terriblement. Les pulsions sexuelles s'évanouissaient toujours aussi vite qu'elles étaient apparues. Mais cela, il ne l'avait jamais ressenti, même pas avec Simone. Simone ne lui avait jamais fait perdre la tête. Leur relation était agréable et rassurante, sans conflits, sans reproches et sans exigences. Il en allait tout autrement avec Mary-Jayne. Elle remettait en question tout ce qu'il était et tout ce à quoi il croyait.

Elle l'obligeait à réfléchir.

A éprouver des sentiments.

C'était un mélange entêtant de plaisir et de torture, qui expliquait sans doute que faire l'amour avec elle avait été si fulgurant. Il existait une alchimie entre eux, bien au-delà du plaisir physique. L'attirance, aussi illogique que ce soit, était également spirituelle.

Oui, aimer Simone avait été simple. Ce ne pourrait être le cas avec Mary-Jayne, et c'est pour cela qu'il ne s'y risquerait pas. Il devait garder en tête son objectif, ses fils, sa famille. Il ne pourrait jamais s'installer ici, se dit-il en foulant le sable doux. C'était une très jolie petite ville, un refuge paisible. L'endroit idéal pour élever des enfants et fonder un foyer. Mais pas pour lui. Mary-Jayne ne le permettrait jamais, et il avait sa vie à San Francisco.

Elle avait ralenti, et s'arrêta pour ramasser quelque chose. Daniel la rejoignit et lui emboîta le pas.

— C'est un endroit magnifique.

Elle le regarda du coin de l'œil, circonspecte.

— C'est la plus belle plage de toute la côte.

— Tu as de la chance d'avoir grandi dans un tel lieu. De pouvoir t'y sentir chez toi.

Elle rejeta le coquillage qu'elle avait trouvé dans les eaux cristallines et haussa les épaules.

— Et toi, où te sens-tu chez toi ?

Il se frotta la nuque, gagnée par une douleur naissante.

— A San Francisco.

— San Francisco, c'est l'endroit où tu habites, dit-elle doucement. As-tu un chez-toi ?

— Quand mon grand-père était en vie, ils avaient avec Solana un vignoble dans la vallée de Napa. J'y allais toutes les vacances. Miles et Bernie déménageaient souvent. Pour mes frères et moi, le domaine des grands-parents constituait un point d'ancrage. Mais quand mon grand-père est mort, ma grand-mère a décidé de vendre. Il lui faut de la chaleur, alors elle navigue entre Port Douglas et San Francisco.

Elle s'arrêta et se tourna vers lui. Ses cheveux voletaient tout autour de son visage dans la brise.

— Donc nulle part, en fait ?

— Je suppose qu'on peut dire ça.

Il avança, et elle hâta le pas pour rester à sa hauteur.

— Je ne veux pas de ça pour mes enfants. Je veux qu'ils aient un vrai foyer, un endroit où ils puissent toujours se sentir chez eux.

— Je le souhaite aussi, répondit-il en s'arrêtant pour contempler l'océan. Qu'est-ce que c'est, là ? demanda-t-il en désignant une masse de terre séparée de la rive, non loin de l'estuaire du fleuve.

— Jay Island. Jadis, des navires transportant la canne à sucre remontaient le fleuve, c'était une région très active. Désormais, le transport se fait par la route ou le train, on ne drague plus le lit du fleuve, et il s'ensable. C'est comme ça qu'est née cette île. De nombreux oiseaux y nichent, et pendant les grandes marées, quand l'eau descend très bas, on peut y aller à pied. Quand j'étais gamine, je nageais jusqu'à l'île à marée haute et je revenais par le sable.

Son éclat de rire s'envola dans le vent.

— Mes parents se désespéraient, mais moi, j'adorais aller m'asseoir toute seule sur ces rochers, dit-elle, pointant le doigt vers un amas rocheux qui affleurait devant eux. Je restais là des heures, avec le vent qui me balayait la figure, je pouvais rêvasser tout mon soûl sans personne pour me réprimander ou me juger.

— Tu parles de ta famille ?

— Ma famille est super, soupira-t-elle.

— Mais… ?

Ses yeux lancèrent des éclairs verts.

— Mais chacun a un rôle à tenir… Mon frère, mes sœurs… Noah a repris l'affaire des parents, Evie est l'artiste, Grace la surdouée revenue de Wall Street…

— Et toi ?

— Moi, je suis juste la petite dernière, fit-elle d'un ton désabusé. La petite gâtée à qui on passait tout. Mon rôle, c'est d'être celle qui n'a rien fait de sa vie.

Pensait-elle vraiment une chose pareille ?

— Les diplômes ou la taille du compte en banque n'ont rien à voir avec la valeur des gens, Mary-Jayne. Etre simplement soi-même peut déjà être une grande chose.

Elle eut un sourire désenchanté.

— Alors, pourquoi as-tu tant travaillé pour gravir les échelons jusqu'au sommet ? Si tu es si convaincu qu'une vie simple suffit.

— Une vie authentique, rectifia-t-il, tâchant d'ignorer la douleur qui montait derrière son crâne. Je n'ai pas vraiment eu le choix. Mon père ne montrait aucun intérêt pour les affaires, et mon grand-père avait de graves problèmes de santé. Soit je reprenais le flambeau, soit l'entreprise faisait faillite. Trop de gens étaient concernés, je ne pouvais pas abandonner sans me battre. J'ai décidé de faire des changements, j'ai vendu la majorité de nos participations dans des mines, j'ai développé un secteur qui m'intéressait. C'était il y a dix ans et, aujourd'hui, nos complexes balnéaires comptent parmi les plus florissants du monde.

— Et si tu n'avais pas repris l'affaire, qu'aurais-tu fait ?

— Je ne sais pas trop. Sans doute du droit.

— Ah ! s'esclaffa-t-elle. En effet, je te vois bien avocat. Tu es le roi de la négociation.

Tendant la main pour prendre la sienne, il caressa doucement son annulaire de la pulpe de son pouce.

— La preuve que je ne dois pas être si bon que ça…

Elle voulut se dégager, mais il la retint.

— Je ne vais pas devoir te redire pourquoi c'est non ?

— Parce que tu me détestes.

Elle secoua la tête.

— Je ne te déteste absolument pas, Daniel.

— Non ? s'étonna-t-il en retournant sa main pour masser le creux de sa paume. Mais tu ne m'aimes pas.

— Ce n'est pas que je ne t'aime pas, expliqua-t-elle

calmement. Pour être honnête, je suis très perturbée, je ne suis pas sûre de mes sentiments pour toi, je n'ai pas l'habitude de ça. En général, je sais clairement ce que je ressens et je le dis. Mais avec toi... Avec toi, j'ai toujours l'impression d'être prise au piège. Je me retrouve à dire des choses que je ne pense pas. Je n'en suis pas très fière ; je ne suis pas comme ça, habituellement.

— Je te fais réagir, constata-t-il, sans lâcher sa main, malgré la douleur qui s'intensifiait dans son crâne. Nous nous faisons réagir, tous les deux. Ce n'est peut-être pas si mal. Cela met du piment.

— Du piment ? Tu imagines un couple où chacun passe son temps à sauter à la gorge de l'autre ? Ce n'est vraiment pas l'image que je veux offrir à mes enfants.

Elle s'écarta et serra ses bras autour d'elle comme si elle avait froid.

— Est-ce ce que tu veux, toi ? C'est ce qu'on pourrait faire de plus destructeur et de plus égoïste.

Egoïste ? Parce qu'il voulait donner à ses fils son nom et son héritage ? C'était elle qui était égoïste. Une petite fille gâtée qui ne se souciait que d'elle-même.

— Si tu pensais une seconde à leur avenir, tu verrais bien que j'ai raison, dit-il sèchement. Tu te comportes comme une gamine capricieuse, Mary-Jayne. Peut-être que ce n'est pas ce que nous avions prévu, toi et moi. Et peut-être que tu as raison, et que nous ne nous serions jamais revus si tu ne t'étais pas retrouvée enceinte. Mais c'est arrivé, nous en sommes là, et que je sois pendu si je te laisse me dicter la façon dont j'aurai le droit d'agir pour mes enfants. Cela va peut-être te faire un choc, mais tu n'es pas le centre de l'univers, figure-toi ! La seule chose qui m'importe, désormais, c'est le bien de nos fils.

— C'est moi que tu traites d'égocentrique ? Toi, qui t'imagines qu'il te suffit de claquer des doigts pour obtenir ce que tu as décidé ?

Il aurait voulu rester calme et lui faire entendre raison,

mais l'irritation prenait le dessus. Décidément, c'était la femme la plus exaspérante de tout l'univers !

A ce moment, un flash de lumière l'aveugla. Puis un deuxième. L'élancement familier serrait l'arrière de son crâne comme un étau. Il savait ce que cela annonçait.

— Nous devons rentrer. Je te ramène chez toi.

Il tourna les talons, se préparant à affronter une nouvelle crise de migraine.

9

Deux jours plus tard, Mary-Jayne reçut un appel d'Evie. Cela avait été deux journées paisibles. Pas de Daniel, pas de pressions, pas d'altercations… Elle avait eu tout le temps de réfléchir et de travailler.

— Ce serait bien que tu viennes.

Mary-Jayne grinça des dents. Elle n'avait aucune envie de le voir. Elle était furieuse de s'être fait traiter de gamine capricieuse, et n'avait aucune envie que sa sœur s'en mêle et joue les médiatrices.

— Pourquoi ?

— Il est cloîtré dans sa chambre depuis quarante-huit heures. Il n'a rien mangé, pas bu un café ni rien. Je ne veux pas m'immiscer dans vos histoires, mais je me suis dit qu'il valait mieux te prévenir.

Avait-il un problème ? Après tout, tant pis pour lui.

— C'est un grand garçon. Je suis sûre qu'il va très bien.

— Eh bien moi, je n'en suis pas si sûre. Et il est de mon devoir de m'assurer du bien-être des hôtes qui résident chez moi.

— Parfait, eh bien, va le voir, toi !

— M.J., dit Evie d'un ton plus ferme. Je ne sais pas ce qui se passe entre vous, mais peux-tu oublier ça un moment ? C'est un service que je te demande.

Mary-Jayne n'aurait su rester sourde à une prière de sa sœur, aussi s'habilla-t-elle rapidement pour partir pour l'auberge. Evie semblait vraiment préoccupée.

— Bon, alors, quel est le problème ? s'enquit Mary-

Jayne en posant son sac sur le comptoir de l'accueil. Il est peut-être tout simplement sorti.

— Il est là, assura Evie, sa voiture est dehors.

— Peut-être qu'il dort ?

— Depuis deux jours ? répondit sa sœur. Il y a quelque chose qui ne va pas, et en tant que future maman de ses fils, tu dois aller voir ce qui se passe.

— Apparemment, tu continues à croire qu'il y a quelque chose entre lui et moi, répliqua Mary-Jayne. Il n'en est rien. Nous nous supportons à peine.

Evie lui mit une clé dans la main, lui tapota l'épaule, et la poussa gentiment dans le couloir.

— Va voir. Il est dans la chambre taupe.

L'auberge comptait quatre chambres, chacune décorée dans une couleur. Mary-Jayne se dirigea vers la partie du bâtiment réservée aux clients. Arrivée devant la porte, elle hésita un moment. Finalement, elle frappa. Personne ne répondit. Elle recommença. Rien.

Elle était sur le point de faire demi-tour quand elle entendit un son assourdi, comme un gémissement.

Etait-il avec une femme ? L'idée lui donna la nausée. Il ne ferait pas une chose pareille… Si ? Elle considéra la clé dans sa paume ouverte. Que se passerait-il si elle ouvrait la porte et le trouvait occupé à faire allez savoir quoi avec une femme ? Elle ne pourrait pas supporter une chose pareille.

Allons, du nerf !

Elle tourna la clé dans la serrure et ouvrit lentement la porte. La pièce était plongée dans le noir. Les doubles-rideaux étaient tirés, et tout était silencieux. Quelqu'un était allongé sur le lit.

— Daniel ?

Elle l'avait appelé à voix si basse qu'elle ne fut pas étonnée de ne pas recevoir de réponse. Refermant la porte, elle s'avança. Il était torse nu, sur le ventre, la tête sous un oreiller. Elle répéta son nom et l'oreiller bougea.

— Quoi ?

Il avait parlé d'une voix rauque, étouffée, qu'elle ne lui connaissait pas. Elle plissa les yeux pour percer l'obscurité et aperçut un tube d'aspirine vide sur la table de chevet. Une pensée la saisit.

— Es-tu soûl ?

— Laisse-moi, grogna-t-il, à voix presque inaudible.

— Tu as la gueule de bois ?

Il se tourna un peu sur le côté, en serrant l'oreiller sur son visage.

— Fiche-moi la paix, Mary-Jayne.

Elle fit le tour du lit pour se camper devant lui.

— Daniel, je voulais juste savoir si...

— Je ne suis pas soûl, cracha-t-il avec colère. J'ai mal à la tête. Va-t'en.

Elle balaya la pièce du regard. Il était dans le noir, avec un tube d'aspirine vide, et n'avait rien avalé depuis deux jours. Elle alla s'accroupir devant lui et tenta d'écarter l'oreiller.

— Daniel, chuchota-t-elle. As-tu la migraine ?

Il gémit en retenant l'oreiller.

— Oui. Laisse-moi tranquille.

Elle se releva et gagna la salle de bains, d'où elle revint avec une serviette imbibée d'eau froide. Il n'avait pas bougé. Elle s'assit à la tête du lit et retira l'oreiller.

— Tiens, ça va te faire du bien, dit-elle en le faisant doucement rouler sur le dos et en plaçant le linge humide sur son front.

— Arrête de faire du bruit, croassa-t-il.

— Laisse-moi t'aider, murmura-t-elle en pressant la serviette sur ses tempes.

— Tu ne peux rien faire.

— Si, assura-t-elle en posant la main sur sa tête. Ma mère souffre de migraines, je sais ce qu'il faut faire. Quand as-tu pris le dernier comprimé ?

— Ce matin, marmonna-t-il avec effort. Cette nuit. Je ne sais pas.

Elle lui caressait la tête.

— D'accord. Je reviens très vite. Garde la serviette sur la tête.

Elle ne partit pas longtemps, Evie avait ce qu'il fallait. Daniel était toujours étendu dans la même position, la main sur les yeux. Elle alla remplir un verre d'eau et revint s'asseoir près de lui.

— Prends déjà ça, ordonna-t-elle en lui mettant deux comprimés d'aspirine dans la main. J'ai aussi du paracétamol, que tu pourras prendre dans deux heures.

— Peux-tu arrêter de…

— Prends ça, tu veux ? Ça va te faire du bien.

Il grommela, mais obéit. Mary-Jayne posa le verre sur la table de chevet.

— Il faut que tu te forces à boire.

— Oui maman.

— Et que tu cesses de râler.

Il ne répondit rien, mais se retourna pour enfouir son visage dans l'oreiller. Mary-Jayne alla replacer les doubles-rideaux avec soin. La migraine provoquait une hypersensibilité à la lumière. Combien de fois avait-elle vu sa mère batailler contre les nausées et les élancements fulgurants ?

Elle resta là les heures qui suivirent, lui donnant à boire et d'autres comprimés à intervalles réguliers. Quand elle sentit qu'il pourrait le supporter, elle alla se placer à la tête du lit et massa avec douceur ses tempes avec de l'huile de lavande. La situation était un peu trop intime à son goût, mais elle ne pouvait le laisser souffrir de la sorte.

En fin d'après-midi, il déclara se sentir mieux, et elle alla à la cuisine lui préparer un sandwich et un thé.

— Comment va notre malade ? demanda Evie en la rejoignant.

— Nettement mieux. Il a faim, c'est bon signe.

Evie la considéra en hochant la tête.

— Oui, dit-elle d'un ton railleur. Tu avais raison, il n'y a rien du tout entre vous. Je me demande ce qui a bien pu me passer par la tête.

— J'aide quelqu'un qui souffre, rien de plus.

— Quelqu'un qui est le père de tes bébés. Ce n'est pas rien, M.J., c'est un lien très fort. Qui vous liera pour toute la vie, Daniel et toi.

— Je sais, admit-elle tristement. Mais je ne comprends pas pourquoi il insiste tellement pour qu'on se marie.

Evie haussa les sourcils d'un air atterré.

— Il a déjà vécu la perte d'un enfant ! Ce n'est pas difficile à comprendre qu'il redoute de perdre ses fils.

— Mais pourquoi les perdrait-il ?

— Je ne sais pas. En étant séparé d'eux par un océan, par exemple ? Ça fait réfléchir. De même que l'idée que tu puisses rencontrer quelqu'un un jour, et te marier…

Mary-Jayne avait délibérément évité ce type de considération jusqu'à présent.

— Un mariage sans amour sera un désastre, c'est tout.

— En es-tu bien sûre ? Je veux dire, es-tu sûre qu'il n'y a pas d'amour entre vous ? Pour moi, tu te comportes exactement comme une femme amoureuse.

Elle se raidit. Les paroles de sa sœur lui avaient fait l'effet d'une détonation. Evie se trompait, il était impossible qu'elle ait raison.

— Je ne suis pas amoureuse de lui, marmonna-t-elle.

Evie lui sourit affectueusement.

— Je ne t'ai jamais vue reculer devant rien. Pourquoi l'idée d'aimer cet homme t'effraie-t-elle tant ?

Pour rien. Parce que. Evie était beaucoup trop perspicace.

— Nous ne sommes pas du même monde.

— Parce qu'il a les cheveux courts et un métier ?

— Nous sommes trop différents. Et puis, il voudra que je le suive à San Francisco. C'est hors de question. Je veux vivre ici. Mais il fera en sorte que tout se passe comme il l'a décidé. Je sais bien qu'il est très beau, qu'il peut être charmant, il a tout pour lui. Mais je le connais. Il veut tout contrôler.

— Toi aussi, à ta manière, fit observer Evie. Peut-être que vous n'êtes pas si différents que ça, au fond.

Etait-ce cela ? Etait-ce leurs similitudes, et non leurs

différences, qui la terrorisaient ? Il l'accusait d'être entêtée, elle l'accusait d'être despotique. Peut-être avaient-ils tous deux raison ? Mieux valait laisser tout ça de côté pour le moment.

— J'y retourne, dit-elle en prenant le plateau qu'elle avait préparé.

— A plus tard, fit gaiement Evie.

A son retour, le lit était vide. Les rideaux étaient toujours tirés, mais un rai de lumière filtrait sous la porte de la salle de bains. Il en sortit peu de temps après, une serviette autour des hanches, une autre à la main, avec laquelle il séchait ses cheveux. Elle sentit le sang affluer dans ses veines en voyant son corps presque nu. Avec ses épaules larges, son torse ombré d'une fine toison et son abdomen parfaitement plat, il était la virilité incarnée. Elle se sentit prise d'une langueur nostalgique.

— Tu es revenue.

Elle déglutit et détourna le regard.

— Je suis revenue, acquiesça-t-elle en déposant le plateau sur le guéridon placé près de la fenêtre. Comment te sens-tu ?

— Lessivé, répondit-il en venant vers elle. Il me faut toujours quelques jours pour récupérer, après une crise.

Elle lui servit du thé, luttant contre la force magnétique qui la poussait à le dévorer des yeux.

— Cela fait longtemps que tu as des migraines ? s'enquit-elle en baissant les yeux.

— Oui. Depuis l'enfance. Cela m'arrive moins fréquemment maintenant, mais quand ça me prend, je n'ai plus qu'à m'enfermer deux jours avec de l'aspirine et à attendre que ça passe.

— Tu n'as jamais essayé un traitement plus fort ? Des injections, ou…

— Pas de piqûres, coupa-t-il en s'approchant.

Il sentait bon, une odeur de savon et de musc mêlés. Elle lui jeta un coup d'œil. La serviette avait un peu glissé sur ses reins.

— Je vais te laisser tranquille…

— Tu es gênée ? demanda-t-il comme s'il lisait dans ses pensées. Il n'y a rien là que tu n'aies déjà vu…

Elle se redressa. De fait, elle connaissait chaque centimètre de son corps. Avait touché chaque centimètre de sa peau douce. L'avait connu de la manière la plus intime possible. Mais il lui semblait plein de mystère, habité par un magnétisme envoûtant. Il n'y avait chez lui aucune forfanterie, il n'était pas de ces séducteurs qui jouent sans cesse de leur charme. Il avait une assurance tranquille et discrète qu'elle trouvait particulièrement attirante. Il aurait pu se servir de sa faiblesse face à lui pour lui faire perdre la tête, mais il n'en faisait rien. Il l'avait embrassée, c'est vrai, mais même à ce moment, il était resté en retrait, et quand elle lui avait demandé de partir, il n'avait pas insisté, ni tenté de passer outre sa résistance. Son intégrité était réelle, elle en prenait conscience.

— Tu sais, répondit-elle en remuant son thé, si tu m'embrassais maintenant, tu parviendrais probablement à m'entraîner dans ton lit en un clin d'œil.

— Je sais, dit-il avec un petit rire.

— Si tu n'avais pas la migraine, bien sûr.

— Ce n'est pas un mal de tête à la noix qui m'arrêterait.

Etourdie par ces mots, elle se servit une tasse de thé et s'assit. La pièce n'était éclairée que par la lumière venant de la salle de bains, restée ouverte.

— Est-ce que je peux ouvrir les rideaux ? Ou est-ce que la lumière va te faire mal ?

— Ça va, maintenant.

Elle alla entrouvrir les doubles-rideaux.

— Ma mère ne supporte pas la lumière quand elle a une crise. En général, mon père la fourre dans la voiture et l'emmène tout droit chez le médecin pour une injection d'antalgiques.

Il fit la grimace.

— Quand j'étais enfant, Bernie préférait avoir recours à l'acupuncture plutôt qu'aux médicaments.

— Ça marchait ?

Il fit une moue dubitative et s'assit en face d'elle.

— Plus ou moins. Merci pour le thé… et tout le reste.

— Pas de quoi. Je suis contente d'avoir pu t'aider.

Il huma l'air d'un air intrigué.

— Ça sent les fleurs.

— De l'huile essentielle de lavande. Je t'en ai mis un peu sur les tempes, mon père le fait souvent à ma mère.

Il passa la main sur son front.

— Ah… Eh bien, merci, ça m'a fait du bien.

Elle but un peu de thé et lui tendit son assiette.

— Tu devrais manger un peu.

Il acquiesça en prenant le sandwich.

— Et toi, comment vas-tu aujourd'hui ? Pas de nausées ?

— Non, ça va parfaitement depuis deux jours.

Elle caressa son ventre en souriant.

— Ce n'est pas un prix à payer trop élevé, pour avoir ces deux-là qui grandissent dans mon ventre.

Il la regarda d'un air songeur.

— Tu es vraiment heureuse d'être enceinte, n'est-ce pas ?

— Extatique ! C'est-à-dire, ce n'est pas ce que j'avais prévu, c'est sûr… mais de toute façon, je n'ai pas l'habitude de prévoir grand-chose. Mon travail, mes voyages, tout se fait toujours un peu au débotté. Mais maintenant que je les sens bouger, je suis aux anges.

— Malgré le fait que je sois le père ?

Mary-Jayne le regarda droit dans les yeux.

— Je ne regrette rien. Je pense que tu seras un père formidable. Tu sais, dit-elle en soupirant, je comprends… Ces histoires de mariage… Tu devais être père, et tu n'as pas pu. On t'a retiré ça. Je ne ferai jamais rien pour te retirer tes fils, Daniel. Ils t'appartiennent, autant qu'à moi.

Elle vit son regard gris se voiler.

— Tu dis cela, mais tu ne veux pas m'épouser…

— Non.

Il reposa le sandwich sur le plateau, sans y toucher.

— Bien. Je ne te le redemanderai plus.

Enfin, elle obtenait gain de cause. Plus de demandes, plus de pression. Inexplicablement, elle ressentit un sentiment étrange. De la déception ? Elle se força à sourire.

— Merci.

— Et pour la garde ?

— Une garde alternée ira très bien. Je resterai ici, bien sûr, mais tu pourras venir chaque fois que tu voudras.

— Est-ce que ce ne sera pas un peu perturbant pour eux ? demanda-t-il calmement. Un père qui débarque au petit bonheur la chance ?

— Peut-être au début, admit-elle, mâchoire crispée. Mais il n'y a pas moyen de faire autrement, en vivant dans deux pays différents.

— Ils pourraient passer six mois ici et six mois à San Francisco.

Elle sentit un courant glacé descendre le long de sa colonne vertébrale. Elle se raidit sur sa chaise.

— Tu ne ferais pas ça ?

— Ça quoi ?

— Demander une garde à cinquante cinquante. Je ne pourrai pas supporter d'être loin d'eux pendant six mois. Je sais que tu as les moyens de te payer les meilleurs avocats, Daniel, mais je ne permettrai…

— Tu n'as pas compris, Mary-Jayne. Je voulais dire que tu pourrais passer six mois de l'année à San Francisco, avec les jumeaux. Ecoute, je sais que tu aimes Crystal Point et que tu ne veux pas t'en éloigner trop longtemps, mais nous pourrions trouver un juste milieu, en quelque sorte. Je t'achèterais une maison près de chez moi, et tu pourrais t'y installer la moitié de l'année.

— Tu m'achèterais une maison ? Là, comme ça ?

— Pourquoi pas ? dit-il avec désinvolture.

— Et tu paierais l'aller et retour, pour les jumeaux et moi, tous les six mois ?

— Bien sûr.

Un juste milieu ? C'était peut-être la seule façon d'évacuer les conflits entre eux. Malgré ses protestations, elle savait bien qu'elle ferait ce qu'il fallait pour conserver la garde à temps plein des enfants.

— Nous verrons comment les choses évolueront, fit-elle en se levant. Pour le moment, tu dois te reposer. Tu as l'air exténué.

— Pourrai-je te voir plus tard ?

— Non. Tu dois dormir, et j'ai du travail. J'ai une commande d'une amie de Solana, je dois me concentrer.

— Ma grand-mère t'aime beaucoup, dit-il en se levant lui aussi, faisant glisser un peu plus sa serviette.

Elle feignit de ne pas le remarquer. Ce n'était pas le moment de perdre son self-control.

— C'est réciproque.

— Je sais. Et je te présente mes excuses, poursuivit-il d'un ton égal, pour avoir pensé que tu avais une idée derrière la tête quand vous êtes devenues amies. Elle m'a raconté que tu avais refusé toutes ses propositions de financement. J'ai pleine confiance dans son jugement ; elle sait juger les gens beaucoup mieux que moi.

Il lui faisait un compliment ! Elle sentit ses joues rosir, et s'en voulut d'être embarrassée de la sorte.

— J'ai compris que tu cherchais juste à la protéger. Mais j'aime vraiment Solana, et je n'ai jamais eu l'intention de tirer profit de notre amitié.

— Je le sais. Mais si tu as besoin d'un coup de pouce pour faire connaître tes créations, je serais vraiment...

— Non, dit-elle en levant la main pour l'arrêter. Si mes affaires ne marchent pas mieux, c'est parce que je n'ai pas d'ambitions de ce côté. Je n'en ai jamais eu. J'aime concevoir et fabriquer mes pièces, mais ça s'arrête là. J'ai commencé à vendre en ligne un peu par hasard. Ce sont deux amies, Lauren et Cassie, qui ont insisté pour que je crée un site pour présenter mes bijoux. Du jour au lendemain, je me suis retrouvée avec des commandes. Je vends parce qu'il faut que je gagne ma vie, et autant le faire avec quelque chose qui m'épanouit.

Il hocha la tête d'un air approbateur. Elle pensait qu'il critiquerait son dilettantisme, mais il n'en fut rien.

— Bon, on se voit bientôt ?

— D'accord, répondit-elle d'un ton détaché.

Mais à l'idée de le revoir, son cœur avait bondi. Elle s'était attachée à lui, elle le voyait bien. Tout devenait de plus en plus compliqué.

— J'espère que tu vas te remettre rapidement.

Il fallut à Daniel deux jours de plus avant de se sentir vraiment bien. Il passa du temps en visioconférence avec ses frères pour le travail, et à discuter avec sa grand-mère. Solana était avide de détails sur sa visite à Crystal Point, mais il fut peu loquace. Il n'avait pas envie de lui avouer qu'elle refusait obstinément de l'épouser.

Le jeudi suivant, il trouva Evie à la cuisine, de la farine jusqu'au menton.

— Bonjour, fit-elle gaiement. Un café ?

Il acquiesça et se servit lui-même un grand mug, puis alla s'asseoir à un angle de la table et désigna les grands saladiers alignés devant elle.

— Vous avez un régiment à nourrir ?

— Une caserne, plus précisément. Scott est pompier. Il est de garde de nuit cette semaine, et j'ai pris l'habitude de leur préparer quelques assiettes de cupcakes pour leur donner du courage.

C'était une jolie attention. Une vraie marque d'amour.

— Il a de la chance.

Elle eut un sourire rayonnant.

— C'est moi qui ai de la chance. Il a quitté la Californie pour s'installer ici, vous savez. Il était venu pour le mariage de sa sœur avec mon frère. Nous avons eu le coup de foudre, mais il est reparti, après quelques semaines. Quand j'ai découvert que j'étais enceinte, il est revenu, pour de bon. Il avait compris que je ne pouvais pas partir d'ici. J'ai un grand fils, et toute ma famille. Il a chamboulé sa vie pour moi. C'est quelqu'un de très généreux et dévoué.

Le message contenu dans ce petit discours était transparent. Venir vivre ici ? Inutile d'y penser. Ce n'était pas un endroit pour lui. Il ne pouvait gérer l'affaire depuis cette bourgade, qui était à peine plus qu'un point sur la carte. Et il avait sa vie à San Francisco, ses amis, ses habitudes. Son passé. C'est là qu'il avait connu Simone, et qu'il l'avait aimée, qu'il l'avait pleurée. Partir serait un peu abandonner ces sentiments, les renier. De plus, Mary-Jayne lui avait fait clairement comprendre qu'elle ne voulait pas de lui dans les parages. D'où sa suggestion. La faire venir six mois de l'année à San Francisco était un compromis raisonnable, le seul qu'il ait trouvé pour débloquer la situation.

— C'est formidable que tout se soit si bien passé pour vous, dit-il en sirotant son café.

Elle le scruta avec attention.

— Les choses finissent toujours par s'arranger…

— Ou pas.

— Je préfère penser que tout reste toujours possible. Tant qu'on le veut avec suffisamment de force.

Il ne partageait pas cette belle philosophie. Il avait toujours voulu mettre sa femme et sa fille en sécurité ; pourtant, le destin en avait décidé autrement. Des événements advenaient, bons ou mauvais, parfois pour une simple question de minutes.

— Elle a toujours été très volontaire, reprit Evie, en souriant. Mais il ne faut pas vous laisser duper, elle est très vulnérable et sensible.

— Je le sais. Mais c'est surtout une vraie tête de mule.

— Peut-être qu'elle considère qu'il n'y a pas de raison de faire toujours les choses à votre guise ?

— Peut-être, concéda-t-il avec un petit rire. Je n'ai aucune intention de la changer. Tout ce que je veux, c'est pouvoir m'occuper de mes enfants.

— Peut-être est-ce là le problème. Peut-être que vous devriez vous occuper d'elle, avant toute autre chose.

— Facile à dire, fit-il d'un air piteux. Vous avez parlé à votre sœur ? Elle ne me laisse pas vraiment le choix.

— Elle a peur de vous.

Il se raidit.

— Peur de moi ? Pourquoi aurait-elle peur ? Je ne lui ferais jamais rien qui puisse…

— Non, bien sûr, l'interrompit Evie précipitamment. Je veux dire, elle a peur de ce que vous représentez. Vous êtes… normal. Vous savez, pas…

— Un artiste maudit ? Je sais, nous avons déjà eu cette discussion. Elle n'aime pas l'argent, le succès, le statut social, bref tout ce qui lui donne un prétexte pour me tenir en dehors de la petite bulle qu'elle s'est créée.

— C'est une façon de se protéger, rien de plus. Son premier petit ami était un moins que rien qui l'a spoliée, celui d'après un tire-au-flanc. Etre avec vous, ce serait un peu reconnaître qu'elle n'est pas ce qu'elle a toujours laissé croire. Que ses précédentes histoires d'amour n'ont été que des passades, des erreurs de parcours. Qu'elle n'est pas cette femme libre, hors des conventions, qui n'a besoin de personne. Qu'elle est comme tout le monde, sensible aux charmes d'un homme respectable et sociable.

— En gros, elle ne m'épousera pas parce que je ne suis pas un fainéant ?

— Exactement.

Il ne cessa de repenser aux propos d'Evie tandis qu'il parcourait Bellandale, plus tard dans la matinée. C'était une grande ville de province, où il pourrait trouver ce qu'il cherchait. Il revint à Crystal Point dans l'après-midi, et se présenta chez Mary-Jayne vers 17 heures. Elle était accroupie devant la maison, occupée à débarrasser le jardin des mauvaises herbes, vêtue d'une combinaison rose vif qui soulignait ses jolies rondeurs et son ventre proéminent. Il l'observa un petit moment, ébloui une fois de plus par sa beauté sans apprêt.

Elle se releva en apercevant le véhicule arrêté au coin de la ruelle. Elle s'avança dans l'allée tout en ôtant ses gants de jardinage. Ses cheveux volaient follement autour de son visage. Il descendit de voiture et claqua la portière.

— Bonjour.

— Tu sembles aller mieux, ton mal de tête est parti ?

— Oui, et toi, comment te sens-tu ?

— Très bien, répondit-elle en s'approchant de la voiture. Jolis enjoliveurs, on ne dirait pas une voiture de location.

— En effet, dit Daniel en se tournant vers la BMW blanche. Ce n'en est pas une.

Il agita un trousseau de clés devant ses yeux.

— Tu as acheté une voiture ? s'exclama Mary-Jayne, interloquée.

— Eh oui, dit-il en opinant du chef. Elle te plaît ?

— Jolie, oui. Très… classe.

— C'est une familiale tout ce qu'il y a de plus classique.

Elle examina le véhicule et hocha la tête.

— Si tu le dis. Je croyais que tu avais loué une voiture, il t'en fallait une deuxième ?

— Non, bien sûr, dit-il en prenant sa main. J'ai toujours l'autre. Celle-ci est pour toi, conclut-il en écartant ses doigts pour lui poser les clés dans la main.

Elle fronça les sourcils en reculant d'un pas.

— Pour moi ?

— Ma foi oui.

Après un moment de stupeur, son expression se durcit.

— Tu m'as acheté une voiture ?

— Oui, j'ai pensé que…

— J'ai une voiture, le coupa-t-elle d'une voix sifflante. Qui me va très bien.

Daniel jeta un regard à la Volkswagen jaune rouillée par les ans garée dans l'allée.

— Elle est vieille et elle n'est pas fiable.

— Et qu'en sais-tu ? s'exclama-t-elle, mains sur les hanches. Tu n'es même pas monté dedans !

— Je n'ai pas besoin de ça, il suffit de la regarder.

— Moi, elle me plaît, et je n'ai pas besoin d'autre chose.

Elle s'avança d'un pas et lui reposa les clés dans la main. Il soupira, agacé.

— Est-ce que tout doit toujours se solder par une bataille ? Je t'ai acheté une voiture, la belle affaire ! Tu veux me faire un procès ?

— Tu ne m'achèteras pas comme ça.

Il sentit son exaspération monter d'un cran.

— Je n'essaie pas de t'acheter. J'ai acheté quelque chose pour toi, ce n'est pas la même chose.

— Pour moi, c'est pareil, répliqua-t-elle. D'abord une voiture, et la prochaine fois, ce sera quoi ? Une maison ? Assortie à celle que tu vas m'acheter à San Francisco ? Et quoi, ensuite ? Un yacht ? Un pur-sang ? Des diamants, peut-être, et un jet privé, pourquoi pas ?

— Tu es ridicule. Il s'agit juste d'une voiture.

— Ne cherche pas à minimiser… Reprends cette voiture, je n'en veux pas.

Il bouillonnait de colère, mais se contint.

— Je veux que mes fils soient en sécurité, ce qui n'est pas le cas dans ce vieux tacot, dit-il en montrant du pouce la vieille voiture. Sois raisonnable, Mary-Jayne.

— Je suis raisonnable, et ils seront parfaitement en sécurité, fit-elle d'un ton courroucé. Je ne ferais rien qui puisse les mettre en danger, et je ne te laisserai pas me dicter ce que j'ai à faire. Ni maintenant ni jamais.

— Ecoute, ce n'est pas une proposition, Mary-Jayne, et ce n'est pas négociable. Cette voiture est à toi.

Il se dirigea vers la boîte aux lettres et y jeta les clés.

— Et je veux que tu l'utilises.

— Je me fiche de ce que tu veux !

Il s'immobilisa pour la regarder. Elle haletait, les joues en feu, sa crinière en désordre autour du visage. Mille émotions contradictoires se bousculaient dans sa tête, mais il savait qu'il était inutile de discuter avec elle. Il n'y avait jamais de compromis possible.

— Pour ça, dit-il d'un air las, je l'ai bien compris.

Alors, il tourna les talons et disparut dans la ruelle.

- 10 -

Autoritaire, despotique, donneur de leçons…

Les adjectifs qui venaient à l'esprit de Mary-Jayne au sujet de Daniel étaient loin d'être flatteurs.

Il lui avait acheté une voiture. Une voiture ! Sans la consulter, sans lui demander son avis. Il pensait vraiment pouvoir faire tout ce qui lui passait par la tête.

Le samedi suivant, elle se rendit chez ses parents pour le déjeuner. La tradition voulait que la famille se réunisse une fois par mois pour passer la journée ensemble jusqu'à l'après-dîner, à discuter et jouer avec les enfants. Ayant été absente de longues semaines, elle se réjouissait de reprendre les bonnes habitudes et de passer du temps avec eux. Son père s'affairait au barbecue avec Noah ; Scott et Cameron, ses beaux-frères, faisaient une partie de billard dans la salle de jeux, tandis que Callie, l'épouse de Noah, s'occupait des enfants. Les plus petits, le fils d'Evie et le nouveau-né de Grace, étaient au centre de l'attention dans la cuisine où sa mère préparait sa fameuse salade de pommes de terre. Lauren, sa meilleure amie, était là aussi, avec son fiancé et ses parents. Lauren était la sœur de Cameron et son fiancé, Gabe, le cousin de Scott et Callie ; la complicité était donc très forte dans la petite troupe, et ce n'était pas une mince affaire de se souvenir les liens de parenté des uns et des autres. Mary-Jayne les aimait tous, et pourtant ce jour-là, assise à la table de la cuisine, une main sur son abdomen et dans l'autre un verre de Coca light, elle se sentait inexplicablement isolée. Elle ne pouvait définir le sentiment de vide qui s'insinuait au plus profond d'elle-même. Elle aurait dû être heureuse, exulter, avec ces deux bébés qui grandissaient en elle et toute sa famille autour. Mais quelque chose n'allait pas. Quelque chose manquait. Quelqu'un manquait.

Elle s'empressa de chasser cette idée.

— Où est Daniel, aujourd'hui ?

C'était la voix enjouée de sa mère.

— Je n'en ai pas la moindre idée, répondit-elle avec indifférence.

— Je pensais qu'il aurait aimé venir, pour faire la connaissance de tout le monde ! s'étonna Barbara.

— Je ne l'ai pas invité.

Le silence tomba dans la pièce. Levant les yeux, Mary-Jayne vit sa mère froncer les sourcils.

— Moi, je l'ai invité, intervint Evie. Mais il a dit qu'il ne viendrait que si tu le lui demandais, toi.

Elle sentit une pointe de remords la titiller.

— Parfait, il montre enfin un peu de bon sens.

— Qu'a-t-il fait, encore ? soupira Evie.

Mary-Jayne ne pouvait ignorer le ton de reproche de sa sœur. L'irritation la fit grincer des dents.

— Il m'a acheté une voiture, dit-elle platement. Une super BMW flambant neuve avec toutes les options.

Elle eut un rire sans joie.

— Vous m'imaginez au volant de ce truc.

Les trois femmes la dévisagèrent. Grace fut la première à prendre la parole.

— C'était plutôt une gentille attention de sa part, tu ne trouves pas ? Vu l'état de ta voiture…

Mary-Jayne sentit un tressaillement à la commissure de ses lèvres.

— Je sais qu'elle n'est plus toute jeune. Et qu'elle n'est pas en très bon état. Mais elle est à moi, et c'est tout ce que je peux me permettre. Ce n'est pas une gentille attention, c'est juste une façon de m'imposer ce qu'il veut.

Evie fit un petit claquement de langue.

— Est-ce que tu t'es dit qu'il voulait peut-être juste que vous soyez en sécurité, les bébés et toi ?

— Bien sûr, c'est ce qu'il dit, rétorqua-t-elle avec impatience. Mais je connais Daniel, et je sais…

— Sa femme et leur bébé ne sont pas morts dans un accident de voiture ? s'enquit Grace, de toute évidence aussi réprobatrice que sa mère et Evie.

— Si, exactement, répondit Evie.

— Et l'accident n'a-t-il pas été provoqué par une voiture vieille et en mauvais état, dont les freins ont lâché ?

— Mais si, répéta Evie, le regard rivé sur sa cadette.

Celle-ci se redressa sur sa chaise dans un sursaut.

« Je me fiche de ce que tu veux… »

Ces mots inconsidérés lui revinrent en plein visage. Simone et l'enfant étaient mortes parce qu'un automobiliste roulait avec des freins hors d'usage. Qu'avait-il vu resurgir en découvrant sa vieille voiture ? Il avait forcément cru que l'histoire risquait de se répéter. Et que la vie de leurs enfants serait en danger. Ce n'était pas la volonté de la contrôler qui le motivait, mais la peur.

Elle se leva, les mains tremblantes.

— Je dois m'absenter un moment. Je suis garée derrière votre voiture, dit-elle à Grace, peux-tu demander à Cameron de la déplacer ?

Evie montra des clés sur le comptoir de la cuisine.

— Prends la mienne, proposa-t-elle. Il est à l'auberge, il travaille dans le bureau, au cas où tu voudrais le savoir. Il est seul, l'autre client est parti hier.

Avec un signe de tête, Mary-Jayne prit les clés et sortit. Il ne lui fallut que quelques minutes pour gagner le Dunn Inn. Elle arrêta la Honda Civic dans l'allée. Les jardins de la maison d'hôtes semblaient sortis d'un conte de fées. Elle passa sous la pancarte de bienvenue et remonta l'allée pavée vers l'accueil. Deux des élégantes portes-fenêtres à petits carreaux étaient restées ouvertes, et elle n'eut qu'à tirer les moustiquaires pour entrer. Les murs étaient ornés de peintures de sa sœur, les pièces meublées avec goût.

Evie savait y faire pour créer un style. Un petit bureau, attenant au salon, était à disposition. Mary-Jayne s'arrêta dans l'encadrement de la porte. Daniel était assis devant l'ordinateur, écouteurs sur les oreilles, et tapait sur le clavier. Elle s'approcha et posa la main sur son épaule, ce qui le fit sursauter. Il se retourna en ôtant les écouteurs.

— Salut, dit-elle en posant son sac à côté du bureau.

Il portait un jean et une chemise bleue qui semblait avoir été taillée sur mesure pour mettre en valeur sa silhouette fine. Ses yeux gris la fixaient avec une expression indéchiffrable.

— Tu n'as pas une réunion de famille ?

— Si.

— Alors, que fais-tu ici ?

— Je suis partie, répondit-elle d'un ton égal. Je voulais te voir.

Il fit pivoter la chaise et se cala contre le dossier.

— Bon, tu me vois. Autre chose ?

Elle déglutit.

— Tu travailles, je te dérange…

— Que veux-tu, Mary-Jayne ? coupa-t-il impatiemment.

Elle prit une profonde inspiration.

— Je voulais te faire mes excuses.

Il se leva, croisant les bras.

— Très bien, c'est fait.

— J'ai eu tort, d'accord, reprit-elle devant son visage fermé. Je n'aurais pas dû réagir comme je l'ai fait. C'était disproportionné. Je n'ai pas réfléchi à la raison pour laquelle tu tenais tant à ce que j'aie une voiture neuve…

Elle caressa son ventre doucement.

— Et puis, j'ai compris. C'est à cause de ce qui est arrivé à ta femme et ta fille… Avec cette voiture en mauvais état, dont les freins ont lâché…

Sa gorge se serrait en prononçant ces mots. Elle le regarda. A quoi pensait-il ? Elle n'aurait su le dire, et regretta soudain de ne pas mieux le connaître, pour comprendre les émotions qui se cachaient derrière ces yeux gris. Il gardait la même expression fermée, la tension visible dans sa mâchoire.

— Et je n'aurais pas dû te dire que je me fiche de ce que tu veux. Je ne le pensais pas.

— Je ne peux pas supporter l'idée que tu circules dans cette guimbarde.

— Je comprends, répondit-elle doucement. C'est normal, et j'aurais dû être plus attentive à ce que tu ressentais. Parfois, avec toi, je réagis sans prendre le temps de réfléchir. Je n'arrive pas à me contrôler… Il y a tant de… tension entre nous, poursuivit-elle avec un geste dépité. Alors je laisse parler ma colère contre toi, c'est comme une façon de libérer les soupapes.

L'atmosphère de la pièce bascula. L'électricité resurgit, fruit d'une attirance aveugle et irrépressible, un désir insatisfait. Une nuit ne pouvait suffire à s'en défaire, il l'avait su d'entrée de jeu. Elle en prenait conscience à son tour, là, devant lui, le souffle court, sa poitrine se soulevant avec force. C'était pour cela qu'il l'avait cherchée, un mois durant, après cette nuit. Et c'était pour cela qu'elle l'avait fui. Elle redoutait ses sentiments, le pouvoir qu'il avait sur elle. Car elle aussi, elle avait envie de lui.

— Daniel…

Elle prononça son nom dans un murmure. Il la regardait avec des yeux sombres, un regard impétueux, hypnotique et dominateur, qui la laissait frémissante. Son pouvoir sur elle la terrifiait.

Il eut un grognement, comme s'il savait qu'il allait faire une chose qu'il ne devait pas faire. Mais elle n'y prit pas garde. Tout ce qu'elle voulait en cet instant, quand un pas à peine les séparait, c'était se jeter dans ses bras.

— Je lutte tellement contre ça…

— Je sais. Mais finalement, c'est contre moi que tu te bats, dit-il à voix basse.

Il disait vrai. Elle se battait contre lui, il lui semblait devoir le faire. Mais à ce moment, elle baissait les armes.

— Fais-moi l'amour, demanda-t-elle dans un murmure, en posant la main sur son torse.

Il vacilla, comme si ce contact le brûlait.

— Tu es sûre que c'est ce que tu veux ?

— La seule chose dont je sois sûre, c'est que je ne suis plus sûre de rien du tout.

Il posa les mains sur ses épaules, et les serra avec douceur. Doucement, il tira ses cheveux dans sa nuque pour faire basculer sa tête en arrière.

— Tu me rends fou, tu le sais ?

Elle eut un hochement de tête à peine perceptible.

— Je ne le fais pas exprès.

— Mais tu sais que tu peux me faire confiance ? dit-il en rapprochant son visage du sien. Je ne suis pas ton ennemi. Même si nous nous opposons si souvent.

Il l'embrassa. Non d'un baiser tendre et chaste, mais d'un baiser passionné, plein de fougue et du besoin de la posséder. Elle lui rendit son baiser en l'enlaçant.

— Est-ce que tu te rends compte à quel point tu es sexy ? murmura-t-il contre sa bouche.

— Non, dit-elle dans un sourire, en laissant courir ses lèvres le long de sa joue. Nous avons la maison pour nous seuls... Ne perdons pas de temps.

Il l'entraîna vers sa chambre, et eut soin de verrouiller la porte derrière eux. Ils restèrent un instant immobiles, face à face, à côté du lit. La première fois, il n'y avait eu aucune place pour les hésitations. Tout n'avait été que désir et pulsion, sans entraves. Cette fois, c'était différent. Conscient et planifié, avec d'autres enjeux.

— Sais-tu ce que j'ai pensé la première fois que je t'ai vue ? demanda-t-il d'un ton paisible.

Elle secoua la tête.

— J'ai pensé, reprit-il en l'attirant à lui, que je n'avais jamais vu d'aussi beaux cheveux de toute ma vie.

Il l'embrassa, et elle tressaillit, renversant la tête pour lui offrir ses lèvres. Quand il s'écarta, elle haletait, le cœur battant à se rompre. Il fit glisser son T-shirt sur son épaule et caressa sa gorge du bout des lèvres. Il avait une façon de la toucher qui la soulevait de terre. Il l'embrassa ainsi jusqu'à la faire gémir, le suppliant de l'emmener sur le lit.

— Pourquoi tant de hâte ? murmura-t-il dans son cou.

Mais quand elle posa les mains sur son torse, son cœur s'emballa. Elle s'attarda, avide de le sentir pulser sous sa paume, entre ses côtes. La première nuit, ils avaient fait l'amour avec fièvre, dans une sorte d'urgence. Aujourd'hui, il prenait tout son temps, retardait le moment de la déshabiller et de s'étendre avec elle. Il explorait sa bouche avec sa langue, tout en caressant son dos et ses épaules. Ils s'embrassèrent ainsi des minutes, des heures entières — elle avait perdu la notion du temps, transportée par une onde de plaisir grisante sous ses caresses expertes, jusqu'à ne plus être qu'un corps pantelant.

Il fit passer son T-shirt par-dessus sa tête, et elle le regarda, fascinée, lui ôter sa jupe puis son soutien-gorge, avec lenteur. Ses gestes minutieux étaient empreints d'une force érotique intense, et l'impatience lui coupait le souffle. Il glissa les pouces sous l'élastique de son slip, enfin, et le fit glisser sur ses cuisses. Il s'était agenouillé devant elle et effleurait de ses lèvres la peau tendue de son ventre ; ce contact était le plus intime et le plus émouvant dont elle ait jamais fait l'expérience. Il tendit les mains pour prendre ses seins lourds et pleins dans ses paumes, et agacer délicatement ses mamelons. Elle sentait chaque centimètre de sa peau s'éveiller et devenir plus sensible.

Elle souffla son nom, et il leva les yeux vers son visage. Il était encore tout habillé, et elle ne pouvait plus attendre de sentir sa peau nue contre la sienne, de se blottir dans son étreinte et de le sentir au plus profond d'elle. Du bout des doigts, elle défit le bouton de son col.

— Enlève ta chemise, lui intima-t-elle avec une assurance qu'elle était loin d'éprouver.

Il la fit asseoir sur le lit avec un sourire très doux, et se débarrassa d'un geste rapide de sa chemise, puis de tout le reste et, entièrement nu, s'assit près d'elle.

— C'est mieux comme ça ? demanda-t-il en se penchant pour embrasser ses épaules et son cou.

— Beaucoup mieux, répondit-elle en exhalant un soupir.

— La grossesse t'a rendue encore plus belle, dit-il en mettant la main en coupe sur son ventre rond. Je n'aurais pas cru ça possible.

Le compliment la toucha. Elle ne s'était jamais trouvée belle, contrairement à sa sœur Grace, ou Evie, avec ses yeux pétillants et ses courbes appétissantes. Elle était jolie, tout au plus, et même pas particulièrement sexy. Pourtant, sous le regard de Daniel, elle se sentait belle comme jamais.

Elle posa la main sur son ventre.

— Est-ce que ça va aller ? fit-elle avec un sourire timide. Mon ventre grossit à une vitesse alarmante.

Daniel posa la main, doigts écartés, sur sa peau.

— Je suis sûr que ça ira très bien, mon ange…

Mon ange…

C'était la première fois qu'il utilisait un petit nom affectueux, et il le fit avec une telle tendresse qu'elle sentit les larmes monter derrière ses paupières. Voilà ce qu'elle voulait. Cela, et plus. Malgré la folie et l'absurdité de ce souhait, elle aurait voulu être la femme qu'il appellerait son ange tous les jours de leur vie.

Que lui arrivait-il ?

Elle l'aimait.

Elle était tombée amoureuse du père de ses bébés, follement, inconditionnellement amoureuse. Bien qu'elle sache qu'il ne pourrait jamais l'aimer, et qu'ils ne pourraient jamais s'accorder. Mais tout ça n'entrait pas en ligne de compte, c'était son cœur qui en avait décidé ainsi.

— A quoi penses-tu ? demanda-t-il.

— A rien, fit-elle en secouant la tête pour chasser ses pensées. Embrasse-moi.

Il sourit à nouveau et reprit sa bouche, pour un baiser infini et langoureux, qu'elle lui rendit de toute la force de son âme. Il l'étendit sur le lit et intensifia ses caresses, avec une douceur si torturante qu'elle dut s'empêcher de crier.

Il toucha et lécha ses seins jusqu'à ce qu'elle se mette à trembler, et quand il glissa la main entre ses jambes, elle était si excitée que son corps se souleva et qu'elle jouit presque immédiatement, en un orgasme qui la transporta. Quand les étoiles eurent cessé d'exploser derrière ses paupières, elle ouvrit les yeux et le trouva penché au-dessus d'elle, la contemplant.

— Qu'y a-t-il ? murmura-t-elle, en reprenant son souffle.

— Il n'y a rien, dit-il en l'embrassant encore. Je suppose que nous n'avons pas à nous soucier de contraception ?

Elle s'étira avec un grand sourire.

— Je crois que le mal est fait…

Il rit en se plaçant sur elle, et elle ouvrit les jambes, en attente, tout emplie de l'amour qu'elle ressentait pour lui. Elle se serait envolée pour attraper la lune, s'il le lui avait demandé à ce moment.

Puis leurs corps se mêlèrent et elle ne sut plus où le sien commençait et finissait. Elle gémit. Il lui faisait l'amour avec une telle tendresse qu'elle sentait son cœur se briser. Le lien entre eux était parfait, tandis qu'au-dessus d'elle, il retenait son poids sur ses avant-bras robustes, veillant à ne faire aucun mouvement brusque. Elle jouit encore, voluptueusement et, quand elle le sentit frémir, elle s'agrippa à lui, l'étreignant fiévreusement.

Il roula sur le dos à côté d'elle, haletant. Elle ferma les yeux et laissa son rythme cardiaque s'apaiser avant de se tourner vers lui. Son torse s'élevait et s'abaissait ; il avait les yeux fermés, mais tendit la main vers la sienne. Leurs doigts se mêlèrent.

— Tu sais, nous devrions faire ça sur la plage, dit-il dans un soupir.

— Ça ? s'étonna-t-elle, mutine, en posant un baiser sur son épaule. Tu veux dire…

— Nous marier.

Elle se figea. Une petite voix, très loin dans sa tête, chantonna qu'elle n'avait qu'à saisir cette phrase à deux mains, répondre d'un oui éclatant. Mais elle devait résister.

Faire l'amour avec lui était extraordinaire, et elle portait ses enfants, certes. Mais cela ne suffisait pas pour bâtir une vie. Comment pouvait-il ne pas comprendre ? Seul un fou pouvait ne pas le voir ! Elle l'aimait, mais elle ne se laisserait pas prendre au piège.

— Tu avais dit que tu ne me le demanderais plus, dit-elle.

— C'est plus fort que moi. Je ne peux pas renoncer.

— Je ne peux pas.

— Tu ne peux pas, ou tu ne veux pas ?

— Les deux, admit-elle en rivant son regard sur le plafond. Est-ce qu'on ne pourrait pas prendre le temps de se connaître un peu mieux, Daniel ? Au fond, je ne sais pratiquement rien de toi…

— Parce que tu n'as jamais rien demandé, répliqua-t-il avec une certaine dureté. Alors : j'ai trente-quatre ans, mon anniversaire est passé il y a quelques jours. Ma couleur préférée est le jaune et j'ai horreur des choux de Bruxelles. A quinze ans, je me suis cassé les deux dents de devant et maintenant, j'ai des facettes de céramique. J'ai eu mon premier rapport sexuel à dix-sept ans, et depuis que ma femme est morte, j'ai eu cinq ou six aventures au maximum. J'aime les bières belges mais bois rarement. Je n'ai pas eu de vraie discussion avec mon père depuis des années, et je continue à trouver triste de n'avoir jamais connu ma vraie mère.

Il se redressa et tira le drap sur ses hanches.

— Satisfaite ?

Elle s'assit dans le lit et croisa les bras devant ses seins nus.

— Non. Je parlais de prendre du temps. J'ai besoin de temps.

— Mais c'est précisément ce qui nous manque, le temps, dit-il d'un ton coupant. Tu vis ici, moi à San Francisco. J'ai besoin d'une réponse, Mary-Jayne.

Elle quitta le lit et se mit debout.

— Alors, la réponse est non.

Non. Toujours non.

Décidément, il s'y prenait bien mal.

Il se leva et la regarda rassembler ses vêtements.

— Tu réagis sans réfléchir, une fois de plus.

— Je suis franche, voilà tout, répliqua-t-elle en enfilant ses sous-vêtements. J'agis parfois de manière impulsive, c'est vrai, et cela m'a causé des ennuis, parfois. Mais en l'occurrence, ce n'est rien de tel. J'ai réfléchi, justement, dit-elle avec conviction. Avec ma tête. Pas comme toi, avec cette partie de ton anatomie qui te laisse croire que prendre son pied est un motif suffisant pour se lier à vie.

— Le motif, c'est eux, dit-il en remettant son jean. Nos enfants. Prendre son pied, c'est le bonus.

Elle lui lança une sandale à la figure, qui l'atteignit à l'épaule, et il attrapa la seconde à la volée. Il y avait tant de feu et de passion en elle. Elle le captivait, comme un papillon de nuit ébloui par la lumière. Sa personnalité flamboyante le désarçonnait, mais il aimait ça.

— Arrête de me jeter des choses à la figure.

— Arrête toi-même !

Il laissa tomber la chaussure et ouvrit les mains.

— Arrêter quoi ?

— Tu le sais très bien, lança-t-elle, hors d'haleine. Tu sais ce que je ressens. Je ne veux pas me marier et partir vivre je ne sais où. Je veux rester ici, à Crystal Point. Je veux que nos enfants grandissent dans un vrai foyer, les élever avec ma famille autour de moi.

— Les élever ? répéta-t-il froidement. Eh bien, c'est exactement là qu'est le problème. Nous devons les élever à deux, Mary-Jayne, ensemble. Et ce qui vient de se passer le prouve. Il y a véritablement entre nous…

— Nous avons fait l'amour, rectifia-t-elle. C'est tout, et ça ne suffit pas. C'est vrai, je perds la tête quand tu me touches, quand tu m'embrasses, et je n'arrête pas d'y penser. Mais je ne te laisserai pas te servir de ça pour…

— Qui est venu me chercher aujourd'hui ? C'est toi qui es venue me demander de te faire l'amour, non ? Moi je t'ai fichu la paix, comme tu me l'avais demandé.

— Mais…, balbutia Mary-Jayne.

Elle ne savait que dire et se contenta de le fusiller du regard. Elle était impétueuse, violente, toujours prête à l'attaque, mais, prise en défaut, devenait aussi vulnérable qu'un agneau. Tout en elle n'était que contradictions.

— Tu es venue me trouver aujourd'hui, pour faire ça, dit-il en indiquant le lit. Il y a entre nous une attirance inouïe, à laquelle nous ne nous attendions pas.

Elle inspira à fond pour se calmer.

— Je suis venue te trouver parce que je regrettais ce que je t'avais dit. Parce que je me sentais coupable, d'accord ?

— Ah, alors, tout ça, c'était par pitié ? Une petite gâterie pour le pauvre veuf qui a perdu sa femme et son bébé ?

— Non, dit-elle précipitamment. Bien sûr que non. J'ai juste pensé… que nous devions discuter, c'est tout.

— Discuter de quoi ? De toi et moi ? Il n'y a pas de toi et moi, d'accord ? Ou voulais-tu m'interroger au sujet de Simone ? De notre fille ? Que veux-tu savoir ? Combien de temps je suis resté assis à attendre pendant que ma femme mourait ? Huit heures. Si j'ai pu lui dire au revoir avant qu'elle parte ? Non, il ne m'a pas été donné de lui dire ce qu'elle représentait pour moi. Je ne le lui ai jamais dit, même quand elle était en vie ! J'ai tenu le corps de ma fille un long moment avant qu'ils l'emportent. Tu veux savoir si j'ai pleuré ? Une fois, à mon réveil, quand tout le monde était parti, et que j'ai réalisé que désormais, je devrai vivre avec ça : l'anniversaire de ma fille, c'est le jour où elles sont mortes, sa mère et elle.

Il se tut et regarda Mary-Jayne. Elle avait les yeux brillants de larmes, et il s'en voulut. Il n'avait pas voulu la bouleverser. Il voulait tout l'inverse, en vérité. Si seulement elle le laissait lui montrer !

— Je suis tellement désolée…

— Il y a deux façons de voir les choses, dit-il en ramassant sa jupe et son T-shirt et en les lui tendant. Oui, ma femme et ma fille sont mortes. Oui, parfois, je me sens seul et abandonné, à cause de ça. Mais qui ne se sent jamais seul, à un moment ou à un autre ? Si tu veux être là, sois là, pour de vrai, Mary-Jayne. Arrête de trouver des prétextes.

— Ce n'est pas ce que je fais, marmonna-t-elle en essuyant ses larmes, avant de se rhabiller.

— Si, fit-il, soudain gagné par l'impatience. Et la prochaine fois que tu frapperas à ma porte pour me demander de te faire l'amour, il faudra que tu portes une alliance.

— Alors, cela n'arrivera plus jamais.

Il haussa les épaules, convaincu qu'ils ne croyaient pas un mot de ce qu'ils venaient dire, l'un comme l'autre.

— Tu devrais retourner à ta fête.

Elle enfila ses chaussures.

— Veux-tu venir avec moi ?

Il haussa un sourcil d'un air surpris.

— Es-tu sûre que c'est ce que tu souhaites ?

— Ce que je souhaite, c'est qu'on parvienne à s'entendre, pour nos enfants, répondit-elle d'une voix posée. J'essaie de me montrer réaliste, rien d'autre. Je ne veux pas être prisonnière d'un mariage vide. Si tu essaies d'être honnête, et de regarder les choses en face, et pas seulement de penser à la garde et aux difficultés que nous allons rencontrer pour les élever dans deux régions du globe, tu t'en rendras compte, toi aussi. Surtout si tu compares avec l'amour que tu avais pour ta femme.

Un mariage vide ? Etait-elle si sûre que rien ne pourrait exister ? N'avait-elle aucun sentiment pour lui ? L'idée était trop blessante pour qu'il s'y arrête.

— Je veux, dit-il en détachant chaque mot avec détermination, vivre avec ma famille.

— Et moi aussi, dit-elle calmement. Et ma famille est ici, Daniel. A Crystal Point. J'aime être à deux rues de chez mes parents, près de mes sœurs et de mon frère. Je ne viens pas de ces familles où on se salue d'une poignée de main quand on se croise. J'aime entendre ma mère me dire avant de raccrocher : « Je t'aime, ma chérie ». J'aime savoir que mon père sera là en un clin d'œil si je l'appelle. Peut-être que cela te paraît mièvre comme un roman-photo, mais je veux que mes enfants connaissent ça aussi.

Il l'enviait. Ce qu'elle décrivait ne lui semblait pas mièvre, mais sincère et authentique, et c'est ce qu'il aurait voulu donner à ses propres enfants, lui aussi. Fréquenter Mary-Jayne et les siens n'avait fait qu'accroître cette envie. Il aurait voulu le lui dire, mais il se tut.

Je ne veux pas être prisonnière d'un mariage vide.

Voilà le sort qu'elle imaginait pour eux. Une union au rabais, si différente des couples qu'elle voyait autour d'elle. Ce n'était pas suffisant pour elle. Il n'était pas suffisant pour elle.

— Nous devrions y aller, dit-il en boutonnant sa chemise. Je serais content de revoir tes parents.

Elle acquiesça et quitta la chambre.

Il reprit la voiture qu'il avait louée, tandis que Mary-Jayne repartait dans la Honda de sa sœur. La BMW était toujours garée devant chez elle, et il se douta qu'elle ne l'avait probablement même pas essayée. Son entêtement était horripilant. Arrivé devant chez les Preston, il sortit de son véhicule et l'attendit. Il ne dit mot de la vieille Volkswagen qu'il avait aperçue dans l'allée, mais l'idée qu'elle s'obstinait à circuler avec l'ulcéra.

— Excuse-moi de ce que j'ai dit, dit-il en lui prenant le coude. Je n'avais pas l'intention de te faire pleurer.

— Ce n'est pas grave, répondit-elle, la voix mal assurée.

Il caressa la peau fine sur son articulation.

— Je n'aime pas te voir triste.

Elle hocha la tête, les yeux humides.

— Je sais. Je ne voulais pas non plus te faire de la peine. Mais on dirait que je ne peux pas faire autrement.

Comme il s'y était attendu, la famille de Mary-Jayne l'accueillit avec chaleur. Ils étaient tous pleins d'attentions, et il se remémora ce qu'elle avait dit des familles qui se saluaient d'un continent à un autre. Il aimait ses frères, mais ne partageait pas avec eux une telle proximité. Ses relations avec Miles et Bernadette avaient compliqué les choses.

Il était assis près de la piscine avec le frère de Mary-Jayne, qui le passait gentiment sur le gril pour connaître ses intentions, quand son portable sonna. Caleb. Il s'éloigna en s'excusant pour prendre l'appel. Caleb avait l'air inquiet. Après une rapide discussion, il raccrocha et se mit en quête de Mary-Jayne. Elle était dans la cuisine, avec sa mère et sa belle-sœur.

— Peux-tu m'accorder une minute ? demanda-t-il, luttant contre une anxiété grandissante.

Elle dut comprendre qu'il se passait quelque chose car elle interrompit immédiatement sa conversation pour le suivre au salon.

— Que se passe-t-il ? dit-elle quand ils furent seuls.

— Je dois repartir.

— Ah bon, très bien. Nous nous voyons lundi ? J'ai rendez-vous avec l'obstétricien à 10 heures, tu te rappelles ?

— Je dois rentrer à Cairns, reprit-il d'une voix plus ferme. Caleb vient de m'appeler, Bernie est à l'hôpital. Elle a fait une crise cardiaque sévère, il y a deux heures.

Mary-Jayne eut un hoquet et s'agrippa à son bras.

— Oh non ! C'est affreux ! Est-ce que je peux faire quelque chose… ?

M'épouser, et rester à mes côtés.

Il posa la main sur son ventre, et sentit les bébés bouger sous sa paume. La puissance de cette sensation, de cette connexion, lui coupa le souffle. Le regard vert de Mary-Jayne étincela, et il se sentit pris de faiblesse.

— Je pourrais… je peux peut-être…

Elle s'interrompit.

— Quoi ? demanda-t-il.

— C'est-à-dire… Je me disais que je pourrais peut-être…

Qu'elle pourrait quoi ? Venir avec lui ? Il ne souhaitait

rien d'autre, en cet instant. Mais ce n'était sûrement pas ce à quoi elle pensait. Elle avait autre chose à faire. Il ravala la boule qui s'était formée dans sa gorge.

— Prends bien soin de toi, Mary-Jayne.

— Toi aussi, murmura-t-elle. Embrasse pour moi ton père et Bernie.

Mais je ne t'embrasse pas, toi. Le message lui parut tonitruant.

— Je t'appelle dès que possible.

— Donne-moi des nouvelles de Bernie, s'il te plaît.

Il hocha la tête, se sentant comme engourdi.

— Bien sûr.

Ecartant la main, il se dirigea vers la porte, mais quelque chose l'arrêta. Il se retourna et lui fit face.

— Oui ? demanda-t-elle à voix basse.

— Je viens de réaliser que tu n'es pas honnête, Mary-Jayne, déclara-t-il. Tu parles et tu te comportes comme une femme libre, prête à affronter le monde entier, mais toutes ces grandes déclarations cachent quelqu'un qui a peur d'admettre qui elle est vraiment.

— Je ne comprends pas, dit-elle en se rembrunissant.

— Non ? Tu t'es créé une image et tu t'es emprisonnée dedans toi-même. Sois sincère. Si j'étais un guitariste désœuvré, portant des tatouages, ou quelque chose comme ça, tout serait très différent. Tu n'aurais plus de prétextes derrière lesquels te cacher. Tu dis que tu ne veux pas d'un mariage sans amour, mais ce n'est pas la vérité. La vérité, c'est que tu ne veux pas de moi, c'est tout. Parce que cela signifierait que tout ce que tu as toujours proclamé n'était qu'une attitude. Cela signifierait que tu as finalement choisi la voie de la sécurité. Tout le monde pourrait constater que tes rodomontades et tes grandes déclarations n'étaient que des airs que tu te donnais, et que, au fond, tu es tout aussi raisonnablement banale que tout le monde. Voilà ce qui te fait peur. C'est d'être comme tout le monde. C'est pour ça que tu choisis des types à la ramasse et que tu ne veux pas réussir. Tu crois que c'est ça qui fait de toi une femme libre ? Eh bien tu te trompes... Ça ne fait de toi rien d'autre qu'une lâche.

Puis il tourna les talons et s'en alla.

11

— Ça va mieux ?

La question d'Evie interrompit ses réflexions.

Mary-Jayne luttait contre la nausée depuis une semaine maintenant. Elle avait passé la matinée avec sa nièce, pour qu'Evie et Scott puissent aller voir une exposition à Bellandale. Elle adorait s'occuper de Rebecca, et se disait que cela lui servait d'entraînement pour le futur.

— Des hauts et des bas. J'ai pu avaler quelques crackers, mais hier j'ai passé près d'une heure pliée en deux sur la cuvette des toilettes. J'ai vu le médecin pour savoir ce que je pourrais prendre pour me soulager un peu si les nausées persistent. Je ne veux pas de médicaments qui puissent être nocifs pour les bébés, mais après la journée d'hier, je pense que je vais devoir me résoudre à prendre quelque chose. J'ai un autre rendez-vous cet après-midi.

— Ce n'est vraiment pas marrant, compatit Evie en grimaçant. Et à part ça, tout va bien ?

— Pour la grossesse ? Oui, aucun souci. Si ce n'est que je suis grosse comme un autobus...

— Tu es ravissante, comme toujours, lui assura Evie. Tu as des nouvelles de Daniel ?

— Non.

Evie fronça les sourcils.

— Tout va bien de ce côté ?

— Non, soupira Mary-Jayne. Nous nous sommes disputés avant qu'il parte.

— Disputés, c'est tout ? Rien d'autre ?

Evie était vraiment par trop perspicace. Mary-Jayne se détourna. Elle ne tenait pas à lui expliquer qu'elle s'était fait traiter de lâche, et qu'elle n'était pas loin de penser qu'il avait raison.

— Le sexe ne suffit pas à faire un couple… même si c'est formidable.

Evie vint s'appuyer sur la chaise à côté d'elle.

— Pourquoi n'es-tu pas partie avec lui ?

Elle haussa les épaules. Elle se sentait courbatue de partout.

— Il ne me l'a pas demandé.

— Peut-être qu'il a craint un refus.

Mary-Jayne ne sut que dire. Il lui manquait terriblement, mais comment avouer une chose pareille ?

— Je ne fais pas partie de sa vie, pas de cette façon.

— Mais vous êtes amants ?

Mary-Jayne rougit. Elle n'avait jamais rien pu cacher à Evie.

— Je ne sais pas. Une nuit et un après-midi ne suffisent pas à faire de nous des amants, si ? Je ne sais pas ce que nous sommes. Je nage dans le brouillard.

— Mais tu es amoureuse de lui, n'est-ce pas ?

— Ça n'entre pas en ligne de compte. Je pourrais être folle de lui, cela ne changerait rien au problème. Lui ne m'aime pas.

— Es-tu sûre de ça ?

— Certaine.

Elle se sentait affreusement mal. Elle pressa les mains sur son ventre pour masser les bébés qui s'agitaient.

— Tout ce qu'il a en tête, c'est ce qu'il juge être son devoir. C'est-à-dire m'épouser et élever nos enfants à San Francisco.

— C'est ce qu'il a dit ? Il voudrait que tu partes t'installer là-bas ?

Elle acquiesça.

— Il veut m'acheter une maison pour que j'aille vivre là-bas six mois de l'année.

Evie prit un air songeur.

— J'avais eu l'impression qu'il commençait à apprécier Crystal Point.

Mary-Jayne écarquilla les yeux.

— Daniel ? Vivre ici ? dit-elle avec un petit rire aigu. Même pas en rêve. Un bled comme ça ? Il ne pense qu'à son travail, il mourrait d'ennui dans un endroit pareil.

— Tu crois vraiment ? demanda Evie avec un sourire. Il m'a paru plutôt à l'aise, chez nous. Et toi, d'ailleurs, depuis quand trouves-tu que Crystal Point est si formidable ? Tu as passé une bonne partie de ces dix dernières années loin d'ici, à voyager d'un pays à un autre. J'ai le souvenir d'une jeune demoiselle de dix-neuf ans me déclarant catégoriquement que notre ville était l'endroit le plus mortel de la planète, juste avant de sauter dans un avion pour le Maroc. Les parents ont toujours pensé que tu avais fermé les yeux et posé le doigt au hasard sur une carte pour choisir ta destination. Après ça, il y a eu la Thaïlande, puis le Cambodge, puis le Mexique. Et puis ces trois mois à arpenter la Grèce, sac au dos, en faisant des petits boulots et en vendant tes bijoux aux terrasses des cafés. Et ce n'est pas toi qui, encore récemment, as volé à la rescousse de ta vieille copine pour partir du jour au lendemain à Port Douglas ?

Evie sourit avec affection.

— Que t'est-il arrivé, M.J. ? Tu as perdu ton esprit d'aventure et tu as finalement décidé que ce bled n'était pas si nul que ça ?

— Je n'ai jamais pensé que c'était nul. J'aime cette ville. C'est juste que j'ai toujours adoré voyager et découvrir d'autres lieux.

— D'autres lieux, sauf San Francisco ?

Mary-Jayne ne répondit pas tout de suite. Evie marquait un point.

— Tu penses que je devrais le faire ? Me marier avec lui et partir vivre dans un autre pays ?

— Je pense que tu devrais faire ce que ton cœur te dicte.

— Eh bien, c'est exactement ce que je fais.

— Ton cœur, répéta Evie. Pas ta tête.

Et comme ça, mon cœur sera réduit en miettes.

— Ce n'est pas possible.

Elle se leva et prit son sac.

— Il faut que j'y aille.

— D'accord. Merci pour le baby-sitting. Rebecca est toujours ravie de passer du temps avec toi.

— C'est réciproque, dit Mary-Jayne avec un franc sourire.

Evie vint près d'elle et la serra avec force.

— Au fait, j'ai vu que tu avais pris la BM.

Sa sœur avait remarqué ça aussi.

— C'était un peu absurde de la laisser rouiller.

— Je te félicite. Elle est agréable à conduire ?

— Un vrai bonheur, admit Mary-Jayne. Et j'ai reçu hier deux sièges bébé.

— Il pense vraiment à tout, hein ? gloussa Evie.

— Oui, on dirait. Bon, il faut que je me dépêche.

— Tu me diras comment s'est passé ton rendez-vous.

— Promis.

Quand Mary-Jayne rentra enfin chez elle, il était près de 16 heures. Elle donna à manger à Pricilla et Elvis, prit une douche, puis enfila une tenue confortable pour aller s'allonger sur le canapé. Elle zappa distraitement sur la télé pendant une heure, puis se prépara un croque-monsieur et se mit à son établi pour travailler sur un bracelet qu'elle réalisait pour une amie de Solana. Mais elle ne parvenait pas à se concentrer, l'esprit hanté par son dernier échange avec Daniel.

Quatre jours après le départ de celui-ci, elle avait reçu un texto d'Audrey, l'informant que Bernie était hors de danger, mais restait malgré tout en soins intensifs. Pas un mot de Daniel. Sa semaine solitaire lui avait paru interminable. Elle était en partie soulagée d'être éloignée de lui. Il aurait été si simple de ne plus jamais le revoir. Mais une autre part d'elle-même éprouvait un manque cruel.

Lâche…

Le mot résonnait dans sa tête depuis des jours. Personne ne lui avait jamais dit une chose pareille. Personne n'aurait osé. Mais lui, si. Il lui avait parlé sans détour. Il l'avait mise devant ses responsabilités, et confrontée à ses convictions. Pour la première fois, elle avait le sentiment d'être face à un égal. Quelqu'un avec qui elle était en adéquation.

Si seulement il pouvait l'aimer ! Il considérait que l'attirance physique suffirait à faire tenir leur union. C'était faux, et il s'aveuglait, elle en était persuadée. Cela pourrait sans doute coller pendant quelques années, oui. Mais plus tard, quand les enfants auraient grandi, qu'ils se retrouveraient en tête à tête, les divergences entre eux se creuseraient et deviendraient intolérables. Ce serait un cauchemar, et elle ne s'y résignerait pas. Leurs enfants méritaient autre chose que des parents qui étaient ensemble pour des raisons de convenance.

Elle appréciait le réconfort que tentait de lui apporter sa sœur, mais Evie ne pouvait comprendre. Elle vivait un amour sans nuages et réciproque avec Scott. Il lui avait donné son cœur, sans hésitation. Daniel n'avait rien de tel à lui offrir. Que ses raisonnements et sa détermination à garder ses enfants avec lui.

Elle ne pouvait se contenter de cela.

Cela faisait cinq jours que Daniel était de retour à Port Douglas. Ils s'étaient relayés, ses frères et lui, dans le couloir de l'hôpital, auprès de leur père qui n'avait pas quitté le chevet de sa femme. A 7 heures ce jeudi matin, il alla chercher deux expressos à la petite cafeteria de l'hôpital. Bernie avait finalement été déclarée hors de danger, et Blake et Caleb étaient rentrés au complexe prendre un peu de repos. Daniel était resté avec son père pour s'assurer qu'il mangeait et buvait quelque chose.

— Tiens, dit-il en lui tendant le gobelet de carton avant de s'installer sur une des chaises raides de la salle d'attente. Ne le laisse pas refroidir comme le précédent.

Miles se força à sourire.

— Merci.

La souffrance de son père était palpable.

— Elle est tirée d'affaire, papa. C'est vraiment une bonne nouvelle.

— Je sais, acquiesça Miles avec un soupir. J'ai l'impression que je n'aurais pas pu tenir une nuit de plus à me ronger les sangs.

— Tu as entendu le professeur tout à l'heure, reprit Daniel d'un ton ferme. Elle va se remettre rapidement, maintenant.

Son père soupira lourdement.

— Qui aurait imaginé une chose pareille ? Je veux dire, elle veille tellement à son hygiène de vie... Je n'aurais jamais pensé qu'elle puisse avoir le cœur fragile.

— On ne peut jamais prévoir ce qui peut se passer, papa.

Ces mots sonnèrent creux à ses propres oreilles. Combien de fois se les était-il répétés ? A la mort de son grand-père, puis de Simone et de leur fille... Quand Mary-Jayne lui avait appris qu'elle était enceinte...

— Je sais, dit son père en lui tapotant l'épaule. Je te remercie d'avoir été là cette semaine. Ça représente énormément, pour moi.

— Je n'aurais pas pu être ailleurs.

— Mais je sais que tu as beaucoup de choses à régler.

Daniel but une gorgée de café et fixa le mur en face de lui sans répondre.

— Tu devrais repartir, reprit Miles avec douceur. Il faut que tu démêles tout ça.

— A vrai dire, je pense que cela nous fait beaucoup de bien de passer un peu de temps chacun de son côté.

Il n'aurait jamais accepté d'avouer que Mary-Jayne lui manquait à un point qu'il n'aurait pas cru possible. Il s'était interdit de lui téléphoner, même s'il mourait d'envie de l'entendre. Ils avaient besoin de temps pour réfléchir, l'un comme l'autre.

— C'est idiot, dit gentiment son père. Cela ne sert à

rien. Un jour, vous vous rendrez compte qu'il ne vous reste plus tellement de temps.

Daniel regarda Miles. Il avait l'air grave, et résolu à ne pas le laisser se dérober. Il lui avait vu cette expression une seule fois, juste après le décès de son grand-père. Daniel avait accepté de prendre la tête du groupe et Miles avait tenté de l'en dissuader. A l'époque, Daniel était convaincu que son père manquait juste d'ambition et de volonté, et ne pensait qu'à se débarrasser de la compagnie. Il lui avait fallu des années avant de changer d'avis. Et il avait fallu la mort de Simone pour qu'il prenne conscience qu'il y avait plus important que le travail. Plus important que de passer soixante-dix heures par semaine en réunions et en cavalcades pour attraper des avions qui l'emportaient d'un bout à l'autre du globe. Pourtant il n'avait rien changé. Il avait continué à vivre de la même façon, et s'était noyé dans le travail pour s'empêcher de penser à tout ce qu'il avait perdu.

— Pour le moment, tout ce qui compte, c'est Bernie et…

— Tu sais, je suis très fier de toi, l'interrompit Miles, ce qui n'était pas dans ses habitudes. Je suis très fier de l'homme que tu es devenu.

Il sentit sa gorge se serrer.

— Papa, je…

— Je sais que je ne te l'ai pas dit suffisamment. Je ne suis pas sûr que ce soit important pour toi…

— C'est important, dit-il lentement. Se dire les choses… Et ça vaut dans les deux sens.

— Ta mère me disait toujours que je ne parlais pas assez avec mon père, expliqua Miles avec un léger sourire. Quand tu es né, je me suis juré d'être un meilleur père que Mike Anderson. Je ne suis pas certain d'avoir réussi. La mort de ta mère m'a dévasté. Mais Bernie est arrivée et elle a recollé les morceaux. Elle aurait eu toutes les raisons de partir en courant, pourtant. J'étais en deuil, inconsolable, avec un bébé… Je continue à m'émerveiller qu'elle ait su dépasser ça.

— Elle t'aimait.

— Non, pas au début. Je crois même qu'elle a dû me détester, à certains moments. Mais nous avons réussi à surmonter tout ça. Tu y parviendras, toi aussi.

Il était loin de partager l'optimisme de son père. Mary-Jayne s'opposait à lui en tout et pour tout ; il ne voyait aucune issue. Il la désirait, ça oui. Parfois, il avait même le sentiment d'avoir besoin d'elle, comme ses poumons avaient besoin d'oxygène. Mais rien de plus. Comment aurait-il pu éprouver autre chose ? Ils se connaissaient à peine et elle nourrissait des rêves romantiques hors de toute réalité. Il voyait bien qu'elle lui manquait, comme personne ne lui avait jamais manqué — il pensait à elle, jour et nuit. Mais ce n'était là que l'effet du désir, le désir physique et celui de pouvoir être enfin père. Même s'il semblait parfois y avoir autre chose.

— J'aimais ta mère, poursuivit Miles d'une voix tranquille. Et j'aime Bernie. Ce n'est pas plus, ce n'est pas moins... C'est pareil, et pourtant différent.

Pareil, et pourtant différent.

Les paroles de son père tournèrent en boucle dans sa tête tout au long d'une nuit agitée. Ses rêves étaient emplis de visions de Mary-Jayne. Il la tenait dans ses bras, lui faisait l'amour, voyait en s'éveillant ses boucles brunes éparses sur l'oreiller à son côté. Il s'éveilla sans s'être reposé, incapable de penser à autre chose qu'à elle. Et dans la lumière froide du petit matin, il comprit.

Il était amoureux d'elle.

Et avec ce constat, tout devenait encore plus compliqué.

Le lundi suivant, Mary-Jayne retourna chez le médecin. Elle avait toujours des nausées et manquait d'appétit, et il devait vérifier sa tension. Alors qu'elle attendait dans le cabinet, Julie, une ancienne camarade d'école qui travaillait à l'accueil, passa la tête dans l'encadrement de la porte.

— M.J., dit-elle avec une grimace expressive. Il y a un monsieur à la réception qui demande à te voir. Il insiste.

Mary-Jayne s'avança sur sa chaise, en alerte.

— Qui est-ce ?

Julie roula des yeux de manière théâtrale.

— Ton fiancé, à ce qu'il dit.

Mary-Jayne pâlit. Il n'y avait guère de possibilités.

— Oh… je vois… Un grand type très chic, cheveux noirs ?

— C'est ça, dit Julie en hochant la tête.

Mary-Jayne se força à sourire.

— Tu peux lui dire de me rejoindre.

— D'accord.

Elle s'éclipsa et, quelques secondes plus tard, Daniel apparut. Vêtu d'un pantalon de toile sombre et d'une chemise bleu pâle impeccablement repassée, il lui fit à nouveau cette impression à la fois intime et si lointaine. Son cœur bondit. Elle ne pourrait jamais rencontrer un homme aussi séduisant. Dans son for intérieur, en un endroit secret où elle avait pris l'habitude d'enfouir ses sentiments à son égard, elle se réjouit de le voir. Le simple fait de le voir suffisait à la combler. Elle n'était plus seule.

— Mon fiancé, donc ?

— Ça m'a permis d'entrer, dit-il d'un ton indifférent.

— Que fais-tu ici ? Comment as-tu su que… ?

— Ta sœur m'a dit que tu étais là.

Elle hocha la tête d'un air entendu.

— Ainsi, tu es revenu.

— Je suis revenu, fit-il en venant s'asseoir près d'elle.

— Comment va Bernie ?

Il s'étira un peu sur sa chaise avant de répondre.

— Elle est sortie des soins intensifs. Ils lui ont fait un pontage, une grosse opération, elle avait deux artères bouchées, mais ça va, à présent. Elle va passer encore une semaine à l'hôpital. Et toi, pourquoi es-tu ici ? Visite de contrôle ?

— Je ne me sens pas très bien depuis quelques jours…

— Que t'arrive-t-il ? demanda-t-il en se relevant brusquement. Tu es malade ? C'est à cause des bébés ?

Il posa la main sur son ventre, et la retira aussitôt, la voyant tressaillir à son contact.

— C'est juste les nausées qui ont repris, je n'arrive pas à manger.

— Pourquoi ne m'as-tu pas appelé ? Je serais revenu plus tôt.

— C'était bien que tu sois auprès de ta famille. C'était important pour tes parents.

— C'est bien que je sois auprès de toi, dit-il avec conviction, c'est tout aussi important.

— Je vais bien, assura-t-elle.

Il semblait vraiment soucieux. Bon, et après ? Bien sûr qu'il était inquiet. Elle portait ses fils. Se préoccuper pour quelqu'un ne signifie pas qu'on tienne à lui. Il la fixait de ses yeux à l'éclat de cendres.

— Tu es pâle.

— Arrête, dit-elle avec ennui. Je vais bien, je te dis. Je suis juste un peu fatiguée, et je n'ai pas d'appétit à cause de ces nausées. Je suis sûre que ça va passer rapidement.

Elle fut soulagée de voir entrer le médecin, mais son irritation revint quand Daniel se mit à le bombarder de questions, quant à sa fatigue, sa tension artérielle, aux risques associés aux médicaments qu'il lui prescrivait. Mais elle eut beau le fusiller du regard, il l'ignora superbement.

Le médecin, un homme dans la cinquantaine à l'allure bienveillante, répondit patiemment à tout. Quand il annonça finalement qu'il allait falloir faire une prise de sang, Daniel bondit de sa chaise.

— Pourquoi faire ? Est-ce que vous pensez qu'il y a un problème ? S'il y a le moindre risque pour la santé de Mary-Jayne, il faut…

— Stop, tout va bien, interrompit Mary-Jayne en

posant la main sur son bras. Il s'agit juste d'un contrôle, tu te rappelles, je t'ai dit que mes sœurs ont fait du diabète quand elles étaient enceintes. C'est une simple précaution.

Quand l'infirmière entra avec sa seringue, elle crut qu'il allait se trouver mal, mais il resta assis vaillamment, et regarda l'opération sans ciller. Le médecin les congédia après avoir établi une ordonnance pour des vitamines. Voyant Daniel chanceler en se levant, elle prit sa main et l'entraîna d'un pas ferme. Une fois dans le couloir, elle ralentit et le regarda avec un sourire malicieux.

— Mon héros…

— Ce n'est pas drôle, bougonna-t-il.

— Si, plutôt. Un grand garçon si costaud qui a peur d'une petite aiguille… Qui l'eût cru ?

— Je n'ai pas peur, dit-il en serrant étroitement sa main, jusqu'à ce que leurs paumes se touchent. Je n'aime pas ça, c'est tout. Et ce n'est pas parce que rien ne te fait peur, à toi, que tu dois te moquer des faiblesses des autres.

Elle pouffa. Mais au fond, son cœur chavirait. Etre simplement avec lui, à plaisanter, main dans la main, suffisait à la rendre heureuse. Il n'y avait aucune raison à ça, mais c'était ainsi. Pourtant, rien de tout cela n'existait vraiment. En sortant du bâtiment, il regarda autour de lui.

— Où est ta voiture ?

Après une seconde d'hésitation, elle tendit le doigt vers la BMW garée un peu plus loin.

— Là-bas.

Il regarda la voiture, puis elle.

— Je suis content de voir que tu t'es rendue à la raison.

— Je n'aime pas le gaspillage, voilà tout. J'ai reçu les sièges bébé, au fait. C'est très délicat d'y avoir pensé.

Il eut un sourire désabusé.

— Oh ! tu me connais, le donneur de leçons qui pense à tout et qui décide toujours de tout…

— D'accord, concéda Mary-Jayne avec impatience. Il n'y a pas que du mauvais dans tout ça.

— Pas que du mauvais ? Je suis flatté.

— Bon, d'accord, je suis lâche et ingrate et je prends un malin plaisir à ne voir que les mauvais aspects de ta personne depuis que nous nous sommes rencontrés. Ça te va ?

Il eut un sourire.

— Je regrette de t'avoir dit ça. J'étais furieux, et inquiet pour Bernie, et je me suis défoulé sur toi. Tu m'as manqué, à propos, au cas où cela t'intéresserait.

Elle fit un petit signe de tête, la gorge nouée.

— Tu m'as peut-être un peu manqué, toi aussi.

— J'aurais dû te demander de venir avec moi.

Et elle aurait tant voulu qu'il le fasse ! Mais elle n'en dit rien.

— Je suis contente qu'elle soit hors de danger.

— Moi aussi. Bon, on fait une trêve, alors ?

— Ma foi, dit-elle en lui rendant son sourire. Où loges-tu ? Tu retournes chez Evie ?

— Je ne sais pas, je n'ai pas pris le temps de lui demander si elle avait une chambre libre. Quand elle m'a dit où tu étais je suis reparti immédiatement.

— Veux-tu venir dîner chez moi ce soir ?

— Oui, si c'est moi qui cuisine.

Elle le regarda d'un air enjoué.

— Mes talents de cuisinière ne sont pas suffisants pour toi ?

— Tes talents de cuisinière sont inexistants, dit-il en lui prenant la main. Je vais aller acheter ce qu'il me faut au supermarché, et je te retrouve à la maison.

A la maison...

Il avait dit cela comme si c'était si naturel... Elle sentit des papillons voleter dans son estomac.

— D'accord. A tout à l'heure.

Et c'est alors qu'il l'embrassa. Avec tendresse et sans hâte. Comme un homme embrasse la femme qu'il aime. Elle sentit son cœur s'emballer. Si elle avait encore un doute, il se volatilisa à cet instant. Elle était vraiment amoureuse.

Daniel arriva chez elle moins d'une heure plus tard. Alors qu'il n'était qu'une boule d'angoisse quelques heures plus tôt à l'idée de la revoir, toutes ses inquiétudes s'étaient envolées au moment où il avait passé la porte du cabinet médical et l'avait vue assise, mains serrées l'une contre l'autre, ses beaux cheveux comme un écrin pour son visage. Elle n'avait pas paru contrariée de le voir, mais presque… soulagée. Heureuse de son retour, désireuse de l'accueillir. Il n'en méritait pas tant, après les paroles si dures qu'il lui avait assénées quelques jours auparavant.

Il avait eu tout le loisir de réfléchir, durant cette semaine passée à attendre, assis avec son père, dans cet hôpital. Revivre cette nuit terrible où Simone avait été emportée aux urgences l'avait ramené à la réalité. Les souvenirs bouleversants l'assaillaient. Il était arrivé trop tard ce soir-là, elle était inconsciente et déjà trop loin pour que l'on puisse la sauver. Puis il y avait eu l'attente pendant que les médecins mettaient au monde leur petite, à former des vœux pour qu'un miracle advienne et qu'elle survive. Mais le miracle n'avait pas eu lieu, et il les avait perdues toutes les deux.

Et tandis qu'ils restaient assis là, après l'opération de Bernie, il avait pour la première fois parlé véritablement avec son père. Parlé de Bernie, de sa mère, de Simone et de leur enfant. De Mary-Jayne, aussi. Miles lui était apparu beaucoup plus fort qu'il ne se le représentait. Il était venu ici réconforter son père, et finalement, c'était l'inverse qui s'était produit. Il se sentait honteux de l'avoir toujours jugé faible. Un homme gentil, mais qui se laissait guider par ses émotions. Il avait pris son absence d'ambition pour de l'inconsistance, et il se trompait. Les ambitions de Miles étaient seulement différentes des siennes. Et malgré tout, très semblables, à maints égards. Ce qu'avait voulu Miles, c'était être un bon père, présent et attentionné, et c'était ce que Daniel voulait lui aussi. Il voulait vivre auprès de ses fils, les regarder grandir, devenir des enfants, puis des adolescents, et enfin des adultes. Il voulait faire partie de leur vie et leur donner le meilleur de lui-même. Comme à Mary-Jayne. Il tenait trop à elle pour ne voir en elle que la mère de ses fils. Il lui fallait autre chose, beaucoup plus.

Et puisqu'il avait complètement raté ses tentatives de séduction, il devait repartir de zéro. Faire ce qu'il aurait dû faire dès le début, la première fois qu'ils s'étaient rencontrés. Au lieu de ses commentaires déplacés sur sa certitude qu'elle finirait dans son lit, il aurait dû l'inviter à sortir. Lui faire la cour dans les règles, comme elle le méritait. Sauter dans un avion pour aller la retrouver quand elle était dans le Dakota, au lieu de lui intimer de le rejoindre où il était, comme si tout ce qu'il avait en tête était de la mettre dans son lit. Pas étonnant qu'elle l'ait envoyé au diable. Après cela, tout n'avait plus été que prises de bec et vindictes. Elle avait raison de dire qu'il était arrogant. Il n'avait cessé de ferrailler avec elle, sans jamais lui laisser voir qui il était vraiment.

Elle voulait du romantisme.

Ma foi, il pouvait s'exécuter, s'il suffisait de ça pour qu'elle accepte finalement sa demande.

En s'avançant dans l'allée, il constata qu'elle avait mis une affichette à vendre sur sa vieille guimbarde. Satisfait au plus haut point, il sonna à sa porte avec un sourire jusqu'aux oreilles.

— Oh ! salut ! dit-elle.

Elle était rose de s'être précipitée à la porte, et resplendissait dans une robe blanche vaporeuse boutonnée sur le devant, découvrant ses genoux. Son ventre s'étalait en majesté, et elle était si belle qu'il resta immobile à la contempler.

— Entre.

Il la suivit à l'intérieur, tandis que la petite chienne tournait follement autour de ses chevilles en jappant. Il s'accroupit pour la caresser avant d'entrer dans la cuisine.

— Alors, que vas-tu nous préparer ? demanda Mary-Jayne en le regardant déballer ses courses sur la table.

— Tagine de légumes… carottes au cumin… et deux ou trois autres petites choses.

Elle ouvrit tout grands ses yeux verts.

— De la cuisine marocaine ? C'est ma préférée ! s'exclama-t-elle gaiement, et son rire clair fit vibrer la pièce.

— Tu veux m'aider ?

— D'accord, fit-elle en lui lançant un tablier. Mais à condition que tu mettes ceci.

Il le déploya devant lui et lut l'inscription sur le devant : *Embrassez le cuisinier.*

— C'est une promesse ?

— Qui sait ? Si tu as de la chance, répliqua-t-elle d'un ton badin.

— Je crois que j'ai beaucoup de chance, dit-il en passant le tablier au-dessus de sa tête.

Elle contourna la table pour le lui nouer soigneusement autour de la taille.

— Tu parles de ta belle-mère ? Tu dois être tellement soulagé qu'elle s'en soit sortie.

— Oui, nous le sommes tous, répondit-il, même s'il pensait à tout autre chose. Mon père n'aurait pu supporter de la perdre.

— J'imagine, dit-elle en sortant deux planches à découper d'un tiroir. Je veux dire, il a déjà subi la mort de ta mère, alors… Je sais que ta mère était l'amour de sa vie, Solana me l'a raconté. Mais il aime Bernie de tout son cœur, cela se voit rien qu'à sa façon de la regarder.

Daniel arrêta son geste pour la regarder, captif de ses yeux verts, qui brillaient avec une force magnétique. Il dut lutter contre la tentation de la prendre dans ses bras et se ressaisit avant de répondre.

— Qu'il ait aimé une femme ne signifie pas qu'il ait moins à donner à une autre.

— Je… je suppose, commença-t-elle d'une voix hésitante. C'est-à-dire, il fallait qu'il soit prêt à rouvrir son cœur…

— Il l'était, constata Daniel avec calme. Et il l'a fait.

Le sens profond de cet échange ne leur échappait pas, à tous deux.

— Et ils se sont mariés, très vite, sans véritablement se connaître. Et ça a marché, leur union a été très heureuse. Cela peut marcher, Mary-Jayne.

Elle voulut opiner, mais secoua la tête.

— Mais ils s'aimaient.

— Ils s'aiment maintenant. Ils se sont mariés, ont eu des enfants, ont bâti leur vie ensemble. Leur histoire n'a pas commencé tout à fait dans les règles, mais l'important, c'est la façon dont elle a évolué.

Elle ne semblait pas convaincue, aussi s'abstint-il d'insister, reportant son attention sur les sacs posés sur le comptoir. Ils se mirent au travail, discutant de tout et de rien, le temps qu'il faisait, la BMW neuve… Mary-Jayne demanda des nouvelles de Solana et parut sincèrement ravie d'apprendre qu'elle envisageait de lui rendre visite à Crystal Point.

— Elle va aimer cet endroit, dit-il tout en surveillant la cocotte sur le feu, remuant patiemment les légumes qui cuisaient. Dès que Bernie aura complètement récupéré, je suis sûr qu'elle accourra.

— Cela me ferait très plaisir, assura-t-elle en mettant la table. Et, euh… combien de temps comptes-tu rester, cette fois ?

— Je ne sais pas exactement, répondit-il sans s'interrompre. Je vais devoir me remettre au travail à un moment ou un autre. Il faudra que j'aille à Phuket dès que les travaux seront terminés, pour la réouverture. C'est prévu dans une quinzaine de jours.

Elle hocha la tête en humant avec gourmandise les effluves qui montaient de la cocotte.

— Ça sent délicieusement bon. Tu connais vraiment ton affaire, en cuisine.

— Je te l'avais dit, fit-il avec une grimace moqueuse, puis son visage redevint grave. Il y a beaucoup de choses que tu ne sais pas de moi, Mary-Jayne. Mais j'aimerais que cela change. Tu as dit que nous devons prendre le temps de faire connaissance, et tu avais raison. Et je ne veux pas te bousculer. Si tu veux y aller progressivement, nous ferons ainsi.

Elle s'arrêta pour le regarder.

— Honnêtement, je ne sais pas ce que je veux.

— Eh bien, prenons le temps de le découvrir, d'accord ?

— Tu as dit que nous n'avions pas le temps.

Il haussa les épaules avec nonchalance.

— J'étais en colère quand j'ai dit ça. Nous avons tout le temps.

Elle hocha la tête et sortit deux canettes de soda du réfrigérateur.

— Je n'ai pas de bière, s'excusa-t-elle. Mais je peux aller en chercher.

— Ça ira très bien comme ça, je bois rarement.

Le dîner se passa plaisamment, agrémenté de souvenirs d'enfance de Mary-Jayne qui les firent rire aux éclats. Ils furent surpris de découvrir qu'ils avaient tous deux été des adolescents rebelles.

— J'imagine que tout ça a dû changer pour toi quand tu as succédé à ton grand-père ? Un P.-D.G. qui se respecte ne peut pas s'autoriser le moindre écart ?

— En effet. Mais je n'ai jamais été aussi insoumis que toi. Pas de tatouages, rien de si grunge…

Elle rit à nouveau.

— C'est juste parce que tu crains les piqûres…

— Inutile d'en rajouter, j'ai parfaitement conscience de mes faiblesses.

Elle posa les coudes sur la table et le considéra gravement.

— Je ne vois guère de faiblesse chez toi…

— Pourtant, j'en ai une de taille. Toi.

— C'est de la convoitise, ce n'est pas la même chose. Du désir, de l'attirance…

Il repoussa son assiette.

— Il y a peut-être autre chose.

— Autre chose ?

Il tendit la main à travers la table pour prendre la sienne.

— Tu comptes pour moi.

— Parce qu'il y a les bébés, dit-elle.

Elle fit mine de retirer sa main, mais il la retint.

— Il n'y a pas que ça.

Elle le scruta, l'air soupçonneux, et dégagea sa main.

— Que veux-tu dire ?

— Tu ne comprends pas ?

— Non, je ne comprends pas. Es-tu en train de dire que… que tu as des sentiments pour moi ?

— Oui, c'est exactement ce que je suis en train de dire.

Les yeux de Mary-Jayne s'agrandirent.

— Est-ce que tu veux dire que… que tu es amoureux de moi ?

Il acquiesça. Oui. Il était amoureux d'elle. C'était cela, ce sentiment de grand vide qui le tenaillait quand il était loin d'elle, la raison pour laquelle il avait été si impatient de repartir pour Crystal Point. Il la voulait tout entière à lui. Il avait besoin d'elle à en avoir mal. Elle était la mère de ses enfants, mais aussi la femme la plus vivante, la plus drôle, la plus sexy qu'il ait rencontrée.

Il avait aimé Simone. C'était un amour logique et rationnel. Aimer Mary-Jayne n'était en rien logique et rationnel. Mais malgré cela, ces derniers jours, il avait dû se rendre à l'évidence.

— Cela te semble si difficile à croire ?

— Oui. Impossible, dit-elle avec raideur en se levant de table. Il vaudrait mieux que tu partes.

Il se leva d'un bond.

— Pourquoi te fâches-tu ?

— Parce que tu me mens. Tu dirais n'importe quoi pour parvenir à tes fins. Tu t'imagines que me faire une grande déclaration, comme ça, soudain, va me faire changer d'avis ?

— Je ne t'ai pas parlé de mariage, souligna-t-il.

— Mais c'est la suite logique, non ?

— Eventuellement. C'est souvent la suite logique entre deux personnes qui s'aiment.

— Encore faut-il deux personnes.

C'était cela. Elle n'éprouvait rien pour lui, le message était direct. Son cœur se fit lourd. Mais peut-être cela pouvait-il changer... un jour ? S'il faisait tout ce qui était possible pour gagner son amour.

— Nous pourrions essayer.

— Comme tes parents ? Peut-être cela a-t-il fonctionné pour eux parce qu'ils s'aimaient véritablement, dès le départ. Je suis certaine qu'ils ne passaient pas leur temps à s'insulter et à se disputer.

— Je me suis excusé pour ce que j'ai dit, soupira Daniel.

— Quand tu m'as traitée de malhonnête, qui s'était emprisonnée dans une image ? lança-t-elle avec fougue. Pourtant tu avais raison, Daniel. J'étais dans une cage que je m'étais construite moi-même, mais à présent, j'en suis sortie. Et tu sais quoi ? Je ne vais pas quitter une prison pour entrer dans une autre. Et c'est exactement à cela que cela me mènerait, de t'épouser.

— Je ne veux pas te mettre en cage, Mary-Jayne. J'aime la personne que tu es, et...

— Est-ce que tu te rends compte de ce que tu dis ? Il y a trois semaines, tu m'accusais d'être une écervelée coureuse de dot, et entre-temps, tu es miraculeusement tombé amoureux de moi ? Je ne suis pas si bête. Je sais quand on se moque de moi. Tu débarques ici, avec ton sourire de don Juan, tu prépares à manger, tu fais mine d'être passionné par mes histoires d'enfance et notre petite vie, mais cela ne change rien. Les faits, c'est que tu veux m'épouser parce que ça te paraît commode et que ça conforte ta certitude de pouvoir prendre ce que tu veux quand tu veux. Eh bien, tu ne pourras pas m'avoir, moi.

Il fit un pas vers elle, mais elle recula.

— Que dois-je dire pour te convaincre que je suis sérieux ?

— Dire ? Rien. Les mots, ça ne vaut rien, ce sont les faits qui importent.

Il leva les mains dans un geste de désarroi.

— Je suis ici, non ? Je suis revenu. Et j'ai l'impression de ne pas avoir cessé de te courir après depuis des mois.

— Exactement ! s'exclama-t-elle. Au début, c'était parce que tu voulais coucher avec moi, et maintenant, c'est parce que tu veux tes fils.

— Je te cours après parce que je t'aime.

Voilà. Il l'avait dit. Il le lui avait dit, à elle, et nulle autre. Elle eut un rire douloureux.

— Tu me cours après parce que tu veux quelque chose. Tu peux oublier ça. Ce que j'attends de la vie, tu ne peux pas me le donner.

Il eut l'impression qu'un poids venait de lui écraser la poitrine.

— Comment peux-tu en être si sûre ? Si seulement tu me disais ce que tu veux !

— Je te l'ai dit dix fois. Je veux un homme qui me garde ici, dit-elle en portant la main sur son sein. Dans son cœur, pour toujours. Cela peut te paraître sentimental et ridicule, mais ça m'est égal. Je l'ai enfin compris, et je dois t'en remercier, d'ailleurs. C'est toi qui m'as permis de comprendre ce que je voulais, et ce que je ne veux pas.

— Ce que tu ne veux pas, c'est-à-dire moi ? dit-il d'une voix oppressée.

— Oui. Parfaitement.

Il s'avança vers elle et la prit par les épaules, avec fougue. Et il l'embrassa. Un baiser prolongé et ardent, plein de chagrin et de ressentiment. Puis il releva la tête et la regarda droit dans les yeux. Elle haleta, une expression de confusion et de colère mêlées sur le visage.

Il fit descendre sa main le long de son épaule, jusqu'à ses seins, puis son ventre, dans un geste de possession.

— Et tu ne peux rien changer au fait qu'une part de moi est en train de grandir dans ton ventre. Que tu m'aimes ou que tu me haïsses, cela nous lie. A jamais.

12

Le samedi suivant, on célébrait chez les Preston le deuxième anniversaire de Rebecca. Mary-Jayne n'avait le courage ni de s'y rendre ni de chercher une excuse. Elle était restée terrée dans sa petite maison cinq jours durant, travaillant à de nouvelles créations, mettant à jour son site web, réfléchissant à son avenir, ses enfants à naître, et diverses autres choses. Mais pas à Daniel. Pas une fois, elle n'avait eu une pensée pour lui.

Sacrée menteuse.

Daniel hantait ses rêves. Là, elle ne pouvait le chasser.

Il lui avait dit qu'il l'aimait. Elle aurait dû être transportée de bonheur. Elle aurait dû… Mais non. Cela l'avait juste mise en colère, cela lui avait juste fait mal.

Il n'avait pas tenté de la contacter. Elle avait appris par Evie qu'il n'était pas descendu chez elle, et ne pouvait que faire des suppositions. Sans doute était-il dans un hôtel de Bellandale. C'était très bien comme ça. Elle ne voulait pas le voir pour le moment. Elle tentait de guérir de la peine que lui avait faite sa déclaration, elle le détestait pour cela. Et l'aimait plus qu'elle n'aurait cru aimer un jour quelqu'un.

Quelle sotte !

Et ce ventre, qui n'en finissait pas de grossir ! Désormais, elle roulait plus qu'elle marchait. Elle alla faire les boutiques de vêtements pour bébés avec sa sœur, et pleura pendant tout le trajet du retour. Elle avait l'impression qu'une partie d'elle-même l'avait désertée. Elle devait acheter des meubles pour la chambre des bébés, mais remit ce projet à plus tard. Il y avait beaucoup de transformations à faire dans la chambre d'amis. A vrai dire, elle se demandait comment elle allait pouvoir élever deux enfants dans un espace si exigu. Une fois qu'elle aurait mis deux berceaux, une table à langer et une commode dans la pièce, il n'y aurait plus de place pour quoi que ce soit. Ce qu'il aurait fallu, c'est une maison plus vaste, avec un grand jardin. Et des balançoires, où les jumeaux pourraient jouer plus tard.

Le sentiment de solitude était aigu à en avoir mal, et rien ne parvenait à le faire disparaître. Ni la compagnie de ses parents ou de ses sœurs, ni les longues conversations téléphoniques avec ses amies, ni les câlins à sa chienne sur le canapé du salon. Seule la conscience des bébés qui grandissaient paisiblement dans son ventre la réconfortait.

L'après-midi de la fête, elle prépara une robe sur son lit, ôta ses tongs et entreprit de s'habiller. Elle avait choisi une robe ample de soie écarlate retenue par un nœud sur la nuque, assortie de sandales rouge vif à talons plats, pour être à son aise. Ou du moins, elle aurait dû y être à son aise, si seulement elle était parvenue à les enfiler. Mais son corps refusait tout simplement de se plier vers l'avant et elle eut beau se tordre et se tourner en tous sens, elle ne parvenait pas à attacher ces fichues brides.

Elle sentit croître sa frustration de seconde en seconde et après un quart d'heure de tentatives infructueuses, elle lança rageusement les sandales contre le mur de sa chambre, et éclata en sanglots. Elle pleura longuement, secouée de hoquets irrépressibles, jusqu'à ce qu'elle ne sache plus très bien pour quelle raison elle pleurait. Ce constat la bouleversa et l'angoissa plus encore. Elle se sentait pitoyable.

Elle envisagea d'appeler Evie à la rescousse mais se ravisa. Sa sœur avait déjà assez à faire avec l'organisation de la fête. Elle n'allait pas déranger Grace, avec son bébé. Et si son frère voyait qu'elle avait pleuré, il serait fou d'inquiétude, poserait des questions, et se précipiterait pour casser la figure à Daniel si elle se laissait aller à tout lui raconter. Ce serait bien fait pour lui, sans doute, mais elle n'était pas sûre qu'il se laisse faire sans répliquer. Et de toute façon, une bagarre était la dernière chose qu'elle souhaitait.

Elle s'assit au bord du lit et se reprit à pleurer un moment, puis finit par se dire qu'elle se comportait de manière grotesque. Cette idée la fit pleurer de plus belle. Elle se décida à refaire une tentative, et renonça, le dos et les pieds douloureux à force de les maltraiter.

Elle se laissa tomber sur son lit et saisit son téléphone. La batterie était faible, elle avait oublié de le recharger. Typique. Elle parcourut les numéros jusqu'à celui qu'elle cherchait et écouta la sonnerie retentir, jusqu'au déclenchement de la messagerie.

— C'est moi, dit-elle en hoquetant. Peux-tu venir ?

Sur quoi, elle enfouit sa tête dans son oreiller et se remit à sangloter.

Daniel était sous la douche au moment où Mary-Jayne avait appelé. Il tenta de la rappeler à plusieurs reprises, mais n'obtint que la messagerie. Il se rhabilla en hâte et quitta son hôtel pour filer jusqu'à Crystal Point, respectant tout juste les limitations de vitesse. Il se gara devant sa porte et alla frapper et sonner, mais personne ne répondit, hormis les aboiements du chien, qui s'agitait de l'autre côté. La panique lui glaça le sang. S'était-elle blessée ? Peut-être était-elle tombée en cherchant à déplacer quelque chose, ou pire. Il secoua la poignée de la porte, mais elle était fermée à clé, puis aperçut la fenêtre ouverte sur le devant de la maison. Il repoussa la moustiquaire, et, sans se soucier d'être pris pour un cambrioleur, enjamba l'appui de la fenêtre pour sauter à l'intérieur. Si les voisins voulaient appeler la police, grand bien leur fasse, il ne pensait qu'à s'assurer qu'elle allait bien.

Une fois dans le salon, il l'appela, mais ne reçut aucune réponse. Il alla jusqu'à sa chambre, et sa peur monta d'un cran. Elle était là, recroquevillée sur son lit. Il courut à elle et posa la main sur son épaule nue en l'appelant à voix basse. Elle entrouvrit des yeux rougis de larmes.

— Hé ! dit-il en caressant sa joue. Que se passe-t-il ?

— Rien, fit-elle en secouant la tête.

— Tu m'as laissé un message.

— Je sais, murmura-t-elle. Je ne savais pas qui appeler. Mais tu n'as pas rappelé, et mon téléphone n'avait plus de batterie, et…

Sa voix mourut.

Il avait l'estomac noué. Il la prit par les épaules.

— Mary-Jayne, que se passe-t-il ? Es-tu malade ? Y a-t-il un problème avec les bébés ?

— Non, ils vont bien, je vais bien.

Mais elle n'avait pas l'air bien du tout. Elle avait l'air d'avoir pleuré pendant une semaine sans interruption. Mais elle avait fini par l'appeler, quand il commençait à craindre qu'elle ne le fasse jamais. Cela suffisait à lui redonner espoir. Peut-être tenait-elle un peu à lui ?

— Tu as pleuré.

Elle hocha la tête, et son regard s'embua. Elle hoqueta.

— Je n'ai pas pu…

— Qu'est-ce que tu n'as pas pu ? la pressa-t-il.

— Je n'ai pas pu mettre mes chaussures !

Et elle fondit en larmes. Des larmes désespérées, déchirantes, à fendre le cœur. Il la blottit contre lui et la serra dans ses bras.

— Ce n'est rien, ma chérie, assura-t-il.

— Je suis grosse comme une bonbonne.

— Tu es magnifique.

— Je suis affreuse, gémit-elle, le visage ruisselant de larmes. Mes chevilles sont si gonflées que je ne peux même pas mettre des sandales. J'ai essayé pendant des heures, mais avec ce ventre, je n'ai même pas réussi à les attacher.

Il prit son menton et leva son visage vers lui.

— Voudrais-tu que je te les mette, moi ?

Elle hocha la tête et il se leva pour aller ramasser les

sandales tombées au pied du mur, puis revint s'accroupir près du lit et prit ses pieds. Il lui glissa les sandales et fixa le fermoir avec délicatesse.

— Regarde, elles te vont parfaitement, dit-il en caressant la peau soyeuse de son mollet.

— Pourquoi est-ce que tu prends soin de moi ?

— Parce que je suis là pour ça, répondit-il en s'asseyant près d'elle. Ce n'est pas pour ça que tu m'as appelé ?

Elle haussa les épaules, l'air désemparé.

— J'ai appelé… le premier numéro que je pouvais…

Il releva à nouveau son menton pour qu'elle le regarde.

— Tu m'as appelé moi, parce que tu voulais que je vienne.

— Je ne sais pas pourquoi je t'ai appelé, soupira-t-elle. J'ai rêvé de toi, et…

— C'est bien, dit-il d'une voix rauque. Je veux que tu rêves de moi. Je veux être toujours dans tes rêves, Mary-Jayne. Je ne te laisserai plus me tenir à l'écart.

— Je n'y arriverais pas, même si je le voulais, reconnut-elle, s'appuyant contre lui en se détendant légèrement. Je ne sais pas ce qui cloche chez moi. Je me sens tellement…

— Tu es enceinte, coupa-t-il en posant la main grande ouverte sur son ventre. Tu es shootée aux hormones. C'est tout à fait normal que tes émotions débordent, tu n'as pas à t'en vouloir.

Un éclair traversa ses yeux.

— Te voilà devenu « monsieur sensible », tout à coup ?

Il esquissa un sourire.

— Pour toi, oui.

— Et tout ça pour arriver à tes fins. Qui est malhonnête, à présent ?

Il se pencha sur son visage.

— J'ai vraiment tout fait de travers, pour que tu aies une si piètre opinion de moi, hein ? En général, je suis plutôt quelqu'un de bien, je crois, tu sais… Laisse-moi une chance, et peut-être que je parviendrai à te convaincre.

— Malhonnête et manipulateur…, grogna-t-elle sourdement, en tendant les lèvres vers lui.

Il y déposa un baiser.

— Je n'essaie pas de te manipuler. Je t'aime.

— Ne dis pas des choses que tu ne penses pas.

Il écarta une boucle brune de sa joue.

— Je le pense. Et je suis prêt à te le répéter toute ma vie.

— Je ne t'écoute pas, dit-elle en tentant de se détourner. Un jour, je rencontrerai quelqu'un qui…

— Ne fais pas ça, l'interrompit-il d'un ton grave. Cela me briserait le cœur.

— Je ferai ce que je voudrai, répliqua-t-elle en se reculant. Je ne suis pas à toi.

Mais il ne la laissa pas s'écarter.

— Si, ma chérie, tu es à moi, et moi je suis à toi. Depuis la première minute où je t'ai vue dans cette vitrine. Je ne partirai plus, Mary-Jayne.

— Il faudra bien que tu partes, fit-elle observer, une lueur féroce dans ses beaux yeux. Tu vis à San Francisco, pas ici. Je serai libérée de toi.

— Nous ne serons jamais libérés l'un de l'autre. C'est pour ça que tu m'as appelé aujourd'hui, admets-le, dit-il d'un ton plus assuré. Tu aurais pu appeler une dizaine de gens qui auraient accouru. Mais tu m'as appelé, moi.

— C'est le premier numéro sur lequel je suis tombée, et ensuite, mon téléphone s'est éteint. C'était un hasard, rien d'autre.

Il eut un petit rire, galvanisé par sa résistance.

— Tu es amoureuse de moi, avoue…

— Certainement pas ! se défendit-elle en s'extirpant de son étreinte. Je ne t'aime pas et je ne t'aimerai jamais. Il faudrait vraiment que je sois devenue folle ! Tu ne cherches qu'à m'amener à faire ce que tu veux…

— Ah bon ? Tu crois vraiment ?

Il se leva et la considéra, poings sur les hanches.

— Est-ce que je t'ai demandé quoi que ce soit ? Je t'ai laissée tranquille, j'ai respecté ce que tu voulais. Je me suis enfermé dans une stupide chambre d'hôtel pendant une semaine, alors que tout ce que je voulais, c'était être ici avec toi, chaque jour, et te tenir dans mes bras chaque nuit. Je ne t'ai pas fait porter de fleurs, je n'ai rien acheté pour les bébés, pour que tu ne m'accuses pas de chercher à faire pression sur toi. Je ne suis pas allé voir tes parents, malgré l'envie que j'en avais, pour leur dire ce que tu représentes pour moi et que je ferai tout ce qui sera en mon pouvoir pour te rendre heureuse. J'essaie, Mary-Jayne… J'essaie de faire les choses comme tu le souhaites. Mais juste… essaie juste de faire un pas vers moi, toi aussi, tu veux bien ?

Il posa la main sur son cœur.

— Parce que tout ça me tue à petit feu.

— Bon, donc, il n'est pas parti ?

Mary-Jayne regarda Evie. Ses sœurs étaient passées lui remonter le moral avec des petits cadeaux pour les bébés. Les minuscules casquettes de base-ball que lui avait offertes Grace étaient absolument exquises, et Mary-Jayne se mit à renifler. Cela semblait être devenu une habitude, de pleurer, pour un oui ou pour un non… Elle se conduisait comme une vraie bécasse.

— Je ne crois pas.

— Tu ne l'as pas revu ? s'enquit Grace.

— Pas depuis une semaine, non. Pourquoi ?

Ses sœurs soupirèrent, puis sourirent avec embarras. C'est Evie qui se lança.

— Eh bien… C'est-à-dire qu'il est venu nous voir les uns après les autres, ces jours derniers, pour nous dire…

— Vous dire quoi ? la pressa Mary-Jayne en se redressant sur sa chaise.

— Qu'il est amoureux de toi, poursuivit Grace, et qu'il veut t'épouser.

Mary-Jayne se mit à bouillir.

— Quel sale petit serpent !

— C'est plutôt romantique, dit Evie avec une grimace.

— Ce n'est pas romantique pour un sou ! s'exclama Mary-Jayne. C'est faux et sournois. Vous savez ce qu'il a fait ? Il m'a fait livrer tout un tas de choses qu'il a achetées pour les bébés. Le garage est plein à ras bord de cartons, de jouets, de meubles, et…

— Oh ! c'est vraiment horrible ! ironisa Evie. Quel sale type, en effet !

— Vous êtes de son côté, c'est ça ? aboya Mary-Jayne.

— Nous sommes avec toi, assura Grace avec douceur. Mais tu sembles malheureuse, voilà tout.

— Je serai beaucoup plus heureuse quand il sera parti.

— Je n'ai pas l'impression qu'il s'apprête à partir où que ce soit pour le moment, rétorqua Evie. Il a dit à Scott qu'il allait acheter une maison ici.

Mary-Jayne blêmit.

— Je n'en crois pas un mot. Il ne fera jamais ça. Il a ses affaires, et il ne peut pas mener ça d'ici.

— Peut-être qu'il considère qu'il y a des choses plus importantes que le travail, dit Grace d'un ton appuyé.

— Oui, c'est juste… Son héritage. Il veut ses fils, voilà tout. Ne vous laissez pas abuser par les apparences et par son argent.

— Nous pourrions te dire la même chose.

Mary-Jayne se pétrifia à ces mots. Etait-ce ainsi que ses sœurs la voyaient, coincée dans ses préjugés et intolérante ? N'était-ce pas ce qu'elle lui reprochait à lui, précisément ?

Elle lui en voulait de son statut social et de sa richesse, sans raison véritable. Elle admettait qu'il était intègre et sincère, et pourtant, quand il lui avait dit les mots même qu'elle désirait entendre, elle ne l'avait pas cru et l'avait accusé de mentir. Quelle preuve avait-elle de cela ? Aucune. Il n'avait eu recours à aucun stratagème ou feinte pour la mener jusqu'à son lit. L'attirance avait été immédiate, fulgurante, et réciproque. Il lui faisait perdre la tête, et lui avait prouvé sans ambiguïté l'effet qu'elle lui faisait. Et pourtant, elle avait voulu se convaincre qu'il n'y avait en lui que calculs, égoïsme et orgueil.

Par peur.

Parce qu'il était différent des hommes qu'elle avait fréquentés jusqu'alors, elle le regardait comme un monstre, à fuir à tout prix, ou à combattre, ce qu'elle avait fait de manière systématique. Elle l'avait repoussé, offensé, malmené, encore et encore. Parce qu'aimer Daniel l'aurait obligée à se remettre en question. Il était fortuné, il avait réussi, il représentait tout ce qu'elle avait dit détester, haut et fort. Il avait demandé sa main, il lui avait dit qu'il l'aimait, mais elle avait laissé ses idées préconçues l'aveugler.

Elle entendit soudain résonner à ses oreilles les derniers mots qu'il avait prononcés avant qu'ils ne se séparent une fois encore. « Tout ça me tue à petit feu. » La souffrance, l'angoisse qu'ils exprimaient étaient bien réelles. Elle l'avait blessé. Elle avait blessé la personne qui comptait pour elle le plus au monde. Elle sentit la culpabilité s'infiltrer jusque dans ses os. Il lui avait demandé de faire un pas vers lui.

Elle allait faire bien plus.

— On dirait que tu viens d'avoir une révélation, fit observer Evie.

Ses sœurs la dévisageaient.

— Eh bien, je crois que c'est le cas, en effet. Il m'a demandé de l'épouser. Il m'a dit qu'il m'aimait.

— C'est ce qu'il nous a dit, à nous aussi.

Ses yeux se mouillèrent de larmes.

— Je n'avais jamais imaginé pouvoir tomber amoureuse de quelqu'un comme lui. Je pensais rencontrer un jour quelqu'un qui me ressemble… Quelqu'un qui ne soit pas si… conforme, vous comprenez ?

Evie vint s'asseoir près d'elle et prit sa main.

— Tu sais, qu'il ne soit pas un poète bohème ne signifie pas qu'il n'est pas la bonne personne pour toi. Si quelqu'un m'avait dit jadis que je tomberais amoureuse d'un homme qui aurait presque dix ans de moins que moi, je ne l'aurais pas cru.

— C'est pareil pour moi, renchérit Grace. Je n'avais certainement pas prévu de tomber amoureuse du meilleur ami de notre frère. Mais c'est ce qui est arrivé. Quand on est amoureux, on est amoureux. C'est ça qui compte, M.J., qui il est, pas ce qu'il est.

— C'est un homme bien, approuva Evie d'un ton posé. Donne-lui une chance de te le montrer.

— Et s'il avait changé d'avis ? s'inquiéta Mary-Jayne, se remémorant la façon dont ils s'étaient quittés, une semaine plus tôt. Je lui ai dit des choses assez horribles, la dernière fois que nous nous sommes vus. Peut-être qu'il refusera de me revoir...

— Il faut monter un plan, décida Grace.

— Laissez-moi faire, assura Evie, en sortant son téléphone de son sac.

Trois heures plus tard, Mary-Jayne était assise sur un banc dans le jardin du Dunn Inn, près de la fontaine. Elle avait toujours aimé cet endroit. Elle lissa le jupon de sa robe blanche et recoiffa ses cheveux du bout des doigts. A travers la pergola couverte de vigne, elle vit une voiture s'arrêter dans le virage. Quelques instants plus tard, il remontait l'allée d'un pas résolu. Dans son jean et son polo tout simple, il était si beau qu'elle en eut le souffle coupé. Il s'immobilisa en l'apercevant.

— Hello ! fit-elle en lui souriant.

Son visage se ferma.

— Je ne pensais pas te trouver là.

— Je ne pensais pas venir ici il y a quelques heures encore.

Il s'assombrit.

— Est-ce que tu vas bien ? Pas de souci avec les bébés ?

Elle posa la main sur son ventre.

— Non, tout va bien. Je n'ai plus de nausées, ces jours-ci. Cela fait longtemps que je t'ai vu. Où étais-tu ?

— Je croyais que tu ne voulais pas me voir.

Il fit un pas vers elle.

— Ta sœur m'a appelé. Est-ce qu'elle est là ?

— Non, je suis toute seule.

Il leva un sourcil.

— Un traquenard ?

— Plus ou moins, reconnut-elle. Après la dernière fois, je n'étais pas sûre que tu accepterais de me voir.

— Si tu m'avais appelé toi-même, je serais venu. Je serai toujours là. Je te l'ai déjà dit. Qu'y a-t-il, Mary-Jayne ?

Il lui semblait si beau, si proche. Elle aurait voulu se jeter dans ses bras.

— Je voulais m'excuser de ce que j'ai dit, la dernière fois que nous nous sommes vus.

— T'excuser de quoi ? D'avoir dit que tu ne m'aimais pas et ne m'aimerais jamais ?

— Oui, tout. Tu es venu m'aider, et j'ai été ingrate et désagréable.

— C'est vrai.

Elle sentit une pointe d'agacement, mais poursuivit.

— Il paraît que tu cherches une maison à acheter ?

— Est-ce que tu désapprouves ça également ?

Il avait décidé de se montrer désagréable.

— Non, bien sûr que non. Je comprends que tu veuilles être près de tes enfants quand ils seront nés.

Il hocha la tête.

— Il y a autre chose ?

Elle soupira, puis ouvrit le sac posé à côté d'elle. Elle se leva et lui tendit les deux minuscules casquettes de base-ball.

— Je me suis dit qu'elles te plairaient. Elles sont adorables, tu ne trouves pas ?

Il les examina un instant et les lui rendit.

— Adorables, c'est le mot. C'est tout ? Tu m'as fait venir pour me montrer des casquettes ?

— Je voulais te voir.

— Pourquoi maintenant ? Quelque chose a changé ?

— Tout a changé.

Il restait de marbre, lèvres pincées.

— Quoi ?

Elle sentait ses joues s'échauffer.

— Moi. Tout ça. Nous. Il y a une semaine, tu m'as dit que tu m'aimais.

— Je sais ce que j'ai dit, répliqua-t-il. Et je sais aussi ce que tu m'as répondu.

Elle fit effort pour garder son calme.

— Pouvons-nous aller à l'intérieur ? Je voudrais te parler.

— Alors, c'est ça ? Quand tu as décidé de parler, on parle ? C'est comme ça que ça se passe, avec toi ? Je ne sais vraiment plus sur quel pied danser, tu sais ?

— Bien, moi, je vais à l'intérieur, dit-elle avec impatience. Tu peux rester ici à bouder si tu veux.

Elle tourna les talons et partit d'un pas vif vers la maison. Quand elle eut passé les baies vitrées, elle se retourna. Il l'avait rejointe en quelques enjambées et se tenait à deux pas, le souffle court, l'air rageur.

— Bouder ? fulmina-t-il.

— Ma foi, ce n'est pas ce que tu as fait toute la semaine ? J'ai dit des choses méchantes et blessantes. Je m'en veux. Mais mes hormones partent dans tous les sens, ces temps-ci, tu l'as dit toi-même ! Il me semble que tu devrais en tenir compte.

— En tenir compte ? répéta-t-il d'un air incrédule. Tu es sérieuse ? Je n'ai rien fait d'autre que tenir compte de tout, depuis le jour où tu m'as annoncé que tu étais enceinte. Rien de ce que je fais ne va jamais. Rien de ce que je dis ne change jamais rien. Tu me fais confiance, tu ne me fais plus confiance. Tu as besoin de moi, tu n'as plus besoin de moi. Tu veux de moi, tu ne veux plus de moi. Qu'est-ce que je dois prendre en compte, au juste ? Je suis dans un tel brouillard que je n'arrive même plus à réfléchir. Je néglige mon travail, je néglige ma famille, je néglige mes amis… Je ne m'occupe plus de rien, simplement parce qu'il y a ce… truc, avec toi, qui prend toute la place.

Elle ne pouvait détacher les yeux de lui, captivée par

sa fougue. Il mettait dans ses mots une telle flamme ! Comment avait-elle pu penser qu'il n'était qu'un poisson froid inaccessible aux sentiments ? Il avait des sentiments, mais n'exposait pas cette face de lui au monde entier.

— J'ai confiance en toi, dit-elle en s'avançant. Et j'ai besoin de toi.

Elle posa la main sur son torse. Il recula comme si elle l'avait brûlé, et elle s'alarma.

— Ça te fait mal ? Tu as encore eu la migraine ?

— Non. Arrête ça tout de suite, Mary-Jayne ! Dis-moi ce que tu as à me dire, et finissons-en.

— C'est ce que j'essaie de faire, fit-elle avec désespoir. Mais j'ai besoin de savoir si tu pensais vraiment ce que tu m'as dit.

— Ce que j'ai dit ? répéta-t-il sans comprendre.

— Tu… tu as dit que tu m'aimais, dit-elle d'une voix altérée. Est-ce que tu le pensais ?

— Est-ce que je te fais l'effet de quelqu'un qui dit des choses qu'il ne pense pas ?

— Non, répondit-elle en cillant, pour chasser une larme. C'est juste que… tu avais raison, quand tu m'as dit que je m'étais fait une cage, et que tout aurait été différent si tu n'avais pas été… toi. Si tu avais été un artiste, quelqu'un de plus… fantaisiste, je n'aurais pas été si déterminée à te tenir à distance. Je croyais avoir besoin d'autre chose. Je croyais, tu comprends ? Tout ce que tu m'as dit, c'était exact.

Elle posa sa main sur son bras, le serra pour sentir ses muscles tendus sous sa paume.

— Du plus loin que je me souvienne, je ne rêvais que d'autonomie et d'indépendance. Et aujourd'hui, j'ai l'impression de m'être leurrée moi-même. J'ai quitté mes parents à dix-sept ans, pour aller m'installer à trois rues de chez eux, tu parles d'une autonomie… Tu as raison, je ne suis pas ce que je voudrais. Je suis liée à cette ville, et je ne suis absolument pas libre.

Les larmes coulaient sur ses joues, mais elle n'en avait cure.

— Mais toi, tu l'as compris, tu m'as percée à jour. Ce que tu as dit, au sujet du mariage, c'est vrai, ça aussi. Cela ne se passe jamais de la même façon pour personne. Et si c'est eux... — elle toucha son ventre —... si c'est avec eux que ça commence, ces précieux bébés qui nous rapprochent, allons-y. Si tu veux de moi, et si tu m'aimes, même seulement un peu, ça me suffit.

Il la regardait sans ciller.

— Mais ça ne me suffit pas, à moi, Mary-Jayne.

Elle se sentit glacée.

— Je ne comprends pas.

— Nous méritons plus qu'une pauvre moitié d'amour.

— Tu m'as dit que tu voulais fonder une famille...

— C'est vrai, dit-il en prenant sa main. Mais je te veux toi aussi, tout entière. Chaque petit bout de toi, beau, merveilleux, enivrant... J'ai fait un mariage heureux, naguère, mais cette fois, je veux autre chose. Je ne veux plus quitter la maison à 6 heures du matin et rentrer à 20 heures. Je ne veux plus de dîners en ville cinq jours sur sept, je ne veux plus faire passer mon travail avant tout. Rater les réunions de famille parce que j'ai des obligations ou que je suis dans un avion pour je ne sais où. J'ai connu cette vie, et je n'ai jamais été vraiment heureux. Je veux que nous élevions nos enfants ensemble, comme ils le méritent.

Les larmes ruisselaient sur les joues de Mary-Jayne.

— C'est ce que je veux aussi. Tu... tu m'aimes pour de vrai ?

Il prit son menton et planta ses yeux dans les siens.

— Je t'aime pour de vrai, Mary-Jayne. Ce ne sont que des mots, je sais, mais c'est ce que je ressens.

— Les mots suffisent parfois, dit-elle en s'éclairant. Moi aussi, je t'aime.

— Les mots ne suffiront jamais, dit-il en l'embrassant. Pour te le prouver, j'ai fait ça...

— Ça quoi ? murmura-t-elle, la bouche contre la sienne.

— Ça, dit-il en reculant d'un pas.

Il tira sur l'encolure de son T-shirt. Son prénom, Mary-

Jayne, était inscrit au-dessus de son cœur, sous la clavicule gauche, en fines lettres cursives. L'encre noire toute fraîche brillait et les bords des lettres étaient encore enflammés, mais Mary-Jayne ne vit que la signification de son geste.

— Tu t'es fait tatouer ? balbutia-t-elle en sanglotant. Je ne peux pas croire que tu aies fait ça… Les piqûres ? Tu détestes les aiguilles…

— Mon amour pour toi est plus fort que ma hantise des aiguilles.

Il prit sa main et la posa sur sa poitrine.

— Maintenant, tu es là. Sur mon cœur, et dans mon cœur, pour toujours.

C'étaient les plus belles paroles qu'on lui ait jamais dites. Elle caressa son visage.

— Je t'aime tant, Daniel. Je regrette de t'avoir rejeté ainsi.

Il la prit dans ses bras.

— Tu as été plus raisonnable que moi. Il fallait qu'on apprenne à se connaître, et tu le savais. Moi, je croyais qu'il suffisait d'organiser les choses.

— Mais au moins, tu voulais faire quelque chose, répondit-elle en posant la tête sur son épaule. Moi, je n'ai pas cessé de te fuir.

— Je sais, fit-il en riant. Tu t'es sauvée comme si le diable était à tes trousses, après l'anniversaire de Solana.

— J'étais sous le choc, reconnut-elle. Je n'avais jamais vécu une expérience aussi forte.

— Moi non plus. Faire l'amour avec toi n'est comparable à rien d'autre, dit-il en posant un baiser sur sa nuque. Il ne faut plus que tu partes loin de moi, Mary-Jayne.

— Plus jamais, je te le promets.

Ils allèrent s'asseoir sur le sofa, et elle se lova dans ses bras.

— Il y a quelque chose en toi à quoi je ne peux pas résister, murmura-t-il. Cette énergie incroyable, cette force vitale que tu as. J'aime tant ça, et j'aimerais tant que tu la transmettes à nos enfants.

Elle soupira tendrement, la joie lui tournant un peu la tête.

— Alors, où allons-nous vivre ? Ici, ou à San Francisco ?

— Ma chérie, crois-tu que je pourrais te demander de quitter Crystal Point ? C'est chez toi, ici.

— Mais chez toi, c'est à San Francisco.

— Non, San Francisco est juste un endroit où je réside, dit-il en l'embrassant. Je ne me suis jamais senti vraiment chez moi nulle part, je crois. Jusqu'à aujourd'hui. Même quand nous vivions ensemble avec Simone, notre appartement était surtout un endroit pour dormir.

— Tu veux dire que nous pourrions vivre ici en permanence ? demanda-t-elle, incrédule. Je pensais qu'on pourrait passer une partie du temps ici, et l'autre en Amérique.

Il secoua la tête.

— Tu as ici ta famille, tes racines. J'aime cette ville, et je souhaite y voir grandir nos enfants. Si plus tard ils te ressemblent, je serai un homme heureux.

— Mais comment vas-tu faire pour l'entreprise ?

— Il faut que je prenne un peu de recul, dit-il. Je dois apprendre à faire confiance à Blake et Caleb. Ils sont tout aussi investis que moi dans l'entreprise, je crois qu'il est temps que je leur laisse plus de place. Tu vois, j'apprends à être moins despotique.

— Ne change pas trop, dit-elle en se blottissant plus étroitement contre lui. Je t'aime tel que tu es.

Ils s'embrassèrent, longtemps et tendrement, et quand il releva finalement la tête, il la regarda avec gravité.

— Tu sais, je crois qu'il est grand temps que je te fasse ma demande en bonne et due forme.

— Quelle merveilleuse idée !

Elle était transportée de bonheur. Daniel prit sa main et la porta à ses lèvres.

— Mary-Jayne, sans toi, je ne suis rien. Veux-tu m'épouser ?

— Oui ! s'exclama-t-elle en riant et pleurant à la fois. Oui, mille fois oui !

Epilogue

Trois mois et demi plus tard

Mary-Jayne perdit les eaux un lundi, à 7 heures du soir. Quand Daniel entra dans la chambre, elle passa la tête par la porte de la salle de bains.

— Qu'y a-t-il ? demanda-t-il aussitôt.

— C'est maintenant, fit-elle en grimaçant.

Il eut une expression terrifiée.

— Ça a commencé ?

— Mmm.

Elle sourit tandis qu'il se ruait vers elle.

— Mais il reste encore trois semaines !

— Ils ont dit que ça serait probablement plus tôt, lui rappela-t-elle en posant une main apaisante sur son bras. Pas de panique.

— Je ne panique pas, assura-t-il. Comment te sens-tu ?

— Beaucoup mieux maintenant que je sais pourquoi j'ai eu si mal au dos toute la journée.

— Tu avais mal ? Tu ne m'as rien dit !

— Arrête de stresser, répéta-t-elle en lui faisant signe de sortir. Tout va bien. Nous allons très bien. Est-ce que mon sac est dans la voiture ?

Il avait insisté pour qu'elle tienne un sac prêt pour la maternité. Il avait aussi absolument tenu à effectuer un parcours de repérage jusque-là-bas, et s'était mis d'accord avec Evie pour qu'elle puisse le relayer si jamais il n'était pas là le moment venu. Mais Mary-Jayne était sûre que cela n'arriverait pas.

Tant de choses avaient changé, ces derniers mois. Après les noces, deux mois plus tôt, il avait pris des vacances bien méritées. Blake avait pris en charge une part plus importante de la gestion, et ils avaient recruté des directeurs généraux pour chaque complexe, afin de s'alléger la tâche. Caleb se remettait d'un accident de navigation sérieux. Il avait passé huit semaines chez Miles et Bernie en convalescence. Cela avait été un moment difficile pour la famille, mais depuis l'attaque dont avait souffert leur mère, ils s'étaient beaucoup rapprochés, et ils avaient été très présents pour entourer Caleb.

Malgré ces événements éprouvants, Daniel n'avait jamais été aussi heureux, elle le voyait. Elle s'émerveillait qu'il se soit adapté aussi vite à perdre le contrôle d'Anderson. Il avait accepté de s'appuyer sur ses frères et de déléguer les responsabilités. Il devait régulièrement se rendre à San Francisco, bien entendu, surtout depuis l'accident de Caleb, mais il ne partait jamais plus de quelques jours, et Mary-Jayne s'en accommodait sans peine.

Il avait fait l'acquisition d'une maison, à deux pas du Dunn Inn, une grande bâtisse de brique et de tuiles aux parquets rustiques et aux plafonds patinés qu'elle adorait, avec ses grandes portes à doubles battants et son immense terrasse donnant sur la mer. La vue était exceptionnelle. Elle s'était surprise d'éprouver un si grand plaisir à l'aménager. Daniel était d'une générosité inépuisable, et ils avaient passé des moments enchanteurs à préparer la chambre des enfants.

Leur relation était une surprise de tous les instants. Daniel ne cessait de la surprendre, et elle vivait un bonheur total.

Il ne leur fallut que vingt minutes pour gagner l'hôpital, et cinq de plus pour se garer et courir aux urgences de la maternité. Elle fut très vite installée dans une chambre, tandis que les contractions s'accéléraient.

Après douze heures d'un travail épuisant, le médecin

conseilla une césarienne. William et Flyn Anderson naquirent à une minute d'intervalle, deux bébés roses et parfaits en tout point, qui donnèrent de la voix avec vigueur.

Encore sous le choc de l'opération, il fallut quelques heures avant qu'elle puisse voir ses enfants. Daniel était resté avec elle constamment, à lui prodiguer des encouragements, solide et rassurant. Quand il avait pris ses fils dans ses bras pour la première fois devant elle, il avait les yeux brillants de larmes. Mais il s'en moquait et Mary-Jayne s'était sentie transportée de le voir si ému.

— Ils sont vraiment magnifiques, dit-elle en regardant William, niché contre elle pour prendre le sein.

Daniel, assis à côté du lit, baissa les yeux sur Flynn, qui dormait dans ses bras, pour admirer le délicat visage de son fils. Relevant les yeux, il vit que sa femme le couvait du regard.

— Tu as fait un travail remarquable, madame Anderson.

— Toi de même, répondit-elle, radieuse. Mais comme tu fais toujours tout à la perfection, je savais qu'il ne pouvait pas en être autrement.

Daniel lui caressa la main.

— Tu sais, il va bientôt falloir laisser entrer le public. Tes sœurs ont hâte de te voir, et Solana fait les cent pas dans la salle d'attente avec tes parents depuis deux heures. Elle brûle d'impatience de découvrir ses arrière-petits-fils.

— Je sais, fit-elle avec un petit soupir. Je me sens affreusement égoïste, je voudrais vous garder pour moi toute seule le plus longtemps possible, toi et eux.

Daniel se leva pour aller déposer l'enfant endormi sur son autre bras, et contempla, subjugué, la mère et ses deux fils. C'était le plus beau spectacle qu'il lui eût été donné de voir. Sa femme. Ses fils. Des cadeaux plus précieux que tout au monde, qui l'emplissaient d'un amour sans partage.

— Je t'aime, dit-il en se penchant pour l'embrasser. Et je suis à toi, pour le restant de nos jours.

Les fabuleux yeux verts de Mary-Jayne scintillèrent.

— Je ne pensais pas qu'il était possible d'aimer quelqu'un aussi fort, dit-elle en chassant ses larmes.

— Moi non plus.

— C'est grâce à Caleb et Audrey, tout ça, ajouta-t-elle avec un sourire rayonnant. S'ils n'avaient pas eu cette relation si malheureuse, nous ne nous serions jamais connus.

— Va savoir ! fit-il avec un rire léger. Audrey serait retournée à Crystal Point à un moment ou un autre, Caleb l'aurait suivie, et comme c'est une tête brûlée qui ne fait que des bêtises, j'aurais dû venir m'en mêler à un moment ou à un autre... Je suis sûr que nos routes se seraient croisées.

— Peut-être, en effet, admit-elle en observant les jumeaux. Maintenant qu'ils sont là, je n'imagine plus le monde sans eux.

Elle releva la tête et sourit tendrement.

— A propos de Caleb et Audrey... As-tu des nouvelles ?

— Tu connais Caleb, dit-il en haussant les épaules. Il refuse d'annuler le mariage.

Le choc avait été grand, quand ils avaient appris que les deux jeunes gens s'étaient en fait mariés secrètement, à peine un mois après s'être rencontrés.

— Ma foi, je suis heureuse de ne pas avoir connu de telles péripéties dans notre relation.

Daniel sourit d'un air espiègle.

— Oui, c'est sûr que pour nous, tout a marché comme sur des roulettes !

Elle éclata de rire, et sa voix claire et joyeuse résonna dans la pièce.

— Je vais les chercher ? reprit-il.

— Et comment !

Il ouvrit la porte, se redisant qu'il était l'homme le plus heureux du monde. Il avait l'amour de Mary-Jayne, et leurs superbes nouveau-nés, et cela comblait tous ses désirs.

KATE CARLISLE

Une rencontre
inoubliable

Passions

❖HARLEQUIN

Titre original : SWEET SURRENDER, BABY SURPRISE

Traduction française de ROSELYNE AULIAC

Ce roman a déjà été publié en août 2011

83-85, boulevard Vincent-Auriol, 75646 PARIS CEDEX 13.
Service Lectrices — Tél. : 01 45 82 47 47
www.harlequin.fr

- 1 -

Tout en longeant le couloir feutré menant à sa suite, Cameron Duke n'avait qu'une idée en tête, ou plutôt trois idées : défaire sa cravate, boire une bière et se détendre. D'ailleurs, pas forcément dans cet ordre. Ces derniers jours, il avait travaillé d'arrache-pied sur le projet de développement hôtelier en cours et il en avait assez de vivre dans une suite d'hôtel.

A la réflexion, se dit-il en introduisant sa carte magnétique dans la serrure, il ne pouvait décemment pas se plaindre à ce sujet. Après tout, l'hôtel lui appartenait. Et sa suite particulière, située au dernier étage du Monarch Dunes, était un condensé de deux cents mètres carrés de pur luxe : tout le confort d'une maison individuelle, une vue fantastique sur l'océan Pacifique et un service de chambre irréprochable. Non, vraiment, il n'était pas à plaindre.

Il se fit néanmoins la promesse que, sitôt la conférence internationale sur la restauration qui débutait le lendemain terminée, il prendrait quelques semaines de vacances. Maintenant que le complexe hôtelier tournait à pleine capacité, il pouvait se permettre de partir quelque part et de pratiquer le farniente. Pourquoi ne pas louer une maison flottante sur le lac Shasta ou faire du rafting sur la King River ? Ou se contenter de passer quelques coups de fil…

Ou vivre une aventure brève mais torride avec une belle inconnue ? Rien que d'y penser, il en avait l'eau à la bouche.

Desserrant sa cravate pour être plus à son aise, il jeta ses clés sur une table basse et posa son attaché-case sur le sol de marbre avant de pénétrer dans le salon. Il remarqua aussitôt que toutes les lumières étaient allumées, ce qui lui parut étrange car il était sûr d'avoir tout éteint avant de partir, deux jours auparavant.

Il remarqua également que tous les rideaux étaient tirés, alors que le personnel de service savait pertinemment qu'il laissait toujours les rideaux écartés pour profiter de la vue imprenable qu'il avait sur le Pacifique. Les fenêtres à double vitrage étant de verre trempé et légèrement teinté, il était de toute façon impossible de voir ce qui se passait à l'intérieur et les rideaux n'étaient que d'une très relative utilité.

Intrigué, il se dit que c'était peut-être le fait d'un nouvel employé qui n'avait pas été mis au courant de ses préférences. Quoi qu'il en soit, il ferait en sorte que cela ne se reproduise pas.

Il fit quelques pas dans la pièce et son regard tomba sur un livre broché, grand ouvert et posé face contre une table basse. Puis il remarqua un autre objet insolite qui drapait un accoudoir du canapé.

De plus en plus perplexe, il s'avança dans cette direction et s'empara délicatement d'un morceau de tissu soyeux. Rose, bordé d'une dentelle d'une teinte plus pâle. Une pièce de lingerie absurdement féminine. Tandis qu'il soulevait l'objet du délit pour l'examiner de plus près, un parfum subtil de fleur d'oranger et d'épices lui chatouilla les narines. La fragrance lui était vaguement familière, et une onde de désir inexplicable le traversa.

Que diable signifiait tout cela ? Certes, comme tout homme normalement constitué, il était sensible au charme érotique d'une belle pièce de lingerie féminine. Mais pour l'heure, ce qui le préoccupait, c'était comment cette fichue pièce avait pu atterrir ici, sur *son* canapé.

Mais avant de mener l'enquête, une bière s'imposait. Il traversait la salle à manger spacieuse en direction de la cuisine quand il s'arrêta net à la vue d'une paire de talons aiguille rouges, hyper-sexy, posés négligemment sous la table.

Il détestait se répéter, mais que signifiait… ?

Des talons aiguilles ? Il s'agissait sûrement d'une plaisanterie. C'était bien le style de son frère Brandon de lui faire ce genre de farce. Et s'il n'avait pas été aussi épuisé, cette blague de potache l'aurait sans doute fait rire.

Méfiant, il pénétra dans la cuisine sur la pointe des pieds. Non, Brandon ne se cachait pas derrière le bar, prêt à bondir comme un diable de sa boîte en hurlant : « Je t'ai eu ! » Mais cela ne signifiait pas pour autant que son frère ne le guettait pas quelque part dans la suite. Il sortit une bière du réfrigérateur et but une longue rasade. C'est à ce moment-là que son regard tomba sur une rangée de petits pots vides pour bébé, alignés sur la paillasse de l'évier.

Des pots pour bébé ?

Cette fois, c'en était trop !

— Brandon ? Où es-tu ? cria-t-il.

Pas de réponse.

— Je sais que tu te planques quelque part, dit-il en franchissant les doubles portes et en s'avançant le long du couloir en direction de la chambre principale.

Soudain, il entendit quelqu'un chanter.

Il se figea sur place. C'était bel et bien une voix féminine qui fredonnait *Singing in the rain*. Une femme chantait sous *sa* douche ! Dans *sa* salle de bains !

Il aperçut sa propre chemise polo bleu marine négligemment jetée sur le dossier d'une chaise dans un coin, ainsi que ses chaussures glissées sous la chaise.

S'il avait commencé à douter de sa santé mentale, ces objets lui confirmaient tout du moins qu'il se trouvait bien dans sa suite particulière. Cela signifiait donc que la mystérieuse inconnue s'était trompée d'endroit. Il étouffa un juron. Ce devait être un canular monté de toutes pièces par Brandon avec la complicité d'une amie pour lui faire une « surprise » à sa façon. Il ne voyait pas d'autre explication. En effet, sans l'accord d'un membre de la famille, le concierge de l'hôtel n'aurait jamais autorisé une inconnue à pénétrer chez lui.

Il tendit l'oreille, immobile au milieu de la pièce. Quelle attitude adopter ? Il devrait sans doute se comporter en gentleman et attendre que l'inconnue ait fini de se doucher, de se sécher et de s'habiller. Mais au diable les bonnes manières !

Après tout, il était dans son bon droit et elle, dans son tort. Il alla donc se poster à l'entrée de la salle de bains et attendit que l'eau cesse de couler et que la porte de la cabine s'ouvre.

Il en émergea une longue jambe fuselée, humide et nue, ainsi qu'un bras hâlé parsemé de taches de rousseur tâtonnant à la recherche d'une serviette. Il en attrapa une et la lui tendit obligeamment en disant :

— A votre service.

A ces mots, la femme poussa un cri strident.

— Sortez d'ici, hurla-t-elle en laissant retomber la serviette.

— C'est précisément ce que je m'apprêtais à vous dire, riposta-t-il, imperturbable.

D'habitude, il n'était pas du genre voyeur. Il savait qu'il aurait dû s'esquiver et laisser le temps à la belle effarouchée de se couvrir. Mais il ne put s'y résoudre tant il était subjugué par le spectacle qu'elle lui offrait. Ses seins ronds et haut placés terminés par deux mamelons roses fièrement dressés. Des seins qu'il mourait d'envie de palper. Et de prendre dans sa bouche. Il se voyait déjà caressant la peau soyeuse de son ventre avant de descendre en direction des boucles blondes au creux de ses cuisses galbées.

Son regard fut attiré par un objet brillant sur le nombril de l'inconnue, qui s'ornait d'un petit diamant. Contre toute attente, la vue de ce piercing le fit sourire.

— Allez-vous sortir de là, à la fin ? s'insurgea-t-elle en récupérant la serviette dont elle couvrit sa somptueuse poitrine.

Fin du spectacle, se dit-il. Il reporta donc son regard

sur le visage de la femme et tressaillit sous l'effet de la surprise. Ces yeux bleus flamboyants de colère ne lui étaient pas inconnus. Au contraire, non seulement il les avait déjà vus, mais il n'avait jamais réussi à les oublier.

— Bonsoir, Julia, dit-il.

— Cameron? Que fais-tu ici?

Sous le choc, il dut prendre appui contre le montant de la porte, tout en cachant son trouble sous une feinte nonchalance.

— Je suis ici chez moi. Je comptais enfiler un short et regarder le match de foot à la télé en buvant une autre bière, expliqua-t-il en croisant posément les bras. En fait, il serait plus pertinent de demander ce que *toi*, tu fais là.

Elle poussa un soupir agacé en sortant de la cabine de douche, sa serviette étroitement nouée autour d'elle à la façon d'une armure.

— On m'a dit que cette suite serait inoccupée durant les deux prochaines semaines.

— Je doute qu'un membre du personnel ait pu te dire une chose pareille.

— Pourtant, c'est la vérité, riposta-t-elle en pénétrant dans la chambre attenante.

Tout en buvant une autre gorgée de bière, il l'observa pendant qu'elle retirait quelques vêtements d'une valise posée sur un meuble près de la fenêtre.

— Quand tu seras habillée, peut-être pourrons-nous avoir une petite discussion à propos de nos territoires respectifs.

— Oh, ça va! grommela-t-elle en repoussant ses cheveux humides d'une main tremblante. Encore une fois, que fais-tu ici?

— Moi? demanda-t-il en souriant malgré lui.

Comment se fâcher avec une femme aussi superbe?

— Aux dernières nouvelles, il s'agit de *ma* suite, ajouta-t-il.

— Mais tu n'étais pas censé être là!

— Chérie, cet hôtel m'appartient.

Agrippant sa serviette d'une main et ses vêtements de l'autre, elle se faufila dans le dressing d'où elle ressortit moins d'une minute plus tard, en short et T-shirt.

Il ravala un juron. Si elle s'imaginait que le fait de s'habiller allait diminuer son envie de l'examiner sous toutes les coutures, elle faisait fausse route. Son T-shirt fin et moulant mettait ses seins en valeur, et cette vue sublime ne fit que l'exciter un peu plus.

— Vas-tu te décider à m'expliquer ce que tu fabriques ici ? demanda-t-il d'une voix un peu trop rauque.

Tout en gonflant ses cheveux avec ses doigts pour les faire sécher, elle se tourna vers lui.

— Ecoute, Cameron, Sally m'a dit que...

— Comment ?

Il fronça les sourcils, en proie à un mauvais pressentiment.

Julia venait de prononcer le nom de sa mère, et ce n'était pas une bonne chose, c'est le moins qu'on puisse dire. Sally Duke, qui l'avait adopté quand il avait huit ans, était une femme formidable au caractère bien trempé. Hélas pour Cameron, célibataire endurci, elle s'était mise en tête de le marier, comme ses deux frères, afin d'avoir des petits-enfants à choyer. Et si Sally avait quelque chose à voir avec la venue de Julia, il avait du souci à se faire.

— Quel rapport y a-t-il entre ma mère et ta présence ici ?

Julia lui décocha un regard prudent, comme pour juger de son humeur.

— Hum, absolument aucun. Ma langue a fourché.

— Tu plaisantes ! s'exclama-t-il, incrédule.

— Non, je ne plaisante pas, riposta-t-elle, vexée, en redressant les épaules.

Ce geste eut pour effet de mettre en valeur sa poitrine. Ses cheveux humides avaient tellement détrempé son T-shirt que le fin tissu s'était littéralement plaqué sur ses seins, dessinant leurs contours à la perfection. Mais, tout à son indignation, elle ne semblait pas s'en apercevoir.

— Tu n'étais pas censé être là. Et puisque le concierge

m'a donné la clé de ta suite, je pense que tu ferais mieux de partir.

— C'est hors de question.

Il s'avança nonchalamment vers elle sans la quitter du regard.

— Et maintenant, dis-moi exactement ce que ma mère t'a dit.

Visiblement mal à l'aise, elle battit en retraite.

— Peu importe. Réflexion faite, je vais faire mes valises et m'installer ailleurs.

— Pas si vite, protesta-t-il en l'attrapant par le bras. Auparavant, je veux savoir ce que ma mère vient faire dans cette histoire.

— Très bien, soupira-t-elle en essayant vainement de lui échapper. Sally m'a dit que tu serais absent durant la conférence et que je serais installée plus confortablement dans une suite que dans une chambre ordinaire. Puis elle a demandé au directeur de me donner la clé de cette suite.

A ces mots, il se raidit. Certes, il avait initialement prévu de séjourner deux autres semaines dans le nord de la Californie, mais il avait appelé Sally la veille pour l'informer qu'il avait changé d'avis et qu'il serait de retour le soir même.

A n'en pas douter, sa mère avait manigancé cette rencontre entre lui et Julia.

Croyait-elle vraiment qu'il allait avoir le coup de foudre pour la jeune femme et lui demander sa main ? Si tel était le cas, elle se berçait d'illusions.

Mais tandis que Julia se tortillait pour lui échapper, il sentit une brusque flambée de désir l'envahir. Chaque chose en son temps. Il réglerait ses comptes avec sa mère plus tard.

Pour l'instant, il se tenait face à une belle jeune femme en petite tenue. Une femme hyper-sexy qu'il avait jadis connue d'une façon tout ce qu'il y a de plus intime.

La maintenant fermement contre lui, il perçut de nouveau cette fragrance subtile, mélange de fleur d'oranger et d'une touche d'exotisme. Malgré ses efforts, il n'avait jamais réussi à oublier cette déesse au parfum si ensorcelant.

Il se rappelait leur première rencontre. Dès le premier regard, il avait senti le désir entre eux, puissant, irrésistible.

A l'époque, sa mère venait de découvrir l'existence de Cupcake, la pâtisserie que Julia tenait à Old Town Dunsmuir Bay. Sally avait tellement apprécié ses gâteaux et autres gourmandises qu'elle les avait fait goûter à ses fils. Et ils étaient tous tombés d'accord pour dire que ces produits, d'une qualité exceptionnelle, méritaient de figurer au menu des restaurants de la chaîne hôtelière Duke.

La jeune femme avait été conviée à une journée d'accueil dans l'un de leurs établissements de la côte pour y présenter l'intégralité de sa gamme de pâtisserie, viennoiserie et boulangerie. Dans la foulée, elle avait décidé de prolonger son séjour jusqu'à la fin du week-end. C'était là que Cameron l'avait vue pour la première fois, alors qu'elle traversait le hall en direction du salon. Il s'était présenté à elle, frappé par sa beauté et sa grâce. Elle n'avait pas semblé indifférente à ses attentions. Et ils avaient passé un fabuleux week-end ensemble.

Fin de l'intermède.

Pourtant, elle était souvent revenue hanter ses rêves, mais, fidèle à ses principes, il s'était abstenu de la contacter. S'agissant des femmes, il suivait une règle de conduite bien établie : une fois la liaison terminée, il s'arrangeait pour que la rupture soit franche et sans équivoque. Il ne regardait jamais en arrière et ne revenait pas sur sa décision. C'était plus sûr et plus simple pour les deux parties. Ainsi, sa partenaire du moment ne se faisait pas de fausses idées sur son compte et ne nourrissait pas l'espoir d'une relation durable. D'ailleurs, pour éviter tout malentendu, il n'entretenait que des liaisons de courte durée avec des femmes qui savaient exactement à quoi s'en tenir à son sujet.

Pour autant qu'il s'en souvienne, il avait reçu quelques e-mails de Julia lui demandant de la rappeler. Il avait été tenté de le faire, mais, rendu prudent par une précédente mésaventure, il y avait renoncé. Dans leur intérêt à tous les deux. Et, de guerre lasse, elle avait cessé de le contacter.

Mais voilà que dix-huit mois plus tard, il la retrouvait ici même, dans sa suite d'hôtel. Vêtue d'un short sexy et d'un T-shirt qui ne dissimulait rien de ses charmes. Qui plus est, avec un adorable piercing au nombril. Et tandis qu'elle dardait sur lui son troublant regard, tout ce qu'il voulait, c'était voir ses yeux s'assombrir sous l'effet de la passion, savourer ses lèvres pulpeuses et caresser son corps splendide. Allait-il vraiment la mettre à la porte comme il en avait eu l'intention au début ?

Question idiote.

— Ecoute, je suis désolé, dit-il d'une voix apaisante en lui effleurant le bras. Le concierge a dû oublier que je rentrais ce soir. Comme il se fait tard, autant rester ici tous les deux pour cette nuit. Demain matin, je te trouverai une autre chambre.

Elle hésita, visiblement ennuyée.

— Je suppose que je peux dormir sur le canapé.

— On en parlera plus tard, dit-il nonchalamment en se rapprochant d'elle. Je suis vraiment ravi de te revoir, Julia.

Elle esquissa un sourire timide.

— Vraiment ?

Il lui effleura le front de ses lèvres tout en humant son parfum délicat.

— Oui.

Elle laissa échapper un petit soupir de bien-être et ferma les yeux.

— Mais que fais-tu de tes sacro-saints principes ?

Il la contempla, quelque peu décontenancé.

— De quoi parles-tu ?

Elle ouvrit les yeux et soutint fermement son regard.

— Une fois que tu en as terminé avec une femme, tu ne reviens jamais en arrière.

— Je t'ai dit ça ?

Elle hocha solennellement la tête.

— Oui. La dernière fois que je t'ai vu, tu m'as assuré

que tu avais passé un merveilleux moment avec moi, mais que tu ne me contacterais pas. Tu m'as dit aussi que je ne devais pas me faire de fausses idées sur ton compte.

Sa voix trembla tandis que les lèvres de Cameron se rapprochaient à quelques millimètres des siennes.

— Ce jour-là, j'aurais mieux fait de me taire, maugréa-t-il en posant une main sur sa nuque.

Elle eut un sourire malicieux.

— Tu as précisé que c'était une règle de conduite que tu t'étais fixée depuis longtemps.

— Ce soir, j'ai envie de déroger à mes principes, marmonna-t-il en s'emparant de ses lèvres.

Elle laissa échapper un petit gémissement et se blottit contre lui. Enhardi par ce premier succès, il se servit de sa langue pour l'inciter à s'ouvrir à lui ; ce qu'elle sembla faire de bonne grâce. Il s'engouffra aussitôt dans la chaleur de cette bouche accueillante dont il explora les tendres profondeurs. Une délicieuse impression de bien-être s'empara de lui, comme s'il se retrouvait en terrain familier, et tous les problèmes du monde s'évanouirent d'un seul coup. Rien d'autre ne comptait que la saveur délectable de ces lèvres et le besoin d'assouvir l'onde de désir qui l'enflammait tout entier.

Les bras noués autour de son cou, elle se lova tout contre lui. Comme elle était douce, sensuelle et passionnée ! Elle lui avait manqué, réalisa-t-il soudain. Mais il écarta bien vite cette pensée dérangeante et se hâta d'engager avec elle une joute érotique.

Il perçut un gémissement et se sentit flatté. Mais ce n'était pas suffisant. Il voulait l'entendre murmurer son nom. Il voulait qu'elle le supplie, qu'elle crie pour qu'il...

Un cri ?

Il tressaillit. Oui, c'était bien quelqu'un qui criait quelque part. Sur le palier ? Dans l'appartement d'à côté ? Bizarre. Comme les murs étaient insonorisés, il était quasiment impossible d'entendre un bruit provenant de l'extérieur.

Pourtant, le cri se répéta, assourdi mais audible. Il s'écarta légèrement et contempla Julia, l'air interrogateur.

— Tu entends ?

— Oui, répondit-elle en le repoussant et en balayant la pièce du regard.

Elle semblait sur le qui-vive, comme si elle guettait le moindre bruit. Mais plus rien ne se produisit et, au bout d'un moment, il l'attira de nouveau dans ses bras.

— Ça doit provenir d'à côté, murmura-t-il en égrenant des baisers légers sur ses lèvres et ses joues avant de savourer la peau soyeuse de son cou.

Elle gémit tandis qu'il promenait ses mains le long de son dos et agrippait ses fesses à la fois fermes et douces. Tout en dévorant sa bouche, il pressa son membre raidi contre elle, puis commença à la guider vers le lit, mourant d'envie de lui faire l'amour dans les règles de l'art.

— Oh, Cameron, murmura-t-elle contre ses lèvres.

— Oui, chérie, je sais.

Il s'assit sur le bord du lit, les cuisses écartées, et l'attira tout contre lui. Il s'apprêtait à lui ôter son T-shirt quand, soudain, un vagissement retentit. A l'intensité du son, il ne pouvait provenir que de sa propre suite.

Julia réprima un gémissement de dépit en s'écartant de Cameron. Mille et une pensées se bousculaient dans son esprit. Mais le bébé était sa priorité et requérait toute son attention. Elle avait été tellement perturbée par l'irruption de Cameron dans la salle de bains qu'elle avait oublié de récupérer le moniteur de surveillance pour bébé. Mais, elle en était sûre, si le petit Jake commençait à s'agiter, elle l'entendrait depuis n'importe quelle pièce de la suite. Après ce premier cri d'avertissement, il se tenait tranquille, mais elle savait par expérience qu'il ne le resterait pas longtemps.

Autre sujet de préoccupation : Cameron allait bientôt faire la connaissance de Jake. Certes, cela devait arriver un jour, mais puisqu'il n'avait pas encore abordé le sujet, son silence ne pouvait signifier qu'une chose : fidèle à ses principes, il n'avait jamais lu les e-mails qu'elle lui avait adressés et, par conséquent, il ignorait l'existence du bébé. Restait à espérer qu'il aimait les surprises.

Elle longea le couloir en direction de la chambre, se préparant à l'inévitable.

— Je ferais mieux de m'en occuper.

— T'occuper de quoi ? demanda-t-il en se postant derrière elle et en nouant les bras autour de sa taille.

— Le cri que tu as entendu tout à l'heure.

— Celui qui venait d'à côté ? Laisse tomber, je n'entends plus rien, assura-t-il.

Puis il poursuivit son tendre assaut en l'embrassant dans le cou et en lui mordillant son point le plus sensible derrière l'oreille.

Elle ne put s'empêcher de pousser un gémissement de plaisir. Elle ressentait de délicieux frissons partout où les lèvres et les mains de Cameron la touchaient. Cet homme était un magicien ! Pour autant qu'elle s'en souvienne, il avait l'art de l'exciter et de combler ses moindres désirs.

Mais, au nom du ciel, pourquoi avait-elle fait confiance au responsable de la réception quand il lui avait affirmé que Cameron serait absent durant toute la durée de la conférence ? Il est vrai que Sally avait insisté pour qu'elle occupe cette fameuse suite. En voyant la lueur malicieuse dans le regard de la vieille dame, elle aurait dû se méfier et comprendre qu'il s'agissait d'un coup monté. Dire qu'on lui aurait donné le bon Dieu sans confession…

Sa première idée avait été de laisser Jake à la maison auprès de la nourrice, mais celle-ci souhaitait participer à une croisière avec sa fille, et plusieurs amies de Julia comptaient assister en famille à la conférence. Pour ces raisons, et aussi parce que son bébé lui manquait terriblement quand ils étaient séparés, elle avait décidé de l'emmener.

Toutefois, l'arrivée inopinée de Cameron compromettait ses beaux projets. Certes, elle n'était pas opposée à l'idée qu'il voie le bébé, mais la situation risquait de devenir très vite embarrassante.

— Mmm, c'est si bon ! murmura-t-elle en se tournant vers Cameron et en l'embrassant avec fougue.

Pourquoi fallait-il qu'elle se sente aussi attirée par cet homme sexy et beau comme un dieu ? Il semblait plus grand et plus fort que dans son souvenir. Plus sûr de lui aussi, pour autant que cela soit possible. Il la contemplait avec une expression de prédateur dans le regard. Elle n'aurait pas dû trouver cela excitant au possible, mais c'était plus fort qu'elle.

Si seulement il n'avait pas débarqué ici sans crier gare ! La faute à pas de chance. Il est vrai qu'avec lui, elle avait toujours joué de malchance.

Elle l'avait rencontré dix-huit mois auparavant et avait aussitôt succombé à son charme. Ils avaient eu une aventure torride qui avait duré quatre jours. Quelques semaines plus tard, elle s'était aperçue qu'elle était enceinte.

Comme elle éprouvait le besoin de faire les choses comme il faut, elle avait contacté Cameron à plusieurs reprises, mais il ne l'avait jamais rappelée.

Elle se rendait compte aujourd'hui qu'il n'avait jamais lu ses e-mails. Après tout, c'était peut-être mieux ainsi. Dans son besoin obsessionnel d'éviter toute relation suivie avec une femme, il aurait sûrement refusé de s'impliquer dans l'éducation de l'enfant.

Elle osait à peine imaginer sa réaction quand il verrait le bébé et, surtout, quand il apprendrait que Jake était son fils. Certes, Cameron était quelqu'un de bien et il ne les mettrait pas à la porte, mais il risquait de penser qu'elle avait voulu le piéger. Et il y avait fort à parier qu'il refuserait de croire que l'enfant était de lui.

— Oh, murmura-t-elle tandis qu'il se pressait contre elle.

Alors qu'elle peinait à aligner deux idées, subjuguée par la douceur de ses caresses, une pensée finit par percer la brume de son désir : et si elle essayait de créer une petite diversion pour lui permettre de calmer Jake ? Demain, il serait temps d'affronter l'inévitable. Ce n'était pas très courageux de sa part, mais tant pis.

Quoi qu'elle décide de faire, elle devait réagir vite avant que le bébé ne se rappelle à son bon souvenir.

— Ecoute, Cameron, dit-elle en reprenant son souffle. Il fallait l'éloigner du vestibule au plus tôt.

— Tu devrais aller te chercher une bière dans la cuisine pendant que j'enfile un vêtement plus…

— Je n'ai pas besoin de bière, Julia, répliqua-t-il d'une voix rauque en promenant ses mains sur ses cuisses hypersensibles. Tout ce que je veux, c'est faire l'amour avec toi.

— Moi aussi, assura-t-elle, toute chavirée, en faisant courir ses doigts sur ses épaules musclées. Mais auparavant, je veux me rafraîchir un peu.

— Tu viens juste de prendre une douche, protesta-t-il en lui mordillant le cou. Tu es fraîche comme une rose.

Gémissant de plaisir, elle s'obligea à le repousser.

— Mais j'ai besoin de me sécher les cheveux !

— Vraiment ? s'étonna-t-il en écartant une mèche de son front. Ils m'ont l'air très bien ainsi.

— Peut-être, mais je n'ai pas envie de m'enrhumer.

Il la contempla, l'air sceptique.

— Bon, si tu y tiens.

Elle lui décocha un grand sourire.

— Que dirais-tu d'une bière bien fraîche ?

— Quoi ?

— Une bière, insista-t-elle. Dans la cuisine. N'as-tu pas dit que tu voulais en boire une tout en regardant le match ?

— Oui, bien sûr, mais…

— Vas-y. J'arrive tout de suite.

Elle tenta de le pousser vers le salon. Peine perdue. Autant essayer de déplacer une montagne.

— Que se passe-t-il, Julia ?

A peine avait-il prononcé ces mots qu'elle entendit la voix de Jake l'appeler :

— Maman, maman !

Surpris, Cameron écarquilla les yeux.

Tant pis pour la diversion. D'après le ton de sa voix, le bébé n'était ni souffrant ni affamé, mais cela ne facilitait pas les choses pour autant.

— Cameron, je ne voulais pas avoir à…

— Cette fois, j'ai bien entendu un cri, l'interrompit-il en la repoussant. Il semblait provenir de l'autre chambre.

— Non, non !

Elle se mit en travers de son chemin, bien décidée à l'arrêter.

— C'est sans doute un chat. Je vais m'en occuper.

— Un chat ?

Il jeta un regard alentour, les sourcils froncés.

— J'en doute.

En entendant le bébé crier de nouveau, elle s'adossa au mur, résignée.

— Ah ! s'exclama Cameron en se dirigeant vers la seconde chambre.

Face à cette réaction, elle se glissa devant lui pour lui barrer l'accès.

— Cela ne te concerne pas, Cameron. Va plutôt regarder ton match de foot.

Il la dévisagea, l'air effaré, comme si elle avait perdu la raison. Peut-être était-ce le cas. Depuis qu'elle l'avait revu, elle n'était plus dans son état normal. Elle, si raisonnable d'ordinaire, se conduisait en dépit du bon sens. La faute à cet homme, encore une fois.

— Laisse-moi passer, Julia.

Elle leva la main pour l'en empêcher.

— Pas question. C'est peut-être ta suite, mais tu n'entreras pas ici sans moi.

— Alors, ouvre cette porte.

Sa mine inflexible indiquait clairement qu'il ne bougerait pas d'ici tant qu'il n'aurait pas compris de quoi il retournait.

— Très bien, marmonna-t-elle à contrecœur.

Tôt ou tard, il découvrirait l'existence de Jake. Pour l'instant, elle devait faire en sorte qu'il ne perturbe pas le bébé. Avec un soupir de résignation, elle ouvrit tout doucement la porte.

— Ce n'est pas ce que tu crois. Je veux dire...

— Vraiment ?

Sans plus attendre, il franchit le seuil et s'arrêta net à la vue du berceau. Pénétrant dans la pièce à sa suite, elle constata avec soulagement que le bébé arborait un grand sourire et sautillait sur son matelas, les deux mains agrippées au rebord du lit.

— Tu parles d'un chat ! Il s'agit d'un bébé ! s'exclama-t-il en se tournant vers elle, l'air furieux.

Elle s'avança vers son fils, tout sourires, et murmura :

— Tu as raison. Il s'agit d'un beau bébé.

A force de sauter et de s'époumoner, les joues du petit Jake étaient toutes rouges, et elle en éprouva du remords. Il lui tendit les bras, les genoux tremblants.

— Maman, maman !

— Hello, mon trésor.

Elle se pencha pour le prendre dans ses bras, puis le cala contre son épaule en lui massant le dos.

— Voilà qui est mieux. Ne t'inquiète pas. Je suis là, mon bébé.

— Qu'est-ce que cela signifie ?...

Elle perçut nettement une pointe de menace dans la voix de Cameron.

— Julia, cet enfant est ton fils ?

Un sourire aux lèvres, elle embrassa la joue veloutée de Jake et respira son doux parfum, mélange de talc et de savon, puis elle se tourna vers Cameron.

— Oui. C'est mon fils. Et le tien. Cameron, je te présente Jacob Cameron Parrish, ton enfant.

2

Interloqué, Cameron recula si brusquement qu'il se cogna le coude dans le montant de la porte.

— Si c'est une plaisanterie, elle n'est pas drôle ! grogna-t-il en frottant son coude endolori.

Visiblement, le bébé ne semblait pas de cet avis car il se mit à glousser et à taper des mains.

— Ba-da-ba !

Cameron lui jeta un regard courroucé avant de se retourner vers Julia, qui se retenait à grand-peine de sourire. C'en était trop ! Si elle comptait se jouer de lui, elle en serait pour ses frais.

Il connaissait la chanson par cœur. Ce n'était pas la première fois qu'une femme cherchait à lui soutirer de l'argent en le menaçant d'intenter une action en recherche de paternité. C'était l'inconvénient d'être riche. Heureusement, il avait su s'entourer d'une armée d'avocats et savait comment se sortir de ce genre de situation.

— Je ne crois pas un mot de cette histoire. D'ailleurs, ce bébé n'est pas un nouveau-né. S'il était vraiment mon fils, comme tu le prétends, pourquoi aurais-tu attendu aussi longtemps pour m'en parler ?

— Tu te moques de moi ? riposta-t-elle. Je t'ai envoyé plusieurs e-mails dans lesquels je te demandais de me contacter. Dans mon dernier message, je t'expliquais que j'étais enceinte de toi. Comment fallait-il te le dire pour que tu comprennes ?

Mû par une froide colère, il fit un pas un avant.

— Et moi, je ne te crois pas. Est-ce si difficile à comprendre ? C'est le plus vieux piège du monde, et je n'ai pas l'intention d'y tomber. Si tu te figures que je vais te signer un chèque en blanc, tu te trompes lourdement.

— Je n'ai pas besoin de ton argent, lança-t-elle, furieuse.

Voyant que Jake commençait à s'agiter, elle baissa la voix avant de poursuivre :

— A l'époque, je cherchais simplement à te faire savoir que tu allais être papa. Mais tu n'as pas été fichu de me contacter une seule fois. A cause de tes maudits « principes ».

Tout en arpentant la chambre, elle tapotait le dos du bébé pour le calmer. Puis elle fit volte-face et s'avança vers lui, l'air ulcéré.

— Mais tu sais quoi ? dit-elle en lui martelant le torse de l'index pour mieux souligner ses propos. Tout compte fait, c'est aussi bien que tu nous aies royalement ignorés, Jake et moi. Avec ta phobie des engagements, tu n'aurais sans doute pas fait un bon père pour notre fils.

Il ne pouvait tolérer qu'elle lui parle sur ce ton. Hors de lui, il lui agrippa le poignet avant qu'elle ne recommence son manège.

— Je t'interdis de dire que je suis incapable de m'intéresser à mon propre enfant.

Voyant qu'elle blêmissait et déglutissait péniblement, il lui lâcha la main.

— Je voulais juste dire…

— Je ne ferai jamais de mal à mon enfant, gronda-t-il, les dents serrées. Je sais ce que c'est de vivre avec un…

Il s'interrompit brusquement et se passa la main dans les cheveux, au comble de la nervosité.

— Peu importe, marmonna-t-il.

Qu'est-ce qui lui avait pris ? Il n'avait jamais évoqué son enfance, sauf avec ses deux frères, il y a bien longtemps. Elle faisait partie du passé et devait y rester à tout jamais. Mais c'était précisément à cause de cette enfance malheureuse qu'il faisait très attention à ne pas avoir d'enfant. Voilà pourquoi il était sûr et certain que Jake n'était pas de lui.

— Je suis désolée, murmura Julia.

Il se ressaisit et dit plus calmement :

— Toujours est-il que je ne te crois pas. Nous avons pris des précautions. J'en prends toujours.

— Oui, moi aussi. Mais aucune protection n'est efficace à cent pour cent.

Elle contempla le bébé dans ses bras et ajouta :

— La preuve.

— J'ignore à quel jeu tu joues, insista-t-il, mécontent. Mais je suis sûr que ce n'est pas mon fils.

— Baba, papa, s'écria gaiement Jake en se tortillant dans les bras de sa mère. Papa, ba-doo, papa.

Jack conclut sur un large sourire qui creusa une fossette dans sa joue droite.

Papa ? Les sourcils froncés, Cameron se frotta la joue droite, soudain très mal à l'aise.

— Demande-lui d'arrêter de dire ça, maugréa-t-il.

Julia éclata de rire.

— Il gazouille, comme tous les bébés. Les sons qu'il émet n'ont aucune signification particulière.

Jake continua son babil sans se départir de son sourire, et sa fossette se creusa un peu plus. Cameron serra les dents, dépité. Lui aussi avait une fossette à la joue droite. Mais cela ne voulait rien dire…

— Allons, mon ange, murmura-t-elle en se dirigeant vers le berceau. Il est temps de te rendormir.

— Non ! Baba ! Papa ! cria Jake en agitant ses petits bras en direction de Cameron, comme pour lui demander de l'aide.

— Apparemment, il veut que ce soit toi qui le mettes au lit, remarqua-t-elle, un sourire malicieux aux lèvres.

Avant qu'il ait pu réagir, elle lui fourra le bébé dans les bras.

— Mais voyons, je ne…

— Baba, lança gaiement Jake en gigotant dans ses bras. Papa.

Soudain, le bambin s'arrêta de remuer et planta son regard dans le sien, l'air grave. Cameron ne put que soutenir son regard et, contre toute attente, un flot d'émotions contradictoires l'envahit : confusion, affection, colère, frustration, joie, douleur. Emerveillement. Tous deux cillèrent, puis continuèrent de se dévisager, et Cameron eut l'étrange impression de contempler son âme, un peu comme s'il s'était dédoublé. Bon sang, où avait-il été pêcher une idée pareille ? Non, ça ne pouvait pas lui arriver à *lui* ! Il ne pouvait pas être papa ! C'était bien la dernière chose au monde qu'il voulait.

Au bout d'un moment, Jake se mit à bâiller et se lova contre le torse de Cameron, les yeux clos, son petit poing agrippant le plastron de sa chemise, comme pour marquer son territoire. Cameron posa sa main sur la menotte de Jake et se sentit tout chaviré. Il resserra son emprise sur le bébé pour l'empêcher de tomber. C'était en tout cas l'explication qu'il crut bon de formuler pour lui-même.

— Il a sommeil, fit remarquer Julia à voix basse. Couche-le sur le dos et frotte-lui un peu le ventre. Ça l'aide à s'endormir.

— Désolé, bonhomme, j'obéis aux ordres de ta maman, murmura-t-il.

Il fit ce qu'elle lui demandait et caressa le crâne du bébé, s'extasiant de la douceur de ses cheveux sous ses doigts.

Sage comme une image, Jake mit deux doigts dans sa bouche et continua de fixer Cameron, visiblement fasciné.

Il devait convenir que le bambin était mignon comme tout, mais cela ne faisait pas de lui son fils pour autant.

Il était bien forcé de l'admettre, la ressemblance entre eux était frappante : mêmes cheveux mordorés, mêmes yeux verts taillés en amande et même fossette à la joue droite. Qu'il le veuille ou non, Jake était bel et bien son fils.

Malgré tout, il ne parvenait pas à chasser de son esprit l'idée que Julia Parrish lui avait tendu un piège. Tout le monde savait que la famille Duke était riche. Très riche. Qui sait si Julia ne cherchait pas simplement à lui extorquer une coquette somme d'argent ? Certes, il ne se déroberait jamais à ses devoirs vis-à-vis de son fils, mais de là à dérouler le tapis rouge devant Julia, il y avait une marge.

Voyant que le bébé commençait à s'endormir, il sortit de la chambre sur la pointe des pieds, suivi de Julia. Une fois la porte refermée, il fit volte-face et lança *mezzo voce* :

— J'exige un test de paternité.

Elle tressaillit, visiblement bouleversée. Qu'est-ce qu'elle se figurait ? Qu'il allait la croire sur parole ? Tout en l'examinant avec attention, il se rappela qu'elle avait un visage expressif et qu'il lisait en elle comme à livre ouvert. A l'époque, il n'avait eu qu'à contempler ses traits mobiles pour savoir qu'elle avait apprécié chacune de ses caresses et qu'elle avait passé un agréable moment en sa compagnie. Avait-elle eu une arrière-pensée en sortant avec lui ?

Sûrement. Comme la plupart des femmes qu'il avait fréquentées. Toujours la même : l'appât du gain…

— C'est d'accord pour le test ADN, marmonna-t-elle.

Tiré de ses sombres pensées, il revint au moment présent.

— Entendu. Je le ferai faire demain.

— C'est ennuyeux. Ma conférence débute demain, objecta-t-elle en le précédant vers le salon.

Il en profita pour admirer ses longues jambes fuselées et ses fesses rebondies. Que de souvenirs érotiques elles lui rappelaient !

Elle récupéra le livre abandonné sur la table basse, puis se tourna vers lui.

— Je ne serai donc pas en mesure d'emmener Jake chez le médecin avant mon retour à la maison.

— Attends une minute, dit-il tandis qu'il assimilait le sens de ses propos. Tu es ici pour la conférence ?

Elle le considéra, l'air éberlué.

— Evidemment ! Pour quelle autre raison serais-je ici ?

Il faillit dire que c'était pour lui extorquer une pension

alimentaire pour l'entretien de Jake, mais il parvint à se retenir à temps et toussota pour masquer son embarras.

— Nous avons une infirmière disponible en permanence à l'hôtel. Je lui demanderai de venir demain matin pour la prise de sang.

— Entendu, répondit Julia de mauvaise grâce, en se frottant le bras.

— Qu'est-ce qui ne va pas ?

Elle poussa un petit soupir tremblant.

— Je sais que c'est nécessaire, mais je déteste l'idée qu'on fasse une prise de sang au bébé.

— C'est important, assura-t-il.

Il n'empêche, rien que d'imaginer l'aiguille dans le petit bras potelé de Jake, lui-même en avait des frissons. Du coup, il se mit à douter de la pertinence de sa décision. S'il avait insisté pour faire ce test ADN, c'était pour punir Julia. Mais ce ne serait pas elle qui ferait cette fichue prise de sang. Ce serait Jake, lequel semblait bien trop jeune pour subir une pareille épreuve.

Pourquoi se leurrer plus longtemps ? Jake était son fils, et le test de paternité n'y changerait rien.

Certes, il était furieux contre Julia parce qu'elle l'avait pris en traître, mais il la croyait. Cependant, il ne le lui annoncerait pas ce soir. Non, il la laisserait languir encore quelques heures. Il le lui dirait demain matin, quand il aurait eu sa dose de caféine.

— Puisque tu y tiens…

Tout en parlant, elle avait récupéré sa lingerie sexy et ses talons aiguilles. Elle se dirigea ensuite vers la cuisine et se mit à rassembler les petits pots pour bébé.

— Que fais-tu ? s'étonna-t-il.

— Je commence à ranger mes affaires.

— Attends, fit-il en l'attrapant par le bras. Il n'est pas question que vous partiez, toi et Jake.

— Mais nous ne pouvons pas rester ici puisque tu es de retour !

— Si, justement.

Elle le contempla, l'air incrédule. Comme elle était sexy quand elle fixait sur lui ses grands yeux bleus ! Il était prêt à relever tous les défis qu'elle lui lancerait.

Mais elle secoua la tête en signe de dénégation.

— Si tu crois qu'il va se passer quelque chose entre nous, tu te trompes sur toute la ligne.

— Chérie, dit-il d'une voix enjôleuse, ne t'en déplaise, tout à l'heure, nous étions à deux doigts de faire l'amour.

— Ecoute, Cameron…

— Mais tu as raison, l'interrompit-il. Ce soir, il ne se passera rien entre nous.

Avec une décontraction qu'il était loin de ressentir, il lui lâcha le bras et se dirigea vers le salon.

— Et vous allez rester là, toi et Jake.

— Entendu, acquiesça-t-elle en lui emboîtant le pas. Il vaut mieux laisser le bébé dormir. Il a eu son compte d'émotions pour aujourd'hui. Nous changerons de chambre demain.

Contre toute attente, ces derniers mots eurent pour effet de l'agacer. Pour se donner une contenance, il alla prendre une bouteille de bière dans le réfrigérateur.

— Tu n'y es pas du tout, chérie. Vous allez devoir rester ici jusqu'au résultat du test ADN, voire durant toute la durée de la conférence puisqu'il n'y a pas d'autre chambre disponible.

Elle laissa échapper une exclamation de dépit.

— J'ai renoncé à ma chambre quand ta mère a insisté pour que je m'installe ici. Elle doit encore être libre à l'heure qu'il est !

— Je crains que non. Cette semaine, outre ta conférence, nous organisons un tournoi de golf.

Elle le foudroya du regard.

— Mais cet hôtel est à toi ! Alors, arrange-toi pour nous trouver une chambre !

— Je pourrais, mais je ne le ferais pas, déclara-t-il froidement. Parce que si Jake est bien mon fils, il doit dormir ici, avec moi. Et nous n'allons pas tarder à savoir la vérité, n'est-ce pas ?

Rassurée, Julia se glissa entre les draps du lit jumeau, dans la chambre d'amis. La révélation de sa paternité à Cameron n'avait pas été aussi difficile à faire que ce qu'elle avait redouté. Pour l'heure, Jake dormait à poings fermés en émettant des petits ronflements, inconscient du drame qui se nouait autour de lui. Comme toutes les mères, sa priorité était d'épargner toute souffrance, morale ou physique, à son enfant. Certes, elle ne serait pas toujours là pour le protéger, mais, pour l'instant, il n'avait pas besoin de savoir que sa maman et son papa se querellaient à son propos.

Elle avait beau concentrer toutes ses pensées sur son fils, se focalisant sur ses menottes ou son rire communicatif, l'image de Cameron ne cessait de s'imposer à elle. Elle eut honte d'elle-même en se remémorant avec quelle facilité elle était retombée dans ses bras. Pourtant, elle s'était juré de faire preuve de la plus grande froideur à son égard au cas où leurs chemins se croiseraient de nouveau. Mais elle avait été prise de court, et rien ne s'était passé comme prévu. Moralité : elle savait à quel point elle était sensible à son charme fatal... et lui savait qu'il n'avait qu'à lever le petit doigt pour la voir arriver en courant.

Cette situation était vraiment humiliante !

Dans quelques heures, elle devrait de nouveau affronter Cameron. Se laisserait-elle emporter, comme aujourd'hui, ou serait-elle capable de résister à l'ascendant sensuel qu'il avait sur elle ? C'était à croire qu'il l'avait ensorcelée !

Dans un bâillement, elle tapota son oreiller et s'allongea sur le dos en s'obligeant à respirer calmement. Elle avait absolument besoin de récupérer des forces en prévision de la rude journée qui s'annonçait.

*
* *

A moitié endormi, Cameron s'étira, puis tenta de se mettre sur le dos… et atterrit sur le plancher.

— Que diable ?… grommela-t-il.

Bon sang, où était-il ?

Il reprit peu à peu ses esprits et poussa un grognement de dépit en se rappelant où il avait dormi la nuit dernière. Il se releva avec effort, le dos courbaturé, et s'assit sur le canapé, les coudes sur les genoux.

Après le départ de Julia, il avait pensé regarder le match de foot en finissant sa bière, mais le cœur n'y était plus. Il était donc allé se coucher, mais il n'avait fait que se tourner et se retourner dans son lit, incapable de dormir en sachant que Julia se trouvait dans la chambre d'amis, de l'autre côté du couloir. Lui la voulait dans son lit, son splendide corps tout contre le sien. Il voulait se noyer dans sa touffeur…

Hélas, elle était inaccessible. Du moins, pour l'instant. Mais il était patient et savait que son heure viendrait. Bientôt, cette femme désirable serait de nouveau à lui.

Cette pensée réconfortante n'avait pas suffi à lui faire trouver le sommeil. Il était donc revenu dans le salon, histoire de se changer les idées en regardant les programmes télévisés de la nuit. Finalement, il s'était endormi sur le canapé. Une erreur tactique qu'il regrettait amèrement ce matin, tandis qu'il tentait de déplier son dos douloureux. Bon sang, il se faisait l'effet d'un vieil homme perclus de rhumatismes alors qu'il avait à peine trente ans !

Bien décidé à retrouver sa forme olympique, il enfila un short, chaussa des baskets et partit faire du footing dans le parc de la résidence hôtelière.

Quarante-cinq minutes plus tard, après une douche chaude et deux tasses de café, il se sentait beaucoup mieux. C'était une bonne chose, car il devait être au mieux de sa forme pour gérer les nouveaux occupants de sa suite.

— Papa !

Quand on parle du loup…

— Bonjour, lança Julia accompagnée de Jake, installé dans une sorte de porte-bébé futuriste.

Machinalement, il s'avança pour le lui prendre des mains et déposa le bébé sur son siège sur le comptoir de la cuisine.

Elle portait un tailleur bleu marine à rayures, un chemisier blanc, des talons aiguilles noirs, et sa crinière blonde était nouée en queue-de-cheval. Dieu sait pourquoi, il la trouvait terriblement sexy dans cette tenue sévère, tandis qu'elle croquait une pomme tout en faisant réchauffer un petit pot pour le bébé. Une chose était sûre, il filait un mauvais coton !

— Papa, murmura Jake en contemplant gravement Cameron.

— Il dit ça souvent, constata-t-il en observant le bambin.

Contrairement à hier, il n'était plus vraiment fâché d'entendre Jake répéter *papa* à tout bout de champ.

— Il aime faire rouler ce mot sur sa langue, expliqua Julia.

Puis elle se troubla en réalisant ce qu'elle venait de dire. Il ne put s'empêcher de rire en la voyant détourner le regard, rouge de confusion, et s'affairer autour de la cafetière. Peut-être avait-il l'esprit mal tourné, car il imagina aussitôt ce qu'il aimerait faire rouler sur sa langue…

— Ma conférence débute dans quarante-cinq minutes, annonça-t-elle, l'air on ne peut plus professionnel, en sirotant une gorgée de café. J'ai engagé une baby-sitter pour s'occuper de Jake toute la journée. Elle ne devrait pas tarder à arriver. Mais si tu préfères rester seul, je comprendrai. Je vais vérifier avec le concierge si une chambre s'est libérée…

— La présence de la baby-sitter ne me dérange pas.

— Ah bon, merci.

— As-tu bien dormi ?

— Merveilleusement bien. Et toi ?

— Comme un loir, mentit-il.

— Tant mieux.

La situation devenait de plus en plus embarrassante. Comme il ne trouvait plus rien à dire, il s'accouda au comptoir et regarda Julia ranger sa tasse dans le lave-vaisselle, puis Jake qui dodelinait de la tête, les yeux clos. Heureux bambin !

La sonnette de la porte d'entrée retentit, réveillant Jake qui ouvrit de grands yeux. Il prit un air boudeur, les lèvres tremblantes, et Cameron comprit qu'il allait se mettre à pleurer.

— Du calme, bonhomme, tout va bien, dit-il doucement en lui caressant le ventre. Rassure-toi, moi aussi, je sursaute chaque fois que j'entends cette maudite sonnette.

Visiblement réconforté, Jake en oublia de pleurer. Voyant que le bébé fixait sur lui un regard confiant, comme si ses propos étaient parole d'évangile, il sentit son cœur se gonfler d'émotion. A cet instant précis, il avait l'étrange impression d'être la personne la plus importante au monde.

— C'est sûrement la baby-sitter, remarqua Julia d'une voix rauque. Je vais lui ouvrir.

Dix minutes plus tard, après avoir installé la jeune fille et Jake dans la chambre d'amis, Julia était prête à partir. Son sac en bandoulière et son attaché-case à la main, elle ressemblait davantage à une avocate qu'au meilleur chef pâtissier de la Central Coast californienne. Il l'accompagna jusqu'à la porte d'entrée.

— Je lui ai donné toutes les indications nécessaires ainsi que mon numéro de portable, déclara-t-elle, visiblement nerveuse. Je laisserai mon téléphone branché en permanence, en cas de besoin.

— Tout se passera bien, assura-t-il tout en s'appuyant au montant de la porte pour lui barrer le passage. Ecoute, nous n'avons pas encore parlé du test de paternité.

— Oh, murmura-t-elle, dépitée.

Les sourcils froncés, elle laissa tomber son attaché-case et croisa les bras.

— Moi qui espérais que tu aurais changé d'avis !

— Croyais-tu vraiment que j'allais te verser une pension

alimentaire sans m'être assuré que Jake est vraiment mon fils ? riposta-t-il.

— Tu peux garder ton argent, Cameron, lança-t-elle, furieuse. Je n'en ai pas besoin.

— Toutes les femmes disent ça.

Elle le fusilla du regard.

— C'est le bien-être de Jake qui m'importe avant tout. Sais-tu combien de fois il s'est fait vacciner depuis sa naissance ? Combien d'aiguilles se sont enfoncées dans sa chair tendre ? Rien que d'y penser, j'en ai froid dans le dos. Mais ne t'inquiète pas. Tu auras ton fichu test ADN. Pour ce qui est de l'argent…

— Ecoute, Julia, je…

Elle leva la main pour l'interrompre.

— Avant de dire quelque chose que tu risques de regretter par la suite, je te conseille de consulter le site Internet du Fonds fiduciaire Parrish. On en reparlera ce soir.

— Entendu, dit-il d'un ton apaisant.

Certes, il était peut-être allé un peu trop loin, mais, après tout, que savait-il d'elle ? La vie lui avait appris à être méfiant.

Elle récupéra son attaché-case, et il s'effaça pour la laisser passer. Au moment de franchir le seuil, elle fit volte-face, un éclat métallique dans ses prunelles.

— Dans la foulée, consulte aussi les e-mails que je t'ai envoyés à l'époque. Il se peut que tu voies les choses sous un autre angle et que tu révises ta façon de me juger.

— Julia, je ne…

— Tant que tu y es, dit-elle en retirant un album de son attaché-case et en le lui fourrant dans les mains, jettes-y un coup d'œil. Je comptais le montrer à des amies, mais je pense qu'il devrait t'intéresser.

Perplexe, il contempla l'épais album à la couverture fleurie et commença à le feuilleter. Il contenait des photos du bébé assorties d'annotations manuscrites. Que signifiait…

— Oh, une dernière chose, dit-elle, ne lui laissant pas le temps de parler. Hier soir, j'ai été prise au dépourvu, mais cela ne se reproduira pas. J'accepte de rester ici durant les dix prochains jours, mais il est hors de question que nous fassions l'amour. A bon entendeur…

Sur ce, elle franchit le seuil la tête haute, telle une reine offensée.

3

Ainsi, elle avait eu le culot de lui imposer ses règles en précisant qu'il était hors de question qu'ils fassent l'amour !

Vraiment ? Pour autant que Cameron s'en souvienne, hier soir, Julia était sur le point de succomber à la tentation quand Jake les avait si malencontreusement interrompus. Qu'à cela ne tienne, avec un peu de persévérance et beaucoup de charme, il ne tarderait pas à la mettre dans son lit.

Une fois qu'elle fut partie, il alla récupérer son ordinateur dans sa chambre et s'installa dans la salle à manger. Ainsi, il ne dérangerait pas Jake quand viendrait l'heure de sa sieste.

Les propos de Julia résonnaient désagréablement à ses oreilles, et c'est à contrecœur qu'il entreprit des recherches en ligne sur le groupe Parrish.

Tandis qu'il regardait, effaré, les informations défiler sur l'écran, des milliers de pensées se bousculaient dans son cerveau. Au bout d'un moment, il finit par décrocher son téléphone pour appeler le responsable de son service informatique et lui demander de récupérer dans les plus brefs délais les e-mails de Julia qu'il avait effacés dix-huit mois plus tôt. Puis il se plongea de nouveau dans la lecture des informations qu'il avait recueillies sur Julia Parrish et sa famille.

Il apprit, non sans un certain malaise, que ses parents étaient morts dans un accident d'avion quand elle avait dix ans. Il y avait des pages entières consacrées à l'œuvre philanthropique de ses parents, mais presque rien sur Julia

Parrish jusqu'à ce qu'elle ouvre sa désormais célèbre pâtis-serie dans Old Town Dunsmuir Bay, quatre ans auparavant.

Avait-elle de la famille dans la région ? Qui s'était chargé de son éducation ? Chaque question qu'il se posait en soulevait d'autres sans lui apporter la moindre réponse. Aussi se promit-il d'en discuter longuement avec elle dès ce soir.

Hormis la nouvelle de la mort de ses parents, l'autre fait marquant concernant Julia Parrish était le niveau de sa fortune personnelle, presque aussi considérable que la sienne. Alors, pourquoi s'escrimait-elle à vendre des *cupcakes* ?

Quant au Fonds fiduciaire Parrish, c'était une des plus importantes et influentes associations caritatives de Californie. Le Fonds finançait ou garantissait quasiment tout ce qui touchait à l'enfance, depuis les programmes télévisés jusqu'à la recherche scientifique en passant par les opérations humanitaires en faveur des enfants du monde entier. Bien entendu, comme tout un chacun, il avait entendu parler de ce Fonds, mais il n'avait jamais fait le rapprochement avec Julia et n'avait jamais eu aucune raison de le faire... jusqu'à ce jour.

Il n'y avait rien d'étonnant à ce qu'elle ait renoncé à le contacter. Elle n'avait pas besoin de son argent puisqu'elle était riche à millions.

Cette nouvelle le laissa perplexe. D'un côté, il était ravi à l'idée que le petit Jake ne manquerait jamais de rien. Mais d'un autre côté, il entendait être le seul à pourvoir aux besoins de son fils. Dès le retour de Julia, il lui expliquerait qu'il prenait désormais les choses en main.

Fière comme elle était, elle risquait de s'en offusquer. Puis il chassa cette pensée d'un haussement d'épaules. Qu'elle dise ce qu'elle veuille. Il était le père de Jake, et il comptait assumer ses responsabilités parentales. Après tout, ce n'était pas comme s'il l'obligeait à l'épouser. D'autant que ni l'un ni l'autre ne le souhaitaient.

Quoique… A la réflexion, un mariage entre lui et Julia serait peut-être la meilleure solution pour Jake.

Non, c'était inenvisageable. Déjà qu'il refusait de s'impliquer durablement dans une liaison, il n'allait pas se fourvoyer dans un mariage ! Allons, tout se passerait pour le mieux. Jake aurait la chance d'avoir deux parents attentifs et aimants, même s'ils ne vivaient pas sous le même toit.

Des parents attentifs et aimants… Lui n'avait pas eu cette chance, du moins pendant sa petite enfance. Son père biologique, un être brutal, avait fait un papa et un mari exécrable. Si c'était ça le mariage, alors, non merci !

Et au cas où l'exemple de ses parents n'aurait pas suffi à le dissuader, le pacte qu'il avait conclu jadis avec ses frères l'aurait empêché de se marier. Croix de bois, croix de fer…

Il se rappelait comme si c'était hier le jour où il était arrivé dans la grande demeure de Sally Duke, surplombant les falaises de Dunsmuir Bay. Il venait d'avoir huit ans. Au début, il avait mal accepté le fait qu'elle le retire du foyer d'accueil en même temps que deux autres garçonnets et qu'elle leur demande de se comporter comme des frères.

Les premières semaines de cohabitation avec Adam et Brandon avaient été chaotiques, c'est le moins qu'on puisse dire. Comme tous les gamins de huit ans, ils se disputaient pour obtenir la suprématie sur toutes choses : jouets, nourriture, télévision et, surtout, l'attention de Sally. Et en même temps, ils redoutaient qu'elle ne les renvoie d'où ils venaient. Ce ne serait pas la première fois que cela leur arriverait. Mais ils ne connaissaient pas Sally Duke.

Un jour où les trois gamins avaient dépassé les bornes, Sally, excédée, les avait relégués dans la maisonnette construite spécialement pour eux dans les arbres, et leur avait intimé l'ordre de n'en redescendre que quand ils auraient appris à se comporter comme des frères.

Après avoir passé plusieurs heures dans cette maison miniature, Cameron, Adam et Brandon avaient fini par partager leurs plus noirs secrets. La mère de Brandon, toxicomane, s'était enfuie de la maison, et son père, qui le battait régulièrement, était mort au cours d'une rixe dans un bar. Les parents d'Adam l'avaient abandonné quand il avait à peine deux ans ; il avait vécu dans un orphelinat avant d'être placé en foyer d'accueil.

À son tour, Cameron leur avait avoué que son père était d'un tempérament violent, et que c'était surtout sa mère qui en avait fait les frais. Non qu'elle ait été une maman attentionnée, compte tenu de sa dépendance à l'alcool et à la drogue. Il le savait, elle avait menti, volé et pire encore pour assouvir ses vices, mais il en rendait son père responsable ; c'était sa faute si elle avait cherché refuge dans les paradis artificiels. Il avait entendu si souvent sa mère hurler de douleur sous les coups de son père qu'il en avait encore des cauchemars. Le comble, c'est que, tout en la battant, son père hurlait qu'il agissait ainsi parce qu'il l'aimait. Et puis, un beau matin, il les avait trouvés morts tous les deux, et l'image de leurs corps inanimés était restée gravée à tout jamais dans son esprit. À l'époque, il avait sept ans.

Adam et Brandon avaient été écœurés d'apprendre que c'était faire preuve d'amour que de rouer de coups une femme. D'où l'idée du pacte sacré.

D'abord, les trois gamins s'étaient juré fidélité.

Ensuite, ils avaient fait vœu de ne jamais se marier ni avoir d'enfants, et ce, pour la bonne raison que le mariage rendait les gens méchants et stupides. Le mariage les poussait à se faire du mal à eux-mêmes et à leur entourage.

Enfin, ils s'étaient promis de tout faire pour que Sally Duke soit fière d'eux.

Depuis ce jour, elle leur avait fait savoir de mille et une façons qu'ils avaient pleinement réalisé ce dernier vœu. Tous trois étaient devenus des personnes honorables et des hommes d'affaires prospères, et elle ne pouvait que s'en féliciter. Bien sûr, comme toutes les mères, elle s'était mise en tête de marier ses fils pour qu'ils lui donnent des petits-enfants à choyer. Et, comble de l'ironie, malgré ses diatribes contre le mariage, Cameron venait de lui offrir ce qu'elle désirait tant.

Il ne put s'empêcher de rire tout bas en imaginant la tête qu'elle ferait en voyant Jake.

Certes, elle déchanterait en apprenant qu'il n'avait pas l'intention d'épouser Julia, mais elle s'en remettrait. Il ne se marierait jamais, c'était ainsi et pas autrement. Il ne voulait pas suivre l'exemple pathétique de ses parents et risquer de détruire une autre vie.

Cela ne l'avait pas empêché de multiplier les conquêtes amoureuses. Il avait même tenté de nouer des relations durables avec quelques femmes, en dépit du pacte sacré, mais chaque fois l'essai avait tourné au désastre. Il est vrai qu'avec une hérédité aussi lourde que la sienne, il ne pouvait pas en être autrement. Il était donc voué au célibat et, tout compte fait, ce n'était pas plus mal.

Il se leva et vérifia l'heure à sa montre. Il avait demandé à la baby-sitter d'emmener Jake faire une promenade dans le parc de l'hôtel, le temps d'organiser une petite réunion avec ses frères dans sa suite. Ils ne devraient plus tarder à arriver et il serait obligé de leur révéler l'existence de leur neveu.

Tant pis pour le pacte sacré. Du moins, il n'était pas le premier des trois frères à l'avoir rompu. Le privilège en revenait à Adam, quand il avait épousé Trish James, le mois dernier.

Lorsque la sonnette de la porte d'entrée retentit, il se leva d'un bond et fut heureux d'accueillir ses frères. Après avoir échangé les bourrades habituelles, il les conduisit dans la cuisine.

— Vous voulez une bière ? proposa-t-il.

— Quelle question ! s'exclama Brandon en sortant trois bouteilles du réfrigérateur.

— Comment va Trish ? demanda Cameron à Adam.

Il savait que son frère était venu avec sa femme pour passer un week-end romantique au Monarch Dunes.

— Elle va bien, répondit Adam en souriant. Elle a

rencontré maman et ses amies dans le hall. A l'heure qu'il est, elles doivent être en train de se détendre au bord de la piscine.

— Se détendre ? Tu plaisantes ! s'esclaffa Brandon. On ferait mieux de boucler cette réunion au plus vite pour que tu ailles délivrer cette pauvre enfant des griffes du trio infernal.

— Bonne idée, admit Adam en s'installant à la table de la salle à manger et en ouvrant une chemise remplie de notes et de graphiques.

Cameron et Brandon le rejoignirent, et ils se mirent à discuter du changement de programme de dernière minute concernant le projet hôtelier de la Napa Valley, lequel passait désormais en tête des priorités puisque le Monarch Dunes enregistrait d'excellents résultats.

— Tu as fait du bon boulot ici, frérot, constata Brandon en levant sa bouteille en direction de Cameron.

— Merci, dit-il. Le projet de la Napa paraît bien engagé.

Quelques années auparavant, les trois frères s'étaient rendu compte que la meilleure façon de gérer leur société de développement était de confier à chacun d'eux la direction d'un projet particulier et sa réalisation de A à Z. Cameron avait pris en main la destinée du Monarch Dunes, et il avait géré ce projet comme il gérait sa vie : avec une rigueur toute militaire.

L'élégant hôtel de style American Arts & Crafts, situé à soixante-cinq kilomètres de Dunsmuir Bay, affichait déjà complet pour les trois prochaines saisons. Il était même en passe de devenir le premier lieu de villégiature de la Central Coast californienne.

Cameron avait supervisé le moindre détail, depuis la superficie du hall — lequel ouvrait sur une terrasse spacieuse surplombant l'océan et les falaises — jusqu'à l'emplacement des greens sur le terrain de golf ultramoderne, conçu pour accueillir des tournois internationaux.

— Mes collaborateurs sont désormais prêts à voler de leurs propres ailes et à me voir me retirer, admit-il. C'est tout juste s'ils ne se mettent pas au garde-à-vous quand je leur demande de faire quelque chose !

— Quand tu leur *demandes* quelque chose ? ironisa Adam. Dis plutôt que tu leur aboies tes ordres !

Brandon hocha la tête avec un sourire de commisération.

— Que veux-tu ! Un Marine restera toujours un Marine.

Indifférent aux sarcasmes de ses frères, Cameron haussa les épaules.

— En attendant, les choses sont faites à mon idée. Bon, si on revenait à nos moutons ?

Il jeta un coup d'œil à ses notes avant d'ajouter :

— J'informerai mon assistante que la grande inauguration du Napa Hotel est repoussée d'une semaine pour la faire coïncider avec les vendanges et le foulage du raisin. Elle coordonnera les opérations avec ton équipe, Brandon.

Le complexe hôtelier de la Napa Valley jouxtait les vignobles et les établissements vinicoles que la famille Duke avait achetés plusieurs années auparavant. Les vins blancs étaient déjà commercialisés dans tout le pays et les rouges étaient en passe d'acquérir une renommée internationale.

— Entendu, acquiesça Brandon en se dirigeant vers la cuisine. Hé ! Qu'est-ce que c'est ?

Cameron réprima un juron en voyant son frère s'emparer de l'album que lui avait confié Julia.

— Ce n'est rien. Donne-le-moi.

Mais Brandon commençait déjà à le feuilleter.

— Mince alors, ce sont des photos de bébé !

— De quel bébé s'agit-il ? demanda Adam en rejoignant son frère.

Cameron poussa un juron exaspéré.

— Rends-le-moi ! ordonna Cameron en essayant de lui arracher l'album des mains.

— Pas question ! objecta Brandon en esquivant la manœuvre.

Adam lança un regard pénétrant à Cameron.

— Comptais-tu nous faire partager un secret ?

— Je ne joue pas à ce jeu-là, grommela Cameron.

Il tendit la main, attendant patiemment que son frère se décide à lui rendre l'objet du délit.

— Bon, je vous reverrai plus tard, dit-il en se dirigeant vers la porte d'entrée pour les raccompagner.

— Hé, pas si vite ! se récria Brandon, les poings sur les hanches.

Il se tourna vers Adam.

— Sais-tu ce que j'ai vu ? La photo d'une femme enceinte et une échographie.

— Et alors ? maugréa Cameron en haussant les épaules.

Il n'était pas disposé à leur montrer quoi que ce soit tant qu'il n'aurait pas examiné en détail le contenu de l'album.

— Que se passe-t-il, Cameron ? s'inquiéta Adam.

Comprenant qu'il avait perdu la partie, il revint s'asseoir à la table en soupirant.

— Très bien. De toute façon, j'aurais fini par vous le dire.

— Nous sommes tout ouïe, assura Brandon en s'installant à son tour.

— J'ai un fils, déclara Cameron tout de go.

Un profond silence accueillit sa déclaration.

Stupéfait, Brandon cligna des yeux, puis ouvrit la bouche pour parler, mais aucun son n'en sortit.

Adam tressaillit et vrilla un regard perçant sur son frère.

— Tu peux répéter ?

Une fois remis de sa surprise, Brandon croisa les bras et lança d'une voix triomphante :

— Je savais bien que c'était une échographie !

Cameron le foudroya du regard.

— Allons donc ! Tu as dit ça à tout hasard.

— C'est faux ! Je suis plus intelligent qu'il n'y paraît, assura Brandon en faisant une grimace comique.

Adam et Cameron éclatèrent de rire, et la tension se dissipa un peu.

— Après une pareille bombe, tu nous dois des explications, décréta Adam.

Il se résolut à leur faire un résumé de la situation.

— Tu n'as jamais consulté sès autres e-mails ? s'étonna Brandon. A ta place, j'aurais eu la curiosité de les lire.

— J'ai plus de self-control que toi, se défendit Cameron.

— Tu veux dire, des *problèmes* de contrôle, ironisa Brandon.

Adam pouffa de rire.

— On devrait jeter un coup d'œil à ces fameux messages.

— Impossible. Je les ai effacés, informa Cameron.

A l'heure qu'il est, son service informatique les avait sans doute récupérés. Mais de là à partager tous ses secrets avec ses frères, il y avait une marge !

— Dieu merci, tu as l'album photo. Si on le feuilletait ? insista Adam.

— C'est hors de question.

— Bon sang, Cameron, nous sommes tes frères ! protesta Brandon. Et tu as besoin d'un point de vue objectif.

Il avait raison, admit Cameron à contrecœur. Et puisqu'il avait rompu le pacte sacré, il leur devait bien quelques concessions.

Il ouvrit le livre en soupirant, et tous trois se penchèrent sur la photo illustrant la première page, celle de Jake prise à l'hôpital dans l'heure qui avait suivi sa naissance.

— Il a le visage tout ratatiné, remarqua Brandon.

— Pas du tout ! s'insurgea Cameron.

— Les nourrissons ont toujours cet air-là, intervint Adam d'un ton apaisant. Ils font un vrai parcours du combattant pour voir le jour !

— Mince alors ! s'exclama Brandon, visiblement impressionné.

Riant de bon cœur, Cameron tourna la page et se perdit dans la contemplation des toutes premières photos de Jake. Sur certaines d'entre elles, Julia tenait le nourrisson dans ses bras. Qui avait pris ces clichés ? se demanda-t-il avant de réaliser avec consternation qu'il aurait dû se tenir derrière l'objectif. Mais il avait complètement ignoré Julia. Son sentiment de frustration ne fit qu'augmenter à mesure qu'il tournait les pages et voyait son petit garçon grandir et embellir.

— Regardez comme il est mignon ! s'exclama Brandon en désignant une photo de Jake dégustant son premier morceau de poulet cuit au barbecue.

Sous le cliché, Julia avait précisé que la viande avait été hachée pour la circonstance. Jake n'en avait fait qu'une bouchée, mais il s'était longuement amusé avec la sauce, comme en témoignaient son sourire édenté ainsi que son visage et ses cheveux maculés de rouge.

— On dirait Cameron lors d'un barbecue, plaisanta Adam.

Cameron ne put s'empêcher de rire. Décidément, ses frères n'avaient pas fini de le chambrer !

Puis il se pencha sur un autre groupe de photos que Julia avait intitulées : Les premières vaccinations de Jake. Elle précisait que l'assistante médicale avait pris les clichés pendant que Julia réconfortait le bébé.

— Pauvre gosse. Ça a dû lui faire un mal de chien ! marmonna Brandon.

Rien que d'y penser, Cameron en avait des frissons. La première photo montrait le gentil docteur tenant une petite seringue. La photo suivante zoomait sur le visage expressif de Jake, tout plissé d'inquiétude, comme s'il pressentait ce qui allait lui arriver. Sur la dernière, le bambin était rouge de colère ; il avait les paupières serrées et la bouche grande ouverte ; à l'évidence, il hurlait de douleur et de peur.

Pour un peu, Cameron croyait entendre les cris de son fils. Que n'avait-il été là pour le consoler !

— C'est trop cruel, murmura Adam en détournant le regard.

— J'en ai mal pour lui, renchérit Brandon en se frottant le bras.

Mal à l'aise, Cameron s'empressa de passer à la page suivante. On y voyait le bébé, étonné et ravi, le jour où il avait découvert l'océan en compagnie de Julia. Son regard s'attarda sur la jeune femme. Elle était tellement sexy et désirable dans son bikini qu'il faillit caresser la photo.

A sa grande consternation, il réalisa que ses frères semblaient très intéressés par ce qu'il voyait, et il se hâta de tourner la page.

— Hé, pas si vite ! protesta Adam.

— Il a raison, insista Brandon. Je n'ai pas eu le temps d'admirer l'océan !

— Tu m'en diras tant ! ricana Cameron.

Il était hors de question de laisser ses frères contempler Julia en petite tenue. Lui seul avait ce privilège.

— Allons, Cameron, reviens à la page précédente, le pressa Adam. Nous devons apprendre à connaître la maman de Jake.

— Vous en avez assez vu comme ça, riposta Cameron en refermant l'album d'un geste sec.

— Dommage, soupira Brandon en se calant contre le dossier de sa chaise. En attendant, je ne comprends toujours pas pourquoi tu n'as pas pris contact avec elle quand tu as reçu ses messages.

Cameron pinça les lèvres, dépité.

— Tout ce que j'ai vu dans son premier e-mail, c'est une femme qui insistait pour que je la rappelle. Le genre pot de colle. J'ai donc supprimé sans les lire ses autres messages.

— C'est plutôt expéditif, marmonna Brandon.

— Allons donc ! se récria Cameron. Toi qui as déjà eu affaire à des femmes obsédées durant ta carrière de footballeur professionnel, comment aurais-tu réagi en pareille circonstance ?

Les sourcils froncés, Brandon ne dit mot.

— Il marque un point, convint Adam de mauvaise grâce.

— A l'époque, j'ai considéré que c'était ce qu'il y avait de mieux à faire, assura Cameron, mal à l'aise.

— Je suis passé par là, moi aussi, admit Brandon en soupirant. Je ne peux donc pas te reprocher ton excès de prudence. Mais cette femme paraît tellement normale !

— Comprends-moi bien, précisa Cameron, désireux de se justifier. Durant le week-end que nous avons passé ensemble, j'ai beaucoup apprécié sa compagnie. Mais peu après, les messages ont commencé. Le premier jour, elle m'en a envoyé *quatre*. Elle montrait tous les signes d'une femme désespérée qui s'était mis dans la tête une idée farfelue, du genre : depuis que nous avons fait l'amour, je suis folle amoureuse de toi, ou que sais-je encore. Et elle exigeait que je la rappelle. Elle m'a même envoyé une lettre que j'ai déchirée sans ouvrir. Ça sentait le piège à plein nez.

— Evidemment, vu sous cet angle…, murmura Adam.

— Quelque temps après, le flot des messages s'est calmé, et j'ai cru qu'elle avait compris que je refusais de mordre à l'hameçon.

— En fait, elle a renoncé à compter sur toi, rectifia Brandon dans un haussement d'épaules.

Si Cameron fut piqué au vif par la remarque, il s'abstint de tout commentaire. Il n'avait rien à ajouter pour sa défense.

— Et maintenant, que comptes-tu faire ? demanda Adam.

— Régler la question.

— Vraiment ? ricana Brandon. Je te souhaite bonne chance.

Cameron le foudroya du regard.

— J'ai la situation bien en main.

— Ah, ton fameux self-control ! dit Adam avec ironie. Si Julia doit vivre ici, avec toi, durant les dix prochains jours, il risque d'être mis à rude épreuve.

Adam parlait sans doute en connaissance de cause, songea Cameron. Son frère avait trouvé le bonheur avec Trish, et il en était ravi. Mais le mariage et la famille, très peu pour lui.

Adam se leva et rangea sa chemise dans son attaché-case.

— Trish va insister pour voir le bébé.

— Moi aussi, renchérit Brandon. Je veux faire la connaissance de mon neveu.

— Pourquoi ne viendrions-nous pas chez toi ce soir ?

— Non, pas ce soir, s'empressa de dire Cameron.

Il avait besoin de préparer Julia à cet assaut familial.

— J'organiserai quelque chose demain soir.

Dix minutes après le départ de ses frères, la baby-sitter ramena Jake à l'appartement. Cameron observa avec attention la façon dont elle s'y prenait pour changer la couche du bébé et lui donner à manger. Il lui posa plusieurs questions pratiques et obtint qu'elle lui dévoile un peu de son savoir-faire, puis il lui donna congé pour le reste de la journée. Malgré une certaine appréhension, il était prêt à prendre le relais.

— Nous voilà seuls tous les deux, murmura-t-il à Jake après le départ de la baby-sitter.

Il prit le bébé dans ses bras et le promena à travers la suite, comme pour le familiariser avec les lieux. Après tout, il était chez lui, maintenant. Puis il alla se poster à la fenêtre donnant sur les falaises et l'océan, et pointa du doigt un point de repère en direction du nord.

— Tu vois ce promontoire ? C'est là où nous habitons.

Une mouette se mit à tournoyer dans le ciel, et il la montra à Jake.

— Peux-tu faire un signe de la main à l'oiseau ? Attends, je vais te montrer.

Il attrapa le poignet de Jake et l'agita doucement.

— C'est bien, murmura-t-il en respirant l'odeur de talc du bébé.

— Papapapa, gazouilla Jake.

— Oui, mon fils, murmura-t-il en le serrant affectueusement dans ses bras. Allons voir si on trouve quelque chose à grignoter.

Il farfouilla dans les placards de la cuisine et découvrit des Cheerios pour Jake et des *crakers* pour lui. Après avoir installé Jake sur sa chaise haute, il regarda avec émotion le bébé s'amuser avec les grains de céréales.

Certes, le mariage et la vie de famille n'avaient jamais fait partie de son programme, mais maintenant qu'il avait un fils, il mettrait tout en œuvre pour assurer son bien-être et faire en sorte qu'il ne manque jamais de rien.

A sa grande surprise, il éprouvait déjà des sentiments très forts pour le bambin. Il n'osait pas appeler cela de l'amour. A vrai dire, il doutait de pouvoir un jour prononcer ce mot. Et c'était peut-être mieux ainsi.

Après une petite enfance placée sous le signe de la violence, il avait eu la chance d'être adopté par Sally Duke. Grâce à l'amour indéfectible qu'elle lui portait, il avait réappris à faire confiance à ses semblables. Malgré les mises en garde de son père biologique — lequel n'avait cessé de lui seriner qu'il ne méritait pas qu'on s'intéresse à lui —, il savait qu'il était capable de donner et de recevoir de l'amour. Durant sa scolarité, il était sorti avec beaucoup de jeunes filles et, même s'il n'était pas tombé amoureux, il avait eu de l'affection pour elles, et il savait que c'était réciproque.

Et puis, en classe de terminale, il avait rencontré Wendy, une ravissante jeune fille qui était tombée follement amoureuse de lui. Un soir, elle lui avait demandé de lui dire qu'il l'aimait. Sans trop réfléchir, il avait prononcé les mots fatidiques. Mais, en réalité, il n'éprouvait que de l'amitié pour elle, et il avait essayé de rompre en douceur. Wendy l'avait très mal pris. Elle avait tout tenté pour qu'il revienne sur sa décision, allant jusqu'à dresser ses amis contre lui et le menaçant de dire à ses professeurs qu'il trichait lors des examens. Il l'avait ignorée, avec l'espoir qu'elle finirait par se lasser. Mais elle avait porté plainte contre lui pour agression sexuelle. Un comble !

Compte tenu de ses antécédents familiaux, il était bien la dernière personne capable d'agresser quelqu'un. Wendy l'ignorait, mais pas Sally Duke. Elle avait pris les choses en main et loué les services d'un avocat. Dans la salle d'audience, Wendy avait fini par craquer et avait reconnu avoir menti. Mais le mal était fait.

Il se rappelait encore le flot d'adrénaline qui avait couru dans ses veines, et son accès de rage au moment où le juge l'avait blanchi de tout soupçon. Si l'issue du procès lui avait été défavorable, aurait-il réagi avec violence, comme son père ?

Dans un effort désespéré pour canaliser toute cette fureur qu'il sentait bouillonner en lui, il avait rejoint les rangs des Marines. Et il s'était juré de ne plus jamais laisser quiconque tenter de le détruire au nom de l'amour.

Mais désormais il y avait Jake. Et Julia. Que devait-il décider à leur sujet ?

Une fois son atelier sur les allergies alimentaires terminé, Julia s'attarda pour répondre aux questions de son auditoire. Alors qu'elle sortait de la salle de réunion, plusieurs participantes, désireuses d'en apprendre davantage, lui emboîtèrent le pas tout en la bombardant de questions. Elle adorait ce moment privilégié qui lui permettait de transmettre aux passionnées comme elle toutes les ficelles du métier. C'était une façon de rendre hommage à ses mentors qui lui avaient si généreusement fait partager leur savoir au fil des ans.

Après avoir salué ses étudiantes, elle pénétra dans le hall de l'hôtel et s'arrêta net en apercevant Sally Duke et deux autres femmes près de la réception, à une quinzaine de mètres de là. Toutes trois portaient des bermudas, des T-shirts colorés et des chaussures de marche.

Valait-il mieux éviter la mère de Cameron ou exiger d'elle des explications ? Après tout, la veille, au moment où elles s'étaient rencontrées, Sally ne pouvait pas ignorer que son fils rentrerait dans la soirée. Pourtant, elle lui avait certifié qu'il serait absent durant toute la conférence. A coup sûr, la vieille dame lui avait tendu un piège, et elle y était tombée la tête la première !

Si elle avait su, elle aurait réfléchi à deux fois avant de participer à cette conférence. Et, surtout, elle aurait laissé Jake à la maison. Mais avec des si…

Tout compte fait, mieux valait s'éloigner discrètement.

Ce n'était pas très courageux de sa part, mais Dieu sait ce que Sally allait encore inventer. Tout en longeant l'interminable couloir menant aux ascenseurs, elle se remémora son arrivée à l'hôtel, hier après-midi, en compagnie de Jake.

La poussette à la main, elle traversait le hall suivie d'un groom occupé à manœuvrer un chariot surchargé de bagages quand elle avait entendu une voix féminine la héler :

— Julia, quelle bonne surprise !

Atterrée, elle avait reconnu Sally Duke qui se précipitait vers elle, un grand sourire aux lèvres. En temps normal, elle aurait été ravie de revoir son amie de Dunsmuir Bay. Après tout, c'était grâce à elle que ses affaires étaient aussi florissantes.

Mais sans même lui laisser le temps de la saluer, Sally s'était aussitôt penchée au-dessus du bébé. Elle n'oublierait jamais le sentiment de panique qui s'était emparé d'elle tandis qu'elle guettait la réaction de la vieille dame. Allait-elle remarquer la ressemblance entre Jake et Cameron ?

Surmontant son appréhension, elle avait fait les présentations.

— Sally, voici Jake, mon fils.

— Oh, il est adorable !

Elle s'était agenouillée devant la poussette et avait attrapé le pied du bambin.

— Bonjour, mon ange. Je suis ravie de faire ta connaissance.

Jake s'était mis à rire, et une fossette avait creusé sa joue droite. Sous le coup de la surprise, Sally en était restée bouche bée. Elle avait dévisagé longuement le bébé, puis avait levé vers Julia des yeux embués de larmes.

— C'est impossible ! avait-elle murmuré.

Plus morte que vive, Julia aurait voulu disparaître dans un trou de souris. Mais la vieille dame ne la lâchait pas du regard.

— Est-ce vrai ?

— De quoi parlez-vous ? avait-elle répliqué d'un ton faussement détaché.

— Oh, chérie, protesta Sally. Il est le fils de Cameron, n'est-ce pas ?

A son tour, elle avait senti ses yeux s'emplir de larmes, et elle s'était contentée de faire un signe d'assentiment.

— J'en étais sûre ! avait poursuivi Sally en caressant la joue de Jake. Cette fossette vaut tous les tests ADN.

Julia avait souri, mais son inquiétude n'avait fait que croître. Cameron prendrait-il les choses aussi bien quand il apprendrait la vérité ?

Sally s'était relevée en reniflant et avait serré Julia dans ses bras.

— Je l'adore déjà. Merci infiniment.

Bouleversée, Julia avait fait promettre à Sally de garder le secret jusqu'à ce qu'elle annonce elle-même la nouvelle à Cameron.

— Il n'est pas au courant ? s'était récriée Sally. Grand Dieu, pourquoi le lui avoir caché ?

Julia lui avait brièvement expliqué qu'elle avait essayé de l'en informer, mais qu'il n'avait jamais répondu à ses messages.

Sally avait levé les yeux au ciel, exaspérée.

— Ça ne m'étonne pas de lui ! Quelle tête de mule, quand il s'y met ! Je suis vraiment désolée, mon petit.

Elle avait juré de ne rien dire à Cameron. Puis, les lèvres pincées et le regard déterminé, elle avait fait appeler le directeur de l'hôtel et lui avait demandé de donner à Julia la suite de Cameron. Julia avait protesté, mais elle s'était laissé convaincre quand Sally l'avait assurée que Cameron serait absent durant les quinze prochains jours.

— Il ne saura jamais que vous avez occupé sa suite. Faites-moi confiance, avait-elle ajouté, un sourire innocent aux lèvres.

*
* *

En pénétrant dans la suite, Julia fut surprise par le silence qui y régnait. Aucune lumière n'était allumée. Pas le moindre signe d'activité. Bizarre ! Cameron avait-il emmené le bébé en promenade ? A moins que Sally Duke ne se soit précipitée ici pour récupérer Jake et jouer les baby-sitters, comme elle en avait exprimé le désir.

Elle déposa son attaché-case et son sac à main sur une chaise de la salle à manger, mourant d'envie d'un bon bain chaud. Mais le bébé passait avant tout.

Après avoir ôté ses talons hauts, elle longea le vestibule en direction de la chambre d'amis, l'oreille aux aguets. Pas le moindre son. En ouvrant la porte, son regard se posa aussitôt sur le berceau. Vide. Un vent de panique s'empara d'elle. Mon Dieu, où se trouvait le bébé ? Aucune lumière n'était allumée, mais les rideaux écartés laissaient pénétrer les dernières lueurs du crépuscule. Son regard s'habitua à la pénombre, et elle finit par découvrir Cameron, couché sur un des lits jumeaux, le petit Jake allongé sur son torse et dormant à poings fermés. Les grandes mains de Cameron étaient posées sur le dos du bébé dans un geste protecteur.

Le père et le fils tendrement enlacés. Quel spectacle sublime ! Elle en eut les larmes aux yeux.

Décidément, elle filait un mauvais coton !

Il était hors de question qu'elle tombe amoureuse de Cameron Duke. N'avait-elle pas encore compris qu'il n'était pas homme à s'engager dans une relation durable ? Dieu merci, elle et Jake se débrouillaient très bien tous les deux.

Seulement voilà, Cameron était de retour dans le paysage et ne comptait pas se laisser ignorer. Il avait même été très clair sur deux points : malgré son apparente affection pour Jake, il refusait de croire que l'enfant était de lui. Et il souhaitait ajouter un deuxième épisode à l'aventure torride qu'ils avaient vécue ensemble la dernière fois qu'ils s'étaient vus. Mais elle était désormais une mère de famille responsable, et les relations sexuelles dénuées d'amour ne l'intéressaient plus. Or Cameron n'était pas disposé à lui ouvrir son cœur, encore moins à tomber amoureux d'elle et à l'épouser.

Et c'était sans doute mieux ainsi. Elle avait beaucoup mûri durant ces dix-huit derniers mois, et elle avait fait une croix sur Cameron. Sa vie était bien remplie, et elle était heureuse sans lui... Du moins, elle tâchait de s'en persuader.

- 4 -

En percevant le son étouffé d'un soupir, Cameron ouvrit tout grand les yeux. Julia se tenait sur le seuil, le regard fixé sur lui et Jake. Elle portait toujours son tailleur strict, mais elle paraissait plus conciliante, voire plus vulnérable que ce matin. Sans bouger de sa position, il murmura :

— Le bébé dort.

— C'est ce que je vois, répondit-elle doucement. Toi aussi, tu dormais.

— Non, je fermais les yeux.

— Ah, fit-elle en souriant. Il vaut mieux réveiller Jake, sinon il ne va pas faire sa nuit.

— Je n'y avais pas pensé, admit-il, confus.

— Tu ne pouvais pas savoir, le rassura-t-elle en s'avançant vers le lit.

Il tapota le dos de jake.

— Hé, bonhomme, maman est de retour. Elle va te préparer ton petit pot préféré.

Le bébé s'étira et se mit à geindre en clignant des yeux.

— Chut ! murmura Cameron d'un ton apaisant.

Voyant que les lèvres de Jake commençaient à trembler, il leva un regard inquiet vers Julia.

— On dirait qu'il va pleurer.

— Il est toujours un peu grognon quand il se réveille de sa sieste, expliqua-t-elle en prenant le bébé dans ses bras. Il est désorienté, et il a sans doute besoin d'être changé.

Sans le poids du bambin sur son torse, Cameron éprouva un curieux sentiment de dépossession.

— Pourtant, la baby-sitter s'en est chargée avant de partir.

— Je n'en doute pas, intervint Julia en souriant. Mais connaissant mon bout de chou, il vaut mieux que je vérifie.

— Bon, fit-il en se levant et en s'étirant. Je vais te regarder faire. Ainsi, en cas de besoin, je saurai comment m'y prendre.

— Oh ! murmura-t-elle, visiblement déconcertée. Euh, oui… Bonne idée.

Julia avait raison : un changement de couche s'imposait. Tout en s'affairant autour de la table à langer, elle lui demanda à brûle-pourpoint :

— As-tu parlé à l'infirmière ?

Il eut un moment de flottement avant de comprendre de quoi il retournait. Curieusement, il ne se sentait pas encore prêt à reconnaître que Jake était son fils. Tant pis pour Julia ; elle patienterait encore un peu.

— Oh, la prise de sang ? Non, pas encore.

Elle poussa un soupir excédé.

— Pourquoi refuses-tu de voir la vérité en face ? Ta mère a tout de suite su que Jake était ton fils. Et avant que tu ne tires des conclusions hâtives, je tiens à préciser que je ne lui ai rien dit. Elle a tout compris au premier coup d'œil.

— Ma mère ? Elle a vu Jake ? demanda-t-il, consterné.

Tout en boutonnant le pyjama du bambin, Julia lui raconta son entrevue avec Sally.

— Bon, je l'admets, ma mère est prête à tout pour avoir des petits-enfants, dit-il. Mais cela ne veut pas dire pour autant que Jake est mon fils. Je ne suis pas le seul homme avec qui tu aies…

Il s'interrompit, soudain mal à l'aise. Il refusait d'imaginer Julia dans d'autres bras que les siens. Non que cela le regarde. Elle était libre de faire ce que bon lui semblait avec qui elle voulait. Mais il refusait d'y penser. Il toussota pour masquer son embarras.

— Quoi qu'il en soit, nous nous sommes protégés. Alors, comment expliques-tu que cela ait pu arriver ?

Elle soutint son regard.

— Te souviens-tu combien de fois nous avons fait l'amour ce week-end ? Même avec toutes les protections du monde, l'accident était prévisible.

S'il s'en rappelait ! Malgré tout ce temps, le souvenir de leurs ébats érotiques le tourmentait encore.

— Toi et moi savons comment c'est arrivé, murmura-t-elle d'une voix un peu trop rauque. Et ta mère n'y est pour rien.

Le rouge aux joues, elle prit le bébé dans ses bras et sortit précipitamment de la chambre.

— Je dois préparer son dîner, dit-elle.

Il lui emboîta le pas, bien décidé à poursuivre cette conversation.

— A la réflexion, nous ne nous serions jamais rencontrés si ma mère n'avait pas insisté pour que mes frères et moi inscrivions la gamme de tes pâtisseries au menu de nos restaurants.

Elle se tourna vers lui, l'air sceptique.

— Certes, mais cela remonte à près de deux ans. Crois-tu vraiment qu'à l'époque, ta mère se soit mise en tête de nous... Oh, peu importe !

A l'évidence, elle était furieuse contre lui. Une fois dans la cuisine, elle déposa Jake dans le porte-bébé sur le comptoir et, après s'être assurée qu'il ne risquait pas de tomber, elle alla examiner le contenu du réfrigérateur.

— De nous quoi ? demanda-t-il d'un ton provocant. De nous pousser dans les bras l'un de l'autre ? Avait-elle deviné que nous ferions l'amour dès le premier soir ?

Il se posta derrière elle et noua les bras autour de sa taille.

— Et que nous continuerions à le faire soixante-douze heures d'affilée, jusqu'à épuisement ?

Il se rapprocha d'elle un peu plus et frotta son membre tendu contre ses courbes voluptueuses. A sa grande satisfaction, elle poussa un petit gémissement rauque.

— T'en souviens-tu ?

— Oui, murmura-t-elle. Heureusement qu'il y avait le *room service*, sinon nous serions morts de faim !

Il se mit à rire, puis il poussa un grognement guttural tandis qu'elle se pressait lascivement contre lui. Le corps en feu, il embrassa sa peau soyeuse sous l'oreille. Les yeux clos et les lèvres entrouvertes, elle rejeta la tête en arrière, et il en profita pour passer sa langue le long de sa mâchoire.

— Tu te rappelles quand nous avons bu du champagne dans cette grande baignoire ?

— Oh, oui, acquiesça-t-elle. C'était divin.

Ivre de désir, il la fit pivoter vers lui et déposa un chapelet de baisers sur sa joue et son menton avant de s'emparer de ses lèvres tremblantes. Elle s'ouvrit à lui, et il plongea sa langue avec avidité dans sa bouche. Elle soupira d'aise, comme pour l'encourager, et il approfondit son baiser.

Soudain, la sonnette de la porte d'entrée retentit, les faisant sursauter tous les deux. Ils se regardèrent, incrédules.

— C'est fou ! marmonna Julia, confuse, en s'emparant d'un petit pot sur l'étagère du réfrigérateur.

— Qui cela peut-il être ? pesta-t-il en se dirigeant vers le vestibule.

Il prit le temps de se composer un visage de circonstance avant d'ouvrir la porte.

— Bonjour, mon chéri ! s'exclama sa mère.

— Coucou ! Hello, Cameron ! s'écrièrent en chœur Beatrice et Marjorie, postées derrière Sally.

— Nous venons voir le bébé, expliqua Marjorie. J'espère que nous ne tombons pas mal.

Il fit un signe de dénégation et s'effaça pour les laisser passer. Les trois femmes étaient amies depuis une éternité, et elles se retrouvaient tous les mardis pour jouer aux cartes. Beatrice et Sally travaillaient comme bénévoles à l'hôpital, et Marjorie était responsable des ressources humaines chez Duke Development.

— Est-ce que nous arrivons trop tard ? s'inquiéta Marjorie en jetant un regard circulaire dans le salon.

Sally se tourna vers Cameron.

— Nous espérions que tu nous laisserais jouer les baby-sitters pendant que toi et Julia iriez dîner en amoureux.

A ces mots, Julia s'avança vers elles.

— Oh, non, ce n'est pas...

— C'est entendu, se hâta-t-il de dire. Donnez-nous cinq minutes, et vous aurez le champ libre.

— Elles nous ont bien eus ! remarqua Julia en sirotant son chardonnay et en grignotant un amuse-gueule.

Tout en écoutant ses commentaires, Cameron constatait avec plaisir que toutes les tables de l'élégante salle à manger du Monarch Dunes étaient occupées. Mais l'atmosphère du lieu n'en demeurait pas moins feutrée. Les bougeoirs stylisés disposés le long des murs vert pâle jetaient des ombres spectaculaires sur le plafond voûté. Tout autour de la salle, la présence de paravents et de plantes vertes donnait aux dîneurs un agréable sentiment d'intimité. Le service était à la fois attentif et discret, et la nourriture excellente, comme il se doit. Les frères Duke y veillaient.

— Ça t'ennuie tellement de dîner ici, ce soir ?

— Oh, non ! se récria-t-elle en jetant un coup d'œil admiratif alentour. Cet endroit est superbe.

— Tant mieux, dit-il, soulagé. Alors, bois une gorgée de vin et détends-toi.

— Tu as raison, profitons de l'instant présent.

Ils étaient installés près d'une grande baie vitrée surplombant le terrain de golf et, au-delà, les falaises et l'océan. La nuit était étoilée, et un croissant de lune nimbait d'argent le paysage. Les verres en cristal et les couverts en vermeil accrochaient la lueur des bougies et jetaient des éclats arc-en-ciel sur la nappe blanche.

Il contempla Julia, un sourire aux lèvres.

— Je suis heureux que tu prennes les choses du bon côté.

Elle poussa un petit soupir.

— Néanmoins, je ne voudrais pas que Sally s'imagine que je vais lui confier le bébé à tout bout de champ.

— Tu ferais mieux d'en prendre ton parti, plaisanta-t-il.

421

Maintenant qu'elle a jeté son dévolu sur Jake, tu vas avoir un mal fou à t'en débarrasser.

— Je sais, admit-elle en souriant. Elle m'a déjà menacée de camper devant chez moi pour le voir plus souvent.

Il haussa un sourcil narquois.

— Je lui parlerai si elle se montre trop envahissante.

— Oh, non, surtout pas ! protesta-t-elle en posant une main sur la sienne. Comme je n'ai pas de famille, je suis ravie que Jake ait une grand-mère pour le dorloter.

Il retint sa main quand elle voulut la retirer.

— Puisqu'on parle de famille, j'ai suivi ton conseil et je me suis renseigné sur le Fonds Parrish.

— Tu sais donc que je ne cherche pas à obtenir une pension alimentaire.

— En effet, admit-il. J'ai appris par la même occasion que tes parents étaient morts quand tu n'étais qu'une enfant. J'en suis désolé.

— Oui. Ils sont morts dans un accident d'avion. Cette terrible nouvelle m'a anéantie. A l'époque, j'avais dix ans et aucun parent pour me recueillir.

— Alors, qui t'a élevée ?

Elle eut un pauvre sourire.

— Comme j'avais une nourrice qui s'occupait de moi depuis ma naissance, le juge m'a autorisée à rester auprès d'elle. Mes tuteurs désignés par le tribunal étaient deux avocats de mes parents et, après leur nomination, ils sont venus s'installer chez nous.

— Des avocats pour tuteurs ? Tu plaisantes !

Son visage s'assombrit.

— Hélas, non. Comme tu peux t'en douter, nos rapports étaient strictement professionnels. En fait, quand j'ai pris connaissance du testament de mes parents, il y a quelques années de cela, j'ai eu la désagréable impression d'être assimilée à un de leurs biens. Mais je sais qu'ils m'aimaient, et c'est sans doute la faute aux avocats et à leur fichu jargon juridique. Toujours est-il que ni mon père ni ma mère n'avaient de frères et sœurs. Je n'avais donc personne chez qui aller.

— Tu peux remercier le ciel de ne pas avoir été placée en famille d'accueil.

— Je sais, assura-t-elle. Rosemary, ma nourrice, était comme une mère pour moi.

— Tu as eu de la chance de l'avoir.

— Oui, j'en suis consciente.

Elle but une autre gorgée de vin, comme pour se donner le courage de poursuivre son récit.

— Mais deux ans plus tard, elle a été emportée par un cancer. J'ai pleuré pendant des semaines. J'avais l'impression que le sort s'acharnait sur moi.

— Je suis désolé, murmura-t-il, en lui pressant la main.

— Mes tuteurs ont engagé une autre nourrice. Mais Rosemary était irremplaçable. Et puis j'avais passé l'âge d'avoir une nounou.

— Tu n'avais que douze ans !

— J'étais déjà mûre pour mon âge, expliqua-t-elle en souriant. Comme mes parents voyageaient beaucoup pour leur fondation, j'avais l'habitude de me retrouver seule. Mais ça ne me dérangeait pas. J'étais une enfant autonome.

— Mais livrée à elle-même, remarqua-t-il, navré, en sirotant une gorgée de vin.

— Oh, je t'en prie, se récria-t-elle en faisant un geste désinvolte de la main. Tu ne vas pas me servir le couplet de la pauvre petite fille riche !

— Et pourquoi pas ?

La voix de Cameron était chargée d'une telle compassion qu'elle en eut les larmes aux yeux. Allons, elle n'allait pas se mettre à pleurer parce que quelqu'un se montrait gentil avec elle !

— Personne ne s'en soucie, répliqua-t-elle, d'une voix un peu trop rauque. C'est un cliché, et rien de plus.

— Les clichés contiennent un fond de vérité, tout comme les proverbes, assura-t-il en posant son verre. Dans la vie, il y a des choses plus importantes que l'argent, Julia.

Perplexe, elle n'arrivait pas à comprendre où il voulait en venir. Voulait-il dire que *l'amour* était plus important que tout ? Elle se garda bien de poser la question tout haut. Peut-être finirait-il par livrer le fond de sa pensée.

— Tu as raison. Mais c'est plus facile à dire quand on est riche. Aussi, plutôt que d'ennuyer mes amis, j'évite de parler de moi.

— Sauf quand tu es avec moi, remarqua-t-il en souriant.

Elle se mordit la lèvre, troublée.

— Oui, on dirait bien.

Quand ils retournèrent dans leur suite, le bébé dormait à poings fermés dans son berceau. Sally et ses amies leur assurèrent qu'elles avaient passé un moment merveilleux et qu'elles ne désiraient rien tant que de renouveler l'expérience. Puis elles s'éclipsèrent discrètement.

— Tu veux boire un dernier verre ? proposa Cameron en se dirigeant vers le bar à liqueurs.

— Non. Demain, j'ai une longue journée qui m'attend, répondit-elle en posant sa veste sur le dossier d'une chaise. Mais je dégusterais volontiers une tasse de chocolat chaud. Tu en veux une ?

— Ce n'est pas dans mes habitudes, mais pourquoi pas ? répondit-il en la suivant dans la cuisine. Par contre, je doute que nous ayons tous les ingrédients nécessaires.

— Nous les avons.

Elle prit une tablette de chocolat dans le placard et se mit à la casser en morceaux.

— D'où sort-elle ? s'étonna-t-il.

— Je l'ai apportée.

— Tu voyages toujours avec ta provision de chocolat ?

Elle le considéra avec des yeux ronds, comme s'il avait dit une énormité.

— Evidemment !

— Ah, je comprends. Tu peux être amenée à tout moment à préparer un dessert.

— Exact.

Elle déposa les morceaux de chocolat et une cuillerée d'eau dans une petite casserole qu'elle mit à chauffer.

— C'est tout ? demanda-t-il, l'air sceptique.

Elle lui désigna la casserole et la plaque de cuisson.

— Chocolat plus chaleur égalent chocolat chaud.

Elle le prenait vraiment pour un demeuré !

— Ça semble d'une facilité enfantine !

Les poings sur les hanches, elle le considéra, la mine indignée.

— Tu croyais peut-être que j'allais commencer par moudre les fèves de cacao ?

— Oui, quelque chose comme ça.

Devant son air penaud, elle se mit à rire.

— La tablette me permet de sauter quelques étapes fastidieuses.

N'empêche, il n'était pas convaincu.

— Sans vouloir te vexer, je doute du résultat.

L'air stoïque, elle continua de remuer la mixture.

— Parce que tu as l'habitude d'utiliser du lait froid et du sirop de chocolat.

— C'est vrai, admit-il en riant. C'est pourquoi j'ai un a priori contre ta recette.

— Ne juge pas avant d'avoir goûté, conseilla-t-elle d'un ton radouci, en ajoutant un peu d'eau et en continuant de remuer.

— Mmm ! Ça commence à sentir bon.

— Tiens, rends-toi utile, dit-elle en lui tendant la cuillère et en baissant le feu. Je dois faire de la crème fouettée.

— Je suppose que tu as tout ce qu'il te faut ?

— Bien sûr, riposta-t-elle en sortant une boîte du réfrigérateur.

Il ne put réprimer un sourire.

— Décidément, j'aime la façon dont tu voyages.

Après avoir sorti son propre mixeur du placard, elle versa la crème dans un bol, ajouta une cuillerée à soupe de sucre et commença à mixer le tout. Moins de quatre minutes plus tard, elle obtenait un plein bol de crème fouettée mousseuse à souhait. Elle versa le chocolat dans deux tasses à café et les nappa d'une bonne cuillerée de crème. Puis elle lui tendit une tasse.

— Sirote le chocolat à travers la crème, conseilla-t-elle. De cette façon, tu éprouveras distinctement la sensation de chaleur et celle de froid.

Elle se tenait à quelques centimètres de lui, l'observant avec attention pendant qu'il dégustait la préparation. Lui aussi gardait les yeux rivés sur elle pendant qu'il dégustait son breuvage. Une pure merveille !

— Eh bien ? demanda-t-elle, curieuse.

Il continuait de la dévisager, se demandant quel goût auraient ce chocolat et cette crème fouettée s'il les léchait sur sa poitrine.

— C'est tellement bon que c'en est presque immoral, dit-il d'une voix rauque.

Il s'amusa de la voir rougir. Songeait-elle à la même chose que lui ?

Elle toussota pour s'éclaircir la gorge.

— Donc, tu aimes ça.

— Aimer ? s'exclama-t-il en finissant sa tasse. Je n'ai jamais rien bu de meilleur.

— Merci, dit-elle d'un air modeste en dégustant son chocolat.

— Non, merci à toi. Tu sais quoi ? J'ai envie de le goûter sur ta langue.

Sans plus attendre, il la prit dans ses bras et s'empara de sa bouche.

Aussitôt, tout son corps s'embrasa de désir. Oubliant toute réserve, Cameron la plaqua contre le mur de la cuisine, mêlant sa langue à la sienne. Sous ses mains, il la sentait consumée de désir, comme lui. Allait-elle enfin s'abandonner et laisser libre cours à sa passion, comme il en rêvait depuis le moment où il l'avait vue dans toute la splendeur de sa nudité au sortir de sa douche ? Il la désirait avec une intensité qu'il n'avait pas ressentie depuis des mois, voire des années. En fait, depuis la dernière fois où ils avaient fait l'amour.

Il ne se lassait pas de dévorer cette bouche offerte, mordillant et suçotant ses lèvres. Palpitante de désir, elle noua les bras autour de son cou et se haussa sur la pointe des pieds, le haut de ses cuisses plaqué contre son érection. Au comble de l'excitation, il lui prit les seins en coupe, les pétrissant à travers le tissu soyeux de son chemisier. Elle laissa échapper un gémissement rauque, et il sut avec certitude que son désir était égal au sien.

Il mourait d'envie de la prendre là, maintenant, contre ce mur. De déchirer ses vêtements et de plonger encore et encore en elle jusqu'à ce qu'ils glissent sur le sol, exténués mais comblés. Il ne se rappelait pas avoir jamais éprouvé un désir aussi explosif pour une autre femme. Il fallait qu'elle lui appartienne. Maintenant.

A son grand dam, elle mit fin à leur baiser et prit une profonde inspiration.

— Oh, Cameron, je ne peux pas…

— Mais si, dit-il d'une voix enjôleuse.

Il promena ses lèvres le long de sa mâchoire et de son cou, mordillant et léchant sa chair soyeuse. Puis il lui déboutonna son chemisier et en écarta les pans pour profiter pleinement de cette poitrine généreuse qui s'offrait à lui.

— Cameron, s'il te plaît, murmura-t-elle. Je… je suis désolée.

Elle pressa les mains contre son torse.

— Comprends-moi, je ne peux pas le faire.

— Si, tu le peux, protesta-t-il. Tu l'as déjà fait. Regarde, je vais te montrer.

Elle le repoussa fermement.

— Là n'est pas la question ! C'est juste que…

Réalisant soudain ce qu'elle essayait de lui dire, il s'écarta de mauvaise grâce.

— Tu n'es pas prête à le faire, c'est ça ?

— Oh, je suis plus que prête, assura-t-elle, l'air contrit. Mais je ne suis pas stupide. Je sais ce que tu ressens.

— Cela me paraît évident, répliqua-t-il, un sourire coquin aux lèvres, en se plaquant contre elle.

A sa grande satisfaction, elle laissa échapper un gémissement rauque.

— Je veux dire, je sais ce que tu penses de moi. Tu es persuadé que je mens à propos de Jake et que je cherche à te forcer la main.

— Non, c'est faux.

— *Si*, c'est vrai, assura-t-elle calmement. Tu as des principes bien établis. Et moi, je dois penser avant tout au bien-être de Jake. Qui plus est, nous devons faire ce test de paternité avant de songer à… Oh, et puis zut ! Il est grand temps que j'aille me coucher.

Il retint un juron. Ce maudit test ADN fichait tous ses plans en l'air ! Mais il ne pouvait s'en prendre qu'à lui-même.

— Julia, écoute-moi, commença-t-il avec toute la sincérité qu'il ressentait dans son cœur. Je te crois. Je sais que Jake est mon fils. Et si je n'ai pas encore fait ce test, c'est parce que je suis persuadé que tu dis la vérité.

Il vit son visage s'assombrir.

— Tu dis ça parce que tu as envie de coucher avec moi.

— Je dis ça parce que c'est la vérité. Mais je l'avoue, je meurs d'envie de te faire l'amour. Et toi ? demanda-t-il, une lueur coquine dans le regard.

— Moi aussi, admit-elle en souriant. Mais ça ne fera que compliquer les choses.

Ses grands yeux expressifs exprimaient à la fois le regret et l'incertitude. Mais il fut soulagé de constater qu'elle semblait toujours aussi passionnée. Aussi s'empressa-t-il de dire :

— Nous gérerons au mieux les complications.

Mais sa remarque dut lui paraître trop désinvolte car elle eut une moue contrariée.

— Je refuse de coucher avec toi simplement parce que je partage ta suite sur un malentendu.

— Le fait est, nous la partageons.

— Et c'est très commode pour toi. Puisque tu m'as

sous la main, tu aimerais bien en profiter pour faire une partie de jambes en l'air.

— Ce n'est pas ce que j'ai voulu dire, se récria-t-il, au comble de la frustration. Depuis le début, j'ai tout faux. Remettons les compteurs à zéro, veux-tu ? Je te crois, Julia. Jake est mon fils. Je sais aussi que tu ne cherches pas à me forcer la main. Et je te désire de tout mon être, sans aucune arrière-pensée. *Toi,* et personne d'autre.

Elle l'observa avec attention, comme si elle essayait de lire en lui.

— Je te désire aussi, admit-elle enfin. Et je suis soulagée que tu me croies. Mais tu as des principes, et je suis bien placée pour savoir que tu n'y déroges jamais. Une fois que l'intermède sera terminé, tu me laisseras tomber. Une nouvelle fois. Et je ne pourrai pas le supporter.

Elle semblait si sûre de son fait qu'il en fut ébranlé. Certes, s'il poursuivait ses assauts de séduction, il finirait sans doute par l'amadouer et obtiendrait ce qu'il voulait. Mais à quel prix ? Pour Julia, faire l'amour n'était pas sa priorité du moment. Et il ne voulait pas abuser d'elle dans un moment de faiblesse. Il soupira et s'écarta d'elle à contrecœur.

— Tu te trompes sur toute la ligne, chérie. Mais ce n'est pas ce soir que je réussirai à t'en convaincre, n'est-ce pas ?

Elle secoua doucement la tête.

— Je suis désolée.

— Pas autant que moi, assura-t-il en se penchant pour déposer un baiser sur ses lèvres pulpeuses. Fais de beaux rêves, Julia.

Ses maudits principes !

Voilà qu'il était pris à son propre piège !

Cameron donna un coup de poing rageur dans son oreiller. Il allait sûrement passer une nouvelle nuit blanche. Autant en profiter pour méditer sur l'échec qu'il venait d'essuyer et revoir ses fichus principes. Non qu'il veuille les changer, car ils étaient efficaces. Mais il devait cesser de s'en prévaloir à tout bout de champ. Surtout auprès d'une femme qui serait dans son lit à l'heure qu'il est s'il avait eu la bonne idée de se taire.

Comment faire pour la convaincre de sa bonne foi ? Il aurait dû lui dire immédiatement qu'il savait que Jake était son fils. Mais cela n'aurait sans doute pas suffi à arranger les choses entre eux. Ne lui avait-elle pas reproché de vouloir profiter de sa présence dans sa suite pour avoir une partie de jambes en l'air ?

Certes, il en mourait d'envie. Mais pas seulement. Il aimait bien Julia. Il appréciait son intelligence, son sens de l'humour, son intégrité.

Qui plus est, elle était la mère de son enfant. Ils seraient donc amenés à se voir au moins une ou deux fois par semaine. Alors, pourquoi ne pas saisir cette occasion pour renouer leur histoire amoureuse ? Prendre un peu de bon temps ensemble ?

L'idée était séduisante… Néanmoins, il avait intérêt à la garder pour lui s'il ne voulait pas que Julia l'envoie promener !

430

En tout cas, il était hors de question qu'elle l'empêche de voir Jake. Demain matin, il lui proposerait un projet de garde alternée.

En parlant de garde, il devrait s'assurer que sa maison était dûment équipée et sécurisée pour accueillir un enfant.

Mais cela ne suffirait pas pour en faire un foyer digne de ce nom. Il ferait aménager une des chambres spécialement pour Jake, avec un petit lit en forme de voiture de course, un ordinateur et une multitude de jouets.

Dans la foulée, il ferait installer une clôture autour de la piscine, et il apprendrait à nager à Jake dès que possible. Avec un peu de chance, il deviendrait champion de natation. N'avait-on pas déjà un as du ballon rond dans la famille ?

Il ferait aussi construire une aire de jeux dans le parc, avec balançoire, toboggan et cage à écureuil. Et il achèterait un chien pour tenir compagnie au bambin.

Il commençait à sombrer dans le sommeil quand une pensée s'imposa à lui : en cas de garde alternée, il ne verrait Jake que de temps à autre. Cette fois, il se réveilla pour de bon, tant l'idée lui était désagréable. Et pourquoi Julia et Jake ne viendraient-ils pas s'installer chez lui ? Avec six chambres, il y avait assez de place pour eux trois, et la cuisine était suffisamment spacieuse pour permettre à Julia de préparer ses desserts.

Il se reprocha aussitôt de nourrir de tels fantasmes. Qu'il soit un papa pour Jake, passe encore — contre toute attente, il s'était pris d'affection pour le bambin. Mais de là à être un compagnon pour Julia ? C'était hors de question. Aurait-il oublié son échec cuisant avec Martina ?

Quelques années auparavant, après avoir démissionné de la Marine, il avait rejoint ses frères pour participer à la création de leur société de développement. Lors d'un dîner d'affaires, il avait fait la connaissance de Martina Moran. Au lieu de tirer la leçon de son expérience malheureuse avec Wendy, il s'était comporté comme un nigaud, faisant preuve d'une naïveté confondante. Martina lui avait clairement fait comprendre qu'il lui plaisait et, soi-disant pour se mettre à l'épreuve, il avait commencé à sortir avec elle.

Leur relation s'était épanouie comme une fleur au soleil, et il était tombé amoureux de Martina. Anxieux de se prouver qu'il n'y avait pas de fatalité, il l'avait demandée en mariage, et elle avait accepté de l'épouser. Il s'était cru le plus heureux des hommes, et il avait fait des projets d'avenir, persuadé d'avoir enfin conjuré le mauvais sort.

A l'époque, il était si jeune... et si stupide !

En fait, Martina s'était servi de lui simplement pour rendre un autre homme jaloux. Son plan avait tellement bien fonctionné que cet homme, le richissime Andrew Gray, lui avait demandé sa main. Elle avait aussitôt plaqué Cameron sans le moindre état d'âme.

Une fois remis de son chagrin, il avait pris la trahison de Martina comme un signe du destin. Il devait se faire une raison : pour ce qui était des femmes et de l'amour, il était né sous une mauvaise étoile. Et il s'était juré de ne plus jamais tomber amoureux.

Aujourd'hui, il avait quelques années de plus, mais était-il devenu plus sage pour autant ? S'il proposait à Julia de cohabiter avec lui dans l'intérêt de Jake, parviendrait-il à garder son cœur intact ? Et elle, accepterait-elle de venir vivre avec lui ? Il avait beau tourner et retourner le problème dans sa tête, il ne voyait pas d'autre solution. Il devrait donc tout mettre en œuvre pour convaincre Julia du bien-fondé de sa démarche. Pour le reste, tant qu'ils seraient persuadés d'agir au mieux des intérêts de l'enfant, tout se passerait bien, il en était sûr.

Fort de ses bonnes résolutions, il se rallongea sur son lit et, en attendant que le sommeil le gagne, il commença à élaborer un plan pour le lendemain.

Julia était tellement exténuée qu'elle peinait à introduire sa carte magnétique dans la serrure de la suite. La faute à une nuit sans sommeil suivie d'une journée particulièrement chargée. Dès qu'elle se serait occupée de Jake, elle se servirait un verre de vin et se ferait couler un bain chaud.

Elle n'eut pas plus tôt franchi le seuil du salon qu'elle entendit les échos d'un joyeux tintamarre, un mélange de musique, de rires et de conversations animées. Cameron avait-il organisé une réception ? Et où était Jake ?

Elle soupira car, après dix longues heures de conférence, elle n'était pas d'humeur à s'amuser. Elle choisit la solution de facilité, mais elle avait des excuses pour le faire : elle décida de s'esquiver discrètement et de se réfugier dans la chambre d'amis.

Elle s'apprêtait à faire demi-tour quand une jeune femme pénétra dans le salon et l'aperçut.

— Oh, vous devez être Julia, s'écria-t-elle en souriant. Cameron nous a beaucoup parlé de vous.

Comment devait-elle interpréter cette remarque ? se demanda Julia, sur le qui-vive.

— Bonsoir, répondit-elle en tâchant de masquer son dépit.

Non seulement l'inconnue était d'une grande beauté, avec son épaisse chevelure brune et son teint de pêche, mais encore elle semblait très sympathique.

Julia ne put s'empêcher de s'interroger sur sa présence chez Cameron. Sortait-il avec elle ? Non qu'elle ait quelque chose à y redire. Il menait sa vie comme il l'entendait. Mais ce n'était pas une raison pour lui imposer la présence de sa maîtresse. S'il organisait une petite soirée entre amis, mieux valait qu'elle s'éclipse. Elle n'avait pas sa place parmi eux.

Elle en était là de ses réflexions quand ce fut au tour de Sally Duke de faire son apparition.

— Trish, où est…

Elle s'arrêta net en apercevant Julia et s'écria :

— Oh, elle est là !

— Bonsoir, Sally, répondit-elle, confuse.

— Ma chérie, je suis désolée. Nous avons envahi votre territoire alors que vous devez être épuisée.

— Ça ne fait rien, se défendit-elle mollement.

— Venez prendre un verre de vin. Vous ferez la connaissance de mes fils. En attendant, je vous présente Trish, la femme d'Adam.

— Oh, vraiment? s'exclama Julia, soulagée, en lui tendant la main, un sourire chaleureux aux lèvres. Bonsoir, Trish.

Ignorant la main tendue, Trish la prit dans ses bras et lui donna l'accolade.

— Je suis ravie de vous rencontrer. Jake est vraiment adorable. Nous sommes si heureux que vous vous soyez retrouvés, tous les trois.

— Merci. Moi aussi, je suis enchantée de faire votre connaissance.

— Je suis relativement nouvelle dans la famille, expliqua Trish en passant son bras sous celui de Julia. Adam et moi sommes mariés depuis un mois.

— Oh, c'est merveilleux ! Toutes mes félicitations.

— Merci. Nous sommes tellement heureux.

— Grâce à mes bons offices, intervint Sally en faisant un clin d'œil complice à sa belle-fille.

Toutes deux éclatèrent de rire. Puis, voyant que Julia les considérait d'un air éberlué, Trish s'empressa de dire :

— C'est une histoire compliquée.

— Mais je vous la raconterai un jour, promit Sally en riant et en s'emparant de l'autre bras de Julia. Maintenant, il est temps de faire connaissance avec mes garnements.

Bras dessus bras dessous, toutes trois traversèrent la salle à manger et s'arrêtèrent sur le seuil de la cuisine, derrière le comptoir.

Ce qui frappa d'abord Julia, ce fut de voir que la pièce, pourtant spacieuse, était littéralement envahie par trois hommes superbes, en l'occurrence Cameron et ses frères, occupés à rire et à discuter avec Beatrice et Marjorie, les amies de Sally.

Puis elle eut un coup au cœur en s'apercevant que le plus costaud des trois tenait Jake à bout de bras, au-dessus de sa tête, tel un avion de papier qu'il s'apprêterait à lancer à travers la pièce. Le bébé, ravi, gloussait et poussait des petits cris d'excitation.

Affolée, elle dut faire appel à tout son sang-froid pour ne pas se précipiter au secours de son enfant. Mais, à l'évidence, il était en sécurité entre les grandes mains de ce géant, sans doute Brandon, l'ex-footballeur professionnel dont Cameron lui avait parlé.

— Moi aussi, je veux le porter, déclara le troisième homme.

Par élimination, elle en arriva à la conclusion qu'il devait s'agir d'Adam. Sans attendre le feu vert de Cameron, il récupéra Jake en plein vol plané.

Tenu à bout de bras, le bébé se mit à pousser des petits cris ravis.

— Salut Jake, fit-il en plantant son regard dans celui du bébé. Bienvenue dans la famille.

— Hé, tu m'as l'air drôlement content d'être parmi nous ! l'apostropha Brandon en lui chatouillant le ventre.

Pour toute réponse, Jake se mit à gigoter en riant aux éclats.

Brandon se tourna vers Cameron et lui assena une claque dans le dos.

— Il est adorable.

— Oui, en effet, acquiesça Cameron en récupérant le bébé et en le serrant contre son cœur.

Ce geste tendre était tellement émouvant qu'elle en eut les larmes aux yeux.

Puis Cameron leva le bébé au-dessus de sa tête pour que chacun puisse l'admirer de nouveau. Visiblement aux anges, Jake continuait de sourire et de gazouiller.

— Comme vous pouvez le constater, il est aussi beau que son père, remarqua Cameron, une note d'orgueil dans la voix.

— Arrête d'insulter ce gosse, plaisanta Brandon.

Adam se mit à rire.

— Dis plutôt qu'il est aussi beau que ses oncles.

— Très drôle, marmonna Cameron, nullement vexé.

— Papa ! s'écria Jake.

Un silence s'abattit sur l'assemblée. Amusée, Julia vit les trois frères échanger des regards complices avant d'afficher un grand sourire. Puis Adam donna une tape dans le dos de Cameron.

— Félicitations à l'heureux papa.

Cameron poussa un soupir, visiblement ému.

— Merci.

— Oui. Félicitations, mon vieux, renchérit Brandon. J'ai hâte de faire la connaissance de ta petite chérie.

Trish s'empressa de toussoter pour attirer leur attention.

— Maman ! Maman ! s'écria Jake en l'apercevant.

A ces mots, les trois hommes se retournèrent d'un seul bloc.

Si la franche camaraderie qui régnait entre les frères Duke et leur volonté d'accueillir Jake dans le giron familial l'avaient profondément touchée, maintenant, leur mine ahurie la fit rire aux éclats. Elle s'avança pour caresser la joue de Jake, lequel gigotait comme un beau diable entre les bras de Cameron.

— Bonjour, mon poussin. Tu t'amuses bien, on dirait.

Tandis que le bébé poussait des petits cris de joie, Brandon fit un pas en avant, un sourire penaud aux lèvres.

— Désolée, m'dame. Mais vu mon gabarit, tout le monde me semble petit à côté.

— Dis plutôt que tu es le roi des gaffeurs, plaisanta Adam.

Ignorant son frère, Brandon tendit la main à Julia.

— Bonsoir, je suis Brandon. Le plus beau et le plus intelligent des frères Duke.

Et sûrement le plus costaud et le plus facétieux des trois, se dit-elle, amusée, en lui donnant une poignée de main. D'un geste désinvolte, il rejeta en arrière ses cheveux châtain clair un peu trop longs, mais une mèche rebelle lui retomba sur le front, lui donnant un petit air de mauvais garçon. Il n'empêche, il s'était montré adorable avec Jake.

Adam s'avança à son tour.

— Bonsoir, Julia. Je suis Adam Duke.

Elle serra la main du plus grand et du plus sérieux des trois frères. Il avait beaucoup de classe, des cheveux couleur de jais, une mâchoire carrée et un regard bleu pénétrant qui semblait lire au fond de votre âme. Trish avait vraiment de la chance, songea-t-elle avec envie.

— Avec son regard perçant, Adam a le chic pour effrayer les dames, expliqua Brandon le plus sérieusement du monde. Si vous avez besoin d'un peu de réconfort pour vous remettre de vos émotions, n'hésitez pas, je suis votre homme.

Elle se mit à rire, imitée par Trish.

— Personne d'autre que moi ne fera de câlins à Julia, grommela Cameron en lui tendant un verre de vin blanc.

Elle le remercia d'un sourire, délicieusement troublée à l'idée de ce câlin. Mais ce n'était vraiment pas le moment !

Tandis que les conversations allaient bon train, Cameron ouvrit une autre bouteille. Tous les invités voulaient prendre le bébé dans leurs bras, et Jake, heureux comme un roi, se laissait faire de bonne grâce.

Tout en sirotant son vin, elle sentait peu à peu toute la tension accumulée se relâcher. Une demi-heure s'était écoulée et, à sa grande surprise, sa fatigue s'était envolée. Mieux, elle se sentait en pleine forme. C'était la première fois qu'elle se trouvait mêlée à un groupe aussi turbulent et joyeux. Si c'était ça, la famille, elle ne demandait qu'à en faire partie !

La sonnette de la porte d'entrée retentit, et Sally alla ouvrir.

— C'est sûrement le *room service*, murmura Cameron derrière elle. J'ai invité tout le monde à dîner. J'espère que tu n'y vois pas d'inconvénient ?

Elle se tourna vers lui en souriant.

— Bien sûr que non. Tu as beaucoup de chance d'avoir une famille aussi merveilleuse.

— Je sais, dit-il en fixant sur elle un regard intense.

— Bon, il vaut mieux que je me rende utile, s'empressa-t-elle de dire, les joues en feu.

Pourquoi fallait-il qu'elle se mette à rougir comme une écolière dès qu'il la regardait ? se demanda-t-elle, confuse. Pourtant, elle était habituée aux témoignages d'admiration masculins. Mais lui seul lui faisait un tel effet.

Tout en dressant la table, elle examina les trois hommes à la dérobée. Cameron éclipsait ses frères, au demeurant superbes, par sa haute silhouette élancée, ses yeux verts et son sourire éblouissant. Sans compter cette adorable fossette à la joue droite. Rien d'étonnant à ce qu'elle se sente troublée dès qu'il était dans les parages.

Pendant que l'équipe du *room service* déposait les plats sur la desserte, elle installa Jake sur sa chaise haute et lui donna des Cheerios et des carottes miniatures à grignoter, le temps de réchauffer son dîner.

Puis, pour la plus grande joie des invités, elle prépara une mousse au chocolat à sa façon avec le reste des ingrédients de la veille auxquels elle incorpora des jaunes d'œufs et de la vanille. Dix minutes plus tard, alors que le dessert refroidissait au réfrigérateur, tout le monde passait à table.

Le dîner se déroula sous le signe de la bonne humeur et de la convivialité. Les plaisanteries fusaient, les conversations s'entrecroisaient et chacun y allait de sa petite histoire de famille, attendrissante ou drôle. Au bout du compte, Julia ne se souvenait pas d'avoir autant ri de sa vie.

Une fois la table débarrassée, Cameron prépara du café, et elle servit sa fameuse mousse au chocolat. Devant les éloges dithyrambiques des convives, elle ne put s'empêcher de rire en songeant à la simplicité enfantine de ce dessert.

Après avoir rempli le lave-vaisselle, elle se mêla de nouveau aux invités, étreinte d'émotion. Quel accueil chaleureux la famille et les amis de Cameron leur avaient réservé, à elle et à Jake ! Emue, elle observa Cameron pendant qu'il prenait le bébé dans ses bras et lui frottait doucement le dos. Et quand Jake émit un petit rot, tout le monde éclata de rire et applaudit des deux mains.

Son pouls s'accéléra en sentant la main de Cameron lui presser la cuisse, sous la table.

— Tu t'amuses bien ? demanda-t-il.

— Je n'ai jamais passé une aussi bonne soirée.

Et c'était vrai. Un moment comme celui-là et des personnes comme celles-là, elle en avait rêvé toute sa vie. Elle avait sous les yeux l'exemple même du cercle familial chaleureux qui lui avait tant manqué. Suffisait-il d'un simple coup de baguette magique pour transformer le rêve en réalité ? Etait-ce ridicule de croire qu'elle allait pouvoir ouvrir son cœur à ces personnes et à cet homme ?

Cameron avait observé Julia avec attention durant toute la soirée. Il ne voulait pas chanter victoire trop tôt, mais, de toute évidence, son plan fonctionnait à merveille.

Il se pencha vers elle et lui murmura :

— Allons faire un tour dehors, veux-tu ?

— Oui, mais je dois d'abord mettre le bébé au lit.

— Oh, ça te dérange si nous nous en occupons ? intervint Trish en posant la main sur l'épaule de son mari. Nous devons nous entraîner, Adam.

Celui-ci écarquilla les yeux, surpris.

— Excusez-moi, intervint Brandon en les regardant à tour de rôle. Auriez-vous une annonce à nous faire ?

— Je l'ignore, avoua Adam en levant un regard perplexe vers sa femme. Est-ce le cas, chérie ?

Trish lui adressa un sourire innocent.

— Bien sûr que non, mais il vaut mieux nous y préparer.

Adam feignit de se montrer soulagé et prit la main de sa femme qui venait de se lever.

— Chérie, ne me refais jamais une frayeur pareille !

Tout le monde se mit à rire, et Cameron tendit le bébé à Trish.

— Il commence à avoir sommeil.

— Il est tellement craquant ! Nous ferons bien attention à lui, promit Trish.

— Il peut être coquin quand il s'y met, la taquina Julia en caressant la joue de Jake. Et il adore qu'on lui change sa couche.

— Oui, renchérit Cameron. Je te souhaite bien du plaisir.

Tout en riant, il entraîna Julia vers la terrasse. Tandis que la brise nocturne jouait dans sa longue chevelure blonde, il vit qu'elle serrait frileusement sa veste sur sa poitrine. Il dut se faire violence pour ne pas la prendre dans ses bras et lui faire un rempart de son corps.

Il n'allait pas tomber dans le ridicule ! Ce n'était qu'une petite brise de rien du tout. Mais curieusement, depuis qu'il avait élaboré son plan, tôt ce matin, son instinct protecteur se développait tous azimuts. Ainsi, il avait déjà demandé à sa gouvernante de prendre toutes les dispositions nécessaires pour adapter sa maison aux besoins de Jake. Elle lui avait d'ores et déjà assuré que l'aire de jeux serait prête d'ici quelques jours. Il ne lui resterait plus qu'à aménager la chambre du bébé avec l'aide de Julia.

— Quelle vue splendide ! s'exclama-t-elle, appuyée à la balustrade, le regard tourné vers le nord, en direction de la forêt de séquoias qui se découpait sur fond de ciel étoilé.

— Oui, en effet, acquiesça-t-il, le regard toujours rivé sur elle.

Lorsqu'elle se tourna vers lui, elle croisa son regard. Il faisait trop sombre pour voir si elle rougissait, mais il était sûr qu'elle avait les joues cramoisies. Cette pensée le fit sourire et l'émut en même temps. C'était bien la première fois qu'il faisait cet effet-là à une femme !

— Tu passes une bonne soirée ? insista-t-il en s'accoudant à côté d'elle.

— Oh, oui ! s'écria-t-elle, le regard étincelant. Les membres de ta famille sont merveilleux. Je leur suis très reconnaissante d'avoir réservé un accueil aussi chaleureux à Jake.

— Et à toi aussi, Julia.

— Je sais, dit-elle en riant. Et je suis ravie à l'idée que Jake grandira au sein d'une famille aussi unie.

— Il est le centre de toutes les attentions. Tout le monde veut se l'arracher. Ça ne t'ennuie pas ?

— Bien au contraire, assura-t-elle. C'est ce qui peut lui arriver de mieux.

— Je suis heureux de te l'entendre dire, parce que je n'ai pas cessé d'y penser toute la journée.

— A quoi ?

— A ce qui serait le mieux pour Jake.

— Vraiment ? s'étonna-t-elle.

— Oui, fit-il en souriant. Je veux que Jake fasse partie de ma vie, Julia. Je veux le meilleur pour lui.

— Moi aussi, fit-elle d'un ton mesuré.

— Tant mieux, s'écria-t-il, ne doutant pas un instant du succès de son plan. Parce que toi et moi, nous allons nous marier.

- 6 -

— Comment ?

Certes, il s'attendait à ce que Julia soit surprise, mais son exclamation atterré le désarçonna quelque peu. Qu'à cela ne tienne, il lui prit les mains dans un geste censé être romantique.

— Je veux que nous nous mariions, Julia. Toi et le bébé viendrez vous installer chez moi. Nous offrirons à Jake une vie merveilleuse.

Elle retira ses mains d'un geste sec.

— Il a déjà une vie merveilleuse, riposta-t-elle.

— Elle le sera davantage si nous sommes réunis tous les trois, assura-t-il avec force.

— Non ! Sûrement pas !

Furieux de voir qu'elle lui résistait, il recula d'un pas, les sourcils froncés, et croisa les bras sur sa poitrine.

— Tu comptes m'empêcher de voir mon fils ?

Elle le dévisagea, interloquée.

— Non. Bien sûr que non. Tu auras un droit de visite…

— Je refuse de me contenter d'un droit de visite, s'insurgea-t-il. Je veux que mon fils vive avec moi.

— C'est hors de question ! s'écria-t-elle. Je suis sa mère. Il vit avec moi depuis qu'il est né, et je suis tout à fait capable de l'élever seule. Tu n'as pas le droit de me l'enlever !

— Je n'ai pas l'intention de te l'enlever, s'empressa-t-il de dire, ennuyé du tour que prenait la conversation.

Pourquoi rien ne se passait comme prévu ? Il se résolut

442

à faire en sorte de ne pas envenimer la conversation et à rester calme.

— Si je te demande de m'épouser, c'est pour que nous puissions élever Jake ensemble.

Elle le dévisagea un instant, l'air incrédule, puis s'écria :

— Quelle idée saugrenue ! Il est hors de question que j'aille vivre chez toi.

— Et pourquoi, je te prie ? demanda-t-il, vexé.

Elle faillit s'étrangler d'indignation.

— Parce que tu ne veux pas de moi, Cameron. Tu me l'as dit toi-même, tu ne regardes jamais en arrière. Au nom de tes sacro-saints principes. Alors à quoi rime ce soudain revirement ?

Pris au dépourvu, il réfléchit à toute vitesse.

— Ecoute, Julia, je m'adapte aux circonstances. Et si je fais une entorse à mes principes, c'est dans notre intérêt commun.

Pourquoi montait-elle sur ses grands chevaux alors que sa proposition était tout à fait raisonnable ?

— J'admire ta maturité d'esprit ! ironisa-t-elle. Quoi qu'il en soit, je refuse d'emménager chez toi pour jouer les nounous de service.

— Qui te demande de jouer les nounous ? protesta-t-il.

— Oh, voyons, Cameron. Je ne suis pas complètement stupide. Tu veux Jake et, comme je suis sa mère, tu as besoin de moi pour que je prenne soin de lui.

— Non, c'est faux ! se récria-t-il. Je vous veux tous les deux.

— Jake et moi sommes parfaitement heureux dans notre maison. Tu peux nous rendre visite aussi souvent que tu le souhaites.

— C'est hors de question. Je veux vivre avec mon fils et sa mère. Je veux que tu m'épouses. Voyons, Julia, pourquoi refuses-tu d'entendre raison ? riposta-t-il, ulcéré.

— Parce que tu te sers de moi pour obtenir Jake, dit-elle d'une voix tremblante d'émotion. Et je refuse de n'être qu'un pion sur ton échiquier personnel.

Elle était terrifiée, réalisa-t-il soudain. Par sa faute. Il avait cru bien faire, mais il s'était montré maladroit et trop sûr de lui. Quel crétin il faisait ! Adossé au muret du balcon, il l'attira contre lui et lui frotta doucement le dos dans un geste apaisant.

— Je te promets que je ne cherche pas à me servir de toi, mon ange. Je ne ferais jamais une chose pareille. Je souhaite simplement que nous formions une famille : toi, moi et Jake.

Elle eut un petit soupir tremblant et leva vers lui un regard plein de tristesse.

— Mais, Cameron, tu ne m'aimes pas !

Il tressaillit, pris de court. Elle attendait de l'amour ? De sa part ? Il réprima un gémissement de frustration, conscient qu'il ne pourrait jamais lui donner ce qu'elle attendait. Mais il y avait plein d'autres choses qu'il pouvait lui offrir.

— Julia, je t'admire, assura-t-il gentiment. Je te respecte, je t'apprécie beaucoup, et c'est toi que je veux pour épouse. Qui plus est, nous nous entendons merveilleusement bien au lit. C'est important dans un couple, n'est-ce pas ? Je suis persuadé que nous aurons une vie formidable ensemble. Mais pour ce qui est de l'amour... tu m'en demandes trop, Julia.

La tête inclinée en arrière, elle l'observa avec attention.

— Et Jake, est-ce que tu l'aimes ?

Il fronça les sourcils, perplexe. A défaut d'aimer Julia, était-il capable d'amour paternel ? Il se souvint de la fois où il avait eu l'étrange impression de contempler son âme dans les yeux du bambin. Depuis cet instant, le lien ténu qui le reliait à Jake n'avait fait que se renforcer. Etait-ce cela, l'amour ? Pour lui, cette question était superflue, et Julia devrait s'en arranger.

— Jake est mon fils, et je donnerai ma vie pour lui, éluda-t-il.

*
**

Julia hocha la tête sans mot dire. Elle avait vu les traits de Cameron s'adoucir quand il s'était demandé s'il aimait ou non Jake. Elle connaissait cette expression. Elle l'avait vue sur son propre visage quand elle se regardait dans une glace alors qu'elle tenait le bébé dans ses bras. C'était l'expression d'un parent aimant. Même si Cameron était incapable de prononcer ce mot, c'était bel et bien de l'amour qu'il éprouvait pour son fils.

A son corps défendant, elle était tentée par cette demande en mariage où l'amour n'avait pas sa place. Fallait-il qu'elle ait envie d'une famille pour abandonner tout espoir d'être aimée un jour !

Quelques minutes plus tard, en proie à la plus vive émotion, elle rejoignait les convives en compagnie de Cameron. Tout en écoutant distraitement les conversations, elle réfléchissait à cette surprenante demande en mariage. Cameron l'appréciait et la respectait. Et ils s'entendaient bien au lit. Mais était-ce suffisant pour former un couple heureux ?

Du moins, elle aurait la chance de faire partie d'un cercle familial chaleureux et aimant. Puisqu'elle n'avait pas eu de frères et sœurs avec qui jouer ou discuter, Adam, Brandon et Trish combleraient ce vide affectif. Et Sally serait comme une mère pour elle. Elle lui confierait ses aspirations et ses secrets les plus intimes. Elles iraient faire du shopping et déjeuneraient ensemble.

Seigneur, elle n'allait quand même pas épouser Cameron simplement pour faire partie de sa famille !

Avec un soupir de frustration, elle pénétra dans la chambre d'amis au moment où Trish déclarait fièrement à Adam :

— Nous l'avons fait !

— Tu as été brillante, assura-t-il.

445

Maintenant d'une main le bébé sur la table à langer, de l'autre, il enlaça Trish et lui planta un baiser sur la bouche.

Julia soupira d'envie. Ce geste était tellement romantique !

Soudain, Trish s'aperçut de sa présence.

— Oh, Julia, s'exclama-t-elle. Il s'est comporté comme un ange.

— Et il sort indemne de cette expérience, la taquina-t-elle. Merci pour lui.

— Merci à toi de nous avoir fait confiance, assura Trish en échangeant un regard complice avec Adam.

En les voyant tellement heureux et amoureux l'un de l'autre, Julia sentit son cœur se serrer. Cameron l'aimerait-il un jour ? se demanda-t-elle tristement. Allons, il était temps de se ressaisir. A quoi cela servait-il de courir après des chimères, si ce n'est à vous rendre malheureux ? Depuis toute petite, elle avait appris à se contenter de ce que la vie lui offrait. Ainsi, elle ne risquait pas d'être déçue.

Après le départ d'Adam et Trish, elle déposa le bébé dans son berceau et lui frotta le ventre jusqu'à ce qu'il s'endorme.

— Fais de beaux rêves, mon ange, murmura-t-elle en le regardant glisser dans le sommeil.

Elle reconnaissait que grâce à son heureux caractère, Jake était relativement facile à élever. Mais en refusant la demande en mariage de Cameron, ne risquait-elle pas de le priver d'une relation plus étroite avec son père ? Certes, Cameron lui avait affirmé qu'il donnerait sa vie pour Jake. Mais saurait-elle se contenter d'un bonheur au rabais pourvu que Jake vive heureux, entouré d'une maman et d'un papa prêts à le chérir et à le protéger en toutes circonstances ?

Tout en éteignant la lumière, elle songea à l'autre argument que Cameron avait avancé pour la convaincre : leur bonne entente au lit.

Comme c'était vrai ! Alors que la vision de leurs deux corps enlacés s'imposait à elle, une onde de désir la fit frissonner, et elle dut s'arrêter un moment pour retrouver son sang-froid. En pénétrant dans le salon, elle chercha aussitôt Cameron des yeux et, quand leurs regards se croisèrent, elle perçut dans le sien une telle intensité qu'elle ne put s'empêcher de rougir. Pourquoi fallait-il que cet homme ait un pareil ascendant sur elle ?

Oh, oui, sur le plan sexuel, ils s'entendaient à merveille. Mais combien de temps cela durerait-il ?

Incapable de fermer l'œil, Cameron ne faisait que se tourner et se retourner dans son lit. Conformément à son plan, après le départ des invités, il avait reconduit Julia à sa chambre et, après l'avoir embrassée en lui souhaitant une bonne nuit, il s'était enfermé dans la sienne.

Pour la troisième nuit consécutive, il était allongé dans son lit, seul, incapable de dormir. Qu'est-ce qui clochait chez lui ? Il était un Marine, que diable ! Il avait mené des soldats au front, combattu vaillamment l'ennemi et vu la mort de près. Pourtant, sa séparation d'avec Julia, quelques heures auparavant, avait été la chose la plus difficile qu'il ait jamais faite.

Mais c'était pour la bonne cause. Le piège était amorcé. Il allait laisser Julia cogiter encore quelques jours, le temps qu'elle comprenne que ce mariage était la meilleure solution pour Jake.

Hélas, ces excellentes raisons n'eurent aucun effet sur son état d'excitation extrême. Et tandis que le clair de lune déversait sa lumière blafarde à travers la fenêtre, il se résigna à une autre nuit sans sommeil.

Impossible d'éviter Cameron ce matin, se dit Julia, troublée, en l'apercevant assis à la table du petit déjeuner où il mangeait des toasts tout en essayant de faire avaler à Jake des céréales de riz et de la purée de banane. Comment faisait-il pour s'adapter aussi vite à la routine du bébé ? A moins que la baby-sitter ne lui donne des leçons particulières.

Mais surtout, parviendrait-elle à retrouver un rythme de sommeil normal après trois nuits d'insomnie ? La faute à Cameron. Non seulement sa demande en mariage lui avait fait l'effet d'une bombe, mais ses regards brûlants de passion contenue l'avaient émoustillée au plus haut point. Et qu'avait-il fait après cela ? Il l'avait embrassée chastement avant de la laisser en plan sur le seuil de sa chambre !

Rien d'étonnant à ce qu'elle soit à cran.

— Hé, petit chenapan ! protesta Cameron en attrapant au vol la main de Jake avant qu'il ne déverse sa cuillerée de purée de banane sur sa tête. La nourriture va dans ta bouche, pas dans tes cheveux.

Malgré son humeur maussade, elle ne put s'empêcher de rire.

— Bien joué.

Il leva les yeux vers elle et lui adressa un sourire charmeur. A son grand dam, elle se sentit toute chavirée.

— Merci. Tu pars pour la conférence ?

— Oui. La baby-sitter ne devrait pas tarder.

— Parfait, fit-il.

Il essuya le menton barbouillé de Jake à l'aide d'une serviette et lui donna une pichenette sur le nez. Le bébé, ravi, se mit à glousser et à tambouriner sur son plateau.

— Tu es un sacré coquin, dit-il, amusé, en caressant affectueusement la tête de Jake.

La première intervention de Julia débutait dans vingt minutes, mais elle n'avait pas le cœur à partir travailler alors que Cameron et le bébé s'amusaient comme des petits fous. Le spectacle qu'ils offraient était si touchant. Et c'était si tentant de rester avec eux. Pas seulement ce matin, mais toute la vie. N'en avait-elle pas assez rêvé, d'un moment comme celui-là ? Maintenant, il ne tenait qu'à elle de concrétiser ce rêve.

Elle ne parvenait pas à détacher son regard du père et du fils riant de concert. Y avait-il quelque chose de plus sexy que la vue de cet homme se consacrant tout entier à son enfant ?

Contre toute attente, elle sentit les larmes lui monter aux yeux. Elle devait partir d'ici et vite avant de se laisser aller à l'émotion. Avant que la confusion, la nostalgie et le désir ne lui fassent perdre tout contrôle.

Prenant une profonde inspiration, elle se pencha vers Jake et l'embrassa sur la joue.

— Au revoir, mon ange, je t'adore.

Machinalement, elle embrassa Cameron sur la bouche. Réalisant soudain la portée de son geste, elle tenta de s'écarter, mais Cameron avait été plus rapide. Il l'enlaça et prolongea leur baiser, jusqu'à ce qu'elle y mette fin, le souffle court.

— Hum, à ce soir, bredouilla-t-elle.

— Travaille bien, chérie, dit-il, un sourire coquin aux lèvres, tandis qu'elle se précipitait hors de la pièce, rouge de confusion.

La réunion avec les nouveaux investisseurs s'était déroulée à la perfection, se félicita Cameron en empochant leurs cartes de visite. Maintenant, il lui restait une heure avant de rejoindre les responsables de l'hôtel pour leur déjeuner hebdomadaire. Prenant la direction du centre de conférences, il finit par trouver l'atelier de démonstration où œuvrait Julia et pénétra à l'intérieur.

— Sentez-vous la différence ? demandait-elle en déambulant dans l'allée centrale, un grand bol à la main, et en offrant aux participantes des échantillons sur des petites cuillères en plastique.

— La texture est aussi brillante qu'un miroir, s'écria-t-elle gaiement. Et, grâce au blanc d'œuf, elle a une adhérence parfaite. Ce type de glaçage nécessite plus de temps, mais au final, quelle tenue ! Voyez ces pointes lisses et dures. Elles se tiennent toutes seules. C'est merveilleux, n'est-ce pas ? Vous en conviendrez avec moi, ça valait bien un petit effort supplémentaire.

Sur ce, elle piocha dans le bol et porta une cuillère à sa bouche.

— Mmm, quel délice ! Il fond sur la langue.

A sa grande confusion, il sentit une flambée de désir le dévorer. Pourtant, la salle était comble, et la tenue de Julia n'avait rien d'affriolant — chaussures à talons moyens, pantalon bleu marine, chemisier bleu pâle, et tablier de cuisine noué à la taille. Il n'empêche, il mourait d'envie de la prendre là, sur-le-champ. Rien que de l'imaginer, vêtue uniquement de son tablier blanc et de ses souliers, son érection s'intensifia.

Dire qu'il avait suffi de quelques mots inoffensifs — la description du glaçage d'un gâteau — pour le mettre dans tous ses états !

C'était sans doute la faute au vocabulaire culinaire : « adhérence parfaite », « pointes lisses et dures », « fond sur la langue »… Mais qu'enseignait-elle donc à tous ces gens ?

Soudain, elle s'aperçut de sa présence et s'arrêta net, interloquée. Il plongea son regard dans le sien, se demandant si elle se rendait compte de l'effet qu'elle lui faisait.

Probablement, car elle dut s'éclaircir la gorge avant d'annoncer à son auditoire :

— Nous allons faire une pause d'une dizaine de minutes. Et quand vous reviendrez, je vous révélerai mon secret pour réussir à coup sûr un glaçage à la crème au beurre.

Ignorant le flot humain qui se déversait à côté de lui, il gardait les yeux rivés sur Julia. Quand la salle se fut vidée de ses occupantes, elle s'approcha de lui.

— Quelle bonne surprise ! s'exclama-t-elle en souriant.

Puis elle plongea une petite cuillère dans le bol et la lui tendit.

— Tu veux goûter ?

— Oui, gronda-t-il en attrapant le bol et la cuillère et en posant le tout sur la table la plus proche.

Il l'attira contre lui et l'embrassa avec fougue. Il savourait le goût et la douceur du dessert sur ses lèvres et sur sa langue, mais ce n'était pas suffisant. Il voulait tout d'elle. Ici et maintenant.

Elle noua ses bras autour de son cou et se lova contre lui, se pressant contre son érection. Tétanisé, il lui demanda d'une voix rauque de désir :

— Où pouvons-nous aller ? Là, tout de suite ? Connais-tu un endroit où nous pourrions être seuls ?

Qu'est-ce qui lui prenait de poser une telle question ? Après tout, l'hôtel était à lui. C'était à lui de savoir ce genre de choses. Mais en la voyant pendue à son cou, il était tellement troublé qu'il n'arrivait plus à aligner deux idées.

— Cameron, protesta-t-elle, haletante. Mes étudiantes seront de retour dans une minute.

— Je te veux maintenant, marmonna-t-il, en la plaquant contre lui.

Il s'empara de ses lèvres de façon possessive et, à sa grande satisfaction, elle ne lui opposa aucune résistance. Bien au contraire, elle s'ouvrit à lui et le laissa explorer les profondeurs de sa bouche. C'était si bon qu'il aurait voulu faire durer le plaisir éternellement.

— Cameron, je... je te veux aussi, balbutia-t-elle, le souffle court, mais nous devons attendre.

— Je n'en peux plus d'attendre, protesta-t-il en l'embrassant de nouveau avec une passion redoublée.

— Ce soir, promit-elle en le repoussant.

— Oui, ce soir, répéta-t-il tandis que les portes s'ouvraient et que les participantes regagnaient leur place.

— Et nous parlerons aussi, ajouta-t-elle.

— Oui, il le faut.

7

Après avoir refermé la porte de la suite, Julia jeta un coup d'œil circulaire dans le salon silencieux et vide. Cameron et Jake faisaient-ils de nouveau la sieste ensemble ?

Un éclat de rire lointain la fit sourire, et elle suivit les petits cris et autres gloussements qui la menèrent tout droit à la salle de bains attenante à la chambre d'amis. Elle passa prudemment la tête dans l'entrebâillement de la porte et ne put s'empêcher de rire devant le spectacle qui s'offrait à elle.

Jake était installé dans son siège de bain, maintenu par une ceinture et entouré de jouets flottants. Le siège étant fixé au fond de la baignoire à l'aide de ventouses, le bébé ne risquait pas de se déplacer. En revanche, il pouvait faire gicler l'eau alentour, et il ne s'en privait pas.

Agenouillé à côté de la baignoire, Cameron était trempé.

— Un de ces jours, marmonna-t-il en savonnant les épaules et le dos de Jake, il faudra que toi et moi, nous ayons une longue conversation sur la préservation de l'eau.

Julia sourit, amusée. Durant toute la matinée, elle avait passé en revue les avantages et les inconvénients d'un mariage avec Cameron, mais dès qu'elle l'avait aperçu dans l'atelier de démonstration, elle en avait oublié toutes ses belles résolutions. La lueur intense et sauvage qui avait brillé dans son regard à ce moment-là lui avait appris tout ce qu'elle avait besoin de savoir. Peut-être ne l'aimait-il pas encore. Peut-être ne lui ferait-il jamais de déclaration d'amour, mais une chose était certaine, elle ne lui était pas indifférente. En fait, elle était écartelée entre deux décisions. D'un côté, elle mourait d'envie de sauter le pas, de former un vrai couple avec lui et de vivre leur passion au quotidien aussi longtemps que cela durerait. Mais de l'autre, elle redoutait qu'un mariage sans amour ne soit une erreur colossale, et que le prix à payer ne soit trop élevé.

Il finit par s'apercevoir de sa présence et tourna vers elle un visage dégoulinant.

— Tu veux prendre le relais ?

— Oh ! non, tu te débrouilles très bien, dit-elle en riant et en s'empressant de refermer la porte.

Une heure et demie plus tard, la vaisselle du dîner était rangée dans le lave-vaisselle et Jake endormi dans son berceau.

Cameron prit la main de Julia, et ils sortirent de la chambre sur la pointe des pieds, en direction du salon où ils avaient laissé leurs verres de vin à moitié pleins à côté d'une assiette de cookies faits maison.

— Asseyons-nous et parlons, proposa-t-il.

— Entendu, acquiesça-t-elle, visiblement nerveuse.

Pourquoi se tenait-elle sur la défensive alors qu'elle avait toutes les cartes en main ? se demanda-t-il, étonné.

Au début, quand il avait envisagé de faire venir Jake et Julia chez lui, l'idée du mariage ne lui était pas venue à l'esprit. En effet, avec ses frères, n'avait-il pas fait le vœu de rester célibataire ? Certes, il avait aussi promis de ne jamais avoir d'enfant. Mais c'étaient des enfantillages. Maintenant qu'il avait un fils, il était déterminé à le garder auprès de lui et à épouser la mère de son enfant — puisqu'il fallait en passer par là pour les avoir l'un et l'autre sous son toit.

Il espérait que son discours de la veille au soir prônant un mariage basé sur le respect mutuel et la nécessité pour Jake d'avoir ses deux parents auprès de lui avait convaincu Julia. Sans oublier l'argument clé : leur merveilleuse entente au lit.

— Cameron, je…

— Chérie, juste…

Ils se mirent à rire tous les deux.

— Vas-y, toi d'abord, lui proposa-t-il galamment.

— Entendu, fit-elle en écartant une mèche rebelle.

— Attends, laisse-moi faire, intervint-il.

Il promena voluptueusement ses doigts dans son épaisse chevelure, la faisant gonfler puis la repoussant en arrière. Il en profita pour se rapprocher d'elle et humer sa fragrance féminine.

— Mmm, comme c'est agréable ! murmura-t-elle d'une voix alanguie.

— Tu es si belle ! s'exclama-t-il en plongeant son regard dans ses yeux d'un bleu azuréen. As-tu remarqué que tes cheveux reflètent toutes les nuances de l'arc-en-ciel ?

— Oui, fit-elle. C'est plutôt bizarre.

— Au contraire, c'est ravissant. Et tu sens divinement bon, ajouta-t-il en se penchant pour lui embrasser le cou.

— Merci.

Les yeux mi-clos, elle affichait une expression de pure volupté. Enhardi, il l'embrassa de nouveau.

— Cameron, tu me déconcentres, protesta-t-elle faiblement.

— Je sais, dit-il en poursuivant son tendre assaut. Accorde-moi encore une minute.

Elle lui caressa la joue.

— Cameron, il faut que je te parle maintenant, sinon je n'y arriverai jamais.

— Bon, d'accord, je t'écoute, fit-il en poussant un soupir résigné et en se calant contre le dossier du canapé.

Prenant une profonde inspiration, elle le regarda droit dans les yeux et déclara tout à trac :

— En fait, je voulais juste te dire que… j'accepte de t'épouser.

A ces mots, il se sentit immensément soulagé, et tous ses muscles tendus à craquer se relâchèrent. Certes, il s'était douté qu'il réussirait à la convaincre, du moins il l'avait espéré. Mais c'était seulement maintenant qu'il réalisait à quel point l'enjeu était important.

— Tu as bien dit que tu acceptais de m'épouser ? demanda-t-il, comme s'il craignait d'avoir mal entendu.

— Oui, assura-t-elle en souriant timidement.

— Bien, voilà une bonne chose de faite. Maintenant, passons à la suivante.

Sans plus attendre, il l'attira sur ses genoux et l'embrassa avec ardeur. Il avait l'impression que chaque cellule de son corps absorbait avidement les ondes de volupté qui émanaient de Julia tandis qu'elle répondait avec ferveur à son baiser, dans un assaut de lèvres et de langues.

Il voulait sentir sa peau contre la sienne. Maintenant.

Elle dut avoir la même pensée car, en un rien de temps, elle se retrouva à califourchon sur lui.

— Caresse-moi, ordonna-t-elle.

Il ne se le fit pas dire deux fois et glissa ses mains sous son pull.

Il le lui ôta en un tournemain et retint son souffle devant le spectacle qui s'offrait à lui. Elle ne portait pas de soutien-gorge, et ses seins ainsi exposés étaient parfaits. Plus opulents et plus ronds que dans son souvenir, leurs mamelons roses fièrement dressés, comme dans l'attente de ses caresses.

Il prit ses seins en coupe, lui agaçant les tétons de son pouce jusqu'à ce qu'elle se trémousse de plaisir. Tétanisé, il prit un mamelon dans sa bouche, le titilla, le suça et le lécha avant de s'attaquer à l'autre, arrachant à Julia des gémissements de volupté.

Un pur régal ! C'était la seule pensée cohérente qu'il parvenait à formuler en un moment pareil. Il ne savait plus où donner de la tête tellement ses sens étaient sollicités : la douceur soyeuse de sa peau, la délicate senteur florale de son corps, la saveur de sa chair, aussi tentante que le péché.

Terriblement excitée, elle l'agrippa par les cheveux, l'exhortant à poursuivre ses caresses expertes.

Galvanisé, il s'empara de sa bouche, et elle répondit à

son baiser avec une passion égale à la sienne, sa langue dansant sensuellement contre la sienne.

Le souffle court, il déposa une pluie de baisers légers le long de ses épaules, puis se concentra de nouveau sur ces seins qui réclamaient toute son attention. Elle laissa échapper un gémissement de pur plaisir en l'accompagnant de mouvements du bassin dans un déhanché sexy et en se pressant avec insistance contre lui. Son érection devenait douloureuse et il était sur le point de perdre tout contrôle.

— Chérie, tu me rends fou, marmonna-t-il d'une voix rauque. Passe tes bras autour de mon cou.

L'agrippant par les fesses, il se leva du canapé et se précipita vers sa chambre où il la déposa sur le lit.

Appuyée sur un coude, elle le contempla pendant qu'il se déshabillait à la hâte. Il lut une telle avidité dans son regard qu'il en fut tout émoustillé, et il se hâta de lui ôter son pantalon. Elle ne portait plus qu'un incroyable string en dentelle noire des plus affriolant.

— Quelle vision de rêve ! murmura-t-il, subjugué.

Elle se passa la langue sur les lèvres, et ce geste involontaire faillit de nouveau lui faire perdre tout contrôle. Puis elle écarquilla les yeux, surprise, en le voyant s'agenouiller entre ses cuisses et lui soulever les jambes pour les poser sur ses épaules.

— Je veux savourer ton essence, dit-il d'une voix rauque.

Sans plus attendre, il plaqua la bouche sur son sexe. Et quand il la pénétra de la langue, elle cambra le dos et laissa échapper un feulement.

— Désormais, tu es à moi, murmura-t-il.

Il la caressa comme s'il voulait la marquer de son sceau, léchant sa chair délectable, plongeant et replongeant dans ses profondeurs intimes jusqu'à ce qu'elle se trémousse dans le lit, lui demandant de mettre fin à cette délicieuse torture. Pour toute réponse, il lui décocha un regard mutin et plongea un doigt dans sa fente brûlante pour parfaire ses caresses. Arc-boutée sur le lit, elle cria de plaisir.

— Cameron, haleta-t-elle. J'ai besoin de te sentir en moi. Maintenant.

Il baissa doucement ses jambes, puis se leva pour se rendre de l'autre côté de la pièce. Elle le suivit des yeux, gémissant et protestant, jusqu'à ce qu'elle se rende compte qu'il enfilait un préservatif. Il revint aussitôt vers elle et la caressa du doigt pour s'assurer qu'elle était prête à l'accueillir.

— S'il te plaît, maintenant, le supplia-t-elle en l'attirant plus près.

— Oui, maintenant, acquiesça-t-il en la pénétrant d'un mouvement souple.

Elle laissa échapper un petit cri suffoqué, et il s'empara de sa bouche, étouffant ses cris tandis qu'il s'enfouissait plus profond en elle.

Elle faisait l'amour comme une déesse, ondulant du bassin dans un déhanchement érotique et se haussant à sa rencontre pour mieux l'accueillir en elle. Subjugué par cette danse lascive qu'elle exécutait pour lui, il faillit s'abandonner à son plaisir, mais, dans un effort surhumain, il réussit à se maîtriser. Il était hors de question de jouir avant elle. Il accéléra la cadence de ses coups de reins, se fondant en elle, au point que leurs deux corps ne faisaient plus qu'un. Le souffle court et le cœur battant à tout rompre, il rejeta la tête en arrière pour contempler l'orage qui se formait dans le regard de Julia. Quand il la vit enfin se cambrer sous lui et secouer la tête d'un côté et de l'autre en atteignant l'orgasme dans un cri, il enfouit son visage au creux de son cou et embrassa sa peau soyeuse. Puis, rassemblant ses dernières forces, il plongea de nouveau en elle jusqu'à ce que le spasme de la jouissance le frappe à son tour, le laissant haletant, repu et ébloui.

Trois jours plus tard, ils se mariaient dans le cadre idyllique du Monarch Dunes. C'était une belle journée printanière, ensoleillée et lumineuse. L'océan d'un bleu profond était calme, et le gazon scintillait après une averse nocturne.

En somme, songea Julia, c'était une cérémonie terriblement romantique, hormis le fait que le marié n'était pas amoureux de la mariée, et que les avocats avaient insisté pour dresser un contrat de mariage que les époux avaient signé ce matin.

Mais, en entendant Cameron prononcer la formule rituelle « Oui, je le veux » qui scellait leur union, elle s'empressa de chasser ces détails sordides de son esprit pour savourer pleinement l'instant présent. Et quand son mari la prit dans ses bras et l'embrassa éperdument devant une petite assemblée enthousiaste, elle se dit qu'à la réflexion, tout était pour le mieux dans le meilleur des mondes.

Elle avait choisi une robe blanche élégante qui lui laissait les épaules dénudées. Ce n'était pas la robe de mariée de ses rêves, mais du moins pourrait-elle la remettre en été. Cameron était superbe, comme toujours, et incroyablement sexy dans son smoking, songea-t-elle, toute chavirée. Elle jeta un coup d'œil attendri au petit Jake, vêtu d'un adorable smoking pour bébé déniché par Sally et Trish. Oui, vraiment, c'était une belle journée.

— J'aimerais porter un toast aux mariés, annonça Adam.

Il leva son verre, imité par les invités, et prononça un discours émouvant. A la fin, tous s'écrièrent en chœur :

— Tous nos vœux de bonheur !

Rayonnante au bras de Cameron, une coupe de champagne à la main, Julia remercia chaleureusement les invités. Le diamant qu'elle portait à l'annulaire brillait de mille feux, et elle se prit à sourire. Le lendemain du jour où elle avait accepté sa demande en mariage, Cameron lui avait offert la bague la plus magnifique qu'elle ait jamais vue. Puis il lui avait fait l'amour si tendrement qu'elle en avait eu les larmes aux yeux. Certes, il ne l'aimait pas, mais il se montrait si prévenant envers elle qu'il réussissait presque à lui faire oublier ce terrible constat.

Pour sa plus grande joie, la plupart de ses amies étaient

présentes aujourd'hui et ce, grâce à Sally. Voyant qu'elle était accaparée par sa conférence et par les préparatifs du mariage, la vieille dame s'était chargée de lancer les invitations. Un bon point à l'actif de sa belle-mère, quelque peu entremetteuse à ses heures perdues. Mais bon, c'était pour la bonne cause.

Les deux frères de Cameron se partageaient le rôle des témoins du marié, et Sally s'occupait de Jake. Le bambin s'était tenu tranquille durant la cérémonie et les toasts, mais, maintenant, il réclamait son père à cor et à cri.

— Viens ici, cow-boy, s'écria Cameron en prenant le bébé dans ses bras, ce qui mit aussitôt un terme à ses pleurs.

Passant son autre bras autour des épaules de Julia, il se pencha vers elle pour l'embrasser.

— Tu verras, nous serons heureux tous les trois.

— Je sais, assura-t-elle en souriant.

Sans crier gare, Brandon la souleva de terre comme un fétu de paille et lui donna un baiser sur la bouche.

— Bienvenue dans la famille, ma jolie ! s'exclama-t-il.

— Merci, Brandon, balbutia-t-elle, stupéfaite.

Adam, ne voulant pas être en reste, l'arracha des bras de son frère et l'embrassa à son tour.

— Moi aussi, je te souhaite la bienvenue parmi les Duke.

Etourdie par ces manifestations d'amitié débordantes, elle se raccrocha au bras de Cameron.

— Ouf ! Encore merci pour votre accueil chaleureux, les garçons, dit-elle en riant. J'espère que les autres invités seront moins... démonstratifs !

Cameron foudroya ses frères du regard, mais Sally éclata de rire.

— Ils forment un trio formidable, n'est-ce pas ?

— Oui, en effet, admit-elle, en reprenant ses esprits.

— Et la réception est très réussie, poursuivit Sally en lui pressant affectueusement la main avant d'aller rejoindre ses amies au bar à champagne.

Un peu en retrait, Julia contemplait les invités déambuler parmi des tables chargées de canapés et de petits-fours appétissants. La plupart des desserts ayant été réalisés selon ses propres recettes, elle était quasi certaine qu'ils étaient délicieux. Elle aurait voulu avoir plus de temps pour préparer son mariage, mais, compte tenu des circonstances, les choses se déroulaient pour le mieux.

Désormais, elle et Jake faisaient partie d'une famille merveilleuse, et cela valait bien tous les efforts et le stress de dernière minute.

Karolyn Swenson, son amie de toujours et directrice de sa pâtisserie, s'avança vers elle et lui donna l'accolade.

— Je suis si heureuse que tu sois venue ! s'écria Julia.

— Je n'aurais manqué cet événement pour rien au monde, assura-t-elle en prenant les mains de Julia dans les siennes. Je n'arrive pas à croire que tu es mariée.

— Eh oui, j'ai sauté le pas. J'espère que tu es heureuse pour moi ?

— Quelle question ! Ton époux est superbe, lui murmura-t-elle à l'oreille. Je suppose qu'il est le père de ton bébé. Jake est son portrait craché.

Julia tressaillit, surprise.

— Oui, en effet. Et il fera un papa formidable. Nous allons former une famille heureuse.

— C'est tout ce qui compte.

Tandis que Karolyn l'étreignait de nouveau, elle eut l'étrange impression que son amie tentait de la rassurer, de lui faire comprendre qu'elle avait pris la bonne décision.

En voyant la jeune femme s'éloigner pour aller chercher une coupe de champagne, un doute l'assaillit. Une famille, était-ce vraiment l'essentiel ? Comment en être sûre puisque cela faisait près de vingt ans qu'elle en avait été privée ? Mais il était trop tard pour avoir des doutes. Depuis la mort de ses parents, elle avait toujours rêvé d'avoir une famille bien à elle, et maintenant, grâce à Cameron, son rêve était devenu réalité. D'ailleurs, ne lui avait-il pas promis qu'ils auraient une vie merveilleuse, tous les trois ? Il ne lui restait qu'à lui faire confiance et à croire en sa bonne étoile.

— Tenez, je vous apporte une coupe de champagne bien fraîche, proposa Sally.

Julia la remercia d'un sourire, et sa belle-mère glissa son bras sous le sien, d'un air complice.

— Quand je vois la façon dont Cameron vous regarde, ça me fait chaud au cœur.

— Je suis sûre que nous serons heureux ensemble, assura Julia, soudain mal à l'aise.

— C'est évident, trancha Sally en lui tapotant le bras. Ecoutez, vous et moi étions amies bien avant que vous deveniez ma belle-fille, n'est-ce pas ?

— C'est exact, admit-elle, un sourire circonspect aux lèvres.

— Alors, je veux que vous me disiez la vérité. Vous aimez Cameron, n'est-ce pas ?

Julia se mordilla nerveusement la lèvre.

— L'aimer ? Eh bien, évidemment, je…

Sally l'observa attentivement.

— Cette réponse est-elle un oui ?

— Oh, mon Dieu, murmura-t-elle, incapable de mentir.

Certes, Cameron lui avait avoué son incapacité à l'aimer, mais quant à savoir si elle l'aimait ou non…

Une chose était sûre, elle désirait par-dessus tout faire partie intégrante de sa famille. Elle respectait Cameron et avait de l'affection pour lui, sinon elle n'aurait jamais accepté de l'épouser. Mais de là à l'aimer…

— Je ne sais pas, avoua-t-elle, désemparée.

— Vous ne savez pas ? s'exclama Sally. Voilà qui n'est pas ordinaire. Vous n'avez jamais abordé ce sujet tous les deux, avant de vous lancer dans le mariage ?

— Eh bien, si, d'une certaine façon, admit Julia, embarrassée.

— J'apprécie votre franchise, mon petit, déclara Sally. Mais je suis prête à parier qu'un de ces jours, vous et Cameron vous rendrez compte que les sentiments que vous éprouvez l'un pour l'autre sont bel et bien de l'amour.

Emue aux larmes, Julia pressa la main de Sally.

— J'espère que vous avez raison. Mais, pour l'instant, sachez que je suis heureuse. Vraiment très heureuse.

— Vous m'en voyez ravie, assura Sally, en clignant des paupières pour refouler ses larmes. Pour tout vous dire, dès que mes fils ont été en âge de se marier, j'ai craint qu'ils ne tombent sur des femmes uniquement intéressées par leur fortune ou leur position sociale.

— J'imagine que vous avez dû avoir quelques sueurs froides.

— Et comment ! Mais avec vous, je n'ai rien à redouter de ce côté-là, plaisanta-t-elle.

Julia ne put s'empêcher de rire.

— Non, en effet. On peut difficilement m'accuser d'épouser votre fils pour son argent.

— Qu'y a-t-il de si drôle ? demanda Cameron en l'enlaçant.

— Nous disions justement que je t'avais épousé pour tes beaux yeux et non pour ton argent.

Il se mit à rire.

— C'est pareil pour moi.

— Dans ce cas, tout le monde est gagnant, constata-t-elle en souriant.

— Absolument, murmura-t-il en l'attirant tout contre lui.

Sally les contempla un moment, l'air attendri, puis elle marmonna quelque chose à propos d'une coupe de champagne avant de s'éloigner et de les laisser seuls.

Il plongea son regard dans le sien, un sourire aux lèvres.

— T'ai-je dit que tu faisais une mariée magnifique ?

Elle se sentit fondre sous le compliment. Il était si beau, et il s'était montré si attentionné envers elle et Jake ! Pour un peu, elle tomberait amoureuse de lui.

Elle tressaillit, consternée. Qu'est-ce qui lui prenait ? Ne venait-elle pas d'avouer à Sally qu'elle n'avait pas épousé Cameron par amour ? Elle avait intérêt à se ressaisir. Tout ce qu'elle ressentait pour cet homme beau et sexy, c'était du désir et rien d'autre. Elle jeta un coup d'œil alentour et s'éclaircit la gorge.

— On dirait que les gens s'amusent bien.

— Grâce à toi, dit-il en l'embrassant avant d'aller rejoindre ses frères qui lui faisaient de grands signes.

De nouveau livrée à elle-même, elle soupira. Tout à l'heure, elle s'était laissée aller à rêver, mais cela ne se reproduirait plus. La faute au mariage. Les mariages étaient si romantiques, c'était bien connu. Tous les invités devaient se figurer qu'ils s'étaient mariés par amour. Et pourquoi en serait-il autrement puisqu'ils avaient joué leur rôle à la perfection ?

Mais ce n'était que de la comédie. Cameron ne l'aimait pas et ne l'aimerait jamais. Et elle ne pourrait jamais être amoureuse d'un homme qui ne l'aimait pas.

Qu'elle le veuille ou non, ils avaient fait un mariage de convenance. Plus vite elle en prendrait son parti, mieux cela vaudrait.

8

Ce soir-là, Sally prit le bébé avec elle pour permettre aux jeunes mariés de profiter de leur nuit de noces. Si, pour elle, c'était une véritable aubaine, en revanche, pour Julia, c'était une source de souci, comme l'avait vite constaté Cameron.

Il versait du champagne dans deux coupes quand Julia vint le rejoindre dans le salon après avoir troqué sa robe blanche pour un vêtement plus confortable.

Soudain, elle s'arrêta net, l'air inquiet.

— Est-ce que ta mère a pensé à prendre les lingettes ?

— Je l'ignore.

— Il vaut mieux que je vérifie.

Elle repartit en courant vers la chambre avant de revenir quelques secondes plus tard.

— Elle a dû les prendre.

— Julia, détends-toi, conseilla-t-il en lui tendant une coupe.

— Tu as raison, je suis ridicule.

A peine s'était-elle assise sur le canapé qu'elle se releva d'un bond.

— Oh, mon Dieu ! J'ai oublié de lui donner la brosse pour nettoyer les petits pots de bébé.

— Chérie, ma mère ne va pas se mettre à faire la vaisselle !

— Oh, bien sûr que non. Où ai-je la tête ? soupira-t-elle. Jake me manque tellement.

Cameron, qui s'efforçait de se donner une apparence

désinvolte, appuyé contre la cheminée, haussa un sourcil narquois.

— C'est toi qui dis ça alors que tu l'as eu auprès de toi depuis sa naissance ? Imagines-tu ce que je peux ressentir ?...

Il s'interrompit tout net en voyant Julia, les narines frémissantes et le regard flamboyant de colère. Bon sang, il aurait mieux fait de se taire ! Mais il était trop tard.

— Ainsi, tu continues de penser que je t'ai volontairement tenu à l'écart de la vie de Jake ? s'indigna-t-elle.

— Bien sûr que non ! protesta-t-il, mal à l'aise.

Elle se dirigea droit sur lui et lui donna une petite tape sur le bras.

— Si seulement tu t'étais donné la peine de m'appeler, nous n'en serions pas là. Mais tu étais bien trop fier pour t'abaisser à ce genre de choses.

— Sans doute, chérie. Mais, à l'époque, tu donnais l'impression d'être un peu obsédée.

Elle accusa le coup.

— Obsédée ? s'offusqua-t-elle. Je n'étais pas obsédée. J'étais..., commença-t-elle en écartant les bras dans un geste d'impuissance, j'étais simplement bien décidée à te dire la vérité.

Il réalisa soudain qu'ils ne s'étaient jamais vraiment expliqués à ce sujet. Ce soir, ce n'était pas le moment idéal pour se chercher querelle, mais comme elle semblait bien décidée à en découdre, autant crever l'abcès.

— Ecoute, Julia, tu m'as envoyé quatre e-mails en une journée. Selon moi, cela relève d'une attitude obsessionnelle.

L'air ulcéré, elle croisa les bras sur sa poitrine.

— Ainsi, tu as vu mes messages.

— Oui, je les ai vus. J'ai ouvert le premier, celui où tu me demandais instamment de t'appeler. J'étais sur le point de décrocher mon téléphone quand j'ai remarqué les trois autres messages qui se succédaient à intervalles rapprochés. Et je me suis dit que tu devais être un peu... comment dire...

— Obsédée, précisa-t-elle d'un ton acerbe.

Il haussa les épaules, mal à l'aise.

— C'est du passé, Julia. Oublions tout et savourons l'instant présent.

Mais elle ne semblait pas d'humeur à savourer quoi que ce soit. Et il constata, un peu honteux, qu'elle paraissait triste à présent.

— J'étais enceinte et seule, Cameron. Comment peux-tu me reprocher de m'être montrée insistante ?

— Je ne te reproche rien, assura-t-il d'un ton apaisant. Je t'explique simplement pourquoi j'ai agi ainsi. Avec le recul, je regrette sincèrement de ne pas t'avoir appelée. Mais si je ne l'ai pas fait, c'était par prudence.

— Oh, parce qu'il y a tellement de femmes obsédées qui te harcèlent ? ironisa-t-elle.

Elle ne croyait pas si bien dire. Mais ce soir, il n'était pas disposé à en débattre avec elle. Et il ne savait pas comment se sortir de cette situation épineuse.

— Ecoute, Julia, dit-il. Tu es bouleversée et…

— Ah ça, oui, je suis bouleversée !

— Alors, asseyons-nous et parlons de…

— C'est inutile, dit-elle.

Elle se dirigea vers le couloir, mais fit volte-face avant de sortir de la pièce.

— Je suis désolée, Cameron, mais je ne peux pas faire l'amour maintenant. J'ai besoin d'un peu de temps pour mettre de l'ordre dans mes idées. Je… je suis désolée.

Sur ces mots, elle s'enfuit en courant et alla s'enfermer dans la chambre d'amis.

Seul dans le salon, et pour tout dire un peu hébété, Cameron contemplait la porte par où Julia avait disparu. Il se reprochait amèrement sa maladresse. Dire qu'au soir de leur mariage, il avait trouvé le moyen de se disputer avec elle au lieu de lui faire l'amour ! Il ne savait pas trop comment il s'y était pris pour en arriver là. Mais une chose était sûre : tout était sa faute.

Au comble de la frustration, il se dirigea vers le minibar et se versa un whisky bien tassé. Puis il leva son verre et se porta un toast à lui-même : « Je bois à la santé du sombre crétin que je suis. » Tout en avalant sa première rasade, il mesura à quel point il avait blessé Julia.

Par manque de discernement. Il aurait pu comprendre à l'inquiétude disproportionnée qu'elle avait manifestée à propos du bébé que quelque chose n'allait pas. Elle était à cran. Rien d'étonnant à cela : elle avait travaillé nuit et jour pour mener de front ses ateliers de pâtisserie et les préparatifs du mariage. Et au lieu de faire preuve de compréhension, il s'était montré odieux envers elle.

Réconforté par plusieurs rasades de whisky, il s'affala sur le canapé du salon en se disant qu'il allait regarder le match de foot. Mais il sombra dans un sommeil agité avant même d'avoir allumé la télévision.

Quelque chose cognait contre la tête de Cameron. Avait-il bu à ce point, hier soir, pour être aussi groggy ?

— Papa !

Il ouvrit prudemment un œil et aperçut au-dessus de lui la silhouette floue de Jake dont la menotte s'abattait en cadence sur son front.

— Du calme, bonhomme, murmura-t-il en attrapant au vol la main du bambin. Mon crâne n'est pas un tambour.

— Papa ! cria Jake tout excité avant de se jeter contre le torse de Cameron.

Comme Cameron émergeait lentement de sa torpeur, il repéra du coin de l'œil Julia qui se tenait à quelques pas de là, les bras croisés sur la poitrine, une lueur désapprobatrice dans le regard.

— Surtout, ne hurle pas, implora-t-il, en faisant une grimace contrite. Je me suis conduit comme le dernier des imbéciles et je mérite ta colère. Mais tout ce que je désire, c'est te rendre heureuse, et que nous formions une famille unie. Pardonne-moi pour tout le mal que je t'ai fait. Que dirais-tu de remettre les compteurs à zéro ?

Elle sourit, visiblement satisfaite.

— C'est une excellente idée.

Ce soir-là, Cameron était bien décidé à séduire Julia. Et, contrairement à la nuit précédente, il ne commit aucune erreur. Le bébé avait de nouveau été confié à Sally. Il avait mis du champagne au frais et commandé des amuse-gueules. Et, surtout, Julia était là.

Assis sur le canapé, il lui prit le visage en coupe et plongea son regard dans le sien.

— Pardonne-moi, Julia.

— Tu es tout pardonné, dit-elle simplement.

— Je ne veux pas m'étendre sur le sujet, mais il fut un temps où j'ai vécu la rage au ventre. Faisons un pacte tous les deux : n'allons plus jamais nous coucher le cœur plein de colère et de rancœur.

Elle l'examina attentivement et dut avoir confirmation sur son visage de ce qu'elle cherchait, car elle approuva d'un signe de tête.

— Marché conclu.

— A la bonne heure.

Il l'embrassa tendrement, puis sortit de sa poche un petit paquet bleu joliment enrubanné.

— Voici un petit cadeau en témoignage de mon affection et de ma gratitude. Tiens, prends-le.

— Oh, non, fit-elle, navrée. Je n'ai rien à t'offrir en retour.

Il se mit à rire.

— Chérie, tu m'as déjà donné ce que je désirais le plus au monde : toi et Jake.

Visiblement émue, elle défit l'emballage et souleva le couvercle de l'écrin. Un superbe collier de diamants scintillait sur un coussin de velours bleu clair. Emerveillée, elle balbutia :

— Oh, Cameron, il est magnifique. Mais… pourquoi ?

— Parce que je voulais te donner un petit quelque chose en souvenir de ce soir. Attends, je vais te le passer au cou.

— Tu appelles ça « un petit quelque chose » ? protesta-t-elle en relevant ses cheveux pour lui faciliter la tâche.

Il en profita pour déposer un baiser sur sa nuque dégagée, puis elle se tourna vers lui pour lui montrer le résultat.

— Il est parfait. Comme toi.

Tout en promenant ses doigts sur le collier, elle sourit, un peu confuse.

— Merci. Mais tu n'aurais pas dû faire cette folie.

C'est avec tendresse qu'ils firent l'amour ce soir-là et une partie de la nuit.

Beaucoup plus tard, alors que le sommeil les fuyait, ils discutèrent un long moment. Il la pressa de questions à propos de sa grossesse et de la naissance de Jake. Et elle lui raconta les étapes marquantes de la vie du bébé. Il l'interrogea sur la nounou qui s'occupait de lui, et elle lui fit l'éloge de cette femme compétente et dévouée.

Ils parlèrent aussi de sa passion pour la pâtisserie, et il en profita pour lui demander pourquoi elle s'était spécialisée dans la fabrication des *cupcakes*. Elle haussa les épaules et se contenta d'expliquer que les gens aimaient les petits gâteaux, puis elle changea de sujet et l'interrogea sur ses frères. Il ne se fit pas prier et la régala d'histoires émouvantes ou cocasses. Jamais il n'avait autant ri au lit avec une femme.

Bientôt, le rire se transforma en baisers, et ils firent de nouveau l'amour.

Le lendemain matin, ils prirent le petit déjeuner sur la terrasse, vêtus de peignoirs assortis. Il constata avec satisfaction qu'elle portait toujours le collier de diamants.

— Je te sers une autre tasse de café ? demanda-t-il en soulevant la verseuse.

— Oui, merci. Il me semble entendre le bruit de l'eau qui coule, dit-elle perplexe.

Il tendit l'oreille et sourit.

— En fait, c'est une cascade.

— Une cascade ? Vraiment ?

Elle se leva et se dirigea vers la balustrade.

— Où se trouve-t-elle ? demanda-t-elle en scrutant les environs. Vers la plage ?

— Pas exactement.

Il la rejoignit et pointa du doigt un bouquet d'arbres près d'un monticule rocheux qui s'élevait non loin de là.

— C'est une piscine tout ce qu'il y a de plus privée. Il nous arrive de la louer pour des réceptions, mais nous n'en faisons pas état dans nos brochures publicitaires. Elle est alimentée par une source souterraine, si bien que l'eau est naturellement chaude. J'ai fait construire une grotte autour de cette piscine, ainsi qu'une cascade.

Elle soupira, l'air rêveur.

— Ça m'a l'air romantique à souhait.

— C'est le cas, assura-t-il en l'enlaçant. On aura peut-être l'occasion d'aller y faire un tour avant de partir.

— Ma conférence se termine dans deux jours, et nous devrons… Oh, mon Dieu !

— Qu'y a-t-il ?

Elle écarquilla les yeux, horrifiée.

— Quel jour sommes-nous ?

— Mardi. Pourquoi ?

— C'est le jour des *cupcakes* ! s'exclama-t-elle en se ruant vers la cuisine. Il faut que je me dépêche de les préparer.

Sur le seuil, elle se retourna et agita un doigt accusateur vers lui.

— C'est ta faute. Tu m'as distraite.

— Je l'espère bien, plaisanta-t-il en lui emboîtant le pas.

— Oh, ne joue pas sur les mots, marmonna-t-elle en ouvrant à la hâte placards et tiroirs. La démonstration a lieu aujourd'hui à 14 heures. Il faut que je m'y mette dès maintenant.

— Ce ne serait pas plus simple si je demandais à mon assistante d'aller chercher des *cupcakes* à ta boutique ?

Elle le considéra un instant, l'air scandalisé. Puis elle

agita la main en signe d'impuissance et se précipita en direction du vestibule.

— Tu ne comprends pas.

— Chérie, détends-toi, conseilla-t-il en la suivant. Tu veux que je t'aide ?

Elle s'arrêta net et lui jeta un regard noir.

— Très drôle, Cameron.

— Mais je suis un vrai cordon-bleu, insista-t-il, vexé, en pénétrant à sa suite dans la salle de bains. Personne ne prépare le *chili con carne* mieux que moi.

— Le *chili* ? dit-elle avec un hoquet. C'est malin !

— Alors là, tu m'offenses gravement, protesta-t-il.

Mais elle l'ignora royalement et se hâta d'ôter son peignoir avant de se glisser sous le jet d'eau chaude.

— Bon, nous réglerons nos comptes plus tard, marmonna-t-il en se déshabillant et en la suivant sous la douche.

Tandis que Julia disposait sur le comptoir tous les ingrédients et les ustensiles dont elle avait besoin, Cameron appela Sally pour lui demander si elle pouvait garder le bébé encore quelques heures pendant que Julia et lui prépareraient les fameux cupcakes. Sally accepta avec enthousiasme. Elle installerait Jake dans son trotteur pendant qu'elle jouerait aux cartes avec ses amies au bord de la piscine.

— Et maintenant, passons aux choses sérieuses ! s'exclama-t-il, de retour en cuisine, en nouant un tablier à sa taille. De quelle quantité de farine as-tu besoin ?

— Ce n'est pas la même chose de faire de la pâtisserie et de la cuisine, hasarda-t-elle prudemment. Je ne t'en voudrais pas si tu te contentais de t'asseoir et de me soutenir moralement.

— Tu plaisantes !

Elle poussa un soupir résigné.

— Bon. Commence par remplir trois verres gradués de farine, puis verse-la dans ces trois grands bols de verre.

— OK, fit-il en prenant le paquet de farine et un des mesureurs en verre.

— Oh, utilise plutôt celui en plastique.

— Quelle importance ?

Elle s'empara de deux mesureurs et expliqua :

— L'un est pour les liquides et l'autre pour les solides. Tu remplis celui-ci à ras bord puis tu égalises avec la poignée de la spatule, comme ceci, dit-elle en joignant le geste à la parole.

Il la regarda faire, puis opina de la tête.

Vingt minutes plus tard, il en était quitte pour faire le ménage en grand. Il avait de la farine dans les cheveux, des traces d'œuf sur sa chemise, et son tablier était maculé de chocolat et de beurre.

En revanche, celui de Julia était immaculé. Pour l'heure, elle chantonnait gaiement tout en lavant les ustensiles de cuisine. Qu'est-ce qui clochait dans ce tableau ? se demanda-t-il, dépité, en rangeant le balai dans le placard.

— Dès que la troisième fournée sera dans le four, je commencerai le glaçage, annonça-t-elle en fermant le robinet.

Elle se sécha les mains et essuya un des grands bols en vue de la prochaine étape.

— Et toi, tu termineras par le saupoudrage du sucre glace sur les *cupcakes*, suggéra-t-elle.

— Le saupoudrage ? protesta-t-il. C'est carrément dégradant !

Elle éclata de rire.

— Au contraire, c'est quelque chose d'essentiel.

— Je vais te montrer autre chose d'essentiel, marmonna-t-il en l'attrapant par-derrière.

Criant et riant à la fois, elle essaya de se dégager. Mais il s'arrangea pour lui ôter son chemisier et son pantalon en un tournemain.

— Oh, s'exclama-t-elle, horrifiée, en contemplant son tablier blanc toujours noué à la taille — le seul vêtement qui lui restait. Comment as-tu fait ça ?

Un sourire innocent aux lèvres, il agita ses mains en l'air.

— Je suis magicien à mes heures perdues. Et toi, tu es ravissante, ajouta-t-il en l'examinant de la tête aux pieds. Et maintenant, tourne-toi.

— Sûrement pas ! se récria-t-elle en reculant prudemment.

Il se débarrassa à la hâte de ses vêtements et s'avança vers elle à pas de loup, le regard affamé. Elle se retrouva acculée au mur de la cuisine juste au moment où le minuteur sonnait.

— Le timing est parfait, dit-elle en esquissant un mouvement de côté en direction du four.

Mais il la maintint fermement en place.

— Reste-là, ordonna-t-il.

Il sortit la deuxième fournée de *cupcakes* et la déposa sur une grille, puis il enfourna la troisième série et mit le minuteur sur quinze minutes.

— Il faut que je commence le glaçage dès maintenant, argua-t-elle sans conviction.

— Attends un peu.

Il l'attira à lui et pivota de façon à se retrouver le dos au mur. Glissant les mains sous son tablier, il les posa sur ses fesses rebondies.

— Tu n'as pas honte de faire fantasmer tous les pauvres types dans mon genre qui assistent à tes ateliers de démonstration ?

— Ne sois pas ridicule... Oh !

Ses protestations s'arrêtèrent net quand il lui agrippa les fesses et la souleva en l'air. Elle noua les jambes autour de sa taille et gémit de volupté en se laissant glisser sur son membre dressé.

— Je t'avais bien dit que j'étais un vrai pro en cuisine.

9

Deux jours plus tard, la conférence était terminée. Cameron et Julia prirent la direction de Dunsmuir Bay au volant de leurs voitures respectives, leurs coffres remplis de bagages.

Moins d'une heure plus tard, elle s'engageait à la suite de Cameron dans l'allée bordée d'arbres menant à sa demeure d'un étage, de style American Arts & Crafts. Après avoir garé sa Porsche devant un garage à trois places, il se dirigea vers son monospace à elle et ouvrit la portière arrière pour sortir Jake de son siège auto.

— Nous voilà chez nous, bonhomme, murmura-t-il. J'espère que tu t'y plairas. Et toi aussi, Julia.

Le bébé dans un bras, son autre bras passé autour de la taille de Julia, il l'entraîna vers la maison. Curieuse de découvrir son nouvel environnement, elle s'arrêta sur le perron pour contempler la vaste pelouse qui s'étendait jusqu'aux falaises surplombant Dunsmuir Bay.

— C'est magnifique, s'écria-t-elle, la main en visière pour se protéger du soleil.

— Oui, fit-il, son regard rivé sur elle, sans même se soucier du bébé qui gigotait en tous sens.

Troublée, elle ne put s'empêcher de rougir et balbutia :

— Je suis sûre que nous serons très heureux ici.

— Tant mieux, dit-il en l'embrassant. Et maintenant, entrons dans la maison du bonheur.

Il poussa la lourde porte en chêne ouvragée, puis s'arrêta net sur le seuil.

— Quelque chose ne va pas ? demanda-t-elle.

— Non, tout est parfait, à un petit détail près. Veux-tu prendre Jake, s'il te plaît ?

Elle obtempéra, surprise, mais déjà Cameron les soulevait dans ses bras, elle et le bébé, pour leur faire franchir le seuil. Une fois à l'intérieur, il l'embrassa de nouveau.

— Bienvenue chez nous.

— Merci, murmura-t-elle, émue. Maintenant, tu peux nous poser à terre.

— Oui, bien sûr.

Un grand sourire aux lèvres, il planta un baiser sur le crâne de Jake et l'embrassa une dernière fois avant de l'aider à se remettre debout.

Tandis qu'il installait le bébé dans son trotteur, elle examina avec intérêt la vaste pièce qui faisait office de salon et de salle à manger, avec son parquet de bois massif. Elle s'étendait depuis l'entrée jusqu'à une immense baie vitrée, à l'autre extrémité. La cuisine ultramoderne s'ouvrait sur la pièce, et le haut plafond voûté rendait le lieu encore plus spacieux. Le long d'un mur, un large escalier menait à l'étage supérieur.

Des tapis moelleux couvraient le parquet du salon. Plusieurs fauteuils et canapés étaient disposés de façon à créer des îlots d'intimité dédiés à la conversation. Une cheminée en pierre, encastrée dans un mur, rendait la pièce accueillante et chaleureuse malgré ses dimensions imposantes.

— Ma gouvernante a vérifié que la maison était dûment adaptée aux besoins de Jake. Mais il vaudra mieux nous en assurer par nous-mêmes.

— C'est superbe, Cameron, s'extasia-t-elle.

Impatiente de découvrir l'endroit où elle allait passer le plus clair de ses journées, elle se dirigea vers l'autre extrémité de la pièce, là où la salle à manger communiquait avec la cuisine.

Attirée par la vue de l'océan qui s'offrait à elle à travers la baie vitrée, elle s'arrêta pour contempler les vagues ourlées d'écume et les bateaux dansant sur l'horizon.

— C'est spectaculaire !

— La vue depuis la cuisine n'est pas mal non plus.

Elle contourna le comptoir et alla se poster devant la fenêtre.

— Pas mal ? se récria-t-elle. Tu veux dire, fabuleux !

Puis elle examina son futur lieu de travail. Les murs étaient peints en jaune doré, une teinte un peu trop foncée à son goût, mais il serait facile d'y remédier.

— C'est splendide. Et tellement immense !

Il rit, visiblement mal à l'aise.

— Essaies-tu de me dire que cette maison n'est pas très confortable ?

— Au contraire ! Tu en as fait un véritable foyer.

— C'est ce que j'aime à croire. En fait, je passe une bonne partie du temps ici ou au bord de la piscine. Ma tanière est à l'étage. C'est là que je regarde la télévision. Mais il m'arrive aussi de la regarder dans le salon.

Il parlait pour ne rien dire, réalisa-t-elle soudain. Pourquoi était-il aussi nerveux ?

— Du moins, j'espère que tu te sentiras chez toi, ici, ajouta-t-il.

— C'est déjà le cas, assura-t-elle en nouant ses bras autour de sa taille et en posant la tête sur son épaule.

Au bout d'un moment, elle se redressa et déclara en riant :

— Même si tout est terriblement propre et bien rangé.

Il haussa un sourcil narquois.

— Encore une fois, cela ne ressemble guère à un compliment.

— Pourtant, c'en est un ! s'exclama-t-elle gaiement. Chez moi, il règne un tel désordre qu'ici, ça me fait tout drôle.

Sans compter que la demeure de ses parents, majestueuse et vétuste, ressemblait davantage à un mausolée qu'à une maison d'habitation. Elle jeta un nouveau coup d'œil alentour et fit la grimace.

— J'espère simplement que tu sais dans quoi tu

t'embarques. La présence de Jake risque de transformer ta belle demeure en un véritable capharnaüm.

— J'ai hâte de voir ça, plaisanta-t-il en la suivant dans le salon.

— Je parle sérieusement, Cameron, insista-t-elle en promenant ses doigts sur le dossier d'un canapé d'angle gris souris. Jake fait autant de dégâts qu'une tornade.

— La maison est aux normes antisismiques, assura-t-il en riant. Et si quelque chose te déplaît, débarrasse-t'en. Je veux que tous les deux, vous soyez heureux ici, et que vous vous y sentiez comme chez vous. Crois-moi, je ne suis attaché à aucun objet dans cette pièce.

— Je l'espère, soupira-t-elle. Parce que les jouets de Jake se multiplient comme des petits pains et envahissent toutes les pièces, au point que c'en est effrayant.

Il se mit à rire.

— Ne t'inquiète pas, Julia. Ce sera un progrès par rapport à l'état actuel de la maison.

— Que veux-tu dire par là ? demanda-t-elle en surveillant du coin de l'œil le bébé qui commençait à s'agiter en tous sens.

— Comme tu l'as dit à juste titre, elle est bien trop ordonnée. Et je suis heureux que Jake y mette un peu d'animation.

Tandis que le bambin se frayait bruyamment un chemin sur le tapis persan, elle haussa les épaules en disant :

— En tout cas, je t'aurais prévenu.

— On a perdu trois jours, marmonna Brandon en se glissant sur le siège de la limousine et en claquant sa portière.

Adam ôta ses lunettes de soleil et les fourra dans sa poche.

— Les deux premiers jours ont été fructueux. C'est seulement aujourd'hui que tout a tourné au fiasco.

— Exact, confirma Cameron. Du moins, maintenant, on sait à qui on a affaire.

— A des imbéciles ! grommela Brandon.

Jeremy Gray, le responsable d'une de leurs filiales, avait organisé une réunion dans l'Etat du Delaware, tôt dans la matinée, dans l'espoir que les deux sociétés se trouveraient suffisamment de points communs pour envisager une fusion. Mais la rencontre au sommet s'était soldée par un échec.

— Avant toute chose, je vais fixer rendez-vous à Jeremy pour demain matin, déclara Adam en s'emparant de son téléphone portable. Qu'est-ce qui a bien pu lui passer par la tête ? Il faudra au moins deux ans à ce groupe pour qu'il étende ses activités au pays tout entier.

— S'il y arrive un jour, maugréa Brandon.

Le reste du trajet depuis l'aéroport se fit dans un relatif silence. Cameron arriva le premier à destination. Après avoir récupéré sa valise dans le coffre, il remercia leur chauffeur et fit savoir à ses frères qu'il les verrait le lendemain dans la matinée.

Il était heureux d'être de retour chez lui. En temps normal, il appréciait les voyages d'affaires, mais cette fois il était exténué. Et surtout, sa nouvelle famille lui avait beaucoup manqué. Au point qu'il s'était surpris en train de consulter sa montre en plein milieu d'une réunion et de se demander ce que Julia et Jake étaient en train de faire au même moment. Il n'était pas du genre à s'interroger sur ses sentiments, mais il était bien forcé d'admettre que l'attrait de la nouveauté ne s'était pas encore estompé.

Il pénétra dans la maison et s'arrêta sur le seuil du salon, l'oreille aux aguets. Comme il n'entendait aucun bruit de voix, il grimpa l'escalier quatre à quatre et découvrit Julia occupée à mettre Jake au lit pour la nuit. Comme à son habitude, elle lui frottait le ventre en murmurant des mots doux avant d'agiter le mobile musical suspendu au-dessus du berceau pour l'aider à s'endormir.

Appuyé contre le montant de la porte, il contemplait avec émotion la scène touchante qui se déroulait sous ses yeux. Quand elle l'aperçut, Julia réprima un petit cri et se précipita dans ses bras.

— Je suis si heureuse que tu sois de retour ! s'exclama-t-elle avant de refermer doucement la porte de la chambre.

— Moi aussi, assura-t-il en humant sa fragrance sensuelle.

— Tu veux que je te prépare à dîner ?

— Non, merci. J'ai mangé à l'aéroport. Mais je prendrai volontiers une bière. Et ensuite, au lit.

Ils descendirent au rez-de-chaussée, bras dessus bras dessous.

— Qu'as-tu fait pendant mon absence ?

— Tu le verras dans une minute, dit-elle gaiement.

Une fois dans la cuisine, il se dirigea vers le réfrigérateur, puis s'arrêta net. Perplexe, il jeta un coup d'œil circulaire dans la pièce. Quelque chose avait changé, mais quoi ? Il lui fallut quelques secondes pour le découvrir.

— Tu as repeint ma cuisine ? Et où se trouve mon réfrigérateur ?

Elle lui adressa un sourire radieux.

— Les murs sont d'une nuance un peu plus claire, mais c'est plus agréable ainsi, tu ne trouves pas ? Quant à ton frigo, je l'ai remisé au garage. On s'en servira pour stocker des boissons et des produits surgelés. A la place, j'ai fait installer le mien ; il est pour ainsi dire flambant neuf, beaucoup plus grand et plus fonctionnel. Tu n'y vois pas d'inconvénient, n'est-ce pas ?

Sans mot dire, il ouvrit la porte du nouveau réfrigérateur. Où diable avait-elle mis les bouteilles de bière ? Au bout d'une minute, il finit par les découvrir, soigneusement alignées le long de la porte. Il en décapsula une et avala une longue rasade, faisant de son mieux pour dissimuler son irritation.

— Tu aurais pu me demander mon avis.

A ces mots, le sourire de Julia s'évanouit.

— J'ai agi sur un coup de tête. Cela m'arrive parfois. J'aurais dû t'en parler, mais tu n'étais pas là.

— Tu aurais pu m'appeler.

— Je ne voulais pas risquer de te déranger en pleine réunion, riposta-t-elle. D'ailleurs, tu m'avais clairement fait comprendre que tu serais très occupé et que tu ne pourrais pas t'attarder au téléphone.

— Pourtant, nous avons longuement parlé, hier soir. Tu aurais pu m'en toucher un mot.

Elle pinça les lèvres, visiblement contrariée.

— Nous discutions d'autre chose. J'ai oublié.

Rien d'étonnant à cela, songea-t-il en se remémorant leur conversation. Ils avaient quasiment fait l'amour au téléphone ! Il avala une autre gorgée de bière avant de marmonner :

— La prochaine fois, tiens-moi au courant.

— Je n'y manquerai pas.

Elle avait l'air furieuse. Mais dans ce cas, ils faisaient partie du même club, songea-t-il en jetant rageusement la capsule à la poubelle, laquelle se trouvait maintenant de l'autre côté de la pièce, près de la porte de service.

Ce fut la goutte d'eau qui fit déborder le vase.

— Ecoute, Julia, dit-il d'un ton sec, à l'avenir, demande-moi mon avis avant de tout chambouler dans ma maison.

— Et moi qui me figurais que c'était *notre* maison ! répondit-elle en essuyant la chaise haute de Jake.

— Ce n'est pas ce que je voulais dire.

— Vraiment ? Je n'ai pas eu cette impression.

— Excuse-moi, Julia, mais j'ai eu une journée harassante.

— Tu crois peut-être que je me suis tourné les pouces en t'attendant ?

— Là n'est pas la question.

— Et où est-elle ?

Il constata à son ton acerbe qu'elle était à cran, tout comme lui.

— J'essaie simplement de te dire que c'est le genre de décision que nous devons prendre ensemble.

— Bien, fit-elle en jetant l'éponge dans l'évier. Demain, je demanderai aux peintres de remettre la pièce dans l'état où elle était. Puis nous discuterons.

— Ne sois pas ridicule.

— Parce que je suis ridicule, maintenant ?

— En tout cas, ce que tu viens de dire n'a aucun sens. Je t'explique simplement qu'il est important de…

— Je vais te dire ce qui est important, l'interrompit-elle en agitant un doigt vengeur sous son nez. Moi et mon lieu de travail. Au risque de paraître grandiloquente, sache que j'ai besoin d'aimer l'endroit où je travaille, en l'occurrence, la cuisine. Ton frigo n'était pas assez performant, et la couleur de cette pièce était trop sombre à mon goût. Je ne me sentais pas à mon aise ici, et je n'avais aucune inspiration. Ça semble stupide à dire, mais c'est vrai. Et depuis que j'ai fait modifier la teinte des murs, je me sens comme un poisson dans l'eau dans cette pièce, qui est devenue mon atelier de création. Alors, prends-en ton parti.

— C'est ce que je vais tâcher de faire, Julia, dit-il en enroulant sa main autour du doigt qu'elle enfonçait sur son torse. Mais ne crois pas que je vais te laisser impunément changer tout ce qui m'appartient, sous prétexte que…

Il eut un instant de flottement.

— Continue, je te prie, ordonna-t-elle, hérissée comme une chatte en colère.

Mais il jugea plus prudent de se taire, se reprochant déjà d'avoir proféré de telles paroles. « Tout ce qui m'appartient. » Julia avait raison. Dorénavant, cette maison était la *leur*. Et elle avait besoin de s'y sentir à l'aise. Il s'habituerait au nouveau réfrigérateur et à la couleur des murs. D'autant qu'à bien y regarder, la pièce paraissait plus claire et plus lumineuse.

Maintenant que sa colère était retombée, il respirait avec délice la fragrance féminine de Julia. Quelle idée d'entamer une dispute alors qu'il rentrait tout juste d'un voyage d'affaires de trois jours !

— Pourquoi ne poses-tu pas des autocollants sur tout ce qui t'appartient ? poursuivit-elle, ulcérée. Suis-je bête, tout est à toi, ici.

Il se rapprocha insensiblement d'elle et respira son parfum envoûtant.

— Mmm ! Tu sens bon les fleurs. Et le citron.

— Ne change pas de sujet.

Elle hésita avant d'ajouter, sur la défensive :

— J'ai fait de la citronnade.

— J'adore la citronnade, murmura-t-il d'une voix enjôleuse.

Il avait tant et si bien manœuvré qu'elle se retrouvait acculée contre la porte chromée du réfrigérateur ultramoderne.

— Je vais me coucher, annonça-t-elle, l'air digne, en essayant de lui échapper.

— Pas encore, argua-t-il en la retenant par les épaules. Tu as oublié quelque chose.

— Quoi donc ?

— Ça, fit-il en s'emparant avidement de sa bouche, dans une brusque poussée de fièvre sensuelle.

En l'entendant gémir contre ses lèvres, il la souleva et la déposa sur le bord du comptoir. Puis il lui écarta les jambes et s'agenouilla devant elle.

— Oh, Cameron, murmura-t-elle d'une voix rauque.

Terriblement excité, il déposa une pluie de baisers depuis son genou en remontant le long de sa cuisse, d'abord d'un côté, puis de l'autre. Encouragé par ses gémissements de plaisir, il écarta de la langue les tendres plis humides de son sexe et plongea avec délice dans son fourreau soyeux. A sa grande satisfaction, elle laissa échapper un feulement sauvage, et il poursuivit son exploration, les lèvres pressées tout contre le cœur de sa féminité, le léchant et le suçant avec ardeur.

Sa chair était si douce et sa fragrance si enivrante qu'il ne parvenait pas à se rassasier d'elle. Quand elle cria son nom, il se releva, tétanisé, et ôta son pantalon en un tournemain. L'espace d'un instant, il se tint immobile devant elle, en érection, son regard rivé au sien. Plus rien d'autre ne comptait que cet instant magique.

— Viens sur moi, dit-il en la soulevant et en l'aidant à se couler sur son sexe jusqu'à ce qu'elle l'absorbe complètement.

Le soupir extasié qu'elle poussa faillit lui faire perdre

tout contrôle, mais il se força à adopter une cadence lente. Du moins au début. Car la force de sa passion le mit à rude épreuve, et il accéléra le rythme de ses poussées, approchant chaque fois un peu plus de l'ultime vertige. Lorsqu'elle poussa un cri sauvage, il donna un dernier coup de reins et se laissa porter avec elle par une jouissance d'une intensité tellement extraordinaire qu'il se demanda s'ils n'allaient pas se consumer sur place.

Adossés au comptoir de la cuisine, ils se soutenaient l'un l'autre, tels deux marins ivres. Il ne se sentait pas encore prêt à la laisser partir. Il se souvenait vaguement d'une dispute à propos d'une broutille, mais, avec le recul, elle ne lui apparaissait plus que comme le prélude au rapport sexuel le plus époustouflant qu'il ait jamais connu.

— Au risque de le regretter, dit-elle en lui caressant langoureusement le dos, j'aimerais savoir à quoi tu penses en ce moment.

Il jeta un coup d'œil alentour, puis riva son regard au sien.

— Je pense que tu as bien fait de repeindre la cuisine.

Après leur dispute et sa plaisante conclusion, Cameron et Julia s'installèrent dans la routine. Jamais il n'aurait cru qu'il s'adapterait aussi facilement à sa nouvelle vie de mari et de père. Et pourtant, c'était une évidence.

Même si elle avait du personnel qualifié chargé de fabriquer et de vendre ses produits dans sa boutique, Julia aimait préparer elle-même certains desserts plus élaborés dans sa cuisine, devenue son atelier de création. Comme elle se levait de bonne heure pour pétrir, mixer, procéder à la cuisson et au glaçage de ses *cupcakes*, il avait pris l'habitude de prendre son petit déjeuner avec elle.

On dirait un vrai couple ! songea-t-il un beau matin. Réalisant soudain la portée de ces mots, il fronça les sourcils, consterné. Ce n'était pas prévu au programme. Il avait fait un mariage de convenance, dans l'intérêt de Jake.

Mais, contre toute attente, ses sentiments pour Julia

devenaient de plus en plus forts chaque jour. Et il avait de plus en plus de mal à les dissimuler.

— Je n'arrive pas à croire que mon bout de chou aime la purée de carottes au petit déjeuner, s'étonna Cameron en donnant la becquée à Jake.

— Il aime tout, assura fièrement Julia en se versant une nouvelle tasse de café.

— Tout de même, ingurgiter des carottes à 8 heures du matin !

Prenant une nouvelle cuillerée de purée, il se tourna vers Julia et lança en manière de boutade :

— On aurait tout intérêt à faire un jardin potager.

— Pourquoi pas, murmura-t-elle distraitement.

Soudain, elle ouvrit de grands yeux et s'exclama d'un ton enthousiaste :

— Un potager ! Avec plein de carottes ! Oh, mon Dieu !

Elle alla chercher un bloc et un stylo près du téléphone, et griffonna quelques notes.

— On pourrait y faire pousser d'autres légumes, proposa-t-il, déconcerté par sa réaction. Concombres, tomates, salades, poivrons, que sais-je encore ? proposa-t-il en imitant avec la cuillère la trajectoire d'un avion, direction la bouche de Jake.

Elle posa son stylo et reprit sa place à table, tout excitée.

— Des carottes. Un potager pour les enfants et un musée pour les adultes. C'est exactement ça !

— J'ai dû rater un épisode, marmonna-t-il, perplexe.

Elle se leva d'un bond et lui planta un baiser sur les lèvres.

— Tu es génial.

— Je n'en ai jamais douté, plaisanta-t-il en la regardant sortir de la pièce en courant.

- 10 -

Julia se rua à l'étage, dans l'ex-tanière de Cameron, devenue désormais son bureau. Elle alluma son ordinateur et commença à rédiger une proposition d'affaires à l'intention des membres du conseil d'administration du Fonds Parrish.

Elle avait toujours eu l'intention d'ouvrir au public sa demeure familiale, trop grande, trop imposante et regorgeant d'œuvres d'art, de meubles et de livres précieux qui avaient appartenu à ses parents. Mais elle rêvait aussi de laisser sa marque, d'apporter sa pierre à l'édifice en offrant quelque chose de différent, et surtout d'*important* pour les adultes comme pour les enfants.

A première vue, l'idée d'un potager pouvait paraître simpliste, mais elle lui plaisait beaucoup, car ce serait l'occasion rêvée pour attirer des enfants à Glen Haven Farm. Elle était décidée à faire les choses en grand, avec un jardin communautaire en terrasses et un zoo réunissant des animaux que les enfants pourraient caresser. Elle prévoyait déjà des sorties scolaires et des pique-niques. Et pendant que les enfants s'amuseraient, les parents en profiteraient pour visiter le musée et la bibliothèque Parrish.

Elle passa presque toute la matinée à peaufiner son projet avant de le soumettre à Cameron.

Il écouta son exposé sans mot dire. Et quand elle lui demanda ce qu'il en pensait, la première chose qu'il lui dit fut :

— Pourquoi ?

— Que veux-tu dire ? s'étonna-t-elle.

— Je comprends l'idée du jardin. Mais pourquoi vouloir transformer ta maison en musée ?

Elle le contempla quelques secondes, déconcertée, avant de réaliser la situation.

— Tu ne connais pas ma maison, n'est-ce pas ?

— Non, pas encore.

Comme elle avait fait appel à des déménageurs professionnels pour transporter quelques meubles et autres effets personnels dans sa nouvelle demeure, elle n'avait pas eu l'occasion d'emmener Cameron dans sa maison familiale. Il ne savait donc pas à quoi elle ressemblait.

Elle se cala contre le dossier de la chaise.

— Si tu as quelques heures devant toi aujourd'hui, je te montrerai l'endroit où j'ai grandi.

— Volontiers, dit-il en l'embrassant dans le cou avant de la prendre par la main et de l'entraîner vers la chambre.

Trois semaines plus tard, par un samedi après-midi venteux, Cameron, Jake et Julia se tenaient sur le perron de pierre de Glen Haven Farm, la demeure familiale de Julia qu'elle surnommait le Mausolée.

Quelle idée d'appeler cet endroit une ferme ? songea Cameron en admirant l'élégante résidence de style Regency et les pelouses tirées au cordeau.

La bâtisse de deux étages comportait quatre ailes distinctes qui s'articulaient autour d'un bâtiment central que Julia appelait la galerie. Un terme tout à fait approprié, car ce corps de logis recélait d'innombrables œuvres d'art. Des tableaux de maître ornaient tous les murs, des bibelots en porcelaine et en argent décoraient toutes les surfaces, et des meubles majestueux trônaient dans toutes les pièces.

Julia avait eu un trait de génie. Cet endroit était bel et bien destiné à devenir un musée. Mais ce qui l'avait surtout motivée, c'était de trouver le moyen d'attirer les enfants chez elle. A lui seul, le musée n'y aurait pas suffi.

En revanche, elle avait mis dans le mille avec cette idée de jardin potager. Les gamins auraient ainsi l'occasion de cultiver et de récolter leurs propres légumes. Ils s'instruiraient tout en s'amusant.

Après quoi, elle avait bouclé son plan d'affaires en un rien de temps et programmé une réunion avec les membres du conseil d'administration du Fonds pour leur soumettre son projet.

Lors de sa première visite, trois semaines auparavant, elle lui avait dit en passant que la résidence principale faisait près de trois mille mètres carrés et que les pelouses, jardins, étangs, essences rares, roseraie et autres délices botaniques s'étendaient sur trente-six hectares.

Grâce à Sally, sa mère adoptive, il vivait dans le luxe, mais cette propriété était sans commune mesure avec ce qu'il connaissait. A vrai dire, il ne pouvait s'empêcher de penser que cette résidence raffinée et ce terrain exceptionnel surplombant Dunsmuir Bay feraient un complexe hôtelier de tout premier ordre.

Mais ici, c'était Julia qui commandait, et elle allait en faire la démonstration dans quelques instants.

— Merci d'être à mes côtés, lui dit-elle, nerveuse, tandis qu'une limousine remontait la longue allée menant à la maison.

— Pour rien au monde je n'aurais manqué cette réunion au sommet, assura-t-il en l'embrassant sur la joue. Sache que je suis de tout cœur avec toi.

La limousine s'arrêta à quelques mètres de là, et quatre hommes vêtus de costumes sombres en descendirent. En les voyant approcher, Julia lui prit la main et la serra très fort.

Pourquoi cette femme fière et indépendante éprouvait-elle le besoin de solliciter son appui moral ? C'était un mystère pour lui. Après tout, la maison lui appartenait, tout comme les décisions. C'était son argent et son héritage. Alors, pourquoi se souciait-elle autant de l'opinion de ces gros bonnets ?

Au moment où il confiait le bébé à la nourrice, elle

tapota le derrière de Jake, comme pour se porter chance, puis elle s'avança à la rencontre des quatre hommes. Il la suivit et salua deux des avocats avec lesquels il avait été en relation d'affaires par le passé, notamment Dave Saunders, un prétentieux bedonnant qu'il détestait cordialement.

— Dites donc, Duke, l'apostropha-t-il, pourquoi ne transformez-vous pas cette propriété en hôtel de luxe ?

— Qui vous dit que ce n'est pas mon intention ? plaisanta-t-il.

Les quatre hommes se regardèrent, surpris. Voyant que Julia ne semblait guère apprécier sa boutade, il s'empressa de lui faire un clin d'œil complice pour la rassurer.

Ainsi, il avait devant lui les tout-puissants membres du conseil d'administration qui détenaient le sort de Julia entre leurs mains — du moins, c'est ce qu'elle croyait. Il comprenait maintenant pourquoi elle lui avait demandé de venir.

Une fois les présentations faites, elle conduisit le petit groupe vers le premier des emplacements qu'elle avait retenus pour son projet.

Tandis que la brise agitait les feuilles des arbres, les hommes s'arrêtèrent pour contempler un bâtiment construit sur le flanc de la colline et qui semblait être la version miniature de l'Acropole d'Athènes.

Un des hommes se mit à rire.

— Ah, la fameuse Folie de Glen Haven !

— Gaspiller ainsi du bon terrain ! ricana Saunders.

— Et de l'argent ! renchérit le troisième en jetant des regards entendus à ses collègues.

— Mon père l'a fait construire pour moi quand j'ai commencé à étudier le grec ancien à l'école, crut devoir expliquer Julia.

Un des hommes laissa échapper un grognement de mépris, et un autre grommela quelques mots indistincts entre ses dents.

Outré, Cameron se retenait à grand-peine de clouer le bec à ces insolents.

Mais Julia, ignorant leurs sarcasmes, se remit en route.

— Nous allons prendre ce chemin jusqu'à la partie ouest de la prairie.

Alors qu'ils longeaient un mur couvert de lierre, Cameron s'arrêta devant une vieille grille en fer forgé qu'il n'avait pas remarquée lors de sa première visite. De l'autre côté, des rangées de haies formaient des cercles concentriques sur une vaste étendue de pelouse. Intrigué, il y regarda de plus près.

— On dirait un labyrinthe ! s'exclama-t-il, surpris.

A ces mots, Julia revint sur ses pas.

— Oui, c'en est un.

— C'est incroyable ! Quelle chance d'avoir eu un labyrinthe pour terrain de jeux.

Elle jeta un coup d'œil inquiet par-dessus son épaule et vit que les quatre hommes les attendaient un peu plus loin.

— Que se passe-t-il ? demanda Harold Greer, le plus âgé du quatuor, avec impatience.

Cameron leur sourit.

— Accordez-nous juste une minute, messieurs.

Julia poussa un soupir d'agacement.

— Bon, c'est un labyrinthe. Et alors ?

La prenant par les épaules, il l'attira plus près de la grille et examina l'endroit à travers les barreaux.

— C'est curieux. On dirait qu'il y a quelque chose au milieu.

— Un échiquier grandeur nature, dit-elle, hésitante.

Il se tourna vers elle, stupéfait.

— Un échiquier grandeur nature au beau milieu du labyrinthe ?

— Oui.

— Avec des pièces grandeur nature, comme dans les jardins à la française ?

— C'est ça, admit-elle à contrecœur.

— La folie des grandeurs ! marmonna un des avocats.

— Ça ne présente aucun intérêt, Duke, protesta Saunders.

— Mademoiselle Parrish, soupira Greer, le temps passe.

— Je suis désolée, monsieur Greer, s'excusa Julia, confuse.

Cameron fronça les sourcils, indigné. Au ton de sa voix et aux regards furtifs qu'elle ne cessait de lancer à ces quatre hommes, ce n'était pas la première fois qu'elle éprouvait le besoin de défendre ses parents, jugés trop prodigues à leurs yeux. Et il en venait à regretter qu'elle ait organisé cette réunion. A cet instant précis, il aurait tout donné pour l'arracher aux griffes de ces rustres aux manières dictatoriales et à l'esprit étroit.

A une époque, il avait eu affaire à ce genre de personnages, et il avait appris à ne pas les prendre trop au sérieux, surtout quand c'était lui qui tenait les cordons de la bourse. Mais Julia avait grandi sous la coupe de ces gens-là. Ils avaient régenté sa vie et pris les décisions à sa place. Et de toute évidence, malgré son caractère bien trempé, elle n'osait pas se rebeller contre leur autoritarisme. Rien d'étonnant à ce qu'elle soit aussi nerveuse.

— Messieurs, excusez-nous juste un instant, leur lança-t-il avant de l'entraîner plus loin, à l'abri des oreilles indiscrètes.

— Qu'est-ce qui te prend ? chuchota-t-elle, furieuse.

— Pourquoi tiens-tu autant à impressionner ces types ?

— Leur opinion compte beaucoup pour moi, se défendit-elle.

— Ils travaillent pour toi, argua-t-il. C'est plutôt eux qui devraient chercher à t'impressionner pour conserver leur poste. Mais ce n'est pas le cas. Pourquoi ?

Elle prit une profonde respiration, visiblement mal à l'aise.

— Ce n'est pas aussi simple que tu le crois.

— Bien sûr que si ! Ces gars n'ont pas leur mot à dire sur les décisions que tu envisages de prendre.

— Peut-être, dit-elle, hésitante. Mais ils travaillent pour le Fonds Parrish depuis des années. S'ils estiment que c'est de l'argent gaspillé en pure perte...

— Ce n'est pas le cas, trancha-t-il.

— Tu ne m'es vraiment d'aucun secours ! s'exclama-

490

t-elle, furieuse, en croisant les bras sur sa poitrine. A quoi ça rime de discourir pendant une heure sur ce labyrinthe et ce stupide échiquier ? Tu as intérêt à être plus attentif.

— Crois-moi, je suis très attentif à l'idée de te pour-chasser nue à travers ce dédale de verdure.

— Cameron ! protesta-t-elle, rouge de confusion, en jetant un coup d'œil furtif alentour pour voir si quelqu'un risquait de les entendre. Ces hommes m'ont toujours consi-dérée comme une gosse de riches, dépensière et frivole. Et si je tiens tant à me montrer professionnelle avec eux, c'est pour leur prouver qu'ils ont tort. Certes, je n'ai pas besoin de leur feu vert, mais j'aimerais gagner leur respect.

— Leur respect ? s'exclama-t-il, interloqué.

Il ne lui était jamais venu à l'esprit que quelqu'un puisse manquer de respect à sa femme. Et il en fut offusqué.

— Bon, je vais te donner un conseil qui va t'aider à ramener les choses et les gens à leur juste mesure.

— Ce n'est vraiment pas le moment, Cameron ! lança-t-elle, exaspérée. On nous attend.

— Qu'ils attendent, dit-il en baissant la voix. Je connais Dave Saunders depuis l'université, et j'ai également fait quelques affaires avec sa société. Dès qu'il a un verre dans le nez, il se met à poil et danse pour la galerie. Un danseur exécrable, soit dit en passant. Qui plus est, il est ventripo-tent, il a des dents de lapin et il est radin. La totale, quoi.

Elle étouffa un petit rire.

— Arrête, s'il te plaît.

— Je suis sérieux, assura-t-il. Accorde-moi une faveur : la prochaine fois qu'il te rembarre ou qu'il te traite de haut, imagine-le en caleçon XXL en train de faire la danse du ventre. Crois-moi, il n'y a rien de tel pour te redonner confiance. Allons, promets-moi que tu le feras.

— J'espère ne jamais en arriver à cette extrémité, s'exclama-t-elle en riant de bon cœur.

— En tout cas, c'est une astuce imparable. Un jour, tu me remercieras.

Elle le contempla, un sourire reconnaissant aux lèvres, et lui planta un baiser sur la joue.

— Je me sens déjà mieux. Merci.

— De rien. Et n'hésite pas à leur donner du fil à retordre, dit-il en désignant d'un signe de tête les quatre hommes.

Elle marqua un temps avant de dire, l'air mutin :

— Je suppose qu'après cette réunion, tu voudras visiter le labyrinthe.

— Et comment !

— Ne crains-tu pas de t'y perdre ?

— Aucun risque.

— C'est ce qu'on verra, dit-elle soudain sérieuse. Bon, il est temps d'y aller. Encore merci pour tes conseils.

— Comme je te l'ai dit tout à l'heure, je suis de tout cœur avec toi.

Il l'observa pendant qu'elle se composait un visage de circonstance avant de rejoindre le petit groupe. Un jour, elle lui avait dit qu'elle refusait de jouer le rôle de la pauvre petite fille riche. Et pourtant, comme il l'avait appris plus tard, elle avait grandi dans l'opulence, mais aussi dans la plus profonde solitude affective, avec personne à qui parler hormis le personnel de maison.

Et toute sa vie, elle avait dû faire face à des avocats arrogants et méprisants. Des hommes persuadés d'en savoir plus qu'elle. Mais ils se trompaient lourdement.

Et tandis qu'elle indiquait aux membres du conseil d'administration l'emplacement du futur jardin potager et celui du futur zoo, il se dit qu'il allait passer un excellent moment à regarder Julia démontrer à ces odieux personnages qu'elle était aussi capable qu'eux, voire plus.

Plusieurs semaines s'étaient écoulées depuis cette fameuse réunion. Entre-temps, Julia avait confié ses plans pour le musée à une société de gestion de projets et, tout en continuant de surveiller l'avancement des travaux à Glen Haven Farm, elle pouvait enfin se consacrer pleinement à la pâtisserie. La nourrice arrivait le matin juste au moment où elle et Cameron partaient travailler. Parfois, Cameron travaillait à la maison. Ces jours-là, elle s'arrangeait pour rentrer plus tôt et donnait congé à la nourrice.

Un après-midi, en arrivant, elle trouva la maison vide. Comme il faisait beau et chaud, elle suivit son intuition et se dirigea tout droit vers le patio.

De là, elle aperçut Cameron au bord de la piscine, tenant à bout de bras le bébé sanglé dans une bouée de sauvetage décorée de personnages de dessins animés.

— Prêt ? l'entendit-elle dire.

— Pa-pa-pa-pa ! gazouillait Jake, tout excité.

— Un, deux, trois ! cria Cameron.

Puis il laissa tomber le bébé dans l'eau pour la plus grande joie de Jake.

Julia éclata de rire en voyant les mimiques de Cameron. Elle se sentait fondre de bonheur à la vue de ces deux êtres chers à son cœur.

Pouvait-on être plus amoureuse qu'elle ne l'était ?

Oh, non ! murmura-t-elle, consternée, en se laissant tomber sur une chaise. Ses yeux s'emplirent de larmes. Sûrement à cause du soleil. Elle ne pouvait pas — ne devait pas — être amoureuse de Cameron Duke, au risque de tout gâcher.

Mais, qu'elle le veuille ou non, elle l'aimait ! C'était inéluctable, songea-t-elle, en regardant Cameron s'amuser comme un petit fou avec le bébé. Quelle femme ne serait pas amoureuse d'un homme aussi adorable ?

Ridicule ! Elle ne ressentait que du désir pour lui, et rien d'autre. Ils avaient fait un mariage de convenance, où l'amour n'avait pas de place.

Alors pourquoi son cœur battait-il à mille à l'heure ? Pourquoi avait-elle les jambes flageolantes ? Peut-être couvait-elle la grippe ou avait-elle attrapé une insolation. Tout… plutôt que d'être amoureuse.

Les petits cris de ravissement de Jake finirent par percer la brume de son cerveau et la ramenèrent sur terre. Quoi qu'elle fasse et quoi qu'elle dise, Cameron ne l'aimerait jamais. Si elle voulait sauvegarder son couple, elle avait intérêt à ne jamais avouer à quiconque qu'elle était amoureuse de son mari. Un comble !

— Je vais préparer de la citronnade, lança-t-elle à la cantonade en faisant un signe de la main à Cameron et Jake avant de réintégrer la cuisine.

Tout en partageant les citrons, elle observait Cameron en train de faire le pitre pour amuser Jake. Quel merveilleux père il faisait !

Et quel merveilleux mari ! Elle songea au collier de diamants qu'il lui avait offert alors qu'ils étaient encore à l'hôtel, pour la remercier d'avoir accepté de l'épouser. Et le soir où ils avaient emménagé dans sa maison, il lui avait offert le bracelet assorti.

Plus qu'une simple attention, son geste semblait venir du cœur. Se pourrait-il qu'il éprouve autre chose que de la reconnaissance en lui faisant des cadeaux princiers chaque fois que quelque chose d'heureux se produisait dans sa vie ? Etait-ce sa façon de lui dire qu'il l'aimait ?

Voilà qu'elle recommençait à divaguer ! se reprocha-t-elle en pressant rageusement la moitié d'un citron sur le presse-agrumes pour en extraire le jus.

La réalité était plus prosaïque. Cameron Duke prenait soin de tout ce qui lui appartenait. Elle était sa femme et Jake était son fils. Il ferait en sorte qu'ils soient heureux et en bonne santé. Il les protégerait au péril de sa vie et leur ferait comprendre qu'ils étaient plus importants que tout à ses yeux.

Ce qui n'était déjà pas si mal ! Au fond, ce n'était pas étonnant qu'elle soit tombée amoureuse d'un homme pareil, se dit-elle en ajoutant du sucre au jus. Il ne lui restait plus qu'à dissimuler ses sentiments au tréfonds de son cœur pour qu'il n'apprenne jamais la vérité. Parce qu'il n'accepterait jamais que l'amour s'invite dans sa vie.

11

— Mon Dieu, ils risquent de brûler vifs ! s'exclama Julia, inquiète.

Un épais nuage de fumée enveloppait Cameron et ses frères, occupés à faire cuire des saucisses et des steaks sur le barbecue tout en riant, en discutant et en buvant une bière.

— Ils ne courent aucun danger, la rassura Sally en disposant des assiettes et des serviettes joliment pliées sur la table du patio. Chaque fois, c'est la même chose. Une sorte de rituel. L'épreuve du feu réservée aux seuls mâles de la famille.

— Tu as tout le temps de t'inquiéter, Julia, plaisanta Trish en plaçant les verres et les couverts. Jake ne les rejoindra pas dans la fumée virile avant un an ou deux.

Frissonnant à cette pensée, Julia caressa le crâne de Jake et éparpilla une poignée de Cheerios sur le plateau de sa chaise haute. Cela faisait deux mois qu'elle et Cameron étaient mariés, et ils avaient décidé de célébrer l'événement en organisant leur premier barbecue familial.

En ce dernier jour du printemps, ensoleillé et chaud, les convives avaient largement profité de la piscine avant d'enfiler des tenues décontractées et de préparer le dîner dans une ambiance conviviale.

Pour l'heure, Julia disposait sur un coin de table ensoleillé une large grille couverte de petits pains destinés aux hot dogs et aux hamburgers, qu'elle avait fait cuire dans la matinée.

Tout en sirotant un verre de sangria faite maison, Sally désigna les petits pains d'un signe de tête.

— J'ai beau savoir que vous êtes un vrai cordon-bleu, je n'en reviens pas que vous les ayez préparés rien que pour nous.

— C'est tout naturel, et tellement facile, assura-t-elle en jetant un regard perplexe à la grille. Je me demande si c'est une bonne idée de les faire réchauffer au soleil plutôt qu'au four. Qu'en pensez-vous ?

— Tu es tout simplement géniale ! s'écria Trish en prenant un verre d'eau gazeuse. Je pourrais te demander la recette de ces petits pains appétissants, mais à quoi bon puisque tu tiens une pâtisserie boulangerie ?

Toutes trois éclatèrent de rire.

— Je suis prête à les préparer pour toi chaque fois que tu le désireras.

— Oh, ne me tente pas. Je risque de te prendre au mot.

Julia s'empara de la carafe de sangria.

— Quelqu'un en veut encore ?

— Volontiers, déclara Sally.

— Pas pour moi, merci, répondit Trish, un petit sourire aux lèvres. Ce n'est pas bon pour le bébé.

Sally, qui redressait une fourchette posée de travers, se figea sur place. Elle fit volte-face et dévisagea sa belle-fille.

— Non ! s'exclama-t-elle, incrédule.

— Si, assura Trish en riant de bon cœur.

Les yeux embués de larmes, Sally porta les mains à sa bouche, trop bouleversée pour parler.

A son tour, Julia sentit les larmes perler à ses paupières.

— Tu es enceinte ?

Trish acquiesça de la tête, un grand sourire aux lèvres.

Sally prit la future maman dans ses bras et l'étreignit affectueusement.

— Oh, je suis si heureuse !

— C'est merveilleux, renchérit Julia en se joignant à elles dans une embrassade commune, le cœur rempli d'amour pour ces deux femmes et ce bébé à naître.

Sally se couvrit le visage de ses mains et éclata en sanglots.

— C'est l'excès de joie, balbutia-t-elle. Je n'aurais jamais cru… Et puis Julia et Jake sont arrivés dans nos vies, et maintenant Trish et un autre bébé, et… Oh, de quoi ai-je l'air à pleurer comme une Madeleine !

Les deux jeunes femmes enlacèrent affectueusement leur belle-mère.

— C'est une journée à marquer d'une pierre blanche, murmura Sally.

Puis, les yeux brillants, elle ajouta :

— Jake va avoir un petit compagnon de jeux.

Bouleversée, Julia laissa libre cours à ses larmes.

— Oh, voilà que je m'y mets aussi !

Sally tapota gentiment la joue de ses belles-filles.

— Vous êtes mon rayon de soleil.

Alors qu'il s'avançait dans leur direction, Cameron s'aperçut que Julia et sa mère pleuraient. Inquiet, il se précipita vers elles.

— Que se passe-t-il ? Pourquoi êtes-vous en larmes ? Il est arrivé quelque chose à Jake ?

— Non ! s'empressa de dire Julia en riant. Au contraire, c'est une excellente nouvelle. Trish va avoir un bébé.

Aussitôt, le visage de Cameron s'illumina d'un large sourire. Il serra Trish dans ses bras et lui planta un baiser sur les lèvres.

— Félicitations, sœurette.

— Merci, Cameron, répondit-elle gaiement.

Il fit demi-tour et se dirigea tout droit vers Adam qui n'avait rien vu de la scène. Puis il le prit par les épaules et lui donna l'accolade.

— Que se passe-t-il ? s'étonna Brandon.

— Trish et lui vont avoir un bébé, expliqua Cameron.

Sous le coup de la surprise, Brandon en avala sa bière de travers, et les deux frères lui tapèrent dans le dos en riant. Une fois remis de ses émotions, Brandon serra Adam dans ses bras.

— Félicitations, mon vieux.

Les trois frères faisaient tinter leurs bouteilles en guise de toast quand Sally se précipita vers Adam et lui donna une vigoureuse accolade.

— Si tu continues à ce train-là, tu vas finir par l'étouffer, plaisanta Cameron.

— C'est plus fort que moi, murmura Sally, au comble de l'émotion, avant de serrer de nouveau Adam dans ses bras. Oh, mon chéri, je suis si heureuse pour toi !

— Merci, maman, déclara Adam, visiblement fier de lui.

— Regardez-le pavoiser, plaisanta Brandon. Pour un peu, il ferait cocorico.

— Oh, toi ! protesta Sally en lui donnant une tape sur le bras. Tu vas voir quand ce sera ton tour.

— Des menaces ? se récria Brandon. Désolé, m'man, mais ce n'est pas demain la veille que je vais me marier.

— On verra, marmonna Sally d'un air entendu, avant d'aller rejoindre ses belles-filles.

Brandon frissonna violemment et prit ses frères à témoin.

— Vous avez vu le regard qu'elle m'a lancé ? J'en ai froid dans le dos.

— Oui, à mon avis tu es fichu, dit Cameron avec ironie.

Brandon fusilla ses frères du regard.

— Qu'en est-il de notre pacte sacré ? Nous devions être frères de sang pour la vie, vous vous en souvenez ?

— Nous sommes toujours frères de sang, déclara Adam avec force. Et nous le resterons à jamais.

— N'empêche, maugréa Brandon. D'abord, tu t'es marié. A la rigueur, j'aurais pu l'accepter. Mais il a fallu que Cameron en fasse autant ! Ça m'a mis le moral à zéro, vous pouvez me croire. Et maintenant, un autre mouflet en perspective ? Où va-t-on !

— C'est la vie, assura Cameron, philosophe.

Brandon secoua la tête, l'air sombre.

— Désormais, je vais avoir maman sur le dos. Elle ne va pas cesser de me rebattre les oreilles pour que je fasse comme vous. Mais ça n'arrivera jamais.

— Vraiment ? demanda Adam.

— Jamais, trancha Brandon en pointant sa bouteille de bière vers eux. Vous n'êtes que des amateurs incapables de résister à l'appel des sens, tandis que moi, je suis un professionnel. J'ai une image de marque à défendre.

Adam rejeta la tête en arrière et hurla de rire.

— Une image de marque ! Elle est bien bonne !

Cameron passa son bras autour des épaules de Brandon, l'air compatissant. Après tout, une image de marque qu'on écornait, c'était un peu comme les principes qu'on transgressait.

— Bonne chance, frérot.

— Faux frères, oui ! maugréa Brandon en finissant sa bière d'un trait. Comment voulez-vous faire confiance à quelqu'un après un coup pareil ?

— Pourquoi ne dis-tu pas à Cameron ce que tu ressens pour lui ? demanda Karolyn en disposant des sandwichs faits maison dans la vitrine réfrigérée de la boutique.

— Je ne vois pas de quoi tu parles, déclara Julia, mal à l'aise. Je vais débarrasser les tables en terrasse, car c'est la pause de Lynnie.

— Tu éludes la conversation, lui reprocha Karolyn.

— Oui, je l'admets. Mais pour l'heure, j'ai du travail. Et toi, tu ferais mieux d'aller chercher des boîtes d'emballage. Il n'en reste plus.

Karolyn leva les yeux au ciel, exaspérée, et tourna les talons.

Julia était fière de ces fameuses boîtes blanches destinées aux clients de la pâtisserie, avec le mot « Cupcake » gravé en lettres bleues sur le couvercle, sous le dessin stylisé d'un gâteau. Elles étaient devenues synonymes de plaisir à Dunsmuir Bay. Quand les mères rentraient à la maison avec une boîte Cupcake, les enfants devenaient aussitôt sages comme des images. Et quand le patron arrivait au bureau avec la célèbre boîte, les employés redoublaient de zèle.

Tout en laissant son esprit vagabonder, elle empila les tasses, assiettes et couverts sales sur le plateau et nettoya les tables. Elle salua au passage trois clients qui venaient régulièrement prendre un café au lait et un en-cas après leur entraînement du matin, puis elle répondit à la question d'un autre client à propos du sandwich du jour.

En rentrant, elle jeta un coup d'œil circulaire dans la partie salon de thé pour s'assurer que tout était impeccable. Oui, vraiment, elle avait de quoi être fière, d'autant qu'elle ne devait cette belle réussite qu'à elle-même.

Elle déposa le plateau derrière le comptoir juste au moment où Lynnie reprenait son service.

— Julia, appela Karolyn depuis la cuisine. Peux-tu venir voir le pain au fromage ?

Avant d'obtempérer, elle s'assura que la jeune serveuse avait correctement noué son tablier pour dissimuler le devant de son T-shirt au dessin criard. Sitôt dans la cuisine, Karolyn la prit par le bras et l'entraîna vers la porte de derrière qui donnait sur un minuscule patio garni de jardinières aux fleurs multicolores et de citronniers miniatures.

— Et maintenant, assieds-toi.

— Si je comprends bien, le pain au fromage n'est qu'un prétexte ?

— Oui.

Julia poussa un soupir résigné et prit place à la petite table destinée aux pauses café.

Karolyn rapprocha sa chaise et lui prit la main.

— Je me fais du souci pour toi.

— Je vais très bien, répliqua Julia d'un ton jovial. Les affaires sont florissantes. Je suis mariée à un homme sexy, attentif et chaleureux, qui adore Jake et qui me traite comme une princesse. Nous menons une vie merveilleuse, et je suis… je suis heureuse.

— Julia, protesta Karolyn en lui pressant la main. Ne crois-tu pas qu'il a le droit de savoir que tu es amoureuse de lui ?

— Oh, mon Dieu ! Je n'aurais jamais dû te donner les vraies raisons de mon mariage.

— A quoi ça servirait que je sois ta meilleure amie si tu ne pouvais pas partager avec moi tes secrets les plus intimes ?

— C'est vrai. Mais qu'est-ce qui te fait dire que je suis amoureuse de lui ?

— C'est écrit sur ton visage. En permanence, assura Karolyn. Même Lynnie a fait un commentaire à ce sujet l'autre jour. Et tu sais comme moi qu'elle ne remarque rien à moins que ce ne soit écrit en lettres fluo.

Julia ne put s'empêcher de rire avant de demander, inquiète :

— Et qu'a-t-elle dit au juste ?

— Que tu chantonnes à longueur de journée, que tu as souvent l'air rêveur et que tu pars plus tôt que d'habitude. Bref, elle pense que tu es « mordue ».

— Si je pars plus tôt, c'est parce que j'ai un bébé qui m'attend à la maison, rétorqua Julia, vexée à l'idée d'être aussi transparente, y compris aux yeux du personnel.

— Avant ton mariage, cela ne t'empêchait pas de travailler toute la journée, fit valoir Karolyn en souriant. Et tu as toujours ta nourrice dévouée, prête à garder Jake jour et nuit en cas de besoin.

— Alors, même Lynnie s'en est aperçue ! se lamenta Julia en cachant son visage entre ses mains. C'est pitoyable.

— C'est la triste vérité, admit Karolyn.

— Que vais-je faire, maintenant ?

— Rentrer chez toi et dire à Cameron que tu l'aimes. Et s'il a un brin de jugeote, il te dira la même chose.

Julia releva la tête et contempla son amie, les yeux embués de larmes.

— Il ne m'aime pas, Karolyn.

— Oh, ne sois pas ridicule, Julia ! Il t'adore.

— Non, tu te trompes, protesta-t-elle.

— Le jour de votre mariage, j'ai bien vu qu'il était fou amoureux de toi. Et il l'est encore plus maintenant.

Julia pinça les lèvres, contrariée.

— Il me désire, je le sais. Mais le désir n'a rien à voir avec l'amour.

Karolyn exhala un soupir navré devant l'entêtement de son amie.

— Chaque fois qu'il entre dans la boutique, l'air se charge d'électricité entre vous deux.

— Ce n'est rien d'autre que du désir, insista Julia.

— Vous êtes aussi aveugles l'un que l'autre, marmonna Karolyn, à bout d'arguments. Mais crois-moi sur parole : Cameron est éperdument amoureux de toi.

Le vendredi suivant, Julia confia Jake à Sally afin d'accompagner Cameron à une conférence sur l'hôtellerie au Monarch Dunes.

Contrairement à la fois précédente où elle avait eu à s'occuper de sa propre conférence et des préparatifs du mariage tout en gardant un œil sur Jake, elle était en mesure d'apprécier l'occasion et de se détendre. Cameron y avait veillé. Il avait pris toutes les dispositions pour qu'elle se fasse dorloter au Spa de l'hôtel pendant qu'il assisterait aux réunions. Cela faisait une éternité qu'elle ne s'était pas abandonnée aux mains expertes d'un personnel aux petits soins pour elle — manucure, pédicure, esthéticienne et masseuse — dans une ambiance de luxe et de volupté. Et tandis qu'elle s'habillait pour le bal de charité organisé par les participants à la conférence, tous propriétaires de chaînes hôtelières, elle se sentait complètement détendue et fraîche comme une rose.

Elle se fit un brushing pour lisser ses cheveux naturellement bouclés et adopter un style plus glamour. Après avoir enfilé un fourreau de soie bordeaux, qu'elle avait choisi avec l'aide de Trish, elle noua le superbe collier de diamants à son cou et attacha le bracelet assorti à son poignet. Pour parfaire l'ensemble, elle accrocha à ses oreilles les boucles en diamant ayant appartenu à sa mère.

Après un dernier coup d'œil au miroir, elle prit une profonde inspiration et pénétra dans le salon où l'attendait Cameron. Vêtu de l'élégant smoking qu'il portait le jour de leur mariage, il venait de déboucher une bouteille de champagne et versait le liquide ambré dans deux coupes en cristal.

— Une pure merveille ! s'exclama-t-elle, son regard allant de son mari à la boisson pétillante.

Il se tourna vers elle pour lui tendre une coupe et s'arrêta net, littéralement fasciné. Il ne pouvait détacher son regard d'elle, et la lueur intense qu'elle vit briller dans ses yeux fit courir de délicieux frissons sous sa peau.

— Seigneur, tu es la beauté personnifiée !

Elle lui sourit, à la fois amusée et flattée.

— Merci.

— Non, merci à toi, murmura-t-il en faisant tinter son verre contre le sien. Laissons tomber cette soirée et restons ici, veux-tu ?

— Ta proposition est tentante. Mais que fais-tu de tes hôtes ?

Il fit la grimace.

— Entendu. Nous resterons une demi-heure. Pas une minute de plus.

— Juste le temps de danser un slow langoureux, promit-elle en sirotant son champagne.

— Et si on commençait dès maintenant ? dit-il en l'enlaçant et en dansant sur place.

Au bout d'un moment, il se mit à rire.

— Sais-tu que j'ai été contraint d'assister à des bals de charité dès mon plus jeune âge ? Tu parles d'une corvée !

Elle poussa un petit cri de surprise.

— Quelle coïncidence, moi aussi !

— Et nous avons survécu, dit-il en souriant.

Elle posa sa tête sur son épaule et se laissa porter par une musique imaginaire.

— Mmm ! Tu es un excellent danseur, murmura-t-elle.

— Comment en serait-il autrement, avec toi dans mes

bras, dit-il en égrenant des baisers le long de son cou. Tu es si belle !

Relevant la tête, elle croisa son regard brûlant de passion et sentit son cœur battre plus vite. Si elle lui avouait qu'elle était tombée amoureuse de lui, comment réagirait-il ? Serait-il consterné ? Furieux qu'elle ait transgressé la règle établie en prononçant le mot tabou ? Ou bien serait-il capable d'admettre que c'était réciproque ? Tout en l'observant, elle se demanda si elle prenait ses désirs pour des réalités ou si elle voyait réellement ses propres sentiments se refléter dans les yeux de Cameron.

— Nous ferions mieux d'y aller, sinon nous ne partirons jamais d'ici, marmonna-t-il. Et ne t'avise pas de faire ami-ami avec qui que ce soit. Nous devons être de retour ici dans trente minutes.

Tandis qu'il circulait parmi les invités, saluant au passage des amis et des concurrents, Cameron tenait la main de Julia serrée dans la sienne. Elle était tellement superbe que tous les hommes se retournaient sur leur passage. Il était hors de question qu'il la lâche au milieu de ces requins.

— Hé, voilà le héros du jour ! déclara une voix masculine derrière lui.

Il se retourna d'un bloc et sourit en reconnaissant son vieil ami, Byron Mirabelle, propriétaire de la prestigieuse chaîne Pinnacle Hotels. Les deux hommes se serrèrent cordialement la main, et Cameron fit les présentations.

— Byron a choisi comme concept des établissements de luxe de petite taille, et il est implanté dans les Etats montagneux du Colorado, Wyoming et Montana.

— L'année prochaine, j'en ouvre un autre à Park City, dans l'Utah, expliqua fièrement Byron.

— C'est fantastique ! s'écria Cameron.

Puis il ajouta à l'intention de Julia :

— Byron a été un de mes premiers mentors dans le métier.

— Je suis ravie de faire votre connaissance, assura-t-elle.

— Et vous êtes précisément la personne que je tenais à rencontrer, riposta-t-il en pointant un doigt accusateur dans sa direction.

— Moi ?

— Oui, confirma Byron d'un air jovial. C'est à cause de vous que ma femme refuse de résider ailleurs que dans les hôtels Duke quand nous venons en Californie.

— Mais je…, bredouilla-t-elle, son regard perplexe allant de l'un à l'autre. Pourquoi ?

Byron glissa son bras sous le sien.

— A cause de ces délicieux croissants au chocolat que vous préparez pour les Duke. Nous ne les trouvons au menu d'aucun autre restaurant.

— Oh, c'est vraiment gentil à vous, le remercia Julia en riant.

Byron se pencha vers elle et ajouta sur le ton de la confidence :

— Pour ma part, j'ai un faible pour vos beignets aux pommes. Seigneur, si je m'écoutais, j'en mangerais à longueur de journée, avoua-t-il en se tapotant le ventre d'un air penaud. D'ailleurs, ça se voit.

— De vous à moi, ce sont mes préférés, lui avoua-t-elle.

Tout en regardant sa femme discuter avec son ami, Cameron se sentit submergé par une vague de tendresse si puissante qu'il sentit ses jambes se dérober sous lui. En proie à une émotion indicible, il avait du mal à respirer.

Mais que lui arrivait-il ?

Etait-il victime d'une crise cardiaque ? Il en doutait, car il ne ressentait aucune douleur. Au contraire, il se sentait merveilleusement bien. Epanoui et heureux. Bizarre !

Comme il ne comprenait pas ce qui lui arrivait, il éprouva le besoin de bouger.

Il laissa Julia et Byron à leur conversation et se dirigea vers le bar où il commanda un whisky. Le breuvage lui fit du bien, et il décida qu'il était temps de retrouver Julia et de s'éclipser pour faire l'amour jusqu'au bout de la nuit.

Il décida que le lendemain matin, à la première heure, ils rentreraient à la maison car Jake lui manquait terriblement. Il n'aurait su dire quand le changement s'était produit, mais il était devenu un fervent partisan de la vie de famille. Et il faisait passer Julia et Jake en premier dans l'ordre de ses priorités.

Quelqu'un lui toucha l'épaule, et il fit volte-face.

— Bonjour, Cameron.

Il ne put s'empêcher de tressaillir.

— Martina.

— Tu es superbe, minauda-t-elle de cette voix sensuelle dont elle avait usé pour le séduire.

Elle portait une robe en dentelle noire au décolleté plongeant — décolleté dont elle lui fit largement profiter en s'appuyant contre lui.

— J'espérais bien te trouver ici ce soir, ajouta-t-elle en battant des cils, l'air aguicheur.

Il la considéra avec détachement. Dire qu'il l'avait aimée à une certaine époque, du moins il l'avait cru. Mais maintenant, il ne ressentait plus rien pour elle.

— Où est Andrew ? demanda-t-il.

Et surtout, où était passée Julia ? Il scruta la foule, tâchant de repérer sa femme et Byron. En vain.

Martina fit la moue.

— Il n'est pas venu. Tu m'as manqué, Cameron. Comment vas-tu ?

— Aussi bien que possible, répondit-il sèchement.

— Tant mieux, susurra-t-elle tout en promenant ses doigts sur le revers de sa veste. A vrai dire, je suis ravie de te trouver seul. Peut-être pourrions-nous aller quelque part… pour parler, ou…

— Ou quoi ? répliqua-t-il en ôtant délibérément sa main posée sur sa veste. Ou tromper ton mari ? Pour le rendre jaloux ? Non, sûrement pas.

— Oh, Cameron, ne sois pas aussi amer, balbutia-t-elle en s'agrippant à son bras. Je… je suis incapable de feindre plus longtemps. Andrew et moi divorçons.

— Désolé, maugréa-t-il sans un regard pour elle, en continuant de scruter la foule, à la recherche de Julia.

— Il faut que tu saches, insista Martina, que si nous nous séparons, Andrew et moi, c'est parce que... je n'ai jamais réussi à t'oublier. Oh, Cameron, j'ai tant besoin de toi. Je veux que tu me reviennes.

La proposition était si grotesque qu'il laissa échapper un ricanement.

— Tu m'en diras tant !

— Te voilà ! s'exclama gaiement Julia en lui touchant l'épaule. Byron est adorable. Oh ! bonjour.

Réprimant un soupir de soulagement, il se retourna et la prit par la taille.

— Martina, je te présente Julia, ma femme.

— Ta... quoi ?

Interloquée, Martina ouvrit la bouche et la referma sans mot dire.

— Bonjour, Martina, déclara Julia d'un ton aimable.

Elle avait beau faire celle qui ne comprenait pas la situation, sa tension était palpable, songea-t-il. Avait-elle vu l'autre femme suspendue à son bras ?

— Ravie de faire votre connaissance, répondit froidement Martina dont le visage se marbra de taches rouges.

Elle était furieuse, et c'était bien fait pour elle. Il se pencha vers Julia et lui murmura :

— La demi-heure s'est écoulée.

— Entendu.

Elle se tourna vers Martina et lui adressa un sourire avenant.

— Moi aussi, j'ai été ravie de vous connaître.

Pour toute réponse, Martina pivota sur ses talons et alla se perdre dans la foule.

— Une amie ? demanda Julia, intriguée.

— Pas vraiment, éluda-t-il. Partons d'ici.

*
* *

Ils prirent le chemin des écoliers et passèrent par la plage pour rentrer à l'hôtel. C'était une vraie soirée de début d'été, douce, avec une brise légère qui vous caressait la peau, songea Julia. La marée était basse, et les vagues s'échouaient mollement sur le rivage. Ses chaussures à la main, elle attendait le moment propice pour poser des questions à Cameron à propos de cette fameuse Martina. Elle avait entendu la dernière phrase de leur conversation et savait donc que cette femme souhaitait que Cameron lui revienne.

Ces propos lui avaient fait froid dans le dos. Mais, Dieu merci, il avait ri au nez de Martina, et elle espérait de tout cœur ne plus jamais entendre parler de cette femme au décolleté provocant.

— Allons par là, proposa-t-il en lui prenant la main et en s'engageant dans un sentier menant vers un bosquet.

A mesure qu'ils s'en rapprochaient, elle entendit distinctement un bruit d'eau.

— C'est la fameuse cascade ?

— Oui. Elle se situe au-delà des arbres.

— Oh, j'aimerais tant la voir ! dit-elle avec enthousiasme, en lui pressant la main.

Des nuages filaient dans le ciel nocturne, révélant par intermittence une lune pleine à la clarté laiteuse. Au bout de quelques minutes, ils parvinrent à un monticule rocheux au pied duquel était creusée une petite piscine bordée de galets. L'eau tombait en cascade sur les pierres et éclaboussait la piscine éclairée par des spots sous la surface, ce qui donnait à son eau une étrange couleur bleue.

— C'est magnifique ! On dirait un lagon tropical, remarqua-t-elle, les yeux brillants d'excitation. On peut s'y baigner ?

Il lui caressa la joue en souriant.

— J'espérais que tu dirais ça.

Alors qu'elle examinait la piscine, elle plissa les yeux, intriguée.

508

— C'est curieux, j'ai l'impression de voir de la lumière derrière la cascade.

— C'est la grotte, expliqua-t-il, un sourire coquin aux lèvres, en l'attirant contre lui. Le fantasme masculin par excellence. Ça te dit d'aller voir ?

Elle leva les yeux vers lui, l'air sceptique.

— Je doute que ce genre de fantasme m'intéresse.

Il rit de bon cœur.

— En réalité, il s'agit d'un simple Spa. Mais il est très agréable. A l'abri des regards, chaud et bien éclairé.

— Comment fait-on pour y accéder ?

— En nageant, répliqua-t-il, amusé.

Elle laissa échapper un petit rire nerveux. Jetant un regard inquiet alentour, elle aperçut une chaise longue sur laquelle étaient posés des serviettes et des peignoirs soigneusement pliés.

— Ils sont pour nous ?

— Oui.

— Quelqu'un peut nous voir ?

— Non. Je m'en suis assuré.

A ces mots, elle perdit toute timidité.

— Dans ce cas, nageons, proposa-t-elle, ravie.

Tout en abaissant la fermeture Eclair de son fourreau de soie, il déposa un baiser sur son épaule nue.

— J'ai envie de te faire l'amour.

Elle frissonna sous sa caresse.

— Moi aussi.

— Tu as froid ?

— Pas du tout.

— Tant mieux, fit-il en écartant les pans du fourreau qui glissa le long de son corps avant de s'échouer mollement à terre.

Elle enjamba sa robe du soir, qu'il récupéra pour en draper une chaise, et se tint devant lui en talons aiguilles, string rouge et soutien-gorge assorti.

— Tu es belle à couper le souffle, s'extasia-t-il.

Elle ferma les yeux en exhalant un petit soupir sensuel.

— Caresse-moi, s'il te plaît.

Il accéda à sa demande, mais prit tout son temps, s'amusant à la faire languir. Il ne se lassait pas de promener ses doigts le long de son dos et de ses bras avant d'épouser la courbe de ses hanches et de ses cuisses, déclenchant en elle d'incroyables frissons. Debout derrière elle, il l'embrassait dans le cou tout en caressant la peau soyeuse de son ventre et en jouant avec le piercing qu'elle portait au nombril. Un cri rauque lui échappa quand ses mains remontèrent vers sa poitrine et effleurèrent ses tétons fièrement dressés.

— Cameron, j'ai besoin…

— Je sais, chérie. Moi aussi, j'en meurs d'envie.

Poursuivant ses exquises attentions, il prit ses seins en coupe, se servant de ses pouces pour masser et titiller ses mamelons si sensibles jusqu'à ce qu'ils durcissent dans l'attente du plaisir suprême. Quand elle laissa échapper un râle de volupté, il détacha son soutien-gorge et le laissa glisser par terre. Ivre de passion, elle se pressa contre lui, avide de sentir son membre raidi au creux de ses reins. Il poussa un grognement rauque et la fit pivoter vers lui. Puis il s'agenouilla devant elle et lui ôta lentement son string avant de lui écarter les jambes.

— Oh, haleta-t-elle, frissonnante d'anticipation, tandis qu'il embrassait sa peau soyeuse à l'intérieur des cuisses.

Bientôt, il effleura son sexe de ses lèvres, avant de la pénétrer de la langue. Tremblante de désir, elle pensait avoir atteint le point de non-retour quand il se releva brusquement et la prit dans ses bras.

— Nous nagerons plus tard, marmonna-t-il en la déposant délicatement sur la chaise longue.

Tandis qu'il se dévêtait à la hâte et lui dévoilait sa fière érection, elle ne put s'empêcher d'éprouver un moment d'intense satisfaction en prenant conscience du pouvoir purement féminin qu'elle exerçait sur lui.

Elle lui tendit les bras, pressée de l'accueillir en elle. Après avoir enfilé un préservatif, il lui mit les mains au-dessus de la tête et s'allongea sur elle. Consumée de désir, elle se haussa à sa rencontre pour lui permettre de se glisser profondément en elle et de la faire sienne, une fois de plus.

Dans le silence de la grotte, Cameron gisait dans les bras de Julia, de nouveau comblé et repu. Après avoir fait l'amour dehors, sur la chaise longue, ils avaient passé un agréable moment à nager dans la piscine, sous la voûte étoilée. Puis, riant et s'aspergeant tels deux gamins facétieux, ils avaient plongé sous la cascade pour pénétrer dans la grotte secrète. Ils s'étaient laissés flotter à la surface des eaux étincelantes et délicieusement chaudes avant de refaire l'amour sur la rive du lagon.

Le sourire aux lèvres, il se redressa sur un coude et embrassa Julia.

— Te rends-tu comptes que tu m'as permis de réaliser mon plus grand fantasme ?

Elle se mit à rire.

— Je t'aime, Cameron.

Sous le coup de la surprise, il se figea sur place. Elle avait l'air consterné, comme si elle regrettait ses propos, mais le mal était fait, se dit-il sombrement. Qu'est-ce qui lui avait pris ? Si elle se figurait qu'il allait lui déclarer en retour qu'il l'aimait, elle se trompait lourdement. Un pareil aveu ne ferait que gâcher leurs chances de bonheur. Certes, depuis son mariage avec Julia, il avait été tenté de croire qu'il pouvait enfin vivre et aimer comme un homme normal, mais la soudaine apparition de Martina un peu plus tôt dans la soirée l'avait brutalement ramené à la réalité et lui avait rappelé l'espèce de malédiction qui pesait sur lui : chaque fois qu'il aimait une femme, il courait tout droit à la catastrophe.

— Apparemment, j'ai dit ce qu'il ne fallait pas dire, marmonna Julia en s'écartant de lui, le privant ainsi de sa douce chaleur.

Elle se leva et s'enveloppa dans une des serviettes empilées non loin d'eux.

— Attends, ne pars pas.

— Pourquoi resterais-je, Cameron ? Ecoute, je n'avais pas l'intention de te faire cet aveu, mais maintenant que c'est fait, je ne le regrette pas. Oui, je suis amoureuse de toi. Et toi, tu réagis à cette déclaration en te murant dans le silence. Comment crois-tu que je me sente après une pareille gifle ? Je rentre à l'hôtel.

— Julia, dit-il d'un ton apaisant, j'ai énormément d'affection pour toi.

— Je sais. Mais je ne suis pas sûre de pouvoir m'en contenter.

— Julia, je ne peux pas...

Qu'était-il donc censé répondre à cela ? Ne lui avait-il pas déjà dit qu'il ne l'aimerait jamais ? Et maintenant, voilà qu'elle se mettait en tête de changer la règle du jeu ! Il était hors de question de la laisser faire. Elle ne savait pas à quoi elle s'exposait, mais lui le savait. Il se releva et se tint au bord de la piscine, mal à l'aise.

— Ecoute, je t'avais prévenue dès le début que je ne...

— Je sais. Tu as banni le mot amour de ton vocabulaire, l'interrompit-elle amèrement.

— Tu devrais t'en réjouir au lieu de me le reprocher. Tu...

— Laisse-moi deviner, dit-elle tristement. Tu m'en veux parce que j'ai enfreint ton fichu règlement intérieur, n'est-ce pas ?

Il serra les poings, furieux de voir que la situation lui échappait.

— Oui. Nous avions conclu un accord, te rappelles-tu ?

— Je ne me souviens d'aucun accord, Cameron.

Sans plus s'occuper de lui, elle ôta sa serviette et descendit les marches de la piscine, ses longues jambes fuselées s'enfonçant progressivement dans l'eau. Et soudain, une pensée lui traversa l'esprit : lui qui s'était si longtemps cru indigne d'amour, il était aimé !

— Je viens avec toi, s'écria-t-il.

— Je préfère être seule.

— Tant pis, marmonna-t-il en se laissant glisser dans l'eau à sa suite.

— Cameron, tu as dit tout ce que tu avais à dire.

— Non, c'est faux.

Elle le foudroya du regard.

— Et qu'as-tu à ajouter ?

Il détourna les yeux de cette poitrine superbe, de peur de prononcer des mots qu'il regretterait par la suite.

— Juste ceci : je suis heureux que tu sois amoureuse de moi.

— Vraiment ? s'écria-t-elle, perplexe. Et pourquoi, je te prie ?

— Parce que c'est un gage de longévité pour notre mariage.

Elle le considéra un instant, interloquée.

— Que veux-tu dire par là ?

— Eh bien, si tu es amoureuse de moi, tu ne seras pas tentée d'aller voir ailleurs et de mettre en danger notre couple.

— Oh, c'est trop fort ! s'exclama-t-elle, suffoquant d'indignation. Ecoute-moi bien, Cameron, dit-elle en lui martelant le torse de l'index. Je n'ai jamais été tentée de te quitter, mais tu mériterais que je le fasse, ne serait-ce que pour te punir de ton arrogance. Et ne crois pas une seule seconde que je sois dupe. Je connais la vérité.

— Quelle vérité ? demanda-t-il, soudain inquiet.

— Tu es aussi amoureux de moi que je le suis de toi. Tu peux le nier autant que tu veux, un jour, tu seras obligé d'admettre que j'ai raison. Et ce jour-là, il sera peut-être trop tard.

Sur ce, elle plongea sous l'eau et s'éloigna à la nage, le laissant désemparé.

12

Elle l'aimait !

Cameron jubilait à l'idée que Julia était amoureuse de lui, mais vu sa réaction — depuis deux jours, elle ne décolérait pas —, il valait mieux qu'il fasse profil bas et qu'il ait le triomphe modeste. Cet accès de mauvaise humeur lui passerait, il en était sûr. Puisqu'elle l'aimait, elle lui pardonnerait sa maladresse. Et ils pourraient aller de l'avant, plus unis que jamais. Qui sait si, un de ces jours, ils ne donneraient pas un petit frère ou une petite sœur à Jake.

Etait-il quelqu'un d'arrogant, comme Julia l'en avait accusé ? Tout en lavant ses voitures à grande eau, il se mit à rire tout bas. Certes, il avait eu le malheur de dire que c'était une bonne chose qu'elle soit amoureuse de lui, mais, pour autant, cela ne faisait pas de lui quelqu'un d'arrogant.

En fait, depuis le début, il avait fait preuve d'une grande perspicacité. D'abord, en comprenant que le vœu le plus cher de Julia était de fonder une famille. Ensuite, en la convainquant de l'épouser pour former avec Jake la famille dont elle rêvait. Et enfin, en évitant de tomber dans le piège de l'amour qui avait détruit ses parents — et qui risquait de les détruire, lui et Julia, s'il n'y prenait pas garde.

D'ailleurs, sa rencontre fortuite avec Martina, l'autre soir, n'avait fait que le renforcer dans cette opinion.

Pire encore, elle avait réveillé d'autres souvenirs indésirables, notamment celui de Wendy, son ex-petite amie, qui avait tellement dénaturé sa notion de l'amour qu'il avait failli ne jamais s'en remettre.

Il coupa l'eau et enroula le tuyau d'arrosage sur son support. Puis il prit une peau de chamois et se mit à essuyer la carrosserie.

Quoi qu'en dise Julia, il valait mieux pour elle qu'il ne l'aime pas. En attendant, il lui offrirait son affection, son respect, son admiration… et son corps. Elle pouvait avoir tout ce qu'elle voulait, à une exception près : elle ne l'entendrait jamais dire qu'il l'aimait. Parce qu'un tel aveu conduirait tout droit à un nouveau désastre dont il ne se relèverait pas.

Cela ne lui suffisait pas. Du moins, plus maintenant, se dit Julia en pliant le linge humide et en le déposant dans le sèche-linge. D'habitude, elle appréciait le côté simple et routinier de ces tâches ménagères, mais aujourd'hui elle n'y trouvait aucun réconfort.

Depuis leur fameuse excursion à la grotte, une semaine auparavant, Cameron continuait de se comporter comme si de rien n'était. Peut-être que rien n'avait changé… pour lui. Mais pour elle, tout son monde avait basculé.

Elle avait cru qu'elle pourrait se contenter de vivre auprès d'un homme attentionné, qui plus est un merveilleux père pour son enfant. C'est pourquoi elle avait accepté de l'épouser et de venir vivre chez lui. Mais, maintenant, elle attendait davantage de lui.

Peut-être avait-il raison. Peut-être était-ce déloyal de sa part de changer la règle du jeu en plein milieu de la partie. Mais elle ne pouvait plus revenir en arrière. Parce qu'elle-même avait changé. Depuis qu'elle lui avait fait cet aveu, elle avait besoin de l'entendre dire qu'il l'aimait.

Mais il en était incapable. La veille au soir, elle avait ramené le sujet sur le tapis et exigé des explications. Quand elle l'avait interrogé sur un éventuel événement qui se serait produit par le passé et qui expliquerait son refus de l'aimer aujourd'hui, il s'était contenté de hausser les épaules.

Mettant son orgueil dans sa poche, elle lui avait alors demandé si ses sentiments avaient quelque chose à voir avec cette Martina. Etait-il encore amoureux d'elle ? Il s'était mis à rire et avait esquivé la question en disant qu'elle faisait fausse route et qu'il valait mieux en rester là.

Comprenant qu'elle n'en tirerait rien de plus, elle avait laissé tomber le sujet.

Et maintenant, elle était malheureuse. Pour elle-même, mais aussi pour lui et Jake. Elle avait beau se raisonner, se dire qu'elle avait la chance d'avoir une famille formidable, un mari prévenant et un bébé adorable, rien n'y faisait. Elle voulait aimer et être aimée. Parce qu'elle méritait d'être heureuse.

Le samedi suivant, Julia et Cameron étaient conviés à une petite réception organisée par Adam pour célébrer la grossesse de Trish. Julia avait apporté des petits pains faits maison et des gâteaux, et elle avait aidé sa belle-sœur à préparer le dîner. Pour l'heure, elle empilait les assiettes sales sur la table de la cuisine.

— Veux-tu que je fasse la vaisselle ? proposa-t-elle.

— Non, merci, s'empressa de dire Trish. Adam et moi prenons du plaisir à faire place nette après le départ de nos invités. Cela nous permet d'être ensemble, de nous repasser les bons moments de la soirée et de préparer notre prochaine réception.

Juste à ce moment, Adam fit irruption dans la cuisine et noua ses bras autour de Trish.

— Tu me manquais, chérie. En as-tu terminé ici ?

— Oui, assura Trish, radieuse, en l'embrassant.

Julia avait alors détourné le regard, incapable de supporter la vue de ce bonheur sans nuages.

Alors qu'ils rentraient chez eux en voiture, elle se tourna vers Cameron.

— Ça doit te faire chaud au cœur de savoir que ton frère est si heureux en ménage.

Sans ralentir l'allure, il lui jeta un regard oblique.

— Je n'y ai jamais vraiment réfléchi, mais oui, c'est bien.

— Bien ? s'exclama-t-elle. Ton frère est éperdument amoureux de sa femme, et c'est tout ce que tu trouves à dire ?

Il leva la main pour la dissuader de poursuivre.

— Je vois où tu veux en venir, Julia. Pourtant, il me semblait que nous avions fait le tour de la question. Encore une fois, nous aussi, nous sommes très heureux ensemble. Alors, pourquoi chercher midi à quatorze heures ?

Il lui prit la main et la serra. Un geste tendre, censé lui rappeler qu'il éprouvait de l'affection pour elle. Mais contre toute attente, elle sentit ses yeux s'embuer de larmes et dut cligner des paupières pour les refouler. Quelle idiote elle faisait ! Mais était-ce tellement stupide de tout vouloir de lui ? Son amour, et pas seulement son nom ? Tant pis si on la prenait pour une folle. Elle serait une victime de l'amour. Cette pensée la fit sourire, et elle se sentit d'humeur plus légère.

Mais le lendemain matin, tandis qu'elle mettait la vaisselle sale du petit déjeuner dans le lave-vaisselle, elle ressentit un vague à l'âme qui l'obligea à s'asseoir une minute. Elle avait la curieuse impression que son cœur allait se briser en miettes.

Il était grand temps qu'elle se ressaisisse ! s'enjoignit-elle. Puisqu'elle ne pouvait pas continuer à vivre sans amour, au risque de se perdre, elle devait faire quelque chose, mais quoi ?

Il y avait une seule personne au monde à qui elle pouvait ouvrir son cœur et demander conseil. Après avoir changé et habillé Jake, elle l'installa sur le siège auto et prit la route menant chez Sally.

— Quelle bonne surprise ! s'écria Sally en ouvrant la porte.

— J'espère que vous ne m'en voudrez pas de débarquer chez vous à l'improviste.

— Vous plaisantez ! Je suis ravie de vous voir. Entrez.

— Merci.

Sally la précéda en direction de sa cuisine, spacieuse et ensoleillée.

— Venez quand ça vous chante. Vous serez toujours la bienvenue ici.

Jake se mit à gazouiller et à gigoter dans son porte-bébé.

— Oui, mon petit trésor, fit-elle en lui chatouillant le ventre. Toi aussi, tu es le bienvenu.

Elle sortit un pichet de thé glacé du réfrigérateur et remplit deux verres qu'elle déposa sur la table.

— Et maintenant, asseyez-vous et racontez-moi tout. Vous vous sentez bien ? Vous avez une petite mine, ce matin.

Julia rejeta sa chevelure en arrière et redressa les épaules, plus déterminée que jamais.

— J'ai tellement de choses à vous dire ! Pour commencer, je vous annonce que je suis amoureuse de votre fils.

— Vous parlez de Cameron, je suppose, plaisanta Sally.

Julia ne put s'empêcher de rire, et elle se détendit un peu.

— Oui, bien sûr.

— Quelle bonne nouvelle ! J'avais beau savoir que vous l'aimiez, malgré votre incapacité à l'admettre le jour de votre mariage, je suis heureuse de vous l'entendre dire.

Julia froissa nerveusement sa serviette.

— Le hic, c'est qu'il ne m'aime pas, Sally.

— Comment ? se récria-t-elle, les sourcils froncés. Voyons, ma chérie, bien sûr que si, il vous aime ! Je dirais même qu'il vous adore. Ça crève les yeux. Je ne l'ai jamais vu aussi heureux.

— Alors, pourquoi ne me le dit-il pas ?

— Dire quoi ?

Julia poussa un soupir de frustration.

— Qu'il m'aime.

Sally sirota une gorgée de thé, visiblement perplexe.

— Il ne vous l'a jamais dit ?

— Non, admit Julia en cachant son visage entre ses mains. Et je me sens si stupide, si malheureuse ! Quand nous avons pris la décision de nous marier, nous étions convenus que l'amour n'aurait pas sa place dans notre couple.

— Je n'en crois pas mes oreilles ! murmura Sally, atterrée.

— Oh, je sais ce que vous pensez. Mais à ce moment-là, cette décision m'a semblé raisonnable. Nous nous sommes mariés en pensant avant tout au bonheur de Jake. Pour qu'il vive entouré de l'affection de son père et de sa mère. Et puis, ce mariage était pour moi l'occasion inespérée de faire partie de votre famille.

— Oh, ma chérie, murmura Sally, très émue.

— Par la suite, je suis tombée amoureuse de Cameron et je le lui ai dit. Mais il ne cesse de me répéter qu'il ne m'aime pas. Autrement, nous sommes très heureux ensemble et, si j'avais un peu de bon sens, je devrais m'en contenter.

Elle haussa les épaules et eut un pauvre sourire.

— Mais je ne peux pas. J'ai présumé de mes forces en pensant que je serais capable de vivre sans amour. Et aujourd'hui, pour être heureuse, j'ai besoin que Cameron m'aime.

— Oh, mon petit, balbutia Sally en tapotant affectueusement le bras de Julia. Il vous aime, croyez-moi. Je connais mon fils. Il a parfois des idées bien arrêtées, mais c'est un homme bon et généreux.

— Je sais, admit Julia, les yeux embués de larmes.

— Alors, cessez de vous faire autant de souci. Vous vous faites du mal pour rien.

— J'essaie.

— Brave petite. Et maintenant, essayez plus fort.

Julia ne put s'empêcher de rire et pressa affectueusement la main de sa belle-mère.

— Sally, dit-elle, redevenant sérieuse, j'ai quelque chose d'important à vous demander, mais je voudrais que ça reste entre nous.

— Bien sûr, mon chou.

Au comble de la nervosité, Julia se mordilla la lèvre avant de dire tout à trac :

— Cameron a-t-il une raison particulière qui l'empêche de m'aimer ? Oh, je sais, c'est stupide, mais j'ai besoin de savoir si ça a un rapport avec moi ou avec lui.

— Oh, mon Dieu ! s'exclama Sally en se levant et en se mettant à arpenter la cuisine. Pauvre Cameron. Maintenant que vous m'y faites penser, je me demande si son père n'y serait pas pour quelque chose. Un odieux personnage, soit dit en passant. Je ne connais pas les faits en détail parce que son dossier était classé confidentiel, mais je sais que c'était un homme violent. Je ne veux surtout pas vous alarmer, mais j'ai appris par la suite qu'il avait tué la mère de Cameron avant de se suicider.

— Oh, c'est horrible ! Cameron ne m'en a jamais parlé.

— Ça ne m'étonne pas. Si vous saviez comme il était malheureux quand il est arrivé chez moi !

— Oh, Seigneur ! murmura Julia, les larmes aux yeux, en songeant avec compassion aux épreuves qu'il avait dû subir dès l'enfance.

— Et puis, en classe de terminale, poursuivit Sally, il a fait la connaissance de Wendy. Le pire, c'est qu'il s'est toujours senti responsable de la conduite inqualifiable de cette jeune fille.

— Mais ce n'est pas juste ! se récria Julia.

— Non, mais c'est Cameron tout craché. Je n'oublierai jamais le jour où il m'a dit que tout était sa faute, et que son père avait raison.

— Oh, mon Dieu ! balbutia Julia.

— Je n'aurais peut-être pas dû vous raconter tout ça, regretta Sally, confuse. N'allez surtout pas en tirer des conclusions hâtives. Cameron ne vous fera jamais de mal. Il en est incapable.

Julia haussa les sourcils, incrédule, puis se mit à rire.

— Je le sais bien. Il est doux comme un agneau... et têtu comme une mule.

Sally sourit, visiblement soulagée.

— C'est vrai. Il n'y a pas une once de violence en lui. Oh, bien sûr, il s'est engagé dans la Marine, mais ce n'est pas pour assouvir un goût quelconque pour la bagarre. A mon avis, sa petite enfance a été tellement chaotique qu'il a éprouvé le besoin de mettre de l'ordre dans sa vie pour mieux la contrôler. Et ce qui l'a attiré dans l'armée, c'est précisément l'apprentissage de la rigueur et de la discipline.

Julia fit la moue.

— Une chose est sûre, il adore tout contrôler. Mais, pour autant, il ne ferait pas de mal à une mouche. C'est l'homme le plus gentil que je connaisse.

— Vous avez raison, assura Sally.

Elle laissa passer un temps avant de dire, un sourire malicieux aux lèvres :

— A la réflexion, il serait peut-être bon que vous le poussiez dans ses retranchements pour qu'il s'en rende compte par lui-même.

Julia la considéra un instant, perplexe, avant de comprendre ce que sa belle-mère voulait dire.

— Oh, Sally, vous êtes la sagesse personnifiée.

— C'est ce que je me tue à répéter à mes fils !

Ce soir-là, Cameron offrit à Julia une superbe broche en forme de bouton-d'or, incrustée de diamants jaunes et de saphirs.

— Oh, Cameron, elle est magnifique ! Mais pourquoi un tel cadeau ?

— Pour le plaisir.

Elle prit une profonde inspiration avant de se risquer à dire, pleine d'espoir :

— Ne serait-ce pas plutôt parce que tu es amoureux de moi ?

— Julia…

— Je sais, l'interrompit-elle, mortifiée. Tu préférerais te faire hacher menu plutôt que de le dire. Mais je tiens à m'assurer d'une chose. Tu aimes Jake, n'est-ce pas ?

— En voilà une question ! Evidemment ! s'écria-t-il en regardant ostensiblement par la fenêtre.

— Je suis ravie de te l'entendre dire, dans ton intérêt et celui de Jake.

— Où veux-tu en venir ? s'impatienta-t-il.

Elle prit le temps de reposer la broche dans son écrin avant de répondre d'une voix étrangement douce :

— Nous nous arrangerons plus facilement pour la garde de Jake une fois que je me serai réinstallée chez moi avec le bébé.

Il fit volte-face et la dévisagea, l'air effaré.

— Une fois que… quoi ?

Il s'avança vers elle, les poings serrés.

— Qu'est-ce que ça veut dire ? Il est hors de question que tu partes d'ici. Bon sang, nous sommes mariés !

Elle serra nerveusement ses mains l'une contre l'autre.

— Je pensais être capable de m'accommoder de cette situation, Cameron. Mais cela m'est impossible. Tu es un mari merveilleux, un père formidable et un amant exceptionnel. Malheureusement, tu ne m'aimes pas. Or je veux un mari qui m'aime.

— C'est ridicule ! hurla-t-il avant de baisser la voix de peur de réveiller Jake. Tu n'as pas le droit d'agir ainsi, Julia. Tu essaies encore de changer la règle du jeu.

— De fait, à partir de maintenant, j'édicte ma propre règle, dit-elle posément.

— Et quelle est-elle ? demanda-t-il, sarcastique.

— Oh, c'est très simple. Je pars du principe que je mérite d'être aimée.

Il poussa un soupir excédé.

— Julia, je peux te donner tout ce que tu veux, sauf ça.

— Même si je sais pertinemment que tu m'aimes ?

— Tu te trompes, chérie. Je ne t'aime pas.

Elle réprima un petit cri de désespoir. C'était la première fois qu'il niait les faits avec une telle conviction. Mais il fallait qu'elle tienne bon, dût-elle souffrir mille morts.

— Très bien, je pense qu'on s'est tout dit, déclara-t-elle froidement.

Il se passa fébrilement la main dans les cheveux.

— Excuse-moi, Julia, mais tu m'as mis hors de moi. Ecoute, je ne veux pas te faire de mal. Jamais. C'est la raison pour laquelle...

Il s'interrompit, mal à l'aise.

— Oui ? insista-t-elle.

— Je ne te dirai jamais que je t'aime.

Quelle tête de mule ! maugréa-t-elle à part soi tout en s'exhortant à la patience.

— Cameron, tu m'as offert plus de cinquante mille dollars en bijoux.

— Exact, dit-il fièrement. N'est-ce pas la preuve que je suis un mari attentionné et prévenant ? Ne peux-tu pas t'en contenter ?

— Tous ces cadeaux prouvent que tu m'aimes. Alors, pourquoi ne pas le reconnaître ouvertement ?

— Je ne ferai jamais une chose pareille, martela-t-il en arpentant la pièce d'un pas nerveux. Pourquoi t'obstines-tu à revenir sans arrêt sur ce sujet puisque tu n'obtiendras jamais la réponse que tu veux ?

— Tu as raison. Il vaut mieux qu'on se sépare pendant quelque temps.

— Non ! protesta-t-il, tout son être tendu à craquer.

Il semblait en proie à une lutte intérieure, comme s'il cherchait la meilleure façon d'apaiser les tensions tout en gardant le contrôle de la situation. Il finit par se ressaisir.

— Ecoute, commença-t-il d'une voix hésitante. J'ai grandi au sein d'une famille en grande difficulté. Mon père était...

Il s'interrompit, visiblement bouleversé.

— Tu disais que ton père était...

— Un salaud de la pire espèce, dit-il avec force. Un homme violent et méchant. Ma mère a beaucoup souffert à cause de lui.

— Il te frappait ? demanda-t-elle, horrifiée.

Il eut un rire amer.

— De temps à autre. Mais ce n'était rien à côté de ce qu'il faisait endurer à ma mère. Je peux t'assurer que je ne suis pas fier de moi.

— Pourquoi ?

— Parce que je n'ai pas su la protéger.

— Quel âge avais-tu à l'époque ?

Il haussa les épaules avec impatience.

— Six, sept ans. Qu'importe. Je n'ai pas réussi à l'empêcher de battre ma mère. Mais le pire, c'est que chaque fois qu'il la frappait, il hurlait qu'il agissait ainsi parce qu'il l'aimait.

Elle tressaillit, profondément choquée. Et soudain, elle comprit pourquoi il refusait de prononcer le mot fatidique.

— C'est affreux !

— Il l'*aimait* ! répéta-t-il, révulsé. Et il lui prouvait son *amour* en la battant comme plâtre.

— Oh, Cameron, murmura-t-elle, atterrée, en tendant la main pour lui toucher épaule dans un geste de réconfort.

Il eut un mouvement de recul.

— Non, inutile.

— Mais...

— Tu ne comprends pas ? s'écria-t-il en s'écartant d'elle. Je possède cette même graine de violence enfouie quelque part en moi. Je sais qu'elle est là, mais je refuse de la laisser se développer et grandir. C'est pourquoi j'ai décidé de ne jamais tomber amoureux. Oh, cela ne m'a pas empêché d'essayer. Malheureusement, l'expérience a tourné court, et je n'ai fait que gâcher la vie des femmes que j'ai cru aimer. Crois-moi, Julia, c'est pour ton bien que j'agis ainsi. Je refuse de te faire courir le moindre risque. Ce n'est pourtant pas si difficile à comprendre !

— Mais tu es tout l'opposé de ton père ! s'insurgea-t-elle.

— Ce n'est pas aussi simple, marmonna-t-il en fourrageant nerveusement dans ses cheveux. Je sais que tu veux à tout prix m'entendre prononcer ces mots, mais je ne les dirai jamais et je ne serai jamais amoureux de toi pour ne pas te faire subir le même sort que ma mère. Si je te faisais le moindre mal, je ne m'en remettrais jamais.

Elle sentait son propre cœur se briser en entendant de pareils propos. Quel homme malheureux ! Elle devait à tout prix lui faire entendre raison.

— Te rappelles-tu notre nuit de noces ?

Il ouvrit de grands yeux, se demandant visiblement où elle voulait en venir.

— Bien sûr !

— J'étais furieuse contre toi.

Il eut une moue contrite.

— A juste titre.

— J'étais tellement remontée contre toi que tu as passé la nuit sur le canapé, tu t'en souviens ? insista-t-elle. Ce soir-là, je t'ai blessé dans ton amour-propre.

— Tu avais de bonnes raisons de m'en vouloir.

— Mais il ne s'est rien passé entre nous.

— Je le sais bien, dit-il en la regardant comme si elle avait perdu l'esprit. Mais la nuit suivante, nous nous sommes largement rattrapés.

Elle leva les yeux au ciel, exaspérée.

— Oui, je m'en souviens. Mais je te parle de la nuit de noces, quand je me suis mise en colère contre toi. D'ailleurs, toi aussi, tu étais très énervé après moi. Mais tu ne m'as pas frappée pour autant. Pas plus ce soir-là que la fois où j'ai repeint la cuisine. Pourtant, Dieu sait si mes innovations ont déchaîné ta colère !

— Oui, et alors ?

— Pourquoi ne m'as-tu pas frappée à ces deux occasions ?

Il la considéra, interloqué.

— Je peux t'assurer que je ne ferais jamais une chose aussi monstrueuse.

— Je sais ! s'exclama-t-elle gaiement. Tu ne me frapperas jamais parce que tu es tout *sauf* violent.

— Non, ce n'est pas pour cette raison, se récria-t-il. C'est parce que je ne t'aime pas.

Elle accusa le coup. Puis elle se mit à rire d'un air de défi.

— Julia, c'est la vérité ! gronda-t-il. Ne me pousse pas à bout.

Toujours riant, elle posa une main sur son torse et le repoussa violemment. Mais il ne bougea pas d'un pouce. Secouant la tête avec impatience, elle noua ses bras autour de lui et murmura :

— Tu vois, j'ai beau te provoquer, tu restes de marbre. Quoi que tu en dises, tu n'as pas hérité du tempérament violent de ton père.

La tête sur son épaule, elle resserra son étreinte, les yeux embués de larmes en songeant au petit garçon traumatisé qu'il avait été. Elle n'en aima que davantage l'homme généreux et fort qu'il était devenu — même s'il s'entêtait à nier l'évidence alors qu'elle lui crevait les yeux.

Au bout d'un moment, elle releva la tête et dit :

— Tu te rappelles la fois où tu m'as demandé pourquoi je m'étais spécialisée dans la fabrication de *cupcakes* ?

— Oui.

— Je t'ai raconté qu'après la mort de mes parents, à chacun de mes anniversaires, la cuisinière m'offrait un petit gâteau pour célébrer l'événement. Mais ce que j'ai omis de préciser, c'est que la cuisinière se justifiait en me disant que ce serait une perte de temps et d'énergie que de préparer un vrai gâteau d'anniversaire uniquement pour une petite fille. C'est ainsi que, tous les ans, j'avais droit à mon *cupcake*.

Ce triste souvenir la fit frissonner, et elle se lova tout contre Cameron.

— Un malheureux *cupcake* avec une minuscule bougie au milieu, ajouta-t-elle avec un pauvre sourire. Au fil des ans, j'ai fini par le considérer comme le symbole de ma vie — une vie solitaire dans une grande bâtisse pleine de courants d'air.

— Oh, chérie, murmura-t-il d'une voix compatissante en lui frottant doucement le dos.

— Parfois, la solitude me pesait tellement que je proposais à la cuisinière de l'aider dans la préparation des repas. Ne serait-ce que pour côtoyer un être humain, aussi revêche fût-il. A force, j'ai découvert que j'étais douée pour la pâtisserie.

— Douée ? Le mot est faible. Tu es un vrai cordon-bleu !

— Merci, fit-elle, reconnaissante. Quand j'ai commencé à apporter des *cupcakes* à l'école, je me suis vite rendu compte que ces jours-là, tout le monde était heureux, surtout moi. C'était à la fois amusant et gratifiant de cuisiner pour les autres, et j'en venais à oublier ma solitude.

Elle s'écarta de Cameron et le regarda droit dans les yeux.

— Malgré le succès de mes *cupcakes*, j'ai décidé de changer de stratégie. J'envisage un projet plus ambitieux.

— Vraiment ? fit-il, visiblement inquiet.

— Oui, assura-t-elle avec force. Désormais, je refuse d'en être réduite à la portion congrue. Je veux le gros gâteau, et je le veux tout entier.

Sur ces entrefaites, Julia lui expliqua qu'elle avait besoin de mettre une certaine distance entre eux pour réfléchir à leur avenir à tête reposée. Puis elle emballa quelques effets personnels et les affaires du bébé.

Il était aux abois à l'idée qu'elle parte de la maison en emmenant Jake.

— C'est ridicule, Julia ! Je refuse que tu t'en ailles.

— Il suffit d'un mot pour m'en empêcher, assura-t-elle d'un ton léger, mais les yeux brillants de larmes. Ou plutôt, de trois mots.

Il la considéra sans mot dire, au comble de la frustration.

— C'est bien ce que je pensais, soupira-t-elle, l'air accablé. Dis au revoir à papa.

Le bébé qu'elle venait d'installer dans le porte-bébé se mit à gigoter et à agiter ses menottes.

— Papa !

Désespéré, Cameron regarda la voiture disparaître au bout de l'allée, emportant sa femme et son enfant. Désormais, il se retrouvait seul, avec, pour seule planche de salut, son fameux self-control.

13

Une heure s'était à peine écoulée quand Sally frappa à la porte.

— Entre, maman, fit Cameron en s'effaçant pour la laisser passer. Tu veux une bière ?

— Trèves de mondanités, Cameron ! riposta-t-elle en posant son sac sur une chaise du salon et en le suivant dans la cuisine. Que se passe-t-il ? Vous sembliez si heureux, tous les deux. Et j'étais tellement fière de toi parce que tu avais enfin accepté l'amour dans ta vie.

— Ce n'était pas ce que tu croyais, maman, dit-il d'une voix lasse. Nous avions conclu un arrangement.

Elle leva les yeux au ciel, excédée.

— Un arrangement ! Seigneur, qu'est-ce qu'il ne faut pas entendre !

— Ecoute, maman, je ne…

— Cameron, regarde-moi dans les yeux et dis-moi que tu n'es pas éperdument amoureux de Julia.

Les dents serrées, il soutint son regard et marmonna :

— Non.

Elle le considéra, visiblement perplexe.

— Non, tu refuses de me répondre, ou non, tu n'es pas amoureux d'elle ?

Les bras croisés, il la défia du regard.

— Non, je ne suis pas amoureux d'elle.

Sous le coup de la surprise, elle en resta bouche bée.

— Ça alors ! Bon, il ne me reste plus qu'à partir.

— Rien ne presse, assura-t-il, en désespoir de cause. Tu ne veux pas profiter de la piscine ?

— Non, j'ai obtenu ce que je voulais.

— Maman, je suis désolé.

— Pas autant que moi, maugréa-t-elle en récupérant son sac et en se dirigeant vers la sortie. Cameron, tu sais que je t'aime beaucoup.

— Moi aussi, maman.

— Tant mieux, parce que j'ai quelque chose à te dire. La dernière fois que tu m'as menti remonte à une éternité. Mais en ce moment, je sais que tu me mens. A moi, et aussi à toi-même. Tu es tout l'opposé de ton père, Cameron, et tu le sais. Alors cesse de te comporter comme un imbécile. Et fais en sorte que Julia et Jake reviennent ici au plus vite, sinon tu auras affaire à moi !

On ne la surnommait pas la Dame de fer pour rien ! songea Cameron, un sourire contrit aux lèvres. Après le départ de sa mère, il tourna en rond dans la maison, ressassant leur conversation. Elle avait tort de prétendre qu'il mentait, mais, en bon fils qu'il était, il l'avait laissée dire ce qu'elle avait sur le cœur.

Et maintenant, seul dans cette grande maison, il avait tout le loisir de se complaire dans sa douleur. Julia n'était partie que depuis quelques heures et, déjà, elle lui manquait terriblement. D'une certaine façon, elle lui était devenue indispensable, comme l'air qu'il respirait. Maintenant qu'elle était partie, comment allait-il faire pour survivre ?

Il s'en accommoderait, quoi qu'il lui en coûte. D'ailleurs, à la réflexion, son départ était peut-être un mal pour un bien. Il avait eu beau l'avertir dès le début que l'amour n'était pas prévu au programme, elle n'en avait tenu aucun compte et avait essayé de changer la règle du jeu, voire d'imposer sa propre règle. Mais il n'entendait pas se laisser dicter sa conduite. Personne d'autre que lui ne changeait la règle établie.

Il n'empêche, Julia et Jake lui manquaient terriblement.

Il attaquait sa seconde bouteille de bière quand on sonna de nouveau à la porte. Il ne fut pas surpris de voir Adam et Brandon faire irruption chez lui. En revanche, la vue de la petite boîte blanche ornée d'un ruban bleu et estampillée Cupcake, que Brandon portait à bout de bras, lui fit l'effet d'un électrochoc.

— Que fabriques-tu avec ces gâteaux ? demanda-t-il, furieux.

— Je les ai achetés à la pâtisserie de Julia, déclara Brandon, un large sourire aux lèvres. Maintenant que vous deux, c'est fini, j'ai toutes mes chances. Je suis persuadé qu'elle acceptera de sortir avec moi un de ces jours.

Il mordit dans un gâteau et poussa un gémissement de pur plaisir avant de se laisser tomber sur une chaise de la salle à manger.

— Mon pauvre vieux, ajouta-t-il, il faut que tu sois tombé sur la tête pour laisser partir une femme pareille. Réflexion faite, je vais l'appeler dès ce soir.

Fou de rage, Cameron s'avança vers lui, les poings serrés.

— Si tu tiens à la vie, je te conseille de renoncer à cette idée.

Adam attrapa son frère par le bras.

— Arrête de faire l'idiot, Cameron.

— Pourquoi ? Visiblement, c'est l'opinion que tout le monde a de moi.

— En effet, tu es le dernier des imbéciles, constata froidement Brandon avant de finir son gâteau.

— Et toi, tu es un homme mort, répliqua Cameron, ulcéré, en croisant les bras.

A ces mots, Adam eut un rire sarcastique.

— Allons, frérot, regarde-toi.

— Que veux-tu dire ? maugréa-t-il.

— Tu restes planté là, à proférer des menaces contre Brandon, mais nous savons tous que tu ne les mettras jamais à exécution.

— N'y compte pas trop, fulmina-t-il.

Adam secoua la tête, nullement convaincu.

— Même quand on était gosses, ce n'était jamais toi qui commençais une bagarre.

— Exact, confirma Brandon.

— En revanche, Brandon adorait la castagne.

L'intéressé se mit à rire, visiblement fier de lui, puis il jeta un regard entendu à Cameron.

— Tu ne t'es jamais battu pour quoi que ce soit, sauf quand un gamin te collait un gnon. Même alors, tu faisais tout ton possible pour éviter que ça ne dégénère en pugilat.

— On te surnommait le diplomate, renchérit Adam. Je me souviens de la seule fois où tu as attaqué le premier.

— Oui, renchérit Brandon. Ce jour-là, Jerry Miles m'avait acculé dans un coin et s'apprêtait à me battre comme plâtre.

— J'aurais dû le laisser faire.

— Mais tu t'en es bien gardé, remarqua Adam d'un ton significatif. Et tu as foncé sur lui, mû par une sombre résignation. Tu n'as jamais eu le goût du sang. Et tu ne l'auras jamais.

— Peut-être bien, marmonna-t-il.

— C'est une certitude, rétorqua Adam. Tu ne comprends donc pas ? Tu n'as pas une once de violence en toi, contrairement à ton père. Et tu ne lui ressembleras jamais.

Ce samedi, Cameron eut la bonne surprise de voir Sally débarquer chez lui avec Jake. Julia avait une urgence à la boutique, lui expliqua sa mère, et elle avait accepté de confier le bébé à Cameron pour la journée.

Il réalisa alors à quel point Julia lui manquait. C'était au-delà de tout ce qu'il avait imaginé. Au point de ressentir son absence comme une douleur physique.

Il emmena Jake à la piscine. Après quelques joyeuses éclaboussures accompagnées de grands éclats de rire, il sortit le bébé de l'eau et le sécha. Pendant qu'il se séchait lui-même, il laissa Jake crapahuter dans l'herbe épaisse du jardin. Au comble de l'étonnement, il le vit ramper jusqu'à la clôture et s'y agripper pour s'aider à se relever. Puis il se tint debout tout seul, dans l'herbe, et fit son premier pas.

— Papa ! cria-t-il avant de retomber sur son derrière en riant aux éclats.

Bouleversé, Cameron se précipita vers lui et le prit dans ses bras.

— Jake, c'est incroyable ! s'exclama-t-il, ravi. Tu marches comme un grand garçon ! Tiens, refais-le, je vais t'aider.

Il maintint le bébé debout avant de le lâcher prudemment. Jake demeura immobile quelques secondes avant de faire un timide pas en avant. Il se mit à osciller, puis il perdit l'équilibre et tomba sur les genoux. Cette fois, il hurla de douleur, et Cameron s'empressa de le prendre dans ses bras et de le réconforter.

— Calme-toi, mon petit, murmura-t-il en tapotant le dos du bébé. Je vais déposer un baiser sur ton genou, et tu ne sentiras plus rien.

Pendant qu'il s'exécutait, Jake pleurnicha encore un peu, puis finit par se calmer.

— Je suis fier de toi. Tu es un grand garçon, maintenant, murmura-t-il en embrassant le crâne du bébé. Et maman aussi sera fière de toi en apprenant ce que tu viens de faire.

À ces mots, il fut submergé par un flot d'émotions si intenses qu'il faillit lui aussi tomber à genoux. Il fallait que Julia sache que Jake venait de faire ses premiers pas. Il se rua vers la maison pour l'appeler. Avec qui d'autre aurait-il pu partager ce moment si spécial ?

Tout en s'emparant du téléphone, il se frotta la poitrine, en proie à une étrange sensation. La même sensation qu'il avait éprouvée en regardant Julia discuter avec son ami Byron lors de la soirée de gala. Pour l'heure, la sensation s'intensifia et lui emplit la poitrine d'une telle chaleur qu'il en eut le souffle coupé. Non, ce n'était pas de la douleur. Cela ressemblait à de la tendresse, mais en beaucoup plus puissant. En fait, c'était une émotion qu'il n'avait jamais ressentie pour aucune autre femme.

L'espace de quelques secondes, il contempla le téléphone avant de le reposer sur son support. Que ferait-il quand Jake lui réserverait un autre moment tout aussi spécial ? S'empresserait-il d'appeler Julia ?

Que se passerait-il quand Jake se mettrait à marcher pour de bon ? Si Cameron n'était pas là pour le voir, Julia l'appellerait-elle pour lui raconter la scène par le menu ? Etait-il prêt à manquer tous ces moments magiques ?

Et s'il arrivait quelque chose à Julia, qui la réconforterait ? N'avait-elle pas eu plus que sa part de solitude morale ?

Et si elle rencontrait un autre homme qui ait le cran de l'aimer comme elle méritait de l'être ?

Allait-il rester les bras croisés en attendant que quelqu'un d'autre prenne sa place dans le cœur de Julia ?

Sûrement pas ! Si quelqu'un devait l'aimer, ce serait lui et personne d'autre.

— Tiens-le-toi pour dit, Julia ! marmonna-t-il, en attrapant ses clés et le sac de couches de Jake.

Il emprunta la route serpentant à travers les collines surplombant Dunsmuir Bay, en direction de Glen Haven Farm, la demeure de Julia. Elle et Jake avaient élu domicile dans l'aile est qui comportait trois chambres, deux salles de bains, un grand salon et une vaste cuisine. Le bâtiment bénéficiait de tout le confort moderne, contrairement au reste de la demeure.

Il avait du mal à imaginer la petite fille qu'elle avait été, grandissant dans cette résidence qui ressemblait plus à un musée qu'à un foyer. Mais, après tout, qu'importait, puisqu'il allait faire en sorte qu'elle n'y vive plus jamais.

Tenant Jake dans ses bras, il sonna à la porte d'entrée, le cœur battant, s'attendant à ce qu'une domestique ou une gouvernante vienne lui ouvrir.

Quelle ne fut pas sa surprise en voyant Julia sur le seuil, belle et sexy, en jean, baskets et tablier maculé de chocolat.

— Bonjour, Cameron.

— Bonjour, fit-il, très ému, en contemplant la jeune femme dont il était tombé fou amoureux dès leur première rencontre.

En cours de route, il avait établi un plan d'action et préparé un petit discours. Mais en se retrouvant face à son destin, il en oublia tout et ne put que balbutier :

— Je t'aime, Julia. Je t'en prie, rentre à la maison.

Il la vit tressaillir et se mordiller la lèvre, indécise.

— Je suis désolée. Je ne suis pas sûre d'avoir bien entendu. Pourrais-tu le répéter trois ou quatre fois ?

— Je t'aime, Julia, assura-t-il. Je t'aime plus que tout au monde. Je veux que toi et Jake reveniez vivre avec moi. Je veux d'autres bébés, et aussi un chien. Mais, par-dessus tout, je veux que tu rentres à la maison et que tu ne me quittes plus jamais. Je t'aime tellement.

Elle inclina la tête sur le côté, une lueur malicieuse dans le regard.

— Encore une fois ?

Il se mit à rire et noua un bras autour de sa taille tandis qu'elle l'embrassait en y mettant tout son cœur.

— Bien sûr, je rentre à la maison. J'attendais seulement que tu me le demandes.

— Maman ! gazouilla Jake en agitant ses menottes vers elle.

Cameron exultait. Son cœur se dilatait de joie.

— Je t'aime plus que tout. Veux-tu que nous organisions une nouvelle cérémonie de mariage, plus fastueuse que la précédente ? Tu porteras une robe de grand couturier, et j'inviterai un millier de personnes. Il y aura une gigantesque pièce montée. Je te promets que cette fois-ci, je ferai les choses dans les règles de l'art. Mais, surtout, rentrons à la maison. Je t'aime tant.

Elle l'embrassa de nouveau et embrassa Jake, les enve-loppant dans une même étreinte.

— Voyons, Cameron, à quoi me servirait une autre cérémonie de mariage puisque je tiens dans mes bras les deux personnes qui m'importent le plus au monde ?

Encore plus de passion,
encore plus de séduction,
découvrez cet été un recueil
de nouvelles sensuelles

Et entrez dans l'atmosphère brûlante
d'une nuit d'été

www.harlequin.fr

Retrouvez en août, dans votre collection

Passions

Son irrésistible patron, de Sarah M. Anderson - N°610

SÉRIE L'EMPIRE DES BEAUMONT TOME 1

Serena a toujours eu un faible pour Chadwick Beaumont, son séduisant patron. Mais, depuis que celui-ci a entamé une procédure de divorce, ce « faible » s'est transformé en une attirance dévorante, qui la laisse brûlante de désir... Chadwick est désormais libre, sublime, et visiblement désireux d'en découvrir plus sur elle ! Pourtant, Serena le sait, le moment est mal choisi pour flirter : elle vient de découvrir qu'elle était enceinte de son ex-petit ami, et la brasserie Beaumont rencontre les plus graves difficultés, alors qu'elle aurait tant besoin d'un environnement stable pour son futur bébé. Oui, décidément, sa vie est déjà bien assez compliquée sans les regards torrides dont la couve Chadwick...

Des vœux si précieux, de Marie Ferrarella

Levi, son mari. Cet homme que Claire a follement aimé, mais qui lui a brisé le cœur... N'a-t-il donc pas vu qu'elle souffrait, tandis qu'il passait toutes ses journées loin de la maison ? Qu'elle se sentait seule et abandonnée ? Voilà pourquoi elle a pris une décision douloureuse : elle quittera le foyer familial avec sa fille pour se réfugier dans la pension tenue par ses grands-parents. Là, c'est certain, elle trouvera tout le réconfort et l'attention dont elle a besoin. Mais c'est compter sans l'obstination de Levi, qui n'a pas l'intention de la laisser partir si facilement. Et qui tente le tout pour le tout en venant s'installer, lui aussi, à Strickland House...

Alliance avec l'ennemi, de Karen Booth - N°611

Anna Langford n'a désormais plus qu'un but : prouver sa valeur au sein de LangTel, l'entreprise familiale dont elle rêve de prendre un jour les rênes. Et si pour cela elle doit solliciter Jacob Lin, elle n'hésitera pas à le faire. Tant pis s'il est l'ennemi juré de sa famille, et s'il l'a mortellement vexée, six ans plus tôt, en repoussant ses avances sans ménagement. Elle est tout à fait capable d'ignorer les sentiments troublants qu'il fait naître en elle ! Pourtant, lorsqu'il lui propose de partir en week-end avec lui afin de conclure le marché qui la fera enfin briller aux yeux de sa famille, elle sent son sang-froid l'abandonner...

Au nom de son fils, de Karen Rose Smith

Ty Conroy est de retour à Fawn Grove ? Marissa est désemparée : jamais elle ne se serait attendue à ce que le célèbre champion de rodéo revienne un jour dans sa petite ville natale. Pour être honnête, elle espérait même ne jamais le revoir. Car, après l'intense nuit de passion qu'ils ont partagée deux ans plus tôt, elle a eu un bébé. Un merveilleux petit garçon aux yeux noirs, qui porte le nom de Jordan. Et si elle a choisi de cacher son existence à Ty, c'est pour d'excellentes raisons : elle ne voulait pas pour son fils chéri d'un père toujours absent ou, pire, frustré d'avoir dû renoncer à ses rêves. Mais aujourd'hui, alors que la vérité est sur le point d'éclater, Marissa n'est plus aussi certaine d'avoir pris la bonne décision...

Son amant du désert, de Kristi Gold - N°612

En rejoignant sa sœur au Bajul, où celle-ci vit désormais, Sunny ne s'attendait pas à ce que tous ses repères volent en éclats. Elle était venue se reposer, oublier ses malheurs récents et profiter de la présence de sa jumelle. Au lieu de cela, elle est plus angoissée que jamais. Car, depuis qu'elle a fait la connaissance du cheikh Rayad Rostam, le cousin du roi, elle est bouleversée. Cet homme énigmatique et ténébreux n'a de cesse de jouer avec ses émotions et de déployer toutes ses armes de séducteur ! Malgré elle, Sunny est envoûtée, et, lorsqu'il lui propose de l'emmener passer une journée dans le désert, elle ne parvient pas à refuser…

Quelques semaines pour te résister, de Kristi Gold

Tarek Azzmar. En passant une nuit torride avec ce séduisant homme d'affaires, Kira ne s'attendait pas à ce que sa vie soit définitivement chamboulée. Leurs étreintes ont été intenses, brûlantes, mais surtout… Kira est enceinte. Et elle rêve de garder et de chérir cet enfant qu'elle aime déjà de tout son cœur. Mais Tarek est-il capable de devenir un père fiable et affectueux ? Pour le savoir, le plus sage est encore d'accepter le poste d'assistante qu'il lui propose, à Chypre, et de vivre à ses côtés pendant quelques semaines. Ainsi, elle le connaîtra mieux, et ils pourront nouer une véritable amitié. Du moins si elle parvient, cette fois, à lui résister…

Pour un instant au paradis, de Katie Meyer - N°613

Lorsqu'il a remarqué un chien errant sur le bord de la route qui le conduisait à Paradise Isle, Dominic n'a pu s'empêcher d'aller à sa rescousse. Hors de question de laisser un animal courir un tel danger ! Mais il ne s'attendait pas à ce que cet incident lui fasse rencontrer une femme aussi délicieuse que Jillian Everett, assistante au cabinet vétérinaire de la petite ville. Elle est si charmante que Dominic souhaite aussitôt la revoir et mieux la connaître. C'est décidé : il doit profiter de sa compagnie avant qu'elle ne découvre le véritable motif de sa présence sur l'île, et ne comprenne qu'ils appartiennent à deux clans ennemis…

Entre attirance et devoir, de Cat Schield

Cinq ans ! Cinq ans que Brooke connaît Nic. Et c'est seulement maintenant qu'il lui annonce qu'il est le prince de Sherdana, un petit royaume niché entre la France et l'Italie ? Il a même préféré la quitter et disparaître plutôt que de lui avouer la vérité : il devait retourner dans son pays pour épouser une femme de son rang. Mais aujourd'hui, l'amertume qui a envahi le cœur de Brooke n'est pas ce qui l'inquiète. Non, sa seule préoccupation est d'annoncer sa grossesse au prince Nicolas Alessandro, l'homme qui vient de lui déclarer qu'elle n'avait plus rien à attendre de lui, hormis une indéfectible amitié…

Une passion retrouvée, de Catherine Mann - N°614

Jusqu'à aujourd'hui, Johanna s'était toujours arrangée pour éviter Stone, son ex-fiancé. Certes, ils travaillent sur le même ranch, mais leur volonté réciproque de ne pas se parler leur a permis de gérer la situation en douceur. Alors, quand elle apprend que la grand-mère de Stone, qui est aussi la propriétaire du ranch, leur a assigné une tâche commune pendant une semaine entière, Johanna voit rouge. Une semaine à sillonner le pays avec l'homme qu'elle persiste à désirer malgré leur séparation ? Jamais elle ne le supportera. D'autant que Stone semble bien décidé à jouer avec ses nerfs – et ses sentiments…

Une maman à courtiser, de Catherine Mann

C'est pleine d'espoir que Nina est arrivée au camp de vacances où elle compte passer quelques jours. Vivre comme des cow-boys : n'est-ce pas là l'occasion rêvée de rendre heureux Cody, son petit garçon de quatre ans habituellement si taciturne ? Pourtant, lorsqu'elle rencontre Alex McNair, le responsable du camp, elle comprend que son fils ne sera pas le seul à vivre une semaine exceptionnelle. Le beau cow-boy semble décidé à la choyer pendant la durée de son séjour, et Nina doit avouer qu'après toutes ces années passées seule, une telle attention est un vrai baume sur son cœur meurtri. Même si elle ne peut s'empêcher de penser qu'Alex est trop parfait pour être réel, et qu'elle ne va pas tarder à découvrir ses véritables intentions…

Son plus tendre secret, de Catherine Mann

Un pur moment de plaisir et de folie. Voilà ce qu'Amy a vécu entre les bras du sulfureux inconnu qu'elle a rencontré au cours d'une soirée de fête… et qu'elle était certaine de ne jamais revoir. Alors, quand elle apprend qu'il n'est autre que le nouveau P-DG de Diamonds in the Rough, l'entreprise où elle travaille, elle ne sait que penser. Côtoyer jour après jour cet homme aussi séduisant qu'arrogant risque d'être une véritable torture. Mais le pire reste encore à venir car, bientôt, Amy devra lui révéler son secret : elle est enceinte de lui.

OFFRE DE BIENVENUE

Vous êtes fan de la collection Passions ?
Pour prolonger le plaisir, recevez gratuitement

◆ **1 livre Passions gratuit** ◆
et 2 cadeaux surprise !

Une fois votre colis de bienvenue reçu, si vous souhaitez continuer à recevoir nos romans Passions, cela se fera automatiquement. Vous recevrez alors chaque mois 3 volumes doubles inédits de cette collection au tarif unitaire de 7,40€ (Frais de port France : 1,99€ - Frais de port Belgique : 3,99€).

➡ **ET AUSSI DES AVANTAGES EXCLUSIFS :**

➡ **LES BONNES RAISONS DE S'ABONNER :**

Aucun engagement de durée ni de minimum d'achat.
◆
Aucune adhésion à un club.
◆
Vos romans en avant-première.
◆
La livraison à domicile.

Des cadeaux tout au long de l'année.
◆
Des réductions sur vos romans par le biais de nombreuses promotions.
◆
Des romans exclusivement réédités notamment des sagas à succès.
◆
L'abonnement systématique et gratuit à notre magazine d'actu ROMANCE.
◆
Des points fidélité échangeables contre des livres ou des cadeaux.

➡ **REJOIGNEZ-NOUS VITE EN COMPLÉTANT ET EN NOUS RENVOYANT LE BULLETIN !**

✂ -

N° d'abonnée (si vous en avez un) ⊔⊔⊔⊔⊔⊔⊔⊔⊔⊔   RZ6F09 RZ6FB1

Mme ☐ Mlle ☐ Nom :   Prénom :

Adresse :

CP : ⊔⊔⊔⊔⊔ Ville :

Pays :   Téléphone : ⊔⊔⊔⊔⊔⊔⊔⊔⊔⊔

E-mail :

Date de naissance : ⊔⊔ ⊔⊔ ⊔⊔⊔⊔

☐ Oui, je souhaite être tenue informée par e-mail de l'actualité d'Harlequin.

☐ Oui, je souhaite bénéficier par e-mail des offres promotionnelles des partenaires d'Harlequin.

<u>Renvoyez cette page à</u> : **Service Lectrices Harlequin – BP 20008 – 59718 Lille Cedex 9 - France**

Vous n'avez pas le temps de lire tous les romans Harlequin ce mois-ci ?
Découvrez les 4 meilleurs avec notre sélection :

H HARLEQUIN

La romance sur tous les tons

Toutes nos actualités et exclusivités
sont sur notre site internet.

E-books, promotions, avis des lectrices,
lecture en ligne gratuite, infos sur
les auteurs, jeux-concours… et bien
d'autres surprises !

Rendez-vous sur
www.harlequin.fr

f facebook.com/LesEditionsHarlequin

twitter.com/harlequinfrance

pinterest.com/harlequinfrance

H HARLEQUIN
www.harlequin.fr

OFFRE DÉCOUVERTE !

Vous souhaitez découvrir nos collections ? Recevez **votre 1er colis gratuit*** avec **2 cadeaux surprise !** Une fois votre colis de bienvenue reçu, si vous souhaitez continuer à recevoir nos livres, cela se fera automatiquement. Vous recevrez alors chaque mois vos livres inédits en avant première.

Vous n'avez aucune obligation d'achat et cette offre est sans engagement de durée !

*1 livre offert + 2 cadeaux / 2 livres offerts pour la collection Azur + 2 cadeaux.

☛ **COCHEZ** la collection choisie et renvoyez cette page au
Service Lectrices Harlequin – BP 20008 – 59718 Lille Cedex 9 – France

Collections	Références	Prix colis France* / Belgique*
❏ AZUR	ZZ6F56/ZZ6FB2	6 livres par mois 27,59€ / 29,59€
❏ BLANCHE	BZ6F53/BZ6FB2	3 livres par mois 22,90€ / 24,90€
❏ LES HISTORIQUES	HZ6F52/HZ6FB2	2 livres par mois 16,29€ / 18,29€
❏ ISPAHAN*	YZ6F53/YZ6FB2	3 livres tous les deux mois 22,96€ / 24,97€
❏ HORS-SÉRIE	CZ6F54/CZ6FB2	4 livres tous les deux mois 32,35€ / 34,35€
❏ PASSIONS	RZ6F53/RZ6FB2	3 livres par mois 24,19€ / 26,19€
❏ NOCTURNE	TZ6F52/TZ6FB2	2 livres tous les deux mois 16,29€ / 18,29€
❏ BLACK ROSE	IZ6F53/IZ6FB2	3 livres par mois 24,34€ / 26,34€
❏ SAGAS	NZ6F54/NZ6FB2	4 livres tous les deux mois 30,85€ / 32,85€
❏ VICTORIA**	VZ6F53/VZ6FB2	3 livres tous les deux mois 25,95€ / 27,95€

*Frais d'envoi inclus, pour ISPAHAN : 1er colis payant à 22,96€ + 1 cadeau surprise. (24,97€ pour la Belgique).
**Pour Victoria : 1er colis payant à 25,95€ + 1 cadeau surprise. (27,95€ pour la Belgique)

N° d'abonnée Harlequin (si vous en avez un) ⎵⎵ ⎵⎵⎵⎵⎵⎵

Mme ❏ Mlle ❏   Nom : _____

Prénom : _____   Adresse : _____

Code Postal : ⎵⎵⎵⎵⎵   Ville : _____

Pays : _____   Tél. : ⎵⎵⎵⎵⎵⎵⎵⎵⎵⎵

E-mail : _____

Date de naissance : _____

❏ Oui, je souhaite recevoir par e-mail les offres promotionnelles des éditions Harlequin.
❏ Oui, je souhaite recevoir par e-mail les offres promotionnelles des partenaires des éditions Harlequin.

Date limite : 31 décembre 2016. Vous recevrez votre colis environ 20 jours après réception de ce bon. Offre soumise à acceptation et réservée aux personnes majeures, résidant en France métropolitaine et Belgique, dans la limite des stocks disponibles. Prix susceptibles de modification en cours d'année. Conformément à la loi Informatique et libertés du 6 janvier 1978, vous disposez d'un droit d'accès et de rectification aux données personnelles vous concernant. Par notre intermédiaire, vous pouvez être amenée à recevoir des propositions d'autres entreprises. Si vous ne le souhaitez pas, il vous suffit de nous écrire en nous indiquant vos nom, prénom et adresse à : Service Lectrices Harlequin BP 20008 59718 LILLE Cedex 9. Service Lectrices disponible du lundi au vendredi de 8h à 17h : 01 45 82 47 47 ou 33 1 45 82 47 47 pour la Belgique.

Harlequin® est une marque déposée du groupe Harlequin. Harlequin SA – 83/85, Bd Vincent Auriol – 75646 Paris cedex 13. SA au capital de 1 120 000€ – R.C. Paris. Siret 318671591000069/APE5811Z

Composé et édité par HARLEQUIN

Achevé d'imprimer en juin 2016

BLACK PRINT

Barcelone

Dépôt légal : juillet 2016

Pour l'éditeur, le principe est d'utiliser des papiers
composés de fibres naturelles, renouvelables, recyclables,
et fabriquées à partir de bois issus de forêts gérées selon
un système d'aménagement durable. En outre, l'éditeur attend
de ses fournisseurs de papier qu'ils s'inscrivent dans
une démarche de certification environnementale reconnue.

Imprimé en Espagne